मिशन एवरेस्ट 1965

मिशन एवरेस्ट

1965

भारत के पहले सफल एवरेस्ट अभियान की गौरवगाथा

कैप्टन एम.एस. कोहली

प्रभात पेपरबैक्स
www.prabhatbooks.com

प्रकाशक

प्रभात पेपरबैक्स

4/19 आसफ अली रोड, नई दिल्ली-110002

फोन : 23289777 • हेल्पलाइन नं. : 7827007777

इ-मेल : prabhatbooks@gmail.com ❖ वेब ठिकाना : www.prabhatbooks.com

संस्करण

प्रथम, 2019

अनुवाद

भविष्य कुमार सिन्हा

मूल्य

तीन सौ रुपए

अ.मा.पु.स. 978-93-5322-250-5

मुद्रक

आर-टेक ऑफसेट प्रिंटर्स, दिल्ली

———— ★ ————

MISSION EVEREST 1965
(Hindi translation of THE GREAT HIMALAYAN CLIMB)
by Capt. M.S. Kohli

Published by **PRABHAT PAPERBACKS**
4/19 Asaf Ali Road, New Delhi-110002
by arrangement with Orient Publishing, New Delhi

ISBN 978-93-5322-250-5

₹300.00

प्राक्कथन

पचास वर्ष पहले, नौ बहादुर भारतीयों ने एवरेस्ट पर्वत पर तिरंगा फहराया। उनकी इस महान् सफलता ने एक समस्त पीढ़ी को प्रेरित किया।

उसी समय से इस टीम के सदस्य विभिन्न क्षेत्रों में उत्कृष्टता के नए और आदर्श मानदंड स्थापित करने में लगे हुए हैं। यह वास्तव में समुचित है कि उनके ऐतिहासिक कार्य को 'Nine Atop Everest' पुस्तक के स्वर्ण जयंती संस्करण के जरिए पुनः प्रकाश में लाया जा रहा है।

मैं आशा करता हूँ, यह पुस्तक साहसिक कार्य करने और हिमालय पर्वतों की ओर उत्तरदायित्व का बोध कराने की दिशा में अत्यधिक प्रेरणास्पद सिद्ध होगी; हिमालय के पर्वत वास्तव में हमारी राष्ट्रीय विरासत का सर्वोच्च गौरव हैं, विशेषकर भारत के युवाओं के बीच।

(नरेंद्र मोदी)
भारत के प्रधानमंत्री

प्राक्कथन

युगों-युगों से भारत के विचारकों ने हिमालय पर्वतों की खूबसूरती और उनके ऐश्वर्य से प्रेरणा पाई है। इन पर्वतों के साथ उनका पवित्र संबंध रहा है। परंतु साहसिक कार्य और स्पोर्ट के रूप में पर्वतारोहण अभी हाल ही की उपज है। भारत में यह विशेषकर युवाओं का शौक है, हालाँकि यह तेजी से बढ़ रहा है और अत्यधिक उत्साहवर्धक भी है। करीब बारह वर्ष की अवधि के अंदर हमने विश्व के सबसे विशाल पर्वत की भयंकर चोटियों पर चढ़ने में सफलता हासिल की है। विश्व में सबसे अलग, सबसे विशिष्ट एक समूह निश्चय ही उन लोगों का होना चाहिए, जो एवरेस्ट की चोटी पर खड़े हो चुके हैं। उनमें से लगभग आधे लोग हमारे देश से हैं। क्या यह हमारे देश के युवाओं के साहस और उनकी क्षमता तथा सफल होने की उस अभिलाषा के प्रति एक सच्ची श्रद्धांजलि नहीं है, जिसे स्वतंत्रता ने जन्म दिया है ?

पर्वतारोही के लिए लेखक होना आवश्यक नहीं है। लेकिन आरोहण इतना उत्कट एवं भावप्रवण अनुभव है कि उसे शब्दों में वर्णित न करना तथा दूसरों के साथ साझा न करना नाइंसाफी होगी। व्यक्ति ने चारों ओर जिस बृहत् एवं भव्य दृश्य को देखा होता है, उसका अपनी ओर से श्रेष्ठतम शब्द में वर्णन करने का प्रयास शारीरिक उद्यम को आध्यात्मिक अनुभव में परिवर्तित कर देता है।

कमांडर कोहली ने अभियान के बारे में जो कुछ लिखा है, उसे इतिहास में एक विशेष स्थान मिलेगा। यह योजना, संगठन, मिलकर काम करने, व्यक्तिगत प्रयास और नेतृत्व का एक अत्युत्तम उदाहरण प्रस्तुत करनेवाली श्रेष्ठ कृति है। इससे पता चलता है कि हमारे युवाओं की पहुँच से कुछ भी बाहर नहीं है।

मैं आशा करती हूँ कि इस पुस्तक की अपील पर्वतारोहण के कुछेक उत्साही गुटों तक ही सीमित नहीं रहेगी, बल्कि स्कूलों एवं कॉलेजों के पुस्तकालयों और हमारे प्रतिभावान् युवाओं के घरों में भी पहुँचेगी, भारत के बारे में उनके द्वारा अर्जित जानकारी में वृद्धि करेगी और पर्वतारोहण में निहित साहस तथा अलौकिक सौंदर्य की भव्यता की

झाँकी भी उन्हें दिखलाएगी। मुझे आशा है कि इससे उन्हें यह समझने में भी मदद मिलेगी कि जो कार्य सर्वाधिक उत्तेजनापूर्ण एवं श्रमसाध्य होता है, उसमें आनंद भी अत्यधिक तीक्ष्ण होता है और सफलता सबसे अधिक फलदायक होती है।

—इंदिरा गांधी
भारत की भूतपूर्व प्रधानमंत्री

आमुख

एवरेस्ट विजय से लौटने के पश्चात् मैं कई अत्यावश्यक कार्यों में उलझ गया, जिसके कारण इस पुस्तक को लिखने में न चाहते हुए भी काफी विलंब हो गया। इस पुस्तक के रूप में प्रस्तुत अंतिम प्रारूप मेरे अनेक मित्रों से मिले उल्लेखनीय एवं बहुमूल्य सहयोग का परिणाम है।

मैं श्री सी.पी. वोहरा के प्रति धन्यवाद ज्ञापित करना चाहता हूँ, जो चार शिखर टोलियों में से एक टोली के सदस्य रहे हैं और जिन्होंने इस पुस्तक के कई अध्यायों के लिए दिलचस्प एवं विस्तृत सामग्री मुहैया कराई और मेरा काम बहुत आसान बना दिया।

मैं कर्नल विक्टर के प्रति अत्यधिक आभारी हूँ, जिन्होंने पुस्तक के मजमून को आद्योपांत पढ़ने और वांछित संशोधन करने में बहुत परिश्रम किया। उन्होंने हमारी टोली के लगभग प्रत्येक सदस्य से भेंट एवं वार्त्तालाप किया और इसके परिणामस्वरूप कुछ बहुत ही उपयोगी वैयक्तिक था स्वाभाविक विचारों से मूल पाठ को सँवारने में अपना महत्त्वपूर्ण योगदान दिया है। मैं श्री जॉर्ज वर्गीज, श्री जत्न कैलानी और श्री सुमन दुबे का भी आभारी हूँ, जिन्होंने मुझे अत्यंत महत्त्वपूर्ण सुझाव दिए।

मैं भारतीय पर्वतारोहण संस्था (इंडियन माउंटेनियरिंग फाउंडेशन) के अध्यक्ष एवं सदस्यों, विशेषकर श्री एस.एस. खेड़ा तथा श्री एच.सी. सरीन का भी बहुत ऋणी हूँ, जिन्होंने हमारे पर्वताराहेण अभियान के विचार को सूत्रबद्ध किया और उसे संभव बनाया। श्री सरीन ने नि:संकोच होकर हर तरह से हमें बहुमूल्य सहायता दी और बढ़ावा दिया, जिसके बिना इस अभियान की योजना को अंतिम रूप देना तथा उस पर अमल करने के लिए चल पड़ना बिल्कुल भी संभव नहीं होता, क्योंकि हमारे पास समय बहुत कम रह गया था। श्री सरीन ने इस पुस्तक की पांडुलिपि को एकाधिक बार पढ़ा और भाषा तथा सामान्य प्रस्तुति, दोनों में अनगिनत सुधार किए। मैं उनका बहुत कृतज्ञ हूँ।

मैं ग्रुप कप्तान सीतु मलिक का भी आभारी हूँ, जो प्रचार के मामले में हमारे अभियान के साथ सीधे-सीधे उसी तरह संबद्ध रहे हैं, जैसे इससे पहले के अभियानों के

मामले में। उन्होंने इस पुस्तक में 'दिल्ली में शेरपा' शीर्षक से एक रोचक अध्याय जोड़ा है और तसवीरों के चयन, विशेषकर इस पुस्तक के निर्माण एवं प्रस्तुति संबंधी कार्य में समय देकर मेरी बहुत मदद की है।

हमारे पर्वतारोहण अभियान को संभव बनाने के लिए शिक्षा मंत्रालय ने अनुदान देने में बड़ी उदारता दिखलाई। हमारे उपकरण और तात्कालिक भोज्य का निर्माण डिफेंस ऑर्डिनेंस फैक्ट्रियों में किया गया। श्री सरीन, जो रक्षा उत्पादन विभाग में भारत सरकार के सचिव भी हैं, की शिष्टता का मान रखते हुए इन कारखानों ने अन्य अनेक प्रकार के दबावों के बावजूद इस कार्य को बहुत ही थोड़े समय में पूरा कर डालने में कोई कसर नहीं छोड़ी।

यह पूरा अभियान ऑल इंडिया रेडियो और मौसम-विज्ञान संबंधी वेधशालाओं के महानिदेशक के प्रति अत्यंत आभारी है, जिन्होंने मौसम के बारे में बहुत ही विश्वसनीय पूर्वानुमान उपलब्ध कराए, जो पर्वत पर चढ़ाई के कठिन दौर में हमारे लिए अत्यंत मददगार साबित हुए।

एवरेस्ट पर चढ़ाई के लिए अनुमति देने के लिए नेपाल के महामहिम की सरकार के प्रति कृतज्ञ हैं, विशेषकर इसलिए भी, क्योंकि नेपाल में सभी विदेशी पर्वतारोहण अभियानों पर प्रतिबंध लगाए जाने से पहले ही हमें स्वीकृति दे दी गई थी।

हम हमारे तत्कालीन राजदूत, महामहिम श्रीमन् नारायण और नेपाल में भारतीय दूतावास के कर्मचारियों के प्रति अपना आभार प्रकट करना कैसे भूल सकते हैं, जिन्होंने हमारी बहुत मदद की और हमारी खातिरदारी करने में कोई कमी नहीं रखी।

कर्नल जे.ओ.एम. राबर्ट्स को हमारा विशेष धन्यवाद, जिन्होंने शेरपाओं की एक श्रेष्ठ टोली चुनने में हमारी सहायता की।

अपना आशीर्वाद देकर मेरी हिम्मत बढ़ाने और मुझे प्रोत्साहित करने हेतु मैं अपने पिता सरदार सुजान सिंह का बहुत ऋणी हूँ और मेरी पत्नी पुष्पा ने लंबी-लंबी अवधियों के लिए घर से मेरी गैर-हाजिरी के दौरान जिन अनेक कठिनाइयों, घरेलू दबावों एवं तनावों को सहन किया, उसके लिए मैं तहे दिल से पुष्पा के प्रति आभार व्यक्त करता हूँ।

मैं अपने उन सभी सहकर्मियों एवं सहयोगियों, जूनियर व सीनियर दोनों, तथा अभियान से जुड़े सभी सदस्यों एवं शेरपाओं को भी बहुत-बहुत धन्यवाद देना चाहता हूँ, जिन्होंने इस अत्यधिक साहसी एवं जोखिम भरे कार्य को स्मरणीय तथा आनंददायक बना दिया। और अंत में, हम सभी अपने देशवासियों के प्रति कृतज्ञ हैं, जिन्होंने हमारे इस पूरे साहसिक अभियान में गहरी दिलचस्पी दिखलाई; हमारी सफलताओं में उनके द्वारा प्रदर्शित खुशी तथा गर्व की अनुभूति के सामने हम नतमस्तक हैं।

—एस.एस. कोहली

अनुक्रम

उन्होंने कर दिखाया

'उन्होंने यह कर दिया है!' 'उन्होंने यह कर दिखाया है!' यह उत्तेजित आवाज कुमार की थी। समय प्रात: 10.30 बजे का था, तारीख 20 मई, 1965। एक घंटा पहले, कप्तान ए.एस. चीमा और नवांग गोंबु दुनिया की सबसे ऊँची छत के ऊपर खड़े थे; भारतीय तिरंगा एवरेस्ट की चोटी पर लहरा रहा था। नवांग गोंबु एकमात्र इनसान थे, जिन्होंने दो बार 'चोमोलुंगमा'—विश्व की देवी माँ तक पहुँचने का गौरव प्राप्त किया है।

राणा ने पमोरी के कंधे पर प्रेक्षण-चौकी से, चीमा और गोंबु को एवरेस्ट के शिखर तक पहुँचते हुए देखा था। अपनी दूरबीन के जरिए देखते हुए राणा ने कुमार को सूचित किया : 'मैं उन दोनों को अब चोटी पर पहुँचे हुए देख सकता हूँ।' फिर बादल बीच में आ गए, लेकिन सुबह के 10 बजे के कुछ ही देर बाद, राणा ने दोनों की जोड़ी को चो टी से उतरते हुए देखा। कुमार ने यह सूचना वाकी-टाकी से तत्काल मुझे दे दी। उत्तेजना से कँपकँपाती आवाज में वह चीख रहा था—'बधाइयाँ'। मैंने कहा—'यह अद्‌भुत है। हमें जश्न मनाना चाहिए।'

अंततः हम विजयी हुए। हमने अपनी प्रतिज्ञा पूरी कर दिखाई। कितना सुकून, कितनी राहत! मैं ईश्वर का आभारी था; मैंने भगवान् को धन्यवाद कहा। यादें ताजा हो उठीं : 25 मई, 1960 की बात है, जब सी.पी. वोहरा और मैंने प्रथम भारतीय एवरेस्ट अभियान के पहले शिखर दल की आवभगत करने के लिए साउथ कोल (दक्षिण घाटी) से प्रस्थान किया था। कुमार, सोनम ग्यात्सो और नवांग गोंबु की टोली अखिरी शिविर (कैंप) से लौट रही थी। कुमार, ग्यात्सो और गोंबु बुरी तरह थके हुए, क्लांत-श्रांत थे; ऊपर से नीचे आना दुष्कर कार्य था। रोशनी मंद हो रही थी और हवा में हताशा थी। मेरी और वोहरा की आँखों में आँसू भरे हुए थे, जब-जब हम लिथड़े, थके-माँदे साथियों से मिले। हमें नहीं मालूम था कि उन्हें सफलता मिली या नहीं। हमारे पास उनसे सवाल करने या पूछने की हिम्मत नहीं थी। कुमार ने धीरे से अपना सिर हिलाया; वे सफल नहीं हुए थे। मौसम के थपेड़ों से पिटकर, उन्हें 28,300 फीट की ऊँचाई छूने के बाद वापस आना पड़ा।

मुझे 30 मई, 1962 का भी स्मरण हो आया, जब दूसरे भारतीय एवरेस्ट अभियान के हिस्से के रूप में सोनम ग्यात्सो, हरी डैंग और मैं निष्फल प्रयास से लौटते हुए अपना रास्ता भूल गए थे। एक बार फिर बर्फानी तूफान ने हमें वापस भेज दिया था; इस बार 28,600 फीट की ऊँचाई से हम निराश-हताश, खोए-खोए, थकान से चकनाचूर और उदास चेहरे लिये नीचे आ रहे थे; जीवन एक जटिल संघर्ष प्रतीत हो रहा था। ऐसे अवसरों पर कोई विधाता के बारे में सोचे बिना नहीं रह सकता।

चीमा और गोंबु ने सायं 1 बजे इस शुभ समाचार की पुष्टि कर दी, जब कैंप-6 से गुरदियाल से बात कर रहे थे, जो कैंप-6 में एक प्रेक्षण-चौकी पर तैनात था। गुरु ने मुझसे बात की। अंततः हम 'सागरमाथा' के पवित्र स्थान का स्पर्श कर पाने में सफल हो गए थे।

हमारी खुशी का पारावार नहीं था। अचानक बुद्धि शून्य हो गई। चारों ओर उत्तेजना थी, जोश था, हर कोई एक-दूसरे को गले लगा रहा था और खुशी से हवाई गद्दों पर उछल-कूद कर रहा था।

एक संदेश पहले काठमांडू को, फिर नई दिल्ली को और फिर प्रायोजक समिति को भेजा गया।

दो दिन बाद दूसरी शिखर टोली, दोनों सोनम ने, दल के सबसे पुराने सदस्य सोनम ग्यात्सो (42) और दल के सबसे छोटे सदस्य सोनम वांग्याल (23), प्रात: 6.45 बजे कैंप-6 से शिखर के लिए प्रस्थान किया। बहुत तेज हवा चल रही थी, हवा में बर्फीले भँवर बन रहे थे, एवरेस्ट की अभियानी शिखा अत्यधिक क्रोध में फड़फड़ा उठी। बादल जमा हो रहे थे। सोनम ग्यात्सो कमर के चारों ओर किसी जलन से उठ रही पीड़ा से परेशान था, जिसका कारण पराबैंगनी किरणों से उत्पन्न जलन प्रतीत होता था (बाद में जिसे हिमदाह, अर्थात् शीतदंश बताया गया)। किंतु उस जोड़ी ने शिखर की ओर चढ़ना जारी रखा और कई घंटों तक नरम बर्फ के बीच से कठिनाई से पाँव आगे बढ़ाते रहने के बाद उन्हें अपना इनाम मिल ही गया। 22 मई को दोपहर 12.30 बजे, वे एवरेस्ट की चोटी पर खड़े थे और उन्होंने वहाँ पचास मिनट का अविसमरणीय समय व्यतीत किया।

पॅमोरी रिज से, कुमार ने उन्हें शिखर पर पाँव जमाते हुए साफ-साफ देख लिया था। कुमार ने तत्काल हमें सूचना दी, लेकिन इस सूचना की पुष्टि अगले दिन तक नहीं आई। शाम 6 बजे सोनम वांग्याल की आवाज सुनने को मिली, जब वे और सोनम ग्यात्सो लड़खड़ाते हुए अंतत: कैंप-6 में पहुँच गए थे और थकान से चकनाचूर होकर गिरनेवाले थे। किंतु कुछ ठीक से सुनाई नहीं दे रहा था; हाँ, आवाज में उसकी खुशी अवश्य झलक रही थी, जो एक शुभ संकेत था। अगले दिन दोनों सोनम आगे के मूल पड़ाव (एडवांस बेस कैंप) पहुँच गए, जहाँ सोनम ग्यात्सो के हिमदाह को अंतत: साफ किया गया और एक फटी बनियान से पट्टी बाँध दी गई। उनकी सफलता की जो सूचना मिली थी, उसकी उन्होंने पुष्टि की और बेस कैंप में इस सूचना का बड़ी गर्मजोशी से स्वागत किया गया।

उसी दिन (23 मई को) शिखर विजय की ओर पहली बार जानेवाले चीमा और गोंबु, बेस कैंप पहुँच गए जिसे निशानी झंडियों से बनाए गए, बैनरों (अर्थात् ध्वजों) से बड़ी खूबसूरती तथा मनोरंजक ढंग से सजाया गया था। इन शूरवीरों की आवभगत करने के लिए एक बड़ा जुलूस, कैंपॅन पॉइंट तक ऊपर गया। जश्न के इस अवसर पर चीमा का मशहूर भांगड़ा नाच पेश किया गया, जिसमें कुमार तथा अन्य लोगों ने भी सक्रिय भाग लिया। ढोल की तके, नाका, धिन ताल पर सब खूब नाचे और इस प्रकार प्रथम शिखर जोड़ी की वीरता का स्वागत-समारोह समाप्त हुआ।

हैटट्रिक बनाने का काम सी.पी. वोहरा और ऐंग कामी ने पूरा किया। देवों की कृपा से 24 मई को मौसम बहुत अनुकूल बन गया; धूप खिल रही थी, वातावरण में खामोशी थी और हवा शांत थी। वोहरा और ऐंग कामी ने आरामदेह रात बिताई और शिखर फतह

करने की उत्तेजना ने उन्हें सुबह बहुत जल्दी 1:30 बजे जगा दिया। वे पुनः अपने सोने के थैलों में घुस गए, ताकि सुबह 4:00 बजे तक अच्छी नींद ले सकें। सुबह 4:00 बजे वे उठ गए तथा एक घंटे बाद कैंप से चल पड़े। कभी-कभी नरम बर्फ की दलदल के बीच से कठिनाई से निकलते हुए और कभी हाथ-पाँव के जरिए चट्टानों पर चढ़ते हुए उन्होंने निर्मल आसमान के नीचे चढ़ाई करना जारी रखा। विभिन्न प्रेक्षण-चौकियों से उनके प्रयास को साफ देखा जा सकता था। कुमार ने पॅमोरी के कंधेनुमा उभार पर बनी चौकी से देखा, मैंने आगे के बेस कैंप से और गुरुदयाल तथा बाद में मुल्कराज ने ल्होसे के अग्रभाग से। प्रात: 8 बजे उन्हें दक्षिण चोटी के सौ फीट नीचे देखा गया; प्रात: 8:50 बजे वे दक्षिण चोटी (साउथ समिट) पर थे; प्रात: 9 बजे एवं 10 बजे के बीच वे दक्षिण चोटी से हिलेरी चिमनी की ओर चले गए थे। हमारी आँखें बराबर उनपर लगी हुई थीं और हमारी दूरबीनें उनके एक-एक कदम का पीछा कर रही थीं। प्रत्येक नाटकीय क्षण को पकड़ने के लिए वॉकी-टॉकी सेट पूरी तरह सक्रिय था। हम तनाव में थे। हमें एक-एक क्षण का तीव्रता से इंतजार था, जब हम कह सकते, अब, अब, अब। फिर कुमार ने प्रतीक्षा की घड़ी को एकदम काटते हुए कहा, "और अब वे चोटी पर हैं।" "इस बार ईश्वर हमारे साथ हैं।" कुमार चिल्ला रहा था, फिर उसने कहा, "बधाइयाँ!" वास्तव में वोहरा ने एवरेस्ट पर चढ़ने के तीन अभियानों के बाद अपना सँजोया सपना पूरा कर लिया था।

वापस आते समय वोहरा फिसल गए और उनका हिम-कुठार कहीं छूट गया। इसके कारण उनकी गति धीमी पड़ गई। वे सायं 4:5 बजे शिखर कैंप पहुँचे। इसी बीच दोनों सोनम बेस कैंप पहुँच चुके थे।

रात के समय एक प्रचंड आँधी आई थी। वोहरा और ऐंग कामी, विशेषकर वोहरा को बहुत ठंड लगी और वे दोनों मुसीबत में पड़ गए। अपने आपको गरम रखने के लिए उन्होंने पैरों पर तेज-तेज मुष्टि-प्रहार किया, क्योंकि और कोई चारा नहीं था। तंबू के अंदर फ्रूट जूस, चाय या कॉफी कुछ भी नहीं था। अगली सुबह दोनों को नाश्ते के लिए एक-एक प्याला गरम पानी मिला। हवा का प्रचंड वेग कम होने के लिए उन्होंने कुछ समय तक इंतजार किया लेकिन वह भी बेकार गया। अंततः उन्होंने उस प्रचंड हवा का सामना करते हुए ही नीचे साउथ कोल जाने का फैसला किया। वे चाय के लिए अत्यंत विकल हो रहे थे। तंबुओं के निकट पहुँचते ही मुल्कराज तथा लॉपसाँग ने उन्हें चाय दी।

मुल्की तुरंत वोहरा की देखभाल में लग गया, क्योंकि वोहरा को तीव्र पीड़ा हो रही थी और पाँव एकदम बर्फ से जम गए थे। 26 मई को वोहरा को नीचे अगवानी बेस कैंप लाया गया। भाग्यवश, कोई गंभीर किस्म की गड़बड़ी नहीं पाई गई।

इसी बीच एच.सी. रावत और कप्तान एच.वी. बहुगुणा, मेजर बी.पी. सिंह एवं

कप्तान एच.पी.एस. आहलूवालिया द्वारा गठित चौथे और पाँचवें आरोहण दल अभियान पर जाने के लिए तैयार हो गए थे। मौसम का मिजाज काफी समय से बिगड़ा हुआ था। क्या यह ऐसा ही चलता रहेगा? पाँच दलों को भेजना और उनसे शिखर विजय की उम्मीद करना, एक बड़ी महत्त्वाकांक्षा थी। अत: मैंने तय किया कि दो जत्थे साथ-साथ चढ़ाई करेंगे और 24 तारीख को शिखर पर पहुँचने का प्रयास करेंगे। इस प्रकार हमारे चार आदमी एक बार में चोटी पर खड़े होंगे। लेकिन दूसरे दिन ही बहुत वेगवती हवाएँ चलने लगीं और इन प्रचंड हवाओं से ठेली गईं बर्फ ने पहाड़ को पूरा ढक दिया, जिसके कारण दृश्यता नष्ट हो गई। भविष्यवाणी हुई कि 24 से लेकर 27 तक मौसम खराब रहेगा। अत: प्रयास को स्थगित करना पड़ा और 48 घंटे की लगातार चढ़ाई का सिलसिला टूट गया।

सहायक सरदार फू दोर्जी को शीर्ष टोली में शामिल कर लिया गया। आरंभ में हमारा यही करने का विचार था, लेकिन प्रस्ताव मुख्यत: इसलिए खारिज करना पड़ा, क्योंकि हमारे पास ऑक्सीजन की बहुतायत नहीं थी। हमने जब अपने पास कुल ऑक्सीजन भंडार का हिसाब लगाया, तो पता चला कि हमारे पास केवल तीस बोतलें हैं। अत: फू दोर्जी को एक-बार फिर शीर्ष दल में वापस ले लिया गया। फू दोर्जी ने बहुत बढ़िया काम किया था। उसने प्रथम सहायक दल का नेतृत्व किया था और शिखर पड़ाव, अर्थात् कैंप स्थापित करने में मदद की थी तथा वहाँ तक सामान ले जाने का भी कार्य किया था। हम नेपाल से किसी व्यक्ति को शामिल करना चाहते थे। निश्चित रूप से, वह हमारी पहली पसंद था। तदनुसार हमने उसे दो दिन के अंदर दक्षिण घाटी, अर्थात् साउथ कोल पहुँचने तथा 27 तारीख को शिखर की ओर प्रस्थान करनेवाले जत्थे में शामिल होने के लिए कहा।

चौथी शिखर टोली ने 26 मई को ल्होत्से के ऊपरी भाग पर कैंप-6 के लिए प्रस्थान किया। ल्होत्से मुखाग्र से ऊपर की ओर थोड़ी ही दूरी पर बी.पी. सिंह को दिल की तकलीफ सताने लगी। अत: उन्हें अपना इरादा बदलना पड़ा और अगवानी पड़ाव (एडवांस बेस) की ओर लौटना पड़ा। दूसरे लोग कैंप-6 की तरफ आगे चले गए और अगले दिन जब वे साउथ की तरफ बढ़ रहे थे, उसी दिन फू दोर्जी उनके पास पहुँच गया।

23 मई का दिन चमकीला और साफ था। एक रस्सी पर आहलूवालिया और फू दोर्जी थे, और दूसरी पर रावत तथा बहुगुणा थे; वे लोग सात शेरपाओं के साथ अंतिम कैंप तक ऊपर चढ़ गए, जहाँ एक और तंबू लगाने के लिए विशेष रूप से चबूतरा बनाया गया था।

29 मई, समय प्रात: 5:10 बजे, रावत की धीमी सी आवाज सुनाई दी, "हम अब जा रहे हैं।" कैंप-6 में डॉक्टर चक्रवर्ती ने यह आवाज सुनी। हम सभी जोश में थे। यह

पहली चढ़ाई की बारहवीं वर्षगाँठ थी।

इस टोली की मुसीबतें खत्म नहीं हो रही थीं। शिखर कैंप छोड़ने के कुछ ही समय पश्चात् बहुगुणा को कमजोरी और अत्यधिक थकावट महसूस होने लगी; कैंप-6 में पहुँचने के बाद ही बहुगुणा को खुजली होने लगी थी, जिसकी वजह से वे रात भर ठीक से सो नहीं सके थे। वे समझ गए कि वे रावत के लिए एक बोझ साबित हो रहे हैं। सच तो यह है कि उनके विचार में खुद के बजाय टोली अधिक महत्त्वपूर्ण थी। अतः बहुगुणा ने आग्रह किया कि रावत को आगे जाने दिया जाए। उन्होंने खुद को रस्सी के बंधन से मुक्त किया और लौट आए। रावत ने कुछ समय तक अकेले ही चढ़ना जारी रखा, लेकिन बाद में उन्हें फू दोर्जी तथा आहलूवालिया का साथ भी मिल गया।

सुबह के 8.50 बजे तक किसी भी प्रेक्षण चौकी से कोई भी आरोहियों को नहीं देख सका। फिर कुमार और मैंने उन्हें दक्षिणी शिखर पर चढ़ते हुए देखा। दक्षिणी चोटी से 30 फीट नीचे उतरते समय उन्हें शिखर टीले को झलक मिली और उन्होंने देखा कि चोटी पर तिरंगा बड़ी शान से लहरा रहा है। वे जोश से भर उठे और चिमनी की तरफ चल पड़े; सुबह के 10 बजने तक वे उसे पार कर गए। पिछले आरोही दलों के पद-चिह्न अभी भी वहाँ दृष्टिगोचर थे।

दोपहर में कुमार ने उन तीनों को चिमनी के नीचे देखा और 1 बजे वे दक्षिणी शिखर के नीचे थे। 3.30 बजे तक वे शिखर कैंप पहुँच गए थे और एक घंटा आराम करने के बाद वे दक्षिण घाटी (साउथ कोल) के रास्ते पर वापस चल दिए, और सायं 6.15 वहाँ पहुँच गए। उनकी सफलता का पक्का अनुमान हो चला था, लेकिन वॉकी-टॉकी सेट के काम न करने की वजह से पुष्टि नहीं हो सकी थी। हम बेचैन और चिंतित थे।

सफलता की पुष्टि अगले दिन हुई, जब आरोहक अर्थात् चढ़ाई पर गए लोग अग्रवासी पड़ाव (एडवांस बेस) में पहुँच गए। वे एक-दूसरे की बाँहों में बाँह डाले हुए गए थे और एक साथ शिखर पर पहँचे थे। 29 मई को प्रातः 10 बजे तो कमाल ही हो गया, जब चौथी रस्सी से बँधा सातवाँ, आठवाँ तथा नौवाँ आरोही शिखर पर पहुँचने में सफल रहा। हमने आशा की थी कि पहाड़ की चोटी पर पहुँचने में अवश्य ही सफल होंगे। केवल 3 को पहुँचने में सफलता प्राप्त हुई। इसके पहले 3 भी कभी एक साथ चोटी पर खड़े नहीं हुए थे। हमें इस बात की खुशी थी कि नेपाल ने भी हमारी इस कीर्ति में हिस्सा लिया। नेपाल से जो सहायता हमें मिली, उसका ऋण हम कभी नहीं चुका पाएँगे। चोटी पर पहुँचनेवाले देशों में हमारा नंबर चौथा था। दस दिन के अंदर हम चार बार चोटी पर चढ़ने में विजयी हुए थे।

31 मई को अंततः हम सभी नीचे मूल अड्डे (बेस कैंप) में आ गए। पूरी रात जश्न चला, खुशी मनाई गई। अगले दिन हमने पर्वतों में सबसे ऊँचे पर्वत को विदा कहते

हुए खुंबुत्से तथा ल्हो-ला की छाया के नीचे रोड़ी-कंकड़ से ढके भूभाग को छोड़ दिया।

मुझे तरह-तरह के विचार आने लगे, सचमुच यह हमारी उपलब्धि थी। प्रभु की कृपा हम पर रही, मौसम दयावान रहा; हमने अभूतपूर्व सफलता हासिल की थी। फिर भी, क्या यह विजय थी? पर्वतों से कौन जीत सकता है। हम विनम्रता से ओत-प्रोत थे। हम 'सागरमाथा' की तीर्थयात्रा पर आए थे, देवगण हमसे प्रसन्न थे, तभी तो उन्होंने हमें गर्भगृह में प्रवेश करने दिया। हम लोगों में से नौ लोगों ने पवित्र, पूज्य स्थान का स्पर्श प्राप्त कर लिया था।

यह असाधारण सफलता 19 सदस्यों के श्रेष्ठ सहयोग से ही संभव हो सकी। शिखर को छूकर आनेवाले प्रत्येक व्यक्ति ने अपनी सफलता का श्रेय पूरी टीम को दिया। सच कहें तो पूरी टीम शिखर पर चढ़ी थी।

इसके अलावा यह कहना भी अप्रासंगिक नहीं होगा कि हम अपने महान् पूर्ववर्ती विजेताओं के कंधों पर चढ़कर गए थे; हमने उनके अनुभव का लाभ उठाया था। मुझे जॉर्ज मैलोरी और इरविन का ध्यान आया; मैंने उनकी स्मृति को प्रणाम किया। मैंने बितानवी, स्विस और अमरीकी अभियानों को याद किया, जो हमसे पहले चोटी पर पहँचे थे। बिग्रेडियर ज्ञान सिंह और मेजर जॉन डायस को याद करना भी कम महत्त्वपूर्ण नहीं था, जिन्होंने 1960 और 1962 में भारतीय एवरेस्ट अभियान का नेतृत्व किया था। वे हमारे पथ-प्रदर्शक बने और नंदू जयाल हमारा अनुभवी सलाहकार।

हमारी सफलता का अच्छा-खासा श्रेय मौसम के बारे में बढ़िया और सही-सही रिपोर्टों के खाते में भी जाता है; ये रिपोर्टें हम दिन में तीन बार मौसम विभाग से आकाशवाणी के जरिए प्राप्त करते थे। डॉ. दास के अनथक प्रयासों का ही फल था कि मौसम संबंधी समाचार हमें ठीक समय पर और स्पष्ट शब्दों में मिलते रहे, इस व्यवस्था से हमें बहुत सहायता मिली।

कुछ एक वस्तुओं को छोड़कर हमारे सभी उपकरण हमें भारतीय स्रोतों से प्राप्त हुए। उपकरण बढ़िया किस्म का विश्वसनीय और टिकाऊ था, जो अधिकतर आयुध-सामग्री का निर्माण करनेवाले कारखानों में बना था। मैसूर स्थित रक्षा खाद्य अनुसंधान प्रयोगशाला तथा दूसरे अनुसंधान यूनिटों ने हमें 'इंस्टेंट' और उच्च-ऊर्जादायक खाद्य पदार्थ उपलब्ध कराए, जो न केवल पौष्टिक थे, बल्कि स्वादिष्ट भी थे। हम काफी बड़ी मात्रा में विभिन्न प्रकार के फ्रूट जूस (फलों का रस) भी अपने साथ ले गए थे; इन जूसों ने हमें निर्जलीकरण से बचाए रखा और इनकी बहुत माँग भी थी, विशेषकर संतरे और सेब के जूस की।

अंत में मैं अपने इन शानदार वीरोचित् एवं भले शेरपाओं को कभी नहीं, कभी भी नहीं भूल सकता, जिन्होंने एक अभूतपूर्व कार्य का उदाहरण पेश करके अपने ही सारे

कीर्तिमानों को पीछे छोड़ दिया। उनकी अपरिमित सहायता, पूर्णनिष्ठा और जबरदस्त दिलेरी तथा सहनशक्ति के बिना हमें यह सफलता मिल पाना असंभव था। पहाड़ों के ये भोले-भाले नाटे और गठीले, सदैव खुश एवं प्रसन्न रहनेवाले, विश्वसनीय, मैत्रीपूर्ण एवं निष्कपट इनसान, हमारे दोस्त और संगी-साथी थे। हमें उनकी पारस्परिक घनिष्ठ मैत्री में बहुत मजा आया।

बहुत ऊँची-ऊँची पहाड़ियों पर रहनेवाले 46 शेरपाओं में से एक (सहायक सरदार फू दोर्जी) एवरेस्ट की चोटी पर पहुँच गया, 19 ने भारी बोझा उठाकर अंतिम शिखर तक पहुँचाया और अन्य 22 ने साउथ-कोल (अर्थात् दक्षिणी घाटी) तक। उनमें से बहुतों ने चार-चार बार भार उठाकर आगे पहुँचाया, और एक ने तो पाँच बार। वे अपना काम करने के लिए सदैव तैयार रहते थे और उनमें से बहुतों ने खेद जताया कि ऊपर पहाड़ों पर उनके लिए पर्याप्त काम नहीं होता है। वे भार उठाकर अंतिम कैंप तक ले जाने के लिए तैयार थे, हालाँकि वह आखिरी पड़ाव (27,300 फीट की ऊँचाई पर) किसी पर्वतारोहण अभियान द्वारा स्थापित किया गया अब तक का सबसे ऊँचा पड़ाव था।

मेरे विचारों का सिलसिला पीछे 25 फरवरी की ओर मुड़ गया, जब हमने एवरेस्ट अभियान शुरू किया था। यदि उस समय हवाएँ इतनी निष्ठुर न होतीं और मौसम हमारी इच्छाओं के विरुद्ध न होता, तो हम अपनी योजनानुसार 27 अप्रैल को एवरेस्ट की चोटी पर पहुँचने की उम्मीद कर रहे थे। एवरेस्ट के इतिहास में यह पहली बार हुआ कि चोटी पर पहुँचने का कार्यक्रम उस मौसम में इतनी जल्दी आरंभ किया गया, जैस होना था। हमने 85 दिनों में लक्ष्य प्राप्त कर लिया।

कितना सुकून! साथ-ही-साथ कितना आनंद! ईश्वर की कृपा से हम अपने इरादे में कामयाब रहे।

□

प्रस्ताव

यह सारी शुरुआत 1964 में स्वतंत्रता दिवस की एक बहुत भीगी सुबह को हुई। मैं राई में अपने घर में था। यह एक गाँव है, जो ग्रांड ट्रंक रोड पर दिल्ली से लगभग 20 मील दूर पड़ता है। लगातार हो रही बरसात ने मेरे घर समेत पूरे गाँव को बेबस कर दिया था; हमारे रहने–बैठने के कमरों में कम–से–कम एक फीट पानी भर गया था, जो हिलोरें मार रहा था। मेरी पत्नी पुष्पा और मैं मेज पर चढ़े बैठे थे। जी.टी. रोड की सतह गाँव की सतह से अधिक ऊँची होने के कारण पानी में डूबने से बच गई थी। लेकिन वहाँ

तक पहुँचने के लिए जरूरी था कि आप कपड़ों और जूतों को ऊपर उठाकर या सिर के ऊपर रखकर पानी के बीच से निकलकर जाएँ। जब मैं अपनी खिड़की से बाहर झाँक रहा था, मैंने एक डाकिए को देखा, जिसने अपनी वही नीरस खाकी रंग की वरदी पहनी हुई थी। वह घर के चारों ओर कूद-फाँदकर किसी तरह अंदर आने का रास्ता खोज रहा था। अंत में उसने अपनी पतलून के पाँयचे ऊपर चढ़ाए और पानी में उतर गया। वह अभी कुछ कदम ही आगे बढ़ा था कि फिर ग्रांड ट्रंक रोड की तरफ लौट गया। उसने अपनी वदरी उतारी, अपने डाक के थैले, अपने जूते तथा अपनी पतलून को सिर पर रखा और अपने कच्छे-बनियान में ही पानी में घुस गया। खंदक को पार कर, लगभग तैरता हुआ, वह हमारे घर के दरवाजे तक आ पहुँचा। वह डाक का एक बड़ा पुलिंदा लेकर आया था, जिसमें कुछ तार और बहुत सारे खत थे। मैं खतों को खोलने और पढ़ने में व्यस्त हो गया, पुष्पा ने टेलीग्राम निकाल लिये। एक तार, जो उसे कुछ जरूरी लग रहा था, उसने खोला और जोर से पढ़ना शुरू कर दिया। वह तार भारतीय पर्वतारोहण संस्था (इंडिया माउंटेनियरिंग फाउंडेशन) के सचिव, चक्रवती से आया था। उसमें लिखा था, "16 अगस्त तक सरीन से अवश्य मिल लें।"

पुष्पा और मैं, हम दोनों ही असमंजस में पड़ गए। सरीन से मेरी मुलाकात कुछ ही दिन पहले हुई थी। गुत्थी कुछ-कुछ सुलझती नजर आई, जब कुमार और उसकी बहन, सरोज शाम को चंडीगढ़ से आ पहुँचे। डाकिए की तरह, उन्होंने भी घर को हर तरफ से देखा और अंततः वापस सड़क पर चले गए, जहाँ उनकी छोटी फिएट कार खड़ी थी। कुमार 'मोहन-मोहन' चिल्ला रहा था। लेकिन इससे पहले कि उसकी आवाज मेरे कानों तक पहुँचती, वे दोनों भाई-बहन पानी भरे रास्ते को चीरते हुए आधा रास्ता तय कर चुके थे। घर में पहुँचने तक वे पूरी तरह लथपथ हो गए थे। हमने उन्हें सूखे कपड़े दिए और उन्हें ऊँचे-ऊँचे स्टूलों पर बिठाया। कुमार को भी वैसा ही तार मिला था, हमारी तरह वह भी कुछ समझ नहीं पा रहा था। सरीन से भेंट करें उसी दिन? लेकिन क्यों? बेशक, हम दोनों को एक साथ सरीन से मिलना था। क्या यह मुलाकात एवरेस्ट के बारे में तो नहीं?

अगले दिन मैं केंद्र सरकार सचिवालय के साउथ ब्लॉक में श्री सरीन से मिलने पहुँचा। हमेशा की तरह उस समय भी वे सरकारी फाइलों के पीछे आधे छिपे हुए थे। सरीन की बड़ी मेज पर कई टेलीफोन रखे थे और बार-बार उनकी घंटी बज रही थी। सरीन महोदय भारतीय पर्वतारोहण संस्था की प्रायोजन समिति (स्पॉन्सरिंग कमेटी) के एक महत्त्वपूर्ण सदस्य थे; अब वे उसके अध्यक्ष हैं। वे हिमालयन पर्वतारोहण संस्थान, दार्जिलिंग की कार्यकारिणी परिषद् के सदस्य-सचिव भी थे और नवंबर 1954 में इस संस्थान के आरंभ होने के समय से ही वे इसकी देख-रेख करते आ रहे थे। एक दशक से भी अधिक समय से वे इस देश में पर्वतारोहण के उद्देश्य के प्रति समर्पित रहे हैं।

कागजात के ढेर से अपना सिर ऊपर उठाकर श्री सरीन ने मुझे देखा और कहा, "मुझे आपको बताते हुए बहुत खुशी हो रही है कि प्रायोजक समिति ने तृतीय एवरेस्ट अभियान का नेतृत्व आपको सौंपने का निर्णय किया है। मैं आशा करता हूँ, यह तीसरा अवसर अवश्य शुभ एवं सफल सिद्ध होगा। इस बार हमें अवश्य विजयी होना चाहिए।"

मैं जोश से भर उठा। मेरे विचारों की उड़ान एवरेस्ट की ओर चल पड़ी। इस बार हमें शिखर तक अवश्य पहुँचना था। मुझे ऐसा अनुभव होने लगा, मानो मैंने अभी, पहाड़ चढ़ना शुरू कर दिया हो। अंतिम शिविर, आखिरी कैंप अथवा आखिरी पड़ाव बहुत महत्त्व रखता है, मैं सोच रहा था। आखिरी कैंप और भी ऊँचा होना चाहिए, पहले के किसी भी आखिरी कैंप से अधिक ऊँचाई पर अंतिम पड़ाव···। श्री सरीन बोलते गए, "कप्तान नरेंद्र कुमार डिप्टी लीडर होंगे।"

मैं इतना अधिक भावपूर्ण था कि मुझसे कुछ अधिक कहते नहीं बना। अचानक मुझे खयाल आया कि मेरे ऊपर भारी जिम्मेदारी डाल दी गई है। मैं कुछ स्तब्ध था, उसी मन:स्थिति में मैं उठा, श्री सरीन से हाथ मिलाया और मुझ पर इतना अधिक भरोसा करने के लिए मैंने उन्हें तथा प्रायोजक समिति को धन्यवाद दिया। मैंने उन्हें आश्वस्त किया कि मैं उनके विश्वास पर खरा उतरने का भरसक प्रयत्न करूँगा।

जैसे ही मैं बाहर आया, कुमार ने मुझे सलाम किया। हमने एक-दूसरे को बधाई दी और हाथ मिलाए, हाथ जो पहले भी मिल चुके थे और जिन्हें अब आनेवाले एक लंबे समय तक पकड़े रहना था। कुमार को अपने डिप्टी के रूप में पाकर मैं खुश था। गठीला बदन, तंदुरुस्त, भरोसेमंद और ईमानदार, एक पुराना दोस्त, उससे बेहतर इनसान मेरे लिए और कोई नहीं हो सकता था। कुमार को प्यार से 'बुल' कहा जाता है, यह उपनाम उसे राष्ट्रीय रक्षा अकादमी में मिला जहाँ एक कैडेट के रूप में वह एक बहुत अच्छा बॉक्सर (मुक्केबाज) था और अपने शारीरिक पराक्रम के कारण उसका काफी नाम हो गया था। उसे कभी-कभी 'जैम्बॅरी' भी पुकारा जाता है; यह नाम उसे याद दिला देता है कि 1947 में 14 वर्ष की आयु में उसने पेरिस में आयोजित वर्ल्ड स्काउट जैम्बॅरी में हिस्सा लिया था। कुमार से मेरी पहली मुलाकात 1959 में हुई। 1959 के रथांग अभियान में हमने साथ-साथ चढ़ाई की थी और 1960 में एवरेस्ट की चढ़ाई में भी हम एक साथ थे तथा 28,300 फीट की ऊँचाई तक गए थे। कुमार ने 1958 में त्रिशूल, 1961 में नीलकंठ और 1964 में नंदा देवी तक गए पर्वतारोहण अभियानों का सफल नेतृत्व किया था। नीलकंठ चोटी, जिसे पिछले कई जाने-माने पर्वतारोही अथक प्रयासों के बावजूद छू नहीं पाए थे, पर चढ़ने में सफलता तो अवश्य मिली, किंतु उस अभियान के नायक को गंभीर हिमदाह (फ्रॉस्ट-बाइट) हो जाने के कारण उसके पैर की कुछ उँगलियों को काट देना पड़ा। नेतृत्व के लिए चुने गए व्यक्ति की अंतिम क्षणों

में असफलता को देखते हुए पर्वतारोही दल ने कूच करने के कुछ दिन पहले कुमार को नंदादेवी अभियान का नायक चुना गया। कुमार की संगठनकारी क्षमताओं को पूरा पुरस्कार मिला। इस महान् पर्वत पर किसी भारतीय अभियान की पहली सफलता हमारे लिए एवरेस्ट विजय की दिशा में एक शुभ संकेत थी। यद्यपि मैं जानता था कि कुमार बेस कैंप के बहुत आगे नहीं जा सकेंगे, फिर भी यह स्पष्ट था कि बेस कैंप में उनका अनुभव तथा प्रशासनिक कुशलता का बहुत लाभ मिलनेवाला है, जो उनकी चढ़ाई करने संबंधी अक्षमता की कहीं अधिक भरपाई कर देगा। बुल का मानना है कि पहाड़ एक चुनौती पेश करते हैं और काम जितना अधिक कठिन होता है उसे पूरा करने की उनकी इच्छा उतनी ही अधिक बलवती हो जाती है।

मैंने 1 सितंबर को दिल्ली में अपना मुख्यालय स्थापित किया। कुमार वहाँ पहले से ही मौजूद थे। हम अपनी योजना में व्यस्त हो गए। अभियान को मध्य फरवरी में पर्वत के लिए रवाना होना था; तैयारियाँ पूरी करने के लिए हमारे पास मुश्किल से साढ़े पाँच माह का समय था। और उस अवधि में एक उपयुक्त टोली का चयन करने के लिए हिमालय पर्वतारोहण संस्थान की मदद से एक विशेष एवरेस्ट पूर्व प्रशिक्षण कार्यक्रम चलाया जाना था। इस कार्यक्रम में 21,911 फीट की ऊँचाई पर रथांग चोटी तक पहुँचना शामिल था; कंचनजंगा रेंज में अब तक अविजित इस चोटी पर चढ़ने में करीब पाँच सप्ताह का समय लगना था। इस अवधि को निकालकर हमारे पास अत्यंत विशाल संगठनात्मक कार्य के लिए लगभग चार महीने बचते थे। हमें अभी हजारों काम निपटाने थे और हजारों आधे-अधूरे ढीले धागों को कसकर मजबूती से जोड़ना बाकी था। एक सीमित समय के अंदर ही हमें बहुत कुछ सोच-विचार करना था। रथांग अभियान मध्य अक्तूबर के आस-पास आरंभ होना था और टीम का चयन अभियान की समाप्ति पर एक माह बाद तक नहीं किया जा सकता था। तब तक सारा काम मुझे और कुमार को सँभालना था और इसके साथ ही हमें कुछ अति-तात्कालिक एवं महत्त्वपूर्ण समस्याओं की ओर भी अविलंब ध्यान देना था।

हमारे सामने सबसे पहला काम उपकरण की कुछ ऐसी अनिवार्य वस्तुओं तथा कच्चे माल का आयात करना था, जो भारत में उपलब्ध नहीं थे। इनमें से एक था, सोने के थैलों और पहनने के सूटों के लिए अपेक्षित बड़ी समुद्री बत्तखों के पंख। दूसरी वस्तु थी, अच्छी किस्म की धातु तथा प्लास्टिक के बने जिप। हम वेल्क्रो नामक कसनी का प्रयोग करना चाहते हैं; यह एक प्रकार की जिप है, जिसमें दो फीते होते हैं, एक में नाइलॉन-धागे के बहुत छोटे-छोटे हुक होते हैं और दूसरे में लूप (फंदे) होते हैं, दोनों को जब एक साथ दबाया जाता है तो वे मजबूती से चिपक जाते हैं। इतनी आवश्यक चीजों के बिना कुछ बहुत जरूरी कपड़े तैयार करवाना संभव नहीं था।

ऑक्सीजन की बोतलें और मास्क भी उतने ही जरूरी थे। ऑक्सीजन की बोतलें फ्रांस से मँगाई जाती थीं। ऑक्सीजन मास्क के लिए बहुत अधिक छान-बीन का कार्य करना था। पिछले दो भारतीय अभियानों में हमारे मास्कों ने हमें बहुत तकलीफ दी थी। यह एक अत्यावश्यक वस्तु थी, जो पर्वतारोहण के दौरान श्वास और जीवन प्रदान करती है। 1963 में अमरीकियों ने (डॉ. हॉर्नबेन के मार्गदर्शन में) एक साधारण और दोषरहित मास्क तैयार किया था। हमें यह मास्क या तो अमरीका से प्राप्त करना था या फिर इसको भारत में तैयार कराना था।

शेरपाओं की एक मजबूत टीम का चयन किया जाना था। हर वसंत में आधा दर्जन से अधिक अभियान नेपाल की ओर करते हैं और स्वाभाविक है, प्रत्येक अभियान उपलब्ध शेरपाओं में से श्रेष्ठतम को चुनने का प्रयास करता है। कुछ शेरपाओं को तो एक या दो वर्ष पहले ही बुक कर लिया जाता है। शेरपाओं की बुकिंग का काम काठमांडू स्थित हिमालयन सोसाइटी देखती है। चूँकि यह सोसाइटी नई है और शेरपाओं से संपर्क करने में समय लगता है, जो सोलू और खुंबु जिलों के दूरदराज के इलाकों में रहते हैं, जहाँ पहुँचने में काठमांडू से करीब दो सप्ताह लगते हैं, इसलिए शेरपाओं की बुकिंग की पुष्टि उतनी जल्दी नहीं हो सकती थी, जितनी जल्दी हम चाहते थे।

कुमार और मैंने आपस में काम बाँट लिया। कुमार को काठमांडू जाना था और शेरपाओं का प्रबंध करना था। एवरेस्ट विजेता नवांग जोम्बू को इस मिशन के लिए कुमार के साथ जाना था। काठमांडू स्थित सोसाइटी में उपलब्ध सभी शेरपाओं को बुक करने के बाद गोंबु के सोलू और खुंबु जाना था, शेरपाओं से व्यक्तिगत रूप से मिलना था और उन्हें अग्रिम भुगतान करना था, ताकि वे हमारे लिए टिके रहें। काठमांडू से लौटने के बाद कुमार को उपकरण संबंधी कार्य की देखभाल का जिम्मा भी सौंप दिया गया। मैंने विदेशी कंपनियों से संपर्क करने, उन्हें सप्लाई के ऑर्डर पेश करने तथा ऑक्सीजन बोतलें एवं मास्क प्राप्त करने का काम सँभाला। खाद्य, वायरलेस संचार-व्यवस्था तथा अन्य संबद्ध मामलों की ओर बाद में ध्यान दिया जा सकता था।

डिफेंस ऑर्डिनेंस फैक्ट्रियों ने 1960 और 1962 एवरेस्ट अभियानों के लिए हमारे लिए इतने बढ़िया किस्म के उपकरण बनाए थे कि इस बार भी हमने उन्हीं से संपर्क किया। इस बार हम पहले से भी अधिक भाग्यशाली रहे, क्योंकि श्री सरीन ने कुछ माह पहले ही रक्षा उत्पादन विभाग का कार्यभार सँभाला था। अत: उपकरण के बारे में हमें चिंता करने की कोई जरूरत नहीं थी।

कुमार और गोंबु ने काठमांडू में नेपाल सरकार के शिष्टाचार विभाग प्रमुख तथा हिमालयन सोसाइटी के पदाधिकारियों से भेंट की। पहली समस्या दार्जिलिंग शेरपाओं

को लेने से संबंधित थी। सोसाइटी के नियमों के अनुसार नेपाल में किसी भी विदेशी अभियान के साथ दो से अधिक गैर-नेपाली शेरपाओं को लेने की अनुमति नहीं थी और वह भी एक विशेष मामले के रूप में। संयोगवश 1964 में सोसाइटी इस नियम को लागू करने के विषय में विशेष हठी अथवा कठोर नहीं थी और कुमार को यह आश्वासन भी मिल गया कि हम जितने चाहें उतने दार्जिलिंग शेरपाओं को ला सकते हैं। अत: इस मामले में कुमार भाग्यशाली रहे।

तथापि कुमार को शीघ्र ही पता चल गया कि कुछेक सुप्रसिद्ध शेरपाओं को अन्य अभियानों द्वारा पहले ही बुक किया जा चुका था। किस्मत से कुमार की सहायता के लिए कर्नल जिमो रॉबर्ट्स आगे आ गए, जो शेरपाओं को भली-भाँति जानते हैं और हिमालयन सोसाइटी में काफी प्रभाव रखते हैं। शेरपाओं का चयन काफी संतोषजनक रहा; आवश्यक राशि सोसाइटी को सौंप देने का काम भी पूरा हुआ। काठमांडू से गोंबु को शेरपाओं से मिलने और धरोहर राशि वैयक्तिक रूप से उन्हें देने के लिए नमचे बाजार जाना पड़ा। 46 नियमित के अलावा हमें हिमपात पर कुछ दिनों के काम के लिए करीब एक दर्जन या अधिक शेरपाओं की जरूरत थी। गोंबु ने कुछ और शेरपाओं से संपर्क किया। नमचे बाजार स्थित पड़ताल चौकी से वायरलेस के जरिए उन शेरपाओं का विवरण दिल्ली में हमारे पास भेज दिया। नमचे बाजार में अपनी मौजूदगी का लाभ उठाते हुए गोंबु ने चावल, मिट्टी के तेल, अंडों, चूजों और याकों के लिए ऑर्डर दे दिए, जिनकी हमें बेस कैंप में तथा ऊपर हमारे ठहरने के दौरान जरूरत होगी।

कुमार ने विलियम एफ. अनसॉइल्ड से मुलाकात की, जिसने 1963 में वेस्ट रिज (पश्चिमी पर्वतश्रेणी) से एवरेस्ट पर चढ़ाई की थी। उसने वेस्ट रिज से ही चढ़ने का प्रयास करने का सुझाव दिया। अमरीकी अभियान का लेखा-जोखा जानने के बाद मैं इस सुझाव को स्वीकार करने के लिए बहुत उत्सुक नहीं था। मैंने सोचा कि जब एक बार कोई जोड़ी उस परंपरागत दक्षिण-पूर्वी रिज के रास्ते शिखर पर पहुँचने में सफल हो जाएगी, जिस रास्ते को ब्रिटिश, स्विस और पिछले दो भारतीय अभियानों ने चढ़ाई के लिए पकड़ा था, तब हम वेस्ट रिज के बारे में विचार कर सकते हैं। मुझे इस बात का भय था कि वेस्ट रिज की तरफ से जाने के लिए हमें हर हालत में कुछ रास्ता तिब्बती क्षेत्र में होकर तय करना पड़ेगा और ऐसा करने से हम मुसीबत में फँस सकते हैं। मेरी शंकाएँ अनुचित नहीं थीं। हमारे अभियान के दौरान ल्हो-ला के ढलानों पर हमें सात चीनी दिखाई दिए, जो बमुश्किल एक मील दूर थे। जाहिर है, वे विशेष रूप से वेस्ट रिज पर हमारी गतिविधियों पर निगरानी रखने के उद्देश्य से आए होंगे। फिर भी मैंने कुमार को इस

मसले पर अनसॉइल्ड के साथ चर्चा करने के लिए कहा, विशेषकर उस संभावना के संदर्भ में कि क्या हम अपना आखिरी कैंप वेस्ट रिज पर अमरीकियों के आखिरी कैंप से अधिक ऊँचाई पर स्थापित कर सकते हैं। यह जरूरी था, क्योंकि अनसॉइल्ड और हॉर्नबेइन अपने अंतिम पड़ाव से सुबह के 6.15 बजे के बाद ही शिखर पर पहुँच सके थे; समय के हिसाब से यह बहुत देर से पहुँचने का मामला था, क्योंकि अगर कुछ भी गड़बड़ हो जाती तो उनके पास अपनी जान बचाने के लिए कोई समय नहीं बचता। हम अपना अंतिम पड़ाव यदि बहुत अधिक ऊँचाई पर स्थापित नहीं करते हैं, तो अमरीकियों के आखिरी कैंप की तरफ से चढ़ने का कोई भी प्रयास आत्महत्या करने जैसा हो सकता है।

कुमार जब दिल्ली लौटे, उनके पास वेस्ट रिज के बारे में कुछ उत्साहवर्धक समाचार था। अनसॉइल्ड के अनुसार अमरीकियों के अंतिम कैंप के 500 फीट ऊपर एक उपयुक्त स्थान है, स्थापित किया जा सकता है। बहरहाल, वेस्ट रिज के बारे में हम बाद में विचार कर सकते हैं, लेकिन यदि वेस्ट रिज की तरफ से कोई प्रयास करना भी पड़ा तो हमें बहुत बड़ी मात्रा में ऑक्सीजन की जरूरत होगी। हमारे शुरुआती अनुमान के अनुसार, हमें आक्सीजन की 150 बोतलें चाहिए थीं। और अगर हम अपनी योजना में वेस्ट रिज को शामिल करते हैं, तो हमें कम-से-कम 200 बोतलें लेनी होंगी। हमारे पास विदेशी मुद्रा की सीमित राशि थी; हमें मदद के लिए प्रायोजन समिति के पास जाना पड़ा। श्री सरीन विदेश गए हुए थे। मैंने तुंरत प्रायोजक समिति के अध्यक्ष श्री एस.एस. खेड़ा से मिलने का समय माँगा। श्री खेड़ा, जो उस समय भारत सरकार में कैबिनेट सेक्रेटरी थे, एक बहुत ही व्यस्त व्यक्ति थे। मैंने जब कैबिनेट कक्ष में प्रवेश किया, मुझे पता चला कि दो-चार मिनट के अंदर ही कैबिनेट की बैठक शुरू होनेवाली है। दो या तीन मंत्री वहाँ पहले से ही मौजूद थे तथा कुछ और आ रहे थे। जब से मुझे पर्वतारोहण अभियान का लीडर चुना गया था, श्री खेड़ा मिलने का यह पहला अवसर था, फिर भी हँसी-खुशी जताने और बात करने के लिए कोई समय नहीं था। श्री खेड़ा ने अपने साथ वाली कुरसी पर मुझे बिठाया, जो कुरसी संयोगवश प्रधानमंत्री के लिए थी। समय व्यर्थ गँवाए बिना मैंने श्री खेड़ा को बताया कि हम पर्वत की चोटी से अपनी वापसी-यात्रा पर कुछ आड़ा-तिरछा मार्ग पकड़ने का विचार कर रहे हैं। श्री खेड़ा ने निर्णायक रूप से 'नहीं' कह दिया। उनका कहना था, "हम दो बार एवरेस्ट पर चढ़ने का प्रयास कर चुके हैं और हम विफल रहे। मैं एवरेस्ट विजय चाहता हूँ।" मैं उनके इस कड़े तेवर के पीछे छिपी भावनाओं को समझ सकता था। यह हमारा तीसरा प्रयास था ओर स्पॉन्सरिंग कमेटी (अर्थात् प्रायोजक

समिति) किसी चौथे प्रयास के खर्च की कल्पना भी नहीं करना चाहती थी। निस्संदेह, आड़ा-तिरछा रास्ता पकड़ना जोखिमपूर्ण था ओर दोनों तरफ से कोई भी प्रयास इतना पक्का और भरोसेमंद नहीं हो सकता था, जितना कि एक ही मार्ग पर पूरे ध्यान और सावधानी से किए जानेवाला प्रयास। "वेस्ट रिज का कोई मतलब ही नहीं, हम सहमत नहीं होंगे।" श्री खेड़ा ने दृढतापूर्वक कहा। श्री खेड़ा के स्वभाव को समझते हुए यह स्पष्ट था कि आगे किसी चर्चा के लिए कोई गुंजाइश नहीं है। तभी प्रधानमंत्री श्री लाल बहादुर शास्त्री ने कक्ष में प्रवेश किया। मैं क्षण भर की भी देरी किए बिना बाहर निकल गया।

नई दिल्ली में हमारा कार्यालय हर समय अत्यंत व्यस्त रहने लगा था। रोजाना ढेर सारी डाक आती थी और बाहर जाती थी। कुमार और मैंने चार दिन लगाकर उपकरण सूची को अंतिम रूप दिया। यह काम हो जाने के कुछ ही समय बाद विदेशी कंपनियों और भारत में मौजूद कंपनियों तथा आर्डिनेंस फैक्ट्रियों को सामान सप्लाई करने के ऑर्डर दे दिए गए। चढ़ाई के लिए इस्तेमाल किए जानेवाले कीलदार जूतों के ऑर्डर आरोही दल के प्रत्येक सदस्य के पैरों के नाप के अनसार बाद में दिए जा सकते थे।

ऑक्सीजन मास्क के बारे में यू.एस.ए. से मिला पहला जवाब उत्साहवर्धक नहीं था। जिस कंपनी ने अमरीकी अभियान दल के सदस्यों के लिए मास्क बनाए थे उस कंपनी ने सूचित किया कि उन्होंने मास्क बनाना बंद कर दिया है और मास्क बनाने के सभी औजार एक दूसरी कंपनी को दे दिए गए हैं। इस मामले में नई कंपनी तथा टॉय हॉर्नबेइन के बीच पत्राचार अभी चल ही रहा था, उसी दौरान मैंने नई दिल्ली में स्थित राष्ट्रीय भौतिक प्रयोगशाला (नेशनल फिजीकल लेबोरेटरी) के वैज्ञानिकों से संपर्क किया। नॉर्मन डाडिरेन्फॅर्थ एक अमरीकी मास्क श्री सरीन के पास छोड़ गए थे और वह मास्क मैंने जाँच के लिए एन.पी.एल. को दे दिया। यह एक बड़ा जटिल कार्य था। हमें एक विशेष प्रकार का रबड़ चाहिए था, जो शून्य से 40 डिग्री सेंटीग्रेड नीचे के तापमान पर भी सख्त नहीं होता है। मुझे राष्ट्रीय रसायन प्रयोगशाला, पूना (अब पुणे) और राष्ट्रीय रबर निर्माता कलकत्ता (अब कोलकाता) से संपर्क करने के लिए कहा गया। डाह (अर्थात-रंजक) के लिए 'गुडईयर' या किसी दूसरी बड़ी रबर कंपनी से परामर्श बहुत ही कम रुकावट वाले उपयुक्त वाल्व प्राप्त करने को लेकर थी। भाग्यवश हमें इस जटिल कवायद से उस समय बड़ी राहत मिली, जब टॉम हॉर्नबेइन और न्यूयॉर्क में हमारे सैन्य अताशे, ब्रिगेडियर नाथ, दोनों ने हमें सूचित किया कि सिएरा इंजीनियरिंग कं. नामक नई कंपनी ने हमारे लिए मास्क बनाना स्वीकार कर लिया है और वे मास्क हमें समय पर मिल जाएँगे। यह एक बड़ी समस्या थी, जिसका संतोषजनक समाधान हो गया।

एक और महत्त्वपूर्ण समस्या एक उपयुक्त टोली (अर्थात् टीम) का चयन करने की

थी। 1964 के वसंत में भारतीय पर्वतारोहण संस्था (इंडियन माउंटेनियरिंग फाउंडेशन) द्वारा तीन अभियानों को रवाना किया गया था। एक अभियान नंदा देवी के लिए था जिसका नेतृत्व कप्तान कुमार कर रहे थे; पंच चूली की ओर भेजे गए अभियान का नेतृत्व फ्लाइट ले. ए.सी. चौधरी ने किया था और नंदा देवी पूर्व तथा त्रिशूली की ओर भेजे गए अभियान का नेतृत्व मुझे सौंपा गया था। अभियानों में जिन आरोहियों का प्रदर्शन अच्छा रहा था, उन्हें रथांग, एवरेस्ट पूर्व कोर्स के लिए चुन लिया गया। कुछ ऐसे दूसरे लोगों का भी एवरेस्ट पूर्व परीक्षण के लिए चयन किया गया, जो उन तीन अभियानों में से किसी में भी शामिल नहीं थे, लेकिन जिनका पर्वतारोहण संबंधी रिकॉर्ड अच्छा था। अंतिम क्षण में एवरेस्ट पूर्व परीक्षण टीम में एक और व्यक्ति को सम्मिलित करना पड़ा और वह था डॉक्टर लाला तेलंग, जो उस समय क्लीवलैंड, यू.एस.ए. के एक अस्पताल में काम कर रहा था। एक सुबह क्लीवलैंड से दिल्ली के लिए एक लंबी दूरी का कॉल आया और दूसरी ओर पर लाला तेलंग था। वह कॉल कलकत्ता के रास्ते जोड़ा गया था और मैं सुन सकता था, हालाँकि आवाज धीमी सुनाई दे रही थी। "मैं एवरेस्ट अभियान में शामिल होना चाहूँगा" वह उधर से चीख रहा था। मैं लाला को अच्छी तरह से जानता था। उसने एच.एम.आई. में बेसिक और एडवांस कोर्स पूरा किए हुए थे और वह एक अच्छा डॉक्टर होने के साथ-साथ एक उत्साही पर्वतारोही भी था। उसकी लड़कों जैसी सूरत-शक्ल के पीछे एक परिपक्व बुद्धि छिपी हुई थी। उसकी उच्च-स्तरीय व्यावसायिक योग्यता ने उसे आत्म-विश्वासी बना दिया था। वह अत्यधिक उच्चता पर तबीयत बिगड़ने की दशा में उपचार हेतु दवाओं के विकास में बहुत अधिक दिलचस्पी ले रहा था और पिछले कुछ अभियानों में उसने अत्यधिक रुचि दिखाई थी, लेकिन अपने अध्ययन कार्य में बहुत व्यस्त रहने के कारण वह किसी भी अभियान में शामिल नहीं हो सका था। मैंने लाला को भारत आने और रथांग एवरेस्ट पूर्व परीक्षण में हिस्सा लेने की सलाह दी। लाला यूनाइटेड स्टेट्स से अपने खर्चे पर भारत आया और उसके साथ उसकी पत्नी, सुलू भी थी, जो खुद भी क्लीवलैंड के एक अस्पताल में काम कर रही थी। उन्होंने जरा भी यह खयाल नहीं किया कि इस पचड़े में पड़कर उन्हें अपनी-अपनी नौकरी से हाथ धोना पड़ सकता है। एक और आरोही था, जिसे दल में शामिल करने के लिए मैं उत्सुक था, और वह था सुमन दुबे, जो एक किशोर के रूप में (तरुणावस्था में) हमारे 1962 के एवरेस्ट अभियान के साथ गया था और उस दौरान दुबे ने साउथ कोल पर तीन दिन गुजारे थे। अब वह कैंब्रिज में पढ़ रहा था और 1965 के ग्रीष्मकाल में उसे अपनी अंतिम परीक्षा में बैठना था। दुर्भाग्यवश, सुमन ने बहुत दिनों तक विचार करने के बाद एवरेस्ट अभियान में शामिल होने का इरादा त्याग दिया।

रथांग न केवल पर्वतारोहियों के लिए, बल्कि हमारे कुछ उपकरणों के लिए भी एक कसौटी था, परख का मैदान बनने जा रहा था। आयुध सामग्री बनानेवाले कारखानों तथा हिमालयन माउंटेनियरिंग इंस्टीट्यूट द्वारा हमारे लिए तैयार किए गए उपकरण के कुछ नमूने हमारे पास थे। रक्षा प्रयोगशाला द्वारा निर्मित पकान-पूर्व त्वरित हिमीकरण-शुष्कित और निर्जलीकृत (pre-cooked accelerated freeze-dried and dehydrated) कुछ भोज्य वस्तुएँ भी हमारे पास थीं।

रथांग आरोहण अभियान में शामिल होने के लिए हमने 10 अक्तूबर, 1964 को दार्जिलिंग के लिए प्रस्थान किया।

□

रथांग

दार्जिलिंग, जहाँ हिमालयन माउंटेनियरिंग इंस्टीट्यूट स्थित है, भारत में अत्यधिक सुंदर हिल स्टेशनों में से एक माना जाता है। यह स्थान वास्तव में हिमालय की बर्फ–ढकी चोटियों का एक अद्‌भुत मनोरम दृश्य प्रस्तुत करता है। विश्व में तीसरी सबसे ऊँची चोटी, कंचनजंगा, जो दार्जिलिंग से लगभग 45 मील की दूरी पर है, दार्जिलिंग के ऊपर 21,000 फीट ऊँचा छत्र बनाए हुए दिखती है। अधिकांश समय इसकी हिमाच्छादित चोटी बादलों में छिपी रहती है, लेकिन जब कभी भी इसका घूँघट उठता है तो एकदम

श्वेत-धवल चोटी उजाले में अपनी अनुपम चकाचौंध बिखरता हुई आकाश को छूने की उच्चाकांक्षा लिये प्रतीत होती है। इसकी मोहक चमक और अविश्वसनीय सुंदरता देखकर व्यक्ति विस्मय एवं श्रद्धा से अवाक् रह जाता है। शहर से कुछ मील की दूरी पर टाइगर हिल है, जहाँ से आप सुबह-सुबह आसमान साफ होने की स्थिति में एवरेस्ट के शिखर को देख सकते हैं, जो दूर होने पर भी बिल्कुल अलग नजर आता है, छोटा है, किंतु दंभी भाव से सिर उठाए अपनी अलग पहचान रखता है। पहाड़ों के मोहक दृश्यों से भी अधिक दिलचस्प हैं दार्जिलिंग के लोग, जिनके बाल-सुलभ प्रमुदित चेहरों पर सदैव मुसकान बिखरी रहती है। वे प्रत्येक पर्यटक एवं सैलानी से मुसकराकर मिलते हैं और उनकी वह मुसकराहट पर्यटक के मन पर हमेशा के लिए मानवीय सौहार्द, प्रेम और निष्कपटता की छाप छोड़ जाती है।

एवरेस्ट पूर्व अभियान के सदस्य रथांग के लिए कूच करने से पहले 13 अक्तूबर, 1964 को दार्जिलिंग में ही एकत्रित हुए थे।

यहाँ बड़ी तादाद में जाने-माने पर्वतारोही भारत के विभिन्न भागों से आए हुए थे। उनमें से नौ लोग तो उस वर्ष कुछ ही माह पहले वसंत में भारतीय पर्वतारोहण संस्था द्वारा प्रायोजित तीन अभियानों में शिरकत कर चुके थे। नंदा देवी टीम से आए नवांग गोंबु, सी.पी. वोहरा और कप्तान एच.वी. बहुगुणा; त्रिशूली-नंदा देवी ईस्ट टीम ने दिए—एच.सी.एस. रावत, कप्तान जे.सी. जोशी, मेजर बी.एस. संधु और भानु बनर्जी और पंच-चूली टीम से कप्तान ए.एस. चीमा और अमूल्य सेन को लिया गया।

और भी अनेक लोग थे—एक सुप्रसिद्ध सिक्किमी पर्वतारोही सोनम ग्यात्सो; मेयो कॉलेज से एस.एन.एस. गंजू; गुजरात से नंदू पुरोहित; सर्वे ऑफ इंडिया से मेजर एल.पी. शर्मा; दिल्ली से देवी सिंह सिसोदिया; वेस्टर्न हिमालयन माउंटेनियरिंग इंस्टीट्यूट मनाली में प्रशिक्षक के पद पर कार्यरत ज्ञान चंद; लद्दाख से सोनम वांग्याल; कश्मीर के विंटर वारफेयर स्कूल से कप्तान एच.पी.एस. आहलूवालिया और हवलदार एस.एस. रावत। हिमालयन माउंटेनियरिंग इंस्टीट्यूट से आए चार पर्वतारोही और भी थे—तीन प्रशिक्षक ऐंग, लाटू और ताशी, तथा के.पी. शर्मा, जो उस संस्थान में इक्विपमेंट अधिकारी होने के साथ-साथ एक अनुभवी पर्वतारोही भी था।

इंडियन माउंटेनियरिंग फाउंडेशन

इन पर्वतारोही सदस्यों के अतिरिक्त तीन डॉक्टर थे और दो वायरलेस ऑपरेटर। इनमें एक थे डॉक्टर मेजर एम.ए. सोरेन, जो हमारे दूसरे एवरेस्ट अभियान में साथ रह चुके थे, दूसरे थे आर्मी मेडिकल कोर सेंटर, लखनऊ से कप्तान ए.के. चक्रवर्ती और क्लीवलैंड यू.एस.ए. से डॉ. लाला तेलंग, वायरलेस ऑपरेटर थे—चंडीगढ़ से आए

जी.एस. भंगु और केरल से पिल्लै, एच.एम.आई. के प्रिंसिपल, कर्नल बी.एस. जसवाल की अगुवाई करनी थी और मुझे एक प्रेक्षक के रूप में साथ जाना था। कुल मिलाकर हम अट्ठाइस लोग थे।

दार्जिलिंग और पहाड़ों पर मौसम बहुत बढ़िया था। कंचनजंगा का समूचा गिरिखंड चमकीली धूप से जगमगा रहा था। हमें लगा, जैसे हम सब एक ही परिवार के हों और एक ही आँगन में खड़े हों। हममें से अधिकतर एच.एस.आई. के भूतपूर्व छात्र थे; हमने इंस्टीट्यूट के कर्मचारियों को प्रणाम किया, उनकी कुशल-क्षेम पूछी और उनकी शुभ कामनाएँ स्वीकार कीं। उनमें विश्व के प्रथम एवरेस्ट विजेता तेजिंग नोर्गे थे, जो उक्त इंस्टीट्यूट में फील्ड ट्रेनिंग के निदेशक हैं, और अन्य अनेक शेरपा भी मौजूद थे, जो अनेक जोखिम भरे अभियानों का अनुभव प्राप्त कर चुके थे। अधिकतर सदस्य एक-दूसरे से भली-भाँति परिचित थे और जो नए थे, उनके साथ बहुत जल्द दोस्ती हो गई।

कंचनजंगा का अनुचर, रथांग, जिसकी ऊँचाई 21,911 फीट है, नेपाल-सिक्किम सीमा पर स्थित है। यह करीब-करीब एच.एम.आई. के प्रशिक्षण क्षेत्र के अंदर ही पड़ता है और संभवतया इसी कारण उसे एवरेस्ट पूर्व अभियान के लिए एक उपयुक्त एवं सुविधाजनक शिखर माना गया था।

इस चोटी तक पहुँचने के दो सुगम मार्ग थे, पहला इसके दक्षिणी मुख की तरफ से था, जो सिक्किम में पड़ता है और दूसरा पश्चिमी मुख की तरफ से, जो नेपाल में पड़ता है। दक्षिणी मुख से जानेवाले मार्ग पर हिमपात का सामना करना पड़ता है, हालाँकि यह इतना भयावह तथा अस्त-व्यस्त नहीं होता है, जितना कि एवरेस्ट का खुंबु हिमपात, जिसमें 1963 में अमरीकी टीम के एक युवा सदस्य की जान चली गई थी। दक्षिणी सिक्किम से जानेवाले मार्ग को दो-बार आजमाया जा चुका था; पहली बार 1959 में, जब एवरेस्ट पर चढ़ने के लिए इसी प्रकार के पर्वतारोहण अभियान का आयोजन प्रथम भारतीय अभियान के लिए किया गया था और दूसरी बार एच.एम.आई. उच्च प्रशिक्षण पाठ्यक्रम के दौरान दोनों अवसरों पर हिमपात को पार कर लिया गया था। लेकिन हिमपात के आगे का मार्ग दोनों अभियानों के लिए बहुत लंबा प्रतीत होता था, क्योंकि प्रत्येक टीम को दो-दो सप्ताह का सीमित समय दिया गया था।

पश्चिमी मुख से जानेवाले मार्ग के बारे में जो भी थोड़ी-बहुत जानकारी मिली थी, उससे संकेत मिलता था कि यह अधिक आसान रास्ता है। हमने पश्चिम की तरफ से रथांग जाने की योजना बनाई थी और उसके लिए एच.एम.आई. द्वारा नेपाल सरकार की अनुमति भी ले ली थी।

दार्जिलिंग पहुँचने पर हमारा दो दिन का समय हमारे उपकरण तथा अन्य सामान को छाँटने-सँभालने में लग गया। आर्डिनेंस फैक्ट्रियों द्वारा निर्मित उपकरण संबंधी

विभिन्न वस्तुओं के मॉडल कुमार लेकर आए थे। त्वरित हिमीकरण-शुष्कित तथा निर्जलीकृत खाद्य सामग्री की विभिन्न वस्तुएँ इसी प्रकार के परीक्षण के लिए श्री मंगु लेकर आए थे। यह पहला अवसर था जब हम किसी अभियान पर हिमीकरण-शुष्कित भोज्य का प्रयोग करने जा रहे थे। एच.एम.आई. ने के.पी. शर्मा की देख-रेख में कुछ वस्त्रों का उत्पादन आरंभ कर दिया था और हम उन कपड़ों को भी पहनकर देखने के लिए बहुत उत्सुक थे।

दार्जिलिंग में बिताए दो अति व्यस्त दिनों के बाद कुमार दिल्ली चले गए और बाकी हम लोग रथांग के लिए चल पड़े। यह बात 15 अक्तूबर की है। ज्ञान सिंह, हवलदार रावत, पुरोहित और ऐंग कामी की एक अग्रिम टोली तीन दिन पहले ही पश्चिम की तरफ से जानेवाले मार्ग की टोह लेने के लिए चली गई थी। उन्हें बेस कैंप के लिए कोई जगह चुननी थी, और यदि समय बचे तो आगे जाने का रास्ता भी खोज सकते थे।

हमारा पहला गंतव्य था एच.एम.आई. का बेस कैंप और दार्जिलिंग से वहाँ तक पहुँचने में सात दिन लगने थे। इस अवधि को घटाकर हमने पाँच दिन किया और हम लिक्षिय पहुँच गए। लिक्षिय से चलकर एक दिन में हम योकसुम पहुँचे, जो पश्चिमी सिक्किम में पड़ता है। योकसुम के आगे झाड़-झंखाड़वाला एक घना जंगल है, जिसमें जोंकों की भरमार है। जिस दिन हमें योमकुम से चलना था, हलकी-हलकी बारिश शुरू हो गई, जो जोंक परिवार के लिए पूरे दल-बल के साथ बाहर आने और पूरी ताकत से हमारे ऊपर जबरदस्त धावा बोलने का न्योता था। हम उस जंगल को पूरी रफ्तार से पार करना चाहते थे, लेकिन हमारे सामने 6000 फीट की ऊँची चढ़ाई और एक लंबा रास्ता था। दो दिन तक हम जोंकों के गिरोहों से लड़ते रहे और अंततः जोंगरी में 11,000 फीट ऊँची खुली रिज पर आ पहुँचे।

आगे का मार्ग बड़ा रोचक था। हमारे बिल्कुल सामने कंचनजंगा गिरिखंड स्वच्छ आसमान के नीचे अपनी चमकीली चोटियों के साथ शान से खड़ा था। पंडिग, काबरु और रथांग पर्वत-शिखर साफ दिख रहे थे। कंचनजंगा की मुख्य चोटी दिखाई नहीं दे रही थी। हम चढ़ाई चढ़ते हुए चोटी कैंप पहुँच गए, जिसकी ऊँचाई 14,500 फीट है और जहाँ एच.एम.आई. का बेस कैंप था। हमने वहाँ एक रात गुजारी। अगले दिन, हम रथांग हिमपात से आगे निकल गए। हम रथांग के घुमावदार रास्ते पर काफी समय तक किनारे-किनारे चलकर 'रथांग-ला' जा पहुँचे, जो नेपाल-सिक्किम सीमा पर 17,050 फीट की ऊँचाई पर एक दर्रा है। हमने उस दर्रे के दूसरी तरफ लगभग 16,000 फीट की ऊँचाई पर डेरा जमाया। 21 अक्तूबर को हम बेस कैंप पहुँच गए, जो हमारे से पहले गए दल ने यालुंग ग्लेशियर के हिमोढ़ पर स्थापित किया था। वह रास्ता पश्चिम रथांग ग्लेशियर तक जाता था।

एक दिन का भी विश्राम लिये बिना लंबे और श्रमसाध्य रास्ते पर चलते रहने और जल्दी-जल्दी एक-से-एक ऊँचे स्थानों पर डेरा डालने का असर कुछ सदस्यों के स्वास्थ्य पर पड़ने लगा था। जिस दिन हम बेस कैंप पहुँचे, गंजू की तबीयत खराब हो गई। अगली सुबह पता चला कि उसे फुप्फुसीय शोथ (फेफड़े की सूजन) हो गई है। गंजू को तत्काल वहाँ से बाहर निकालना जरूरी हो गया, जिसकी व्यवस्था की गई। उसे सही-सलामत नीचे पहुँचाने के लिए संधु, ऐंग कामी तथा डॉ. चक्रवर्ती को साथ में भेजा गया। संधु भी कुछ ठीक नहीं लग रहा था और हमने विचार किया कि थोड़ा समय यदि उसे निचले क्षेत्र में बिताने के लिए दिया जाए तो वह कुछ अच्छा महसूस करेगा। संधु और ऐंग कामी तीन दिन बाद लौटकर आए, जबकि चक्रवर्ती को गंजू के रक्षार्थ दार्जिलिंग तक, वापस जाना पड़ा। यह सब खंभा छूकर वापस जाने की तरह था। तथापि 48 घंटों बाद गंजू को खतरे से बाहर घोषित कर दिया गया। दो-चार दिन बाद उसने शोक प्रकट करते हुए कहा, "लगता है, ऐसा पर्वतारोही जीवन अब समाप्त हो गया। मुझे एवरेस्ट तक जाने का बहुत चाव था, लेकिन यह बात भी सच है कि आदमी केवल इच्छा कर सकता है, इच्छा पूर्ति करना, न करना ईश्वर पर निर्भर करता है।" हमें चक्रवर्ती की भी याद आई, क्योंकि जब तक वह दार्जिलिंग पहुँचा, उसके पास इतना समय ही नहीं बचा था कि बेस कैंप वापस आ सके।

बेस कैंप में पहुँचकर हमारी प्रगति की रफ्तार तेज हो गई। एक दिन के विश्राम के बाद हम पुनः चल पड़े। 17,050 फीट की ऊँचाई पर कैंप-I तक का मार्ग दो दिन में जाकर खुला। और तीन दिन तक आगे का रास्ते की टोह लेने के बाद कैंप-II की स्थापना के लिए 20,000 फीट की ऊँचाई पर जगह मिली। वह हमारा अंतिम शिविर होना था। पहली शिखर टोली 28 अक्तूबर को कैंप-II तक पहुँची। जसवाल और मैं उस टोली के साथ-साथ गए। रात अत्यधिक सर्द थी; उस रात तापमान शून्य के नीचे 15 डिग्री तक गिर गया होगा। कैंप-I से कैंप-II तक जाने का रास्ता अभी लंबा था और हममें से अधिकतर लोग अँधेरा होने से पहले वहाँ पहुँचने में सफल रहे। हमने गिरती रोशनी में बड़ी मुश्किल से तंबू गाड़े। उस समय एक प्याला कॉफी और दो-चार बिस्कुटों से ही हमें गुजारा करना पड़ा।

मेरे टेंट में एल.पी. शर्मा मेरे साथ ठहरा हुआ था। अगले दिन उसने पाया कि उसके जूते बुरी तरह भीग गए हैं। मैंने उसे अपने जूते दे दिए। मेरा इरादा कैंप-II में ठहरे रहने का था। कप्तान आहलूवालिया, नवांग गोंबु, ऐंग कामी और लाटू पहली रस्सी पर चले गए; जसवाल, एल.पी. शर्मा, के.पी. शर्मा और देवी सिंह दूसरी रस्सी पर थे। वे सब लोग 6 बजे से पहले ही चल पड़े थे। मौसम एकदम बढ़िया था। पहली रस्सी दोपहर के आस-पास शिखर पर पहुँच गई। दूसरी रस्सी से ऊपर जा रहे लोगों को आधा रास्ता

तय करने के बाद ही लौटना पड़ा। एल.पी. शर्मा निढाल हो रहा था। निर्जलीकरण उसे तकलीफ दे रही थी। दूसरे लोगों ने शिखर तक जाने का प्रयास त्यागकर, शर्मा को सही-सलामत नीचे ले जाने का फैसला किया।

अगले दिन शिखर के लिए तीन रस्सियाँ थीं। वांग्याल और ताशी पहले चले गए, उनके पीछे सोनम ग्यात्सो, चीमा और बहुगुणा गए। अंतिम रस्सी पर रावत और जोशी थे। मौसम इस बार भी खिला-खिला, शांत था और हवा नहीं थी। पहली रस्सी सुबह 10 बजे के करीब केवल चार घंटे में शिखर पर पहुँच गई। दूसरे लोग दोपहर के करीब शिखर पर पहँचे। दोपहर बाद सभी पर्वतारोही जल्दी ही कैंप-I और कैंप-II में सही-सलामत वापस आ गए। इसी बीच हवलदार रावत और ज्ञानचंद कैंप-II तक आ चुके थे, लेकिन उनकी तबीयत कुछ गड़बड़ लग रही थी और इस कारण उन्हें लौट जाने की सलाह दी गई। भानु बनर्जी, जिसने उसी वर्ष नंदा देवी पूर्व अभियान पर वस्तुतः अच्छा प्रदर्शन किया था, बिल्कुल भी ठीक नहीं लग रहा था। नंदा देवी पूर्व पर उसे 'सेरिब्रल अनॉक्सिअ' (मस्तिष्क संबंधी ऊतक ऑक्सीक्षीणता) का आघात पड़ा था और उसी समय से वह पूर्णतया स्वस्थ नहीं हो पाया था। उसी अभियान पर संधु को लॉन्गस्टाफ कोल से नीचे आते समय पैर में चोट लग गई थी, रावत और जोशी के साथ में रहते संधु एक हिमस्खलन में फँस गया था, जिसने उन तीनों को लॉन्गस्टाफ कोल से 3000 फीट नीचे पहुँचा दिया था। जोशी और रावत तो किस्मत से बच गए, लेकिन संधु के पैर में चोट आ गई थी और कई महीनों तक उसके चोटिल पाँव पर प्लास्टर चढ़ा रहा था। संधु जब दार्जिलिंग पहुँचा, उसके बामुश्किल एक एक सप्ताह पहले ही उसके पैर का प्लास्टर हटाया गया था। गंजू के नीचे कुछ दूरी तक ठीक-ठाक पहुँचने के बाद वह कैंप-I में लौट आया था। यद्यपि वह ठीक लग रहा था, किंतु अभी भी वह लँगड़ा रहा था। अतः हमें यह उचित नहीं लगा कि उसे ऊपर शिखर पर भेजा जाए।

ग्यारह सदस्य शिखर पर पहुँचे और इस तरह रथांग अभियान अत्यधिक सफल रहा। मैंने सोचा कि कितना अच्छा होगा यदि हमें इतने ही लोगों को एवरेस्ट की चोटी पर चढ़ा देख सकें। और क्यों नहीं? मुझे बड़ी उम्मीद थी बशर्ते मौसम के देवताओं की कृपा बनी रहे।

वापसी-यात्रा के लिए हमने नेपाल के रास्ते आने का फैसला किया। जिस रास्ते से गए थे, उसी रास्ते से लौटने की नीरसता से हम बचना चाहते थे। हममें से अधिकतर लोग दो या तीन बार उस रास्ते से जा चुके थे। नेपाल होकर जानेवाला मार्ग अधिक लंबा जरूर था, लेकिन उससे फर्क नहीं पड़ता था। सबसे महत्त्वपूर्ण बात तो यह थी कि इस नए रास्ते में जोंकें नहीं थीं। 31 अक्तूबर को हम सब नीचे बेस कैंप में आ गए। दो घंटों में सभी तंबू उखाड़कर बाँध लिये गए, हम अपनी वापसी के मार्ग पर चल पड़े।

पूर्वी नेपाल से हमारी वापसी-यात्रा उम्मीद से भी अधिक आनंदप्रद थी। यद्यपि अधिकांश दिनों में हमें अँधेरा हो जाने के बाद भी चलते रहना पड़ता था, फिर भी आनंद में कोई कमी नहीं थी। रास्ते में पड़ने वाला हर गाँव बहुत ही खूबसूरती में बसा हुआ था; यह या तो किसी रिज (पहाड़ी) पर टिका होता, जिसकी प्राकृतिक सुंदरता देखते ही बनती; या फिर यह गड़गड़ करते बहते पानी की छोटी सी नदी के किनारे अड्डा जमाए मिलता और पानी भी स्फटिक की भाँति एकदम पारदर्शी। लोग खुश, जिंदादिल और लुभावने थे। यह क्षेत्र पर्याप्त समृद्ध लगता था। प्रत्येक गाँव में हमने प्रसन्नचित्त ग्रामीणों की मेहमानदारी का आनंद उठाया।

हर गाँव उत्कृष्ट एवं मोहक लगता। हमारी तीव्र इच्छा होती कि कुछ देर और रुककर चलें। एक गाँव में हमारे डॉक्टर ने एक स्थानीय मरीज को कुछ दवा दी। इस कार्य का 'आभार व्यक्त करने हेतु घर की स्त्रियाँ शानदार एवं भड़कीली पोशाकें पहनकर पीतल की बड़ी-बड़ी प्लेटों में विविध प्रकार के फल हमारे लिए ले आईं। उनके चेहरे पर छाया कृतज्ञता का भाव दिल को छूनेवाला था और यह इस बात का भी संकेत था कि उनके जीवन में शांति है, संतोष है और खुशहाली है।

तीन या चार दिनों तक जसवाल, सोरेस, एल.पी. शर्मा और मैं ब्रिज खेलने की लत में बुरी तरह डूबे रहे। पहले कभी मैंने इतने ताश नहीं खेले थे। हम साथ-साथ जाते, किसी भी सुविधाजनक स्थान पर ठहर जाते, जल्दी-जल्दी एक रबर (ब्रिज का एक मैच) समाप्त करते, और फिर आगे चल पड़ते। जब हिसाब लगाया गया, तो जसवाल विजेता बना। प्रत्येक कूच काफी लंबा था। शाम 6.00 से पहले हम कभी नहीं रुके और बहुत बार हम अँधेरा हो जाने के बाद अपने कैंपों में पहुँचे।

हम दीवाली के लिए 3 नवंबर तक दार्जिलिंग पहुँचने के लिए उत्सुक थे। लेकिन हुआ यह कि हमें जंगल में ही दिवाली मनानी पड़ी। दीवाली से एक दिन पहले, दार्जिलिंग से हमारा डाक-वाहक आ पहुँचा। व्यक्तिगत पत्रों के अलावा वह एक दीवाली केक तथा कुछ पटाखे भी लाया था, जो किसी श्रीमती जसवाल ने बड़े दिल से भेजे थे। एल.पी. शर्मा कैंप लगाने की जगह खोजने के लिए हमसे आगे चला गया था, लेकिन वह हमें कहीं मिल नहीं रहा था। धुँधलका होने के बाद दो घंटों तक हम टॉर्च तथा लालटेन लेकर शर्मा की खोज में घूमते रहे, लेकिन शर्मा का कोई सुराग नहीं मिला। अंततः मध्यरात्रि के पहले-पहले हमने खोजना छोड़ दिया और जंगल में बनी एक झोंपड़ी में रुक गए। हमने आग जलाकर दीवाली मनाई और पटाखे छुटाए। बाद में हमने शर्मा को हमारे से आगे के एक गाँव में उसी तरह हमारी खोज करते पाया।

साढ़े तीन सप्ताह की लगातार दौड़-धूप, चढ़ाई-उतराई और संघर्षपूर्ण गतिविधि के बाद हम थके-हारे 7 नवंबर को वापस दार्जिलिंग पहँचे। टीम का चयन 15 नवंबर

को दार्जिलिंग में होना तय था। टीम के अन्य सदस्य एक सप्ताह के यथायोग्य विश्राम के लिए दार्जिलिंग में ही रुक गए, जबकि मैं ऑफिस के कुछ जरूरी काम से दिल्ली चला गया।

मैं 14 नवंबर को दार्जिलिंग वापस आ गया था। हमारे उपकरण और शेरपा संबंधी समस्याओं पर चर्चा करने के लिए कुमार एक दिन पहले ही आ गए थे। भारतीय पर्वतारोहण संस्था के अध्यक्ष श्री खेड़ा और श्री सरीन अगले दिन तशरीफ लाए। उनके आगमन के दो घंटे पश्चात् मैं एच.एम.आई. के गेस्ट रूम में उनके साथ परामर्श करने में व्यस्त हो गया, जहाँ टीम का चयन करने के बारे में चर्चा काफी लंबी चली।

चूँकि हमारे पास पर्वतारोहियों की एक लंबी सूची थी, इसलिए टीम का चयन करना कोई आसान काम नहीं था। हम जिस विशाल अभियान का आयोजन करने जा रहे थे, उसके लिए हमें यह भी देखना था कि चढ़ाई करनेवालों की क्षमता न केवल उत्कृष्ट दरजे की हो, बल्कि टीम भी ऐसी बने, जो एकजुट होकर काम करे। किसी अनाड़ीपन की कोई गुंजाइश नहीं थी। बहुत ऊँचे पर्वत पर श्रमसाध्य चढ़ाई के कारण उत्पन्न तनाव, अकेलापन, कठिनाइयों, अप्रत्याशित मुश्किलों तथा दुर्घटनाओं की अत्यधिक संभावनाओं को देखते हुए टीम-सदस्यों के बीच आपसी सहयोग शारीरिक दमखम से अधिक महत्त्व रखता है; यह टीम ही होती है, जो पर्वत पर चढ़ती है, अगर यह सुगठित, सुसंतुलित हो, उसमें उचित समन्वय हो, तो कुछ भी असंभव नहीं है। एवरेस्ट का आकार जितना विशाल है, उसपर चढ़ने की समस्याएँ भी उतनी ही भीषण एवं विराट् हैं। पर्वत न केवल निपुणता व चतुराई, साहस और शक्ति की माँग करता है, बल्कि उच्चतम दरजे की मानसिक सहनशक्ति की भी अपेक्षा रखता है। यह बाद वाली अपेक्षा पहली से अधिक महत्त्वपूर्ण एवं आवश्यक है। इस पर्वत पर चढ़ने के लिए करीब दो माह का समय चाहिए और उस लंबी अवधि के दौरान एकाकीपन, बिछोह, अकेलापन और अत्यधिक शारीरिक प्रयास बहुत तनाव पैदा करता है। मानवीय स्नेह एवं सहृदयता, सच्ची मैत्री, आपसी सहयोग और आत्म-त्याग की भावना के साथ-साथ उद्देश्य-परक एकता जैसे गुणों का हर सदस्य एवं शेरपा में होना अनिवार्य है। एक भी पर्वतारोही की स्वभावगत अनुपयुक्तता पूरे-के-पूरे अभियान की प्रगति को नष्ट कर सकती है।

प्रत्येक पर्वत की अपनी अलग-अलग अपेक्षाएँ होती हैं। कुछ पर्वत कड़ी मेहनत-मशक्कत के आगे झुक जाते हैं, अन्य पर्वत तकनीकी कुशलता की माँग करते हैं। कुछ पर दृढता सफल हो सकती है और कुछ दूसरे पर्वत जोखिम को स्वीकार करने की योग्यता को प्रणाम करते हैं। लेकिन बादशाहों के बादशाह एवरेस्ट के लिए इन सभी योग्यताओं की जरूरत होती है और वह भी अधिकतम सीमा तक। स्वाभाविक सी बात है, टीम का चयन करने में हमें इन सभी बातों पर गौर करना आवश्यक था और

संयोगवश हमारे पास अच्छे-अच्छे पर्वतारोही थे, जिनमें से हमें चयन करना था।

जो लोग रथांग पर थे, उनके अतिरिक्त हमारी सूची में पाँच और भी थे। वे थे—गुरुदयाल सिंह, सी.पी. वोहरा, मेजर मुल्कराज, फ्लाइट ले. ए.के. चौधरी और मेजर बी.पी. सिंह। इसका अर्थ है कि हमारे पास कुल बत्तीस पर्वतारोही थे, जिनमें से हमें टीम का चुनाव करना था। हालाँकि टीम जितनी छोटी हो, उतनी ही अच्छी मानी जाती है, फिर भी हमने इसे वांछनीय नहीं समझा कि टीम में कुमार के अलावा चौदह पर्वतारोही से कम हों, विशेषकर इस बात को ध्यान में रखते हुए कि हमारा इरादा न केवल एवरेस्ट पर चढ़ना था, बल्कि हम सच में यह भी चाहते थे कि एक साथ यथा-संभव कई लोग चोटी पर पहुँचने में सफल हों। चढ़ाई पर जानेवाले सदस्यों के अतिरिक्त हमें दो डॉक्टरों तथा दो वायरलेस ऑपरेटरों को भी साथ रखना आवश्यक था। डॉक्टरों तथा वायरलेस ऑपरेटरों का चयन करते समय हमें इस बात पर भी विचार करना था कि उपलब्ध प्रतिभा में से श्रेष्ठ को लिया जाए। डॉक्टरों के मामले में पर्वतारोहण संबंधी प्रतिभा को तरजीह दी जाती है, क्योंकि उनकी जरूरत कहीं भी पड़ सकती है। पर्वतारोही टीम के चयन के लिए निर्धारित मानदंड में अन्य अपेक्षाओं के अलावा एक अनिवार्य योग्यता यह रखी गई थी कि उनमें से प्रत्येक एक संभावी शिखर-विजेता होना चाहिए।

अधिकतर नामों पर सहमति थी। तथापि दो या तीन लोगों के मामले में श्री खेड़ा और श्री सरीन के बीच मेरा मतैक्य नहीं था। श्री खेड़ा ने स्पष्ट किया कि प्रायोजक समिति हालाँकि किसी भी सदस्य को मुझ पर थोपेगी नहीं, फिर भी प्रत्येक सदस्य का अनुमोदन करने में अंतिम निर्णय समिति का होगा। दूसरे शब्दों में, लीडर और प्रायोजक समिति, दोनों के पास वीटो, अर्थात् निषेध करने का अधिकार था। दोनों का पूरी तरह संतुष्ट होना आवश्यक था, सिर्फ और सिर्फ योग्यता को ही महत्त्व दिया जाएगा और जो श्रेष्ठ होगा, वही टीम में शामिल होगा।

दो घंटों के लंबे विचार-विमर्श के बाद 13 नामों की एक सूची बनी—नवांग गोंबु, गुरुदयाल सिंह, सोनम ग्यात्सो, सी.पी. वोहरा, मेजर मुल्कराज, सोनम वांग्याल, कप्तान ए.एस. बहुगुणा, कप्तान जे.सी. जोशी, कप्तान सोरेस (डॉक्टर) डॉ. डी. वी. तेलंग (डॉक्टर) और जी.एस. भंगु (वायरलेस ऑपरेटर)। हमें अभी भी तीन पर्वतारोही और एक वायरलेस ऑपरेटर की आवश्यकता थी। उनका चयन बाद में किया जाएगा।

नाटा, हट्टा-कट्टा और चुस्त नवांग गोंबु 1963 में अमरीकी अभियान के साथ एवरेस्ट पर चढ़ चुका था। उसका अनुभव और तकनीकी कौशल, जो उच्चतम स्तर का था, हमारे अभियान के लिए बहुमूल्य था। उसने बहुत आत्मविश्वास प्रदान किया और उसे शिखर तक पहुँचने के रास्ते के एक-एक इंच का पता था।

नवांग गोंबु तेंजिंग नोरगे का भानजा है, जिसने 1953 में हिलेरी के साथ पहली बार

एवरेस्ट की चोटी पर पहुँचने के श्रेय में हिस्सा पाने का गौरव प्राप्त किया था। उसने अपने बचपन में अपने मामा की शानदार सफलताओं से अत्यधिक प्रेरणा पाई थी। उसके पर्वतारोहण का सिलसिला 1952 में आरंभ हुआ और एक वर्ष बाद यह तेज और अधीर पर्वतारोही एवरेस्ट की ओर कूच करने के लिए निकले। ब्रिटिश पर्वतारोही दल के साथ एक शेरपा की हैसियत से गया और उसने भारी सामान साउथ कोल तक पहुँचाया। तब वह केवल 19 वर्ष का, उम्र में सबसे छोटा शेरपा था, जिसने साउथ कोल पहुँचने का कमाल कर दिखाया। 1960 में वह फिर भारतीय अभियान के साथ एवरेस्ट की ओर 28,300 फीट की ऊँचाई तक गया। अत: एवरेस्ट की ओर जाने का यह उसका चौथा अवसर था। इस बीच 1964 में वह नंदा देवी हो आया था।

हँसमुख, मृदु-भाषी, नरम स्वभाव का गोंबु पर्वतारोहण को एक अत्युत्तम स्पोर्ट तथा एक चुनौती मानता है, जिसका मुकाबला करने में उसे खुशी मिलती है, वह जवानी की ऊर्जा से भरपूर है और उसे तकनीकी कौशल प्राप्त है। हमने उसका चयन उसे दूसरी बार एवरेस्ट पर चढ़ने का अवसर देने के लिए किया।

सूची में गुरुदयाल सिंह का नाम बहुत ऊपर था। वह दून स्कूल, देहरादून से था। 41 वर्ष की आयु में वह टीम का सबसे अधिक अनुभवी सदस्य था। सही प्रकार के लोगों, किताबों और अवसरों ने उसका परिचय पर्वतारोहण से 1949 में ही करा दिया था जब उसे विलियम अनसॉइल्ड के साथ फूलों की घाटी (वैली ऑफ फ्लावर्स) जाने का मौका मिला। पर्वत पर चढ़ने का उसका पहला गंभीर प्रयास 1950 में था, जब उसने बंदर पंच के लिए कूच किया और 19,000 फीट से भी कुछ अधिक ऊँचाई तक पहुँचने में सफल रहा। पहला बड़ा भारतीय अभियान 1951 में गुरुदयाल के नेतृत्व में त्रिशूल (23,360 फीट) तक गया था, और वह शिखर पर चढ़ने में कामयाब हुआ। यह वही शिखर था, जिस पर चढ़ने में 1907 में लॉन्गस्टाफ को सफलता मिली थी, और तब तक कोई भी आदमी इससे अधिक ऊँचाई तक नहीं पहुँच पाया था।

तत्पश्चात् कुशल एवं अनुभवी गुरुदयाल, संक्षेप में 'गुरु', ने गढ़वाल की विस्तृत हिमालय-पर्वत शृंखला पर चढ़ने का अनुभव प्राप्त किया और आज उसे उन पर्वतों के बारे में विशद जानकारी रखनेवाला विद्वान् समझा जाता है। 1967 में भारत के दूसरे एवरेस्ट शिखर अभियान के एक सदस्य के रूप में उसने साउथ कोल पर छह रातें ऑक्सीजन के बिना बिताई थीं।

गुरु आत्मविश्वास का प्रेरणास्रोत था। उसकी जानकारी, परिपक्वता और उसके संतुलित स्वभाव के हम कायल हो गए। वह पर्वतों के शिखरों से अधिक महत्त्व देता है। पर्वतों की ओर जाने और उनके साहचर्य का आनंद पाने को ही अपने परिश्रम का पुरस्कार मानता है। शिखरों पर चढ़ना उसके लिए अहं-तृप्ति का विषय नहीं है। सरल

भाषा में उसका कहना है कि स्वयं को पसारने-कसने की इच्छा ही उसे पहाड़ों की ओर ले जाती है। उसके साथ-साथ एक स्वस्थ जिज्ञासा भी रहती है, उस भालू की तरह, जो पर्वत के ऊपर जाकर देखना चाहता है कि वहाँ क्या है।

सोनम ग्यात्सो, टीम का सबसे वृद्ध सदस्य (42 वर्ष) पहले के दोनों भारतीय एवरेस्ट शिखर अभियानों के साथ रह चुका था। दोनों अवसरों पर वह शिखर-टोलियों के साथ उस उच्चतम स्थल तक गया था, जहाँ तक वे अभियान पहुँच सके थे। उसने 1958 में हिमालयन माउंटेनियरिंग इंस्टीट्यूट का बेसिक कोर्स पूरा किया था और 1958 में को ओयु शिखर पर चढ़ने (किसी प्रमुख चोटी पर चढ़ने का प्रयास करने हेतु पहला संगठित भारतीय अभियान) में कामयाबी हासिल की थी और 1961 में वह अन्नपूर्णा-III शिखर-विजय करके आया था। मुझे उसके साथ अन्नपूर्णा-III शिखर पर राष्ट्रीय ध्वज गाड़ने का गौरव प्राप्त हुआ था।

भारतीय पर्वतारोहण मंडलियों में उसे प्यार से अंकल कहा जाता है; उसे खाना, पीना और सोना बहुत अच्छा लगता है और न तो बहुत ऊँचाई का उसपर कोई असर पड़ता है और न निचले तापमान का। वह हर समय भूखा होता है और हमेशा अच्छे भोजन की तलाश में रहता है; वह कहीं भी सो सकता है, जिसका मतलब है कि आप उसे कहीं भी, किसी भी समय खर्राटे भरते हुए सुन सकते हैं। लंबा-ऊँचा और तगड़ा ग्यात्सो एक प्यारा इनसान है और उसकी खिलखिलाहट मन को छू जाती है। जरा सा भी उकसाने पर उसका चेहरा शिकन भरी मुसकान में एक खिलती पुष्प-कली के समान हो जाता है। वह अत्यधिक धार्मिक प्रवृत्ति का इनसान है और पर्वतों को पूजनीय मानता है। पर्वतों में उसे परमात्मा के साथ घनिष्ठता का अनुभव होता है।

सी.पी. वोहरा संक्षेप में सी.पी., जो भारतीय भू-वैज्ञानिक सर्वेक्षण से संबद्ध हैं, पहले दोनों भारतीय अभियानों के साथ दो बार एवरेस्ट पर जा चुके हैं। वे 1964 में नंदा देवी अभियान के भी एक सदस्य थे।

सी.पी. का दिल एवरेस्ट पर लगा हुआ था। किशोरावस्था में सी.पी. ने मलोही और इरविन की कहानी पढ़ी थी और उस कहानी ने उनकी चाह में जोश भर दिया था। उसी समय से उनके मन में एवरेस्ट पर चढ़ने की तीव्र इच्छा घर कर गई थी। साहसिकता उनके खून में थी और अपने दादाजी के साहसपूर्ण कारनामों से उन्होंने प्रेरणा पाई थी। उनके दादाजी अकेले ही खैबर (विभाजन पूर्व भारत के तत्कालीन उत्तर-पश्चिमी प्रांत में) की खोज यात्रा पर निकल गए थे। यद्यपि उनके परिवार में किसी ने भी पर्वतारोहण का शौक नहीं पाला था, सी.पी. सविस्तार बताते हैं कि उनका परिवार लंबे-ऊँचे, हट्टे-कट्टे, कर्कश सिखों का परिवार था और एक वही थे, जिसे पूरे परिवार में एक रुग्ण बच्चा (रोज-रोज बीमार पड़नेवाला बच्चा) माना जाता था; वे नाजुक कमजोर और छोटे

कद के थे और इसी कारण सब उनका मजाक बनाया करते थे। सी.पी. एक जिंदादिल आदमी हैं और एक दृढ–निश्चयी पर्वतारोही हैं तथा स्वभाव से शांत एवं स्थिर प्रवृत्ति के हैं।

आर्मी के पैराशूट रेजीमेंट से संबद्ध मेजर मुल्कराज का पहाड़ों से परिचय 1955 में हुआ, जब मुल्कराज ने गढ़वाल हिमालय पर्वत शृंखला में दूर–दूर तक पद–यात्रा की और रूपकुंड के रहस्यों को जानने का प्रयास किया। वह 1962 के भारतीय एवरेस्ट अभियान का एक सदस्य था।

'मुल्की' एक अनुभवी, भरोसेमंद और एक सतर्क पर्वतारोही था। वह नीलकंठ और नंदादेवी शिखर अभियानों पर जा चुका था और गढ़वाल–गंगोतरी–जमनोतरी तथा बदरीनाथ क्षेत्रों के अलावा कराकोरम के पहाड़ी क्षेत्रों में भी पैदल–यात्रा कर चुका था। एक कोर्स के सिलसिले में वह 1964 में अलास्का भी जा चुका था और वहीं उसने अमरीकी लहजा सीख लिया था, जिसका अभ्यास करना वह कभी नहीं भूलता था। एक–एक बात का ध्यान रखना उसके स्वभाव में था, वह कठिन परिश्रमी, जोशीला एवं कुशाग्र–बुद्धि तथा ऊर्जस्वी था।

सोनम वांग्याल तथा कप्तान ए.एस. चीमा का अभी तक एवरेस्ट से परिचय नहीं हुआ था। लेकिन वे जवान भले–चंगे, जिस्मानी रूप से बिल्कुल ठीक और होनहार, इरादे के पक्के थे। 23 वर्षीय वांग्याल लद्दाख से था और वह टीम में उम्र के लिहाज से सबसे छोटा था। वह हाथी पर्वत और कांग्लाचा अभियानों पर जा चुका था। वह गठीला पर्वतारोही बहुत मजबूत था। उसकी असाधारण शारीरिक शक्ति से सभी प्रभावित थे। अधिकतम ऊँचाई, शारिरिक कष्ट, हवाओं के थपेड़ों और तापमान का उसके मन या शरीर पर कभी कोई असर नहीं दिखा। वह एक बहुत ही सक्षम पर्वतारोही, असाधारण रूप से शांत, धीरमना और पूर्णतया विश्वसनीय था। वह स्वार्थ से कोसों दूर, ईमानदार और एक निष्ठावान् साथी था। उसे कठिन–से–कठिन कार्य क्यों न दो, वह जरा भी चूँ–चाँ किए बिना उसे पूरा कर देता था। दिल से भला और होशियार, वह हमेशा किसी–न–किसी काम को करने में व्यस्त रहता था।

1953 में जब पहली बार एवरेस्ट शिखर पर चढ़ने में विजय मिली, वांग्याल तब तृतीय कक्षा में पढ़ रहा था। उसके शिक्षक ने ब्रिटिश अभियान की सफलता की कहानी सुनाई थी और तेनजिंग तथा हिलेरी के बारे में अत्यधिक प्रशंसा भरे शब्द कहे थे। उन शब्दों ने वांग्याल को बहुत प्रेरित किया और उसकी कल्पना को पंख लगा दिए। पर्वत उसके खून में थे, उसका लालन–पालन पर्वतों की गोद में हुआ था। एवरेस्ट ने उसके अंदर एक अक्षम ललक पैदा कर दी।

आर्मी के पैराशूट रेजीमेंट से संबद्ध कप्तान ए.एस. चीमा ने हाई अल्टीट्यूड

वारफेयर स्कूल में स्कीइंग में बेसिक और एडवांस, दोनों प्रशिक्षण-कार्यक्रमों में हिस्सा लिया था। 1964 में वह पंच-चूली अभियान के एक सदस्य के तौर पर गया और पंच-चूली-4 तथा पंच-चूली-5 की अछूती चोटियों पर चढ़ने में सफल हुआ। उसी वर्ष उसने एवरेस्ट-पूर्व अभियान में हिस्सा लिया और रथांग पर चढ़ने में कामयाब रहा। बहिर्मुखी, और हँसमुख मनोवृत्ति रखनेवाला यह प्यारा इनसान शेरपाओं तथा शेरपतियों दोनों में एक-समान लोकप्रिय था। अपने भांगड़ा नृत्य से उसने सबका बहुत मनोरंजन किया। शारीरिक रूप से वह तगड़ा, हटटा-कट्टा, गबरु जवान लगता था और उसे देखकर आत्म-विश्वास उत्पन्न होता था।

इलेक्ट्रिकल ऐंड मेकैनिकल इंजीनियर्स वॉर को कप्तान एच.पी.एस. आहलूवालिया, सेंट्रल इंडिया हॉर्स के कप्तान एच.वी. बहुगुणा और सिख रेजीमेंट के कप्तान जे.सी. जोशी आर्मी के विंटर वारफेयर स्कूल से थे।

कप्तान आहलूवालिया ने हिमालयन माउंटेनियरिंग इंस्टीट्यूट में बेसिक और एडवांस कोर्स पूरे कर लिये थे और 1962 में वह पश्चिमी सिक्किम में कोखतांग शिखर पर चढ़ने में सफल रहा था। एवरेस्ट अभियान में उसने रथांग शिखर पर भी चढ़ाई की थी। अहलू एक दृढ पर्वतारोही और एक बहुत ही पैनी दृष्टि रखनेवाला फोटोग्राफर था। जिंदादिल, मैत्रीपूर्ण और हँसमुख प्रवृत्ति का अहलू एक प्यारा इनसान था और उसका साथ सभी को अच्छा लगता था।

कप्तान बहुगुणा, संक्षेप में 'बोगी', ने हिमालयन माउंटेनियरिंग इंस्टीट्यूट का बेसिक कोर्स सफलतापूर्वक पूरा किया और वह लियो पार्जियल तथा नंदा देवी की चढ़ाई पर गए अभियान का भी एक सदस्य था। एवरेस्ट पूर्व अभियान में, उसने रथांग शिखर पर चढ़ने में सफलता पाई थी। नाटे कद का बहुगुणा एक नियमित पर्वतारोही था और अत्यंत शिष्टाचार संपन्न तथा कोमल एवं मधुर स्वभाव का था।

छः फीट लंबे-ऊँचे कद का कप्तान जोशी, संक्षेप में जो 1964 के त्रिशूली-नंदा देवी-ईस्ट अभियान का एक सदस्य था और स्कीइंग तथा पर्वतारोहण में एक प्रशिक्षण के लिए फ्रांस जा चुका था। मोटा और तगड़ा, जो एक घोड़े के जैसा ताकतवर लगता था। उसे हमेशा प्यास सताती रहती थी और उसे बहुत अधिक पानी की जरूरत होती थी। वह भारत में चट्टानी पहाड़ों पर चढ़ने और स्कीइंग करने के बहुत ऊँचे दरजे के शौकीनों में से एक था। विनोदपूर्ण और हाजिर-जवाब तो वह था ही, उसे उर्दू में शेरो-शायरी करने का भी शौक था, धड़ल्ले से पंजाबी बोल सकता था और बड़े उत्साह से टैगोर के गीत सुर-ताल के साथ सुना सकता था।

कप्तान सोरसे और डॉ. लाला तेलंग को अभियान में डॉक्टरों की हैसियत से शामिल किया गया था। सोरसे 1962 के एवरेस्ट अभियान में जा चुका था और उसने

21,000 फीट की ऊँचाई पर एडवांस बेस कैंप में एक साथ 42 दिन बिताए थे। ऐसा कहा गया कि उसने एडवांस कैंप में आलू उगाए थे और फसल तैयार होने का इंतजार कर रहा था। डॉ. तेलंग, जिसे प्यार से 'लाला' कहा जाता है, हँसी-मजाक अच्छा कर लेता था और एक स्त्रीरोग-विशेषज्ञ होने की वजह से बेस कैंप में होने वाली चर्चाओं में वह एक मजेदार नया रंग भर देता था।

मंगु का चयन एक वायरलेस ऑपरेटर के रूप में किया गया था। मंगु ने 1956 में पर्वतारोहण में पहला कदम रखा, जब उसने शिमला के पहाड़ों में कुछ पैदल यात्रा की थी। 1963 में वह हाथी पर्वत अभियान के एक सदस्य के रूप में गया था और एक वर्ष बाद उसने पर्वतारोहण में एच.एम.आई. में एडवांस कोर्स पूरा किया। उसने एवरेस्ट पूर्व अभियान में भी हिस्सा लिया और उसमें कठिन परिश्रम करने की अकूत क्षमता थी।

कुमार और मुझे मिलाकर, हम कुल 15 लोग थे। यह सूची कुछ दिन बाद दीवाली में पूरी हुई अब चार और सदस्यों के नाम उसमें जोड़े गए। वे थे—एच.सी.एस. रावत, ऐंग कामी, बी.के. सिंह और हवलदार सी. बालकृष्णन।

रावत उन 'पंडित बंधुओं' के लब्ध-प्रतिष्ठ परिवार से है, जिन्होंने 19वीं सदी में पर्वतारोहण में इतिहास बनाया। रावत के दादाजी, रायबहादुर किशन सिंह, जो ए.के. पंडित के नाम से जाने जाते थे, और उसके दादाजी के चचेरे भाई, नैन सिंह, दोनों भारतीय सर्वेक्षण में थे और उन्हें इस देश में पर्वतारोहण का अग्रेता माना जा सकता है। राय बहादुर किशन सिंह नेपाल के रास्ते पामिर गए थे और उस क्षेत्र का उन्होंने सर्वेक्षण किया था। उन दिनों इस प्रकार के सर्वेक्षणों को संदेह की दृष्टि से देखा जाता था, और सर्वेक्षण करने संबंधी उपकरण भी अल्प-विकसित थे; वे अपने साथ एक जपमाला लेकर गए थे, जो बहुत हद तक किसी तिब्बती जपमाला जैसी लगती थी, सिवाय इसके कि उस माला में परंपरागत 108 मनकों की अपेक्षा केवल 100 मनके थे। माला प्रत्येक दसवाँ मनका आकार में कुछ अधिक बड़ा था। हर दस कदमों के बाद राय बहादुर एक मनका गिनते और इस प्रकार वे दूरियों का हिसाब लगा लेते। उन दिनों उनके जैसे भी सर्वेक्षण उपकरण थे, उन उपकरणों को उन्होंने एक तिब्बती थूजे चेन्मो (प्रार्थना फिरकी) में छिपा रखा था। किंतु इन सभी सावधानियों के बावजूद एक बार वे राहजनी के शिकार हुए और उनका सबकुछ छीन लिया गया। फिर भी वे कहाँ भयभीत होकर बैठनेवाले थे। राय बहादुर दुबारा गए, इस बार एक लामा के वेष में। वे 3 या 4 वर्ष तक तिब्बत में ठहरे, जबकि उनके परिवारजन यह सोचकर चुप बैठ गए कि उनकी हत्या हो गई है। जिस अवधि में वे तिब्बत में थे, उस दौरान उन्होंने ब्रह्मपुत्र के किनारे-किनारे कई क्षेत्रों की खोज की और बहुत सही-सही सर्वेक्षण किए।

रावत को अपने दादाजी से प्रेरणा मिली और चूँकि वह उत्तर प्रदेश में पर्वतीय जिला

पिथौरागढ़ से था, पर्वतों से उसकी पुरानी और गहरी दोस्ती थी। 1962 में वह एक टोली को लेकर, जिसमें सोनम वांग्याल भी शामिल था, कांग्लाचा गया, जो लेह के 30 मील दक्षिण में पड़ता है। एक साल बाद उस हाथी पर्वत की चढ़ाई की और 1964 में वह त्रिशूली तथा नंदा देवी ईस्ट अभियान का एक सदस्य था। पूर्व एवरेस्ट प्रशिक्षण में उसने अच्छा काम किया था और रथांग की चढ़ाई चढ़ गया था।

नाटा, गोल-मटोल, थोड़ी निकली हुई तोंद और गोल चेहरे पर चश्मा लगाए हुए वह कतई किसी पर्वतारोही जैसा नहीं लगता था और शेरपा लोग उसे 'जापानी साहिब' कहा करते थे। वह एक नियमित पर्वतारोही था और असुविधाओं, कमियों या अप्रत्याशित कठिनाइयों से वह कभी परेशान नहीं होता था। एक पक्का हिंदू होने के नाते वह पर्वतों को देवताओं का निवास-स्थान मानता और इसी कारण पर्वतारोहण उसके लिए किसी तीर्थ-यात्रा से कम नहीं था।

एच.एम.आई. में प्रशिक्षण के रूप में कार्यरत ऐंग कामी तकनीकी रूप से एक बढ़िया, दुरुस्त पर्वतारोही है, जिसने इंस्टीट्यूट में कई बेसिक और एडवांस कोर्स आयोजित किए थे और 1960 में प्रथम भारतीय अभियान के साथ साउथ कोल तक ऊपर गया था। इससे पूर्व उसने चो-ओयु अभियान के साथ काम किया था। उसने नेपाल और सिक्किम, दोनों की हिमालय पर्वत-शृंखलाओं में बहुत अधिक पैदल भ्रमण किया था तथा पूर्व-एवरेस्ट परीक्षण के दौरान रथांग की चढ़ाई चढ़ी थी।

संकोची और एकांतप्रिय ऐंग कामी नमचे बाजार से नाता रखता है। उसके अंदर पहाड़ों पर चढ़ने की ललक इतनी तीव्र थी कि 1959 में वह अपने घर और अपनी अति स्नेही माँ से दूर भाग गया, जो उसे इस भय के कारण पहाड़ों की ओर जाने नहीं देती थी कि कहीं कोई दुर्घटना न हो जाए। वह भागकर सीधा दार्जिलिंग चला आया और तेनजिंग नोरगे का एक संबंधी होने के नाते, उसने अपने हीरो, अर्थात् तेनजिंग का मार्गदर्शन तथा प्रश्रय पा लिया। वह बताता है कि जब वह बालक था, तब उसने पर्वतारोहण अभियानों को नमचे बाजार से होकर जाते हुए देखा था और उसकी रंगीन पर्वतारोहण किट उसे हमेशा ललचाया करती थी। पर्वत उसे अपने पास बुलाते थे और चोमोलुंग्मा उसका ध्रुवतारा था। उसे धरती की देवी माँ के पास जाना ही था।

मेजर बी.पी. सिंह ने 1962 में एच.एम.आई. में बेसिक कोर्स किया था। उसी वर्ष उसे आर्मी के कई अल्टीट्यूड वारफेयर स्कूल में प्रशिक्षक के पद पर नियुक्ति मिल गई। 1964 में वह नंदा देवी अभियान के एक सदस्य के रूप में गया और देवीस्थान-II तक चढ़ने में सफल हुआ।

हवलदार बालकृष्णन का चयन वायरलेस ऑपरेटर/मेकैनिक की रिक्ति को भरने के लिए किया गया था। वह पहले दोनों भारतीय एवरेस्ट अभियानों पर जा चुका था।

'बाला' टीम के प्रति, अपने काम के प्रति और एवरेस्ट के प्रति पूर्णतया समर्पित रहता था। पहले अभियानों पर उसने शेरपाओं की देख-भाल करने तथा उनकी मजदूरी के वितरण में बहुत मदद की थी।

हमारी टीम अब संतुलित थी। टीम में नौ विवाहित सदस्य थे और नौ अविवाहित। उन्नीस में से नौ पहले एवरेस्ट की ओर जा चुके थे। सोनम ग्यात्सो (42) टीम का सबसे बड़ा सदस्य था और सोनम वांग्याल (23) सबसे छोटा। अभियान में सम्मिलित सदस्यों की औसत आयु 31 वर्ष थी। हमारे लिए यह उस समय की यथासंभव सबसे बढ़िया टीम थी। यह टीम अनुभव में धनी थी और औसत आयु के हिसाब से जवान। प्रत्येक सदस्य भली-भाँति प्रशिक्षित, उत्साही, शारीरिक रूप से पूर्णतया स्वस्थ तथा स्वयं में और टीम में पूर्ण विश्वास रखनेवाला था।

□

तैयारियाँ

एवरेस्ट अभियान पर जाने से पहले के परीक्षणों से गुजरकर हम वापस दिल्ली आ गए और एक तेज गतिविधि का दौर शुरू हो गया। एवरेस्ट अभियान पर जाने के लिए मुश्किल से तीन महीने बचे थे।

सबसे पहले हमें दिल्ली से अपने प्रस्थान की तारीख तय करनी थी। हमने इसके लिए आगे से पीछे की ओर चलने का फार्मूला अपनाया, अर्थात् जिस तारीख तक हमारा शिखर को छू लेने का अनुमान था, वहाँ से हमने उलटी गिनती गिनना शुरू कर किसी

निर्णय पर पहुँचना चाहा। हिमालय की चोटियों को बर्फ के अधिकांश समय बहुत तेज हवाओं से जूझना पड़ता है, जो लगातार पश्चिम की ओर से आती हैं। इन हवाओं की गति सामान्यता 100 किमी. प्रति घंटा होती है। हिमालय शिखर पर इन हवाओं का प्रचंड वेग 150 किमी. प्रति घंटा तक हो सकता है। अत्यधिक ठंडी हवाओं के इस निष्ठुर आक्रमण के दौरान कोई भी शिखर के आस-पास भटकने का साहस नहीं कर सकता। ये तीव्र हवाएँ एवरेस्ट के दक्षिणी ढलानों (ढालू चढ़ाई) को ताजा बर्फ से ढक देती हैं, जिसके कारण ऊपर चढ़ना बहुत खतरनाक हो जाता है। मई के अंत तक या जून के आरंभ में मौसम का एक और अद्भुत रूप सामने आता है और वह है दक्षिण-पश्चिमी मानसून का प्रारंभ, जो हिंद महासागर को पार करने के बाद पूर्वी हिमालय पर्वतमाला पर प्रहार करता है, बाईं तरफ मुड़ जाता है और पूरी हिमालय पर्वत शृंखला को अपनी चपेट में लेता हुआ आगे बढ़ जाता है। ये नमीवाली गरम हवाएँ विपुल मात्रा में ताजा बर्फ को पहाड़ों के ऊपर जमा कर देती हैं, जिसके कारण चढ़ाई अत्यधिक जोखिमपूर्ण हो जाती है, लेकिन मानसून के हालात जमने से पहले, अपेक्षाकृत एक शांत अल्पाव धि होती है, जिसे 'मानसून से पहले का सन्नाटा' कहा जाता है। यह पश्चिमी (पछवाँ पॉइंट) और मानसूनी हवाओं के विरोधी प्रभाव से उत्पन्न होता है। यह अवधि आमतौर पर छोटी, अर्थात् कम समय की होती है, अधिक से-अधिक-दो सप्ताह तक रहती है या बिल्कुल भी नहीं।

आमतौर पर माना जाता है कि यह 'सन्नाटा' मई के दूसरे सप्ताह में आता है। 1953 में ब्रिटिश अभियान को 29 मई को शिखर पर चढ़ने में सफलता मिली थी। स्विस अभियान ने 1956 में 23 और 24 मई को यह कामयाबी हासिल की। लेकिन अमरीकियों ने प्रयास किया और वे अपनी पहली शिखर जोड़ी को, अपेक्षाकृत बहुत पहले, यानी 1 मई को एवरेस्ट की चोटी पर पहुँचाने में सफल हुए। उनकी इस कामयाबी ने उस मनोवैज्ञानिक अवरोध को तोड़ डाला और पहली बार हमने इस बात को महसूस किया कि शिखर-विजय का प्रयास बहुत पहले भी किया जा सकता है। अत: हमने इसी बात को ध्यान में रखते हुए जल्दी प्रयास की योजना बनाई। 1960 में हम 2 मार्च को और 1962 में 14 फरवरी को नई दिल्ली से रवाना हो गए थे। पहले के अनुभव से हम समझ गए थे कि लगभग मध्य मार्च तक रथ्यांगबोचे के आस-पास शीतकालीन बर्फ के ढेर जमे रहते हैं, जिसके कारण बेस कैंप और दशानुकूलन क्षेत्रों तक आसानी से जाने-आने में बाधा पड़ती है। इन सभी कारणों पर गौर करते हुए हमने दिल्ली से अपने प्रस्थान के लिए सोमवार, 22 फरवरी को चुना। जैसा कि हमने 1960 और 1962 के एवरेस्ट अभियानों में किया था, हमने अपना प्रयाण जयनगर से आरंभ किया। 1953 के ब्रिटिश अभियान और 1963 के अमरीकी अभियान ने एवरेस्ट की ओर अपना पैदल सफर बनेपा

से आरंभ किया था, जहाँ से काठमांडू के लिए रास्ता निकलता है, जबकि 1956 में स्विस अभियान ने जयनगर से कूच किया था। पैदल सफर का फासला जयनगर और बनेपा, दोनों जगह से करीब 185 मील था। हमारे मामले में हमें एक ही फायदा था कि हमें काठमांडू तक का सफर हवाई जहाज से करना था।

हम लोगों में से अधिकतर लोग 'पूर्व-एवरेस्ट' परीक्षण अभियान पर जा चुके थे; जहाँ तक कुमार का संबंध है, वे दिल्ली में पूरी ताकत से अपना काम करने में लगे हुए थे। कुमार ने आयुध-सामग्री बनानेवाले कारखानों (आर्डिनेंस फैक्ट्रियों) द्वारा पोशाक छोलदारी (टेंट) आदि के निर्माण किए जाने हेतु आवश्यक कच्चे माल की विविध वस्तुओं की सप्लाई के ऑर्डर पहले ही दे दिए थे। अधिकतर कपड़ा बंबई (मुंबई) से मँगवाया गया था, जो एक बड़ा वस्त्र उद्योग केंद्र है। उन कपड़ों में नाइलॉन कपड़ा भी शामिल था, स्लीपिंग बैग, आइडॅरडाउन सूटों और दस्तानों के लिए बहुत बारीकी से बुना गया एक विशेष किस्म का कपड़ा, टेंटों, हवा-रोधी सूटों तथा टोपियों के लिए 5 आउंस वाटर-रिपेलॅन्ट सूती कपड़ा, टेंटों के लिए वाटर-रिपेलॅन्ट नाइलॉन कपड़ा और 1-8 आउंस पैराशूट कैंबिक टेंटों के अंदरूनी अस्तर के लिए, टेंट अर्थात् तंबू के फर्श के लिए रबर युक्त कपड़ा कलकत्ता की एक कंपनी से मँगाया गया था। टोपियों के लिए मखमली-ऊन, कैंप-शूज के लिए फलालैन का कपड़ा तथा दर्जन भर अन्य चीजें भी सूची में शामिल थीं।

हमें करीब 70 स्वेटरों तथा 500 जोड़े ऊनी मोजों और जुराबों की जरूरत थी। पहले ये चीजें हमें आमतौर पर हाथ की बुनी हुई मिल जाती थीं, लेकिन इस अभियान के लिए हमने इन्हें थोक में लुधियाना से प्राप्त करने का फैसला किया, जिसका एक कारण तो यह था कि मशीन-निर्मित जो नमूने कुमार लुधियाना से लेकर आए थे, वास्तव में बहुत अच्छे और संतोषजनक थे। कुछ स्वेटर दिल्ली में इंटरनेशनल वूल सेक्रेटेरियट की मदद से बुने गए थे। बाद में इन चीजों का पहाड़ पर इस्तेमाल करने के दौरान हमने महसूस किया कि स्वेटर वाकई काफी अच्छे थे, किंतु मशीन-निर्मित जुराबें और मोजे निश्चित रूप से उतने अच्छे नहीं निकले, जितने कि हाथ के बुने होते थे। अंत में हमें कोई उपाय न सूझने की स्थिति में कुछ खरीदारी नमचे बाजार से करनी पड़ी।

लाला तेलंग यूनाइटेड स्टेट्स से जो अमरीकी रकसैक (अर्थात् पीठ पर लादने वाला थैला) लेकर आया था, हमने उसे जाँचा-परखा और अधिकतर सदस्यों को उसका डिजाइन पसंद आया। वह पीठ-थैला (स्कसैक) काफी लंबा-चौड़ा था और पीठ पर अच्छी तरह बैठ जानेवाला था। हमारे लिए उसमें सिर्फ एक कमी थी कि यह बहुत ऊँचा था और खड़ी चढ़ाई पर यह सिर की हरकत में रुकावट डाल सकता था। आर्डिनेंस फैक्ट्रियों द्वारा कलकत्ता में एक कंपनी से संपर्क किया गया और उस कंपनी ने इस

रकसैकों के लिए उपयुक्त एल्युमिनियम फ्रेम बनाने का वादा किया। एल्युमिनियम की बनी सीढ़ी का ऑर्डर बंबई की एक फर्म को दिया गया, जिसने पूर्ववर्ती अभियानों के लिए ऐसी सीढ़ियाँ (अर्थात् नसैनी) बहुत अच्छी बनाई थीं। बंबई की ही एक और फर्म ने काफी अच्छी किस्म की रस्सियों का निर्माण किया और हमारी माँग की पूर्ति कर दी।

कुछ छोटी-मोटी चीजों के अलावा लगभग समस्त उपकरण बनाने का काम डिफेंस आर्डिनेंस फैक्ट्रियों ने सँभाला। चूँकि ये उपकरण विशेषत: अभियान के लिए तैयार किए गए थे, अत: हमारी अपेक्षाओं के अनुसार ये हर तरह से उपयुक्त थे। ये न केवल वजन में हलके थे, बल्कि भरोसेमंद भी थे, जैसा कि हम चाहते थे। ऑर्डिनेंस फैक्ट्रीज के तत्कालीन महानिदेशक श्री शाहाणे ने हमारे अभियान की आवश्यकताओं में व्यक्तिगत रुचि दिखाई।

हमारे उपकरण के निर्माण का काम विभिन्न ऑर्डिनेंस फैक्ट्रियों को वितरित कर दिया गया था। दि हार्नेस ऐंड सैडलॅरि फैक्ट्री कानपुर ने स्लीपिंग बैग, टेंट, किट-बैग, दस्ताने और कैंपस शूज बनाए। क्लॉदिश फैक्ट्री शाहजहाँपुर ने आउडॅरडाउन सूट, वायुरोधक सूट और टोपियाँ बनाने का काम किया। राइफल फैक्ट्री, ईशापुर ने गड्ढा-खोदने की हथौड़ी बनाई, और गन ऐंड शैल फैक्ट्री, जबलपुर द्वारा बर्फ तोड़ने की कुल्हाड़ी बनाई गई।

यद्यपि आयात की जानेवाली वस्तुएँ ज्यादा नहीं थीं, फिर भी विभिन्न औपचारिकताओं का पालन करने तथा विदेशी कंपनियों के साथ बातचीत करके सौदा तय करने के लिए समय चाहिए था, अर्थात् लाइसेंस लेना आवश्यक था। जब विकास से जुड़ी ऐसी सैकड़ों परियोजनाएँ चल रही हों, जिनके लिए भारी मात्रा में विदेशी मशीनों तथा उपकरणों की जरूरत होती है, ऐसे में विदेशी मुद्रा की कमी हो जाना कोई असामान्य बात नहीं है। लेकिन आयात एवं निर्यात के महा-नियंत्रक के पास दो-चार बार जाने से बात बन गई।

भाग्य ने हमारा साथ दिया और हमें अच्छी-खासी वित्तीय सहायता मिल गई। जैसे कि पहले दो अभियानों के मामले में हुआ था, हमें शिक्षा मंत्रालय ने 7 लाख रुपए का अनुदान दे दिया। यह एक बहुत बड़ी धनराशि थी, जिसकी हमें भारी आवश्यकता थी और इस अनुदान के बिना इसके बराबर की धनराशि जनसाधारण से जुटाना कतई संभव नहीं होता। हमारा देश पर्वतारोहण जैसे संगठित स्पोर्ट के क्षेत्र में अपेक्षाकृत अभी नया-नया था, फिर भी यदि हम पिछले दस वर्ष के दौरान अच्छी प्रगति कर पाए हैं तो इसका श्रेय इस तरफ सरकार द्वारा ली गई रुचि और विशेषकर जवाहरलाल नेहरू संरक्षण को जाता है। तथापि हम कुछ व्यक्तिगत सहयोग-राशि (अर्थात् अंशदान) के महत्त्व को बहुत अच्छी तरह से समझते थे। अत: हमने निर्णय किया कि व्यक्तिगत

जरूरतों की कुछ चीजें सदस्यों को स्वयं खरीदनी चाहिए।

जैसे कि पहले होता रहा है, हमें स्विस फाउंडेशन फॉर अल्पाइन रिसर्च की ओर से बहुमूल्य सहायता प्राप्त हुई। इस फाउंडेशन की तरफ से हमने विदेश में विभिन्न कंपनियों से संपर्क किया और उन्हें ऑर्डर दे दिए। हमें कुछ काँटेदार जूते, ऑक्सीजन मास्क तथा हेलमेट, कई प्रकार की उपयोगी जुगतवाले कुछ स्विस चाकू, कुछ बूट कवर आदि चाहिए थे। किंतु रेंडियर बूट, जो हमने पिछले दो अभियानों के लिए स्विट्जरलैंड से मँगवाए थे, अब उपलब्ध नहीं थे। इटली की 'ली डोलॉमाइट' कंपनी हमारी मदद के लिए आगे आई और उसने ये बूट हमें समय पर मुहैया कराने का वादा किया। मूल्य की दृष्टि से देखें तो हमने 80 प्रतिशत आयात फ्रांस से किया था, जिसमें मुख्यत: दो प्रमुख चीजें थीं— ऑक्सीजन की 150 बोतलें और बड़ी समुद्री बत्तखों के पंख-300 किग्रा.।

यूनाइटेड स्टेट्स में हमने चार ड्रा-टाइट हाई-अल्टीट्यूड टेंट, कुछेक रकसैक, जीवन-रक्षक ऑक्सीजन मास्क तथा कुछ वेल्क्रो मुहैया कराने के ऑर्डर दिए। अंतत: सूची में एक चीज और जोड़नी पड़ी—बैटरी से गरम रहनेवाले मोजे, जो कुमार को अपने हिमदग्ध (Frost-bitten) पादांगुलियों के लिए चाहिए थे। हमें उम्मीद थी कि उन मोजों के साथ वह पहाड़ पर बहुत ऊपर तक जा सकेगा। लेकिन जनवरी के अंत तक मोजे नहीं मिल सके। बिग्रेडियर नाथ की मदद से हमने एक दूसरी कंपनी से संपर्क किया और जब हम नई दिल्ली से पर्वतों की ओर प्रस्थान करनेवाले थे, उससे कुछ ही समय पहले दो-चार जोड़ी मोजे हमारे पास पहुँच गए।

मेजर मुल्कराज, जिसे मैं अभियान की 'गृह-स्वामिनी' बनाना चाहता था, दिसंबर के आरंभ में दिल्ली आ गया। उसे अभियान के लिए भोजन की व्यवस्था सँभालनी थी। सारी टीम में हालाँकि एक वही शाकाहारी था, फिर भी उसने पर्वतारोहियों के लिए उच्च प्रोटीनयुक्त आमिष भोजन-सूची (अर्थात् मेनू) तैयार करने से कोई परहेज नहीं किया। उसे पता था कि 'भोज्य पदार्थों' की थाली तैयार करनेवाले सदस्य का काम बेकार, महत्त्वहीन समझा जाता है, इसके बावजूद उसने यह कठिन काम, अन्य कार्यों की तरह बड़ी शालीनता से स्वीकार कर लिया। उसने ऐसा नहीं किया कि अभियान के प्रस्थान के साथ ही उसने समझ लिया हो कि उसका काम समाप्त हो गया, बल्कि जब तक अभियान चला, उस पूरी अवधि के दौरान वह अपना काम करता रहा; यहाँ तक कि अभियान की वापसी-यात्रा के दौरान भी उसने काम से तौबा नहीं की, जब सफलता प्राप्त होने तथा जोखिम-भरे कार्य का अंत होने के कारण भूख तेज हो गई थी। 1960 के एवरेस्ट अभियान पर मैंने यह अनचाहा और अरुचिकर कार्य सँभाला था और मैं यह भी अच्छी तरह जानता था कि इस कार्य में बहुत तनाव से गुजरना पड़ता है।

मुल्की ने आने के साथ ही हमारे पड़ोस में अपना दफ्तर जमा लिया और वह

काम करने में जुट गया। उसने सदस्यों से प्राप्त जवाबों और 1960 तथा 1962 में गए अभियानों के दस्तावेजों के आधार पर एक खाद्य सूची बनाई। अभियान के भिन्न-भिन्न चरणों—पहुँच पड़ाव, दशानुकूलन, बेस कैंप तथा ऊपर और ऊपर के खेमों एवं शेरपाओं के लिए राशन अलग-अलग पैक करना होता था। पहुँच पड़ाव के लिए मुल्की ने खाने के डिब्बे इस प्रकार पैक किए कि प्रत्येक डिब्बे में दिन भर के भोजन की सभी अनिवार्य चीजें होती थीं और खाद्य-पदार्थों को खा चुकने के बाद रैपर को फेंका जा सकता था। इस व्यवस्था से यह फायदा हुआ कि खाने के डिब्बों को ले जाने की जरूरत नहीं रही, जिसके कारण भारिक (पोर्टर) की मजदूरी में कमी आई तथा हर रोज कई-कई डिब्बों को खोलने और बंद करने की मशक्कत से भी बच गए।

इस बार हमारे राशन में पहले से पकाए गए खाद्य पदार्थों की संख्या अधिक रखी गई थी। भारत सरकार का रक्षा मंत्रालय एक लघु प्रायोगिक परियोजना चला रहा था जिसके अंतर्गत त्वरित हिमीकरण-शुष्कित वस्तुओं का उत्पादन थोड़ी-थोड़ी मात्रा में किया जा रहा था और एक सद्भावना जताते हुए उस प्रयोगशाला ने छह माह का अपना समस्त उत्पादन हमारे लिए आरक्षित कर दिया। रक्षा खाद्य पदार्थों का उत्पादन किया जा रहा था और इन्हें बहुत ही संतोषजनक पाया गया था। मुल्की ने पकने के लिए तैयार दालों और सब्जियों की भी बड़ी मात्रा मुहैया कराने के लिए ऑर्डर दे दिया। इन्हें न केवल ले जाना आसान था, बल्कि पकाना भी आसान था, और इससे ईंधन की बचत होती थी।

हम बड़ी मात्रा में विविध प्रकार के फल-रस (फ्रूट जूस) भी ले गए। ये बहुत उपयोगी साबित हुए और उनकी बहुत माँग थी। ये रस निर्जलीकरण से बचने का ठोस विकल्प बने और उन ऊँचाइयों पर पहुँचकर, जहाँ ठोस भोजन खाने की इच्छा कम हो जाती है, इन जूसों ने ही जिंदगी को थामे रखा। ये बहुत पौष्टिक थे, स्वादिष्ट थे और इनका उपयोग करना आसान था।

दिसंबर का अंत निकट आते-आते काम की गति में तेजी आ गई और माहौल तनावपूर्ण, बेचैनी भरा होने लगा तथा चिंता की तलवार सिर पर लटकने लगी। काम के बढ़े हुए दबाव से निपटने के लिए हमें और अधिक मदद की जरूरत थी। अधिकतर सदस्य फरवरी तक उपलब्ध नहीं थे। लेकिन जिनका आना संभव हो सकता था, उनको हमने तत्काल दिल्ली चले आने के लिए कहा। मंगु मुल्की की सहायता करने दिल्ली आ गया। बी.पी. सिंह कुमार के साथ काम करने चला आया और कप्तान चीमा ने दिल्ली आकर विभिन्न वस्तुओं के आयात संबंधी कार्य में मदद करना शुरू कर दिया। भारतीय पर्वतारोहण संस्था में एक लेखाकार, श्री छिब्बर ने हमें अपने दफ्तर का इस्तेमाल करने दिया तथा हमने श्री छिब्बर को धन-खर्च करने संबंधी नियमों और लेखा-विधि प्रक्रिया के बारे में सलाह देने में व्यस्त रखा। भारतीय पर्वतारोहण संस्था (अर्थात् इंडियन

माउंटेनियरिंग फाउंडेशन) के अवैतनिक सचिव, श्री चक्रवर्ती, रक्षा मंत्रालय के एक अति-व्यस्त पदाधिकारी थे और वे पर्वतारोहण से संबंधित जो भी कार्य करते थे, वह काम उन्हें अपने सामान्य कार्य के अलावा करना पड़ता था। एवरेस्ट अभियान से जुड़ा काम जब हद से अधिक बढ़ गया, उन्हें बहुत अधिक तनाव से गुजरना पड़ा। एवरेस्ट संबंधी किसी भी समस्या का हल निकालने के लिए श्री सरीन सदैव उपलब्ध रहते थे। वे भारतीय पर्वतारोहण संस्था की धुरी के समान थे और प्रेरणास्रोत थे। यदि हमें निरंतर उनकी सहायता न मिलती तो हमारे लिए अपनी तैयारियाँ में तेज रफ्तार बनाए रखना कभी संभव न होता। आई.एम.ए. के अध्यक्ष, श्री खेड़ा का अप्रत्यक्ष सहयोग हमें सदैव प्राप्त रहा। हमें पता था कि श्री खेड़ा और श्री सरीन हमारी प्रगति और अभियान संबंधी समस्याओं का जायजा लेने के लिए अकसर मिलते रहते थे।

लाला बंबई में व्यस्त रहे। अपने मेडिकल कार्य के अतिरिक्त वह विदेश से प्रेषित सामान को छुड़ाने में मेरी मदद कर रहा था और बंबई से कच्चा माल भिजवाने में कुमार को सहयोग दे रहा था।

मध्य नवंबर के आस-पास सोरेस दार्जिलिंग से आ गया और बंबई में लाला का सहयोगी बन गया। औषधियाँ बनानेवाली अधिकतर कंपनियाँ बंबई में थीं और लाला तथा सोरेस ने अपनी जरूरत की अधिकांश औषधियाँ वहीं से हासिल कर लीं। कुछ दवाएँ बाजार से सहज उपलब्ध न होने के कारण हमें उन दवाओं को सशस्त्र सेना मेडिकल स्टोर्स से प्राप्त करने की व्यवस्था करनी पड़ी।

जापानी अल्पाइन क्लब हमारे साहसिक कार्य में खासी रुचि ले रहा था। क्लब के वाइस प्रेसीडेंट, श्री मीता कुछ ही माह पहले भारत आए थे और जापान वापस जाने के बाद भी बराबर हमारे संपर्क में बने रहे। एवरेस्ट पर चढ़ने के हमारे प्रयास के बाद जापानियों का भी वहाँ जाने का इरादा था। जापानी अल्पाइन क्लब से परिचित जापान की एक कंपनी ने हमें कुछ कैमरे दान करने का प्रस्ताव किया। दूसरी फर्म ने जेब को गरम रखनेवाले कुछ यंत्र भेजे, जो पहाड़ की बहुत ऊँचाई पर अत्यधिक ठंड में हमारे जूतों को गरम रख सकते थे।

मौसम के पूर्वानुमान की घोषणा भी एक महत्त्वपूर्ण विषय था, जिस पर ध्यान देना जरूरी था। हमने वेधशालाओं के महा-निदेशक से संपर्क करके एवरेस्ट के मौसम के पूर्वानुमान की घोषणा दैनिक आधार पर करने की व्यवस्था के बारे में उनसे बात की। मौसम के पूर्वानुमान का प्रसारण ऑल इंडिया रेडियो से किया जाना था। यह व्यवस्था की गई कि मौसम के बारे में रोजाना तीन बुलेटिन प्रसारित किए जाएँगे—सुबह 9 बजे, दोपहर 2.15 और सायं 5.35 पर। मौसम के बारे में ये पूर्व-सूचनाएँ पर्वत पर हमारे लिए अत्यधिक उपयोगी साबित हुईं और हमारी सफलता में उन सूचनाओं का बहुत योगदान

रहा। एक-दो अवसरों को छोड़कर, ये बुलेटिन असाधारण रूप से सही सिद्ध हुए।

विदेश से प्रेषित हमारा सामान मध्य जनवरी तक भारत पहुँचना था, लेकिन आधा सामान भी समय पर नहीं पहुँचा था। इस बात को लेकर बड़ी शंका बनी हुई थी और तारों के जरिए कई बार संदेश भेजे जा चुके थे। पेरिस, वाशिंगटन और बॉन में भारतीय मिलिटरी अताशे द्वारा इन प्रेषणों को जल्दी-से-जल्दी भिजवाने के लिए तेज कदम उठाए गए। मेटॅल जिप जर्मनी से मँगाए गए। कुछ स्थिति ऐसी बनी कि संबंधित कंपनी को रकम का प्रेषण तत्काल नहीं किया जा सका, जिसके कारण कंपनी ने माल डिस्पेच नहीं किया। बॉन में भारतीय दूतावास के बिग्रेडियर कौल ने उस कंपनी में खुद जाकर बातचीत की और फिर अंततः माल की रवानगी भारत के लिए हुई। कुछ प्रेषित माल जनवरी के तीसरे सप्ताह से आना शुरू हो गया।

आइडॅरस्डाउन (बड़ी समुद्री बत्तखों के पंख) का प्रेषित माल अभी तक हमारे पास नहीं पहुँचा था, जिसकी वजह से स्लीपिंग बैग और आइडॅरडाउन सूटों को बनाने का काम रुका पड़ा था। इन वस्तुओं का निर्माण ऑर्डिनेंस फैक्ट्रियों द्वारा किया जाना था और वे इस सामान के आने की प्रतीक्षा कर रही थीं। जिस पोत के जरिए यह माल फ्रांस से आना था और सीधे बंबई पहुँचना था, उस पोत को दूसरे बंदरगाह की ओर भेज दिया गया था। जब वह पोत 1 फरवरी को बंबई पहुँचा, तीन दिन तक उस पोत को बंदरगाह पर नहीं लगाया जा सका। जब जगह खाली हुई, तब पता चला कि पोत आकार में इतना बड़ा है कि वह जगह उसके लिए बहुत कम पड़ेगी। हैरान-परेशान होकर हमने उस जहाज से आए अपने माल को हेलिकॉप्टर के जरिए मँझधार में ही निकालने की योजना बनाई, लेकिन हमारा वह अत्यावश्यक सामान बिल्कुल नीचे दबा पड़ा था और पोत के मँझधार में रहते उसे निकालना संभव नहीं था। आइडॅरडाउन के लिए ऑर्डिनेंस फैक्ट्रियों से फोन पर फोन आ रहे थे। हमें चेतावनी मिल गई थी कि हमारा उपकरण समय पर तैयार नहीं हो सकेगा और हमें अपने प्रस्थान की तारीख को आगे बढ़ाना पड़ेगा। लेकिन हमारे वश में कुछ नहीं था। ऑर्डिनेंस फैक्ट्रियों को सारे उपकरण तैयार करके 15 फरवरी तक हमारे सुपुर्द करने थे और 4 फरवरी हो चुकी थी तथा आधा माल अभी तक पोत में ही पड़ा हुआ था। विशेष प्रयासों से आइडॅरडाउन 10 फरवरी को कानपुर पहुँच पाया; इसका कुछ हिस्सा शाहजहाँपुर जाना था, जहाँ आइडॅरडाउन सूट बनने थे। अगले ऑर्डिनेंस फैक्ट्रियों ने एक मिनट भी बेकार नहीं गँवाया। अगले ही दिन, अर्थात् 11 फरवरी को, पहला स्लीपिंग बैग जाँच के लिए बिल्कुल तैयार था। ऑर्डिनेंस फैक्ट्रियों ने दिन-रात करके हमारा सारा सामान निर्धारित तारीख तक तैयार कर दिया। हमें इस प्रकार का सहयोग और कहाँ मिलता ?

हमें डर था कि ऑक्सीजन की बोतलें आने में भी देरी हो सकती है। लगभग 1

फरवरी तक ऑक्सीजन की बोतलें फ्रांस से रवाना नहीं हुई थीं। बहुत वजनी होने के कारण उन्हें हवाई जहाज से नहीं भेजा जा सकता था और पोत-परिवहन की समय-सारणी हमारे अनुकूल नहीं थी। किसी ने सुझाव दिया कि मुझे भारत में यू.एस. मिलिटरी सप्लाई मिशन के डिप्टी चीफ, बिग्रेडियर जनरल पॉल डब्ल्यू. टिबट्स से संपर्क करना चाहिए और उनसे पूछना चाहिए कि क्या उनका कोई विमान फ्रांस से नई दिल्ली में आने वाला है और यदि ऐसा है तो क्या हमारी ऑक्सीजन बोतलें उस विमान से लाई जा सकती हैं। टिबट्स महोदय बहुत काम के आदमी निकले। एक-दो दिन के अंदर ही पेरिस से एक उड़ान रवाना होने को थी और आदेश जारी कर दिए गए कि ऑक्सीजन बोतलों की पूरी खेप उस विमान से ले आई जाए। पेरिस में ब्रिगेडियर बलजीत सिंह ने तत्काल उस कंपनी से संपर्क किया। उस खेप को हवाई अड्डा पहुँचाने के लिए सिर्फ बारह घंटे बाकी थे। इन सारी कोशिशों के बावजूद ऑक्सीजन बोतलों की खेप विमान पकड़ने से चूक गई और अगले दिन उस खेप को समुद्र के रास्ते भेजना पड़ा। ऑक्सीजन बोतलों को लानेवाला पोत दिल्ली से हमारे प्रस्थान से सिर्फ तीन दिन पहले बंबई पहुँचा। परिवहन मंत्रालय के जरिए पोर्ट ट्रस्ट के प्राधिकारियों से अनुरोध किया गया कि आए सामान को त्वरित गति से उतारने का प्रबंध किया जाए। माल उतरने के काम की देख-रेख के लिए बोगी बंबई चला गया। उसे खेप लेकर आना था और फिर दिल्ली में मुख्य टोली के साथ होना था या जयनगर में टोली को पकड़ना था।

टोली 10 फरवरी को दिल्ली में एकत्रित हुई हमारी तैयारियों का अंतिम दौर आरंभ हुआ। हर तरफ अफरा-तफरी मची हुई थी। गुरुदयाल ने फोटोग्राफी की सभी जरूरतों की जिम्मेदारी सँभाली। अधिकतर कच्चा माल बंबई में फोडक से मिल गया। लेकिन 16 एम.एम. सिनेफिल्म की भारी कमी थी। हमारी विदेशी मुद्रा का एक हिस्सा करीब सात हजार फीट फिल्म का आयात लंदन से करने पर खर्च हो गया। एक 16 एम.एम. यूवी कैमरा स्विट्जरलैंड से मँगवाया गया। इस कैमरे को विशेष एंटी-फ्रीज ट्रीटमेंट दिया गया था ताकि बहुत ऊँचाई पर इसका इस्तेमाल किया जा सके। दुर्भाग्यवश जब उसे एवरेस्ट शिखर पर ले जाया गया, यह जकड़ गया। गुरु की यह शिकायत थी कि उसे उतने कैमरे नहीं मिले, जितने कैमरे वह ले जाना चाहता था और उस प्रकार के भी नहीं मिले, जैसे उसे चाहिए थे।

मंगु, जो उस समय तक मुल्की की मदद कर रहा था, खाद्य संग्रहण का काम छोड़कर वायरलेस संबंधी इंतजाम की देख-रेख करने की तरफ चला गया। दूसरा वायरलेस सदस्य बालकृष्णन भी हमारे बीच आ गया था। भारत में उपलब्ध सभी वायरलेस सेटों में से उन्होंने बेस कैंप तथा काठमांडू के बीच लंबी दूरी के सूचना-संप्रेषण हेतु दो सबसे बढ़िया सेटो का चयन किया और अंतर-कैंप सूचना संप्रेषण के

लिए आठ ट्रांजिस्ट्रीकृत (Transieterised) वॉकी-टॉकी सेट चुने। मंगु और बाला ने एक सप्ताह के अंदर सभी सेटों, रिपेयर किट और सिग्नल संबंधी प्रलेखों की व्यवस्था पूरी कर ली।

जोशी ने दिल्ली से जयनगर तक परिवहन संबंधी प्रबंधों की देख-रेख का काम सँभाला। रेलवे बोर्ड और विशेषकर श्री शिव किशोर की सहायता से, जो हमारे प्रस्थान के लिए सभी प्रबंध कराए; इस कार्य में श्री शिवकुमार का सकुशल योगदान सराहनीय था। यह तय हुआ कि हमारा सामान 21 फरवरी को असम मेल के साथ जोड़ी गई एक विशेष बोगी में भेज दिया जाएगा और टीम अगले दिन लखनऊ मेल से रवाना होगी। दूसरा विकल्प था कि सड़क मार्ग से भेजा जाए। इसका एक फायदा भी था, ट्रकों में एक बार सामान लद गया तो सीधा जयनगर पहुँचकर ही उतरेगा। लेकिन इसे सुरक्षित नहीं समझा गया, क्योंकि 1960 में हमारे सामान से लदा एक ट्रक रास्ते में उलट गया था। रेल परिवहन न केवल अधिक सस्ता था, बल्कि अधिक शीघ्रगामी भी था। रेलवे विभाग को ताकीद कर दी गई थी कि हमारे सामान की बोगियों की रवानगी में किसी प्रकार का विलंब न हो।

कुमार बी.पी. सिंह की मदद से सभी उपकरण को पैक करने में लगा हुआ था; जैसे-जैसे उपकरण पहुँचते थे, उन्हें तुरंत पैक कर दिया जाता था। लेकिन जहाँ तक खाद्य पदार्थों को चेक करने का प्रश्न है, सभी खाद्य वस्तुएँ उपलब्ध न होने तथा उन्हें बाँध-लपेटकर रखना संभव नहीं था। खर्च बचाने के उद्देश्य से हमने पैक करने का काम किसी कंपनी को नहीं दिया था। खाद्य पदार्थ को पैक करने के लिए हमने प्लाईवुड की पेटियाँ मँगवाई थीं। दुग्ध पाउडर, मसाले, फल और चीनी जैसी अनेक वस्तुओं को हमने छोटे-छोटे पॉलिथीन थैलों में पैक कराया, ताकि उनमें नमी न लगे। हमारे दो शेरपाओं, पसांग और दावा ने हमारी बहुत मदद की; वे हमारे पास सीधे दिल्ली चले आए थे। उन्होंने हजारों छोटे पैकेट बनाने के लिए अविराम कड़ा परिश्रम किया। मुल्की के खाद्य भंडार में सैकड़ों की तादाद में चॉकलेट, मिष्ठान, मेवे आदि शामिल थे। लगता था, जैसे वह पंसारी की एक पूरी दुकान सजाकर बैठा हो। मुल्की ने भारत के नौ भिन्न-भिन्न राज्यों से आए 20 सदस्यों की अलग-अलग पसंद और स्वाद का ध्यान में रखते हुए, खाद्य वस्तुओं को इकट्ठा करने के लिए बड़ी लगन और परिश्रम से काम किया था। पिछले चार दिनों में आने-जाने वालों का ताँता लगा रहा। उनमें से एक लड़की थी, जो किसी स्थानीय स्कूल से आई थी; इस लड़की ने देखकर सवाल किया, "आप अभियान पर जा रहे हैं या किसी पिकनिक पर?"

जब सबकुछ तैयार था, पैक करने का आसान काम रह गया था, लेकिन उसके लिए बहुत हाथों की जरूरत थी। रावत और सोनम वांग्याल ने मिश्रित राशन पैक करने

का काम सँभाला; उस राशन का उपयोग ऊपर बेस कैंप में होना था। वोहरा और आहलूवालिया ने पहुँच मार्ग और बेस कैंप का राशन पैक करने का जिम्मा उठाया। हर व्यक्ति अपने-अपने काम में व्यस्त था। एक कोने में डॉक्टर अपनी दवाओं को छाँट रह थे और सदस्यों को विभिन्न इंजेक्शन लेने के लिए मना रहे थे। उनके बहुत मनाने-समझाने के बावजूद मुझे नहीं लगता कि किसी भी सदस्य ने अपने हिस्से के सारे इंजेक्शन लिये हों। लाला और सोरेस ने जोर दिया कि प्रत्येक सदस्य का वजन लिया जाना चाहिए, लेकिन तुलने-तुलाने के लिए समय कहाँ था? चीमा अपने सिर पर एक बड़ी पेटी रखकर वजन करने की मशीन तक गया। डॉक्टरों ने इसका विरोध किया। चीमा ने शांत स्वर में कहा, "इसमें मुश्किल क्या है? कुल वजन में से 65 पौंड निकाल देना। मेरा वजन मिल जाएगा।"

सदस्यों की पत्नियाँ जो अपने पतियों के साथ कुछ दिन बिताने और उन्हें शुभकामनाएँ देने के लिए आई हुई थीं, खुद को बहुत उपेक्षित महसूस कर रही थीं। सारा-सारा दिन वे उन तंबुओं के अंदर बैठी रहती थीं, जिनकी मजबूती परखने के लिए वहाँ लगाया गया था, और जब वे बोर होने लगती थीं तो बोरियत मिटाने के लिए एक तंबू से दूसरे तंबू में चली जाती थीं। दिन तो व्यस्त थे ही, रातें और भी अधिक व्यस्त होती थीं। हमने सभी जगह तेज रोशनी देनेवाले बल्ब लगा दिए थे और काम बिना रुके चलता गया। तिरखानों (अर्थात् बढ़ई) ने पेटियाँ बनाने तथा व्यक्तिगत किट के हर सामान पर नाम का लेबल चिपकाने के लिए तीन पालियों में काम किया। यह अत्यावश्यक था, क्योंकि अधिकतर चीजें एक जैसे रंग की थीं और उनके घुल-मिल जाने का डर था। पूरी सावधानी बरतने और कष्ट झेलने के बाद भी कुछ दिलचस्प गलतियाँ हो गईं। पर्वतारोहण अभियान के सबसे लंबे सदस्य, जोशी ने अपनी किट कुछ स्थानीय स्कूली छात्राओं को दिखाते समय पाया कि उसका अपना स्लीपिंग बैग सबसे छोटा है। उसका आधा कद भी उस बैग में नहीं समा रहा था। कद में सबसे छोटे सदस्य, योम्बु को जोशी (जो) का स्लीपिंग बैग दे दिया गया था।

तथापि किसी भी अभियान की योजना कितनी भी सावधानी से क्यों न बनाई जाए, अंतिम क्षणों में कुछ समस्याएँ सामने नहीं आएँगी, ऐसा मानकर निश्चिंत नहीं बैठ सकते। 19 फरवरी को जब हमने मेस टेंट खोला तो पाया कि एल्युमिनियम की खूँटियाँ बनाकर आ गई हैं। फिर, एच.एम.आई. द्वारा भेजी गई ऑक्सीजन की कुछ पुरानी बोतलें पड़ी हुई थीं। ये स्विस मेक की थीं और फ्रेंच रेग्यूलेटरों में फिट होने के लिए उनके साथ कोई अडैप्टर (उपयोजक) नहीं थे। अहलू जो आर्मी के इलेक्ट्रियल एवं मेकैनिकल इंजीनियर्स कोर का एक अधिकारी था, फौरन दिल्ली में ई.एम.ई. वर्कशॉप में गया और एक दिन में खूँटियाँ बनवाकर ले आया। और अंत में जब हमारे प्रस्थान करने में केवल

तीन दिन शेष थे, कुछ ऐसी बात हो गई। हालाँकि सौभाग्यवश उससे हमारे कार्यक्रम में कोई व्यवधान नहीं पड़ा कि सेना मुख्यालय ने कुमार को अभियान में शामिल होने की मंजूरी देने से इनकार कर दिया, कारण यह था कि कुमार मेडिकल श्रेणी में आता था। कुमार को उसकी हिमदग्ध पादांगुलियों के कारण एक निम्न मेडिकल श्रेणी में डाल दिया गया था, जिसका मतलब था कि अब उसके लिए बहुत ऊँचाई पर चढ़ने की मनाही है। अभियान के लिए चुने गए अन्य सैनिक अधिकारियों को यद्यपि 1 फरवरी, 1965 को छोड़ दिया गया था, कुमार को जाने की अनुमति नहीं दी गई, क्योंकि बहुत ऊँचाई पर जाने से उसकी पादांगुलियों की हालत और खराब हो जाने की आशंका थी। श्री सरीन ने तत्काल जनरल चौधरी, आर्मी स्टाफ प्रमुख से संपर्क किया। श्री सरीन ने उन्हें विस्तार से बताया कि कुमार कुछ ही माह पहले नंदा देवी गया था और उसकी दशा पर कोई बुरा प्रभाव नहीं पड़ा था। उन्हें इस बारे में भी पूरी तरह आश्वस्त कर दिया गया कि कुमार की पादांगुलियों में फिर से यदि कोई तकलीफ उभरती है तो कुमार को पहाड़ से तुरंत वापस भेज दिया जाएगा। सेना प्रमुख ने उदारता दिखाई और इस तरह अभियान को अपने उपनायक के साथ से वर्जित नहीं होना पड़ा। कुछेक दूसरी समस्याएँ भी थीं लेकिन किसी तरह सब-कुछ ठीक-ठाक हो गया और दिल्ली में इतने दिनों से चल रही खलबली-पूर्ण गतिविधि का उस समय सहसा अंत हो गया, जब 20 फरवरी की संध्या हमारा करीब 25 टन वजन का सारा सामान व माल-असबाव रेलवे स्टेशन की तरफ चल पड़ा।

□

जयनगर

हमारे प्रस्थान करने में सिर्फ दो दिन बाकी रह गए थे। 21 फरवरी को, यानी चलने से एक दिन पहले, टोक्यो में हमारे मिलिटरी अताशे से हमें एक पत्र मिला, जिसमें सूचित किया गया था कि जापानी अल्पाइन क्लब की मध्यस्थता से टोक्यो स्थित एक फर्म ने अभियान के लिए कुछ कैमरे प्रदान किए हैं। हालाँकि कैमरे मुफ्त हैं, किंतु उनकी सुपुर्दगी लेने के लिए आयात लाइसेंस का होना जरूरी है।

हमारे पास जो लाइसेंस था, उसका पूरा उपयोग किया जा चुका था और देर

से हमें ज्ञात हुआ कि एक नया आयात लाइसेंस प्राप्त करना होगा। गुरुदयाल तुरंत आयात-निर्यात महानियंत्रक कार्यालय में गया और चौबीस घंटे के अंदर हमें लाइसेंस मिल गया। चीमा, जिसे आयातित माल-छुड़ाई का अब तक का अनुभव हो चुका था, लाइसेंस लेकर तुरंत हवाई अड्डा चला गया और जो कस्टम अधिकारी चीमा को देखने का आदी हो गया था, उसने बड़ी फुरती दिखाई और कुछ क्षणों के अंदर ही उसने कैमरे चीमा के सुपुर्द कर दिए।

हमारा पूरा दिन अपने उपकरण तथा सामान को असम मेल की उन बोगियों में चढ़ाने-लादने में बीत गया, जो विशेष रूप से अभियान के लिए आरक्षित थीं। सिग्नल सेंटर का लॉन हमारा संग्रहण तथा पैकिंग केंद्र बना हुआ था और वहाँ से सारे सामान को उठाकर दिल्ली के भीड़-भाड़वाले रेलवे जंक्शन तक पहुँचाने में कई घंटे लग गए। शाम होने तक काम पूरा हो गया था। वैगनों को उस सवारी गाड़ी के साथ जोड़ा जाना था, जिसमें जोशी और सोरेस साथ जा रहे सामान की सुरक्षा सुनिश्चित करने हेतु सफर कर रहे थे। लेकिन जब असम मेल दिल्ली स्टेशन निकल रही थी, हमारे वैगन वहाँ नहीं थे। जो ने अलार्म चेन खींच दी। जिदंगी में पहली बार उसने ऐसा किया, और फिर रेल प्राधिकारियों के साथ गरम बहस छिड़ गई। मुझे स्टेशन बुलाया गया और अंतत: गलती ठीक हुई; वैगन जोड़ दिए गए। यह सोचकर कि आगे और कोई चूक या गड़गड़ी न हो, जो या सोरेस हर स्टेशन पर उतरकर वैगनों पर नजर मार लेते थे।

11 फरवरी की शाम तक विदेश से भेजा गया सारा सामान आ गया था और अभियान से संबंधित मुख्य-मुख्य सामान जयनगर चला गया था। सबने राहत महसूस की। लेकिन अगने दिन, अर्थात् हमारे प्रस्थानवाले दिन, किसी भी तरह का चैन नहीं था। कई खामियाँ रह गई थीं, जिन्हें दूर करना था और चलते-चलते भी बहुत सारी खरीदारी करनी थी—अभियान के लेटर पैड, कैमरे, पिक्चर पोस्ट कार्ड आदि इकट्ठा करने रह गए थे। व्यक्तिगत उपयोग की बहुत सी चीजें खरीदनी और पैक करनी थीं। हमारी गाड़ी छूटने के सिर्फ चार घंटे पहले हमने पालम (दिल्ली) एयरपोर्ट से ऑक्सीजन मास्क उठाए। इतनी जल्दबाजी और आपा-धापी के बीच भी हम अपने प्रधानमंत्री श्री लाल बहादुर शास्त्री से भेंट करना नहीं चूके।

22 फरवरी को सायंकाल 8 बजे के कुछ ही देर बार दिल्ली रेलवे स्टेशन की भीड़ के बीच से रास्ता बनाते हुए हम लोग उस प्लेटफॉर्म की तरफ जा रहे थे, जहाँ से लखनऊ मेल 8.45 पर छूटने को थी। भारी भीड़ के बावजूद हमें एवरेस्ट टीम के लिए आरक्षित डिब्बों को खोजने में कोई कठिनाई नहीं हुई। विशेष बोगियों के बाहर प्लेटफॉर्म खचाखच भरा हुआ था। मैं गाड़ी छूटने से केवल पंद्रह मिनट पहले पहुँचा। पिछले अभियानों के दृश्य मेरे मन में कौंध गए—यही लखनऊ मेल था, जिससे पिछली

टीमें लखनऊ के लिए रवाना हुई थीं, जहाँ से उन्हें नेपाल की ओर अग्रसर होना था। हर बार एक नई आशा जागती थी। पर्वतारोही आशावादी होते हैं और उनका यह अटूट आशावाद उनकी उम्मीदें और आकांक्षाएँ ही उन्हें बार-बार पर्वतों की आरे जाने के लिए प्रेरित करती हैं।

हमारे सभी मित्रगण, नाते-रिश्तेदार तथा प्रायोजक समिति के सदस्य वहाँ मौजूद थे। जैसा कि आमतौर पर होता है, अधिकतर सदस्य आखिरी क्षणों में पहुँचे। गाड़ी छूटने से पाँच मिनट पहले तक आधी टीम गायब थी। लेकिन एक-एक कर वे सभी आ गए। दोस्तों, रिश्तेदारों तथा अन्य सभी के साथ गर्मजोशी से हाथ मिलाने, पीठ थपथपाने, बधाइयाँ एवं शुभकामनाएँ लेने के बाद हम अंततः गाड़ी के अंदर आ गए। बाला ने गिनती की और पाया कि गुरुदयाल मौजूद नहीं है। लेकिन वह वहीं था, कॉरिडोर के एक कोने में खड़ा हुआ, शांत और बेफिक्र। गुरु को भीड़भाड़ पसंद नहीं थी और प्रचार से वह दूर रहता था। कैमरों और भीड़ से बचने के लिए वह दूसरी तरफ से डिब्बे में दाखिल हो गया था।

लखनऊ मेल जैसे ही दिल्ली जंक्शन से बाहर निकली, हमने अपनी-अपनी पीठ पर लदे थैले उतारे और विचारमग्न मुद्रा में बैठ गए। पिछले कुछ महीने बड़ी खलबली भरे रहे थे। ऐसे बड़े अभियान के लिए तैयारियाँ करना न केवल कठिन होता है, बल्कि नीरस और उबाऊ भी होता है और अब वह सारा काम खत्म हो गया था, हम आराम से बैठ सकते थे। एक क्षण के लिए तो मैं उन सभी मित्रों और सगे-संबंधियों से बिछुड़ने की गहरी सोच में डूब गया, जो हमें विदा करने आए थे। लेकिन यह स्थिति अधिक देर तक नहीं रही, क्योंकि मेरा ध्यान पुनः आगे पड़े काम की तरफ खिंच गया। आपस में हमारी बहुत कम बातचीत हुई और कुछ ही देर के बाद हम गहरी नींद में डूब गए, मन को मथ रहे अपने-अपने विचारों को लेकर, हालाँकि मैं बहुत थका हुआ था और मुझे बेसुध सो जाना चाहिए था, किंतु ऐसा नहीं हुआ, क्योंकि एवरेस्ट संबंधी विचार बार-बार मेरे मन में उभरते रहे। निस्संदेह, पहाड़ों के बीच पहुँचने से पहले अभी हमारे पास काफी समय था, फिर भी 1960 तथा 1962 की यादें, बेस कैंप, वेस्टर्न सी.डब्ल्यू., साउथ कोल की यादें रह-रहकर मेरे मन में आती रहीं। इस आशा और संभावना ने मेरी रीढ़ में झुनझुनी पैदा कर दी कि हममें कुछ लोग दक्षिण-पूर्व रिज के ऊपर चढ़ेंगे, और फिर शिखर तक पहुँचने में सफल होंगे। इस बार हमें यह करके दिखाना था। करना ही था। मौसम का मिजाज अनुकूल रहा तो, हम कुछ लोगों को शिखर विजय करते देख सकेंगे। दिल्ली छोड़ने से पहले मैंने इस पर श्री सरीन और बाद में प्रायोजक समिति के साथ चर्चा की थी, लेकिन मैंने जानबूझकर अपनी इस मंशा को छिपाए रखा था कि मेरा इरादा बड़ी संख्या में पर्वतारोहियों को शिखर पर चढ़ाने का है, हालाँकि मैंने उन्हें

आश्वस्त किया था कि हम यथासंभव अधिक-से-अधिक लोगों को शिखर पर पहुंचने की भरसक कोशिश करेंगे। मैंने सिर्फ एक बार अपनी पत्नी को विश्वास में लेते हुए बताया था, "इस बार कम-से-कम आठ लोग शिखर पर होने चाहिए।"

हमने लखनऊ में गाड़ी बदली। छोटी लाइन (मीटर गेज) पर चलनेवाली गाड़ी के एक छोटे डिब्बे में हम सवार हुए और उस गाड़ी ने हमें गोरखपुर पहुँचाई, वहाँ से हम जयनगर तक गए, जो बिहार-नेपाल सीमा पर अंतिम रेलवे स्टेशन है। गाड़ी जब 24 फरवरी की सुबह-सुबह जयनगर पहुँची, हमारे अधिकतर साथी अभी तक सोए हुए थे और रात के कपड़ों में थे। वहाँ पहुँचने के साथ ही स्टेशन पर पहले से मौजूद शेरपा हमारे डिब्बे में आने लगे। हमने जल्दी से कपड़े पहने और शेरपाओं से दुबारा हँसी-खुशी मिले। जो अर्थात् जोशी और सोरेस सारे सामान सहित पहले ही वहाँ पहुँच चुके थे और स्टेशन पर थे।

जयनगर में एकत्र शेरपाओं में अनेक जाने-पहचाने चेहरे थे। हमारा शेरपा सरदार ऐना त्शेरिंग था। उसे देखकर कोई नहीं कह सकता था कि वह सरदार बनेगा। वह एक दुबला-पतला जवान आदमी था, लेकिन तीखे नाक-नक्शवाला और जोशीला था : विनम्र, आत्मविश्वासी और एक कोने में सिर झुकाए खड़ा रहनेवाला। उसका चेहरा मंगोलो जैसा नहीं था और न वह बहुत ऊँची चढ़ाई चढ़नेवाले शेरपाओं की तरह हट्टा-कट्टा दिखता था। वह 1963 में अमरीकी अभियान के साथ था और उसके बारे में उपलब्ध जानकारी के आधार पर हम कह सकते हैं कि वह अच्छा काम करेगा। फू दोर्जी भी मौजूद था, अपने चिहुँटे, किंतु उत्तेजित चेहरे पर वही चौड़ी मुसकराहट लिये हुए। हमने उसे 1962 में देखा था और तब से उसमें जरा भी बदलाव नहीं आया था। वह आज भी वैसा ही उत्तेजित था, जैसा 1960 और 1962 में। पिछले दोनों भारतीय शिखर अभियानों पर तथा 1963 में अमरीकियों के साथ भी, वह भारी सामान उठाकर आखिरी पड़ाव तक ले गया था। फू दोर्जी हमारे लिए बहुत भरोसे का आदमी था, ऊपर-नीचे चक्कर लगाने में माहिर शेरपाओं की तरह। इस बार वह हमारा सहायक सरदार था। हर समय शरमाने वाला नवाँग हिल्ला भी वहाँ था अपनी लंबी चोटी के साथ; और हम दावा नोर्बू-I को कैसे न पहचानते, जिसने फू दोर्जी की तरह बोझा उठाकर तीन बार अंतिम पड़ाव तक पहुँचाया था, दो बार हमारे साथ और एक बार 1956 में स्विस अभियान के साथ रहकर। गुरु के साथ-साथ दावा ने 1962 में साउथ कोल पर ऑक्सीजन के बिना छह दिन बिताए थे। बहुत छोटा ऐंग दावा-IV भी था, जिसने अनेक पर्वत-यात्राओं पर नॉर्मन डिरेन्फर्थ (Norman Dyrenfurth) के साथ काम किया था। ऐंग दावा और नॉर्मन 1963 में एवरेस्ट पर पहली शिखर टोली में थे और 28,000 फीट की ऊँचाई तक गए थे। इला त्शेरिंग, ऐंग त्शेरिंग-II और तेजिंग निंदा, ऐंग नइमा, तेजिंग ग्यात्सो,

नीमा तेंजिंग, गुंउन और पसांग टेंडी भी वहाँ मौजूद थे। पिछली बार उन सभी ने भारी बोझ उठाया था और एवरेस्ट पर अंतिम कैंप तक पहुँचाया था। इनके अलावा भी बहुत से दूसरे लोग थे। उनमें हँसमुख और बच्चों जैसा भोला-भाला मिंगमा त्शेरिंग भी शामिल था, जो मेरा अर्दली बनने वाला था। वह हमेशा हीं-हीं करता और हँसता रहता था। 1962 में उसने भी बोझा उठाकर अंतिम पड़ाव तक पहुँचाने का काम किया था। अदम्य जीवट का धनी सिख फोर्चे भी मौजूद था, जो 1962 में एक ही दिन में 5,000 फीट की खड़ी चढ़ाई चढ़कर एडवांस कैंप से साउथ कोल तक गया था और यह दिलेरी उसने नीमा को बचाने के लिए दिखलाई थी, जो दिल की बीमारी से कष्ट में था। हमें पतला, किंतु मजबूत और लचकदार पेंबा सुंदर भी मिल गया। 1960 के हमारे एवरेस्ट अभियान जब सात शेरपाओं की एक टोली में बोझा उठाकर अंतिम कैंप तक पहुँचाने के बाद साउथ कोल लौट गई थी और जब हमारी दूसरी शिखर टोली, जिसमें वोहरा, ऐंग ऐम्बा के साथ-साथ मैं भी शामिल था, शेरपाओं का सहारा मिलने संबंधी कठिनाइयों का सामना कर रहे थे, उस समय केवल दो शेरपाओं—पेंबा सुंदर और दावा नोर्बु ने अंतिम कैंप तक दुबारा जाने का काम स्वेच्छा से किया था।

इनमें से 17 शेरपाओं ने एवरेस्ट पर सबसे ऊँचे शिविरों तक चाहे साउथ-ईस्ट रिज पर हो या वेस्ट रिज पर, सामान ढोने का काम किया था; 13 दूसरे शेरपा साउथ कोल तक गए थे। हम खुश थे कि हमें इतने मजबूत और दिलेर शेरपाओं का साथ मिला। उन्होंने हमारे दो पिछले एवरेस्ट अभियानों के न भूलनेवाले दिनों की यादें ताजा करा दीं।

अधिकतर शेरपा किसी अभियान के साथ न होने के दौरान खेती-बाड़ी के काम में लगे रहते हैं और स्वाभाविक है, उनमें से बहुत से शेरपा अपनी ग्रामीण पोशाक में थे और वे किसी भी तरह दूसरे किसानों से भिन्न नहीं लगते थे। यह विश्वास करना मुश्किल था कि जैसे ही वे अपनी पर्वतीय किट धारण करेंगे, उनका एकदम कायापलट हो जाएगा और वे बिल्कुल अलग किस्म के लगने लगेंगे। शेरपा, जिसका वास्तविक अर्थ होता है 'पूर्व के लोग', अद्भुत होते हैं, असाधारण रूप से श्रमशील एवं हट्टे-कट्टे, दिलेर, खुशमिजाज, भरोसेमंद तथा वफादार होते हैं। उनके चेहरे पर हर समय छाई रहनेवाली उनकी लोकप्रसिद्ध ठेठ मुसकराहट तथा उनकी मौजूदगी की गरमाहट को भला कोई कैसे नजरअंदाज कर सकता है। हमने उनसे हाथ मिलाए और अपनी दोस्ती फिर से जमाई, क्योंकि यही दोस्ती हमारे सुख-दुख, परीक्षा और सफलता की घड़ी में हमारा सहारा बनने जा रही थी। यह दोस्ती निश्चय ही एक मालिक और एक नौकर, एक नियोक्ता और कर्मचारी के बीच संबंध जैसी बिल्कुल नहीं थी, क्योंकि कोई भी शेरपा केवल पैसे की खातिर अपने जीवन को खतरे में नहीं डालेगा और जानलेवा

संकटों का सामना नहीं करेगा। हम जिस अभियान पर जा रहे थे, उस अभियान में वे हमारे पूरे संगी-साथी थे।

शेरपाओं को पहाड़ों से प्यार होता है और पहाड़ों के निकट होने से उन्हें सुख एवं संतुष्टि का अनुभव होता है। उन्होंने बर्फ पर चढ़ने में ऊँचे दरजे की निपुणता हासिल कर ली है। उनकी भागीदारी के बिना हिमालय पर्वत की चढ़ाई का इतिहास बिल्कुल भिन्न होता। वे बहुत अच्छे साथी हैं—सीधे-सादे, विनम्र, हँसमुख, मददगार, मित्रवत् और जोशीले।

बाहरी दुनिया से बारंबार संपर्क ने उन्हें शायद कुछ हद तक भौतिकवादी बना दिया है। ये भोले-भाले लोग अब बाकी दुनिया की धूर्तता और चालाकी से अछूते नहीं रह गए हैं। उनमें बहुत ऐसे हैं, जो भारत और दूसरे देशों की यात्रा कर चुके हैं। प्रत्येक अभियान पर वे अपनी नई पर्वतारोहण किट को रखे रहने के लिए उत्सुक रहते हैं, जो अभियान के बाद उन्हें अच्छी-खासी रकम दिला देती है। उन्हें बढ़िया खाना अच्छा लगता है और अभियान के दौरान वे बढ़िया भोजन पाने के लिए लालायित रहते हैं। लेकिन जब एक बार उन्हें भरोसा हो जाता है कि उनके हित और भौतिक सुख का यथासंभव ध्यान रखा जाएगा, वे वफादार साथी बन जाते हैं और अपनी जान न्योछावर करने के लिए तैयार रहते हैं। उनके दिलों में कोई ईर्ष्या नहीं होती है; वे एक क्षण बहस करेंगे और दूसरे क्षण मुसकराने लगेंगे।

पहाड़ों के इन लोगों से मिलकर हमें खुशी हुई, जो नेपाल के सोलू और खुंबु जिलों से आए थे, जहाँ से आने में उन्हें पंद्रह दिन लगते हैं। उनमें से कुछ तो पहले स्मरणीय भूमिका निभा चुके हैं। जल्दी ही उन्हें भी भारी बोझ उठाकर ले जाना होगा, हमारे साथ पर्वत चढ़ना होगा, हमारी निराशाओं, परीक्षा और दुःख की घड़ी में, हमारी आशाओं, खुशियों एवं सफलताओं में हिस्सा बँटाना होगा।

हम स्थानीय डाक बँगले के अहाते में चले गए, जो स्टेशन से बमुश्किल 100 गज की दूरी पर था। भारी सामान को पहले ही तरतीब से लगा लिया गया था। उस जगह एक हजार से अधिक शेरपा और कुली काम करने में अति व्यस्त थे और उनसे भी अधिक तादाद में देखनेवाले मौजूद थे। अजीब गुलगपाड़ा मचा हुआ था, लेकिन हम समझ रहे थे कि यह उलझन और अव्यवस्था जल्दी ही समाप्त हो जाएगी।

पहला काम—पहले हमने शेरपाओं को इकट्ठा कराया और उनके नामपट्ट तथा ऊँची चढ़ाई पर इस्तेमाल के लिए उनके किट जारी किए। जल्दी से अपनी नई पोशाक पहनकर शेरपाओं ने कैंप का काम सँभाल लिया। दर्शकों की बढ़ती भीड़ को पीछे धकेलना और भंडार क्षेत्र को रस्सी का घेरा डालकर सुरक्षित कर दिया गया। कुलियों को सामान देने से पहले हमने सारे सामान की एक बार फिर से छँटनी करने का फैसला

किया। बी.पी. के सहयोग से कुमार ने उपकरण संबंधी सारे सामान की पुनः जाँच की। मुल्की ने खाने के पैकेटों को फिर से देखा-परखा। हमने केवल 20 शेरपाओं को जयनगर आने के लिए कहा था, दूसरों को नमचे बाजार में हमसे मिलना था। लेकिन सचमुच, वे सभी जयनगर चले आए थे, ताकि उनमें से किसी को भी अपना काम छिन जाने का खतरा न रहे। लेकिन इससे हमारी भोजन व्यवस्था बिगड़ गई। रावत और बोगी की मदद से मुल्की ने जयनगर में अतिरिक्त खरीदारी की। यह खरीदारी जयनगर से पहले की जा चुकी सब्जियों और अंडों की खरीद के अतिरिक्त थी। सब्जियाँ तो बहुत उपलब्ध थीं, लेकिन अंडे नहीं थे। स्थानीय पदाधिकारियों की मदद से हमें दरभंगा के जिला मुख्यालय से पर्याप्त मात्रा में अंडे मिल गए।

हमारे डॉक्टरों, सोरेस और लाला ने अपनी दवाओं को छाँटा और फिर चिकित्सा संबंधी समस्याओं की ओर ध्यान दिया। उन्हें मालूम था कि अनेक सदस्यों ने हैजा, टाइफायड, टिटनेस से बचने के लिए टीके नहीं लगवाए हैं। वे दोनों सूई लगाने की सिरिंज लेकर गए और धड़ाधड़ इंजेक्शन लगाने शुरू कर दिए। कोई सवाल नहीं पूछे गए और न कोई क्षमा-याचना की गई। इस बीच मैंने और चीमा ने ऑक्सीजन बोतलों तथा मास्कों की जाँच कर डाली।

इन सारी गतिविधियों के बीच गुरु और अहलू हमारे शेरपाओं और कुलियों तथा रंग-रंगीली एवं खूबसूरत शेरपानियों की फोटो खींचने में मस्त थे। किसी भी शेरपानी ने कैमरे से मुँह छिपाने की कोशिश नहीं की। गुरु और अहलू को सबसे बढ़िया काम मिला था।

शाम होने तक सोनम ग्यात्सो काठमांडू से आ पहुँचा, उसकी मार्गरक्षा हेतु रॉयल नेपाल आर्मी के चार सिपाही साथ आए थे। ग्यात्सो काठमांडू गया था और करीब 2 लाख रुपए के बराबर की नेपाली मुद्रा लेकर आया था, जो कुलियों को मजदूरी का भुगतान करने के लिए थी। उसके साथ क. जे.डी. करवाल थे, जो काठमांडू में इंडियन मिलिटरी अताशे के रूप में तैनात थे। क. करवाल ब्रांडी की एक पेटी लेकर आए थे जिसका हम सबने गर्मजोशी से स्वागत किया।

जयनगर की एक सबसे बुरी बात है कि वहाँ मच्छरों की भरमार है, जो तराईवाले पूरे इलाके में भरे रहते हैं। पहले भी हम दो बार जयनगर आ चुके थे और हम में से किसी को याद नहीं कि वह जयनगर में ठीक से सो सका हो। अच्छी बात यह रही कि हमारे डॉक्टर मच्छरों से बचानेवाला तेल काफी मात्रा में लेकर आए थे और वह तेल तथा ब्रांडी हमारे बहुत काम आई।

अगली सुबह हम काफी जल्दी उठ गए। डाक बँगले के पिछवाड़े एक कुआँ था, जिसका पानी खींचकर हम जल्दी-जल्दी नहाए-धोए और फिर काम में जुट गए।

ग्यात्सो को नेपाली पदाधिकारियों से मिलकर सीमा-शुल्क संबंधी औपचारिकताएँ पूरी करने के लिए सीधा पड़ताल चौकी भेज दिया गया। डाक बँगले में फिर अव्यवस्था, शोरगुल और उलझन का माहौल बना गया था। मंगु और लाला ने बड़ी निर्भीकता से अपने वायरलेस एरियल स्थापित कर लिये थे, जो तुरंत स्थानीय भीड़ की नजर में आ गए। उनके चारों ओर लोगों का जमघट लग गया, और अगर मंगु तथा लाला ने उनपर चीखना-चिल्लाना शुरू न किया होता तथा पंजाबी और मलयालम में फोश गालियों की बौछार न की होती तो भीड़ वायरलेस सेट उखाड़ कर ले गई होती। इस मामले में ये दोनों भाषाएँ बहुत प्रभावशाली हैं, विशेषकर उस समय जब आपका मिजाज खराब हो।

हमने अपनी नकदी (नकद राशि) चार रंगीन पेटियों में वितरित कर दी और ये पेटियाँ सरदार ऐंग त्शेरिंग द्वारा विशेष रूप से चुने गए कुलियों के हवाले कर दी गईं। और अधिक सुरक्षा की दृष्टि से प्रत्येक पेटी को हमने बहुत ऊँचाई पर जानेवाले एक शेरपा की निगरानी में रख दिया। इस बहुमूल्य सामान को ले जाने के लिए चुने गए अधिकतर कुली बहुत आकर्षक शेरपानियाँ थीं। क्या यह सिर्फ एक संयोग था? हम नहीं जानते। लेकिन यह जरूर हुआ कि अधिकतर शेरपाओं की आँखें इन खूबसूरत भार-वाहकों पर लगी हुई थीं और सामान सुरक्षित था।

सौ-सौ कुलियों के जत्थे के ऊपर एक मुख्य कुली था, जिसे 'नाँगिया' कहा जाता है, और जो खुद कोई भार लेकर नहीं चलता। जैसे ही किसी कुली का नाम पुकारा जाता, वह हाजिर हो जाता, अपना टोकन लेता और कुछ पेशगी भुगतान भी उसे दे दिया जाता। सभी उपकरण और परिवहन की जिम्मेदारी कुमार ने सँभाली हुई थी; कुमार ने ही यह योजना बनाई थी कि प्रत्येक कुली को बराबर का भार दिया जाएगा और उसपर उस कुली की व्यक्तिगत चकती का नंबर डाल दिया जाएगा। इससे जाँच करना आसान हो गया। कुछ अधिक सुंदर शेरपानियों ने नाँगियानों को लुभाने का प्रयास किया, ताकि उन्हें दूसरों के मुकाबले हलका बोझ ले जाने दिया जाए। लेकिन उनकी यह कोशिश व्यर्थ गई क्योंकि हर पुलंदे का वजन 65 पौंड था। ऐंग कामी और वांग्याल बराबर नजर रखे हुए थे कि चकती के बगैर कोई कुली सामान लेकर न चलता बने।

पिछले दो अभियानों पर हमने कुलियों को दो कतारों में बाँट दिया था। उसके बहुत फायदे सामने आए—पड़ाव डालने के जिन स्थानों पर 800 कुलियों के लिए पर्याप्त जगह नहीं थी, वहाँ जमाव अथवा भीड़-भाड़ कम करने में सुविधा हुई, नियंत्रण बेहतर हुआ और खाद्य प्रबंध ठीक-ठाक हो सका। आगे जानेवाले जत्थे गाँववालों को पीछे आ रहे जत्थे के बारे में चेताते जाएँगे और जब तक पिछला जत्था उस इलाके में पहुँचेगा, तब तक स्थानीय दुकानदार अपने खाद्य भंडार को फिर से भर लेंगे। आगेवाले जत्थे में हमने 350 कुलियों को भेजा। उनके साथ भेजे गए सामान में राशन था और

ऐसी चीजें थीं जिनकी आवश्यकता बेस कैंप से पहले नहीं होनी थी। जहाँ तक सदस्यों का सवाल है, हम सभी सदस्यों को एक ही सुसंबद्ध टोली में रखने के इच्छुक थे।

25 फरवरी को 350 कुलियों का एक शानदार जत्था सहायक सरदार फू दोर्जी की अगुवाई में जयनगर से रवाना हुआ। इस जत्थे के साथ कोई सदस्य नहीं गया। सभी डिब्बे, बक्से अच्छी तरह बंद थे और उनमें से छिटपुट चोरी का कोई डर नहीं था। 1962 में नाँगिया व्यवस्था ने अच्छा काम किया था और यद्यपि मुख्य टोली से एक दो बोझे खो गए थे, पर आगे भेजे गए जत्थे से एक भी बोझा गायब नहीं पाया गया, जबकि उसके साथ कोई सदस्य भी नहीं गया था। चूँकि पूरी जिम्मेदारी साफ तौर पर नाँगियाओं और सहायक सरदार पर डाल दी गई थी, उन्होंने हर तरह इस बात का ध्यान रखा कि सारे बक्से गंतव्य तक सुरक्षित पहुँचने चाहिए। अग्रिम जत्था चले जाने के बाद शेष बोझों की गणना की गई। 460 बोझे बाकी थे; जिसका मतलब है, कुल 810 बोझे, जबकि हमने 900 कुलियों को बुक किया था। बोझों की संख्या इसलिए कम हो गई थी, क्योंकि हमने शेरपाओं के लिए अधिकतर खाद्य वस्तुएँ मुहैया कराने की व्यवस्था नमचे बाजार में की थी और इसलिए भी, क्योंकि हम अपने साथ तत्काल खाद्य पदार्थ काफी अधिक मात्रा में ले आए थे। अगली समस्या अनियोजित (अर्थात् काम न लगाए गए) कुलियों को संतुष्ट करने की थी। बहुत लंबी बहस हुई और जिन कुलियों की छँटनी की जानी थी, वे नमचे बाजार तक की पूरी मजदूरी से कुछ भी कम लेने के लिए राजी नहीं थे। कई घंटों तक बहस चलते रहने और एक कुली को तुरंत हटाने के बाद (जिसे काम पर लगा लिया गया था और इसके बावजूद वह अभी तक चीख-चिल्ला रहा था) झगड़ा समाप्त हो गया। हमने कुलियों को आने-जाने के खर्च के ऊपर भी कुछ भुगतान कर विवाद निपटाया।

26 फरवरी को सुबह हमने बाकी सामान को शेष कुलियों पर लदवाया और जयनगर विश्राम गृह से चलने के लिए तैयार हो गए। स्थानीय लोग बड़ी तादाद में बाहर जमा होने लगे थे। धूप में गरमी बढ़ने लगी थी और धूल उठ रही थी। हम हपने पंचिंग बूट पहने तथा पीठ पर चमकीले लाल बैग लादे हुए जयनगर की तंग और धूल-भरी गलियों से होकर जा रहे थे। हम कुछ अजीब से लग रहे होंगे, क्योंकि हममें से कुछ लोगों ने बालों की अच्छी फसल उगाने के उद्देश्य से अपने सिर गंजे करा लिये थे, जबकि दूसरे पगड़ीधारी सिख थे, उन इलाकों में ऐसा दृश्य विरले ही देखने को मिलता था।

जब हम जयनगर की तंग और टेढ़ी-मेढ़ी गलियों से होकर जा रहे थे, भीड़ हमारे साथ-साथ आ रही थी, हलचल करते हुए नहीं, बल्कि एक सुव्यवस्थित तरीके से हमें अपने बारे में सजग करते हुए। हमारे ऊपर धूल-ही-धूल थी और हमने अपनी नाक

और मुँह को कपड़े से ढक लिया था। जल्दी ही हमें रुकना पड़ गया। स्कूली छात्राओं की एक लंबी कतार, जिन्होंने इस अवसर के लिए विशेष रूप से बढ़िया, आकर्षक पोशाक पहनी हुई थीं, पीतल की बड़ी-बड़ी चमकती प्लेटों में टॉकी, सूखे मेवे, मिश्री और टीका लिये हमारे सामने थी। मुसकराते हुए और स्नहेपूर्वक उन्होंने हर एक के माथे पर टीका लगाया और मिश्री, टॉफियाँ तथा सूखे मेवे हमें भेंट किए। शहर के नामी-गिरामी लोगों के एक गुट ने हमें माल्यार्पण किया तथा चायपान के लिए हमें एक बँगले के अंदर ले जाया गया। हमने थोड़ी देर पहले ही नाश्ता किया था और हमें चाय की कोई जरूरत नहीं थी, लेकिन हमारे मेजबानों ने बहुत आग्रह किया।

बँगला बहुत साफ-सुथरा था और किसी समृद्ध परिवार का था। चाय की व्यवस्था दालान में की गई थी, जहाँ हमें बैठाया गया। लंबे-चौड़े लॉन में बाहर के बहुत से लोग जमा हो गए थे। चाय पार्टी स्कूली छात्राओं के एक गुट द्वारा गाए गए राष्ट्र-गान के साथ समाप्त हुई।

घास के मैदान में हमारे साथ अनेक स्थानीय लोगों ने बहुत सारी सामूहिक फोटो खिंचवाई; हर बार एक नया गुट हमारे आस-पास खड़ा हो जाता था फोटो खिंचवाने के लिए और हम अपनी-अपनी कुरसियों पर बैठे हँसते-मुसकराते फोटो खिंचवाने के सिवा कर भी क्या सकते थे।

और फिर मानो एकदम से कोई धमाका हुआ हो। भीड़ ने 'होली है, होली है' शोर मचाते हुए हमें घेर लिया, हमारे ऊपर रंगीन पानी की बौछार की और हम सबके चेहरे पर गुलाल डाल दिया। वे मस्ती में बार-बार चिल्ला उठते, 'होली है, होली है।' वसंत के आगमन का स्वागत करनेवाला, रंगों का यह त्योहार मौज-मस्ती भरा एक पर्व होता है। अभियान की तैयारी में अति व्यस्त रहने के कारण हमें इसका ध्यान ही नहीं आया। हम सबके लिए रंग की कोई कमी नहीं थी वहाँ। हमने एक-दूसरे को रंग लगाकर खूब मस्ती की; जब हम वहाँ से चले तो किसी दूसरे ग्रह से आए दानवों जैसे लग रहे थे। हमारा आतिथ्य-सत्कार करनेवालों ने हमारे ऊपर एक और उपकार किया; उस दिन के लिए हमारे गंतव्य तक पहुँचने हेतु उन्होंने एक ट्रक का प्रबंध कर दिया। चूँकि धूप तेज थी, उनका यह प्रस्ताव हमने सहर्ष स्वीकार कर लिया।

नेपाल से लगी सीमा मदियारे तटबंध उस पार थी और हमें वहाँ सीमा-शुल्क अधिकारियों से काम था। उपकरण और खाद्य सामग्री की सूची हर चीज की कीमत के साथ सीमा-शुल्क पदाधिकारियों को एक शाम पहले ही सौंप दी गई थी। हमें कुछ फार्म भरने थे तथा कुछ रुपये-पैसे का लेन-देन करना था। उनके साथ लंबी बहस हुई। अंत में जहाँ कहीं कुछ संदेह एवं कठिनाइयाँ थीं, उनका समाधान हुआ, और सीमा-शुल्क अधिकारी संतुष्ट हो गया था।

थोड़ा रास्ता तय करने के बाद ही हमें फिर रुकना पड़ा। सड़क के किनारे पलंग पर चादरें बिछाकर चाय के प्याले और बिस्कुट रखे हुए थे। हमें मालाएँ पहनाकर हमारा अभिनंदन किया गया। हमें यह जानकर बहुत खुशी हुई कि नेपाल का पहला गाँव उनके देश में हमारा स्वागत कर रहा है। उनके इस स्नेह और सहानुभूति के लिए हम कृतज्ञ थे। आनेवाले दिनों के लिए यह एक मंगलकामना थी, शुभ संकेत था।

हमें जल्दी पता लग गया कि आगे सड़क नहीं है, बल्कि सिर्फ बैलगाड़ी जाने का एक फीट गहरी, मोटी, महीन रेत से भरा रास्ता है, जिसके बीच से ट्रक को जाना था। सिर से पाँव तक धूल-मिट्टी से भरे हम लोग ट्रक के अंदर अगल-बगल पकड़े हुए बैठे थे, क्योंकि ट्रक बड़े हिचकोले खाता हुआ चल रहा था। अंततः हम अपने कैंप पहुँच ही गए। हमारे दाँतों में रेत भर गई थी और हमारे जिस्म अकड़े हुए थे और टीस दे रहे थे।

□

पद–यात्रा पर

ट्रक जब हिचकोले लेता हुआ हमारे लंबे सफर के पहले पड़ाव पर रुका, अधिकतर शेरपा और कुली पहले ही वहाँ पहुँच चुके थे। कैंप की जगह बहुत बढ़िया थी। हम बार–बार आश्चर्य जता रहे थे कि थांडुप को भू–भाग की कितनी अधिक जानकारी है और कैंप स्थापित करने के लिए सुंदर स्थान का चयन करने में वह कितनी प्रखर समझ रखता है। हमारा कैंप सरसार गाँव के बाहर अभराई में था।

कुरसी और मेजें खोलकर बड़े–बड़े आम्र वृक्षों की छाया में तरतीब से लगा दी गई

थीं और निकट की एक सुविधाजनक शाखा से एक बड़ा थर्मस फ्लास्क लटक रहा था, जिसमें शुद्ध पेयजल भरा था। हमने अपना लंच खाया, किसी कैंप में हमारा पहला लंच था यह। रिकॉर्ड प्लेयर निकालकर चालू कर दिया गया और हवा में संगीत लहराने लगा, जिसे सुनकर गाँव के बच्चे और जवान खिंचे चले आए और मस्ती में झूमने लगे। वास्तव में इन दयालु तथा ज़ोशीले लोगों को दूर करना मुश्किल था।

थांडुप ने बहुत बढ़िया लंच तैयार किया था। पतला-दुबला मझोले कद का, पिचके गालों और घटते मस्तक तथा बढ़ती उम्र का यह शेरपा खाना पकाने में उस्ताद था। थांडुप हमारे पहलेवाले दोनों एवरेस्ट अभियानों तथा हमारे कई दूसरे अभियानों में साथ गया था। वह प्रत्येक अभियान का एक अनिवार्य अंग था और मान-प्रतिष्ठा के कारणों से हमने उसे अवैतनिक आर्मी रैंक दिया हुआ था। प्रत्येक अभियान की सफलता पर उसका रैंक बढ़ा दिया जाता। जिस समय वह हमारे वर्तमान अभियान से जुड़ा, उसका रैंक 'ब्रिगेडियर' का था। इस अभियान के अंत में उसका रैंक 'मेजर-जनरल' कर दिया गया।

ट्रक ने एक और फेरा लगाया और कुमार, बाला तथा दूसरे बाकी लोगों को भी ले आया। वे भी उतने ही विचित्र एवं डरावने लग रहे थे, जैसे हम उनसे पहले आए हुए। हम सब उस ड्राइवर की भूरि-भूरि प्रशंसा किए बिना नहीं रह सके, जिसने उस कच्चे, धूल-मिट्टी भरे रास्ते के लगातार दो फेरे लगाने की दिलेरी दिखाई।

हम जब आराम से बैठ गए, हमने वोहरा को उसके सिने कैमरा के कुलियों के संग झुके हुए देखा, जो अभी-अभी न जाने कब और कहाँ से आकर वहाँ एक छोटे से बाजार से रंग-बिरंगे कंघे तथा सस्ते इत्र की शीशियाँ खरीद रहे थे। दूर रिकॉर्ड प्लेयर बज रहा था और भूख बढ़ानेवाले भोजन की खुशबू थांडुप की रसोई से आ रही थी। अभियान दल के सदस्य निकट के एक दरिया में स्नान करने के बाद दो-दो, चार-चार के गुट में वापस आ रहे थे।

अगले दिन हमारा पहला प्रयाण था। सूरज निकलने में अभी एक घंटा बाकी था। उजाला नहीं था और आम्रवन में इधर-उधर चलती-फिरती आकृतियों की छाया नजर आ रही थी, जो रहस्यमयी और धुँधली थी। हाथ में बर्फ तोड़ने की कुल्हाड़ी लिये हम सुबह जल्दी उस निचले तटबंध के पीछे चले गए, जो एक पोखर के पार जाता था और जो लोग हमसे पहले वहाँ पहुँच गए थे, उनसे हम कई बार टकरा गए और लड़खड़ा गए तथा गिरते-गिरते बचे। हमारे किट-बैग शेरपा अर्दलियों द्वारा बाँधे (पैक किए) गए थे और कुछ बैग तो आगे भेज भी दिए गए थे, जबकि हम अभी तैयार ही हो रहे थे। हमारे बदन पर रात के पहने हुए कपड़े थे। हमें एक सबक मिल गया था। हमें सुबह काफी जल्दी उठ जाना चाहिए और बदलनेवाले कपड़ों के साथ-साथ अपनी सारी प्रसाधन वस्तुएँ, अपने रकसैक में रखनी चाहिए।

क्षितिज पर उदित हुआ एक चमकता, लाल चकती जैसा सूरज हमें देख रहा था। तले अंडों, पराँठों तथा शूकर-मांस का जल्दी भक्षण कर हमारा कारवाँ धूल के उठते गुबार के बीच अपने रास्ते पर चल पड़ा था; कुलियों की कतार धूल उड़ाती चल रही थी और सूरज की पहली-पहली किरणें धूल के गुबार को चमक प्रदान कर रही थीं। सड़क के दोनों ओर दूर-दूर तक हरे-भरे मैदान और घास के खेत फैले हुए थे।

सुबह की सैर सुखद थी, लेकिन धूप की गरमी बढ़ने लगी थी। आस-पास वृक्ष बहुत नहीं थे। लेकिन गन्ने के खेत बहुत थे, जहाँ हम किसानों को लंबे-लंबे पके गन्नों का रस निकालते हुए देख सकते थे। थोड़े से पैसों में भरपेट गन्ने का रस पिया जा सकता था। लेकिन दोपहर होते-होते तपती धूप के कारण किसानों ने काम करना बंद कर दिया। हममें से जो लोग गन्ने का रस पीना चाहते थे, उन्होंने बारी-बारी से कोल्हू (रस निकालने की मशीन) पर हाथ आजमाए।

देहात के बीच हमारा पैदल सफर जारी रहा। गाँवों में तंग, धूल-भरी गलियाँ थीं, जो कच्ची मिट्टी के बने छप्पर पड़े मकानों के अगल-बगल से लहराती हुई निकलती थीं। इन छप्परों की छाया में नंगे-पाँव और नंगी-छाती लिये कई बच्चे और मर्द पसरे पड़े हुए थे। एक पोखर के किनारे बरगद के पेड़ के नीचे एक युवक आदिम जमाने का बैंजो बजा रहा था और खुद ही उसका मजा ले रहा था; मुल्की उसके पास बैठ गया और एक हिंदी गीत गाने लगा। बस फिर क्या था, भीड़ ने वाह-वाह करना शुरू कर दिया, जैसे दोनों की जुगलबंदी ने समाँ बाँध दिया हो।

छातों के साए में चलते हुए हम लोग फुलबारिया नामक एक गाँव के बाहर पतले-दुबले पेड़ों के झुरमुट तक जा पहुँचे। लेकिन बिग्रेडियर थांडुप और उसकी सेना पहले से वहाँ मौजूद थे। हम डिब्बा-बंद लंच ले गए थे, जो हमने खाया और अपने रकसैक के सहारे गरदन टिकाकर, अपर्याप्त छाया के नीचे आराम करने का प्रयास किया। लेकिन पेड़ों की शाखों से चींटियाँ सारे चेहरों पर झरती रहीं।

तीसरे पहर तक कुलियों ने गरमी से परेशान होकर आना शुरू कर दिया था और फिर एक और कैंप जी उठा; तंबू गाड़े गए, आग जली और संगीत का बक्सा चालू हो गया। तब तक शाम हो चुकी थी। बुल अपने तंबू के अंदर लिखने मे व्यस्त हो गया, साथ-ही-साथ वह अपने नितंबों को भी सहला रहा था, जो शायद दुख रहे थे। जैसा कि बी.पी. ने बताया, वह हमारा घुड़सवार था। कूच पर वह एक पौनी (टट्टू) की सवारी कर रहा था। उसकी हिमदग्ध और कटी हुई पादांगुलियाँ अभी भी नाजुक थीं और वह ज्यादा दूर पैदल नहीं चल सकता था।

गाँव का एक चक्कर मारने के बाद ग्यात्सो अंडे लेकर लौटा और उसने चिकन खिलाने का भी वादा किया। ग्यात्सो हमारा स्थानीय खरीद अधिकारी था और उसके हर

प्रयास का अच्छा नतीजा सामने आता था।

चीमा और अहलू की शुरू से ही खूब पटने लगी थी, हालाँकि हम कभी नहीं जान पाए कि उनके बीच इतनी घनिष्ठता क्यों थी। उनकी रुचियाँ हर क्षेत्र, हर विषय में भिन्न थीं, सिर्फ औरतों के मामलों को छोड़कर।

एक लंबी सीटी बजी, जो इस बात का संकेत था कि डिनर का समय हो गया है। फिर हम रात भर के लिए एक अच्छी नींद के आगोश में खोने चले गए। भाग्यवश रातें गरम नहीं थीं।

एक बार हमारे सक्रिय अर्दलियों ने हमें बिस्तर छोड़ने के लिए बाध्य कर दिया, हालाँकि अभी अँधेरा ही था, लेकिन इस बार हम तैयार थे। व्यक्ति को प्रसाधन (शृंगार केशविन्यास आदि) संबंधी सभी चीजें—दिन में पहनने-बदलनेवाले कपड़े, भोजन पेयजल, कैमरा, अतिरिक्त फिल्मरील, एक तौलिया, मोजों का एक अतिरिक्त जोड़ा, हवा से फूलनेवाला एक तोशक अथवा गद्दा और एक स्लीपिंग-बैग अपने रकसैक (पीठ पर लटकाकर ले जानेवाले थैले) में रखने चाहिए। लेकिन यह रकसैक व्यक्ति को खुद लेकर चलना चाहिए, किसी कुली के हवाले नहीं कर देना चाहिए, जैसा कि उस दिन वोहरा ने किया और फिर पगला गया। उसका रकसैक एक कुली के पास था और वह खुद सिर्फ अपना कैमरा और उसका स्टैंड लेकर चल रहा था; दूसरी सभी आवश्यक चीजों के लिए उसे दूसरों का मुँह देखना पड़ गया। ऐसी दयनीय स्थिति में उसे खुद भी अच्छा नहीं लग रहा था। अगले दिन उसने कुली को सिने-कैमरा ले जाने के लिए कहा, और अपने कपड़े-लत्तों सहित अपना रकसैक वह खुद लेकर चला।

पहले की भाँति हम उगते सूरज के साथ ही अपने रास्ते की ओर चल पड़े और मन-ही-मन यह सोचकर खुश हो रहे थे कि हो सकता है, आज हमें पर्वतों के प्रथम दर्शन हो जाएँ पहाड़ों जैसी आकृतियाँ सुबह की धुंध के पार, दूरी पर अस्पष्ट सी देखी जा सकती थीं।

एक घंटे की सुखद पद-यात्रा ने हमें कँकड़ीले मैदान के रास्ते पर पहुँचा दिया, जहाँ लंबे-लंबे पेड़ उगते हैं। घास के एक हरे-भरे मैदान में कुछ औरतें चाँदी के भारी-भारी जेवर पहने हुए बैठी थीं। उनके गले में चौड़े और बड़े-बड़े हार उनकी छातियों तक लटके हुए थे; उनके प्रबाहुओं में बड़े-बड़े जड़ाऊ 'कंगन' थे और उनकी कर्णपालि से कई-कई बड़े छल्ले लटके हुए थे। देखकर विश्वास करना मुश्किल है कि उनके कान इतना बोझ कैसे सह लेते हैं और चिरते भी नहीं हैं। ये औरतें किसी देहाती मेले में नहीं जा रही थीं; उन्हें कहीं नहीं जाना था। उनके लिए इतने गहने-जेवर पहनना रोजाना का काम था, एक सामान्य बात थी। वे मिट्टी के बड़े-बड़े घड़ों में से राक्षी तथा छांग निकाल-निकालकर कुलियों को बेच रही थीं, जो उस स्थानीय शराब को खरीदने के लिए बड़ी उत्सुकता से

जमा हो गए थे। यह सुबह–सुबह की बात है।

भीड़ में बूढ़े लोग थे, लड़के थे, लड़कियाँ थीं और गृहिणियाँ भी थीं, जो अपने–अपने कटोरे लिये इंतजार कर रहे थे। कुछ लोग बड़ी–बड़ी गोल और मोटी–मोटी चपातियाँ लेकर आए हुए थे और इन चपातियों को वे नाश्ते में छांग के साथ खा रहे थे। गुरु और मुल्की उस भीड़ में शामिल हो गए, छांग के लिए नहीं, बल्कि वोहरा को इस आकर्षक दृश्य और मोहक लोगों की फिल्म खींचने का आग्रह करने के लिए।

हम छांग और राक्षी के देश में थे; हमें ऐसा लगने लगा था कि हम अपने ही देश में हैं। ज्योंही हम नंगे गोल पत्थरों से भरी गहरी तंग घाटी में दाखिल हुए, हमें वहाँ पर हर तरफ शानदार और ऊँचे–ऊँचे रंग–बिरंगे फूलोंवाले वृक्ष हमारा स्वागत करते नजर आए; सदाबहार, मैग्नोलिया, चैरी और खूबानी के पेड़ों पर फूल आए हुए थे। एक छोटी, तीखी ढलान ने हमें एक छोटे दर्रे के एकदम ऊपर पहुँचा दिया। एक तरफ वृक्ष से लटकी रंग–बिरंगी झंडियों ने हमें संकेत कर दिया कि हम सही मार्ग पर हैं। पहाड़ों में सभी दर्रों, घाटियों को सुस्पष्ट रूप से चिह्नित कर दिया जाता है, चाहे वे हिमालय की ऊँची पर्वत–शृंखला में हो या बाहरी पर्वतमाला के अंदर। झंडियों के पास पत्थरों का एक ढेर पड़ा था, उधर से गुजरनेवाला हर कर्तव्यनिष्ठ यात्री उस ढेर में एक पत्थर जोड़ जाता है। यह एक सुंदर दृश्य था। कुलियों की एक अटूट पंक्ति खड़ी ढलानों से निकलकर दर्रे के धूपवाले खुले स्थान के ऊपर आ जाती है और फिर जल्दी से दूसरी तरफ एक मोड़ के पीछे गायब हो जाती है। पृष्ठभूमि में अनेक वृक्षों को धारण किए हुए एकसार ढलान उठता है; कुछ ठंडी–ठंडी हवा में कोमलतापूर्वक झूम–झकोर रहे होते हैं, जब सुबह के सूर्य की किरणें उनका स्पर्श करती हैं।

हम कुलियों की उतरती हुई लंबी कतार के बीच से होकर 'बाटो होए, बाटो होए' चिल्लाते हुए (जिसका मतलब होता है, कृपया रास्ता दीजिए, रास्ता दीजिए) दूसरी तरफ दौड़ जाते हैं। छायादार गलियों, तंग घाटियों से गुजरना और उत्तलित पहाड़ी–रास्तों के ऊपर–नीचे होते हुए चलते जाना एक सुखद अनुभव था। एक सुस्त नदी के पास पहुँचते ही दृश्य बदल गया। इस नदी के रेतीले तटों के साथ–साथ जानेवाला रेगिस्तान की तरह सपाट कई मील लंबा रास्ता अब हमारे सामने था। सूरज पहले ही हमारे सिर के ऊपर आ चुका था। हमारी गति मंद पड़ गई और इस नीरस रास्ते पर हम अपने पैरों को घसीटते हुए चले जा रहे थे। कुछ दूरी पर एक छोटा गाँव था, गाँव में एक बड़ा पेड़ था। जो और सोरसे उस समय वहाँ विश्राम कर रहे थे, दूसरे लोग भटकते हुए वहाँ पहुँचे। वे लोग तेज कदम चलकर दूसरों से एक घंटा पहले उस जगह पहुँच गए थे। अभी भी हमें मीलों दूर जाना था और गरमी हर क्षण बढ़ती जा रही थी; हम फिर चल पड़े। जो (अर्थात् जोशी) और सोरेस तेज रफ्तार से जा रहे थे, बहुत लोग उनके साथ कदम मिलाकर नहीं चल सके; सूरज

हमारी ताकत को कमजोर कर रहा था। वे दोनों बहुत स्वस्थ और फुरतीले लग रहे थे।

उस दिन 28 फरवरी को हमारा कैंप अमताई के कुछ पहले ही एक नदी के किनारे लगा था, लेकिन वहाँ एक भी पेड़ नहीं था। सदस्यों ने वहाँ पहुँचते ही अपने कपड़े उतार फेंके और सीधे नदी में उतर गए। पानी बिल्कुल साफ और अधिक-से-अधिक तीन फीट गहरा था। हमने पानी में पड़े रहने और नदी के तट पर मटरगश्ती करने में अपना आधा समय बिताया। आपसी बातचीत बड़ी दिलचस्प थी, जैसे आइडॅरडाउन को स्लीपिंग बैग में भरने की तकनीक से लेकर औरतों तथा प्यार के किस्सों तक।

शाम को हम लोग नहा-धोकर तरो-ताजा हो गए, हम समझ गए थे कि ऐसा अवसर आगे महीनों तक मिलनेवाला नहीं है।

रात सुखद थी; मेरे टेंट (भोजन-कक्ष) में बड़ी चहल-पहल थी। देर रात तक गीत-संगीत के बीच गपशप चलती रही। लेकिन मौज-मस्ती का यह माहौल उस समय अचानक बिगड़ गया, जब सोरसे उठ खड़ा हुआ और साँस लेने में तकलीफ तथा छाती में दर्द की शिकायत करने लगा। उसने ठंडा पानी पिया, ताजा हवा में साँस भरने के लिए बाहर निकल गया, फिर अंदर आया और सोने की कोशिश करने लगा, मगर दर्द कम नहीं हुआ। उसने महसूस किया कि दिल की धड़कन बढ़ी हुई है। खुद एक डॉक्टर होने के नाते, उसे समझते देर नहीं लगी कि हालात ठीक नहीं हैं। उसने अपनी नसों को शांत करने का प्रयास किया, लेकिन बेचैनी नहीं गई, न ही दर्द कम हुआ। लाला ने उसकी अच्छी तरह जाँच की। जो भी तकलीफ थी, उसके बारे में दोनों का निष्कर्ष एक ही था। उनकी राय थी कि सोरसे को पूरा आराम करना चाहिए। अतः उसे वापस भेजना पड़ा। हम विश्वास नहीं कर सकते कि सोरसे को दिल की बीमारी हो सकती है, जबकि एक दिन पहले तक वह एकदम चुस्त-दुरुस्त था। बहुत ही उत्सुक तथा सक्रिय पर्वतारोही होने के नाते वह कई अभियानों पर जा चुका था और एच.एम.आई. प्रशिक्षण क्षेत्र में भी लंबी-लंबी पैदल यात्राएँ कर चुका था। 1962 में भारतीय एवरेस्ट अभियान के एक सदस्य के रूप में उसने 21,000 फीट की ऊँचाई पर एडवांस बेस कैंप में लगातार पैंतालिस दिन व्यतीत किए थे, जो वास्तव में एक रिकॉर्ड है। और उस दौरान उसने किसी प्रकार की शारीरिक तकलीफ का संकेत तक नहीं दिया था। सच तो यह है कि जब बहुत लोग गले की खराश, खाँसी तथा निर्जलीकरण से त्रस्त थे, उस समय भी वह हमेशा स्वस्थ एवं तरोताजा, चुस्त-दुरुस्त दिखता था और बड़े आराम से धूम्रपान का मजा ले रहा होता था। सोरेस से बिछुड़ने को हमें अफसोस हो रहा था; जाते हुए उसे खुद भी अच्छा नहीं लगा।

सुबह माहौल में उदासी छाई हुई थी। लेकिन कैंप का काम वैसे ही चला जैसे सामान्यतः चलता था। सोरेस को निकाल ले जाने का प्रबंध किया गया और गोंबु को घोड़े पर जयनगर तक उसके साथ भेजा गया, ताकि उसे वह सही-सलामत पहुँचा कर वापस

हमसे थ्यांगबोचे में मिले। स्पॉन्सरिंग कमेटी को इस आशय का एक फौरी संदेश भेज दिया गया कि सोरेस की जगह दूसरा आदमी अविलंब भिजवाएँ।

उदासी पहले ही क्या कम थी कि हमें एक और झटका लगा; कुमार ने आकर कहा कि उसे भी वापस जाने दिया जाए। वह अपने पैरों को लेकर चिंतित था और वह किसी के लिए बोझ नहीं बनना चाहता था। उसने कहा कि गोंबु के बजाय वह खुद सोरेस के मार्गरक्षार्थ जाने को तैयार है। काफी समझाने-बुझाने और मनाने-फुसलाने पर वह रुकने को मान गया, लेकिन इस शर्त पर कि एक-दो दिन रुकने के बाद भी अगर उसे ठीक न लगा तो वह वापस जा सकता है। मैं किसी भी हालत में उसे जाने नहीं देना चाहता था। भाग्यवश उसी दिन एक धावक रीनीकॉल रिटार्ड (Renicol Retard) नामक दवा की गोलियाँ लेकर हमारे पास पहुँच गया; ये गोलियाँ बुल के लिए रेमंड लैंबर्ट ने भिजवाई थीं, क्योंकि पर्वतारोहण का शौक उसकी भी पादांगुलियों पर भारी पड़ा था। उस दवा की दो गोलियाँ और बोगी द्वारा दिए गए संदेश ने बुल को खूँटे से बाँध दिया। तीन दिन के बाद उसकी हालत सुधर गई। वह बिजली से गरम रहने वाले मोजे पहनता था, जिसके लिए तीन पौंड की बैटरी उसकी जेब में रहती थी; वह तप्त पत्थरों से अपने जूते गरम करता था और अपने पैरों के लिए 'वैक्स बाथ' लेता था। फिर उसके पाँव की उँगलियों ने कोई कष्ट नहीं दिया।

कैंप छोड़ते हुए हम कुछ दुःखी थे। हम चाहते थे कि सब साथ रहें और साथ-साथ चलें। इससे व्यक्तिगत तालमेल बनाने में सुविधा होती है, जो किसी अभियान के लिए बहुत आवश्यक होता है। सदस्यों की एक-दूसरे से जान-पहचान होती है, अड़चनों एवं सुविधाओं का हल निकालना आसान हो जाता है और टीम एक हो जाती है। गोंबु के लिए कूच करने (धीरे-धीरे पैदल चलने) का मजा चला गया।

अमताई एक बहुत ही छोटा गाँव है, जहाँ आम के बागों की प्रधानता है और उस गाँव में अपेक्षाकृत एक बड़ा बाजार है, जिसमें विविध प्रकार की वस्तुएँ उपलब्ध रहती हैं। हमने उस बाजार से एल्यूमिनियम की प्लेटें खरीदीं, क्योंकि भोजन के लिए हम प्लास्टिक की जो प्लेटें दिल्ली से लाए थे, बहुत कम गहरी और हलकी थीं तथा उनमें तरी (शोरबा या कढ़ी को थामे रहने के लिए बड़ी कलाबाजी करनी पड़ती थी।

अमताई के बाद हमें एक के बाद एक नदी पार करनी पड़ रही थी। बार-बार अपने जूते उतारने और पहनने से हम तंग आ चुके थे; कुछ समय के बाद हमने पानी के बारे में सोचना छोड़ दिया और हम जूते-मोजे पहने ही घुटनों तक गहरे पानी के बीच से नदी पार करने लगे। हम जैसे-जैसे आगे बढ़े, देहात का नया-नया रूप सामने आने लगा; खुला ग्रामीण क्षेत्र गहरी घाटियों और खड़ी ढलानवाली पर्वत-शृंखलाओं में परिवर्तित हो गया। कैंप स्थापित करने हेतु समतल भूमि तलाशना बहुत मुश्किल होने लगा। चौरस स्थान अब कहीं उपलब्ध नहीं था। हमने दो छोटी नदियों के संगम पर पत्थरों के मलबे से बने एक

बड़े टीले को काट-काटकर बनाए गए सीढ़ीदार खेतों में पड़ाव बनाया।

कोई वृक्ष नहीं थे, जिनकी छाया में बैठा जा सके, धूप में तपिश थी। बहुत सारे छातों का एक जंगल उठा खड़ा हुआ, और हममें से अधिकतर ने उनकी नाकाफी छाया में घुसने की कोशिश की। नदिया में गोते मारना और तैरना कहीं अधिक आनंददायक था। तथापि पानी बहुत ठंडा था उसमें एक-दो गोते मारकर ही जल्दी से बाहर आना पड़ता था। उस ठंडे पानी में आराम से बैठे रहने का तो सवाल ही नहीं उठता था।

शाम ठंडी और सुखद थी। हमारे चारों ओर ऊपर-नीचे भिन्न-भिन्न स्तरों पर, चूल्हे जल रहे थे और एक मनोहर दृश्य प्रस्तुत कर रहे थे। पीली और नारंगी लपटों के चारों ओर बैठे हुए कुली गपशप कर रहे थे, खा रहे थे या आराम कर रहे थे। अहलू ऐसे रमनीय दृश्य को देखकर खुद को रोक नहीं सका और देर रात तक बड़े जोश से फोटो खींचने में लगा रहा।

अगले दिन हम एक पर्वतमाला पर चढ़े और एक नाले के साथ-साथ नीचे उतर गए; रात का बसेरा हमने उसके किनारे कैंप लगाकर किया। सन कोसी वहाँ से थोड़े ही फासले पर थी और अगली सुबह हम वहाँ पहुँच भी गए। चूँकि इस नदी पर कोई पुल नहीं था, सारा-का-सारा बोझ हमें दो सँकरी डोंगियों के जरिए नदियाँ पार ले जाना पड़ा। सामान को नदी के पार ले जाने के इस काम में पूरा एक दिन लग गया और हमें आराम करने का काफी समय मिल गया। नदी के नीले-स्वच्छ पानी में दिन भर हमने तैरने का मजा उठाया। भरपेट लंच पाने के बाद हम नदी के किनारे डेरा जमाने चल दिए; हमारे पास कुरसियाँ थीं, किताबें थीं और छाते थे। हम छातों के नीचे बैठ गए और जब हमें बहुत गरमी लगती, नदी में जाकर छपाके मार आते। गुरु एक पक्का तैराक था; उसने दिखाया कि वह तैरकर नदी-पार जा सकता है। लेकिन यह इतना आसान नहीं था; पानी उछालें मार रहा था और झाग उड़ा रहा था, गुरु नदिया की धारा के साथ लुढ़कता, टक्कर खाता हुआ बड़ी दूर जाकर दूसरे किनारे पर पहुँचा। सारी दोपहरी वह पूरे बदन में दर्द होने की शिकायत करता रहा। सैर-सपाटा तब खत्म हुआ, जब दिन ढलने लगा और शाम की सर्द हवा सबके बदन को छूने चली आई।

अगले दिन 4 मार्च को पौ फटने के काफी पहले हम टॉर्च (फ्लैश-लाइट) लेकर निकल पड़े। हमारे आगे 4,000 फीट की चढ़ाई थी और उस तेज धूप में कोई भी हाथ-पाँव के बल कठिनाई से ऊपर चढ़ने के लिए तैयार नहीं था। कुलियों की लंबी-लंबी कतारें एक ढलान से दूसरी ढलान पर चढ़े जा रही थीं। कुछ शेरपा लड़कियाँ प्यार के गीत गातीं और हँसी-ठिठोली करती हुई मैदानों से अपने गाँवों की ओर लौट रही थीं। अभियान के सदस्यों ने भी उनके साथ हँसी-दिल्लगी करने का लुत्फ उठाया। कारवाँ छांग की दुकानों तथा छोटे-छोटे गाँवों को पीछे छोड़कर आगे बढ़ता रहा। हमने एक घर से ताजा

नीबू खरीदे और भूसे के चट्टों के सहारे खड़ी छोटी सुंदर, शरमीली लड़कियों के फोटो खींचे। हमारे कपड़े पसीने से तर हो गए थे, पसीना माथे से नीचे टपक रहा था, फिर भी हम गहरी साँसें भरते हुए ऊपर चढ़ते चले गए।

ऊपर पहुँचकर एक बहुत ही शानदार, अद्‌भुत दृश्य देखकर हमारी आँखें चकित रह गईं। हिमालय पर्वतमाला की चमकती चोटियों की हमने पहली झलक पाई, पहाड़ों पर चढ़े पहाड़, विराट्, रहस्यमय और दूरस्थ। एक-दूसरे से सटे हुए घने विशालकाय गिरि-पिंडों के बीच एक नन्हा पिरामिड था, जो एवरेस्ट हो सकता था। लेकिन नहीं। पहाड़ के सिर पर कोई चूड़ा या कलगी नहीं थी; उसके बिना एवरेस्ट को पहचाना नहीं जा सकता। जिस समय हमने शकरकंदी भूनने की तैयारी करते-करते सिर उठाकर सदाबहार की झाड़ियों के विस्मयकारी रंगों और दूरस्थ पर्वतों की नीलाभ, हरित, भूरि और बर्फ जैसी सफेद रंगत को श्रद्धापूर्वक देखा, उस नन्हे दूरवर्ती और सबसे अलग, पिरामिड ने तब तक अपना शिरोभूषण धारण कर लिया था। पर्वतों के सम्राट् ने शाही पगड़ी पहन ली थी। उसके राज्य अथवा प्रभुत्व-क्षेत्र में दूसरे पर्वत नंगे सिर खड़े थे, जैसे छोटी-छोटी रियासतों के राज और दरबारीगण सम्राट की गरिमायुक्त उपस्थिति में खड़े रहते हैं। हम इस वर्णनातीत दृश्य को देखकर रोमांचित हो उठे थे। जरा उस जगह खड़े होने की संभावना की कल्पना करें, जहाँ हमारे ग्रह के उच्चतम शिखर पर वह पगड़ी फहरा रही थी।

नीचे, बहुत नीचे मनेमंज्यांग की सपाट डेरा भूमि से उठ रही धुएँ की गंध यह संकेत दे रही थी कि रसोई सँभालने वाली हमारी अग्रिम टोली ने अपना काम शुरू कर दिया है। और भूख के मारे झुंड-के-झुंड उधर ही जा रहे थे। दानू और उसके गिरोह ने गरमा-गरम लंच परोसा। भोजन अत्यंत स्वादिष्ट था, ऐसा लग रहा था, जैसे दिन भर की कड़ी मेहनत के बाद स्वर्ग से मन्ना जैसा स्वादु प्रसाद मिला हो। गुरु, सी.पी. और अहलू ने दोपहर बाद का समय विभिन्न गतिविधियों की तसवीरें खींचने में व्यतीत किया, जिनमें कुलियों की जुआखोरी से लेकर चीमा की डॉक्टरी तक की तसवीरें शामिल थीं। लाला ने उसे एक शिक्षार्थी के रूप में ले लिया था।

चलते-चलते रास्ते में पड़े एक गाँव से चितकबरा पहाड़ी कुत्ता हमारे साथ हो लिया। यह एक स्नेही और समझदार साथी था। हमने उसका नाम 'टाइगर' रख दिया। हमारे पूरे अभियान के दौरान वह हमारे बेस कैंप में रहा। हमारी वापसी पर काठमांडू में वह हमसे बिछुड़ गया। जैसे अचानक वह हमारे पास आया था, उसी तरह अचानक वह हमें छोड़ कर गया।

चलते-चलते हम ओखुलडंगा पहुँच गए, जो बाड़ा हाकिम का मुख्यालय है और जहाँ भारतीय दूतावास के कप्तान जैन द्वारा हमारा शानदार स्वागत किया गया। हमारे गलों को एकदम ठंडी डिब्बाबंद बीयर से बहुत चैन मिला। शहर में लोगों की भरमार थी;

वृद्ध, युवा और अधेड़ उम्र के मनोरंजक लोग हर तरफ मौजूद थे। औरतें अपने जेवर-गहने पहनकर और रंग-बिरंगी, चमकदार पोशाकों में सज-धजकर आई हुई थीं। सेना के अनुभवी, भूतपूर्व सिपाही अपने पदक लटकाए हुए सड़कों पर ऊपर-नीचे परेड कर रहे थे; उनके पदक हमें उनके बीते दिनों की उनकी अदम्य वीरता की, उनके साहस और पराक्रम की याद दिला रहे थे। भारतीय सेना के भूतपूर्व कर्मचारी अपनी पेंशन लेने के लिए इकट्ठा हो रहे थे। उनमें वे भी शामिल थे, जिन्होंने विक्टोरिया क्रॉस जीता था। औरतें बौद्ध धर्म के नववर्ष दिवस के उपलक्ष्य में आयोजित एक प्रसिद्ध मेले में शामिल होने के लिए पास के एक महादेव मंदिर में आ-जा रही थीं। उस मेले की वजह से ही बाजार में भीड़भाड़ थी और विविध रंगों की छटा नजर आ रही थी। यह एक खुशी का चहल-पहल भरा, त्योहार का दिन था और पूरा वातावरण आनंददायक था।

बड़े हाकिम के निवास के सामने खाली पड़ा मैदान कैंप के लिए बहुत अच्छी जगह थी। दोपहर में हमें एक स्थानीय टीम से वॉली-बॉल मैच खेलने का न्योता आया, जो हमने स्वीकार कर लिया। मैच के बाद रात्रि-भोज की व्यवस्था कप्तान जैन की तरफ से की गई थी, जहाँ हमें 'बड़ा हाकिम' से मिलने का अवसर प्राप्त हुआ। चीमा ने पार्टी का मूड पकड़ लिया और उनकी चाहत के अनुसार खुलकर एक जबरदस्त भांगड़ा नृत्य पेश किया। उसका भांगड़ा किसी पेशेवर भांगड़ा नर्तक से कम नहीं था।

अगला दिन ओखुलडंगा में साप्ताहिक हाट का दिन था। सोनम ने उसका पूरा फायदा उठाया और स्थानीय खरीदारी के लिए दो घंटे तक वहीं रुका रहा, जबकि अभियान दल के बाकी सभी सदस्य सुबह जल्दी कैंप छोड़कर आगे चल दिए। वे आराम-आराम से जा रहे थे। लगभग 4000 फीट की ऊँचाई से आगे जाकर हमने लाखोप में, करीब 10,000 फीट की ऊँचाई पर एक पर्वतमाला (रिज) के ऊपर पड़ाव डाला, जहाँ से सोलु जिला नजर आता था। यह लाला के जन्मदिन, 6 मार्च की बात है। शाम की करारी स्फूर्तिदायक सर्द हवा में हमने उसके जन्मदिन का जश्न मनाया, जिसके लिए पहले से कोई तैयारी नहीं की गई थी। थांडुप ने जन्मदिन के अवसर पर एक बढ़िया केक पेश करके सबको बहुत खुश कर दिया।

प्रातःकाल उत्तर में हिमालय की पहाड़ियों का अनुपम दृश्य देखते ही बनता था : गौरीशंकर, नंबर, कर्योलुंग, पॅमोरी, तवेचे, लिंगत्रेन, चांग्त्से, मकालु और कंग्तेग सुबह की धूप में चमक रहे थे और उनके बीच उन सबसे ऊँचा, बड़ी भव्यता और राजसी शान के साथ अपना शीर्ष उठाए हमारा पर्वत खड़ा था।

इस समय हम शेरपाओं के सुप्रसिद्ध सोलु जनपद में थे। गुरुदयाल के अनुसार, 'सोलु में कुछ विशेष प्रकार की सौम्यता है।' नीले चीड़ और देवदार के वृक्ष ढलानदार घासस्थली में विनम्र भाव से खड़े हुए इस रमणीय परिदृश्य को और सुंदर बना देते हैं।

नीले और बैंगनी फूलों ने नीचे बिखरकर हमारे मार्ग को नरम और रंग-बिरंगा बना दिया था, जबकि इसके विपरीत, शेरपाओं का खुंबु जिला, जहाँ विश्व की कुछ सबसे ऊँची चोटियाँ हैं, खुरदरा और बीहड़ लगता है।

सोलु और खुंबु के इन बौद्ध धर्मी जिलों में समय ठहर गया प्रतीत होता है और जिंदगी टेढ़े-मेढ़े रास्तों में भटकती चलती है। यहाँ छांग और राक्षी पीने का रिवाज है तथा सदाबहार एवं चीड़ के वृक्ष साये की तरह पीछा करते हैं। हममें से बहुत लोग इस क्षेत्र के लिए नए या अजनबी नहीं थे, लेकिन घनिष्ठता कोई तिरस्कार उपजाने वाली नहीं थी और दृश्य हमेशा की तरह सुंदर, मोहक और वशीभूत करनेवाले थे। बर्फीले जलप्रपातों में नहाते हुए, प्रकृति की सुंदरता का आनंद लेते हुए हम लोग गोंपाओं एवं पूजा-स्थलों, प्रार्थना-ध्वजों तथा माणे दीवारों की बगल से होकर घाटियों के बीच से गुजरते हुए अपने शेरपाओं तथा कुलियों के साथ-साथ चलते पैदल यात्रा की। एक-दो शामें बिताईं, जापानी और भारतीय लोकगीत मिलकर गाए और खूब जश्न मनाया। हमारे जापानी मित्रों ने हमें बताया कि उनके अधिकतर पहाड़ी गीत प्रेम-प्रसंगों से जुड़े होते हैं। उन्होंने अपने एक लोकप्रिय गीत का अर्थ भी हमें समझाया : गीत में कहा गया था कि जापान में लड़कियाँ पर्वतारोहण के शौकीनों से विवाह नहीं करती हैं, क्योंकि पर्वतारोही हर साल तीन से चार महीने पहाड़ों पर बिताने चले जाते हैं अपनी औरतों को पीछे छोड़कर। हम खुश थे कि हमारी लड़कियाँ अधिक सहिष्णु होती हैं।

नमचे बाजार पहुँचने के एक दिन पहले हममें से कुछ लोग रास्ते से हटकर दो-तीन मील दूर लूकला हवाई-पट्टी देखने चले गए, जिसका निर्माण हाल ही में सर एडमंड हिलेरी के प्रयासों से हुआ था। यह हवाई-पट्टी एक हजार फीट से अधिक लंबी थी और छोटे विमानों के उतरने व उड़ान भरने के लिए उपयुक्त थी। यह अनेक अभियानों के लिए उपयोगी हो सकती थी।

13 मार्च को हम नमचे बाजार पहुँचे। नमचे तक की करीब 2,000 फीट की अंतिम चढ़ाई के पहले हमें बहुत सारे छोटी उम्र के लड़के और लड़कियाँ मिले, जो छांग और राक्षी भरे कटोरे लेकर इतने ऊपर से उतरकर अपने माँ-बाप और रिश्तेदारों से भेंट और उनका स्वागत करने आए थे; उनके ये सगे-संबंधी कुलियों तथा शेरपाओं के रूप में हमारे अभियान के साथ थे। 8 वर्ष के एक छोटे लड़के को मैंने छेड़ते हुए कहा कि छांग का यह कटोरा मुझे दे दो, तो वह बोला, "माफ करें सर, यह मेरे पिता के लिए है।"

नमचे बाजार में हमारा स्वागत कप्तान गुरुंग और नेपाली-भारतीय पड़ताल चौकी के अन्य पदाधिकारियों ने किया। एक बड़े पर्वतीय अखाड़े की खड़ी ढाल की तरफ 12,400 फीट की ऊँचाई पर स्थित नमचे बाजार की जनसंख्या 500 है, और तंग गलियों से गुजरते हुए, हम 'ओम् माणे पद्मे हुण' का जाप करते हुए चल रहे थे। रास्ते में

पड़नेवाली छांग और राक्षी की दुकानें देखकर बार-बार इस जाप में व्यवधान पड़ जाता था। क्योंकि शेरपाओं तथा कुलियों के लिए यह उनका अपना देश था और गाँववाले उनके नाते-रिश्तेदार थे, इन पहाड़ियों, घाटियों और पर्वत तथा उपत्यकाओं की गोद में उनका बचपन बीता था। छांग और राक्षी से उन्हें कोई दूर नहीं रख सकता था। लेकिन बहुत अधिक छांग और राक्षी का सेवन खुद उनके लिए भी ठीक नहीं था, और अकसर किसी-न-किसी कुली को नशे में धुत होकर अपनी दीन-दुनिया से बेखबर रास्ते में पड़े देखा जा सकता था।

हम बार-बार उतरते-चढ़ते, ढलानों को पार करते, ऊँचे और दूरस्थ पर्वतों के मनोरम दृश्य को आँखों में भरते हुए बराबर ऊपर की ओर बढ़ते चले गए। हमने नमचे बाजार—जिसे शेरपा प्रदेश का मुख्य केंद्र माना जाता है, के रास्ते में पड़नेवाले गाँव, किनारे, तमोचे, फुलेली, खरीखोला, पुइयां और फकडिंग में पड़ाव डाले थे; एवरेस्ट अभियानों पर गए लोग इन गाँवों से भली-भाँति परिचित थे।

हमारे प्रयाण के ग्यारहवें दिन हम सोलु जनपद के मुख्यालय, सलैरी से गुजरे। वहाँ हम दो स्थानीय हाई स्कूल देखने गए, जहाँ दो युवा अमरीकी, एक युवा पुरुष और एक महिला, दोनों पीस कोर के स्वैच्छिक कार्यकर्ता छात्रों को पढ़ा रहे थे। हम कुछ अमीर शेरपा परिवारों के घरों में भी गए। ये घर, जिनके अंदर पूजागृह भी बने हुए थे, किन्हीं महलों से कम नहीं लगते थे। अगले दिन हम रिंगमो से गुजरे, जहाँ से एक रास्ता काठमांडू की ओर निकलता है। समीप में ही तकसिंदु का प्रसिद्ध मठ अथवा बौद्ध विहार था, जहाँ हमने युवा लामा अवतार के साक्षात् दर्शन कर आशीर्वाद ग्रहण किया और आठ-फीट ऊँचा प्रार्थना चक्र घुमाया। वहाँ चो-ओयू II की ओर अग्रसर जापानी अभियान के सदस्यों से अचानक हमारा आमना-सामना हो गया, जो काठमांडू से पैदल चलकर आए थे। अगले दिन नमचे बाजार में गए, जहाँ सर्पिल रास्तों के साथ-साथ अनेक अँधियाले, सीले, बेरंग और उजड़ मकान स्थित हैं। उन मकानों और तंग गलियों में कुछ विश्व प्रसिद्ध शेरपा निवास करते हैं। नमचे सर्वाधिक महत्त्वपूर्ण गाँव है; यह शेरपा प्रदेश का ऊर्जा केंद्र है, अन्य निकटवर्ती शेरपा गाँव हैं—खुमजंग और थामी। नमचे में हमने हँसते-मुसकराते चेहरे देखे; लड़कियों की आँख के नीचे की हड्डी उठी हुई होती है और बाल घुँघराले, घने और उलझे हुए।

हमने गाँव से थोड़ी दूरी पर पड़ाव डाला। शाम मदमस्त और अनियंत्रित हंगामेदार थी, छांग और राक्षी के बेहिसाब बहाव ने सबको बेकाबू कर दिया था; यह स्थानीय मदिरा हमारे शेरपाओं तथा कुलियों के परिवारों व मित्रों की ओर से भेजी गई एक भेंट थी, जिसने जश्न का मजा बढ़ा दिया।

□

थ्यांगबोचे

धूल-मिट्टी भरे सपाट मैदान अब हमारे पीछे रह गए थे और धान के खेत बहुत दूर थे। हम नेपाल के वनों और पहाड़ों की तराईवाले क्षेत्रों से होकर आ चुके थे; यह सारा रास्ता सदाबहार की झाड़ियों और मैग्नोलिया, चैरी तथा खूबानी के फलों-फूलों से भरा हुआ था। शरमीले सेमुल और ढाक, कर्कश काकड़ और धुर-धुर करती अवाबील, चीत्कारी तोतों तथा चहचहानेवाले पीलक और वसंताओं से हम दूर आ चुके थे।

कपूर और चमेली की खुशबू अभी तक हमारे मन में बसी हुई थी, देखने में थोड़ा

अरुचिकर पक्षी 'हार्नबिल' अब कहीं आस-पास नहीं था; चकोर या कुक्कू का भी अता-पता नहीं था। अब हम एवरेस्ट की दहलीज पर खड़े हुए थे; हम अब ऊँचे-ऊँचे पर्वतों और देवों के साम्राज्य में प्रवेश कर रहे थे। हम थ्यांगबोचे के बौद्ध विहार पहुँच गए थे। इसका वर्णन 'विश्व के सबसे सुदंर स्थानों में से एक' के रूप में किया गया है।

इस बौद्ध मठ ने यात्रियों और पर्वतारोहियों दोनों को एक समान आकर्षित किया है और यह स्थान दुनिया भर में प्रसिद्ध है। पास में और भी मठ हैं, जो इससे बड़े हैं, लेकिन उनमें से कोई भी तुलना में थ्यांगबोचे की बराबरी नहीं कर सकता, जो लंबे-लंबे, पर्वतीय वृक्षों, उद्दीप्त वनों, चमकदार बर्फ और भूरी तथा घनी विस्मयकारी चट्टानों की गोद में सुखपूर्वक छिपा बैठा है। मिट्टी और पत्थर के बने शूल मठ का निर्माण घास के गलीचे से ढके एक बड़े चबूतरे पर किया गया है और यह चबूतरा वास्तव में कांगते से निकली एक बड़ी पर्वतमाला के अंत में दूध कोसी की तंग घाटी के ऊपर लटका हुआ है। भूर्जों अथवा भोजवृक्षों और पुरजोश सदाबहार की झाड़ियों से शोभित 13,000 फीट की ऊँचाई पर चढ़कर बैठा थ्यांगबोचे एक अत्यंत आनंदप्रद दृश्य प्रस्तुत करता है। यह सच में देवों के वासस्थान में प्रवेश करने का मार्ग है। इसके ठीक आगे आधार से चार किलोमीटर ऊपर उठते हुए महान् त्रिदेव विराजमान हैं—बीच में गर्वीला, उदात्त और आश्चर्यजनक एवरेस्ट पिरामिड है, जिसको दो तरफ से ल्होत्से और नुप्तसे की दीवारों ने घेरा हुआ है। बौद्ध-विहार, यानी मठ की दाईं तरफ बुलंद आमा डैबलम है, उत्तेजक और अटल, आकाश को छेदता हुआ और इजमा खोला की घाटी पर प्रभुत्व जमाता हुआ, यह घाटी 10,000 फीट नीचे जाती है। ढलानों पर सुहावने जंगल हैं। दूध कोसी शोरगुल मचाए रहती है, मानो हताशा में ध्यान आकृष्ट करने और पर्वत चोटियों के प्रभावशाली परिदृश्य के साथ मुकाबला करने की कोशिश कर रही हो। उस क्षेत्र में हिमनदियों (अर्थात् ग्लेशियर), चट्टानी पहाड़ियों तथा 17,000 से 19,000 फीट तक ऊँची चोटियों तक जाने के सुगम मार्ग हैं। वहाँ पानी का कुछ अभाव है, लेकिन मार्च के प्रारंभ में 13,000 की ऊँचाई पर हममें से बहुतों ने स्नान करने की आवश्यकता महसूस नहीं की। पीने के लिए पर्याप्त जल था।

जोशी, वोहरा, बालकृष्णन और मैं कूच करने के 17वें दिन, 14 मार्च को थ्यांगबोचे पहुँचे और हम करेंसी नोटों का भारी बोझ लेकर चल रहे थे। सहायक सरदार फू दोर्जी के नेतृत्व में 350 कुलियों का अग्रिम जत्था एक दिन पहले पहुँच गया था और उन्हें मजदूरी का भुगतान किया जाना था, ताकि उन्हें उनके घरों के नजदीक कार्य-मुक्त किया जा सके, क्योंकि बाजार से आड़े-तिरछे रास्तों को पार करके आने और दूध-कोसी तक उतरकर जाने का काम सूर्योदय से पहले-पहले पूरा हो गया था। उस वन के बीच से होकर थ्यांगबोचे तक की चढ़ाई बहुत ही मनमोहक थी, जहाँ सुबह की किरणें आँख-

मिचौली का खेल खेलती हैं और धूप-छाँव का आपसी जोड़-मेल बुनकारी के नए-नए नमूने पेश करता रहता है। फिर भी चढ़ाई की थकान तो होती ही है। हम एक ऐसे पठार के किनारे जा पहुँचे, जहाँ हर तरफ से चमकते चेहरे हमें ताक रहे थे; वे हमारे कुली थे। अधिक जाने-पहचाने कुलियों ने जोर-जोर से चिल्लाकर हमें प्रणाम किया, हमारा स्वागत किया। वे सब 350 थे और उनके अलावा भी कुछ थे। उनके लिए यात्रा समाप्त हो गई थी, लेकिन हमारे लिए तो यात्रा अभी शुरू हुई थी। 350 पोटलों को कुलियों ने रंग-बिरंगे, मनोरंजक विश्राम-गृह (रेस्ट हाउस) के अहाते में बड़े तरीके से कतारों में रखा हुआ था। यह विश्राम-गृह उन यात्रियों, पर्वतारोहण के शौकीनों और पर्यटकों के लिए वास्तव में एक वरदान है, जो एवरेस्ट तथा उसके साथ की बुलंद चोटियों के दर्शन करने आते हैं। विश्राम-गृह के पीछे लंबे-लंबे वृक्षों की छाया में हमारी रसोई थी। हमें एकदम गरमागरम भोजन परोसा गया, जब हम विशालकाय आमा डेबलम की छाया के नीचे बैठे हुए थे और सीधे अपने स्वप्न-पर्वत-सम्राट् को मुग्ध होकर निहार रहे थे, जो साफ हमारे सामने खड़ा था, अनावृत, अपनी कलगी के बिना।

क्या हम एक दिन खड़े होंगे? कलगी कहाँ गई? क्या यह गरम और शांत होगा या गरजती हवाओं के बीच खड़ा होगा तथा उसकी शिखा से क्रोध की नदियाँ बह रही होंगी? शिखर को छूने का विचार आते ही हमारे मन में अनेकानेक कठिनाइयाँ उभरने लगीं, जैसे कि हिमपात और अंतहीन सीढ़ियों की ठुकाई-पिटाई और कटाई, बर्फ को ठोकर से हटाते चलना, ठंडी हवाओं तथा बर्फ से होनेवाले कष्ट, साँस लेने में तकलीफ और भंयकर खाँसी, गला सूखना, निर्जलीकरण, शारीरिक क्षय, अभाव/विछोह और अस्वस्थता/एवरेस्ट भीमकाय रूप में हमारे सामने खड़ा था; अति-विशाल और चुनौती देता हुआ।

सामान की गिनती हुई। फू दोर्जी ने जिस जिम्मेदारी और समझदारी से काम को सँभाला, वास्तव में सराहनीय कार्य था। उसको बराबर चौकसी रखनी पड़ी होगी और कठोर परिश्रम करना पड़ा होगा। 1962 में हमारे सामान के कुछ पुलिंदे गायब हो गए थे, और 1968 में अमरीकियों को भी ऐसे ही नुकसान उठाना पड़ा था। इस बार एक भी पुलिंदा गायब नहीं हुआ। मैंने कहा कि अब सभी पल्लेदारों (कुलियों) को नंबरवार कतार में लगाओ। कुलियों ने अपने-अपने नंबरवाली पट्टी पेश की, अपने नाम पुकारे, प्रत्येक ने अपनी विदाई का संकेत दिया और करारे-करारे नोटों को गिनता हुआ खुशी से चलता बना, माहौल खुशनुमा और उल्लासमय था, सब छांग और राक्षी का कमाल था। शेरपाओं की हँसने की क्षमता गजब की होती है। मैं उनका यह अंदाज देखकर हमेशा चकित रह जाता हूँ। शेरपा तुच्छ-से-तुच्छ और नीरस कार्य करने में भी कुछ-न-कुछ हँसने लायक निकाल लेते हैं।

मुख्य टोली के शेरपाओं को आते-आते दोपहर का समय हो गया था। उनके आने से संख्या और बढ़ गई, क्योंकि जो पहले आए थे, वे भी मौजूद थे। सदस्यगण दोपहर बाद पहुँचे। बी.पी. सिंह के चारों ओर भारी भीड़ जमा थी। यह पुराने और नए लोगों का धमाकेदार मिलन-उत्सव जैसा था। शेरपा और शेरपानियों के बीच रंग-बिरंगे कंघे-कंघियों, सुगंधित तेल और साधारण गहनों (अँगूठी, छल्लों) को हासिल करने के लिए होड़ लगी हुई थी। ये चीजें बी.पी. सिंह खूब सोच-समझकर उन लोगों के लिए लेकर आया था। हमारी टोली के अनेक अन्य सदस्य भी उनके इस हँसी-मजाक में शामिल हो गए।

कुछ तंबू उस विस्तृत अहाते में गाड़े गए, जबकि कुछ सदस्यों ने अपने गद्दे और स्लीपिंग-बैग लकड़ी की कुटिया में बिछा लिये। हल्ला-गुल्ला, शोर-शराबा जल्दी खत्म हो गया। अस्त-व्यस्तता गायब हो गई और भीड़-भाड़ का माहौल एक गर्मजोशी और खुशी में तब्दील हो गया, जहाँ आखिरी बार कुछ ब्रांडी की चुस्की भरी गई, क्योंकि इसके बाद पर्वतारोहण की गंभीर चुनौती आरंभ होने जा रही थी। बातचीत जोशपूर्ण थी। मूड तबीयतदार था, हर कोई आनेवाले सप्ताहों की ओर आशा और प्रत्याशा से देख रहा था।

मैंने परिस्थिति (अर्थात् जलवायु) के अनुकूल होने की योजना का ऐलान किया। मैंने पूरी टीम को तीन गुटों में विभाजित कर दिया और जो कार्यक्रम मैंने बनाया था, वह तीन में से दो गुटों के लिए अल्प-कालिक कार्यक्रम था। इन दो गुटों को हिमपात का जायजा लेने तथा उसपर काम करने के लिए 18 तारीख को आगे जाना था और वहाँ स्वयं को जलवायु का अभ्यस्त बनाना था। लेकिन तीसरे गुट को बेस कैंप में बाकी सबसे जुड़ने के पहले करीब 10 दिन तक थ्यांगबोचे क्षेत्र में रुकना था।

बहुत ऊँचाई पर वातावरण उस वातावरण से भिन्न होता है, जिस वातावरण के हम सामान्यतः अभ्यस्त होते हैं। अधिक निचले तापमान के अलावा वातावरण अधिक क्षीण होने के कारण श्वसन संबंधी कठिनाइयाँ शुरू हो जाती हैं, शरीर की सामान्य रस-प्रक्रिया (मेटाबॉलिज्म) गड़बड़ा जाती है और रक्तप्रवाह में भोजन एवं ऑक्सीजन के घुल-मिल जाने की क्रिया मंद पड़ जाती है। मानव तंत्र में बदलते पर्यावरण के अनुसार ढलने की असाधारण क्षमता होती है। अनुपूरक ऑक्सीजन अंदर लेने से श्वास लेने की गति कमोबेश स्वतः बढ़ जाती है; अतः जलवायु अनुकूलन की प्रक्रिया पहले ही आरंभ हो चुकी थी।

लेकिन जलवायु का पूरा अभ्यस्त बनने में समय लगता है। जो व्यक्ति बहुत अधिक ऊँचाइयों पर चढ़ने की आकांक्षा रखता है, उसे पहले 12,000 से 18,000 फीट के बीच सामंजस्य के लिए कुछ समय बिताना चाहिए। सामंजस्य की अवधि एक व्यक्ति से दूसरे व्यक्ति के लिए भिन्न हो सकती है। कुछ व्यक्तियों को इसके लिए बहुत अधिक समय की जरूरत नहीं होती और वे जैसे-जैसे ऊँचाइयों को पार करते जाते हैं, जलवायु के अनुकूल होते जाते हैं, जबकि कुछ लोग शुरू-शुरू में स्वयं को

बिल्कुल भी परिस्थिति के अनुकूल नहीं बना पाते हैं। अनुकूल की अवधि भी अलग हो सकती है। वे लोग भी, जो एक साल में जल्दी अभ्यस्त हो जाते हैं, दूसरे वर्ष में उन्हें अधिक समय लग जाता है। अधिकतर मामलों में 12,000 से 18,000 फीट तक की ऊँचाइयों के बीच एक सप्ताह या दस दिन का जलवायु अनुकूलन बहुत अच्छा सिद्ध होता है। इसका मुख्य सिद्धांत है—चढ़ना ऊँचे और सोना नीचे। पहले दो या तीन दिन हम प्रतिदिन 2 से 3 हजार फीट तक की चढ़ाई चढ़ते हैं और अपने कैंप को लौट जाते हैं, जो करीब 13,000 से 14,000 फीट पर हो सकता है। बाद में हम अपना कैंप कुछेक हजार फीट और ऊँचाई पर ले जाते हैं, जहाँ से हम करीब 18,000 फीट तक की चढ़ाई चढ़ते हैं। ऐसा करने का मुख्य आधार यह है कि दिन के दौरान शरीर को जहाँ धीरे-धीरे क्षीण होते वातावरण का अभ्यस्त होने देना चाहिए, सूक्ष्मतर-सूक्ष्म वातावरण का आदी होने के लिए पर्वतारोही को यह अवश्य करना चाहिए कि वह रात भर एक अच्छी नींद लेने के लिए निचले कैंप में लौट आए। अधिक ऊँचाई पर जाने से पहले कुछ दिन लगभग 13,000 फीट की ऊँचाई पर व्यतीत करना हमेशा अच्छा रहता है और यह अवश्य करना चाहिए। इसी कारण हमने स्वयं को जलवायु के अनुकूल बनाने के लिए थ्यांगबोचे को अपना कैंप बनाने का निर्णय किया था।

वोहरा, जोशी, वांग्याल, रावत, लाला तेलंग और मैं पहली टोली में थे; सोनम, ऐंग कामी, बी.पी. और अहलू को लेकर दूसरी टोली बनाई गई थी, जबकि गुरु, मुल्की चीमा और बोगी को तीसरी टोली में शामिल किया गया था। प्रत्येक टोली के लिए शेरपाओं को भी अलग कर लिया गया था। बयालीस शेरपाओं को हिमपात संबंधी कार्य के लिए पहली दो टोलियों के साथ बेस कैंप तक जाना था। दस शेरपाओं को तीसरी टोली के पीछे जाना था। कुलियों को सामान उठाकर बेस कैंप पहुँचाना था।

जलवायु अनुकूलन का कार्यक्रम एक दिन के विश्राम के उपरांत 16 तारीख को आरंभ होना था। इसलिए 15 तारीख को हमने आराम से अपनी दिनचर्या आरंभ की। कुछ देरी से नाश्ता करने के बाद हमने अपने क्लाइंविंग गियर, रेंडियर बूट, आइडॅरडाउन और विंड-प्रूफ सूटों को पहन-पहनकर देखा। यह आजमाइश बड़ी मनोरंजक थी, लग रहा था जैसे हम सैर-सपाटे पर निकले हैं। रावत अपने पूरे परिधान में इधर-उधर घूम रहा था और बहस कर रहा था कि शिखर की ओर प्रस्थान करते समय क्या उसे कुछ छोटा विंड-प्रूफ सूट ले जाना चाहिए या फिर इतना बड़ा, जिसे वह अपने आइडर-डाउन के ऊपर पहन सके। सब लोगों की राय थी कि मध्यम आकार का सूट उपयुक्त रहेगा।

शेरपाओं को भी बहुत ऊँचाई पर जाने के लिए उनकी किट दे दी गई थी, जिसे वे पहन-पहनकर देख रहे थे। कुछ ही देर में थ्यांगबोचे पर रंगों का मेला लग गया; भड़कीले स्वेटर, नारंगी और नीले फेदर सूट, हरे और सफेद रंग की टोपियाँ और चमकदार विंड-

प्रूफ जैकेट पहने शेरपाओं ने रंगों की छटा बिखेर दी थी।

दिल्ली में किसी व्यक्ति ने हमें जींस और चमकीली कमीजें पहने तथा पीठ पर लाल रंग का थैला लादे रेलवे स्टेशन पर जमा होते देखा था और आश्चर्य व्यक्त किया था कि हम किस प्रकार के लोग हो सकते हैं। उसके साथी ने उसे बताया था कि पर्वतारोही रंग-बिरंगे लोग होते हैं। रंगों से नीरसता दूर होती है, किसी खोए हुए पर्वतारोही को खोजना आसान होता है और रंगीन फोटोग्राफी अच्छी होती है।

चीमा और मैंने ऑक्सीजन उपकरण का प्रयोग करना समझाया। हममें से अधिकतर को पहले से इसका प्रयोग करने का अनुभव था, लेकिन कुछ लोग नए थे और उन्हें जानना जरूरी था। अमरीकियों द्वारा विकसित नए ऑक्सीजन मास्क को समझना और उसका प्रयोग करना आसान था। इसमें एक ही वाल्व था, ताकि थैली में दुबारा साँस लेने से रोका जा सके और इसमें श्वसन प्रतिरोध उस फ्रेंच मास्क की अपेक्षा बहुत कम था, जिसका इस्तेमाल हम पहले कर चुके थे। मैंने उन्हें समझाया कि भिन्न-भिन्न ऊँचाइयों पर काम करते और सोते समय, हमें ऑक्सीजन की कितनी-कितनी मात्रा का प्रयोग करना चाहिए। साउथ कोल के नीचे दो लीटर प्रति मिनट पर्याप्त मानी जाती है, जबकि उससे अधिक ऊँचाई पर अपेक्षाकृत अधिक आसान फासलों पर तीन लीटर का प्रयोग किया जा सकता है और कठिन रास्तों पर चार लीटर प्रति मिनट की मात्रा पर्याप्त होगी। साउथ कोल तथा उससे ऊपर सोने के लिए हम एक लीटर प्रति मिनट ऑक्सीजन का इस्तेमाल कर सकते हैं, जबकि साउथ कोल के नीचे सिर्फ आधा लीटर प्रति मिनट, इससे अधिक बिल्कुल नहीं।

हमारे अधिकतर शेरपा अनुभवी पर्वतारोही थे, लेकिन नए शेरपाओं ने बहुत उत्साह दिखलाया और मास्कों को पहन-पहनकर देखने में बच्चे जैसी जिज्ञासा दिखाई।

थ्यांगबोचे के लामा अवतार ने हमें दोपहर की चाय पर बुलाया। वे बहुत ही युवा दिखते थे, किंतु उनमें गजब का संतुलन था, सौम्यता थी और शालीनता थी। उनकी आयु उस बौद्ध-विहार अथवा मठ की आयु से अधिक हरगिज नहीं रही होगी, जिसका निर्माण करीब 35 वर्ष पहले हुआ था। वे अपनी आयु से अधिक बुद्धिमान् लगते थे।

शेरपा लोग सीढ़ियाँ चढ़कर लामा के पास गए, अपना सिर उघाड़ा और नीचे झुकाया कि वे लामा के हाथ का स्पर्श पा सकें और आशीर्वाद ले सकें। हम थ्यांगबोचे और उसके परिवेश की कुछ तसवीरें लेकर आए थे, जो हमने पहले अभियानों के दौरान खींची थीं। वे तसवीरें हमने 151 रुपए के चढ़ावे के साथ लामा को भेंट कर दीं। लामा ने अपनी कृपा बरसाते हुए हमें आश्वस्त किया कि मौसम अनुकूल रहेगा और पर्वत दयावान; उन्होंने सावधानी और समझदारी के साथ आगे यह भी कहा कि यदि हम भरसक प्रयत्न करेंगे, तो निश्चित रूप से सफल होंगे।

हम थोड़े समय के लिए ही वहाँ ठहरे थे और उस दौरान हम अकसर उनसे भेंट

करते रहते थे; हमारे बीच कोई भी ऐसा व्यक्ति नहीं था, जो उनके व्यक्तित्व के किसी-न-किसी पहलू से प्रभावित न हुआ हो। हमने लामा से ही जाना कि तिब्बती भाषा में गुरु नानक को रिंगपोचे कहते हैं। गुरु नानक, जिन्होंने सिख धर्म की स्थापना की थी, सत्य की खोज में बहुत दूर-दूर तक गए थे; उन्होंने ज्ञान के अनेक अधिष्ठानों के दर्शन किए थे और अपना संदेश लेकर तिब्बत, मक्का और बनारस जैसे धर्मस्थानों का भी भ्रमण किया था, जो एक-दूसरे से बहुत दूरी पर हैं। पुण्य-आत्मा अवतार स्वरूप लामा ने हमें बताया कि इस महान् गुरु के कुछ मूल लेख उनके पास हैं।

रेस्ट हाउस (विश्राम-गृह) में वापस आकर, मंगु पर्वतारोहण अभियान के नायक का पहला लेख समाचार-पत्र को प्रेषित करने में व्यस्त हो गया। पहुँच मार्ग पर कदम बढ़ाते हुए, कोई लेख लिखने का प्रयास करना वायरलेस पर संदेश भेजने के प्रयास से कम श्रमसाध्य था। लेकिन जब मौसम खराब हो और दूसरे छोर पर बैठा आदमी पूरी तरह सतर्क न हो, तो वही काम बहुत जटिल हो जाता है, तथापि मंगु पीछे हटनेवाला नहीं था।

उस रात भोजन अच्छा था और ऊँचाई का हमारी भूख पर कोई असर नहीं पड़ा था। अपने स्लीपिंग बैग में घुसने से पहले हमने कुछ मस्ती भी की थी। सुबह अनेक सदस्यों के लिए साथ-साथ चढ़ने का पहला अवसर लेकर आनेवाली थी और यह अवसर उनके अंगों एवं फेफड़ों के लिए शक्ति-परीक्षण भी साबित होनेवाला था।

पहली टोली सुबह बहुत जल्दी बाहर निकल गई और लकड़ी के फर्श पर जब उनके एकदम नए जूतों की आहट पड़ी तो सुबह के शांतिपूर्ण वातावरण में विघ्न पड़ना लाजिमी था।

नाश्ते में एक कटोरा दलिया खाने और ऊपर से गरमागरम चाय पीकर हमने पहाड़ों की तरफ रुख किया। वन के बीच से जाते हुए हमने हवाओं का संगीत और चिड़ियों के गीत सुनने का आनंद उठाया। हमारे भारी बूटों की लयबद्ध ताल इम्जा खोला की गर्जना में जाकर डूब गई, जो अपने घुमावदार रास्ते के साथ-साथ झाग उगलता हुआ उछलकर सामने आ गया था।

छह फीटे जोशी ने झाड़ियों व काँटों भरे रास्तों से होकर निकली चट्टानों के ऊपर से कदम बढ़ाते हुए टोली का नेतृत्व किया। हम पर्वतों पर चढ़ाई के लिए इस्तेमाल किए जानेवाले अपने नए बूटों का प्रयोग पहली बार कर रहे थे और कुछ लोगों को इन जूतों के साथ चलने में परेशानी हो रही थी। रास्ता खराब था और चलना मुश्किल। यह परिस्थिति अनुकूलन की स्वाभाविक प्रक्रिया थी।

जैसे ही सी.पी. और मैं झाड़ियों से निकलकर आए, हमने टोली के बाकी लोगों को एक चट्टान के ऊपर आराम करते हुए पाया। फिर हम भी उनसे जा मिले।

वांग्याल और रावत एक शुष्क तंग घाटी के साथ-साथ चढ़कर गए थे, वहाँ कोई

हवा नहीं थी, जबकि दूसरों ने खुली और तूफानी पर्वतश्रेणी के साथ-साथ चढ़ाई की थी। हमने इकट्ठे होकर रिज पर जलपान किया और पिकनिक मनाई।

हम एक वॉकी-टॉकी सेट अपने साथ ले आए थे, जिसके जरिए हमने दूसरी टोली के साथ संपर्क स्थापित किया; वह टोली काँगेतेग की एक पर्वतश्रेणी पर चढ़ रही थी, जो थ्यांगबोचे के घास के मैदान की दूसरी तरफ थी। उन्होंने जो प्रगति की थी और अपने ऊँचे ठिकाने से जो दृश्य देखा था, उससे वे बहुत रोमांचित थे। चूँकि हम एक-दूसरे को देख नहीं सकते थे, हमें नहीं पता कि कौन अधिक ऊँचा चढ़ा था।

बेस कैंप, जो हमसे जुड़ा था, उसने लाला के बारे में पूछा। बी.पी सिंह उस सुबह बहुत उल्लसित नहीं लग रहा था। लाला ने ध्यान से सुना और वह गरजा, "नहा लेना, जब कभी तुम्हें लगे कि तुम नहा सकते हो।" जो भी हो, कोई गंभीर बात नहीं थी।

थोड़े देर के विश्राम के बाद हम फिर चल पड़े और पथरीले एवं चट्टानी रास्तों को पार करते हुए आगे बढ़ते गए। हम करीब 16,000 फीट की ऊँचाई पर थे और हमारे फेफड़ों में खिंचाव होने लगा था। रावत और जो आगे जाकर रिज पर बैठ गए, वे अब और आगे नहीं जा रहे थे। वांग्याल ने एक चट्टानी पट्टी पकड़ ली, जबकि सी.पी. ने चौड़ा फलक पार किया और दक्षिणी रिज पर चला गया। वे दोनों पर्वतमालाएँ शिखर पर जाकर मिलती हैं। हर किसी ने शिखर पर पहुँचने के लिए कठोर प्रयास किया। जब वे वहाँ पहुँच गए, उनकी मेहनत का उन्हें पूरा इनाम मिला। दृश्य बहुत प्रेरणास्पद था और एवरेस्ट पर चढ़ने की संभावनाओं के बारे में बात न करना असंभव था। वांग्याल को संदेह था कि उसे शिखर की ओर कूच करनेवाले दल में शामिल किया जाएगा अथवा नहीं, क्योंकि यह उसका पहला एवरेस्ट अभियान था। हवा अब तेज होने लगी थी और वे जल्दी-जल्दी नीचे आने लगे। दूसरे लोग पहले ही चले गए थे। वे उन्हें इम्जा खोला के पुल पर मिले।

दुबारा चढ़कर वापस विश्राम-गृह जाने का विचार स्वागत योग्य नहीं था। लेकिन चढ़ाई के अंत में गरमागरम लंच हमारी प्रतीक्षा कर रहा था। दिन भर की कठिन पैदल-यात्रा के बाद हम लौट पड़े और हमें बहुत भूख सता रही थी। भोजन के साथ याक के दूध से बना दही भी था, जिसके स्वाद की सभी ने सराहना की।

भरपेट नाश्ता ग्रहण करने के पश्चात् दूसरी टोली निकल पड़ी थी, और वे लंच के लिए अपने साथ भारी मात्रा में थुपका-चावल और भेड़ का मांस पकाकर बना भोज्य ले गए थे। सोनम ग्यात्सो इस टोली में था। हमारे पर्वतारोहण समुदाय में सब जानते हैं कि ग्यात्सों के साथ चढ़ाई करने का मतलब है, बढ़िया और भरपूर भोजन। रास्ता खूबसूरत सदाबहार झाड़ियों और भोज वृक्षों भरे वन के बीच से था; यह रास्ता एक घास-मैदान के पार निकलता था और एक चट्टान के सामने पहुँचकर समाप्त हो जाता था। टोली ने पर्वतमाला के सहारे चलते हुए अच्छी प्रगति दिखलाई और बाद में वे पार करके दक्षिणी

तरफ चले गए। शीघ्र ही चढ़ाई रोमांचकारी होने लगी। पर्वतमाला (अर्थात् रिज) और दुरारोह (खड़ी ढालवाली) हो गई तथा गोल पत्थर अधिकाधिक अस्थिर, अविश्वसनीय एवं असंतुलित हो गए। पत्थरों पर पेड़-पौधे उग आने की वजह से चलना खतरनाक था। प्रगति धीमी थी और वे आपस में परामर्श करने के बहाने कुछ देर सुस्ताने के लिए बैठ गए। उन्होंने अपने-अपने रकसैक पीछे छोड़कर चलते जाने का फैसला किया। दोपहर तक वे चोटी पर पहुँच गए।

दावत नोर्बू-I, जो सोनम के साथ अब तीसरी बार एवरेस्ट की यात्रा पर था, को रकसैक और थुपका लाने के लिए नीचे भेज दिया गया, जबकि धूप निकल आने पर सदस्यगण पूरे मन से तसवीरें खींचने में लगे हुए थे। दावत नोर्बू ने कोई शिकायत किए बिना लगातार दो चक्कर लगाए और समझदारी का परिचय देते हुए वह दूसरे चक्कर में थुपका उठाकर लाया। वह ग्यात्सो को अच्छी तरह जानता था।

टोली पूरे जोश एवं उत्साह के साथ किसी दूसरे मार्ग से नीचे उतरी। एवरेस्ट के शानदार दृश्यों को देखकर उन्हें अपार खुशी का अनुभव हो रहा था।

तीसरी टोली खुमजंग के लिए निकली थी; खुमजंग वही गाँव है, जहाँ से हमें सबसे बढ़िया शेरपा मिले थे, सरदार और डिप्टी सरदार भी वहीं से थे। चूँकि उन्हें जलवायु का अभ्यस्त होने के लिए दूसरों की अपेक्षा अधिक समय मिला था, उन्होंने खुमजंग से होकर चढ़ाई का प्रयास आरंभ किया।

चेहरे पर खुशी की चमक लिये, गुरु, मुल्की, चीमा और बोगी शाम के समय तक बेस कैंप वापस आए। उनका दिन बहुत संतोषजनक रहा। उन्होंने खुमजंग के खुशदिल और मनमोहक लोगों से मिले आतिथ्य-सत्कार का खूब आनंद उठाया; वे हिलेरी स्कूल के भ्रमण पर भी गए, जहाँ के निवासी छात्र-छात्राओं की फोटो खिंचवाने की मोहक, मुद्राओं ने गुरु को बहुत खुश किया; कुछ नुमाइशी चीजें और स्मृति-चिह्न उन्होंने इकट्ठा किए और इन सबसे महत्त्वपूर्ण, वे अपने साथ मानव-प्रेम की कभी न भूलनेवाली स्मृतियाँ लेकर लौटे।

उस शाम अवतार-स्वरूप लामा ने लामा-विहार में हमें रात्रि-भोज पर आमंत्रित कर हमें सम्मानित किया। दावत की व्यवस्था मंदिर के परम-पावन स्थान भीतरी प्रार्थना कक्ष में की गई थी। यह अच्छे-खासे आकार का हॉल था, भीतरी छत और दीवारों पर भित्तिचित्र तथा आकर्षक अभिप्राय प्रदर्शित थे। घनिष्ठ आलिंगनबद्ध देवी-देवताओं की मूर्तियाँ थीं, लोगों के उत्पीड़ित अंग तथा पीड़ा से तड़पते चेहरे थे; पशुओं की आकृतियों को तरतीब से लगाकर विकास-वृक्ष की तरह दिखाया गया था और अंततः निर्वाण पानेवाले पुरुषों की भी मूर्तियाँ थीं। ताँबे तथा अन्य धातुओं में निर्मित भिन्न-भिन्न आकार की प्रतिमाएँ भी थीं। उनके चेहरों पर तथा उनकी आँखों में झलकते भाव स्पष्ट एवं

अर्थपूर्ण थे। एक दीवार की पूरी लंबाई तक अनगिनत खाने बने हुए थे, जिनमें धार्मिक सूत्रों को पांडुलिपियों की भाँति बाँध-लपेटकर रखा हुआ था। मूर्तियों के बारे में हमें पता चला कि वे थ्यांगबोचे के संस्थापक तथा अन्य लामा अवतारों व अनेक साधु-महात्माओं एवं गुरुओं की हैं।

हमें कई प्रकार के पदक तथा स्मृति-चिह्न दिखाए गए, जो पर्वतारोहण और खोजयात्राओं से संबद्ध अनगिनत संस्थाओं व व्यक्तियों द्वारा भेजे गए थे। हमें दर्शक-पंजी (विजिटर्स-बुक) में भी हस्ताक्षर करने के लिए कहा गया, जो वास्तव में हिमालय के दर्शनार्थियों और हिमालय पर्वत पर चढ़नेवाले के नामों का एक महाकोश जैसा है। रात्रि-भोज बहुत बढ़िया था, क्योंकि हमारे बावरची (रसोइए) तिब्बती खाना पकाने में माहिर थे और महात्मन् लामा के प्रति सम्मान की भावना से उन्होंने खाना पकाने में कोई कसर नहीं छोड़ी। उम्दा खाने के साथ छांग ने खाने का मजा और बढ़ा दिया, जिसका स्वाद शैम्पेन जैसा था। एक दिन में हम इससे ज्यादा और क्या चाहते?

हमारी टीम को गुटों में विभाजित करने का समय आ गया। पहला और दूसरा गुट 18 ता. को बेस कैंप के लिए रवाना हो गया, ताकि वे हिमपात पर काम कर सकें और वहाँ की जलवायु के अभ्यस्त हो सकें। कुलियों तथा सदस्यों की एक लंबी कतार थ्यांगबोचे से निकली। तीसरा गुट फेरिशे के आस-पास चढ़ाई का अभ्यास करने के लिए निकल गया; यह स्थान एवरेस्ट के रास्ते में हमारा पहला पड़ाव था। तथापि मौसम उनके विरुद्ध खराब रहा, जिसके कारण बेस कैंप के गुट फेरिशे में एक और दिन रुकना पड़ गया।

फेरिशे में एक सपाट और चौड़ी घाटी में कुछ याक कुटीर हैं और एक छोटा नीला दरिया है। जिस हिमानी (ग्लेशियर) ने भूभाग को काट-काटकर इसका निर्माण किया, वह ग्लेशियर पीछे हट गया था, और अपने ऊँचे-ऊँचे पार्श्विक हिमोढ़ छोड़ गया था, खूबसूरत घाटी की रक्षा करने के लिए।

थ्यांगबोचे और फेरिशे के मध्य में पैंगबोचे का गोंपा था, जो अपने खजाने, तथाकथित येती की खोपड़ी और पंजे के कारण प्रसिद्ध हो गया है। हमने जाते हुए रास्ते में इसके दर्शन किए और उस पंजे तथा खोपड़ी के साथ-साथ स्लिक जॉन्सन जू-लॉजीकल अभियान 1958-59 के पीटर ब्राइन द्वारा हस्ताक्षरित टिप्पणी भी देखी। येती का अस्तित्व अत्यंत विवादास्पद विषय है। जूलॉजीकल अभियान के निष्कर्ष, जो पीटर, ब्राइन की टिप्पणी में दिए गए हैं, यहाँ पुनः प्रस्तुत हैं —

"पैंगबोचे गोम्पा खुंबु के मंदिरों में सबसे पुराना है। यह 2-3 सौ साल पुराना है और एक लामा सांगा दोर्जी को इसका संस्थापक बताया जाता है। बारह लामा इस मंदिर से संबद्ध हैं। वे बाहर रहते हैं और प्रत्येक लामा 6 माह की अवधि के लिए मंदिर के प्रधान लामा की हैसियत से सेवा करता है। पैंगबोचे में दर्शनार्थियों का स्वागत है। गोम्पा में सबसे

महत्त्वपूर्ण दर्शनीय वस्तुओं में एक 'हाथ' और एक 'खोपड़ी' है। दोनों को किसी येती या किसी घृणास्पद हिममानव के अंग होने का दावा किया जाता है। वह खोपड़ी वास्तव में किसी मानव-सदृश के खाल और बाल हो सकते हैं, जिसका पिंजर कई वर्ष पहले तिब्बत से लाया गया था। यू.एस.ए. और यू.के., दोनों के वैज्ञानिकों द्वारा किए गए अनुसंधान भी कुछ अलग साबित नहीं कर सके हैं। रीजेंट पार्क ज़ू, लंदन के प्रोफेसर डॉ. ऑस्मन हिल ने इस अभियान द्वारा लाए गए रेडियोग्राफों (एक्स-रे चित्रों) की जाँच करके बताया कि वह हाथ मानव का है, किंतु पैंगबोचे के लामा उसे किसी येती का हाथ मानते हैं और उनके भ्रम को न तोड़ने की इच्छा से हमने इसके विपरीत उन्हें कुछ नहीं कहा है।"

येती यदि कोई दंत-कथा नहीं है, तो यह अवश्य ही कोई दुर्लभ पशु होना चाहिए। यद्यपि हम तीन बार एवरेस्ट क्षेत्र में होकर आ चुके हैं, न हमें वहाँ येती के होने का कोई सबूत मिला है, न कोई आँखों देखा वृत्तांत हमने सुना है; तथापि पहेली बनी हुई है। जिज्ञासा उत्पन्न करनेवाले ऐसे रहस्य न हों तो जिंदगी शायद नीरस हो जाएगी।

तीसरी टोली थ्यांगबोचे लौट आई। हालाँकि बर्फ गिरने के कारण चढ़ाई तो न कर सके, लेकिन उसी बर्फ ने उन्हें कवायद करने और खेलने-कूदने का बहुत अवसर दिया। थ्यांगबोचे की घास-स्थली कुछ दिनों के लिए स्कीइंग मैदान मे तबदील हो गई और लामाओं ने भी मनोरंजन में शामिल होकर सबका हौसला बढ़ाया।

उनकी पोशाक चाहे जैसी भी हो, शेरपा प्रदेश के इन साहसी और श्रमशक्ति पुत्रों ने पर्वतारोहण में अपनी विशिष्ट पहचान बनाई है। अब वे इस नए स्पोर्ट में भी अपना कौशल और दिलेरी दिखला रहे थे; उनकी यह दृढता वास्तव में प्रशंसा के योग्य है।

अगले दिन हम लोबुजे पर्वत की चोटी पर थे। हमारे टेंट एक चट्टानी रिज के नीचे एक समतल-सपाट, सुरक्षित एकांत स्थान में गाड़े गए थे। 16,4500 फीट की ऊँचाई पर यह विश्व में शायद सबसे ऊँचा चरागाह है। उसके अगले दिन हम गोराक शेप नामक एक निर्जन, उजाड़, सूखी झील की तलहटी में पहुँच गए। यहाँ तक आने के लिए हमें थोड़ी ही दूर चलना पड़ा और लंच के बाद हम ऊपर चोटी पर चढ़ने के लिए निकल पड़े। ऐंग कामी आगे चला गया और तेजी से कदम बढ़ाते हुए बहुत आसानी से वह चट्टानी चोटी पर पहुँच गया और उसके पीछे-पीछे वांग्याल तथा सी.पी. भी पहुँच गए। जब तक मैं उनके पास पहुँचा, तब तक हवा बहुत तेज हो गई थी और हम झटपट वहाँ से लौट गए। उस स्थान से एवरेस्ट और ल्होत्से का दृश्य वास्तव में अद्‌भुत था। हमें बाद में एवरेस्ट की ओर जाने के लिए जो मार्ग पकड़ना था, हमें साफ दिख रहा था और पश्चिमी पर्वतश्रेणी (वेस्टर्न रिज) भी एकदम स्पष्ट देखी जा सकती थी। बाद में हमने इसे पमोरी के आधार के निकट से भी देखा। देखने में यह उत्तेजना लगता था। हमने उस एवरेस्ट पिरामिड को भी ध्यान से देखा, जो सी.डब्ल्यू.एम. के शीर्ष के निकट से उदित होता है। किंतु हमें पता

था कि हम एवरेस्ट की चोटी पर चढ़ने के लिए वेस्टर्न रिज से होकर नहीं जाएँगे।

अंततः, 22 मार्च की सुबह हम में से कुछ लोग थांडुप को साथ लेकर बेस कैंप के लिए कोई स्थान चुनने के लिए जल्दी चले गए। कुलियों, शेरपाओं तथा सदस्यों की एक लंबी कतार धीरे-धीरे उस बड़ी चट्टान के आगे घुमावदार मार्ग से जा रही थी, जिस पर अमरीकी पर्वतारोही जॉन ई. ब्राइटिनबाख का नाम अंकित था, इस पर्वतरोही का हिमपात में दुखद निधन हो गया था। वह कतार छिदरे और गोलमोल पत्थरों से भरे ग्लेशियर हिमोढ़ों को पार कर गई। ग्लेशियर घटनास्थल की तसवीरें खींचते हुए और प्रस्तुत दृश्य की सराहना करते हुए काफिला बर्फ से ढकी नीली झीलों, चमकदार चिकनी मीनारों और जमी बर्फ की विशाल लहरों के साथ-साथ आगे बढ़ता गया। किले के बुर्ज के आकार के बर्फीले स्तंभ पूरे रास्ते के किनारे प्रहरी की तरह खड़े हुए थे और उनकी लंबी-लंबी छाया नीचे पड़ रही थी। जब बहुत तेज धूप नग्न, चमकीली बर्फ पर अपनी प्रचंडता दिखाने लगी तो हमारे शेरपा उन संतरियों की छाया में विश्राम का आनंद उठाने लगे। जो लोग बहुत ऊँचे-ऊँचे पहाड़ों पर जा चुके हैं, वे जानते होंगे कि जब दिन शांत होता है, बर्फ चमक रही होती है और उस चमकती बर्फ पर जब तेज सूरज की चमक पड़ती है, तब किस कदर मुश्किल होती होगी। यह दशा आँखों और शरीर दोनों को झुलसानेवाली होती है। किसी भी सदस्य ने हिमपात के बुर्जाकार स्तंभों के साथ दोस्ती करने या उनके साथ छेड़-छाड़ करने का साहस नहीं किया। हमें इन लड़खड़ाते स्तंभों से डर लगता था और हम उनसे दूर ही रहते थे। बिजली की कड़क और भू-गर्भीय गड़गड़ाहट उनके प्रति उचित आदर से पेश करने की प्रेरणा देती है। हम पानी की बोतलों से पानी की चुस्की भरते हुए एक सुरक्षित दूरी पर बैठते।

बेस कैंप खुंबुत्से और ल्हो-ला की छाया के नीचे स्थापित किया गया। इस स्थान का चयन अग्रिम टोली ने किया था। यह स्थान हिमपात-के जितने करीब हो सकता था, उतने करीब था और 1963 के अमरीकी बेस कैंप से कुछ ही मिनट की दूरी पर था। उच्चता-परिमापक यंत्र के अनुसार इसकी ऊँचाई 17,800 फीट थी। गोल पत्थरों से भरी, तरंगित और फिर हम ऊबड़-खाबड़ हिमानी सतह को पहले इस काबिल बनाना पड़ा कि वहाँ तंबू गाड़े जा सकें और फिर हम खाना पकाने तथा भंडार के लिए कुछ खुली जगह को ठीक-ठाक करने में उसी उत्साह से जुट गए, जिस उत्साह से कोई नव-विवाहित दंपती अपना नया घर बनाता है।

□

हिमपात

अब हम बेस कैंप के विशाल अखाड़े के आमने-सामने थे। दृश्य की विशालता अद्वितीय थी। पॅमोरी (23,442 फीट), लिंगात्रेन (21,972 फीट), खुंबुत्से (21,785 फीट), चांग्त्से (24,780 फीट), एवरेस्ट का पश्चिमी उठाव अथवा स्कंध और नुप्त्से (25,850 फीट) पक्की जमी चिकनी बर्फ और चमकदार बर्फ का एक अर्ध-वृत्त बनाते हुए नीले गगन में सिर उठाते हैं। अब हम बर्फ और चट्टानों के प्रदेश गों प्रवेश कर रहे थे, जहाँ अंधा कर देनेवाले बर्फीले तूफान कहर बरपाते हैं और ठंड

जमानेवाली होती है। यह एक गंभीर और संजीदा क्षण था। यद्यपि एवरेस्ट नुप्त्से के पीछे छिपा हुआ था, फिर भी हम स्पष्ट देख और समझ सकते थे कि हमें किस चुनौती का सामना करना है।

बेस कैंप कई सप्ताह के लिए हमारा घर बनने जा रहा था। डॉ. सोरेस की जगह लेनेवाले डॉ. चक्रवर्ती और नवांग गोंबु, जो सोरेस को सही-सलामत पहुँचाने के लिए साथ में गया था, दोनों थ्यांगबोचे में पधार चुके थे। उन्होंने जयनगर से थ्यांगबोचे तक का सफर 11 दिन में तय किया था, जबकि हमें 17 दिन लगे थे। जैसा कि हमें बताया गया, गोंबु और चक्रवर्ती दोनों प्रसन्नचित्त और पूरी तरह स्वस्थ थे।

खुंबु ग्लेशियर ने हमें सीधे अर्ध-वृत्ताकार बंद गली में पहुँचा दिया। चारों ओर से चट्टानी दीवारों ने रास्ता बंद किया हुआ था। नीली बर्फ की लटकती जीभें, जो क्रीम की जमाई हुई मोटी परत के समान दिखती हैं, दीवारों से छूटकर बराबर गिरती रहती थीं, और पत्थर जैसी कठोर बर्फ के टूटकर बिखरनेवाले भारी टुकड़ों से ढलानों पर बमबारी करती रहती थीं। एक सफेद सर्प-सदृश राक्षस जैसा दिखनेवाला हिमपात हमेशा गुस्से में रहता था। यह हमेशा क्रोध उगलता और गरजता रहता। चुनौती वहीं शुरू हो जाती है। 20,000 फीट से भी ऊँचे एक कगार से हिमपात निरंतर ठोस बर्फ के एक घने, गहरे जलप्रपात में धीरे-धीरे छलपूर्वक और खतरनाक ढंग से गड़गड़ाता हुआ गिरता रहता है, जिसके फलस्वरूप ऊँची-ऊँची मीनारें उठती हैं, जो उठती तो बड़ी शान से हैं, लेकिन बाद में बिना किसी चेतावनी के लड़खड़ाकर धड़ाम से गिर जाती हैं और पर्वत के बड़े-बड़े दलों को अपनी अंतड़ियों में सोख लेती हैं, अर्थात् निगल जाती हैं। परिणामतः विशाल हिम दरारें इस तरह मुँह फैलाती हैं, मानो मनुष्यों को, पर्वत पर चढ़नेवालों को निगल जाना चाहती हों। वहशी बर्फ के जगंल को पार करना उन लोगों के लिए एक परीक्षा और चुनौती है, जो एवरेस्ट के पवित्र स्थान में प्रवेश करने की इच्छा रखते हैं। हिम और बर्फ, बर्फीले स्तंभ और हिम-शिखर, पर्वत के काँपते किनारे तथा गड़गड़ाती कंदराएँ, हिमस्खलन और तूफानी हवाएँ पर्वतारोहियों को आगे आनेवाले खतरों के बारे में चेता देती हैं।

हिमपात के आगे एक सौम्य और विस्तृत ग्लेशियर पड़ता है, जो एवरेस्ट, ल्होत्से तथा नुप्त्से की आलीशान त्रिमूर्ति से घिरा हुआ है। इस घाटी की शांति तभी भंग होती है, जब हिमस्खलन उस घेरे की दीवारों से गरजता हुआ नीचे गिरता है। इस घाटी के मध्य में, जिसे वेस्टर्न सी.डब्ल्यू.एम. कहा जाता है, हमने अपना अग्रगामी अड्डा (एडवांस) स्थापित करने की योजना बनाई।

पहला दिन हमने बेस कैंप से दूरबीनों के जरिए हिमपात से होकर जाने वाले विभिन्न रास्तों का चुनाव करने में व्यतीत किया, हालाँकि एवरेस्ट के दर्शनार्थ जाने का

हमारा यह तीसरा अवसर था। हिमपात कभी भी वैसा ही नहीं रहता है। इसका दोगला चेहरा हमेशा नई-नई चुनौतियाँ और समस्याएँ पेश करता है। हमने हिमपात पर एक अस्थायी खेमा, सिर्फ एक तंबू गाड़ने का निश्चय किया; बेस कैंप से 14,000 फीट अधिक ऊँचे इस टेंट का प्रयोग कर हमें पर्वत पर अपना पहला पड़ाव स्थापित करने के लिए हिमपात के उच्चतम सिरे की ओर चले जाना था।

अगली सुबह 24 मार्च को पहला रस्सा बेस कैंप से निकला, साथ में शेरपाओं का ताँता लगा हुआ था, जो एल्युमिनियम की सीढ़ियाँ, लकड़ी के लट्ठे, झंडे, रस्सियाँ और रस्सी की बनी सीढ़ियाँ लिये जा रहे थे; इन सीढ़ियों को हिम-दरारों के आर-पार कील ठोंककर दोनों सिरों पर मजबूती से बाँध दिया जाना था और खड़ी दीवारों पर जड़ दिया जाना था तथा कठिन आड़े-तिरछे रास्तों को लाँघने के लिए भी इन सीढ़ियों का सहारा लिया जाना था। इस प्रकार पार करने योग्य रास्ता बना दिए जाने के बाद वहाँ जगह-जगह रंग-बिरंगे झंडे लगा दिए जाने थे। अन्यथा पहली ही भारी बर्फबारी में रास्ता लुप्त हो जाता। हम जल्दी-जल्दी गोल पत्थरोंवाला रास्ता पार करके कठोर बर्फ पर चढ़ गए। इसके आगे कीलदार जूते पहनना जरूरी हो गया। एक बड़े गोल पत्थर की बगल में बैठकर हमने जूतों पर कील चढ़ाए। बाद में हमने इस जगह का नाम 'क्रैंपॅन पॉइंट' रख दिया।

प्रातःकालीन सूरज की चमक काफी तेज थी। हमने देर नहीं की; बर्फ की जमी कुछ लहरों को हमने ऊपर-नीचे चढ़-उतरकर देखा और फिर हम एक खड़ी ढलान पर चढ़े तथा एक हिम-दरार को भी हमने पार किया। अस्थिर और खोखले हिमखंडों के ऊपर सावधानी से चलते हुए या चट्टान की तरह ठोस हिमपात दीवारों में बर्फ तोड़नेवाली कुल्हाड़ी के जोरदार प्रहारों से पाँव रखने तथा हाथ से पकड़ने की जगह बनाते हुए हम धीरे-धीरे आगे बढ़े।

हम बारी-बारी से काम करते रहे। कभी वोहरा और जोशी ने रस्सी को आगे बढ़ाया और कभी वांग्याल और मैंने मिलकर। दोपहर के बाद हम लौट आए, अपने काम से बहुत असंतुष्ट होकर नहीं, बल्कि कुछ थकान के कारण। उस दिन हम 'डंप पॉइंट' तक नहीं पहुँच सके; कुछेक 'हिम-रोधों' का सामना करना अभी बाकी था।

लौटकर आते हुए 'क्रैंपॅन पॉइंट' पर हमारी मुलाकात शेरपाओं और सदस्यों से हुई, जिन्होंने गरमा-गरम चाय से हमारा स्वागत किया। अभियान के दौरान 'क्रैंपॅन पॉइंट' खासा महत्त्वपूर्ण हो गया था। हर सुबह ऊपर जानेवाली टोली के सदस्यों को इस पॉइंट पर आकर जल्दी-जल्दी अपने कीलदार जूते पहनते और बूटों पर कवर चढ़ाते देखा जा सकता था। इसी प्रकार हर सुबह इस स्थल पर उन सभी सदस्यों और शेरपाओं का गरम चाय तथा बिस्कुटों के साथ स्वागत किया जाता था, जो वापस आ रहे होते थे, हिम-

स्तंभों से नीचे उतरकर पर्वतमालाओं के पीछे दिखते और छिपते-छिपाते हुए। उच्चतर कैंपों से हमेशा 'खबर' आती रहती थी, की गई प्रगति के बारे में, सदस्यों के स्वास्थ्य के बारे में, मार्ग की दशा के विषय में तथा और भी बहुत सी दूसरी बातों को लेकर। लौटनेवाले पर्वतारोहियों के लिए 'क्रैंपॅन पॉइंट' सुरक्षा का एक प्रतीक बन गया था। यहाँ पहुँचकर उन्हें आराम मिलता था और अपनापन महसूस होता था। वोहरा के फेफड़े जब जवाब देने लगे थे, तो इसी जगह पहुँचकर उसके अंदर पुनः यह विश्वास जाग उठा था कि डॉक्टरी सहायता अब दूर नहीं है। वांग्याल जब चढ़ाई चढ़ने के बाद बहुत खुश होकर लौटा था तो कुमार ने इसी जगह इतने जोश से उसे गले लगाया था कि उसका संतुलन बिगड़ गया और उसे चोट लग गई।

'क्रैंपॅन पॉइंट' एक मनोरंजक, दिलचस्प दृश्य प्रस्तुत करता था, हर तरफ रंगीन बूट-कवर बिखरे पड़े थे और पत्थरों के नीचे दबाए हुए थे, क्रैंपॅन (जूतों के कीले) बिखरे हुए थे, जूस के टीन के खाली डिब्बे तथा अन्य बहुत सी बेकार की चीजें, रस्सियों के टुकड़े इत्यादि इधर-उधर पड़े हुए थे और इस कूड़ा-करकट का ढेर बढ़ता जा रहा था। अगले दिन सुबह ग्यात्सो, अहलू, ऐंग कामी और बी.पी. अपने शेरपाओं की मदद के साथ अपना काम पुनः आरंभ करने के लिए बेस कैंप से चले गए। दिन ठंडा था, तेज हवाएँ चल रही थीं और उन्हें हिमपात के एक जोखिम भरे हिस्से का सामना करना था। उन्होंने साहसपूर्वक कठोर परिश्रम किया। वे कुछ मुश्किल टुकड़ों को तो पार कर गए थे, लेकिन एक विशाल हिम-दरार ने रास्ता रोक दिया और उन्हें हारकर वहाँ से लौटना पड़ा। दो दिन बीत चुके थे और अभी तक हम उस जगह तक नहीं पहुँच पाए थे, जहाँ हमने अस्थायी गोदाम अर्थात् 'डंप पॉइंट' बनाया था।

26 की सुबह जल्दी उठकर वोहरा, जोशी, वांग्याल और मैं बेस कैंप से एक बार फिर निकल पड़े। हम उस बड़ी हिम-दरार तक पहुँच गए और हमने दुबारा अपना काम शुरू कर दिया। हिम-दरार ढह चुकी थी और बहुत ही अस्थिर, असंतुलित एवं अविश्वसनीय हिमखंड उसकी गोद में पड़े हुए थे तथा शीशे जैसी झिलमिलाती करीब 25 फीट ऊँची, हलके नीले रंग की हिम-दरार दूसरी तरफ हमारे सामने खड़ी थी। वांग्याल और मैं एक साथ हिम-दरार में उतर गए और एक पंक्ति में उसे पार करने का उपक्रम करने लगे। यह एक कष्टकर अनुभव था। रस्सी को पकड़े हुए मैं हिम-दरार की टूटी हुई नाजुक तली के किनारे-किनारे आगे बढ़ा। सामने हिम की एक ठोस दीवार थी। जिस समय वांग्याल और मैं अपनी समस्या हल करने में लगे थे, उसी समय सी.पी., शेरपा लॉपसाँग के साथ, हिम-दरार में उतर गया और पूरब की तरफ निकलने के मार्ग की खोज में जुट गया। कुछ ही समय में वे जान गए कि आगे रास्ता बिल्कुल बंद है। उन्होंने चारों तरफ नजर घुमाई और उसमें एक छेद उन्हें मिल गया। वे एक बड़ी तंग

गली से होकर दाएँ मुड़े और फिर आगे चलते गए। यह गली इतनी संकीर्ण थी कि उनके कंधे दोनों तरफ की दीवारों को छू रहे थे। दीवारें उनसे लगभग 30 फीट ऊँची थीं। उन्हें कुछ पक्का अनुमान नहीं था कि यह ठंडी, हिम-गली उन्हें किधर ले जाएगी, लेकिन वे चलते रहे और ऐसी सौम्य ढलान पर जा निकले, जो धूप में नहाई हुई थी, यद्यपि उसमें हिम-दरारें बहुत अधिक थीं; इसके आगे रास्ता सीधा 'डंप पॉइंट' को जाता था। वांग्याल और मैं हिम-दरार पर कड़ी मेहनत कर रहे थे, जहाँ हाथ और पाँव जमाने के लिए कीले गाड़े जाने थे और एक सिरे से आखिरी सिरे तक रस्सी मजबूती से लगाई जानी थी। हमने जल्दी-जल्दी अपनी कठिन चढ़ाई पूरी कर ली और आगे देखकर हमारी खुशी की सीमा न रही, जब हमने सी.पी. और लॉपसाँग को धूप में आराम करते हुए पाया। हम दोनों ने एक-दो और हिम-दरारों को रस्सी की सीढ़ी से पाटने का काम पूरा किया और फिर धीरे-धीरे चढ़ते हुए 'डंप पॉइंट' तक पहुँच गए।

यह देखकर हैरानी होती है कि ये हिम-दरारें कैसे अपनी शक्ल बदल देती हैं। अभियान समाप्त होने तक एकदम साफ तराशी हुई हिम-दरारों से युक्त चिकने ठोस हिम-पिंडों ने कई अस्थिर हिम-खंडों को एक अस्त-व्यस्त भ्रम में डालनेवाला ढेर खड़ा कर दिया था, जिसका झुकाव विभिन्न दिशाओं में था। हमारे दो पिछले अभियानों के दौरान भी हिमपात के इस भाग में हमें इसी प्रकार की समस्या का सामना करना पड़ा था। मार्च के अंत में जाकर हिमपात अपने सबसे अच्छे व्यवहार में आता प्रतीत होता है और तब इसकी शक्ल-सूरत भी इतनी दुरूह नहीं रहती है, बहुत सरल हो जाती है।

हलका सा लंच खाने के बाद हम फिर अपना काम करने में जुट गए। आरंभ में प्रगति संतोषप्रद थी। सायं 3.00 बजे के करीब हम एक बहुत बड़ी और गहरी खाई के पास पहुँच गए, जिसे पार करना असंभव जान पड़ता था। हमने थोड़ी देर और टोह ली; कुछ दूर जाकर बाईं तरफ से एक रास्ता मिलने की संभावना थी। लेकिन देर होने लगी थी, शाम सिर पर आने को थी, यही सब ध्यान में रखते हुए हमने बेस कैंप लौट जाने का फैसला किया।

अगले दिन दूसरी रस्सी कैंप-I स्थापित करने का पूरा संकल्प लेकर रवाना हुई। हमने उन्हें शुभकामनाओं के साथ विदा किया। बेस कैंप से हम दूरबीनों के जरिए उनकी प्रगति पर दृष्टि रखते रहे। दोपहर के करीब हमने देखा कि शुद्ध सफेद बर्फ के सामने से जा रही काले बिंदुओं की पंक्ति खाई के सिरे तक पहुँच गई है और प्रत्येक बिंदु एक-एक कर नजर से ओझल हो रहा है। बेस कैंप में धूप का मजा लेते हुए बार-बार यही खयाल आ रहा था कि उन्हें कैसे-कैसे अनुभवों और कठिनाइयों का सामना करना पड़ा होगा।

दुपहरी में डॉ. चक्रवर्ती और गोंबु के साथ तीसरी टोली कुलियों की एक लंबी कतार लिये बेस कैंप में आ पहुँची। करीब एक माह के बाद सारी टीम एक साथ थी। पुनर्मिलन

बहुत खुशी का अवसर था। बहुत दिनों के बिछुड़े मित्र दुबारा मिल रहे थे। कुमार बड़ी उत्सुकता से देख रहे थे। कुमार ने आते ही अनेक सदस्यों के सामने शर्त रखी थी कि शाम तब कैंप-II स्थापित हो जाएगा या नहीं? अचानक बालकृष्णन की तरफ से जोर की आवाज आई, कैंप-I तैयार हो गया है। हम सबने चारों तरफ से मंगु को घेर लिया, जिसने अपने वॉकी-टॉकी पर कैंप-I से संपर्क जोड़ लिया था। हमारी खुशी पूरी हो गई थी। यह एक बहुत ही विशेष अवसर था। कैंप-I की टोली का वापस आने पर भारी स्वागत हुआ।

इस टोली ने उस जगह से बाईं तरफ का रास्ता पकड़ा था, जहाँ इसने एक दिन पहले, काम करना बंद कर दिया था। रास्ते का कुछ हिस्सा ध्वस्त हो गया था और वहाँ अस्थिर हिम-खंड बिखरे पड़े थे, उनके साथ छेड़-छाड़ करना या असावधानी बरतना खतरे से खाली नहीं था। टोली ने कुछेक संकीर्ण गलियों से जाने का रास्ता निकाला और फिर एक खड़ी ढलान चढ़कर वे एक ऐसी चौड़ी जगह के किनारे पर पहुँचे, जो सीधे एकदम नीचे उतरता था। नीचे एक विशाल क्षेत्र मलबा व कचरे से ढका पड़ा था और उसमें अनेक हिम-दरारें थीं। उन्होंने सावधानी बरतते हुए उसके बीच से रास्ता निकाला। एक बड़ी हिम-दरार के आर-पार एल्युमिनियम का पुल बाँधा गया। एक खड़ी ढाल पर एक रस्सी कसकर जड़ने के बाद वह टोली अंततः एक बड़े टीले की चोटी पर पहुँचने में सफल हुई, वेस्टर्न सी.डब्ल्यू.एम. उनके सामने प्रस्तुत था, शांत और संयत, नई और ताजा बर्फ की चादर ओढ़े हुए। वे थोड़ा आगे गए और एक जगह निशाना लगा आए, जहाँ हमारा कैंप-I बनना था। पर्वत पर हमारा पहला कैंप स्थापित हो गया। 'एवरेस्ट का प्रवेश-द्वार' अब खुला था।

भोजनालय का टेंट एक सुसज्जित शानदार क्लब-रूम जैसा लगता था। यह गरम, आरामदेह था और लालटेनों की रोशनी में चमक उठा था। हमारा विचार था कि इस अवसर पर तला, स्वादिष्ट मांस और थोड़ी ठंडी ब्रांडी मिले तो मजा आ जाएगा। इस बात पर एक वैज्ञानिक बहस छिड़ गई, जो अधिकाधिक ज्ञानवर्धक और प्रचंड रूप लेती चली गई। अंततः जंगल का नियम विजयी रहा और डॉक्टरों को झुकना पड़ा।

उच्चतर कैंपों में हमारे शेरपाओं को राक्षी हमेशा मिल रही थी और उसका कोई दुष्प्रभाव उनपर नजर नहीं आ रहा था। डॉक्टरों ने हमारे अंदर एक प्रकार का भय बैठा दिया था कि बहुत ऊँचाई पर मदिरा का सेवन करना सेहन के लिए ठीक नहीं होगा। गला खराब होने के विरुद्ध विशेष चेतावनी दी गई थी, लेकिन मैं नहीं समझता कि गले की किसी भी गड़बड़ी का दोष हमें ब्रांडी या राक्षी के सिर मढ़ना चाहिए।

उस रात हम राहत और उपलब्धि की भावना के साथ अपने-अपने स्लीपिंग बैग में घुसे। बाधा पार हो चुकी थी और हम अगली मुश्किल का सामना करने के लिए तैयार एवं उत्सुक थे।

हमारा अगला कार्य सैकड़ों पुलिंदों को हिमपात तक भिजवाना और उन्हें उपयुक्त कैंपों में रखवाना था। आगे आनेवाली बड़ी बाधा, ल्होत्से फलक की चुनौती का सामना करने से पहले यह काम करना जरूरी था। शेरपाओं को 50-50 पौंड बोझ थमाकर चलता किया गया। लेकिन उन पुलिंदों को कैंप-I के पहले ही ढेर लगाकर छोड़ दिया गया था और हमारे शेरपा मुँह लटकाए, उदास मुद्रा में वापस आए। यह एक असामान्य, लगभग भौंडा दृश्य था, क्योंकि मुसकानों और शेरपाओं का अटूट संबंध होता है। उनकी उदासी का कारण शीघ्र ही पता चल गया, उन्हें खाने में कुछ विशेष चीजें नहीं दी गई थीं। जैसे ही इस गलती को सुधारा गया, शेरपाओं की बच्चों जैसी हँसी दुबारा उनके चेहरों पर लौट आई; हमें भी राहत और खुशी महसूस हुई। 'नवांग हिल्ला को हिमपात तक चढ़ाई करने की अपेक्षा उदासी बनाए रखने के लिए अधिक मेहनत करनी पड़ी होगी' किसी ने चुटकी ली। हमने इस बात का ध्यान रखा कि उनके चेहरों पर हँसी हमेशा कायम रहनी चाहिए। हर सुबह दर्जनों शेरपा खुशी से अपना-अपना बोझा लादकर हिमपात की लड़खड़ाती अव्यवस्था के ऊपर पाँव रखते हुए चलते जाते और कैंप-I तक की अपनी जोखिम भरी यात्रा के बाद, हर तीसरे पहर अपने चेहरों पर सफलता की एक जोशीली मुसकान लिये लौटते।

जब शेरपाओं द्वारा पुलिंदों को उठाकर हिमपात पर पहुँचाने का काम किया जा रहा था, उसी दौरान सदस्यों और शेरपाओं की तबीयत बिगड़ने लगी थी। सी.पी., जो एक भार-वाहक के साथ ऊपर गया था और खुद भी कुछ भार उठाकर ले जा रहा था, ठीक से चल भी नहीं पा रहा था। अब तक ऊँचाई ने उसे परेशान नहीं किया था और किसी प्रकार उसने ही हिमपात का मार्ग खोलने में मदद की थी। उसे ग्लेशियर ने थका दिया लगता था। जोशी भी उसी रस्सी पर था, जोशी ने उसे गहराई से साँस लेने की सलाह दी थी, लेकिन सी.पी. ने पाया कि वह पर्याप्त गहरी साँस नहीं ले सकेगा। सी.पी. और जोशी ने आपस में स्थान बदल लिया। जो (अर्थात् जोशी) ऊपर की तरफ हो गया और सी.पी. तेजी से साँस लेते हुए उसके पीछे-पीछे चढ़ने का प्रयास करने लगा। लेकिन आगे चल पाना उसके लिए बहुत मुश्किल हो रहा था। तीन-चौथाई रास्ता तय करने के बाद वह गिरती बर्फ में ही वापस चल दिया और गिरते-पड़ते, हाँफते हुए बेस कैंप पहुँच गया। वांग्याल दौड़कर बाहर आया और उसे अपने टेंट के अंदर ले गया। लाला तेलंग ने तुरंत-फुरत वहाँ आते ही आदेश दिया, "कुछ ऑक्सीजन लाओ, मेरा बक्सा लेकर आओ।" आने के दस मिनट के अंदर-अंदर वोहरा को चार इंजेक्शन दे दिए गए और उसे ऑक्सीजन पर रख दिया गया। 'यह फुप्फुसीथ-शोथ (फेफड़ों की सूजन) की बीमारी का शुरुआती मामला था, लाला ने कहा। अब सी.पी. दुबारा सामान्य ढंग से साँस लेने लगा था।

गुरुदयाल ने अगले दिन गला खराब होने और खाँसी की शिकायत की। मौसम खराब था, काफी बर्फबारी हो रही थी, जिसके कारण ठंड बहुत बढ़ गई थी। उसकी खाँसी बिगड़ गई और बुखार भी चढ़ गया। उसे अपना अकेला टेंट छोड़कर मेस टेंट में चले जाने की सलाह दी गई। वोहरा को पहले ही वहाँ भेज दिया गया था, ताकि डॉक्टर के पास रह सके। लेकिन गुरु ने मना कर दिया। वह नहीं चाहता था कि उसकी खाँसी के कारण दूसरों को असुविधा हो। लेकिन लाला के बार-बार कहने और समझाने पर वह मेस टेंट में जाने के लिए मान गया।

मेस टेंट (भोज-कक्ष) एक तरह से रोगी वार्ड बन गया था, क्योंकि चार 'अंतरंग रोगी' वहाँ भरती थे तथा 'बहिरंग रोगी' डॉक्टर की सलाह लेने के लिए आते रहते थे।

लाला व्यस्त था। वह अकेले ही सारे मरीजों की देखभाल कर रहा था। वह अपने मरीजों तथा काम-चलाऊ अस्पताल से खुश लगता था। बीमार चुपचाप अपने स्लीपिंग बैगों में पड़े-पड़े पढ़ते रहते थे। पर्वतों पर बिताए सुखद दिनों को याद करते रहते और यह आस लगाए रहते कि वे जल्दी ठीक हो जाएँगे एवं फिर पर्वत पर चढ़ेंगे। अपने बैगों के अंदर घुसे-घुसे भी वे अपने चारों ओर चल रही हलचल में रुचि लेते रहते थे।

एक सुंदर और जवान स्विस महिला, क्लॉडीन ने एक संदेश भेजा कि वह हमारा बेस कैंप देखने आएगी। हममें से बहुत लोग थ्यांगबोचे में उससे मिल चुके थे, जब वह एक सुविख्यात लेखक और अन्वेषक, इला मैलार्ट के साथ वहाँ मौजूद थी।

क्लॉडीन के आने का हम सबने गर्मजोशी से स्वागत किया। जो बीमार थे, उन्हें छोड़कर हर किसी ने उसकी आव-भगत की। हमारे बीच खूब हँसी-ठहाका हुआ; हम लोग धूप में बैठकर बातचीत में मग्न हो गए। बीमार बहुगुणा भी मेस टेंट से निकलकर बाहर आ गया। क्लॉडीन ने बहुत खुश होकर गपशप की, इसी दौरान चक्रवर्ती ने एक डॉक्टर की दृष्टि से उसे देखा और उसे पूरी तरह स्वस्थ घोषित किया। चक्रवर्ती ने उसे कुछ गोलियाँ दीं, जिनका इस्तेमाल वह जरूरत पड़ने पर कर सकता था। उसका व्यवहार हर एक के प्रति विनम्र और दयालु था; कुछ घंटे हमारे साथ बिताकर जब वह जाने लगी तो हमारा दु:खी होना स्वाभाविक था।

यथा समय बीमार पर्वतारोही चंगे हो गए। वास्तव में इतने अधिक स्वस्थ कि बाद में उन्होंने कर दिखाया। अप्रैल माह के उत्तरार्ध में जब शिखर टोली अपने पहले प्रयास के लिए जा रही थी, तो गुरु भी उनके साथ चला गया और उसने साउथ कोल पर दो रातें ऑक्सीजन के बिना बिताईं। बाद में मई में जब शिखर टोलियाँ पर्वत पर चढ़-उतर रही थीं, उसने 25,000 फीट पर ल्होत्से कैंप से उनको यथासंभव महत्त्वपूर्ण सहायता पहुँचाई और इतने ऊँचे कैंप में भी वह चार दिन तक बिना ऑक्सीजन के रहा।

बोगी को शिखर टीम में ले लिया गया था। वह 28,000 फीट की ऊँचाई नापने में

तो सफल रहा, लेकिन दुर्भाग्यवश एवरेस्ट की चोटी पर नहीं पहुँच सका।

सी.पी. ने एवरेस्ट पर चढ़कर डॉक्टरों को भी अचंभित कर दिया। इसका श्रेय निस्संदेह वोहरा की इच्छाशक्ति, दृढता और साहस को देना होगा। लेकिन इस सबमें समय लगा, इस बीच पर्वत पर काम रुका नहीं।

दो माह बीत चुके थे, और इस दौरान लगभग हर रोज किसी एक या दूसरी टोली ने हिमपात को पार किया। पर्वत की सबसे अधिक खतरनाक दूरी को निरंतर पार किया जा रहा था। सदस्यगण और शेरपाओं के जत्थे रास्ता खोलने के लिए लगातार उच्चतर कैंपों तक जाते रहे; उनमें से कुछ बेस कैंप में लौट भी रहे थे, आवश्यक विश्राम के लिए जो लोग पर्वतारोहण दल के सदस्य नहीं थे, वे इस लिहाज से चढ़ाई पर गए कि पर्वत को देखकर कैसा अनुभव होता है। हर दिन शेरपाओं की एक लंबी कतार, एक या दो सदस्यों के साथ या सदस्यों के बिना भी सुबह-सुबह की कड़ी सर्दी में बाहर निकल जाती थी; इन शेरपाओं को हिमपात की तरफ ऊपर जाते समय या दोपहर बाद लौटते समय खुशी से गाते हुए सुना जा सकता था।

जिस समय हम इस गतिविधि को बनाए रखते, हिमपात भी तब कहाँ चुप रहने वाला था, वह भी हरकत में आ जाता। आवागमन के आवश्यक प्रवाह को बनाए रखने के लिए मार्ग पर निरंतर नजर रखना अनिवार्य था। इस काम के लिए शेरपाओं का एक समूह पूरी मुस्तैदी और निष्ठा से तैनात रहता था। इस समूह को हम 'हिमपात दस्ता' कहते थे। वे लकड़ी के लट्ठे लगाकर गड्ढों को दुबारा पाटकर तथा कदम रखकर चढ़ने के लिए सीढ़ीनुमा कटाई करके रास्ते की निरंतर मरम्मत करते रहते थे। ये काम वे मदद के बिना करते थे, लेकिन जब अधिक जटिल कार्य करना होता था, तो कुछ सदस्य और अनुभवी शेरपा उनके साथ जाते थे। जब भी कोई हिम-दरार खुलतीं, उसे तुरंत पाट दिया जाता और जब बड़े-बड़े हिम-खंड अपनी जगह छोड़ देते और नीचे फिसल जाते तथा मार्ग के कुछ हिस्सों को नष्ट कर डालते, उन ध्वस्त हिस्सों को पुनः दुरुस्त कर दिया जाता था। जब हिम-दरारें भयानक रूप में मुँह फैलातीं, जैसा कि दो हिम-दरारों ने किया, तब एल्युमिनियम की पाँच-पाँच सीढ़ियों को आर-पार मजबूत रस्सी से बाँधकर पुल बना दिए जाते थे। शेरपाओं ने यह सारा काम बेस कैंप और कैंप-I (जो हिमपात की चोटी पर था) के बीच सामान ढोने के काम के अतिरिक्त किया।

जैसे-जैसे वे इस काम में निपुण होते गए, वैसे-वैसे उन्हें हिमपात तक ऊपर जाने और वापस बेस कैंप आने में कम समय लगने लगा। उनके फेरे प्रातः 10.30 या 11.00 बजे तक समाप्त हो जाते। प्रत्येक हिम-दरार, हिम-स्तंभ और रस्सी-पटा हिस्सा एक ऐतिहासिक निशान बन गया। हिम-दरार से अब हमें डर नहीं लगता था। हिम और हिमपात चाहे जितनी गड़बड़ करे, पहाड़ के किसी हिस्से को हिम-दानव तोड़कर फेंक

दे, चूर-चूर कर दे और तबाही मचा दे, हम उसके आतंक से भय खानेवाले नहीं थे।

बेस कैंप से करीब एक हजार फीट ऊपर कई हिम-स्तंभ थे, जिनका सामना हमें अपनी पहली चढ़ाई के दौरान करना पड़ा और जिन्हें हमारी प्रगति के लिए खतरनाक बतलाया गया था। हमने अपना मार्ग सुरक्षित रखने के लिए उन हिम-मीनारों को ध्वस्त करने का निर्णय किया। इस सतत सावधानी और देखभाल का ही नतीजा था कि हमारा मार्ग सुरक्षित बना रहा और हमें किसी प्रकार का खटका नहीं रहा।

हिमपात की खूबसूरती उसके व्यापक ध्वंसावशेष में दिखाई देती है, विस्तृत रूप से बिखरे हिम-खंडों की विषमता तथा विकृतियों में नजर आती है, जो वास्तुशिल्प तथा मूर्ति-कला के खंडहर, चौकियों पर खड़े हुए बड़े-बड़े हिम-पक्षी, अनेक पक्षियों तथा जानवरों की शक्ल से मिलती-जुलती आकृतियाँ दर्शक के जेहन में उभर सकती हैं, जिनकी सूरत-शक्ल और रंग में परिवर्तन होता रहता है, मानो कोई काल्पनिक दृश्य स्वप्न में एक के बाद एक रूप बदलकर प्रस्तुत हो रहा हो। गहरी हिम-दरारें नीलाभ, सम्मोहक शीतलता लिये, तरसानेवाली और रहस्यमय प्रतीत होती हैं।

जैसे-जैसे दिन आगे बढ़े और पारा चढ़ने लगा, वैसे-वैसे हिमपात की गति भी तेजी पकड़ने लगी। जमी बर्फ में कंपन होता था, थरथराहट होती थी, तड़क होती थी और दीवारें धड़-धड़ाकर ढह जाती थीं, दरारे पड़ने लगती थीं और फटने लगती थीं। इससे हमारे मार्ग के लंबे-लंबे फासले लुप्त होने लगे। लेकिन उसके कारण भाग्यवश आवागमन का प्रवाह नहीं हो सका; एक या दो घंटे से ज्यादा देर के लिए कभी नहीं। ठोस बर्फ छत्तों में बदल गई, जिस पर पाँव जमाकर चलना खतरे से खाली नहीं था और जमीन फिसलन भरी हो जाने के कारण हमारी मुसीबत और भी बढ़ गई। छिद्रों में मौजूद पानी ने बर्फीले छत्तों को कीचड़ में बदल दिया, जिसकी वजह से पर्वतारोहियों के जूते और पाँव भीग गए। हालाँकि उनके जूते वाटर-प्रूफ थे और उन पर सिलिकॅन का लेप हमेशा किया जाता था, फिर भी कीचड़ भर ही जाता था। हमने वाटर-प्रूफ कवर का भी इस्तेमाल किया, लेकिन उससे भी कोई खास फर्क नहीं पड़ा।

न जाने कहाँ-कहाँ से छोटे-छोटे नदी-नाले फूट पड़े और एक तेजी से बहते गड़गड़ करते दरिया में शामिल हो गए, जो बेस कैंप के निकट से गुजरता था। हिमपात के निचले भाग पर पानी के कई कीचड़-भरे गड्ढे थे, जो सुबह-सुबह बर्फ से पतली चादर से ढके होते थे और हमें उनसे बचकर निकलना होता था। बर्फ के दलदली छत्तों पर रपटना या किसी नीचे ताल में गिर जाना एक ऐसा सर्द अनुभव था, जो कोई भी लेना नहीं चाहता था।

मार्च का महीना उतरते और अप्रैल चढ़ते, हमें बेस कैंप में बर्फ पिघलाकर पानी बनाना पड़ता था। लेकिन मई के उत्तरार्ध में जब सूरज काफी कड़क हो जाता, तब साउथ

कोल में भी चट्टानों पर कुछ पानी टपकते देखा जा सकता था। चढ़ाई के लिहाज से पर्वत काफी गरमाने लगे थे।

यद्यपि हिमपात पर आवाजाही की गति तेज और सुखद होने लगी थी, अन्यत्र बहुत कुछ घट गया था। वास्तव में हिमपात अब कोई चुनौती नहीं रह गया था; यह रसद पहुँचाने का एक नैमित्तिक साधन बन गया था। एवरेस्ट के लिए संघर्ष का मैदान अब अधिक ऊँचाई पर चला गया था।

□

वेस्टर्न सी.डब्ल्यू.एम.

जो टोली 3 अप्रैल को कैंप-I के लिए निकली थी, वह टोली बीमार बहुगुणा के बगैर वेस्टर्न सी.डब्ल्यू.एम. की ग्लेशियर भरी घाटी से कोई रास्ता निकालने के लिए आगे बढ़ गई। सर जॉन हंट ने वेस्टर्न सी.डब्ल्यू.एम. को प्रकृति की एक अद्‌भुत लीला बताया था—दक्षिण से चढ़ाई करने का एक अत्यंत महत्त्वपूर्ण केंद्र। मुल्की, बी.पी.

और ऐंग कामी एकदम बढ़िया स्थिति में थे। मुल्की और ऐंग कामी पहले भी इस 'शांत घाटी' से होकर जा चुके थे, लेकिन बी.पी. के लिए यह पहला मौका था।

घाटी उनके सामने पड़ी थी, शांत और अर्धनिद्रित। इसके सिर पर एक जबरदस्त खड़ा मुखड़ा था, जो ल्होत्से की ऊँची दाँतेदार चोटी में आकर समाप्त हो जाता था। दाईं तरफ 5,000 फीट से भी अधिक ऊँची नील-गगन को छूती हुई नुप्त्से की बर्फ से ढकी भारी दीवार थी; इसका विवर्ण अथवा पांडुर ग्रेनाइट सुबह के प्रकाश में चमकदार और पारभासी दिखता था। इसमें से जीभ जैसे बर्फीले काँटे बाहर निकले हुए थे, जिन्हें देखकर लगता था कि वे एक धमाकेदार गर्जन के साथ गिरने के इंतजार में तैयार बैठे हैं।

दूसरी तरफ एक और मोहक दृश्य था, एक हिमपात जो बहुत ऊपर तक चला गया था, ऊपर जाकर एक चिकने गोलाकार हिम-ढाल में विलीन होकर एवरेस्ट के धुँधले पिरामिड तक जा पहुँचा था, जिसका सुनहला शिखर अगल-बगल खड़े दरबारी चाटुकारों (अर्थात् मुकाबले में लघुतर चोटियों से) से 9,000 फीट ऊँचा उठा हुआ था, मानो स्वर्ग को छूने जा रहा हो। एवरेस्ट की भयावह ऊँचाई दृष्टि की पकड़ से बाहर थी। एवरेस्ट की चोटी किसी सुकुमार पतली मीनार की तरह ऊपर नहीं उठती है। इसकी तगड़ी, नाटी और गठीली विस्तृत आधार अथवा चौड़ी-चौड़ीवाली चोटी भ्रामक रूप से ठिगनी लगती है, जब तक कि कोई उसके शीर्ष पर चढ़ने का प्रयास नहीं करता है।

सी.डब्ल्यू.एम. पर एक फीट से भी अधिक गहरी ताजा बर्फ पड़ी हुई थी, जिसने अनेक हिम-दरारों को ढक दिया था। टोली ने ल्होत्से, नुप्त्से और एवरेस्ट की उत्तुंग एवं महान् त्रिमूर्ति के परिदृश्य का जी भरकर आनंद लिया और फिर ठीक उसके बीच अपने कदम बढ़ा दिए; चलते हुए वे अपने हिम-कुल्हाड़ों से टोह लेते जाते थे कि कहीं कोई खतरा घात लगाए तो नहीं बैठा है। कई छिपी हुई और खुली हिम-दरारों से वे आसानी से बचकर निकल गए। लेकिन उनके सामने घाटी के पार एक बड़ी बाधा मुँह बाए खड़ी थी। वहाँ जो ग्लेशियर था, नीचे गिरते हुए मरोड़ खा गया था, जिसके परिणामस्वरूप परस्पर गुँथी हुई अनेक चौड़ी-चौड़ी हिम-दरारों का एक भँवर जाल बन गया था। उनको पार करना खतरनाक भी था और दुष्कर भी। दाईं तरफ काफी आगे जाकर एक अखंडित सतह के किनारे-किनारे एक रास्ता हो सकता था। लेकिन उसके ऊपर बहत ऊँचा सिर उठाए नुप्त्से खड़ा था, जिससे फिसलकर गिरती चट्टानें और हिम-स्खलन जिंदगी के लिए भयंकर खतरा बने हुए थे, चट्टानों के गिरने और हिम-स्खलन से कुछ गहरी दरारें पहले ही भर चुकी थीं और एक समतल ढलान वहाँ बन गई थी। अंधाधुंध सिलवटदार बर्फ के निरंतर बदलते चेहरे के आर-पार कोई रास्ता बनाने के लिए महान् इंजीनियरिंग कौशल की जरूरत थी। इस विदग्धतापूर्ण असाधारण कार्य के लिए हमारे पास न तो समय था और न साधन थे। अत: हिम-स्खलन के खतरों के बावजूद दाईं तरफ का मार्ग पकड़ने के

अलावा कोई उपाय नहीं था, और हमने वही किया। टोली ने ढलान के चरणों में विश्राम किया, कुछ ने चाय और जल ग्रहण कर स्फूर्ति प्राप्त की। अपनी कमर कसने के बाद अब वे बीड़ा उठाने के लिए पूरी तरह तैयार थे। उनका इरादा ढलान पर कही रुकने का नहीं था; वे हर हालात में बर्फ के उस अंतिम मलबे को पार कर जाना चाहते थे, जो हर तरफ बिखरा पड़ा था। वे अपने कदमों को तेजी से पीटते हुए आगे बढ़ते चले गए, और बुरी तरह हाँफते हुए अंततः खतरे के उस क्षेत्र से सही-सलामत बाहर निकल आए; इतनी जानकारी करने के बाद वे कुछ देर आराम करने के लिए छपाक् से नीचे पसर गए। उनके थके-हारे बदन को इस आराम की बहुत जरूरत थी। ढलान के पार जानेवाली सभी फेरी टोलियों के लिए यह एक तरह की कार्य-शैली बन गई थी; वे अपनी जान हथेली पर रखकर ढलान पर दौड़ते हुए जाते और मन में आस सँजोए रहते कि सबकुछ ठीक-ठाक गुजर जाए। हिम-ढाल के दोनों ओर-छोर पर धीरे-धीरे काफी मात्रा में कूड़ा-कचरा और घास-फूस इकट्ठा हो गया था, जो इस बात का साक्षी था कि ढलान को पार करने की तैयारी में और पूरी ताकत झोंककर बेदम दौड़ते हुए ढलान को पार करने के बाद न जाने कितनी बार इन दोनों सिरों को ठहरने का अड्डा बनाया गया है।

इसके आगे हिम का एक मरुथल सामने था, शांत और शुष्क, बर्फ के टीलों के साथ जब सूरज ऊपर होता था, चारों तरफ की दीवारों और चमकीले ग्लेशियर पर पड़ती तेज धूप, असहनीय गरमी और चौंधियानेवाली चमक पैदा करती थी, और वे सरगरमी से यही कामना करते थे कि एवरेस्ट पर इतनी गरमी न हो। मैंने देखा है कि एक शेरपा, जिसने सिर्फ कमीज पहनी हुई थी और सी.डब्ल्यू.एम. के बीच से पैदल जा रहा था, अपने सिर को ठंडा रखने के लिए सिर पर बर्फ का एक बड़ा टुकड़ा रखे हुए थे। लेकिन हमेशा मौसम ऐसा नहीं होता था। जब हवा ऊपर तेज होती है, बर्फ के दमदार थपेड़े पड़ते हैं; हाथों, चेहरों और आँखों में सूइयाँ चुभने लगती हैं। हवा और बर्फ के थपेड़ों तथा डंक से बचने के लिए व्यक्ति को अपना चेहरा एक तरफ रखना चाहिए या ढक लेना चाहिए।

तथापि यह एक अच्छा दिन था, न बहुत गरम और न बहुत तूफानी; वे चलते रहे, बर्फ के उन टिप्पों/गुमटों की परवाह किए बिना, जो बार-बार बीच में आ जाते थे। पहाड़ों पर दूरी का सही-सही पता नहीं चलता है, चलनेवाला भ्रम में पड़ जाता है। एकदम साफ और महीन वातावरण में पर्वतों की धवलता अथवा सफेदी में से हिम-गुमेट एक के बाद एक लगातार उभरते रहते हैं और हर बार ऐसा लगता है जैसे यही आखिरी ढलान है। किसी नए और ताकतवर पर्वतारोही को यह स्थिति मनोरंजक लग सकती है, लेकिन बहुत जल्द इससे चिढ़ होने लगती है और तब पर्वतारोही थक जाता है तो यह निराशा एवं थकावट का संकेत बन जाता है।

कुछ घंटों के नीरस विश्राम के बाद टोली एक ऐसी सौम्य घाटी के निकट पहुँच गई, जिसके आगे एक लंबा उदार ढलान था। वे कुछ देर के लिए अपने रकसैकों का सहारा लेकर उस हिम-ढलान पर पसर गए। उनमें से अधिकतर का उस ढलान के आगे किसी और जगह की खोज करने का इरादा नहीं था, जहाँ कैंप लगाया जा सके। उन्होंने वहीं कैंप-II स्थापित करने का फैसला किया। यह इस पर्वतारोहण अभियान का अग्रगामी अर्थात् एडवांस बेस कैंप होगा। हर दस आदमियों के लिए बड़े-बड़े टेंट और कुछ छोटे मीड टेंट गाड़े गए; देखते-देखते एक शानदार और रंगीन कैंप खड़ा हो गया।

कैंप एक धसकन अर्थात् निचान में था और दूर से नजर नहीं आता था। वास्तव में अगले दिन जो टोली उधर गई, वह कैंप को खोजती रही और आसानी से कैंप का पता नहीं पा सकी। तथापि कैंप चाहे जितनी भी दूर हो, उसका नजर आना, दूरी से दिखाई देना बहुत विश्वासवर्धक होता है, विशेषकर सी.डब्ल्यू.एम. के आर-पार एक बेमजा पदयात्रा के बाद। कैंप के निकट पहुँचते ही पर्वतारोही के मन में बहुत आशा और सुरक्षा की भावना जाग्रत् हो उठती है। उसके थके अंग समझ जाते हैं कि सफर अब समाप्त हो रहा है। आस-पड़ोस भी कम वैरी लगने लगता है और दूरियाँ छोटी होने लगती हैं।

कैंप-II जहाँ स्थित था, एक कठिन यात्रा समाप्त करके आनेवाले पर्वतारोही के लिए उस जगह को खोज पाना किसी अचंभे से कम नहीं होता था; नौबत यहाँ तक आ जाती थी कि कोई-कोई कैंप को पाने की उम्मीद खो बैठता था। इस निराशा को दूर करने और एक निश्चित संकेत देने के उद्देश्य से एक बहुत बड़ा झंडा कैंप के सबसे ऊँचे मेस (भोजन-कक्ष) के ऊपर लगा दिया गया था। यह झंडा एक तरह के संकेत-पट्ट का काम करता था और थकी-हारी आँखों को सुकून देता था।

कैंप-II निचान में होने से हमने उम्मीद की थी कि यह कैंप तेज हवा और बर्फ के तूफान से बचा रहेगा, लेकिन स्थिति ऐसी नहीं थी। जब-जब तेज हवा चलती, टेंटों को झकझोर देती थी और वहाँ बर्फ इकट्ठा हो जाती थी।

हममें से कुछ लोगों के लिए यह कैंप पर्वत पर जाते और आते हुए कुछ देर विश्राम करने को अड्डा बन गया था। दूसरों के लिए यह घर था। लाला तेलंग वहाँ लंबे समय तक रहा और खुश लगता था। उसकी कर्णभेदी आवाज हमेशा की तरह दमदार थी और निरंतर प्रयोग में थी। कोई भी व्यक्ति जब अपने उच्चतम स्वर में चीखकर भी दानू का ध्यान खींचने में असफल रहता, तो वह लाला से एक आवाज लगाने का निवेदन करता। उसकी विस्फोटक आवाज का अपेक्षित प्रभाव अवश्य होता था। जिस टेंट में भोजन बनता था, वह टेंट सदस्यों के टेंट के करीब रखा गया था। इससे हमारे सहायक रसोइया, दानू से संपर्क करना अधिक आसान हो गया।

कैंप-II पहुँचने पर दानू की आवाज चली गई थी। उसकी आवाज फिर कभी

वापस नहीं आई। थ्यांगबोचे की हार्दिकता और मदिरा ने उसकी स्वर-तंत्री को सुधरने में बहुत मदद की। उसने 21,300 फीट पर इस कैंप में एक साथ लगभग दो माह व्यतीत किए। उसे वाकई इस बात का अफसोस हुआ होगा कि पहले कुछ दिन तक वह साथवाले टेंट से जोर से पुकारने पर भी सुन नहीं सका।

कैंप-II में जिंदगी जल्दी एक पटरी पर चलने लगी थी। सबसे महत्त्वपूर्ण दैनिक समाचार, निस्संदेह मौसम के बारे में हुआ करता था। कभी-कभी इसके बारे में दोर्जी से पूछने की आवश्यकता भी नहीं होती थी जब वह सुबह की गरम चाय लेकर आता था। तंबू की फड़फड़ाती दीवारें मौसम का हाल बता देती थीं। कभ्री तंबू की दीवारें ताजा बर्फ के बोझ से अगल-बगल से अंदर की ओर धँस जाती थीं और तंबू के अंदर मौजूद लोग बाहर दौड़ जाते थे और उन्हें मौसम का मिजाज पता चल जाता था। अगर मौसम खराब होता तो हर कोई अपने स्लीपिंग बैग में पसरा रहता और गरम चाय का मजा ले रहा होता। अगर दिन सुहाना होता था, तो जिन लोगों को काम करना होता, वे जल्दी से चाय पीकर फुरती से अपनी तैयारी करने में जुट जाते। जब उन्हें खाना खिला दिया जाता, रस्सी बाँध दी गई होती और वे कूच करने के लिए तैयार हो जाते, तो उनके मित्रगण अपने-अपने स्लीपिंग-बैगों से निकलकर उन्हें शुभकामनाएँ अर्पित करने हेतु बाहर आ जाते, हालाँकि उन्होंने अभी तक अपनी नरम, मुलायम और आरामदेह जैकेट यों ही ढीली-ढाली लटकाई हुई होती और घपरों के बूट पहने होते थे। दानू चुपचाप खीसें निपोरता हुआ, गरम जूस से भरा एक जग लेकर आता और प्रस्थान करनेवाली टोली को थमा देता। उसकी मौजूदगी अत्यधिक विश्वासवर्द्धक होती थी; वह एक पर्वतारोही का अभिनंदन एक जूस भरे मग से करने और उसे गर्मजोशी से हाथ मिलाकर विदा करने के लिए सदैव अपने टेंट से बाहर मौजूद रहता था।

उच्चतर कैंप काफी तत्परता से खोले जा रहे थे और वहाँ की हलचल की हर खबर हमें प्राय: मिलती रहती थी। हर शाम ऊपरी ढलानों से कमर में रस्सा बाँध कोई पर्वतारोही वापस आकर उनकी उपलब्धियों, कठिनाइयों, साहसिक-कार्यों तथा नए खतरों के किस्से सुनाने बैठ जाता। लाला बीच-बीच में टोका-टाकी, विराम चिह्न लगाकर और संक्षिप्त टिप्पणियों से उन किस्सों में तारतम्य बैठाने और वास्तविक लगाने का प्रयास करता। कैंप-II में रोजाना एक डायरी में सिलसिलेवार पूरे दिन का घटनाक्रम लिखा जाता था। यह एक रोचक वृत्तांत था; हर व्यक्ति अपना दृष्टिकोण खुलकर व्यक्त करता था और हमारे समक्ष जो भी समस्याएँ होती थीं, उनके बारे में भिन्न-भिन्न मन: स्थितियों को केंद्र में रखकर चर्चा की जाती थी। कुछ लोगों का विचार था कि पर्वत आनंद प्रदान करनेवाले होते हैं और वहाँ पहुँचकर सबकुछ सदैव उज्ज्वल, शुभ और निर्मल प्रतीत होता है, जबकि दूसरों का कहना था कि वहाँ मुश्किलों, मुसीबतों और बड़े-बड़े

ऊँचे-नीचे, गहरे, उदास और अंधकारपूर्ण भूखंडों के सिवा कुछ नहीं होता है। हर दिन हमारा मिजाज मौसम, प्रत्येक दिन की प्रगति, घर से मिले समाचार, उपलब्ध खान-पान तथा अन्य अनेक कारणों से बदलता रहता था। चढ़ाई चढ़ने की अवधि के दौरान अत्यधिक कष्ट का अनुभव अवश्य होता है और कभी-कभी तो घोर निराशा घेर लेती है, लेकिन दिनभर की कड़ी मेहनत के बाद सदैव एक संतुष्टि मिलती है। इसी प्रकार किसी अभियान में जो रोचक, हँसी-दिल्लगीपूर्ण और आनंदायक क्षण हमें मिलते हैं, उनकी अनुभूति का एहसास हमें अधिकतर तब होता है, जब आरोहण समाप्त हो जाता है। हमें इस कहावत में विश्वास हो गया—'किसी ऊँचे पर्वत पर चढ़ने का मतलब है, दस में से नौ हिस्सा दु:ख-तकलीफ और एक हिस्सा कौतुक।'

लाला को कैंप-II में भेज दिया गया, ताकि ल्होत्से के अग्रभाग पर काम कर रहे गुटों को चिकित्सा सहायता प्रदान की जा सके। लेकिन उसके कार्यों में और बहुत सारे कार्य जुड़ते चले गए। कुलियों द्वारा लाए सामान को ग्रहण करना, सामान की जाँच करना और उसे ठीक से रखवाना, ऊपर के कैंपों की जरूरतों का ध्यान रखना और विभिन्न उपकरण तथा सामग्री निचले कैंपों से मँगवाना आदि कार्य भी लाला को करने पड़ रह थे। वह पर्वतारोहियों तथा शेरपाओं और उनकी माँगों एवं जरूरतों की भी देख-भाल करता था।

हमारे खाद्य पदार्थों के डिब्बों में विभिन्न प्रकार की मिली-जुली चीजें होती थीं और उन्हें सभी लोगों का विचार करते हुए चैक किया जाता था, ताकि कोई भी किसी चीज से वंचित न रहे। लेकिन उनमें से कुछ चीजों की माँग दूसरी चीजों से अधिक रहती थी। फलों के रस और डिब्बाबंद फलों की माँग हमेशा रहती थी। अग्रगामी बेस कैंप निरंतर बढ़ती हुई माँग को कभी पूरा नहीं कर पाता था। मुल्की एक शाम गुस्से में भरा हुआ आया, उसने एक संतुलित आहार निर्धारित किया था और उस आहार का हिसाब लगाने में आहार के ऊष्माजनक मूल्य का पूरा-पूरा ध्यान रखा गया था, जैसे कि प्रोटीन, कार्बोहाइड्रेड, फैट्स अन्य सभी गुण जो एक संतुलित आहार में होने चाहिए। मगर पर्वतारोहियों की जीभ के स्वाद और जायके के कारण उलझन पैदा हो रही थी। वे एक असंतुलित आहार पर जोर दे रहे थे, बाकी सब चीजों को छोड़कर ज्यादा-से-ज्यादा जूस (फल-रस) की माँग कर रहे थे। मुल्की को यह बात रास नहीं आ रही थी कि सदस्यों को संतुष्ट करने के लिए मिश्रित डिब्बों में से केवल फ्रूट जूस निकालकर दिया जाए। कोई भी संतुष्ट नहीं था। लेकिन मुल्की जानता था कि स्टॉक समाप्त होने तक उसे ढिलाई से काम नहीं लेना है, जूस पर पकड़ बनाए रखनी है।

इस बीच काँव-काँव कर शोर मचानेवाले भद्दे गोरकों तथा लाला पैरोंवाले कौवों ने अपनी लंबी और मजबूत चोंचों से हमारे खाद्य-भंडार में सेंधमारी करना शुरू कर दिया

था। वे डिब्बों में छेद कर अपनी क्षुधा तृप्त करने में लगे हुए थे। मुल्की ने जब तक अपनी आँखों से नहीं देख लिया, तब तक उसे विश्वास नहीं हो रहा था कि जूस भरे टीन के डिब्बों में छेद करना पक्षियों की करतूत है।

हमारा ध्यान फिर एवरेस्ट शिखर की ओर मुड़ गया। लगभग हर व्यक्ति उस पर्वत से प्रतिशोध लेने के लिए आतुर था, जिस पर्वत ने दो बार हमें पीछे धकेल दिया था और हमारे प्रयासों को विफल कर दिया था। इस बार हम पर्वत से आमना-सामना करने के लिए कमर कसे हुए थे। इस बार हमें उम्मीद भी ज्यादा थी और पहले की अपेक्षा हमारी शक्ति एवं सामर्थ्य भी अधिक थी।

हम चाहते तो थे कि 1963 में अमरीकियों ने जो किया, हम उससे बिल्कुल उलटा करें। वेस्ट रिज को आजमाएँ और साउथ-ईस्ट रिज से आड़े-तिरछे रास्ते को पार करके वेस्ट रिज की तरफ जाएँ, लेकिन हमें इस बारे में सोचने की भी इजाजत नहीं थी। हमारे प्रयाजकों ने इसे गैर-कानूनी करार दिया था और वे चाहते थे कि हम केवल परंपरागत साउथ कोल मार्ग पर ही अपना ध्यान दें। इस निषेध के कारण साहसिकता से तीक्ष्णता का अंश निकल गया लगता था, लेकिन पूरी तरह नहीं। एवरेस्ट की चुनौती बहुत बार अपनाए गए परंपरागत मार्ग के बावजूद हर बार नए-नए और उत्तेजक साहसिक कार्यों से भरी होती है। तथापि यदि हम चाहते थे कि हमारे कई पर्वतारोही चोटी पर पहँचने में सफल हों तो बेशक यह साउथ-ईस्ट रिज से ही संभव था।

किंतु विपरीत गलियारे से जाने की अपेक्षा दक्षिणी मुख (साउथ फेज) अधिक जोखिम भरा और उत्तेजक होगा। हमने इसके पहले दो एवरेस्ट अभियानों के दौरान इस पर बहुत अधिक सोच-विचार नहीं किया था। लेकिन थोड़े समय पहले ही हमने कुछ पर्वतारोहियों को दक्षिणी मुख के बारे में गंभीरतापूर्वक विचार करते हुए पाया और अभियान के चलते-चलते अनेक बार, मैंने कई एक सुविधाजनक एवं अनुकूल परिस्थितियों का लाभ उठाते हुए उपयुक्त स्थानों में बैठकर विभिन्न विवरणों को बहुत गौर से देखा और विचार किया। लेकिन साउथ-फेस (दक्षिणी मुख) के किनारे-किनारे वाला मार्ग निश्चित रूप से अधिक खड़ा मार्ग है। मुझे अवश्य ऐसा अनुभव हुआ कि इतने ऊँचे पर्वत की चढ़ाई के लिए बेशक बड़े कैंप लगाने के लिए पर्याप्त जगह पाना कठिन होगा। लेकिन असंभव कुछ भी नहीं होता है। आखिरकार 1963 में अमरीकी अभियान को सफलता मिली ही थी, जबकि बीते दिनों किसी ने भी नहीं सोचा था कि वेस्ट रिज से भी शिखर की ओर जाया जा सकता है। हमारे दो पिछले एवरेस्ट अभियानों के दौरान हमारे मन में कभी भी वेस्ट रिज का विचार नहीं आया था। यह केवल जर्मन पर्वतारोहण अभियान था, जिसने 1962 में पमोरी की सफल चढ़ाई के दौरान पमोरी के ढलानों से पश्चिमी मुख (वेस्ट फेस) को बहुत निकट से देखा, जाँचा-परखा था और कुछ बढ़िया

तसवीरें उतारी थीं। ये तसवीरें हमने देखी थीं। उसके बाद ही पहली बार हमारे मन में यह विचार कौंधा कि वेस्ट रिज की ओर से जाना संभव हो सकता है।

वास्तव में जर्मनी के लोगों को यह विचार आ गया था और वे बड़ी गंभीरता से इसके बारे में सोच रहे थे, लेकिन इससे पहले कि उसे व्यावहारिक रूप देते अथवा इस पर अमल करते अमरीकियों ने करके भी दिखा दिया।

□

ल्होत्से मुख

कैंप-III एवरेस्ट पर कैंप-III शेरपाओं के लिए सबसे अधिक अलोकप्रिय और नापसंद कैंप रहा होगा। 1952 के शरतकाल में स्विस प्रयास के दौरान एक शेरपा, पिंग्मा दोर्जी हिमस्खलन में मारा गया था, जो ल्होत्से से नीचे आया था और उसकी पसलियों को कुचल गया था तथा उसके फेफड़ों में छेद हो गया था। उसी समय से शेरपाओं के मन में इस कैंप के प्रति डर बैठ गया था और एक अंध-विश्वास उत्पन्न हो गया था। हमारे शेरपाओं का मानना था कि मिंग्मा दोर्जी की भटकती,

उत्पीड़ित आत्मा एक चौकीदार के रूप में वहाँ मौजूद है।

1960 में और 1962 में भी हमने गौर किया था कि शेरपा लोग इस कैंप में ठहरने के विरुद्ध थे और जब कभी उन्हें यहाँ एक रात बितानी पड़ी तो उन्होंने नींद में खलल पड़ने की शिकायत की और इसका दोष उन्होंने निस्संदेह उस चौकीदार को दिया।

मुझे याद है, जब 1960 में हमारा पहला अभियान तेज गति से आते मानसून और बर्फबारी के कारण पर्वत से पीछे हट रहा था, उस समय दूसरी शिखर टोली के सदस्यों के रूप में वोहरा, ऐंग तेंबा और मैं साउथ कोल में फँस गए थे। वफादार शेरपा नवाँग के साथ हम लोग अपने रास्ते नीचे उतर रहे थे। यद्यपि वोहरा और ऐंग तेंबा ने तो कैंप-IV (तक कैंप-V) में ही रुक जाना बेहतर समझा, फिर भी मैंने और नवाँग शेरिंग ने फैसला किया कि हमें नीचे, कम-से-कम, कैंप-III तक तो चले ही जाना चाहिए। जब हम कैंप-III पहँचे, बड़ी भारी बर्फबारी हो रही थी और यह देर शाम का समय था। मैंने सोचा कि अब कैंप-III में रुकना और आराम करना ही समझदारी होगी। लेकिन नवाँग शेरिंग इसके लिए राजी नहीं हुआ और वह नीचे एडवांस बेस कैंप तक जाने पर अड़ गया, चाहे उसे अकेले जाना पड़े। बहुत समझाने-बुझाने पर भी उसने अपना इरादा नहीं बदला। कैंप-III के प्रति उसके मन में बसे कठोर पूर्वग्रह को समझते हुए मैंने भी उसके साथ ही नीचे जाने का इरादा कर लिया। घोर कष्टदायक सफर के बाद हम सही-सलामत एडवांस बेस कैंप तक पहुँचने में सफल हो गए, हालाँकि रात हो चुकी थी और भीषण अँधेरा था। भाग्य की यह कैसी विडंबना है कि वेही नवाँग शेरिंग, दो वर्ष बाद दूसरे भारतीय अभियान के साथ रहते हुए पहुँच गए थे। यह एक असाधारण सफलता थी।

खड्ड में रिपटनी बर्फ की नीली परत के विपरीत ल्होत्से ग्लेशियर में हिम-दीवारों और खड़े ढलानों से जुड़े हुए छोटे-छोटे छज्जों की एक शृंखला है, स्विस अभियान के अलावा सभी अभियानों ने ल्होत्से ग्लेशियर पर उन छज्जों से घूम-फिर कर ऊपर जाने का रास्ता निकाल लिया था। करीब 25,000 फीट की ऊँचाई पर ल्होत्से खड्ड से होकर और पीत पट्टी के पार 'Esperon des GeneVais'—जेनेवा पर्वत-स्कंध पर जाने के लिए बाएँ तरफ एक मोड़ काटना पड़ता है; यह नाम स्विस अभियान द्वारा उस विशाल चट्टानी को दिया गया था, जो साउथ कोल के प्रवेश-द्वार की रक्षा करती है और कोल की तुलना में दो-चार सौ फीट अधिक ऊँची है।

तकनीकी कठिनाइयों के अतिरिक्त ल्होत्से मुख पर चढ़ना और भी जटिल हो जाता है— एक तो उसकी चढ़ाई के कारण और दूसरे उन प्रचंड हवाओं के कारण, जो उसके ढलानों के आर-पार निरंतर बहती रहती हैं।

ल्होत्से के संबंध में हमारी रणनीति उस अनुभव पर आधारित थी, जो हमने पिछले

दो एवरेस्ट अभियानों के दौरान प्राप्त किया था। रास्ता खोलने के लिए हमने छोटी-छोटी किंतु दमदार टोलियों को भेजने का फैसला किया था और उन्हें 2 से 3 लीटर प्रति मिनट के हिसाब से ऑक्सीजन का इस्तेमाल करने की अनुमति दे दी थी। हमने हिसाब लगा कर देखा कि दो टोलियाँ, प्रत्येक टोली में दो सदस्य और 4 से 6 तक शेरपा होंगे, चार दिन में काम पूरा कर सकती हैं, बशर्ते कि मौसम अच्छा रहे। हम जानते थे कि ल्होत्से पर हमें जल्दी काम खत्म करना होगा। इसके पीछे मुख्य उद्देश्य यह था कि पर्वतारोहियों को गंभीर शारीरिक विकृति का शिकार होने से बचाया जा सके। पिछले अभियानों के दौरान हमारा ल्होत्से कैंप 24,000 फीट से कुछ ही ऊपर था, जिसका मतलब था, साउथ कोल तक जाने के लिए करीब 2,000 फीट की सीधी चढ़ाई थी। चढ़ना और कैंप-III से थोड़े ही ऊपर एक लुढ़कते पत्थर की चपेट में आकर जान से हाथ धो बैठा। कुछ घंटों के बाद उसने सदस्यों की गोद में दम तोड़ दिया। इस घटना के फलस्वरूप शेरपाओं की यह धारणा और भी मजबूत हो गई कि कैंप-III में भूत का बसेरा है।

भाग्यवश, 7 अप्रैल को जब गोंबु और ऐंग कामी सोकर उठे, उन्होंने पाया कि उनके साथ आए उन सभी छह शेरपाओं ने बेखटके खूब गहरी नींद ली है। जल्दी से नाश्ता ग्रहण करने के पश्चात् वे ल्होत्से की चुनौती का सामना करने हेतु कूच करने के लिए पूरी तरह तैयार थे। एवरेस्ट के रास्ते में ल्होत्से दूसरी बड़ी बाधा बनकर खड़ा था।

ल्होत्से संबंधी समस्या की लंबी छान-बीन की गई थी। वेस्टर्न सी.डब्ल्यू.एम. के सीस पर और 22,300 फीट की ऊँचाई पर हिमदर के आगे ल्होत्से का हिमाच्छादित मुखड़ा 27,890 फीट ऊँची चट्टानी चोटी पर अपनी ताजपोशी के साथ सामने आता है, जो विश्व में चौथी सबसे ऊँची चोटी है। एवरेस्ट और ल्होत्से के बीच 26,200 फीट पर एक चौड़ी घाटी है। यही वह मशहूर साउथ कोल है, वायु के प्रकोप का मारा, एक सुनसान-वीरान, निष्ठुर पर्वतीय-अवतल प्रदेश, जिसे प्रकृति का हर कोप सहना पड़ता है। यह चरम सीमा तक उजाड़ और बेरहम है। साउथ कोल हिमदर तक उतरते हुए ल्होत्से खड्ड पड़ता है, जो काँच सदृश ठोस बर्फ का एक खड़ा संकीर्ण फलक है। कैंप-III से साउथ कोल के लिए सबसे छोटा मार्ग इसी खड्ड से होकर जाता है, लेकिन यह खतरनाक है, क्योंकि ल्होत्से चट्टान से पत्थर लुढ़क-लुढ़करकर गिरते रहते हैं। इसके अलावा रास्ते में कोई ऐसी जगह नहीं है, जहाँ केवल एक टेंट भी गाड़ा जा सके। इस मार्ग को पहले केवल एक बार आजमाया गया था, वह भी 1952 में स्विस अभियान के दौरान, जब वे ल्होत्से के निचले भाग से एक ही प्रयास में साउथ कोल, फिर उसी ऊँचाई पर लौटना भी विशेषकर जब शेरपाओं को ऑक्सीजन का इस्तेमाल न करना हो, एक दिन के लिए अत्यधिक कष्टसाध्य काम था। कई अवसर ऐसे भी आए, जब हमारी फेरा टोलियाँ, जिन्हें कैंप-IV से साउथ कोल जाना था, समय पर कैंप में वापस

नहीं आ सकीं। कई बार रास्ते में उन्हें अँधेरे ने घेर लिया। अतः हमने कैंप-IV लगभग 25,000 पर स्थापित करने की योजना बनाई, जो पिछले अभियानों द्वारा लगाए गए कैंपों की तुलना में कहीं अधिक ऊँचा था।

7 अप्रैल को, गोंबु और ऐंग काफी भारी मात्रा में मजबूत रस्सी, बर्फ में गाड़नेवाली खूँटियाँ तथा हथौड़ियों का भार उठाकर दो रस्सों के सहारे ऊपर चढ़े। शुरू में वे एकदम खड़ी हिम दीवार से बचने के लिए जो कैंप-III के ठीक आगे थी, बाईं तरफ मुड़ गए। उस दीवार पर एक फीट और ऊँचाई पर उन्हें 1963 के अमरीकी अभियान के कुछेक हिम-खूँटे नजर आए। लेकिन उन खूँटों तक पहुँचने का कोई उपाय नहीं था।

वह टोली एक पतली पर्वत श्रेणी (रिज) के किनारे-किनारे रस्सी जड़ते-जड़ाते हुए चलती गई। दो-चार हिम-दरारों को पाटने के बाद एक विशाल हिम-दीवार से उनका सामना हुआ। गोंबु और ऐंग कामी दोनों ऑक्सीजन का प्रयोग कर रहे थे और आगे-आगे चल रहे थे; शेरपा ऑक्सीजन के बिना गए थे। उन्होंने दीवार पर ऊपर तक पाँव जमाने के लिए सीढ़ियाँ काट दीं और काँटा-डोरी लगा दी। जमी हुई बर्फ ग्रेनाइट जैसी कठोर थी और उसपर जीना काटना एक बहुत मुश्किल काम था। उन्होंने हिम-कुठारों से चोट करना जारी रखा और उनकी यह कड़ी मेहनत फलीभूत हुई; बर्फ के चमचमाते, पत्थर जैसे ठोस टुकड़े दीवार से निकल-निकलकर हर तरफ छिटकने लगे। उन्होंने सीढ़ी का अंतिम पायदान जो काटा, वह एक ऊपर लटके अर्थात् बाहर को निकले हुए भाग पर था और उसे पार, करने के लिए भारी मशक्कत और दिलेरी की जरूरत थी। इसे 'गोंबु हॉरर' नाम दिया गया। उस दीवार के आगे एक विषम तीन-चार सौ फीट लंबा ढलान था। इसकी पूरी लंबाई तक रस्सी जमाने के बाद टोली को पाँव रखने के लिए कुछ नरम जमीन नसीब हुई। सबसे कठिन भाग को पार करने में उन्हें तीन घंटे से भी अधिक समय लगा। तत्पश्चात् उनकी गति तेज हो गई। गोंबु और ऐंग कामीबारी-बारी से अगुआई करते हुए एक छत से दूसरी छत लाँघते चले गए। बीच-बीच में कुछ हिम-दरारें थीं, लेकिन बहुत चौड़ी नहीं। दोपहर बाद तक उन्होंने अच्छी प्रगति कर ली थी।

इस बीच सोनम ग्योत्सो और सोनम वांग्याल बेस कैंप से ऊपर चले गए थे। उन्हें दूसरी ल्होत्से टोली का गठन करना था और गोंबु तथा ऐंग कामी को भार मुक्त करना था। अहलू, बाला और मैं उनके साथ चले। बाला अपने साथ एक बड़ा वायरलेस सेट ले गया था, जो उसे एडवांस बेस कैंप में लगाना था, ताकि वहाँ से काठमांडू के साथ संपर्क किया जा सके। अहलू को दूसरी ल्होत्से जोड़ी की मदद के लिए साथ रहना था और यदि दोनों सोनम में से कोई एक बीमार हो जाए तो उसे खुद ऊपर ल्होत्से तक जाना था।

बेस कैंप में हमारा टेंट, जो अब तक एक अच्छे-खासे अस्पताल में तब्दील हो

गया था, पूरा भरा हुआ था। मरीजों में गुरु, सी.पी., जो., बी.पी. और बोगी शामिल थे। उनके साथ अब डॉक्टर चक्रवर्ती थे। अधिकतर पर्वतारोही जुकाम-खाँसी और गला खराब होने से परेशान थे।

ग्यात्से, वांग्याल, अहलू, बाला और मैंने बेस कैंप से धीरे-धीरे ऊपर की ओर कदम बढ़ाए। उस दिन हमारा कार्यक्रम कैंप-I जाने का था। हिमपात से होकर रास्ता ठीक हालत में था। हम दोपहर करीब 2:30 बजे कैंप-I पहुँच गए। वहाँ से हमने ल्होत्से टोली को कैंप-III से करीब एक हजार फीट ऊपर देखा। कुछ ही समय के पश्चात् हमने उन्हें लौटते हुए देखा।

शाम तक हमने कैंप-II और कैंप-III के साथ वॉकी-टॉकी से संपर्क स्थापित कर लिया। कैंप-III से चीमा ने खबर दी कि वह अब ठीक है। चीमा ने उम्मीद जताई कि सबकुछ ठीक रहा तो अगले दिन वह आगे जाने के लिए निकल पड़ेगा। मुल्की, रावत और लाला कैंप-II में थे। रावत ने शेरपाओं की मदद से सामान उठवाकर कैंप-III तक पहुँचाया था और फिर वह कैंप-II में लौट आया था। लाला भी कैंप-III की तरफ कुछ दूरी तक गया था और वापस चला आया था। वह ठीक महसूस कर रहा था। लाला के अग्रगामी बेस कैंप में बहुत दिन बिताने थे। इतनी ऊँचाई पर होने का उसका यह पहला अवसर था और हम उसे स्वस्थ एवं प्रसन्नचित्त देखकर खुश थे।

शेरपाओं से भरे मेस टेंट में हमने डिनर खाया। डिनर में हमें चावल और दाल खाने के लिए मिला, जो बहुत स्वादिष्ट था। हालाँकि ऊपरी कैंपों में तरह-तरह की खाद्य साम्रगी थी, फिर भी जब कभी संभव होता, हम गरम भोजन लेना अधिक पसंद करते थे।

सुबह बड़ी मनारेम थी, मौसम साफ था, धूप चमक रही थी और यह सब देखकर मन प्रफुल्लित था। हम प्रतीक्षा कर रहे थे कि हमारा कैंप धूप की गरमी में नहा ले, तभी हम अपने बिस्तर से बाहर निकले। दुर्भाग्यवश, हमारा कैंप इस लिहाज से अनुकूल जगह पर स्थित नहीं था। धूप वहाँ सुबह 8 बजे के आस-पास आती थी। अत: उससे पहले विरले ही कोई उठता था।

हलका-फुलका नाश्ता करने के बाद लंबा कारवाँ अग्रगामी बेस कैंप की ओर चल दिया। सदस्यों और शेरपाओं की एक लंबी कतार अपने बोझ तले हिम-रेखा पर चलती हुई ऐसी लग रही थी, जैसे चींटियों की पंक्ति किसी बड़ी सफेद दीवार पर रेंगती हुई ऊपर चढ़ रही हो। हम पाँच लोगों के साथ छब्बीस शेरपा थे। इनमें वे चार शेरपा भी शामिल थे, जिन्हें ल्होत्से पर काम करने में दोनों सोनम के साथ होना था। एक मेरा अर्दली, मिंग्मा शेरिंग था और बाकी सब कैंप-I से संबद्ध शेरपा थे, जिनका काम सामान लादकर कैंप-II में पहुँचाना था। सरदार ऐंग शेरिंग भी टोली में था, वह अग्रगामी बेस कैंप और उच्चतर कैंपों को रसद पहुँचानेवाले कुलियों की चौकसी करने हेतु ऊपर चला गया था।

बाद में, जब बुल और मैंने ऊपर जाने के लिए राजी करने और समझाने का प्रयास किया, उसने हमें एक प्रसिद्ध लामा के बारे में बताया, जिसने भविष्यवाणी की थी कि 1965 उसका एक अशुभ वर्ष होगा। उसे डर था कि पर्वत पर चढ़ाई करते हुए उसके साथ कोई अशुभ घटना हो सकती है। हमें ऐंग शेरिंग की आरोहण संबंधी सीमाओं की जानकारी थी और इसी कारण हमने उसे चैन से रहने के लिए छोड़ दिया। लेकिन उसकी अन्य विशेषताएँ हमारे लिए कुछ कम महत्त्वपूर्ण नहीं थीं, जैसे कि उसकी ईमानदारी, उसकी निष्ठा और शेरपाओं के ऊपर उसका नियंत्रण आदि।

एडवांस बेस कैंप अविश्वसनीय रूप से निकट प्रतीत होता था, फिर भी ऐसा लगता था कि कोई वहाँ तक कभी पहुँच भी पाएगा या नहीं। वहाँ पहुँचना बहुत भारी मशक्कत का काम था; एक-एक कदम नई आशा जगाता था, लेकिन एक कदम भी कई कदमों के बराबर था। ठोकर मार-मारकर रास्ता बनाते हुए धीरे-धीरे हम ऊपर की ओर बढ़ते रहे और अंत में जब हमें अगले कूबड़ (गोल टीला) के पीछे कैंप दिखाई दिया, हमने सोचा कि अब तो हम पहुँच ही गए, अधिक-से-अधिक दस मिनट और लगेंगे। लेकिन एक घंटे से भी अधिक समय लग गया।

एक कूबड़ खत्म होता, दूसरा शुरू हो जाता; एक कूबड़ दूसरे कूबड़ से जाकर मिल जाता, उनका कोई अंत नजर नहीं आता था। जब हम कैंप के बिल्कुल निकट पहुँचने में सफल हुए, मुल्की हमारी अगवानी करने आया। वह जूस के डिब्बे और तेज गरम कॉफी-भरे फ्लास्क लेकर आया था। हम बुरी तरह थके हुए थे और वह ऊँचाई हम पर भारी पड़ रही थी। हमारे अंग-अंग को आराम की जरूरत थी और हम गरमाहट तथा आराम की खोज में थे। गरमागरम कॉफी से हमारे बदन में गरमाहट आई। धीरे-धीरे हम एडवांस बेस कैंप की ओर बढ़े, जो मुल्की और उसके साथियों ने तीन दिन पहले एक बहुत ही उपयुक्त स्थान पर स्थापित किया था; यह स्थान सुरक्षित था और यहाँ हिम-स्खलन का भी खतरा नहीं था, जो अकसर एवरेस्ट के पश्चिमी स्कंध को उधेड़ते रहते हैं।

लाला खूब अच्छी तरह बस गया था। उसका निजी सामान, जिसमें दवाइयाँ और विभिन्न प्रकार के अचार थे, टेंट के अंदर एक-तिहाई स्थान घेरे हुए था। लंच का समय था; दानू ने हमें खाना परोसा, खाने में चावल और चपाती के अलावा याक सालन था, आम की फाँकें थीं और मछली का अचार था, जो लाला बंबई से लाया था।

अगली सुबह 8 अप्रैल को, सदस्य और शेरपा लोग सात बजे उठ गए। ल्होत्से मुख पर काम करने का आज उनका दूसरा दिन था। ठीक आठ बजे वे रस्सियों, खूँटियों, करबाइनरों और निशानी पताकाओं के पुलिंदे उठाकर ऊपर चल दिए। ऐंग कामी और चीमा को पिछली रात अपने ऑक्सीजन मास्कों से कुछ परेशानी हो गई थी, जिसके

कारण उन्होंने पीछे रुकने का फैसला किया। गोंबु सबसे आगे था। दो घंटों के अंदर वे उस जगह पर पहुँच गए, जहाँ तक वे पिछले दिन पहुँचे थे।

आगे का रास्ता बहुत जटिल नहीं था। एक के बाद एक कगारों को पार करते हुए,जगह-जगह रस्सी जमाते हुए और सीढ़ियाँ काटते हुए उन्होंने काफी तेज प्रगति दिखाई। गोंबु की यह चौथी ल्होत्से यात्रा थी। उसने 1953 में ब्रिटिश अभियान के साथ इस पर काम किया था, 1960 में एवरेस्ट की ओर हमारे पहले अभियान के साथ और फिर 1963 में जिस व्हिटेकर की संगति में अमरीकियों के साथ वह यहाँ आ चुका था। रास्ता लगभग वैसा ही था, जैसा पिछली बार हमने पाया था, सिवाय इसके कि हमने लुढ़ककर आते पत्थरों से बचने के लिए खड़ी ढाल अथवा खड्ड से कुछ दूर रहने का प्रयास किया। और दो घंटों के अंदर हमारी टोली 24,500 फीट की ऊँचाई पर, उस जगह पहुँच गई, जहाँ 1962 में भारतीय कैंप लगा था। आसमान साफ था और हवा भी ज्यादा नहीं थी। गोंबु तथा सभी शेरपा एकदम चुस्त-दुरुस्त और भरपूर जोश में थे। गोंबु की रस्सी पर सोना और दावा नोर्बू-II थे। दावा नोर्बू पिछले वर्ष गोंबु के साथ नंदा देवी पर्वत पर चढ़ाई चढ़ चुका था और उतना ही तगड़ा था। सोना भी बराबर का दमदार था; केवल गोंबु 2 लीटर प्रति मिनट ऑक्सीजन इस्तेमाल कर रहा था। उनकी आगे बढ़ने की गति अच्छी थी। प्रत्येक कुछ मिनटों के बाद वे थोड़ा सुस्ता लेते, जूस की एक चुस्की भरते और फिर चल पड़ते। उनके पास संतरे और सेब के रस की करीब एक दर्जन बोतलें थीं।

दोपहर 2 बजे के आस-पास वे अमरीकी कैंप-स्थल पर पहुँच गए, जो हमारे कैंप-III से 2000 फीट ऊपर था। कुछ देर के विश्राम के बाद उन्होंने चढ़ना जारी रखा और कुछ समय के अदंर उनके सामने एक तंग कगार आ गया, जिस पर तीन-चार टेंट लगाए जाने लायक काफी जगह थी। कैंप-IV के लिए उन्हें यह स्थान पसंद आ गया। तुंगतामापी यंत्र के अनुसार इस जगह की ऊँचाई 25,000 फीट थी। यह स्थान खड्ड के पार पीली मिटटी की सीध में था। उन्होंने दो आदमी का एक छोटा सा तंबू गाड़ा, नीचे उतरकर कैंप-III तक पहुँचे और अंततः चीमा तथा ऐंग कामी के साथ कैंप में आए, जहाँ हमने बड़े जोश से उनका स्वागत-सत्कार किया। हमारा ल्होत्से कैंप अब तक का सबसे ऊँचा कैंप था। कैंप-II से यहाँ तक पहुँचने में दिन का अच्छा-खासा समय लग जाता था, फिर भी इस बात को नकारा नहीं जा सकता कि फेरा टोलियों के लिए साउथ कोल में गोदाम बनाने के फायदे बहुत थे। भार ले जानेवाले मुल्की कैंप-IV से चलकर आमतौर पर दोपहर से पहले साउथ कोल पहुँच जाते थे और तीसरे पहर तक लौटकर कैंप-II भी आ जाते।

अगले दिन गोंबु नीचे बेस कैंप चला गया। बाकी हम लोग दूसरी ल्होत्से जोड़ी को आगे चढ़ाई के लिए भेजने हेतु तैयारी करने में व्यस्त हो गए। कैंप-I में डेरा डाले

21 शेरपाओं में से 16 शेरपाओं को हमने कैंप-II में चले जाने के लिए कहा। वे ग्यात्सो और वांग्याल के साथ कैंप-III और फिर कैंप-IV जाएँगे। कैंप-IV में उनमें से केवल चार-दावा नोर्बू-II, गुंदन, ऐंग दावा-IV और कल्दान आगे के काम के लिए रुकेंगे। अहलू, लामा और मैं उन शेरपाओं के साथ हो लिये, जो भार लादकर कैंप-III की ओर जा रहे थे। अहलू और मेरे लिए इससे ऊपर चढ़ने का यह पहला अवसर था और हम ऑक्सीजन की सिर्फ दो-दो बोतलें लेकर चले थे। कैंप-III से कैंप-IV तक रास्ता एक कोमल ढाल पर था। किंतु अंत के दो-चार सौ फीट का फासला इतनी खड़ी चढ़ाई का था कि हम बोतल वहीं छोड़कर लौट जाना चाहते थे। तथापि पक्के निश्चय और दृढता से प्रेरित होकर हम चलते रहे; हमारी गति यद्यपि धीमी थी, फिर भी हम पहुँच ही गए।

मुल्की नीचे बेस कैंप चला गया था, क्योंकि उसे खाद्य सामग्री ले जानेवाले कुलियों को संगठित करना था। हमें आशा थी कि साउथ कोल के लिए रास्ता एक-दो दिन में खुल जाएगा, और इसी कारण यह आवश्यक था कि उच्चतर कैंपों को भेजा जानेवाला सारा सामान बेस कैंप में तैयार रखा जाए। बेशक, अत्यधिक ऊँचाई पर इस्तेमाल की जाने वाली सम्मिश्र खाद्य सामग्री बहुत अच्छी तरह पैक की हुई थी और आसानी से ऊपर भेजी जा सकती थी, फिर भी हमने तय किया कि साउथ कोल और उससे ऊपर जानेवाली रसद का चुनाव विशेष तौर पर किया जाना चाहिए और इसी कारण उस रसद को अलग से पैक किया गया था। उसमें ठोस खाद्य पदार्थ की बजाय तरल पदार्थ अधिक था। साउथ कोल के लिए हमने तीन खेपें सिर्फ जूस, विशेषकर सेब के जूस ही भेजने का निर्णय किया था, क्योंकि संतरे या अनानास के रस की अपेक्षा सेब का रस अधिक स्वादिष्ट था और उसकी माँग भी अधिक रहती थी।

10 अप्रैल को दोनों सोनम आगे की चढ़ाई के लिए तैयार थे और वे शेरपा भी तैयार थे, जिन्हें उनके साथ जाना था। वे जड़ी रस्सी क़ी एक खेप का इंतजार कर रहे थे, जिसे अगली सुबह ऊपर भिजवाने के लिए हमने मुल्की से कहा था। कुमार ने दो-तीन तीव्र शेरपाओं को सुबह-सुबह दौड़ा दिया और सुबह 10 बजे तक वे एडवांस बेस कैंप में हाजिर हो गए थे। कुछ ही समय में वे दोनों सोनमों और शेरपाओं का मिला-जुला कारवाँ कैंप-III के लिए निकल पड़ा। ग्यात्सो अपने रकसैक में प्रार्थना-झंडे रखना नहीं भूला।

उस दिन दोपहर के समय एक जबरदस्त हिम-स्खलन नुप्त्से के ढलानों से गरजता-गड़गड़ाता हुआ नीचे आया। कैंप-I की ओर हमसे सिर्फ सौ फीट दूर इस हिम-स्खलन ने पश्चिमी स्कंध के अधोभाग तक के लगभग सारे खुले स्थान का सफाया कर दिया। बर्फ और हिम के बड़े-बड़े भारी ढेले, एक विशालकाय जलप्रपात में जा गिरे। भला हो मुल्की और उसके साथियों का, कैंप-III एक सुरक्षित कोने में स्थित था और हम अपने तंबुओं में बेफिक्र होकर पड़ गए। अगले दिन ग्यात्सों और वांग्याल की जोड़ी

शेरपाओं के साथ कैंप-IV के लिए ऊपर चल पड़ी। मौसम सुहाना था और उनकी गति भी अच्छी थी; दोपहर तक वे लोग कैंप-IV पहुँचते हुए देखे गए। उसी दिन चीमा और अहलू कैंप-III पहुँच गए थे। मेरी दिली इच्छा थी कि हमारी पहली भारवाहक टोली 13 अप्रैल, शुभ बैसाखी के दिन साउथ कोल पहुँच जानी चाहिए। बारह शेरपा, जो सामान की खेप कैंप-IV में छोड़ने गए थे, अपना काम करके वापस आ गए थे, और उन्हें अगले दिन पहली साउथ कोल फेरी टीम के रूप में आगे बढ़ना था। सहायक शेरपा सरदार फू दोर्जी उनका प्रभारी था, अर्थात् उनके काम की जिम्मेदारी फू दोर्जी पर थी। चीमा और अहलू को कैंप-III तक ऑक्सीजन के बगैर जाना था और फेरी को वहाँ से विदा करके अगले दिन लौट आना था।

यह हमारी योजना का एक हिस्सा था कि प्रत्येक सदस्य को जहाँ तक संभव हो सके, ऑक्सीजन के बिना ही कैंप-IV तक जाने और पहुँचने का प्रयास करना चाहिए, क्योंकि तभी इस बात पर विचार किया जा सकेगा कि कोई सदस्य शिखर टोली में शामिल किए जाने योग्य है अथवा नहीं। इसके दो फायदे थे; पहला, उनकी तुलनात्मक कार्य शैली के बारे में निर्णय करना मेरे लिए अधिक आसान था और दूसरा इससे पर्वतारोही को अधिक आत्म-विश्वास प्राप्त होता था। मैंने इन परीक्षण चढ़ाइयों को भारवाहक टोलियों के साथ जोड़ने का निश्चय किया, ताकि सदस्यगण इन टोलियों के प्रशासनिक प्रबंधों की भी देखभाल कर सकें।

तंबू में चल रहे अस्पताल में मरीजों की संख्या पहले से कम होने लगी थी : बी.पी. और जो की तबीयत ठीक हो गई थी और अब आगे जाने के लिए तैयार थे। चक्रवर्ती ने कैंप-I तक उनका साथ दिया और फिर हिमपात रेखा से लौटते शेरपाओं के साथ वापस चला गया। बी.पी. और जोशी को तीसरी साउथ कोल फेरी के साथ होना था।

अब बेस कैंप में जितने सदस्य थे, उससे अधिक ऊपरी कैंपों में थे। दोनों सोनम और उनके चार शेरपा कैंप-IV में थे; चीमा और अहलू कैंप-IV से वापस आए बारह शेरपाओं समेत 20 शेरपाओं के साथ कैंप-III में थे, जबकि गोंबु, लाला, रावत, ऐंग कामी और मैं कैंप-I में थे। कैंप-I की जनसंख्या में पाकशाला कर्मचारी, दानू और दोर्जी के अलावा दो और शेरपा भी शामिल थे। जो और बी.पी. भी अपने एक दर्जन शेरपाओं के साथ कैंप-I में थे। बाकी शेरपा बेस कैंप और कैंप-I के बीच आ-जा रहे थे। उच्चतर कैंपों में निर्माण-कार्य सही चल रहा था।

12 अप्रैल को दोनों सोनम, भारी नाश्ता करने और मग भर जूस तथा चाय पीने के बाद सुबह 9 बजे चले गए। उनके साथ गए चारों शेरपा पूरी तरह चुस्त-दुरुस्त थे। ग्यात्सो, दावा नोर्बू-I और गुंदन एक रस्सी पर थे; वांग्याल, ऐंग दावा-IV और कल्देन दूसरी पर थे। वे ल्होत्से खड्ड की ओर अग्रसर थे। सोनम के रकसैक से बँधा प्रार्थना-

ध्वज मंद-मंद फड़फड़ा रहा था, उसपर लिखी प्रार्थनाएं स्वर्ग की ओर उड़ी जा रही थीं। पर्वतारोहियों ने अपने हिम-कुठारों से बर्फ काट-काटकर पाँव जमाने के लिए सीढ़ियाँ बनाईं, अपने बूटों की ठोकर से बर्फ हटाई और कैंप-IV से पूरे रास्ते में रस्सी जड़ने का काम किया; हर दो-चार मिनट बाद नेतृत्व बदल-बदलकर, उन्होंने सिर्फ दो घंटों के अंदर खड्ड की पूरी चौड़ाई में रस्सी लगा दी। सुबह 11 बजे पीली पट्टी तक पहुँच गए और उस पट्टी की चूना-पत्थर की ठोस परतों में छेद करके दो-चार खूँटे गाड़ दिए और फिर उस पट्टी की परिरेखा के साथ-साथ एक रस्सी जड़ दी। इस प्रकार साउथ कोल के लिए रास्ता खुल गया। उन्होंने गरम चट्टानों पर कुछ देर आराम किया, जहाँ उन्हें 1963 में अमरीकियों द्वारा छोड़ी हुई ऑक्सीजन की एक पूरी बोतल मिली। कुछ कदम आगे चलकर उन्हें ऑक्सीजन की एक और बोतल मिल गई। वहाँ करीब 400 फीट लंबी रस्सी भी थी, जो अमरीकी छोड़ गए थे। उन्होंने गरमागरम थुपका भरा एक बड़ा फ्लास्क खोला और अपना लंच खाया। वांग्याल कैंप-IVसे अपने साथ एक वॉकी-टॉकी सेट ले गया था, जिसके जरिए उसने एडवांस बेस कैंप में हमें अपनी प्रगति की सूचना दी।

मौसम सुहाना, चमकीला, साफ और शांत बना रहा। ग्यात्सो और वांग्याल आगे साउथ कोल तक जाना चाहते थे। यह सफर तय करने में उन्हें एक-डेढ़ घंटे का समय लगता, लेकिन उन्हें ऐसा न करने की सलाह दी गई। और अधिक ऑक्सीजन तथा शक्ति खर्च करने का कोई फायदा नहीं था। अपने स्लीपिंग बैग और हवा से फूलनेवाले गद्दे कैंप-IV में छोड़कर वे नीचे एडवांस बेस कैंप गए और चीमा तथा अहलू की टोली के स्लीपिंग बैग कैंप-III से उठाकर अपने साथ ले आए। चीमा और उसके आदमी ऊपर कैंप-IV में चले आए थे। हमने स्लीपिंग बैगों और गद्दों की अदला-बदली करने की योजना बनाई थी, जिससे कि ऊपर ले जाने वाले बोझों की संख्या कम की जा सके। यह इंतजाम कभी भी बहुत पसंद नहीं किया गया, विशेषकर उन सदस्यों को कभी पसंद नहीं आया, जिन्हें किसी दूसरे के स्लीपिंग बैग में सोने से परहेज था, फिर भी अन्य अनेक असुविधाओं एवं समझौतों के साथ-साथ इस व्यवस्था को भी स्वीकार करना जरूरी था।

दोनों सोनम और उनके शेरपा दोपहर बाद एडवांस बेस कैंप लौट आए। हमने कैंप से करीब सौ-दो सौ फीट के फासले पर उनका गर्मजोशी से स्वागत किया। अभियान का एक महत्त्वपूर्ण चरण सफलतापूर्वक पूरा कर लिया गया था।

जब ल्होत्से मुख पर काम पूरा कर लिया गया, उसके बाद कुलियों को संगठित करना जरूरी था, ताकि साउथ कोल कैंप महत्त्वपूर्ण पड़ाव में सामान का पर्याप्त स्टॉक पहुँचाया जा सके। सामान एडवांस बेस कैंप से ले जाया जाना था। काम की पूरी हलचल दिखाई दे रही थी और हर तरफ जोश का माहौल था। साउथ कैंप में भंडारण व्यवस्था ठीक-ठाक हो जाने से हमारे अभियान का एक महत्त्वपूर्ण फेज पूरा हो जाएगा।

हम भाग्यशाली थे कि हमें मौसम अच्छा मिला और हम यहाँ तक पहुँच सके। हम यह सोचकर भी बहुत उत्तेजित थे कि अब हमारी आरोहण क्षमता और शक्ति की परख होगी और इतनी जल्दी होगी। शिखर पर चढ़ने के लिए भेजे जानेवाली टोलियों का चयन उन दिनों के कार्य पर निर्भर करेगा। शेरपाओं के लिए भी नाम कमाने और कुछ अतिरिक्त धन अर्जित करने का यही समय था। साउथ कोल तक हर फेरे का मतलब था, अतिरिक्त मजदूरी और भावी अभियानों के साथ रोजगार मिलने की अधिक संभावनाएँ।

करीब-करीब हर रोज एक टोली को मिला-जुलाकर सामान लेकर जाना होता था। ल्होत्से के अग्रभाग और खड्ड के संबंध में उनकी प्रगति का आँखों-देखा हाल एडवांस बेस कैंप से वॉकी-टॉकी सेटों पर दिया जाता था। कभी-कभी बादल हमारी आँखों के आगे आ जाते और हम संशय में रहते। हर कोई खुश था और लगभग सभी शेरपा तथा सदस्यगण अपना पूरा उत्साह दिखला रहे थे। शेरपाओं को स्कीइंग में इतनी अधिक रुचि लेते देखना बड़ी खुशी की बात थी। वे पागलों की तरह दौड़ रहे थे और अपनी बारी के लिए शोर मचा रहे थे। वे बार-बार गिरते और उछलकर बड़ी फुरती से खड़े हो जाते और फिर किसी ढलान से तेजी से फिसलते नजर आते, अपने दाँत दिखाते हुए। उनकी इस चुस्ती-फुरती को देखकर हैरानी होती थी। वे पर्वतीय खेल-कूद के अलावा, बेशक औरतों को छोड़कर किसी और खेल-कूद में अधिक दिलचस्पी नहीं रखते हैं। यह सच है कि शेरपाओं को रोजी-रोटी कमाने का मौका तभी मिलता है, जब वे ऊँचे पहाड़ों पर जाते हैं। लेकिन उन्होंने जो असाधारण साहसिक कार्य कर दिखाने का गौरव पाया है और बहुत अधिक ऊँची चढ़ाइयों के कष्ट को कैसे हँसते-हँसते झेल जाते हैं, उसके पीछे सिर्फ यही एक कारण नहीं हो सकता। एक अच्छे आरोही शेरपा को आरोहण में उतना ही आनंद मिलता है, जितना किसी अच्छे-से-अच्छे पर्वतारोही को। वास्तव में पर्वतारोहण अभियानों के साथ भार-वाहकों के रूप में उनका बहुत लंबे समय से संबंध रहा है, और अपने इसी विशिष्ट स्वभाव के कारण उन्होंने अपना ही एक अनन्य खेल ईजाद कर लिया है। और यह है भारी-से-भारी बोझ को पीठ पर लादकर कम-से-कम समय में उच्चतम स्थान तक पहुँचाने की चुनौती, और वह भी ऑक्सीजन के बिना। मुझे इस बात में तनिक भी संदह नहीं है कि यदि एवरेस्ट पर ऑक्सीजन के बिना चढ़ने की शर्त रखी गई तो उस शर्त को जीतनेवाला पहला आदमी हमारे उन भार-वाहक शेरपाओं में से ही कोई होगा।

चीमा और अहलू 20 शेरपाओं को लेकर कैंप-IV में पहुँच गए थे। अहलू आठ शेरपाओं के साथ कैंप-II में वापस आ गया, जबकि चीमा और शेष बारह शेरपा रात भर के लिए कैंप-IV में ही रुक गए। साउथ कोल के लिए जाने वाली पहली फेरी होने के नाते यह तय हुआ कि उसके साथ एक सदस्य को भी भेजा जाए।

अगली सुबह 13 अप्रैल को 'बैसाखी दिवस' था। हम पहली खेप में साउथ कोल पहुँचने की आस लगाए हुए थे। अगर सबकुछ ठीक रहा, तो हमें उम्मीद थी कि एवरेस्ट की ओर किसी भी अन्य अभियान की अपेक्षा हम साउथ कोल जल्दी पहुँच सकते हैं। बहुत जोश था और हम पर्वत की ऊँची-ऊँची चोटियों की ओर उत्सुक दृष्टि से बराबर देख रहे थे। लेकिन सारे आसमान में बादल घिर आए और वह दृश्य हमारी आँखों से ओझल हो गया।

चीमा ने कैंप-IV से हमें सूचित किया कि वे सब पूरी तरह तैयार हैं और सुबह 9:00 बजे के आस-पास उनका निकलने का इरादा है। मौसम खराब था, लेकिन बहुत खराब नहीं था और उन्होंने आशा जताई कि मौसम का मिजाज बहुत अधिक बिगड़ने से पहले-पहले वे साउथ कोल पहुँच जाएँगे। उन्हें बड़ी तेज गति से खड्ड पार करते देखा गया और डेढ़ घंटे के अंदर वे पीली पट्टी पर पहुँचने में सफल हो गए। हवा का वेग अचानक बहुत तेज हो गया और वे उसके आगे नहीं जा सके। उन्होंने अपना बोझा पीली पट्टी पर ही उतार दिया और कैंप-IV वापस आ गए। बाद में जब मैंने तीसरे पहर वॉकी-टॉकी के जरिए चीमा से बात की तो उसने खबर दी कि वे सब बुरी तरह थके हुए हैं।

और मौसम बद से बदतर होता जा रहा है। इसके अलावा कैंप-IV में रसद भी भरपूर नहीं थी। ऐसी परिस्थितियों में अब यह साफ जाहिर था कि टोली अगले दिन भी साउथ कोल नहीं पहुँच सकेगी, अतः हमने उन्हें नीचे एडवांस बेस कैंप बुला लिया, जहाँ से वे एक दिन के विश्राम के बाद दुबारा चढ़ाई पर जा सकते थे। दूसरी फेरी के साथ रावत और ऐंग कामी का जाना तय था। जोशी और बी.पी. भी ऊपर एडवांस बेस कैंप तक चले आए थे। कुछ दिन के विश्राम और चक्रवर्ती के अधीन डॉक्टरी इलाज मिलने से उनका स्वास्थ्य बहुत सुधर गया था।

इस उम्मीद के साथ कि एक सप्ताह के अंदर साउथ कोल में भंडारण व्यवस्था समुचित हो जाएगी, हमने अपना ध्यान शिखर की ओर मोड़ दिया। अब हम इस स्थिति में थे कि अप्रैल समाप्त होने से पहले ही प्रथम शिखर प्रयास की योजना बना सकें।

लगता था कि हम बहुत जल्दी कर रहे हैं, लेकिन यह असंभव भी नहीं था। सबकुछ अनुकूल जान पड़ता था। हमने विचार-विमर्श किया और बहस की; मौसम बहुत अच्छा था और यदि मौसम कुछ दिनों तक ऐसा ही बना रहता है, तो हम अपने प्रयास में सफल हो सकते हैं।

मैं करीब एक सप्ताह से ऊपर ही था; इससे पहले कि मैं शिखर मंडली के साथ दुबारा ऊपर जाऊँ, मैंने कुछ दिनों के लिए नीचे आने का फैसला किया। दूसरी ओर बुल और अधिक ऊँचाई पर जाने के लिए उत्सुक था। बैटरी से गरम रहनेवाले मोजे पहने हुए,

बुल का विचार था कि कम-से-कम तीन-चार दिन तक उसके पाँव की उँगलियाँ उसे कोई तकलीफ नहीं देंगी। उसके पास बैटरियों का काफी स्टॉक था। कुछ ही देर में उसने बेस कैंप छोड़ दिया, जबकि मैं ग्यात्सो और वांग्याल के साथ नीचे चला गया; गोंबु पहले ही नीचे आ गया था। कैंप के निकट हमें वोहरा और वोगी मिल गए। वे पूरी तरह स्वस्थ हो चुके थे और अब कैंप-IV की ओर जा रहे थे। उन्हें चुस्त-दुरुस्त देखकर हमें अच्छा लगा। अस्पताल बना तंबू अब खाली था। गुरुदयाल को छोड़कर जो वापस अपने टेंट में चला गया था, अब कोई भी मरीज वहाँ नहीं था। जो और बी.पी. पहले ही चंगे हो गए थे और अब एडवांस बेस कैंप में थे।

बेस कैंप में बड़ी गर्मजोशी से हमारा स्वागत-सत्कार हुआ, जैसा कि 27 मार्च को हुआ था, जब हमने हिमपात को पार करने का जश्न मनाया था। 'बैसाखी' मनाने के लिए ब्रांडी की दो बोतलों तुरंत बाहर निकल आईं। लाला आपत्ति नहीं कर सका, क्योंकि वह एडवांस बेस कैंप में था। हमारे खाद्य सदस्य मुल्की ने स्वादिष्ट भोजन बनवाया था। उस शाम एडवांस बेस कैंप में भोजन-कक्ष गरम था और भरा हुआ था। चीमा और अहलू ल्होत्से का दौरा करके वापस आ गए थे, सी.पी. और बोगी अड्डे (बेस) से आ चुके थे। हिमालय की गोद में हमारे लिए यह एक शानदार बैसाखी थी; खुश और तृप्तमन से हम सबने अपने अभियान के सफल होने की प्रार्थना की।

□

पहली पंक्ति में (बाएँ से दाएँ)—कैप्टन (डॉ.) ए.के. चक्रवर्ती, कैप्टन जे.सी. जोशी, श्री गुरदयाल सिंह, ले. कर्नल एन. कुमार, कमांडर एम.एस. कोहली, श्री नवांग गोम्बू, मेजर अवतार एस. चीमा, श्री सी.पी. वोहरा, मेजर बी.पी. सिंह, श्री सोनम ग्यात्सो। पीछे की पंक्ति में (बाएँ से दाएँ)—डॉ. लाला तेलंग, हवलदार सी. बालाकृष्णन, मेजर मुल्क राज, श्री भागीरथ राणा, मेजर हर्ष बहुगुणा, श्री गुरचरन एस. भंगु, शेरपा सरदार ऐंग शेरिंग, श्री सोनल वांग्याल, श्री हर्ष रावत, सहायक शेरपा सरदार फू दोर्जी, श्री ऐंग कामी, कैप्टन हरिपाल सिंह आहलूवालिया।

पूर्व प्रधानमंत्री श्री गुलजारी लाल नंदा तथा रक्षामंत्री श्री वाई.बी. चव्हाण और अन्य मंत्रियों के साथ कई हजार उत्साही लोगों ने पालम हवाई अड्डे पर अभियान दल का अभूतपूर्व स्वागत किया।

नेपाल के नरेश राजा महेंद्र बिक्रम प्रोटोकॉल तोड़कर काठमांडू के स्वागत समारोह में शामिल हुए। कैप्टन कोहली के पीछे फू दोर्जी हैं, जो तेनजिंग के बाद दूसरे शेरपा और एवरेस्ट पर चढ़ाई करनेवाले पहले नेपाली नागरिक बने।

हिमाच्छादित पर्वत-शृंखलाओं के दर्रों को रस्सी की सीढ़ी के सहारे पार करते हुए।

बोतल से पानी पीते हुए।

भारत के उपराष्ट्रपति डॉ. जाकिर हुसैन ने हैदराबाद हाउस में राजकीय भोज आयोजित किया, जिसमें बेगम जाकिर हुसैन, कमांडर एम.एस. कोहली, श्रीमती इंदिरा गांधी, लेफ्टिनेंट कर्नल एन. कुमार और वायुसेनाध्यक्ष अर्जन सिंह की पत्नी शामिल हुए।

भारत को एवरेस्ट विजय करनेवाला दुनिया का चौथा राष्ट्र बनानेवाले इन पर्वतारोहियों को 1966 की गणतंत्र दिवस परेड के दौरान उपस्थित जनसमुदाय का अभूतपूर्व अभिवादन मिला।

पर्वतारोही दल के सभी सदस्यों और शेरपाओं के बेस कैंप में सुरक्षित पहुँचने पर कैप्टन चीमा, सोनम ग्यात्सो, बाला, कमांडर कोहली, लेफ्टिनेंट कर्नल एन. कुमार, कैप्टन आहलूवालिया तथा ऐंग कामी खुशी से भाँगड़ा करने लगे।

दक्षिण क्षेत्र, 26,200 फीट—पृथ्वी का सबसे दुर्गम स्थान।

खुंबू आइस फॉल के ऊपर 20,200 फीट पर कैंप-1।

एवरेस्ट का रूट मैप।

समाचार-पत्रों ने सभी चार चढ़ाइयों को बड़ी हैडलाइंस के साथ प्रमुखता से प्रकाशित किया।

खुंबू के दर्रों को पुलों और सीढ़ियों द्वारा पार करते हुए।

ल्होत्से की खड़ी चढ़ाई चढ़ते हुए।

चढ़ाई में अल्युमीनियम की सीढ़ी का उपयोग भी किया गया।

गहरे दर्रों पर लकड़ी के पुल।

शिखर पर ऐंग कामी।

खुंबू पर्वत-शृंखला।

दक्षिण क्षेत्र में पहुँचते हुए (26,200 फीट)।

माउंट एवरेस्ट, दक्षिण क्षेत्र और ल्होत्से।

पूरे दिन की चढ़ाई के बाद थकान दूर करते पर्वतारोही दल के सदस्य।

तिब्बत और नेपाल की सीमा से लगा हुआ ल्हो ला दर्रा।

ल्होत्से श्रृंखला के मुहाने पर।

चौथा शिखर दल—
उपलब्धि की विजय-पताका।

शेरपा के बच्चे।

भविष्य का टाइगर।

एक शेरपा महिला।

पर्वतारोही दल

कमांडर एम.एस. कोहली

ले. कर्नल एन. कुमार

गुरदयाल सिंह

मेजर मुल्क राज

कैप्टन ए.एस. चीमा

नवांग गोम्बू

सोनम ग्यात्सो

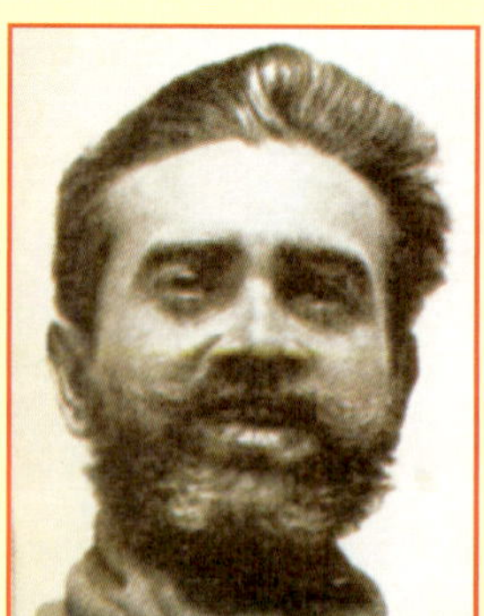

कैप्टन ए.के. चक्रवर्ती

जी.एस. भंगु

हवलदार बालाकृष्णन

ले. बी.एन. राणा

शेरपा सरदार ऐंग शेरिंग

सहायक शेरपा सरदार
फू दोर्जी

मुख्य बावरची 'जनरल' थोंदुप

बावरची धानु

दावा नोरबु-I

सोनम वांग्याल

सी.पी. वोहरा

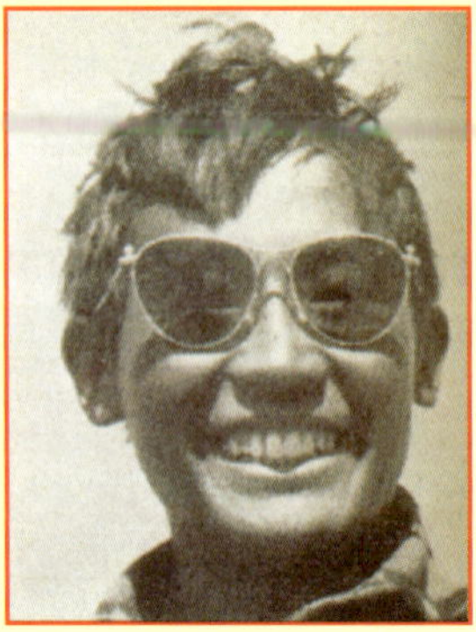

ऐंग कामी

मेजर एच.पी.एस. आहलूवालिया

एच.सी.एस. रावत

मेजर बी.पी. सिंह

कैप्टन जे.सी. जोशी

मेजर एच.वी. बहुगुणा

डॉ. डी.वी. तेलंग

ऐंग डावा-IV

काल्डेन

गुंडेन

दावा नोर्बू-II

ताशी

मिंग्मा

ऐंग निमा

ऐंग शेरिंग-II

नवांग हिल्ला

शिखर पर आहलूवालिया और फू दोर्जी।

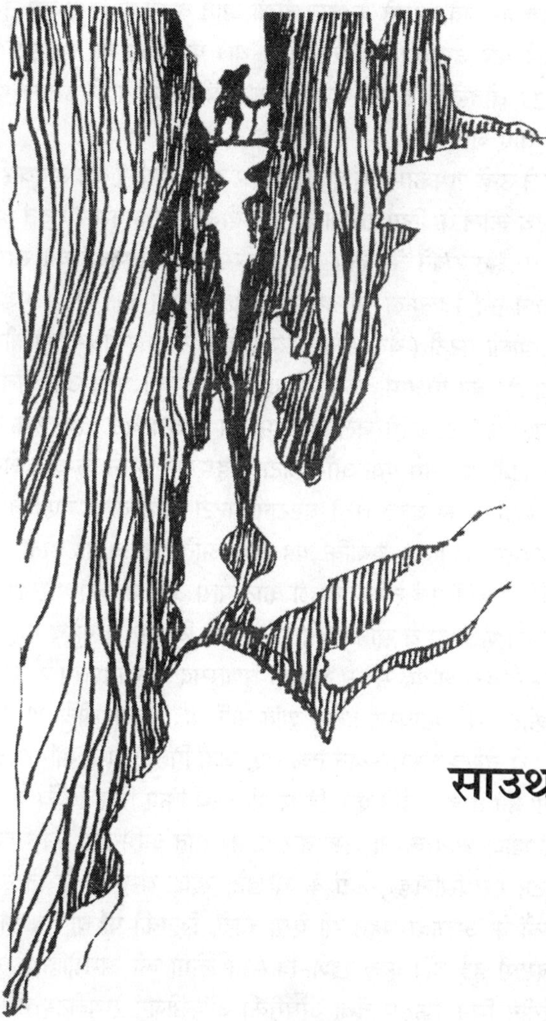

साउथ कोल पार्ट-I

रावत, ऐन्ग कामी और नौ शेरपा अच्छी नींद ले चुके थे। 16 अप्रैल का दिन साउथ कोल जाने के लिए एक बहुत अच्छा दिन था। 25,000 फीट पर स्थित कैंप में सुबह से हलचल शुरू हो गई थी, जितने भी स्टोव उपलब्ध थे, सबका इस्तेमाल करके पानी के लिए बर्फ को पिघलाया गया। कैंप के सभी निवासियों के लिए पर्याप्त पानी मुहैया कराने हेतु स्टोव लगभग दो घंटे पहले चालू कर दिए गए थे।

जब पहला आदमी कैंप से बाहर निकला, सूरज उससे कुछ समय पहले ही कैंप

पर दस्तक दे चुका था। कीलदार जूते पहनने के बाद टोली आगे बढ़ने के लिए पूरी तरह तैयार थी। कैंप-IV से कोई भार उठाकर नहीं ले जाना था। फू दोर्जी की मंडली 13 अप्रैल को ऑक्सीजन की 27 बोतलें छोड़ गई थीं और उन्हें पीली पट्टी से उठाना था। भोजन और तंबू बाद में ले जाए जाने थे।

रावत और ऐंग कामी ने उन्हें शुभकामनाएँ दीं और फिर दावा नोर्बू-I की अगुवाई में नौ शेरपाओं की मंडली साउथ कोल के लिए रवाना हो गई। योजना के अनुसार रावत और ऐंग कामी को ऑक्सीजन सुरक्षित रखने के लिए पीछे ठहरना था। शेरपाओं को साउथ कोल पहुँचने तक ऑक्सीजन का बिल्कुल भी इस्तेमाल नहीं करना था। शेरपा मंडली जल्दी खड्ड पार कर गई। पीली पट्टी (येलो बैंड) पर प्रत्येक ने ऑक्सीजन की तीन-तीन बोतलें उठा लीं। थोड़ी देर का विश्राम, जूस की दो-चार चुस्की भरने और तंबाकू के दो-चार कश लेने के बाद वे फिर आगे चल पड़े। मौसम अच्छा बना रहा; हवा का कोई संकेत नहीं था। पीली पट्टी के आगे एक और छोटा खड्ड पार करने के बाद शेरपा जेनेवा स्पॅर (जेनेवा पर्वत-स्कंध) की बहुत बड़ी चट्टानी पट्टी के नीचे हो गए। जेनेवा पर्वत-स्कंध पर चढ़ने से बचने के लिए, क्योंकि यह एक अतिरिक्त चढ़ाई होती और फिर दो सौ फीट की उतराई, उन्होंने बाईं तरफ तिरछी काट मारी और उसकी परिरेखा के साथ-साथ एक रास्ता बनाया। शीघ्र ही वे साउथ कोल के खुले विस्तार में पहुँच गए, जो एवरेस्ट पर सबसे अधिक सुनसान, शायद सबसे अधिक घृणास्पद और निश्चय ही सबसे अधिक निर्मम स्थान है। कोल पर वातावरण इतना शांत नहीं था, जितना नीचे था, फिर हवाओं का वेग मध्यम था। वे चलकर उस स्थान तक गए, जहाँ पिछले सभी अभियानों ने अपने कैंप बनाए थे। हमेशा की तरह उन्होंने एक मिनट भी व्यर्थ किए बिना विश्व के इस सबसे ऊँचे कबाड़खाने में खोज-बीन करना शुरू कर दिया। सात अभियानों का मलबा, ऑक्सीजन की बोतलें, बुटेन गैस सिलिंडर, टेंटों के चौखटे, खाद्य वस्तुओं के तिरस्कृत और बिना खोले हुए डिब्बों के अलावा बहुत सी ऐसी चीजें, जिनकी पहचान करना मुश्किल था, सब जगह बिखरी हुई थीं। कुछ खुश-किस्मत लोगों को अमरीकियों द्वारा छोड़ी गई सैकड़ों फीट रंगीन सिने-फिल्म तथा अमरीकी ऑक्सीजन रेग्यूलेटर भी उस मलबे में मिले। उन्होंने टेंटों की धज्जियाँ और कपड़ा भी बटोर लिया, जिसका इस्तेमाल गुलबंद के रूप में किया जा सकता था। एक और बड़ी दिलचस्प चीज मिली, और वह था हरी डैंग का बटुआ, जिसमें भारतीय तथा नेपाली मुद्रा में कुल मिलाकर कुछ सौ रुपए की राशि थी। (हरी डैंग 1962 भारतीय अभियान का एक सदस्य था) बड़ी विचित्र बात है, अमरीकी अभियान में किसी की भी नजर इस पर नहीं पड़ी।

हवा प्रचंड होने लगी थी। शेरपाओं की इच्छा वहाँ देर तक ठहरने की रही होगी, लेकिन परिस्थितियाँ तेजी से बिगड़ने लगी थीं। उन्होंने जल्दी से अपने रकसैक अपनी-

अपनी पीठ पर लटकाए और नीचे उतर गए। बेस कैंप में इस खबर से फिर जश्न का माहौल बन गया कि साउथ कोल की चढ़ाई में सफल होकर आए हैं। ब्रांडी की दो बोतलें फिर खुल गईं। बेस कैंप में मौजूद इस सौभाग्य के भागीदार थे—गुरु, मुल्की, चाक गोंबु, ग्यात्सो, वांग्याल, चीमा अहलू, मंगु और मैं। उन अमरीकियों को छोड़कर जो एक ही दिन में साउथ कोल पहुँच गए थे, जैसे हम पहुँचे। अन्य अभियानों से हम बहुत आगे थे। हमारे क्षेत्र में मानसून पहुँचने की छह सप्ताह तक कोई संभावना नहीं थी। निस्संदेह, अपनी प्रगति को लेकर हम बहुत उल्लासित थे। हमारे साथ जो डॉक्टर थे, वे हमारे स्वास्थ्य उपचार और दवा का ध्यान रखने के साथ-साथ हमारा मनोरंजन करने में भी पीछे नहीं थे। लाला अभी भी एडवांस बेस कैंप में था। लेकिन बेस कैंप में हमारे बीच मौजूद चाक ने नेपाली, अंग्रेजी, हिंदी, कुमाऊँनी और पंजाबी में मीठे-मीठे गीत सुनाकर हमारा बहुत मनोरंजन किया। मंगू ने पंजाबी में एक कविता लिखी थी, जिसमें अभियान की विभिन्न अवस्थाओं का वर्णन था। अभियान की प्रगति के साथ-साथ वह कविता भी बड़ी होती रही। जब-जब हम कोई जश्न मनाते, मंगू उसमें एक उपयुक्त बंद जोड़ देता और फिर से हमें पूरी कविता सुनाता।

कुमार, जो 15 तारीख को एडवांस बेस कैंप पहुँच गया था, ने साउथ कोल की ओर भेजे जानेवाले भार-वाहकों को सँभालने का जिम्मा उठाया। बहुत ऊँचाई पर जाना, ठहरना इस बार उसे माफिक नहीं आ रहा था अथवा यों कहें कि ऊँचाई इस बार उसके प्रति दयालु नहीं थी। वह मेस में पड़े-पड़े गोलियाँ निगल रहा था, बैटरी से गरम रहनेवाले मोजों को बार-बार बदल रहा था और सामान्य महसूस करने की चेष्टा कर रहा था। उसकी कटी हुई पादांगुलियाँ ठंड बरदाशत न कर पाने के कारण उसे तकलीफ दे रही थीं। फिर भी जलवायु अनुकूलन संबंधी इन सारी तकलीफों और परेशानियों के बावजूद उसने अपने कर्तव्यों को निभाने में कोई ढील नहीं आने दी। उसने कई बार फू दोर्जी को बुलाया और उन दोनों ने आपस में बातचीत करके शेरपाओं की दूसरी मंडली के बारे में आवश्यक प्रबंधों को अंतिम रूप दिया। वह बार-बार इस बात को दोहराना न भूलता, 'काश मैं स्वस्थ होता!' वह दूसरों से कड़ी मेहनत कराने के लिए इसी चाबुक का इस्तेमाल करता। एक प्रोत्साहन के रूप में हमने पहले ही ऐलान कर दिया था कि साउथ कोल तक ले जाए गए हर भार के लिए शेरपाओं को अतिरिक्त मजदूरी का भुगतान किया जाएगा। इस ऐलान का वांछित असर हुआ। साउथ कोल जाने के लिए शेरपाओं में होड़ तेज हो गई। अनेक शेरपाओं ने दो से तीन फेरे तक लगाए। ताशी ने तो कमाल ही कर दिया; उसने पाँच बार साउथ कोल पहुँचने का इकलौता कीर्तिमान स्थापित किया। यह व्यवस्था बहुत अच्छी रही और इससे हमारे अभियान की संभावित सफलता की नींव पक्की हो गई। साउथ कोल पर सभी जरूरी सामान इकट्ठा करना शिखर पर पहुँचने की

ओर एक महत्त्वपूर्ण कदम था, और धन्यवाद उन शेरपाओं का, जिन्होंने इस कठिन कार्य को बड़ी तत्परता से पूरा किया। ढलवाँ पहाड़ों पर भार ले जाने संबंधी कठिनाइयों, कोई भी 30 पौंड से अधिक भार नहीं ले जा सकता था, को आसानी से पार कर लिया गया।

भार-वाहकों का दूसरा जत्था, फू दोर्जी की अगुवाई में 18 तारीख को साउथ कोल पहुँचा। वे मुख्यत: ऑक्सीजन ले गए थे। शेष मदों में बुटेन गैस, तंबू और जूस की पेटियाँ इत्यादि शामिल थीं। साउथ कोल और उससे ऊपर हमें जूस की अत्यावश्यकता थी, यही हमारे भोजन का मुख्यत: हिस्सा बननेवाला था। हम दिल्ली से जूस की पूरी बीस खेपें लाए थे और वह हमारे उस दैनिक नियतांश अर्थात् कोटे से अलग था, जो हमारे सम्मिश्र राशन का एक हिस्सा था। गुरुदयाल के सुझाव पर हमने मैदानों से रवाना होने के कुछ ही समय बाद जूस की दस और पेटियों का ऑर्डर दे दिया था और ये पेटियाँ गोंबु लेकर आया था, जो सोरेस की सहायतार्थ जयनगर गया था।

18 तारीख को जब दूसरी फेरी, अर्थात् शेरपाओं की मंडली साउथ कोल पहुँची, उसी दिन 13 शेरपाओं की एक तीसरी मंडली ने ऐंग दावा-IV के नेतृत्व में एडवांस बेस कैंप से प्रस्थान किया। कुमार का मोजा-बैटरियों का स्टॉक लगभग समाप्त हो गया था और वह तीसरी मंडली को विदा करने के बाद बेस कैंप लौट गया था। दूसरी मंडली के शेरपा भी तीसरी मंडली के शेरपाओं की तरह एडवांस बेस कैंप से कैंप-III की ओर गए, जहाँ अधिकतर सामान पड़ा हुआ था। वहाँ तक की दूरी कोई ज्यादा नहीं थी, इसलिए वे लंच के बाद निकले और दो घंटों के अंदर कैंप-III पहुँच गए। अगले दिन उन्हें कैंप-IV तक पहुँचने के लिए कठिन परिश्रम करना पड़ा और 20 ता. को सामान की तेरह और खेप साउथ कोल पहुँच गईं। तथापि साउथ कोल पहुँचा कुल सामान तीन या चार शिखर युगल को चढ़ाने के लिए अभी तक पर्याप्त नहीं था।

बी.पी. और जोशी दोनों को तीसरी मंडली के साथ जाना था, लेकिन सिर्फ बी.पी. कैंप-IV तक जा सका। जोशी की तबीयत ठीक नहीं थीं, इसलिए वह कैंप-III में ही रुक गया। वोहरा और बोगी पहले ही एक फेरा लगा चुके थे। वे कैंप-IV से आगे कैंप-IV तक चढ़ गए थे और वहाँ से आगे खड्ड तक गए, फिर उसी दिन एडवांस बेस कैंप लौट आए।

अब हम शिखर की ओर कूच करने के लिए तैयार थे, लेकिन उससे पहले कुछ देर आराम करना जरूरी था। सभी शेरपाओं तथा सदस्यों ने पिछले कुछ दिनों तक लगातार कठोर परिश्रम किया था और वे थके हुए थे। अत: सबको वापस बुला लिया गया।

19 अप्रैल तक लाला तेलंग को छोड़कर, जो अभी तक एडवांस बेस कैंप में ही डेरा डाले हुए था, पूरी-की-पूरी टीम और अधिकतर शेरपा नीचे बेस कैंप में चले गए थे। लाला को उठ खड़े हुए दो सप्ताह हो गए थे और अब वह अच्छी तरह चल-फिर रहा

था। वह कैंप-III और कैंप-I के बीच अकसर चक्कर मारकर स्वयं को चुस्त-दुरुस्त रखने का अभ्यास कर रहा था। अब उसे कुछ दिनों तक अकेले ही किला सँभालना था। लाला ने कभी अकेलापन महसूस नहीं किया। वह खत लिखने में स्वयं को व्यस्त रखता था और उसके ये खत हमेशा ही कई-कई पन्नों के होते थे।

बेस कैंप में मौसम बहुत बढ़िया था। दोपहर तक तो खूब धूप खिलती रहती थी और हम धूप में पड़े-पड़े सपनों में खो जाया करते थे। बेस कैंप की अपनी अलग ही एक विशेषता थी और उसका वातावरण भी निराला था। अब यह बर्फ के बीहड़ सिर्फ एक पथरीला टुकड़ा नहीं रह गया था। सदस्यों और शेरपाओं के अलावा इनकी अपनी ही एक विशिष्ट आबादी थी। यह कैंप के चाहनेवालों, सुकुमार टाँगों एवं पीली चोंचवाले कौवों और भद्दे काले कौवों की एक बस्ती थी। एक गरुड़ रोज सुबह-शाम बड़ी शान से आसमान में मँड़राता हमें दिखाई देता था। उसका चुपके-चुपके आना और झपटमार गोता लगाना बड़ा मोहक लगता था।

एक दिन हमने साइबेरियाई बत्तखों (हो सकता है ब्राह्मणी बत्तखें रही हों) के एक झुंड को देखा; इनकी संख्या लगभग 200 रही होगी। वे एवरेस्ट के ऊपर नहीं तो उसकी ऊँचाई की बराबरी में अवश्य उड़ रही थीं। वे तिब्बत से ल्हो-ला के ऊपर उड़ती हुई आई थीं और कुछ ही देर में उनकी विरचना, उनकी क्रम-व्यवस्था बदल गई। उन्होंने स्वयं को दो बराबर के हिस्सों में विभाजित कर लिया, एक झुंड तिब्बत की ओर उसी दिशा में लौट गया, जिधर से आया था, जबकि दूसरा झुंड अभी डैबलम की तरफ गायब हो गया।

फिर हमारा 'टाइगर' भी तो था, बड़ा सा, सौम्य, पीले रंगवाला कुत्ता, जिसका मित्रवत् व्यवहार सच्चा था। उसे कोई रोक-टोक नहीं थी और वह किसी भी टेंट में घुस जाता और अपने पंजों से हर एक को कुरेदने लगता। लेकिन बहुत खाऊ होने के बावजूद भी वह 'मंगु के भंडारों' से दूर-दूर रहता था, जहाँ याक और भेड़ के मांस के टुकड़े लटके हुए उसे ललचा रहे होते थे। मंगू के भंडार में मुल्की के सिवा सबका प्रवेश करना निषेध था; 'टाइगर' भी यह जानता था। मुल्कराज और मंगू ने अभियान के निमित्त खाद्य-सामग्री एक छोटी सी झोंपड़ी में जमा करके अच्छा काम किया था; वहाँ अकसर कुछ-न-कुछ होता रहता था। यह कुटिया स्नान करने के लिए विशेष रूप से उपयोगी थी; खुले में इतनी भयंकर ठंड होती थी कि नहाना बहुत मुश्किल था।

सदस्यों की भूख बहुत बढ़ गई थी। उनमें से अधिकतर लोग 25,000 फीट तक की चढ़ाई चढ़ चुके थे और कुछ उससे भी अधिक ऊँचाई से हो आए थे। भूख का बढ़ जाना और उसी हिसाब से खाने की माँग करना स्वाभाविक ही था, और संभवत: इसी कारण भोजन तैयार करना मुख्य गतिविधि हो गई थी। 'ब्रिगेडियर' थांडुप ने स्वयं को अब तक

काम में डूबा हुआ पाया, हालाँकि जब हम ऊपर पर्वत पर होते थे, उसका समय बड़े आराम से कटता था। लेकिन उसमें काम करने का जबरदस्त क्षमता थी और वह काम से कभी थकता नहीं था। रसोई में काम करने वाले लड़के, पासंग और दोर्जी भी फुरतीले और हँसमुख थे। प्रत्येक सुबह और शाम के समय तथा कभी-कभी वक्त-बेवक्त भी उन्हें हमारे टेंटों में चाय देनी होती थी। जब कभी भोजन का समय नहीं होता था, उस दौरान सदस्यों द्वारा मग्गा भर चाय की माँग कर बैठना आम बात थी, विशेषकर तब, जब वे पढ़ने या ताश खेलने में व्यस्त रहते थे।

जिस तंबू के अंदर भोजनालय था, चक्रवर्ती वहीं ठहरे रहते थे और वहाँ चिकित्सा-उपचार संबंधी कार्य चलता रहता था। बेस कैंप में आबादी अचानक बढ़ गई थी, क्योंकि अभियान दल के सदस्य और शेरपा लोग ऊँचे कैंपों से उतरकर यहाँ चले आए थे। इस भीड़-भाड़ के कारण बहुत लोग संक्रमण, गले की खराबी और जुकाम-खाँसी से पीड़ित थे। करीब आधा दर्जन सदस्यों और शेरपाओं को रोजाना इंजेक्शन की जरूरत पड़ती थी और उनके अलावा भी बहुत लोग छोटी-मोटी खराबी की शिकायत लेकर आते थे। चक्रवर्ती को पूर दिन व्यस्त रहना पड़ता था।

बेस कैंप में आराम करना बेशक सुखद लगता था, लेकिन हमारा ध्यान रह-रहकर शिखर की ओर चला जाता था। मेरे लिए शिखर टोलियों के चयन पर ध्यान देने का यही उचित समय था। पिछले कुछ दिनों में मैंने उन सदस्यों के कार्य को ध्यान से देखा था, जो उच्च कैंपों की ओर गए थे। मैं इस बात पर विचार कर रहा था कि क्यों न एक बार में चार-चार सदस्यों की टोलियों को भेजा जाए। मैं काफी समय से दो-सदस्यीय टोली की बजाय चार-सदस्यों की टोली को भेजने के पक्ष-विपक्ष के बारे में विचार कर रहा था। चार-सदस्यीय टोली बनाने का मतलब था कि दो जोड़े एक-साथ चलेंगे, जिसका स्पष्ट लाभ यह था कि दोनों जोड़े बारी-बारी से आगे-पीछे हो सकते थे और परीक्षा की कठिनाइयों को साझा कर सकते थे। इससे उनकी गति में भी वृद्धि होगी। इसके अलावा यदि किसी सदस्य ने बीच में ही साहस छोड़ लौट जाने का इरादा व्यक्त किया, तो प्रयास फिर भी जारी रखा जा सकता था या तो दूसरे जोड़े द्वारा या शेष तीनों सदस्यों द्वारा मिलकर। लेकिन एक चौकड़ी भेजने में सबसे बड़ा खटका यह था कि यदि मौसम का मिजाज एकदम बिगड़ गया और वह भी किसी खास दिन तो एक नहीं, बल्कि दो जोड़े शिखर के 'मुकाबले' से बाहर हो जाएँगे।

अंतिम कैंप खोलने का विषय एवरेस्ट की चढ़ाई को लेकर हमारे लिए एक पेचीदा सवाल बना हुआ था और यह हमारी रणनीति का एक महत्त्वपूर्ण हिस्सा भी था। सभी सदस्यों और शेरपाओं को यह बात पूरी तरह समझ में आ गई थी। अंतिम कैंप साउथ-ईस्ट रिज पर जितनी अधिक ऊँचाई पर स्थापित किया जा सकेगा, हम सफलता

के उतने ही अधिक निकट होंगे। 28,000 फीट पर एक ऊँचा स्थान था, एक टीने जैसा। हम वहीं अपना अंतिम कैंप लगाना चाहते थे। अमरीकी अभियान के नायक, नॉर्मन डिरेन्फर्थ और मैंने दिल्ली में साउथ-ईस्ट रिज की कुछ तसवीरों की जाँच की थी और महसूस किया कि वह कूबड़ (उभार) हमारे अंतिम कैंप के लिए एक श्रेष्ठ स्थान हो सकता है। नॉर्मन भी अपना अंतिम कैंप वहीं स्थापित करने के हक में था। गोंबु, ग्यात्सो, बुल और मैं पिछले अभियानों के दौरान उस रिज पर जा चुके थे और यद्यपि हमें उस टीले के बारे में सामान्य जानकारी थी, फिर भी हमारे मन में इस बात को लेकर कुछ संशय बना हुआ था कि वहाँ तक पहुँचने के लिए किस रास्ते से जाना होगा। इस संशय का कारण यह था कि गोंबु 1963 में जिस मार्ग से गया था, वह मार्ग 1963 में हरी डैंग, सोनम और मेरे द्वारा पकड़े गए मार्ग से थोड़ा भिन्न था। मैं खुद उस अंतिम कैंप में जाने के लिए वैयक्तिक रूप से बहुत उत्सुक था और दिल्ली में प्रारंभिक दिनों से ही मैं उस दिन की आस लगाए बैठा था।

शिखर टीम का चयन कोई आसान काम नहीं है। किंतु जहाँ तक पहले चार व्यक्तियों के गुट का संबंध है, मेरे लिए निर्णय करना कठिन नहीं था। सिर्फ कुमार को छोड़कर, जिसकी इस बार पर्वत चढ़ने की कोई आकांक्षा नहीं थी और जो मेरा डिप्टी था, मैंने किसी से भी परामर्श नहीं किया। पहली शिखर टोली में कप्तान चीमा, नवांग गोंबु, सोनम ग्यात्सो और सोनम वांग्याल को रखा गया। गुरुदयाल और मुझे सहायता के लिए जाना था। गुरु को साउथ-ईस्ट रिज की कुछ तसवीरें खींचने की उत्कट इच्छा थी और वह इस लिए अंतिम कैंप या उससे भी ऊपर तक जाने के लिए तैयार था। दूसरी शिखर टोली के लिए हमने वोहरा, ऐंग कामी, रावत और बहुगुणा का चयन किया। मुल्की का काम उनको हौसला देना था। तीसरी टोली में हमने बी.पी. और आहलूवालिया को शामिल किया, और उनकी सहायता के लिए जोशी था। यदि कोई शिखर यात्री पिछड़ जाता या अलग हो जाता, तो सहायतार्थ गए सदस्य को उसका स्थान लेना था। मौसम अनुकूल रहने पर दूसरी शिखर टोली को दो दिन के अंतराल के बाद पहली टोली के पीछे जाना था। अस्थायी तौर पर यह कार्यक्रम बना कि 22 अप्रैल को बेस कैंप से चल दिया जाए और 27 अप्रैल को शिखर पर पहुँचने का प्रयास किया जाए। आगे बढ़ने, अर्थात् आरोहण के लिए सभी तैयारियाँ पूरी हो चुकी थीं और हर कोई पूरी तरह मुस्तैद होकर हरी झंडी मिलने की प्रतीक्षा कर रहा था। आकाशवाणी से 27 अप्रैल को प्रसारित मौसम संबंधी विशेष बुलेटिन में घोषणा की गई कि 22 अप्रैल से 27 अप्रैल तक मौसम अनुकूल रहने की संभावना है; हमने तत्काल कदम बढ़ाने का निर्णय किया।

□

साउथ कोल पार्ट-II

22 अप्रैल का दिन एकदम सुबह साफ, गरम और चमकदार था। पिछली रात थांडुप सोया नहीं था। उसने रात भर जागकर चिकन और याक का बढ़िया गोश्त पकाया था। पिछली शाम कुमार, ऐंग शेरिंग और मैंने चौदह शेरपाओं की एक मंडली का चयन पहले की कर लिया था। उनमें से दस शेरपाओं को कोल पर रुके रहना था और सामान उठाकर अंतिम कैंप तक पहुँचाना था, जो हमारा सबसे महत्त्वपूर्ण ठिकाना था। भार-वाहकों के इस जत्थे की अगुवाई फू दोर्जी को करनी थी, लेकिन दुर्भाग्य से उसके घुटने

में मोच आ गई और वह स्वस्थ नहीं था। उसके बदले दावा नोर्बू को ले लिया गया, जो फू दोर्जी की तरह खुद भी अंतिम कैंप में तीन फेरे लगाने का श्रेय प्राप्त कर चुका था।

मुल्की को दूसरी टोली के साथ आगे जाना था, लेकिन उसने पहली टोली के साथ जाने का निर्णय किया, ताकि वह एडवांस बेस कैंप में एक-दो दिन बिता सके और खाने-पीने के सामान को छाँटकर अलग कर सके। हलका-फुलका नाश्ता करने के बाद एक रस्सी पर गुरु, मुल्की और मैंने कमर में फंदा डाला और अपनी आगे की यात्रा पर चल पड़े। दूसरे सब लोग उस वफादार 'टाइगर' समेत हमें विदा देने के लिए 'क्रैंपन पॉइंट' तक आए। अनेक लोगों से हाथ मिलाकर, गले मिलकर, प्रार्थनाएँ, शुभकामनाएँ और शुभेच्छाएँ ग्रहण करने के बाद अंततः हमने अपने लक्ष्य की ओर रुख किया।

हम अभी मुश्किल से दो सौ फीट ही चढ़ पाए थे कि मैंने गुरु को अपना दुखड़ा रोते सुना, "मोहन, लगता है मेरे पेट में बहुत हवा भर गई है। मुझे बड़ी तकलीफ हो रही है।" उसका सही हाल जानने के लिए हम कुछ देर बैठ गए। गुरुदयाल वास्तव में कष्ट में था और हमने उसे वापस भेजने का फैसला किया। एक रस्सी पर चढ़े हुए मुल्की और मैंने सधी और धीमी गति से आगे बढ़ना जारी रखा; दूसरों की भी आगे बढ़ने की गति अधिक तीव्र थी, लेकिन वे हमारी दृष्टि के परे नहीं थे।

बर्फ के भयंकर ढेर से पाँव घसीटते हुए हिम-दरारों को लाँघते हुए खतरनाक कोणों पर खड़े भयावह बर्फीले स्तंभों के बीच से निकलते हुए और उन अस्त-व्यस्त खाइयों को किसी भाँति पार करते हुए, जहाँ अमरीकी अभियान के ब्रेटेन्बाख का शव शायद आज भी पड़ा हुआ है, हमने अपनी दिशा की ओर बढ़ना जारी रखा। 'डंप पॉइंट' पहुँचकर हमने कुछ देर विश्राम किया। शिखर पार्टी एक बड़ा थरमस फ्लास्क छोड़ गई थी, जो आधा थुपके से भरा हुआ था; थुपका पीकर ताजगी आ गई। 'डंप पॉइंट' पर थोड़ा विश्राम करने के बाद हम एल्युमिनियम की छोटी-छोटी चार सीढ़ियों को जोड़कर बनाई गई लंबी सीढ़ी के सहारे ऊपर चढ़े और फिर ऊँचे कगार पर चढ़ गए, जहाँ से रस्सी की एक लंबी सीढ़ी के जरिए हम जिस जगह उतरे, वह एक खड्ड या तंग घाटी जैसा कुछ था। दोपहर होने से पहले-पहले हम कैंप-I पहुँच गए। दूसरी टोली अभी तक वहाँ मौजूद थी और उन्होंने गरम-गरम चाय बनाई हुई थी।

हम खुश और उत्तेजित थे। पहली बार ऐसा हो रहा था कि उस मौसम में इतनी जल्दी एवरेस्ट शिखर तक पहुँचने का प्रयास किया जा रहा था। अगर सबकुछ ठीक रहा तो हमारी पहली टोली 27 अप्रैल को चोटी पर पहुँच सकती थी। मौसम बढ़िया था। ल्होत्से मुख निरभ्र और शांत था, जबकि आमतौर पर तूफानी और बर्फीली हवाएँ उसे विक्षुब्ध किए रहती थीं। एवरेस्ट पर कोई गर्वीली कलगी नहीं थी; हमारी आशाएँ ऊँची उड़ान भरने लगी थीं।

हमने कैंप-I में करीब-करीब एक घंटा इंतजार किया और उस दौरान मुल्की ने वहाँ पड़े सम्मिश्र राशन तथा दूसरी खाद्य-वस्तुओं का जायजा लिया। दोपहर बाद हम एडवांस बेस कैंप पहुँच गए। लाला तेलंग, जिसने नितांत अकेले रहकर पिछले तीन दिन बिताए थे और वे भी बहुत खराब, हम सबको देखकर बहुत खुश हुआ। ऐसे अवसरों पर इनसान का साथ और आपसी स्नेह बहुत महत्त्व रखता है और लाला ने जिस गर्मजोशी से हमारा स्वागत किया, उससे यह बात निस्संदेह स्पष्ट हो जाती है। दानू भी वहाँ मौजूद था और वह भी उतना ही खुश था। कुछ ही देर बार हम लोग सोने चले गए। मैं आनेवाले दिनों के बारे में सोच रहा था; इतने लंबे समय से हम जिन दिनों के लिए तैयारी कर रहे थे, उन दिनों के बारे में सोच रहा था।

तथापि हमारी किस्मत ने साथ नहीं दिया। उस शाम 5:30 बजे प्रसारित मौसम का पूर्वानुमान व्याकुल करनेवाला था। इस प्रसारण में बताया गया कि 25 अप्रैल को एवरेस्ट पर एक कम दबाव का क्षेत्र सक्रिय होने की संभावना है, जिसके कारण मौसम खराब हो सकता है और तेज हवाएँ चल सकती हैं। हमारी योजना के अनुसार हमें 25 अप्रैल को साउथ कोल पहुँचना था। मौसम कब तक खराब रहेगा और कब ठीक होगा? हमें कुछ जानकारी नहीं थी। मौसम संबंधी पूर्वानुमान तब तक काफी विश्वसनीय रहे थे। इस चेतावनी की अनदेखी करना मूर्खता होगी, विशेषकर इस अवस्था में, जब हमारे पास अभी पाँच सप्ताह का समय और शेष था चढ़ाई चढ़ने के लिए।

श्री सरीन को एक अत्यावश्यक संदेश भेजा गया, जिसमें उनसे यह सूचित करने का निवेदन किया गया था कि उस कम दबाववाले क्षेत्र से एवरेस्ट का मौसम कब तक प्रभावित रहने की संभावना है। अगर यह सिर्फ दोपहर तक का मामला है, तब तो कोई बहुत अंतर पड़नेवाला नहीं है और हम अपने कार्यक्रम के अनुसार चल सकते हैं। तुरंत जवाब आया कि मौसम दो से तीन दिन तक ऐसा ही रहने की संभावना है। और वे दिन साउथ कोल तथा उससे ऊपर जाने के लिए अत्यंत महत्त्वपूर्ण थे। जाहिर था कि उस मौसम में शिखर तक पहुँचने की कोई संभावना हमें दिख नहीं रही थी। इसके अलावा हम जिस ऊँचाई पर अपना अंतिम कैंप स्थापित करना चाह रहे थे, उसके लिए भी मौसम बहुत उपयुक्त होना चाहिए था। मौसम की गड़बड़ी को देखते हुए हमने उस समय तक एडवांस बेस कैंप में ही ठहरने का फैसला किया, जब तक कि हालात अनुकूल नहीं हो जाते।

एडवांस बेस कैंप में बिताया गया समय आनंदायक था। दानू ने बहुत अच्छी तरह हम सबकी देखभाल की। हमारे मुख्य भोजन में उसने हमें चावल, तरीवाले आलू और दाल परोसी, इसके अलावा पराँठे थे, भुना गोश्त और चिकन था, जो हम बेस कैंप से लाए थे और कुछ सूखी हुई मछली तथा अचार था, वह लाला बबंई से लेकर आया था।

गोंबु हर रोज कुछ घंटे स्कीइंग करता था। लाला दिन में अपना अधिकतर समय खत लिखने में व्यतीत करता था। ज्यादातर लोग ताश खेलते रहते थे, विशेषकर उस दौरान, जब प्रचंड हवाओं के कारण हमें अंदर ही रहना पड़ता था।

मौसम के बारे में की गई भविष्यवाणी बिल्कुल सही साबित हुई, जब 25 अप्रैल की सुबह प्रचंड हवाओं ने कैंप को झकझोरना शुरू कर दिया। अशांति और विक्षोभ ने पूरे पर्वत को अपनी चपेट में ले लिया। हम जिस शांत वातावरण और सुख का अनुभव कर रहे थे, वह अतीत की बात हो गई।

26 अप्रैल की शाम को मौसम के पूर्वानुमान संबंधी प्रसारण में बताया गया कि 27 अप्रैल से 1 मई तक मौसम स्थिर रहने और मध्यम वेग की हवाएँ चलने की संभावना है। उसी शाम गुरु और चक्रवर्ती दोनों बेस कैंप से आ गए। गुरु पूर्णतया स्वस्थ हो गया था और एकदम चुस्त-दुरुस्त लग रहा था। पहली शिखर टोली की मदद के लिए उसे आया देखकर हम खुश थे। हमने विचार किया कि मौसम ने अपनी मेहरबानी का हाथ एक दिन पहले ही खींच लिया तो हमें कम-से-कम एक दिन तो और अपने हाथ में रखना चाहिए; यही सोचकर हमने निर्णय किया कि हमें 27 अप्रैल को सीधे कैंप-IV के लिए चल देना चाहिए, जिससे कि हम 30 अप्रैल को शिखर पर पहुँचने का प्रयास कर सकें। साउथ कोल पर या अंतिम कैंप पर एक दिन व्यर्थ चले जाने की आशंका से इनकार नहीं किया जा सकता था।

27 अप्रैल की सुबह सब लोग भले-चंगे और जोश में थे। आसमान साफ था, धूप तेज थी और हवाएँ शांत हो गई थीं। शेरपा लोग अपने-अपने लद्दू सामान की जाँच कर रहे थे और सदस्य यह देखने में व्यस्त थे कि वे कोई अत्यावश्यक चीज अपने रकसैक में रखना तो नहीं भूल गए। जिस समय हम प्रस्थान के लिए तैयार खड़े थे। मौसम देवताओं को प्रसन्न करने के उद्देश्य से ग्यात्सो ने पिछली शाम को प्रार्थना-पताकाओं की एक लंबी रंगी-बिरंगी लड़ी एडवांस बेस कैंप में लगा दी थी। सुबह के ठीक 9 बजे हम अपनी राह चल पड़े, सदस्यों और शेरपाओं की छह रस्सियाँ, एक के पीछे एक। मौसम के मेहरबान रहने की उम्मीद के सहारे।

एडवांस बेस कैंप (21,300 फीट) से कैंप-IV (25,000 फीट) तक पहँचने के लिए हमारे सामने एक लंबा दिन पड़ा था। हम तेज-तेज चलकर सुबह के 11:30 बजे कैंप-III (22,900 फीट) पहुँच गए। शिखर टोली को गंभीर विकार या बिगाड़ से बचाए रखने के लिए हमने निर्णय लिया कि कैंप-III से आगे चढ़ाई के लिए और रात में भी ऑक्सीजन का प्रयोग किया जाए। जूस का एक घूँट लेकर और ऑक्सीजन की एक-एक बोतल अपने पीठ-थैले (रकसैक) में रखकर हम ल्होत्से मुख के दुष्कर निचले भाग पर चढ़ने चले। गुरु और मेरे लिए इस अभियान के दौरान ल्होत्से मुख की ओर यह

पहली यात्रा थी। हमने सुना तो बहुत था कि कैंप-III के सौ-दो सौ फीट ऊपर बड़ी कठिन हिम सीढ़ी है, लेकिन असलियत में हमें, तब पता चला, जब हमने इसे देखा, और इससे भी अधिक, इस पर चढ़ने का प्रयास करते समय हमारी समझ में आया कि इसका नाम 'गोंबु का संत्रास' क्यों रखा गया। वहाँ ठोस बर्फ की एक लगभग खड़ी दीवार थी, जिसमें पाँव जमाने के लिए न तो कोई सीढ़ी बनी हुई थी, और न पकड़ने के लिए कुछ था। सिर्फ दो झूलती हुई रस्सियाँ थीं, जिन पर किसी कसरती पहलवान की तरह हमें खुद को ऊपर घसीटते जाना था।

हाँफते और फुफकार मारते हुए आखिरकार हम उस दीवार पर चढ़ने में कामयाब हो ही गए। ढाल कुछ कम हुई और हम धीमे-धीमे कदम बढ़ाते हुए दो लीटर प्रति मिनट की दर से ऑक्सीजन खींचते हुए चलते रहे। शेरपा लोग ऑक्सीजन का इस्तेमाल नहीं कर रहे थे, फिर भी वे हमारे साथ कदम मिलाकर चल रहे थे। धीरे-धीरे और संतुलित गति से हमने ऊपर-और ऊपर चढ़ना जारी रखा। गुरु और मुझे बहुत मशक्कत करनी पड़ी। पहले तो गुरुदयाल को अपने ऑक्सीजन मास्क से कुछ परेशानी हो रही थी और जब उसकी परेशानी दूर कर दी गई, मेरा दम घुटने लगा। गुरु बड़ी मुश्किल से मेरी तरफ आया और मेरे शेरपा मिंग्मा ने मुझे तब तक पकड़कर रखा, जब तक गुरु ने मेरे मास्क में आई गड़बड़ी को ठीक नहीं कर दिया। यह सब काम समाप्त होते-होते गुरु और मैं बुरी तरह हाँफने लगे थे। 'गोंबु के संत्रास' (Gambu's Horror)' के ऊपर अपेक्षाकृत आसान चढ़ाई थी, जिससे हमें बड़ी राहत महसूस हुई। चढ़ाई का कोई अंत नहीं था, हमारी शक्ति चुक रही थी, हमारा धैर्य कम होने लगा था और हम थकने लगे थे।

हमें चलते-चलते तीन-चार घंटे हो गए, लेकिन कैंप-IV कहीं नजर नहीं आ रहा था। शाम को 5 बजे के बाद जाकर कैंप हमें दिखाई दिया। गोंबु और चीमा एक घंटा पहले ही वहाँ पहुँच गए थे। पिछले दो दिन की तेज हवाओं ने कैंप-IV पर कठोर प्रहार किया था। वहाँ लगे सात तंबुओं में से एक उड़कर दूर जा गिरा था, एक बिल्कुल फट गया था और शेष पाँच तंबुओं की हालत भी बहुत खराब थी। इसके अलावा हमारा एक ट्रांजिस्टर रेडियो, तीन हवाई गद्दे और चार स्लीपिंग बैग भी खो गए थे। रेडियो सेट के टूटे-फूटे टुकड़े बाद में शेरपाओं की एक टोली को ल्होत्से मुख से नीचे जाते हुए मिले।

सर्दी बढ़ने लगी थी और ठहरने की समस्या को लेकर हम चिंताग्रस्त थे। भला हो हमारे बहादुर शेरपाओं का; सारी समस्या तब हल हो गई जब कुछ शेरपाओं ने आग्रह किया कि वे हवाई गद्दों और स्लीपिंग बैग के बिना ही सो जाएँगे। जहाँ तक हमारा संबंध है, हमें चार के बजाय छह लोगों को नीचे फ्रेंच जेमिट टेंट में ठुँसना पड़ा। पॅमोरी के पीछे सूर्यास्त हमने अपने स्लीपिंग बैग में घुसते-घुसते पश्चिमी आसमान से पिघलता हुआ स्वर्णिम प्रभा मंडल देखा। वफादार दावा नोर्बू ने हमारे जेमिट टेंट के बीच के कक्ष

में खाना पकाने का काम किया और हमें भरपूर मात्रा में जूस और भोजन दिया। रात बड़ी तकलीफदेह थी। हम इस तरह ठुँसे हुए थे कि हमारे लिए करवट बदलना भी मुश्किल था। फिर भी प्रति मिनट आधा लीटर ऑक्सीजन के सहारे हमने रात में अच्छी-खासी नींद ले ली।

हम सुबह 9 बजे तक आराम से लेटे रहे, जब तक कि एकदम साफ नीले आकाश से निकले चमकते सूरज ने हमारे कैंप पर दस्तक नहीं दी। साउथ कोल से साउथ समिट (दक्षिणी शिखर) तक का पूरा मार्ग साफ दिखाई दे रहा था। मैंने शेरपाओं को साउथ-ईस्ट रिज पर 28,000 फीट की ऊँचाई पर वह गुंबद दिखाया, जहाँ हमें अपना अंतिम कैंप स्थापित करना था।

हम जैसे ही अपने टेंट से बाहर आए और चलने को तैयार हुए, मुझे अचानक बहुत तेज पेट-दर्द महसूस हुआ। मुझे यह सोचकर घोर निराशा होने लगी कि अब में साउथ कोल तक भी नहीं पहुँच सकूँगा। अपना ऑक्सीजन मास्क पहनकर मैंने नई बोतल से ऑक्सीजन के दो-चार कश लिये और पाँच मिनट के अंदर मेरा दर्द गायब हो गया। जब मैं अपना ऑक्सीजन मास्क हटा रहा था, उसी समय चीमा मेरे पास आया और उसने भी वैसी ही उदर पीड़ा की शिकायत बतलाई। उसका रंग फीका पड़ गया था और मेरी तरह वह भी डर रहा था कि उसे वापस जाना पड़ेगा। मैंने उसे वही उपचार बताया, जो मैंने किया था। बस, कुछ ही देर में वह भी भला-चंगा हो गया।

जल्दी-जल्दी नाश्ता करने के बाद हम बीस लोगों ने वहाँ से प्रस्थान किया, और ल्होत्से खड्ड की रस्सी-पड़ी पूरी लंबाई को पार करते हुए हम अपने कीलदार जूते निकाले बिना ही पीली पट्टी के दूसरे छोर तक चले गए। चट्टानें गरम थीं और हमने वहाँ कुछ देर बैठने का सुख लिया। जिनेवा पर्वत-स्कंध के चारों ओर का रास्ता अच्छा बना हुआ था और चूँकि 38 आदमी उस रास्ते से पहले ही साउथ कोल तक ऊपर जा चुके थे, इस कारण भी रास्ता चलने लायक हो गया था। तीन घंटे से भी कम समय में हम वहाँ पहुँच गए थे। हमेशा की तरह हवाएँ प्रचंड वेग से बह रही थीं और साउथ कोल उतना ही उजाड़ एवं सुनसान था, जैसा हमेशा रहता है। चीमा और वांग्याल का साउथ कोल आने का यह पहला अवसर था। दोनों काफी उत्तेजित थे। हमने तीव्र हवा का सामना करते हुए तंबू गाड़ने में करीब दो घंटे लगाए। ऑक्सीजन की पुरानी खाली बोतलों का इस्तेमाल हमने तंबुओं की स्थापक रस्सियों को स्थिर रखने के लिए किया। आसमान साफ था और प्रचंड हवाओं के बावजूद हमने बहुत सारे फोटों खींचे। सर्दी अब बढ़ने लगी थी और हवाएँ अधिक तीव्र हो रही थीं। हवाओं के सर्द थपेड़े हमारे चेहरे पर पड़ रहे थे। हवाएँ हमें हिला देती थीं, हमें चक्कर खिला देती थीं, और हमारे बदन में ठंड से सिहरन दौड़ जाती थी।

हम अपने टेंटों के अंदर सरक गए और हमें बड़ी राहत महसूस हुई। गुरुदयाल, दावा नोर्बू-I और मैं जेमिट टेंट में थे, जबकि शिखर यात्री एक कसे हुए टेंट में थे। दावा नोर्बू ने बुटेन गैस चालू करके खाना पकाना शुरू कर दिया। हमें चाय, सूप और जूस दिया गया, फिर शिखर यात्रियों के आ जाने पर हम सबने मिलकर भरपेट भोजन किया। हवा अभी भी बहुत तीव्र थी और सारी रात शोर मचाती रही। गुरु और मैंने पिछले अ भियानों के दौरान साउथ कोल पर कुछ दिन बिताए थे और हम इन हालातों से बखूबी परिचित थे। तथापि हमें आशा थी कि अगला दिन शांत होगा और हम आगे जा सकेंगे।

शाम को जब हमने अपना वॉकी-टॉकी सेट चालू किया, हमें एक सुखद आश्चर्य हुआ, हम अपने एडवांस बेस कैंप के साथ संपर्क कायम करने में कामयाब रहे। हम बहुत उत्साहित थे, क्योंकि विगत में कोई भी दूसरा अभियान साउथ कोल से वायरलेस स्थापित करने में सफल नहीं हुआ था।

डॉ. चक्रवर्ती लाइन पर था। उसने सूचित किया कि वोहरा, ऐंग कामी, बहुगुणा तथा रावत की दूसरी शिखर टोली कैंप-III पहुँच गई है। अगले दिन वे कैंप-IV के लिए आगे चल पड़ेंगे। साउथ कोल पर मौसम संबंधी हालतों को ध्यान में रखते हुए मैंने विचार किया कि दूसरी शिखर टोली को उस समय तक प्रतीक्षा करनी चाहिए, जब तक कि पहली टोली अंतिम कैंप के लिए न निकल जाए, अन्यथा यदि दोनों टोलियों को साउथ कोल या उससे ऊपर खराब मौसम की वजह से सीमित स्टॉक बहुत घट जाएगा। मैंने चक्रवर्ती से कहा कि वह तत्काल कैंप-III को यह संदेश भेज दे कि दूसरी शिखर टोली वापस एडवांस बेस कैंप चली जाए और आगे आदेश मिलने तक वहीं इंतजार करे।

सारी रात प्रचंड हवाओं ने पर्वत को बुहारना जारी रखा। तंबू की दीवारें फड़फड़ाती रहीं और सदस्यों तथा शेरपाओं, दोनों के प्रति मिनट एक लीटर ऑक्सीजन का इस्तेमाल करने के बावजूद रात भर सोना दूभर हो गया। हमारी नींद भी उखड़ी-उखड़ी रही। लगभग हर एक घंटे में मेरा ऑक्सीजन मास्क मेरे चेहरे से खिसक जाता; और हर बार मुझे मास्क को ठीक से बिठाना पड़ता, श्वास संथलन के कारण कुछ नमी, जो मास्क के अंदर इकट्ठा हो जाती थी, मेरे मुँह पर टपकने लगती, जिससे मेरी परेशानी और भी बढ़ जाती। फिर भी इन सारी कठिनाइयों के बावजूद मुझे और गुरु को छोड़कर सदस्यों तथा शेरपाओं ने काफी आरामदेह रात गुजारी। मैं एक असमतल सतह पर लेटा हुआ था और अनजाने में गुरु को टेंट की दीवार तक धकेलता रहा, जो दीवार हवाओं का कठोर प्रहार झेल रही थी। बेस कैंप में लंबे समय तक बीमार रहने के बाद, वह अभी भी बहुत चुस्त-दुरुस्त नहीं हो पाया था। वह जान गया था कि ऐसी दशा में उसके लिए आगे अंतिम कैंप तक जाना कतई संभव नहीं होगा। इसी कारण उसने यह फैसला किया कि ऑक्सीजन का इस्तेमाल करना उसकी तरफ से उचित नहीं होगा। "लेकिन तुम पूरी तरह ठीक

नहीं हो, तुम्हें ऑक्सीजन का प्रयोग करना चाहिए", मैंने उसे समझाया। मैंने उसे अपनी ऑक्सीजन की बोतल देनी चाही। "हम दोनों इसका प्रयोग करेंगे", मैंने कहा। लेकिन गुरु नहीं माना। "कल मैं आखिरी कैंप तक नहीं जा रहा हूँ, अतः मैं कोई भार नहीं बनूँगा।"

करीब-करीब हर घंटे बाद गुरु मुझे जगाकर शिकायत के लहजे में कहता, "मोहन तुम मुझ पर बहुत दबाव डाल रहे हो।" मैं खेद प्रकट करता और कहता कि गुरु तुम मेरी जगह आ जाओ, मैं उस तरफ हो जाता हूँ। लेकिन यह माननेवाला नहीं था। टेंट के दूसरे सिरे पर दावा नोर्बू निश्चिंत होकर सो रहा था। बाहर हवाओं का गरजना और चीत्कार करना जारी था। ऐसी क्या बात है कि एवरेस्ट पर हमारी किस्मत हमेशा हमारे खिलाफ हो जाती है? मैंने सोचा। दूसरों की किस्मत ने उनका साथ निभाया और साउथ कोल ने भी उनके प्रति कोई विरोध नहीं जताया लगता था। मैंने मन-ही-मन प्रार्थना की। मैंने यह आशा बनाए रखी कि कल स्थिति बेहतर होगी।

लेकिन अगली सुबह भी तंबुओं का बुरी तरह फड़फड़ करना जारी रहा। सुबह के 6 बज रहे थे और 7 भी बज गए। हवाओं का गरजना कम नहीं हुआ। ये हालात शायद हमें खबरदार कर रहे थे कि उस दिन हमारे लिए आगे जाने की कोई संभावना नहीं है। मैं आहिस्ता से उठा, कपड़े पहने और टेंट के बाहर आ गया। गुस्सैल हवाओं से संघर्ष करते हुए और खुद को गरम रखने के लिहाज से अपने कपड़ों को पकड़े-पकड़े मैं किसी तरह शिखर यात्रियों के टेंट में दाखिल हो गया। वे पहले ही उठ खड़े हुए थे, और पूरी पोशाक पहनकर चढ़ाई पर जाने के लिए तैयार थे। "चिंता की कोई बात नहीं है, हम नौ बजे तक प्रतीक्षा कर सकते हैं", मैंने कहा। हमने ताश खेलते हुए सुबह के नौ बजा दिए। किंतु हवाएँ उतने ही तीव्र वेग से निरंतर बह रही थीं। हमारे पास एक और दिन रुके रहने के सिवा कोई चारा नहीं रह गया था। मौसम के बारे में अब मैं असलियत में आशंकित था। मैंने सोचा, 'अगर अगले दिन भी मौसम में सुधार नहीं हुआ, तो हमारे इन चार सशक्त पर्वतारोहियों को अंतिम संघर्ष के लिए भेजना समझदारी नहीं होगी।' चार में से सिर्फ ग्यात्सो और गोंबु को साउथ कोल के आगे का रास्ता मालूम था। मैंने महसूस किया कि ऐसी स्थिति में बेहतर होगा कि एक जोड़ी को नीचे भेज दिया जाए। ग्यात्सो और वांग्याल आगे बढ़ने के लिए उत्सुक थे, और इस कारण से मैंने गोंबु तथा चीमा को नीचे चले जाने के लिए कह दिया। जैसे ही वे दोनों साउथ कोल से जाने को तैयार हुए, मैंने चीमा की आँखों में आँसू देखे और गोंबु को हतोत्साहित होते देखा; गोंबु ने जब एल्युमिनियम के डंडे से बँधा भारतीय ध्वज मुझे लौटाया, उस समम उसके चेहरे का रंग फीका पड़ गया था। उनको इतना उदास देखकर मैं मर्माहत था और कुछ सोच-विचार करने के बाद मैंने फैसला किया कि बेहतर यही होगा कि हम एक दिन और साथ बने रहें। इस बात से चीमा और गोंबु के चेहरे खिल उठे।

खूब सारा जूस पीने के बाद हम 'कचरा-कबाड़ बाड़े' की तरफ चले गए। हमें वहाँ अमरीकियों द्वारा छोड़े गए चीज (पनीर) और ओवल्टीन के कुछ डिब्बे मिले। चीज में खटास आ गई थी, लेकिन ओवल्टीन इस्तेमाल किया जा सकता था। शेरपाओं ने ऑक्सीजन के मलबे में छान-बीन करके ऑक्सीजन की दो या तीन बोतलें खोज निकालीं जो कुछ-कुछ खाली थीं।

साउथ कोल पर दूसरा दिन अच्छा गुजरा। दिन का अधिकांश समय हमने ताश खेलने या जूस पीने में बिताया। हमने अपना भोजन जेमिट टेंट में ग्रहण किया और बर्फ पिघलाने के लिए प्रत्येक टेंट में बुटेन स्टोव जलते रहे।

वांग्याल ने वायरलेस सूचना-संप्रेषण के लिए खपरैल कैंप से पचास गज की दूरी पर एक अच्छी जगह खोज ली थी। यह वॉकी-टॉकी स्थल एक बड़े गोल पत्थर की आड़ में था और वहाँ से एडवांस बेस कैंप दिखाई देता था। वहाँ से हम एडवांस बेस कैंप और बेस कैंप, दोनों के साथ संपर्क बनाने में सफल रहे। आवाज बहुत साफ आ रही थी। बारी-बारी से प्रत्येक सदस्य को एक बार में दस से पंद्रह मिनट तक वॉकी-टॉकी को सँभालना था हड्डियाँ-गलानेवाली सर्दी में और तीक्ष्ण हवाओं का सामना करते हुए सुन्न पड़ी उँगलियों के साथ वायरलेस सेट को हाथ से सँभालने के लिए पर्याप्त इच्छा-शक्ति तथा धैर्य की आवश्यकता होती है। लेकिन वांग्याल कभी काम से पीछे हटना नहीं जानता था। तेज हवाओं, निम्न तापमान और ऊँचाई का उसके मजबूत बदन पर कोई असर नहीं होता था। वह सुबह-सुबह अपने गरम स्लीपिंग बैग का आराम छोड़कर टेंट से बाहर निकल आता और ठंड तथा सर्द हवा की परवाह न करते हुए वायरलेस सेट चलाने का काम सँभाल लेता।

गोंबु ने अपने समय और ऊर्जा का उपयोग स्थिर तसवीरें खींचने और चल-चित्र बनाने में किया। साउथ कोल पर हमारा दूसरा दिन समाप्त होने की बेला में हम सभी पूर्णतया स्वस्थ एवं भले-चंगे थे।

हमारी दूसरी रात भी उसी तरह गुजरी, हमारे तंबू की दीवारें रात भर तेज हवाओं के थपेड़े झेलती रहीं। गुरु को छोड़कर सभी सदस्यों ने रात गुजारने के लिए ऑक्सीजन का प्रयोग किया। शेरपाओं को दूसरी रात ऑक्सीजन का कतई इस्तेमाल न करने या बहुत कम इस्तेमाल करने की सलाह दी गई।

अगली सुबह जब हम उठे तो पाया कि हवाओं का वेग उतना ही तीव्र बना हुआ है, उसमें कोई कमी नहीं आई है। गुरु और मैंने स्थिति पर सोच-विचार किया। क्या हमें और एक दिन इंतजार करना चाहिए या पीछे हट जाना चाहिए? मेरा विचार था कि एक दिन और प्रतीक्षा करना बेहतर होगा।

मैं चलकर शिखर यात्रियों के टेंट तक गया। वे सब खामोश थे। हम सुबह 9:15

बजे का मौसम संबंधी पूर्वानुमान सुनने के लिए बैठ गए। खबर चौंकानेवाली थी। खराब मौसम और भी खराब होने जा रहा था और यह स्थिति अगले तीन या चार दिनों तक बनी रहने की संभावना थी। साउथ कोल पर एक और दिन बिताने का अब कोई अर्थ नहीं रह गया था। हमें तत्काल लौट जाना था।

आधा घंटे के अंदर हम नीचे जाने के लिए तैयार हो गए, निराशा, किंतु निरुत्साहित नहीं। एवरेस्ट ने हमें खदड़ने के लिए एक बार फिर अपने सबसे भयानक एवं दुर्जेय हथियार का प्रयोग किया था। लेकिन हम जल्दी वापस आने के लिए दृढ–निश्चयी थे।

हमने अपना सारा सामान टेंटों के अंदर इकट्ठा किया और टेंटों को उसके ऊपर गिरा दिया। ऐसा हमने इसलिए किया, ताकि साज–सामान सुरक्षित रहें और टेंटों को उजड़ने से बचाया जा सके। हम ऑक्सीजन के बिना ही जल्दी–जल्दी नीचे चले गए। हम थोड़ी देर के लिए वॉकी–टॉकी की जगह रुके। यह स्थान एक बड़े गोल पत्थर की आड़ में भली–भाँति सुरक्षित था, किंतु हवाएँ इतनी प्रचंड थीं कि इसके चारों ओर चक्कर काट रही थीं। वांग्याल और मैंने एडवांस बेस कैंप से संपर्क जोड़ा और दूसरी टोली को हमारे लिए जगह बनाने हेतु नीचे चले जाने के लिए कहा। वायरलेस से काम लेते समय कुछ मिनट में हमारे हाथ जम गए। तेज हवाएँ हमारे रास्ते से हमारे पाँव उखाड़ रही थीं। रास्ते पर बने रहने के लिए हमें जबरदस्त जद्दोजहद करनी पड़ रही थी। गुरु दिशा से भटक गया और हमारी दृष्टि से ओझल हो गया; तथापि हम उसकी आवाज सुन सकते थे। वांग्याल गुरु की तरफ दौड़ा, और इधर गोंबु तथा मैंने रास्ता खोजने का प्रयास किया। हवाओं का कर्कश चीत्कार भयंकर था। 1962 के अभियान की स्मृतियाँ पुनः मेरे मन में उभरने लगीं, हम शिखर आरोहण का प्रयास त्याग कर वापस आ रहे थे। सोनम, हरी डैंग, गुरुदयाल और मैंने साउथ कोल या उसके ऊपर छह रातें बिताई थीं, हम बहुत कमजोर हो गए थे। क्रुद्ध हवाओं ने हमें कोल से बाहर खदेड़ दिया था। 1960 में भी गोंबु, सोनम और कुमार के साथ और फिर वोहरा, ऐंग तेंबा और मेरे साथ यही कहानी दोहराई गई थी। हमें साउथ कोल से नफरत हो गई।

जैसे ही हम जेनेवा पर्वत–स्कंध के नीचे पहुँचे, हवा एकदम शांत हो गई। थोड़े विश्राम के बाद हम कैंप-IV पहुँच गए और फिर ल्होत्से से नीचे उतरकर, कैंप-III आ पहुँचे। अब हम तेज गति से पर्वत उतर रहे थे। आश्चर्य की बात है, साउथ कोल पर दो दिन और दो रातें गुजारने के बाद भी हम बहुत स्वस्थ महसूस कर रहे थे। ऑक्सीजन के अभाव का असर अब गुरु पर दिखाई देने लगा था। वह बहुत जल्दी थकान महसूस करने लगा और कैंप-IV पहुँचने तक वह पूरी तरह निस्तेज हो गया। वह ल्होत्से मुख से बहुत धीरे–धीरे, लगभग घसीटते हुए नीचे उतर रहा था, जबकि वांग्याल ने उसे पीछे से खूँटी से बाँध रखा था।

नीचे, 'गोंबु के संत्रास' तक पहुँचने पर हमें अपने एक बहुत ही अच्छे शेरपा, सीखू फोर्च को देखकर बड़ी खुशी हुई, जो गरम कॉफी के साथ हमारा इंतजार कर रहा था। हम दौड़कर उससे मिले। कैंप-III से एडवांस बेस के आधे रास्ते में हमने दो लोगों को धीरे-धीरे, बहुत मुश्किल से चलकर अपनी तरफ आते हुए देखा। वे मुल्क राज और लाला थे, जो हमारे लिए गरम जूस लेकर आ रहे थे। हमें दुबारा एक साथ होकर बड़ी खुशी का अनुभव हो रहा था। हम एडवांस बेस कैंप की ओर चल दिए, जबकि मुल्की और लाला ऊपर कैंप-III की तरफ गुरु और वांग्याल से मिलने चले गए, जो अभी तक ल्होत्से मुख पर ही थे। ऐसा लगता था कि रात घिरने से पहले एडवांस बेस कैंप तक नहीं पहुँच पाएँगे। मुल्की और लाला गुरु से मिलने के लिए ऊपर की ओर कदम बढ़ाते रहे। वह ल्होत्से मुख से नीचे की आधे से अधिक दूरी तय कर चुका था, लेकिन वह बहुत धीमी गति से चल रहा था। एक बार फिर हमारा पुराना प्रिय सखा सीखू फोर्चू ल्होत्से की निचली जोखिम भरी पहाड़ियों के ऊपर से दौड़ता हुआ आया और उसने गुरु तथा वांग्याल को गरम-गरम कॉफी पीने के लिए दी। भला हो उसका और वांग्याल का, जिनकी मेहरबानी से, वे तीनों, मुल्की और लाला के साथ रात आठ बजे तक एडवांस बेस कैंप पहुँच सके।

उस दिन एडवांस बेस कैंप में रात को विशेष दावत का इंतजाम था। ग्यात्सो को तुष्ट करना था और वह हमने किया ग्यात्सो को खाने में भुना हुआ चिकन परोसकर, जो टोनी द्वारा लाया गया था। उन्हें अब कुछ दिनों तक इसकी जरूरत नहीं होगी। डिनर पर मैंने अपनी भावी योजना का ऐलान किया, "पूरी-की-पूरी टीम को वापस बेस कैंप जाना होगा और मौसम सुधरने तक वहीं आराम करना होगा।"

अगले दिन सुबह-सुबह एडवांस बेस कैंप जल्दी खाली कर दिया गया। सिर्फ दानू और उसकी सहायता के लिए एक और शेरपा को पीछे छोड़ दिया गया, ताकि वे मौसम के बारे में हमें वायरलेस पर सूचना देते रहें और हमसे बातचीत करते रहें। कमर में रस्सी बाँधे हम लोग बारी-बारी से नीचे उतरते हुए कैंप-I पहुँचे। हिमपात रेखा को पार कर उसके सदा बदलते चेहरे को पीछे छोड़ते हुए, दोपहर बाद करीब 1:30 बजे हम अंततः बेस कैंप पहुँच गए।

□

मजबूरन आराम करना

1 मई को समस्त अभियान दल बेस कैंप में था। केवल दानू और एक शेरपा पीछे एडवांस बेस कैंप में रह गए थे; दानू के पास एक वॉकी-टॉकी सेट था और वह दिन में तीन बार बेस कैंप से संपर्क कर सकता था। साउथ कोल से हमारे चल देने के बाद हवाओं ने जोर पकड़ लिया। यहाँ तक कि बेस कैंप में भी हम उनकी सीटी और चीत्कार सुन सकते थे। बेस कैंप में लगे विशाल प्रार्थना-ध्वज निरंतर फड़फड़ कर रहे थे; बहुत बड़ा और मजबूती से गड़ा मेस-टेंट भी एक पत्ते की भाँति काँपने लगता था।

थांडुप अपनी रसोई में सक्रिय था और फड़फड़ करते कैन्वस के सिरों को पकड़ कर नीचे खींचकर बाँधने की कोशिश कर रहा था। लोहे के बेकार तारों और रस्सी के टुकड़ों से रसोई की छत का सिरा मजबूती से बाँध दिया गया था और चूल्हे की आग उसी तरह जलने लगी, जैसे पहले जल रही थी। दूसरे टेंटों को भी दुबारा ठीक-ठाक किया गया और उन्हें स्थिर रखने की मजबूत व्यवस्था की गई। हम सब लोग एक निश्चित अवधि के लिए आराम करने और पुनः चुस्त-दुरुस्त, स्वस्थ होने के लिए बस गए।

जून के पहले सप्ताह तक मानसून आने की संभावना नहीं थी और हमारे पास अभी एक माह से भी अधिक समय था। तब तक हुई प्रगति काफी संतोषजनक थी। साउथ कोल पर सामान का पर्याप्त भंडार था और करीब दस शेरपाओं को वहाँ इतना सामान पहुँचाने के लिए एक फेरा और लगाने की जरूरत थी कि शिखर की ओर जानेवाले चार या पाँच जोड़ों को किसी चीज की कमी महसूस न हो। अतः हम यथेष्ट प्रयासों के लिए पूरी तरह तैयार थे। वास्तव में बुल ने तो अपनी जुआरी प्रवृत्ति के अनुसार शर्त भी लगाई हुई थी कि इस बार का अभियान अवश्य सफल होगा।

बेस कैंप में पहले कुछ दिन मजे में बीते। हम आराम से उठते थे, जब सूरज निकल आता था; सूरज की गरमी में अपने बिस्तर से निकलना और तैयार होना अच्छा लगता था। उठते ही 'सुबह के संगीत की स्वर-लहरी' हमारे कानों को प्रिय लगती, जो उस मेस टेंट से बहकर नीचे आ रही होती थी, जहाँ चीमा, अहलू, बोगी, लाला और बी.पी. ने डेरा डाला हुआ था या हिंदी गानों की धुनें हमें उठाती थीं, जो मेरे टेंट के साथ लगे सोनम ग्यात्सो के छोटे से लामा टेंट से आ रही होती थीं।

जोशीला पसांग या सदैव हँसता रहनेवाला दोर्जी टेंट की जिप खोलता और एक छोटे से छेद में से एक मग आगे बढ़ाकर कहता, "साहिब चाय।"

'साहिब चाय!' शब्दों के साथ सुबह हमारा स्वागत होता था। ग्यात्सो सामान्यतः एक विशेष चाय की माँग करता था, अदरक और मिर्चीवाली चाय; हम में से भी बहुत लोग 'स्वास्थ्य के लिए लाभदायक' मानकर यह चाय लेने लगे थे। नाश्ता अकसर देरी से होता, क्योंकि सदस्यगण गरम धूप सेंक रहे होते थे और भूल जाते थे कि यह नुकसानदेह भी हो सकता है। खाना लोग अपनी-अपनी पसंद-नापसंद के अनुसार माँगते थे और थांडुप सबको संतुष्ट करने की जादूगरी में माहिर था।

नाश्ते में आमतौर पर पराँठे या पूरियाँ होती थीं, आलू की भाजी, अंडा, मक्खन, जैम, खूब सारा अचार और कभी-कभी कलेजी भी होती थी। लंच और डिनर के लिए हमें हमेशा चपाती, दाल, कोई सब्जी और भेड़ का माँस या याक का सालन मिलता था। डिनर आमतौर पर मेस टेंट में परोसा जाता, जो हमारा 'मनोरंजन एवं भोजन कक्ष' बना हुआ था, लेकिन जब कभी बहुत अधिक सर्दी होती, थांडुप की रसोई अधिक सुखद

लगती थी। याक का मांस परोसने पर थोड़ा विरोध हुआ था, क्योंकि इसे गोमांस के बराबर समझा जा सकता था, लेकिन बुल ने सारी शंकाएँ दूर कर दीं। वह खुद ब्राह्मण था, और संदेह को मिटाने के लिए उसने खुद याक का मांस खाया।

ग्यात्सो, गोंबु, वांग्याल और ऐंग कामी अपना अधिकांश समय रसोई में बिताते थे, या तो खाना खा रहे होते थे या 'ब्रिगेडियर' थांडुप के साथ यह चर्चा कर रहे होते कि अगले भोजन के लिए क्या-क्या बनना है। वे मक्खन और नमक के साथ तिब्बती चाय सुड़कते।

सदस्यगण बाजी लगाकर ताश खेलते—'जो जीतेगा, वह दिल्ली में सबसे बढ़िया रेस्तराँ में डिनर, लंच या टी पार्टी देगा।' निस्संदेह, शर्त कभी चुकाई नहीं गई। वे गपशप करते, किस्से-कहानियाँ सुनाते, स्त्रियों, प्यार और सेक्स के बारे में बातचीत और बहस करते। घर की याद आती थी और हमारे आगे जो काम पड़ा था, उसके बारे में सोच-विचार होता था।

आराम और सुस्ती का एक सप्ताह बीत गया, लेकिन अभी भी मौसम सुधरने की कोई आशा नहीं थी। हम अब बेचैन होने लगे थे। अपने खाली समय का लाभ उठाने और स्वयं को चुस्त-दुरुस्त रखने के उद्देश्य से हम खुंबु ग्लेशियर और उसके आस-पास के क्षेत्र की छान-बीन करने निकल गए। यह अनुभव बहुत महत्त्वपूर्ण साबित हुआ। हमने कई खूबसूरत और रोमांचकारी गुफाएँ खोज निकालीं। लंबी-लंबी पतली और झिलमिल करती हिमवर्त्तिकाएँ पर्वतारोहियों की आँखों, कानों तथा मुँह को ढकनेवाला अद्भुत नक्काशीदार परदा बनाती हुई प्रतीत होती थीं। उनकी तसवीरें खींचने के लिए किसका मन लालायित नहीं होता। प्रगामी ग्रीष्मकाल के कारण ग्लेशियर पर अनेक धाराएँ फूट निकली थीं और उनके कुंड बन गए थे, जिनके कारण बर्फीले पानी पर छोटे-छोटे हिमशैल तैरते नजर आ रहे थे। वोहरा को एक ऐसी गुफा मिली, जिसकी छत से अनेक छोटी-छोटी बर्फ की नुकीली कलमें (अर्थात् हिमवर्त्तिकाएँ) लटकी हुई थीं।

वांग्याल को एक पुराने स्विस-कैंप की जगह का पता चला, जहाँ उसे ऑक्सीजन की भरी हुई एक बोतल मिली। ऑक्सीजन की बोतल हमारे लिए बहुमूल्य थी, क्योंकि हमारा अभियान ऑक्सीजन की कमी महसूस कर रहा था, और एक अतिरिक्त बोतल के मिलने या खो जाने से बहुत फर्क पड़ सकता था। कैंप के अवशेषों में हर एक ने कुछ-न-कुछ खोजने का प्रयत्न किया, किसी को एक कारबाइनर मिला, किसी को ऑक्सीजन की खाली बोतल, कोई पुराना मग और इसी प्रकार की अन्य वस्तुएँ।

शाम के समय 'पिशाच गली (फैंटम् ऐलि)' से होकर सैर के लिए निकलना सदैव दिलचस्प लगता था, हमारे बेस कैंप के निकट हिम-स्तंभों से भरे इस क्षेत्र को स्विस निवासियों ने यह नाम दिया था। एक 200 गज लंबे और विशेष रूप से समतल

हिम–मार्ग के दोनों ओर बर्फ की ऊँची–ऊँची दीवारें थीं। दोपहर की चाय, जिसके साथ आमतौर पर पकोड़े या बिस्कुट दिए जाते थे, पीने के बाद सदस्यों को भिन्न–भिन्न दिशाओं में चहल–कदमी करते देखा जा सकता था, लेकिन अंत में वे हमेशा 'पिशाच गली' में आ पहुँचते थे। 1960 में सोहन सिंह और मैं, जब कभी हम बेस कैंप में होते थे, नियमित रूप से ऐसी सैर के लिए जाया करते थे। सोहन सिंह अपनी संध्या–स्तुति किया करता था और मुझे उसकी इस सराहनीय धार्मिक उपासना में शामिल होना अच्छा लगता था। मैंने जिंदगी में कभी इतनी प्रार्थना नहीं की, जितनी अपने पर्वतारोहण अभियानों पर रहते हुए की है। यह बात दूसरों के संबंध में भी शायद इतनी ही सच है। एक भारतीय होने के नाते, मैंने बचपन से ही पर्वतों को तीर्थ–स्थानों जैसा सम्मान देना सीखा है और उनके पास विन्रमता एवं आदर भाव से जाने की शिक्षा पाई है। और अब 1965 में सोहन सिंह सरीखा यह मंगु था, जो नित्य प्रार्थना करने में विश्वास रखता था और हम में से कुछ लोग हमेशा उसके चारों ओर इकट्ठा होकर उसकी पवित्र वंदना का श्रवण करते थे।

5 मई को हमने 13 शेरपाओं की एक मंडली भेजी, जो तेज हवाओं का सामना करते हुए और एक असफल प्रयास के बाद अंतत: 8 मई को साउथ कोल पहुँचने में कामयाब हुए। बेस कैंप में अधिकतर शेरपाओं ने सदस्यों की भाँति ताश खेलते हुए स्वयं को व्यस्त रखा। वे जो खेलते थे, उसे ब्रिज का एक सरलीकृत रूप कहना उचित होगा, लेकिन वे खेलते बड़े जोश से थे। वे हर पत्ता बड़े जोर से नीचे पटकते। उन्हें खेलते हुए देखकर मैंने गौर किया कि बहुत से पत्ते घिस गए थे, कुछ पत्ते अपने मूल आकार की तुलना में आधे रह गए थे, जबकि दूसरे पत्ते और भी छोटे थे, सारे पत्ते धब्बे लगे हुए और गंदे थे। मैंने तुरंत ताश का एक नया बंडल मँगवाया, लेकिन दो घंटे बीतते–बीतते उन ताशों की भी वही दशा हो गई। मैं हार गया।

उन्हीं दिनों हमसे मिलने एक महिला आई, जिसे देखकर हमें सुखद आश्चर्य हुआ। उस महिला से हमारा पुराना परिचय था—श्री हरीश्वर दयाल, स्व. श्री हरीश्वर दयाल की विधवा। श्री हरीश्वर दयाल नेपाल में हमारे राजदूत हुआ करते थे। दयाल दंपती ने काठमांडू में एकाधिक बार बड़ी शालीनता से हमारी मेहमानवाजी की थी और उनका वह आतिथ्य–सत्कार अभी तक हम भूले नहीं थे। दु:खी और शोकग्रस्त, श्रीमती दयाल कई स्थानों पर धार्मिक अनुष्ठानों का निर्वाह करने हेतु यात्रा पर निकली हुई थीं और उन स्थानों में हिमपात तथा गोराक शेप भी शामिल था, जहाँ दिवंगत राजदूत ने अंतिम साँस ली थी। श्रीमती लीला दयाल के साथ अन्नपूर्णा ख्याति का सुपरिचित शेरपा ऐंग ठर्के था, जो 1962 के एवरेस्ट अभियान पर हमारा सरदार था। अपने स्वर्गीय पति की स्मृति में कुछ अंतिम संस्कारों का निर्वाह करने के अतिरिक्त श्रीमती दयाल को हिमपात की चढ़ाई चढ़ने की भी तीव्र इच्छा थी। हम नहीं चाहते थे कि वे इस प्रकार का जोखिम उठाएँ।

लेकिन उनके पक्के संकल्प को जानकर हमने उन्हें ऊपर जाने दिया। वोहरा और अहलू की संगति में वे बड़ी दृढता के साथ आगे बढ़ती गईं। दो घंटों के अंदर वे हिमपात पर काफी ऊपर तक चढ़ गई थीं। कुछ प्रार्थनाओं के पश्चात् वे बेस कैंप लौट आईं; इस समय उनका चेहरा प्रसन्नता और संतुष्टि के भाव से दमक रहा था। एवरेस्ट हिमपात पर जानेवाली वे पहली महिला थीं।

हर तीसरे या चौथे दिन नमचे बाजार से कुछ कुली रसद तथा ताजा सब्जियाँ लेकर बेस कैंप पहुँच जाते थे। उनके साथ कुछ शेरपानियाँ भी चली आती थीं। उनमें से कुछ का हमारे शेरपाओं के साथ संबंध था, जो कैंप में एक रात गुजारने का कोई मौका छोड़ना नहीं चाहते थे। हम इस चीज को बढ़ावा देने के हक में नहीं थे; अनुशासन की दृष्टि से यह उचित नहीं था। शेरपा सरदार और डिप्टी सरदार से परामर्श के बाद यह तय हुआ कि अगर कोई भी शेरपा किसी औरत को उचित कारण के बिना अपने टेंट में आने देता है तो उसे 30 रुपए हरजाना देना होगा। यही नियम अभियान के सदस्यों पर भी लागू होता था। मैंने अपना टेंट श्रीमती दयाल के लिए छोड़ दिया था और उन्हें वहाँ एक रात गुजारने की अनुमति दे दी थी। मुझे भी दंड स्वरूप 30 रुपए देने पड़े।

आराम की अवधि के दौरान हमने बेस कैंप के समीप छोटे-छोटे आरोहण कार्यक्रम आयोजित किए। अधिकतर लोग नाश्ते के बाद चले गए और लंच के समय तक लौट आए, जबकि दूसरे लोग बँधा हुआ लंच अपने साथ ले गए और दोपहर बाद वापस आ गए। चढ़ाई के लिए पॅमोरी और खुंबुत्से के ढलान बहुत अधिक लोकप्रिय थे। खुंबुत्से के लिए छोटे-छोटे पत्थरों की एक खड़ी ढाल पर चढ़ना होता था, और इस चढ़ाई में बड़ा मजा आता था। यह चढ़ाई उस समय और भी अधिक रोमांचकारी एवं जोश दिलाने वाली होती थी, जब दक्षिणी शिखर और एवरेस्ट के उत्तरी मुख के दृश्य प्रकट होने लगते थे। थोड़ा और ऊपर चढ़ने पर नॉर्थ कोल भी दिख जाता। एवरेस्ट गिरि-पिंड का लोभहर्षक दृश्य नजर आता था।

एक दोपहर को शेरपाओं की एक टोली ने हिमपात के ऊपर जाते हुए सात चीनी सैनिकों को ल्हो-ला पर देखा, जो हमारे बेस कैंप से बामुश्किल एक मील दूर तिब्बत-नेपाल सीमा पर एक दर्रा है। शेरपाओं में बहुत उत्तेजना थी, उन्हें देखने के लिए वे नीचे बैठ गए। इन चीनी सैनिकों ने हलके नीले रंग की वरदी पहनी हुई थी और वे दो रस्सियों पर थे। वे करीब आधा घंटा तक एक ही जगह खड़े-खड़े हमारे बेस कैंप और कैंप-I की ओर देखते रहे। फिर उन्होंने खुंबुत्से पर दो-चार फीट ऊपर चढ़ कर एवरेस्ट के पश्चिमी स्कंध को देखा और चले गए।

कुछ देर बाद हमें खबर मिली और यह खबर जंगल की आग की तरह फैल गई। एक दिन बाद नमचे बाजार पड़ताल-चौकी में भी यही चर्चा चल रही थी। वे सैनिक

शायद यह पता लगाने आए थे कि हम कहीं वेस्ट रिज (पश्चिमी पर्वतमाला) से होकर जाने का प्रयास तो नहीं कर रहे हैं, जिसका कुछ हिस्सा बहुत ऊपर शिखर के निकट तिब्बती क्षेत्र में पड़ता है और जिसे उस क्षेत्र में घुसपैठ माना जा सकता है।

जब से चीनी सैनिकों को ल्हो-ला पर देखा गया था, उस घाटी में हमारी रुचि बढ़ गई थी। कुमार के मन में उस तरफ जाने का विचार काफी समय से घुमड़ रहा था और अब उसने ल्हो-ला पर चढ़ने का पक्का इरादा कर लिया था। एक सुबह कुमार मेरे टेंट में तशरीफ लाया और उसने ल्हो-ला पर चढ़ने की इजाजत माँगी। बुल को नेपाली संपर्क अधिकारी, ले. राणा के रूप में एक वॉलंटियर भी मिल गया था। मुझे कुमार की योजना अच्छी लगी और मैंने मंजूरी दे दी; मुझे इस बात की विशेष खुशी थी कि राणा अब वास्तविक पर्वतारोहण में रुचि दिखला रहा था। वे दो शेरपाओं, पेंबा सुंदर और लॉपसाँगू को साथ लेकर सुबह जल्दी बेस कैंप से चले गए। पेंबा सुंदर 1955 में अंतरराष्ट्रीय ल्होत्से अभियान के एक सदस्य के साथ उस घाटी में पहले जा चुका था।

एक घंटे के अंदर वे अवलांश कोन (हिमानी शंकु) पहुँच गए और वहाँ से चढ़ना आरंभ कर दिया। वे हाथ-पाँव का पूरा जोर लगाकर चट्टानी फलक पर चढ़ पाए, और फिर एक रस्सी का सहारा लेकर खड्ड के किनारे-किनारे आगे गए। लेकिन जब वे नीचे एक ऐसी जगह पहुँचे, जो घाटी से उतरकर आती हुई बर्फीली झील के निचले भाग की तरह दिखती थी, उन्होंने एक अलंघ्य हिम-दरार को सामने पाया, जिसने उन्हें पीछे हटने के लिए बाध्य कर दिया। ल्हो-ला ग्लेशियर तक पहुँचने से पहले उन्हें खड्ड की खड़ी ढाल पर चढ़ना पड़ा, जबकि वहाँ हिम-स्खलन का बहुत खतरा रहता था। कुमार के शब्दों में, और फिर जब मैंने ऊपर दक्षिणी पर्वत-स्कंध की तरफ देखा, मेरी साँस गले में ही अटकी रह गई। मुझे ऐसा महसूस हुआ, जैसे मेरे पेट में कोई छुरी घोंप दी गई हो। हमारे सिर के ऊपर एक ग्लेशियर लटका हुआ था। लेकिन अब वापस जाने का कोई मतलब नहीं था और हमने शेष 1,000 फीट की चढ़ाई यथासंभव तीव्र गति से पार करने का निश्चय कर लिया। यह ग्लेशियर एक चमकते शीशे की चाँद जैसा था, यह एकदम ढालू था और उसपर चढ़ना बहुत ही मुश्किल था। अंततः दोपहर 12:30 बजे हम दर्रे में थे।

यह दर्रा अथवा तंग-घाटी एक पोलो मैदान जितना विस्तृत और लगभग सपाट था। यह धीरे-धीरे नीचे रांगबुक ग्लेशियर की ओर चला गया था, कोई भी व्यक्ति आसानी से रपटता हुआ दस मिनट में ल्हो-ला से रांगबुक ग्लेशियर पहुँच सकता था। हमने रांगबुक ग्लेशियर की तरफ देखा और यह पता लगाने का प्रयत्न किया कि कोई चीनी तो वहाँ नहीं है। कोई भी नहीं था।

उन्होंने दर्रे मे करीब दो घंटे बिताए। उस दर्रे से हिमपात उतना ही भयावह लग रहा

था, जैसा चालीस वर्ष पहले मैलोरी ने बतलाया था। जब कुमार और उसके संगी-साथी लौटकर बेस कैंप आए तो वे बुरी तरह थके हुए थे। यह एक दुर्गम चढ़ाई थी और हम सब उनके, विशेषकर राणा के साहस की सराहना किए बिना न रह सके, जो पर्वतों के लिए अभी नया था।

बेस कैंप के दक्षिण में नुप्तसे की तरफ एक और दिलचस्प चढ़ाई थी, एक शैल-शिखर की चढ़ाई। गोंबु, चीमा और ऐंग कामी इस चट्टानी चोटी पर चढ़ने में सफल रहे। यह लगभग 2,000 फीट की चढ़ाई थी, जिसके लिए पर्याप्त तकनीकी, दक्षता की जरूरत थी। यह एक चित्ताकर्षक चोटी थी और चूँकि उनके विचार में यह एक अछूती चोटी थी, उन्होंने इस पर चढ़ने में बड़े आत्म-संयम से काम लिया। लेकिन उनका सारा जोश उस समय पानी हो गया, जब उन्हें उस चोटी पर टीन का एक खाली डिब्बा मिला। उस डिब्बे में एक कागज था, जिस पर 1956 के स्विस एवरेस्ट अभियान के इग्लस, रीस और एक शेरपा का नाम लिखा जा चुका था।

अपने खाली समय में हम बहुत तरह की बातें करते थे। 13,000 फीट के ऊपर घास कितनी जल्दी हरी-भरी हो जाती है? और यह कि इसका फैसला कौन करेगा। ऐसे-ऐसे विषयों पर चर्चा और बहस होती थी। जवाब भी उतने ही विचित्र और विविध होते, ऐसा अप्रैल या जून में हो सकता है; जोशी अपनी बात साबित करने के लिए गोराक शेप से एक डिब्बा भर कर हरी घास ले आया। गुरु जाकर एक रंगीन फोटो खींच लाया। इसमें घास का रंग भद्दा भूरा था।

इस बीच हवाओं का चीत्कार करना और गरजना बराबर चलता रहा। हमें पता चला कि पर्वतारोहण का मौसम मई के अंत तक खुला रहनेवाला है, इसी कारण हम मई के मध्य तक प्रतीक्षा कर सकते थे। लेकिन जब हमने देखा कि दस दिन के बाद भी मौसम-नियंत्रक देवों के नरम पड़ने का कोई संकेत नहीं मिल रहा है, तो हमें कुछ चिंता सताने लगी। मौसम विभाग कुछेक हिमालय-पर्वतीय केंद्रों पर किए प्रेक्षणों पर आधारित मौसम-संबंधी पूर्वानुमानों की जानकारी हमें दे रहा था। मौसम विभाग का कहना था कि यदि हम चाहते हैं कि पूर्वानुमान अधिक विश्वसनीय हों तो हमें रोजाना एवरेस्ट पर व्याप्त स्थानीय मौसम के हालात के बारे में दिल्ली को संकेत करते रहना होगा। हमें उनका यह सुझाव पसंद आया और हमने शिखर पर हवाओं की तीव्रता तथा दिशा का निर्धारण करने के उद्देश्य से पॅमोरी के स्कंध पर एक प्रेक्षण चौकी स्थापित करने का निश्चय किया। हमने अपने बेस कैंप के ठीक पाँच सौ फीट ऊपर प्रेक्षण चौकी स्थापित की। वहाँ से साउथ कोल, साउथ शिखर और अंतिम शिखर भी स्पष्ट दिखाई देता था। हम लोग बारी-बारी से यहाँ आते थे। हमारी रिपोर्टें दिन में दो बार दिल्ली भेजी जाती थीं और ये रिपोर्टें बहुत उपयोगी पाई गईं। अधिक ऊँचे कैंप पर निहारने के लिए मुल्कराज, जोशी

और चक्रवर्ती 9 मई को एडवांस कैंप तक चले गए थे।

बेस कैंप में डेरा डाल लेने के दौरान हमारा ध्यान एक ही समस्या पर सबसे अधिक अटका रहा, और वह समस्या हमारे पास उपलब्ध ऑक्सीजन की मात्रा को लेकर थी। ऑक्सीजन की कुल 150 बोतलों में से करीब 44 बोतलें अप्रैल में रास्ते बनाने के काम और पहली असफल चेष्टा में पहले ही खर्च हो चुकी थीं। शेष 106 बोतल ऑक्सीजन चार जोड़ों के लिए अपेक्षित न्यूनतम मात्रा थी। किंतु शिखर यात्रियों की इन जोड़ियों में से किसी एक को भी साउथ कोल पर या अंतिम कैंप में एक दिन भी अधिक रुकना पड़ गया, तो चौथे जोड़े की शिखर चढ़ने की संभावना पूरी तरह नष्ट हो जाएगी। हमें यह बात ध्यान में रखना जरूरी था कि अच्छे मौसम में बेस कैंप से शिखर के लिए जो भी टोली निकलेगी, उसे आखिर तक अच्छा मौसम मिलेगा, इस बात की संभावना लगभग 30 प्रतिशत थी। 1960 और 1968 में, दोनों बार, मौसम-देवताओं के प्रकोप का सामना करने के बाद हमें किसी बेहतर मौसम की आशा नहीं रही थी। तथापि सभी पर्वतारोहियों की भाँति हम भी आशावादी थे और सबकुछ अच्छा होने की कामना कर रहे थे।

अभियान के सभी सदस्य पूर्णतया स्वस्थ एवं भले-चंगे थे और मुझे विश्वास हो चला था कि यदि अवसर दिया जाए, तो हर सदस्य शिखर छूने के इस प्रयास में सफल हो सकता है। लेकिन हमें ऑक्सीजन के सीमित स्टॉक का भरसक सदुपयोग करना था। काफी सोच-विचार के बाद यह फैसला हुआ कि शिखर की ओर अग्रसर टोलियों को कैंप-IV (25,000 फीट) के आगे जाकर ही ऑक्सीजन का इस्तेमाल करना चाहिए। कैंप-IV से कैंप-V तक वे 2 लीटर प्रति मिनट की दर से केवल आधी बोतल इस्तेमाल कर सकते हैं, और बाकी आधी बोतल का इस्तेमाल साउथ कोल में रात के समय किया जा सकता है। इस प्रकार हम करीब 16 बोतल बचा सकते हैं। 1963 में अमरीकी अभियान के साथ रह चुके एक शेरपा ने बताया कि ऑक्सीजन की इस्तेमाल न की गई कुछ अमरीकी बोतलें उसकी जानकारी के अनुसार, वेस्ट रिज पर कैंप-III में पड़ी हुई हैं। मुल्की, जोशी और चक्रवर्ती 9 मई को एडवांस बेस कैंप के लिए निकल गए थे, अतः उनसे कहा गया कि वे वेस्ट रिज जाएँ और वहाँ पड़ी बोतलों को खोजकर लाने का प्रयास करें। लेकिन इससे पहले कि वे वेस्ट रिज तक जाने का कोई रास्ता निकाल पाते, शेरपाओं से आगे पूछ-ताछ में पता चला कि ऑक्सीजन की जिन बोतलों का जिक्र किया जा रहा है वे कैंप-III में नहीं, बल्कि कैंप-IV में हैं। यद्यपि कैंप-IV हमारी पहुँच से बाहर नहीं था, फिर भी इतना पास भी नहीं था कि वहाँ जाने का जोखिम उठाया जा सके। अतः हमने इस कोशिश को छोड़ना ही बेहतर समझा।

मई 14 : आँख खुली तो सुबह का शांत, नीरव वातावरण देखकर मन प्रसन्न

हुआ। न तो हवा चल रही थी और न एवरेस्ट पर गर्वीला ताज था। अविश्वसनीय नजारा था। "क्या मैंने कहा नहीं था कि पूर्णिमा के आस-पास वातावरण एकदम शांत होगा?" सोनम ग्यात्सो खुशी से चिल्ला रहा था। (15 मई की रात पूनम की रात थी)।

अभियान में शामिल होने से पहले धार्मिक प्रवृत्तिवाले ग्यात्सो ने सिक्किम स्थित रमटेक बौद्ध मठ के परम पावन ग्याल्वा करमापा और सिक्किम में ही लाचुंग के शुशांग रिपोचे से भेंट की थी, उनका आशीर्वाद प्राप्त किया था। परमपावन करमापा ने ग्यात्सो को एक प्रार्थना-ध्वज और गुरु रिंपोचे की एक छोटी मूर्ति देते हुए विश्वास दिलाया था कि प्रयास सफल होगा और कोई भी विपत्ति कुछ बिगाड़ नहीं पाएगी। उन्होंने ग्यात्सो को यह भी आश्वासन दिया कि हमारा अभियान सफल होगा। इसके अलावा करमापा ने यह वचन भी दिया कि अभियान जितनी अवधि तक पर्वत पर रहेगा, उस अवधि के दौरान वे अभियान की कुशलता-क्षेम एवं सफलता के लिए प्रार्थना करेंगे। शुशांग रिंपोचे, जिन्हें एक अचूक भविष्यवक्ता माना जाता है, ने ग्यात्सो को तीन प्रार्थना-ध्वज दिए थे, खराब मौसम का सामना करने के लिए दो लाल झंडे और बुराई को दूर रखने के लिए एक सफेद झंडा। उन्होंने भी अभियान की सफलता के लिए प्रार्थना करने का वचन दिया था। ग्यात्सो को पूर्ण विश्वास था कि इन आशीर्वादों में बड़ी शक्ति होती है। जब अप्रैल में खराब मौसम के कारण अभियान को एवरेस्ट से पीछे हटना पड़ा था और अखबारों में यह खबर फैल गई थी, उस समय श्रीमती ग्यात्सो अपने चेहरे पर चिंता की रेखाएँ लिये परम-पावन करमापा के दर्शन करने गई थीं। किंतु परमपूज्य करमापा ने श्रीमती ग्यात्सो को विश्वास दिलाया था कि चिंता की कोई बात नहीं है, मौसम बदलेगा और अभियान को सफलता मिलेगी। करमापा ने कहा था कि वे प्रार्थना कर रहे हैं। ग्यात्सो ने भी बेस कैंप से सिक्किम में हमारे राजनीतिक अधिकारी को संदेश भेजकर परम पूज्य करमापा से मिलने का अनुरोध किया था। राजनीतिक अधिकारी ने अपने बदले श्रीमती ग्योत्सो से अनुरोध किया कि वे एक बार फिर परम पूज्य करमापा से भेंट करें। श्रीमती ग्यात्सो ने उनसे भेंट की और यह आश्वासन लेकर लौटीं कि 'अभियान को सफलता मिलेगी।' राजनीतिक अधिकारी ने सुशांग रिंपोचे को भी एक संदेश भेजा, जिसके उत्तर में सूचना मिली कि आप्तपुरुष शुशांग रिंपोचे ने विशेष रूप से हमारे अभियान की सफलता के लिए एक माह तक प्रार्थना करने का व्रत ले रखा है।

"मैं समझता हूँ, आगे चलने का समय आ गया है।" गुरुदयाल ने अपने टेंट से दबी आवाज में कहा। चारों तरफ उत्साह की लहर फैल गई। तथापि मौसम के पूर्वानुमान के अनुसार अगले तीन दिन तक तेज हवाएँ चलने की संभावना थी। हमने तुरंत श्री सरीन को एक संदेश भेजकर सूचित किया कि पर्वत पर इस समय पूरी शांति है और इसके साथ ही हमने उनसे यह बताने का अनुरोध किया कि क्या मौसम विशेषज्ञों की राय में अगले

कुछ दिन तक मौसम अच्छा रहने की संभावना है। जवाब बेचैन करनेवाला था। विशेषज्ञों का कहना था कि तेज हवाएँ चलती रहेंगी। हमारा धैर्य समाप्त हो रहा था। "यदि मौसम लगातार, तीसरे दिन भी अच्छा रहा, हम एकाएक ऊपर चल पड़ेंगे।" मैंने घोषणा कर दी। खैर, हमें पता था कि मानसून से पहले का सन्नाटा समीप है और बेहतर होगा कि हम आगे बढ़ चलें। यदि आवश्यक हुआ, तो हम एडवांस बेस कैंप में प्रतीक्षा कर सकते हैं, जहाँ से टोलियाँ हरी झंडी मिलते ही बाहर निकल पड़ेंगी। शुरुआत करने के लिए 16 मई का दिन पक्का हो गया।

जबरन आराम और इंतजार करने का समय समाप्त हुआ। पूरे तीन सप्ताह से लगातार भीषण कोप धारण किए चलती रही हवाओं की प्रचंडता अब जाकर खत्म हुई। खबर यह भी आ गई थी कि नेपाल ने भावी अभियानों के लिए अपने दरवाजे बंद कर दिए हैं। हमारा यह आखिरी मौका था। हमें इस अवसर का पूरा-पूरा लाभ उठाना था और इस जोश में कोई कमी नहीं आने देना था।

शिखर टोलियों का चयन 16 ता. से पहले पूरा कर लिया जाना था। हालाँकि मैंने काफी समय पहले ही टोलियों के बारे में निर्णय कर लिया था और मेरा निर्णय अप्रैल प्रयास के लिए पिछले शिखर गुटों के चयन पर आधारित था, फिर भी मैंने महसूस किया कि बेस कैंप छोड़ने से पहले टोलियों के नामों की दुबारा घोषणा कर देना बेहतर होगा। एक शिखर टोली का चुनाव करना हमेशा मुश्किल होता है, लेकिन पंद्रह में से तीन या चार शिखर यात्रियों को चुनना कोई बड़ा झंझटवाला काम नहीं होता है। हमारे मामले में सवाल वास्तव में गैर-शिखरयात्रियों को चुनने का था, शेष भी शिखरयात्री हो सकते थे। हमारी संशोधित योजना के फलस्वरूप ऑक्सीजन की बचत के कारण, हमारे पास पाँच जोड़ों के लिए पर्याप्त ऑक्सीजन थी और उसके पीछे हमारी धारणा यह थी कि सब कुछ ठीक-ठाक चलना चाहिए और किसी भी टोली को साउथ कोल के अंतिम पड़ाव पर एक दिन भी अतिरिक्त बिताने की जरूरत नहीं पड़नी चाहिए। इसका मतलब था कि सिर्फ दस आदमियों को चुना जा सकता है। हमारी टीम के लगभग सभी सदस्य पूर्णतया स्वस्थ थे और आगे चढ़ाई पर जाने के लिए अत्यधिक उत्सुक थे। जोशी को एक पक्का पर्वतारोही होने के बावजूद ऑक्सीजन के बिना कैंप-IV के लिए चढ़ाई चढ़ते समय कुछ तकलीफ हो गई थी : ऑक्सीजन के साथ वह कुछ बेहतर कर पाता। लेकिन जैसा कि हमने कैंप-IV तक जाने के लिए ऑक्सीजन इस्तेमाल न करने का फैसला किया था, जोशी को शिखर की होड़ से बाहर रखना आवश्यक हो गया था। दो सदस्यों को 'अयोग्य घोषित किया जाना था। सौभाग्यवश गुरुदयाल और मुल्कराज ने स्वयं अपनी तरफ से 'सहायक' बनकर जाने की इच्छा जताई, जिससे चयन की समस्या आसान हो गई। जिन लोगों को एवरेस्ट जैसे पर्वतों पर चढ़ने का अनुभव प्राप्त है, वे ही

समझा सकेंगे कि 'सहारा' देने के लिए जाने वाले सदस्य की भूमिका किसी शिखरयात्री की भूमिका के मुकाबले कहीं अधिक महत्त्वपूर्ण तथा श्रमसाध्य हो सकती है। सहायक अथवा प्रोत्साहक की भूमिका में गुरु, मुल्की और जोशी से बेहतर संगी-साथी हमें नहीं मिल सकते थे।

पहली शिखर टोली में गोंबु तथा चीमा थे और दूसरी में सोनम ग्यात्सो तथा सोनम वांग्याल थे। ये चारों शेष सभी की तुलना में निस्संदेह सबसे अधिक बलवान् थे। दूसरे तीन जोड़े इस प्रकार थे—वोहरा और ऐंग कामी, रावत और बहुगुणा, बी.पी. सिंह और आहलूवालिया। यह भी निश्चित किया गया कि मौसम के हालात और ऑक्सीजन की सप्लाई को देखते हुए अंतिम दो जोड़े एक-साथ आगे जाएँगे। लिये गए निर्णय के अनुसार, प्रत्येक टोली को साउथ कोल तथा अंतिम कैंप में सिर्फ एक रात रुकना था। इस नियम से कुछ छूट पहले जोड़े को दी गई थी, जिसे अंतिम कैंप स्थापित करने की महत्त्वपूर्ण जिम्मेदारी मिली थी। मैंने उन्हें इजाजत दे दी थी कि यदि आवश्यक हो, वे साउथ कोल या अंतिम कैंप में एक रात गुजार सकते हैं। सौभाग्य से यह आवश्यक नहीं था।

शिखर टोलियों का गठन होने और उनके आगे प्रस्थान करने की तारीखों का ऐलान किए जाने के साथ ही उस कैंप में अचानक जान आ गई, जो पिछले करीब एक पखवाड़े से नींद में था। गोंबु और चीमा ने आधा साज-सामान बाँध लिया। ग्यात्सो और वांग्याल ने संसार की सबसे ऊँची छत पर भोजन के लिए उपयुक्त व्यंजनों के बारे में 'ब्रिगेडियर' थांडुप के साथ लंबा विचार-विमर्श किया। ग्यात्सो अच्छे भोजन का बहुत शौकीन है और ऊँचाई का उसकी क्षुधा पर कभी कोई असर नहीं पड़ता है। वह चाहे कितनी भी ऊँचाई पर हो, उसे खाना उतनी ही मात्रा में चाहिए, जितना वह आमतौर पर खाता है। दोनों सोनम ने अपने लिए और अपने शेरपाओं के लिए भरपूर खाद्य-सामग्री ले जाने का प्रबंध कर लिया। शिखरयात्री जिस समय जाने की तैयारी कर रहे थे, उसी समय पेंबा नोर्बू यथेष्ट मात्रा में चिकन लेकर आ गया। एवरेस्ट के आस-पास तीन अभियानों की मौजूदगी के कारण चिकन और अंडे नमचे क्षेत्र से गायब हो गए थे और पेंबा नोर्बू को इन्हें प्राप्त करने के लिए बहुत आगे तक जाना पड़ा था। याक और बकरे का कुछ ताजा मांस भी मिल गया था। मंगु का भंडार विविध प्रकार के मांस से भरा हुआ था और प्रत्येक टोली अपनी पसंद का कुछ भी ले सकती थी। आलू भूनना, पराँठे सेंकना और न जाने क्या-क्या; थांडुप की रसोई चौबीसों घंटे चालू रहती थी।

अहलू ने, जो आखिरी जोड़ी में था, बार-बार हिसाब लगाना और जाँचना शुरू कर दिया कि जब उसकी जोड़ी की बारी आएगी, तब तक पर्याप्त ऑक्सीजन उनके लिए बचेगी या नहीं। चढ़ाई करते ऊपर जाते हुए फिल्म बनाने की जिम्मेदारी सी.पी. अहलू

और गुरु की थी। उन सबने फोटोग्राफी संबंधी जरूरतों के बारे में आपस में चर्चा कर अपने साज–सामान को व्यवस्थित किया। बी.पी., बहुगुणा, रावत और ऐंग कामी अपने–अपने बिस्तर में छुपे हुए आराम कर रहे थे। अपने सफर की तैयारी के लिए अभी उनके पास काफी समय था।

शिखर जोड़ों को दो–दो दिन के अंतराल पर आगे जाना था। यह व्यवस्था आखिरी कैंप पर भीड़–भाड़ न होने देने के लिहाज से की गई थी, क्योंकि अगर कोई टोली शिखर तक पहुँचने के प्रयास के बाद आखिरी कैंप से उसी दिन नीचे नहीं उतर सकी, तो समस्या हो सकती थी।

15 मई को पूर्णिमा की रात थी। लेकिन कुछ शेरपाओं की मदद से बुल ने 'पिशाच गली' के निकट एक इग्लू बना लिया। यह इग्लू इतना अच्छा था कि हमने चाँदनी रात में पिकनिक मनाने और खुले में भुने मांस का मजा लेने का फैसला किया। कई पेट्रोमैक्स जलाकर और अलाव लगाकर रात्रि–शिविर–समारोह का आयोजन किया गया। सदस्यों और शेरपाओं ने खूब हँसी–मजाक किया और मौज–मस्ती की 'मजबूरन आराम' की अवधि समाप्त हो गई थी, और काम करने, आशा जगाए रखने, जोखिम उठाने तथा उत्तेजना की अवधि आरंभ हो गई थी।

□

शिखर विजय

गोंबु, गुरु और चीमा 16 मई की सुबह 8.15 बजे बेस कैंप से चले। सोनम वांग्याल उनके साथ हिमपात के पार वहाँ तक गया, जहाँ से 'कचरे का ढेर' कुछ ही दूरी, पर था। यह एक साफ और गरम दिन था। गरमी अब असहनीय होने लगी थी। हिमपात में हिम-दरारें चौड़ी हो गई थीं और किसी-किसी जगह बहुत बड़े-बड़े अथाह खड्ड बन गए थे। कामचलाऊ नसैनियों (अर्थात् सीढ़ी) तथा रस्सी के बने पुलों की मदद से उन्हें पार करना आसान नहीं था। दोपहर तक वे कैंप-I पहुँच गए। वहाँ उन्होंने करीब

एक घंटा विश्राम किया। कुछ जूस वगैरह पीने के बाद वे कैंप-II की ओर आगे चल पड़े। धूप बहुत गरम होने लगी थी और चौंध बहुत तेज। कैंप-I और कैंप-II के बीच आधे रास्ते में एक गहरी बड़ी हिमदरार थी, जिसे पार करना था। उसे पार करने के लिए टोली को अपने घुटनों पर रेंगना पड़ा। अब उन्हें कैंप-II के तीन मेस टेंटों की छाया दूर से नजर आने लगी थी। वे खुश थे कि अब मंजिल दूर नहीं। अंततः शाम 3:30 बजे वे कैंप-II पहुँच गए। गुरु, जिसने कैंप-I में विश्राम नहीं किया था, एक घंटा पहले ही कैंप-II पहुँच गया था और तरो-ताजा लग रहा था। कैंप-II पहुँचने पर मुल्की, जोशी और चक्रवर्ती ने टोली का स्वागत-सत्कार किया, जो पिछले सप्ताह से वहीं ठहरे हुए थे।

अगला दिन भी चमकीला और साफ था। नुप्त्से दीवार पर धूप की तेज चमक पड़ रही थी। सुबह जल्दी नाश्ता करने के बाद गोंबु, चीमा, गुरु, जोशी और चक्रवर्ती आठ शेरपाओं को साथ लेकर चार रस्सियों में कैंप-II से चले गए। कैंप-II और कैंप-III के बीच आधा रास्ता तय करने के बाद, गुरु को पेट में कुछ पीड़ा होने लगी और वह वापस कैंप-II चला गया। बाकी लोग कैंप-III पहुँच गए और जोशी एवं चक्रवर्ती ने रात भर के लिए वहीं रुकने का फैसला किया। गोंबु, चीमा और आठों शेरपा कुछ देर के विश्राम के बाद ल्होत्से मुख से निपटने के इरादे से आगे चल दिए। झुलसा देनेवाली गरमी में चलते जाना मुश्किल हो रहा था। उनका पहला पड़ाव 1962 के भारतीय कैंप के निकट था। गोंबु और चीमा शेरपाओं के आगे निकल गए और सायं 4:30 बजे तक कैंप-IV पहुँच गए। कैंप-IV पर लगे पाँच टेंटों में से दो टेंट बर्फ पड़ने तथा तेज हवाओं के कारण गिर पड़े थे। उन टेंटों को दुबारा खड़ा किया गया और कैंप-स्थल को ठीक-ठाक करने के बाद जेमिट टेंट और गाड़ा गया। चाय तैयार होने तक शेरपा भी आ पहुँचे। आश्चर्य की बात थी कि इतनी ऊँची चढ़ाई का उनपर कोई असर नहीं दिखाई पड़ रहा था, क्योंकि वे 48 घंटे से भी कम समय में 18,000 फीट की ऊँचाई से चलकर 25,000 फीट की ऊँचाई पर बने कैंप-IV में पहुँच गए थे। डिप्टी सरदार फू दोर्जी और ऐंग त्शेरिंग-II जैमिट टेंट में ठहरे तथा उन्होंने भोजन तैयार करने में मदद की। अन्य शेरपाओं को पाँच मीड टेंटों में ठहराने का इंतजाम किया गया। मौसम साफ था और दक्षिणी चोटी, जेनेवा पर्वत-स्कंध, पीली पट्टी, कैंप-II, नुप्त्से, चो-ओयु और ग्याचुंग कैंग सभी दिख रहे थे। तब तक टोली ने ऑक्सीजन का इस्तेमाल नहीं किया था। जब वे सोने के लिए कैंप-IV में गए, तभी उन्होंने ऑक्सीजन का प्रयोग किया और वह भी एक लीटर प्रति मिनट की दर से।

तीसरे दिन, अर्थात् 18 मई को गोंबु तथा चीमा दोनों जल्दी आ गए। वे रात भर चैन से सोए थे और पूरी तरह शांत-संयत एवं चुस्त-दुरुस्त लग रहे थे। सुबह 9:15 बजे वे साउथ कोल के लिए निकल गए। सूरज अभी पूरी तरह नहीं निकला था; हवा तेज,

ठंडी और कँपकँपानेवाली थी, जो उनकी पादांगुलियों और उँगलियों को सुन्न किए जा रही थी। ऑक्सीजन की जिन बोतलों का इस्तेमाल रात में किया गया था, उन्हीं बोतलों का इस्तेमाल किया जा रहा था, लेकिन ऑक्सीजन के प्रयोग की मात्रा बढ़ाकर दो लीटर प्रति मिनट कर दी गई थी। ल्होत्से खड्ड को उन्होंने पार कर लिया। पुराने रास्ते का कोई संकेत या निशान वहाँ नहीं था। कहीं-कहीं जड़ी गई रस्सियाँ अवश्य नजर आ रही थीं, जो अंशतः बर्फ से ढकी हुई थीं। रस्सियों से बर्फ हटाकर और उन रस्सियों को हथ-पकड़ के रूप में इस्तेमाल करते हुए उन्होंने खड्ड को पार किया और वे पीली-पट्टी (येलो बैंड) तक पहुँच गए। जेनेवा स्पॅर (जेनेवा पर्वत स्कंध) पहुँचने से पहले शिखर-आरोहियों ने थोड़ा विश्राम किया। जिनेवा स्पॉ के आड़े-तिरछे रास्तों से होकर वे साउथ कोल की तरफ चले। हवाएँ चलने लगी थीं और दक्षिणी शिखर के ऊपर बादलों तथा बर्फ की धुंध छा गई थी। प्रातः 11:15 बजे वे साउथ कोल पहुँच गए, गोंबु ने एक तंबू गाड़ा। चीमा ने साउथ कोल और परिदृश्य के कुछ चलचित्र लेने की कोशिश की, लेकिन उसका कैमरा ठीक से काम नहीं कर रहा था, अतः उसे कुछ स्थिर चित्रों से ही संतोष करना पड़ा। गोंबु और चीमा दोनों ने आखिरी कैंप के लिए निकलने से पहले अपने ऑक्सीजन मास्क, राशन, उपकरण आदि की अंतिम जाँच-पड़ताल की। मूवी मेकर ठीक हो गया और कुछ चलचित्र लिये गए। दोपहर के आस-पास बर्फबारी शुरू हो गई थी, लेकिन हवाएँ शांत हो गई थीं। चीमा ने वायरलेस के जरिए हमसे एडवांस बेस कैंप में संपर्क किया और उसे सूचित कर दिया गया कि अगले दिन उन्हें मौसम अच्छा मिलेगा। दो घंटे बाद बर्फबारी तो रुक गई, लेकिन हवाएँ फिर तेजी से चलने लगीं, जिनकी गति 100 किमी. प्रति घंटा से भी ऊपर थी। रात के खाने में चावल और चिकन परोसा गया और साथ में एक-एक मग गरमागरम स्वादिष्ट कॉफी। गोंबु, चीमा और ऐंग त्शेरिंग-II ने एक ही टेंट में रात गुजारी। आठ शेरपाओं में से तीन शेरपा पहले ही साउथ कोल से एडवांस बेस कैंप वापस चले गए थे। दूसरे शेरपाओं ने एक जेमिट टेंट का इस्तेमाल किया। शिखर-यात्रियों तथा उनके शेरपाओं ने उस शाम 7:30 बजे दिन समाप्ति का ऐलान कर दिया और सोने के लिए चले गए, इस हिदायत के साथ कि उन्हें एक लीटर प्रति मिनट की दर से ऑक्सीजन मिलेगी। उन्होंने रात भर के लिए पर्याप्त पानी उपलब्ध रहने का भी इंतजाम कर लिया था।

19 मई की सुबह सूरज ने पहाड़ों के बीच से निकलकर अपना मुखड़ा जल्दी दिखाने की कृपा की। गोंबु और चीमा को सुबह-सुबह चमकती धूप के दर्शन करके खुशी हुई। वे सुबह 5 बजे सज-धजकर तैयार थे। उन्होंने कैंप-II में मुझसे संपर्क किया। श्रवण एकदम स्पष्ट था और उसकी प्रफुल्लित आवाज सुनकर मुझे बहुत खुशी हो रही थी। लेकिन बाद में जब उन्होंने एडवांस बेस कैंप में मुझसे संपर्क करने का प्रयत्न किया,

उनकी बात मुझे ठीक से सुनाई नहीं पड़ रही थी। वे साउथ कोल से करीब 200 गज नीचे गए और फिर मुझसे संपर्क किया। मैंने उन्हें सूचित कर दिया कि मौसम के पूर्वानुमान के अनुसार प्रात:कालीन मौसम सुहाना रहने की संभावना है, लेकिन दोपहर तक मौसम का मिजाज बहुत बिगड़ सकता है।

साउथ कोल में कोई मामूली सी दुर्घटना हो गई थी, जिसके बारे में चीमा ने बाद में बताया। चीमा मुझसे बात करने के बाद जब वापस अपने टेंट में पहुँचा, तो टेंट के अंदर अचानक एक विस्फोट हुआ। विस्फोट इतना अचानक था कि अपने बचाव के लिए कुछ कर पाने का समय ही नहीं मिला। ऐंग त्शेरिंग ने फ्रूट जूस का एक बंद डिब्बा बुटेन स्टोव पर रख दिया था, जो काफी गरम हो जाने पर फट गया। विस्फोट बहुत तीव्र था, फिर भी किस्मत अच्छी रही कि किसी को खरोंच तक नहीं आई। बाद में उन्होंने इस बात का पूरा ध्यान रखा कि डिब्बा बंद जूस को डिब्बे का ढक्कन काटकर खोलने के बाद ही गरम किया जाए।

गोंबु और चीमा ने निश्चय किया कि अब और समय गँवाए बिना उन्हें चल देना चाहिए और अंतिम कैंप तक जल्दी-से-जल्दी पहुँच जाना चाहिए। गोंबु को याद आया कि 1963 में जब उन्हें जिम व्हिटेकर को साउथ कोल पर मौसम के ऐसे ही हालात का सामना करना पड़ रहा था, वे प्रचंड हवाओं के बावजूद अंतिम कैंप पर पहुँच गए थे। टोली सुबह 7.30 बजे अखिरी कैंप के लिए रवाना हुई, कैंप के लिए अभी जगह भी चुननी थी। उन्होंने कुछ देर आराम किया और मकालु और ल्होत्से के कुछ फोटो खींचे। फिर फू दोर्जी ने अगुवाई की। थोड़ी देर के लिए एक जगह और रुकना हुआ; ऑक्सीजन सिलेंडर बदले गए और दो लीटर प्रति मिनट की दर से ऑक्सीजन का इस्तेमाल करते हुए, गोंबु और चीमा ने खड्ड तक पुनः टोली का नेतृत्व किया। चलते-चलते वे रास्ते भर खपचियाँ लगाते गए, ताकि कदम रखने के लिए एक सीढ़ी जैसी बन जाए, और इस तरह एक घंटे की मेहनत के बाद वे खड्ड की चोटी पर पहुँच गए।

खड्ड के बीच से रास्ता बनाने का काम मुश्किल और जोखिमभरा था। पक्की जमी हुई बर्फ के ऊपर कोमल बर्फ की एक महीन परत थी; बर्फ काटकर पाँव रखने की सीढ़ी बनाने के काम में बड़ी सावधानी की जरूरत थी। खड्ड की चोटी से 1960 के अंतिम भारतीय कैंप तक शिखर यात्रियों तथा उनके शेरपाओं को चट्टानों पर चलना पड़ा। उस जगह पहुँच जाने पर गोंबु को एक स्पैनर (पाना) मिला, जिसका इस्तेमाल, जैसा कि उसने बताया, उसने 1960 में ऑक्सीजन की बोतलें खोलने के लिए किया था। उन्होंने पाया कि बर्फ बहुत गहरी है और वे घुटनों तक बर्फ में धँस गए हैं। वे और आगे उस जगह तक चले गए, जहाँ 1962 का अंतिम भारतीय कैंप लगाया गया था। थोड़ा और आगे चलने पर वे वहाँ पहुँचे, यह वही जगह थी, जहाँ 1963 में अमरीकी कैंप

स्थित था। गोंबु ने 1963 में जिम व्हिटेकर के साथ इस कैंप में जो समय बिताया था, उससे जुड़ी अनेक बातें याद करके वह भावुक हो रहा था। हालाँकि दो वर्ष बीत चुके थे, फिर भी दो स्लीपिंग बैग, रस्सियाँ और एक फटा-चिथड़ा टेंट अभी भी वहाँ पड़ा हुआ था। शिखर-यात्रियों ने वहाँ कुछ देर विश्राम किया, उनके शेरपा भी उनके पास आ गए थे, जिन्होंने वहाँ पहुँचते ही अमरीकी कैंप से स्लीपिंग बैग निकालना शुरू कर दिया। स्लीपिंग बैग बर्फ में दबे हुए थे और उन्हें खींचकर निकालना आसान नहीं था, लेकिन शेरपाओं ने यह काम बखूबी कर लिया। चीमा ने कबूल किया कि उसकी इच्छा एक अमरीकी स्लीपिंग बैग एक यादगार के रूप में अपने पास रखने की थी, लेकिन उसने इस लालच से खुद को रोक लिया।

अमरीकी कैंप के परे गोंबु अगुवाई कर रहा था; वह नरम बर्फ के अंदर कमर तक डूबा हुआ था। अतः गोंबु और चीमा ने रिज पर दुबारा चट्टानों की ओर रुख किया और कभी-कभी चट्टानों के ऊपर चलकर; और कभी नरम बर्फ के बीच से निकलते हुए चर्चा [illegible] था और जो 28,000 फीट की ऊँचाई पर था। उन्होंने तय किया कि वे अपने अभियान का अंतिम कैंप थोड़ा बाईं तरफ और उस उठान (कूबड़) के नीचे स्थापित करेंगे। उस जगह की ऊँचाई 27,930 फीट थी।

अंतिम कैंप को रिज पर उस टीले के थोड़ा नीचे स्थापित करने का फैसला समझदारी भरा था, क्योंकि अगर ऐसा न करते तो कैंप को प्रचंड हवाओं के थपेड़ों से बचाया नहीं जा सकता था। फू दोर्जी और ऊपर जाने के पक्ष में था, लेकिन उसकी बात नहीं मानी गई, क्योंकि ऊपरी क्षेत्र में तेज हवाओं के विरुद्ध कोई प्राकृतिक ओट या रक्षा-कवच नहीं था। फू दोर्जी का उत्साह समझ में आता था। एवरेस्ट के साउथ ईस्ट रिज पर स्थित इस अंतिम कैंप तक उसका यह चौथा दौरा था।

19 मई को सायं 12:30 बजे तक अभियान का आखिरी कैंप स्थापित हो चुका था। जगह की साफ-सफाई करके और बर्फ का समतलन करने के बाद टेंट गाड़ने के बाद शेरपा लोग शिखर-यात्रियों को छोड़कर चले गए। उन्होंने जाने से पहले शिखर-यात्रियों को हार्दिक शुभकामनाएँ अर्पित कीं। अपनी उदारता प्रकट करते हुए वे आंशिक रूप से इस्तेमाल की गई अपनी ऑक्सीजन बोतलें भी शिखर-यात्रियों के पास छोड़ गए। यह एक महत्त्वपूर्ण सद्भावना का प्रदर्शन था, शेरपाओं की विशिष्ट विशाल-हार्दिकता का प्रतीक, विशेषकर इसलिए थी, क्योंकि उनमें से प्रत्येक शेरपा ऑक्सीजन के चार-चार सिलेंडर उठाकर पहले ही अंतिम कैंप तक छोड़ गया था।

चीमा ने माना कि शेरपाओं के चले जाने के बाद वह कुछ-कुछ अकेला महसूस करने लगा था। चीमा ने हवाई पट्टी में हवा भरी, जबकि गोंबु ने एक फालतू नाइलॉन की रस्सी को काटकर टेंट को चट्टानों में गाड़े गए कीलों के साथ रस्सी के टुकड़ों से कस

दिया, ताकि तेज हवाएँ उसे उखाड़ने न पाएँ। गोंबु एक थैले में बर्फ भरकर लाया, ताकि उसे पिघलाकर पानी बनाया जा सके। मौसम साफ था, किंतु हवा तेज थी।

दोपहर में जब चीमा ने वायरलेस पर एडवांस बेस कैंप में हमसे संपर्क किया, हमें यह जानकर अतीव हर्ष हुआ कि हमारा आखिरी कैंप स्थापित हो गया है और वह भी इतनी ऊँचाई पर, जहाँ अब तक किसी दूसरे अभियान ने कैंप बनाने का साहस नहीं किया था। यह वास्तव में एक संतोषप्रद उपलब्धि थी। हमारी अनुवर्ती सफलता के महत्त्वपूर्ण कारणों में से एक कारण असल में इस कैंप का इतनी अधिक ऊँचाई पर स्थित होना भी था। तेज हवाएँ बाहर की बर्फ को बुहार कर टेंट के अंदर फेंक रही थीं और दोनों शिखर–यात्रियों को बर्फ हटाने के लिए बाहर जाना पड़ा; बर्फ हटाने के लिए उन्होंने कड़ाही और बर्फ तोड़ने की कुल्हाड़ियों का इस्तेमाल किया। अंतिम कैंप से दृश्य बहुत शानदार दिखता था, मकालू अपनी प्रभावकारी राजसी शान लिये खड़ा था, ल्होत्से और दक्षिणी शिखर साफ दिख रहे थे तथा मनोरम अमा डेबलम दूर से अपनी झलक दिखा रहा था, दूरस्थ थ्यांगबोचे की घाटी बहुत सुंदर, शांत और हरी–भरी दिख रही थी। अनेक चट्टानी नीरस गंजी और बर्फ ढकी, किंतु विस्मित कर देने वाली चोटियों को वहाँ से देखा जा सकता था।

शिखर–यात्री शाम का भोजन करने बैठ गए, उनके पास भुना हुआ चिकन था, जो वे नीचे से अपने साथ ले आए थे। चीमा अधिक नहीं खा सका, क्योंकि वह बहुत थकान महसूस कर रहा था और उसके जबड़े उसका साथ नहीं दे रहे थे, चबाने में उसे बड़ी मशक्कत करनी पड़ रही थी। अनुभवी गोंबु ने, जो एक बार पहले भी एवरेस्ट की चोटी पर चढ़ चुका था, भोजन का पूरा आनंद उठाया और वह चिकन के दो या तीन बड़े–बड़े टुकड़े हजम कर गया। चिकन के साथ उन्होंने गरम कॉफी पी।

भोजन समाप्त करने के बाद उन्होंने अपने नए मोजे पहल लिये, जो गोंबु की बहन ने बुने थे और उसे शिखर की ओर दूसरी बार जाते समय पहनने के लिए दिए थे। उन्होंने अपने ऑक्सीजन मास्क पहने और रेगूलेटर को एक लीटर प्रति मिनट पर व्यवस्थित करने के बाद वे अपने–अपने स्लीपिंग बैग में घुस गए। वे अपने आइडॅरडाउन सूट और रेंडियर बूट पहने–पहने शाम 6 बजे तक सो गए थे, दूसरे दिन की पूरी तैयारी के साथ। चीमा इतने अधिक जोश में था कि वह अचानक उठ बैठा और उसने गोंबु को भी जगा दिया। उसे लगा कि सुबह हो गई है। लेकिन जब उन्होंने अपनी–अपनी घड़ी देखी तो पाया कि अभी तो रात के 9 बजे हैं। उसके बाद वे हर एक घंटे पर उठ जाते और समय देखने लगते, ऐसा तब तक चलता रहा, जब तक उन्होंने सुबह के 3 बजे अपने बिस्तर से निकलने का फैसला नहीं कर लिया। चीमा और गोंबु दोनों ने इस बात की पुष्टि की कि सोने के जाने से पहले और वास्तव में पूरी रात, उन्होंने मन–ही–मन और पूरे विश्वास के

साथ प्रार्थना की थी कि अगले दिन मौसम अच्छा रहना चाहिए।

एवरेस्ट की चोटी पर प्रथम भारतीय आरोहण का चीमा द्वारा प्रस्तुत वृत्तांत निम्नलिखित कहानी कहता है—

20 जुलाई, 1965 "मैं सुबह 3:00 बजे उठा, सबसे पहले मैंने बुटेन स्टोव जलाया और उसपर एक केतली रख दी। जैसे ही मैंने पूरे जोश और खुशी के साथ 'गुड मॉर्निंग' कहा, गोंबु की आँख खुल गई। हमने एक-दूसरे का अभिवादन किया और पूछा कि रात में नींद कैसी रही। बातचीत से प्रतीत हुआ कि बीच-बीच में उठ जाने के बावजूद हम दोनों काफी अच्छी तरह सो लिये।

"यह शिखर-दिवस था, अनेक वर्षों की मेरी आशाओं का एक चरमोत्कर्ष। हम दोनों उत्तेजित थे। कॉफी तैयार की, हमने गटागट कॉफी पी और जल्दी निकलने का फैसला किया। हमने अपने-अपने रकसैक (पिट्ठू थैले) में दो-दो ऑक्सीजन सिलेंडर रखे, कैमरा रखा और कॉफी का फ्लास्क रखा। बुटेन स्टोव पर गरम किया हुआ कुछ पानी और जूस भी हमने ले लिया।

"5:00 बजे हमने एडवांस बेस कैंप और कैंप-IV से संपर्क किया और उन्हें सूचित कर दिया कि हम जा रहे हैं। एडवांस बेस कैंप में कोहली को यह जानकर खुशी हुई कि हम आगे जाने के लिए जल्दी निकल रहे हैं, कोहली ने हमें शुभ-यात्रा कहा और हमारी सफलता की कामना व्यक्त की। मौसम एकदम साफ नहीं था, कुछ-कुछ बादल छाए हुए थे। वह कोई सुहावना दिन नहीं था और उस कारण हम बहुत खुश नहीं थे। चलने से पहले गोंबु भावुक हो गया। एवरेस्ट शिखर की ओर यह उसकी दूसरी चढ़ाई थी। क्या वह पहले की तरह दुबारा सफल हो पाएगा? क्या यह संभव है कि कोई इनसान दो बार एवरेस्ट पर चढ़ने में सफल हो? ऐसे विचार उसे चिंतित कर रहे थे। चिंतामग्न होने के बावजूद वापस मुड़ने का कोई अर्थ नहीं था और वह निश्चय ही पीछे हटना नहीं चाहता था। कुछ उलझन और चिंता में डूबे हुए वह टेंट से बाहर निकला। बर्फ पर चलने के लिए कीलदार जूते इसने टेंट के अंदर ही पहन लिये थे।

"मेरे लिए यह एक ऐसा दिन था, जिसका सपना मैं वर्षों से देख रहा था। अंततः मेरी इच्छाओं की पूर्ति का समय आ ही गया। क्या मेरी इच्छाएँ पूरी होने जा रही हैं? मैंने गौर किया कि गोंबु चिंताग्रस्त है। इससे मुझे साहस और आत्मविश्वास मिला, किंतु मैं भी कुछ तनाव और चिंता में था। 'अभी या कभी नहीं,' कोहली ने कहा था। मैं उस मुहावरे को चरितार्थ करने के लिए दृढप्रतिज्ञ था। मैं ईश्वर को याद कर रहा था और मन-ही-मन ईश्वर से प्रार्थना कर रहा था; इतनी प्रार्थना मैंने पहले कभी नहीं की थी।

"टेंट के बाहर हमने अपनी कमर से रस्सी बाँधी और चढ़ाई आरंभ कर दी। हमने कुछ ही क्षणों में थोड़े फासले पर तीक्ष्ण धार बनाई और फिर आड़ा-तिरछा रास्ता काटते

हुए दक्षिणी शिखर की तरफ चल पड़े। 5.30 बजे का समय था और एक प्रचंड हवा बह चली थी। थपेड़े मारती हवाओं और रिज पर भुरभुरी बर्फ ने हमारी प्रगति धीमी कर दी; हर कदम पर हमें अपने पैर पटकने पड़ते थे। यह मशक्कत बहुत थकानेवाली थी। रिज को पार करने के बाद हमारा सामना पहले चट्टानी क्षेत्र से हुआ। हमारे दाईं तरफ नरम बर्फ थी और हमारे बाईं तरफ निरी गिरावट। हमें कहीं-कहीं बर्फ और कहीं-कहीं चट्टान पर चलना पड़ा। चट्टानें कहीं-कहीं से छिदरी, असंयुक्त थीं। चट्टानों से फिसलकर नीचे गिरने का डरावना विचार बार-बार मन में घुमड़ रहा था। भगवान् का शुक्र है कि हम कभी फिसले नहीं। हम तीन लीटर प्रति मिनट के हिसाब से ऑक्सीजन का इस्तेमाल कर रहे थे।

"दक्षिणी शिखर के नीचे हमने थोड़ी कॉफी पी और ऑक्सीजन की पुरानी बोतलें तथा थर्मस फ्लास्क पीछे छोड़कर पुनः हमने चढ़ाई शुरू कर दी। एकदम खड़ी चढ़ाई थी और बर्फ नरम थी। हम 8.10 बजे साउथ समिट (दक्षिणी शिखर) पहुँचे। गोंबु को उस जमीन की एक-एक इंच की जानकारी थी। उसकी सलाह लेकर हमने बाईं तरफ से दक्षिणी शिखर को पार किया और हम उसकी चोटी पर नहीं गए। हम उस चट्टान पर पहुँच गए, जहाँ गोंबु के अनुसार 1965 में जिम व्हिटेकर तीस फीट नीचे गिर गया था। वहाँ से हमें एडवांस बेस कैंप का नीला मेस टेंट (जिसमें भोजन पकता था) दिख रहा था। हमने बेस कैंप को खोजने का प्रयास किया, लेकिन हम उसे खोज नहीं पाए। दक्षिणी शिखर से लेकर हिलैरी की चिमनी तक बाईं तरफ चट्टानें थीं और दाईं तरफ एक कँगनीदार रिज। हम कँगनीदार रिज पर जाने का जोखिम उठाना नहीं चाहते थे; छिदरी और असंयुक्त चट्टानों पर चलना बहुत कठिन था। हमें बहुत सावधानी से चलना पड़ा। जहाँ-जहाँ चट्टान का किनारा बर्फ से जुड़ा हुआ था। किस्मत से मौसम थोड़ा सुधर गया। दक्षिणी शिखर के नीचे से गुजरते हुए, हम चिमनी के अंत तक पहुँच गए। वहाँ गोंबु ने दुफंदी बाँध लगाकर मुझे रोक दिया; वह खुद तो चढ़ गया था, मैं पीछे रह गया। जब तक हम चिमनी की चोटी तक पहुँचे, गोंबू पहले ही कुछ देर विश्राम कर चुका था, और वह अब आगे जाने की जल्दी में था। मैं कुछ देर आराम करना चाहता था, लेकिन समयाभाव के कारण गोंबु उतावला हो रहा था। मेरे पास ऑक्सीजन का प्रवाह बढ़ाने के सिवा कोई चारा नहीं था; मैंने गोंबु से मेरा रेगुलेटर तीन से बढ़ाकर चार लीटर प्रति मिनट पर सेट कर देने के लिए कहा। जब वह ऐसा कर रहा था, मैंने चुपके से उसकी ऑक्सीजन का प्रवाह घटाकर तीन से दो लीटर प्रति मिनट कर दिया। मेरा इरादा उसकी चाल धीमी करने का था।

"हम फिर चल पड़े। करीब पाँच कदम चलने के बाद ही गोंबु ने मुझसे पूछा कि क्या मैं कुछ देर सुस्ताना चाहता हूँ। जिस बात की मैं प्रतीक्षा कर रहा था, वही हुआ। गोंबु थक गया था और आराम करने पर जोर दे रहा था। मैंने खुशी-खुशी उसका अनुरोध

स्वीकार कर लिया। हमने अपने रेगुलेटरों को वापस पहलेवाले प्रवाह, अर्थात् तीन लीटर प्रति मिनट पर सेट कर दिया, और हमने चलना शुरू कर दिया।

हमने पाया कि हम एक बर्फ के कंगूरे (बर्फ के ढेर) पर खड़े हैं। गोंबु ने बर्फ पर करीब पंद्रह से बीस डग काटे (बर्फ काट जीना बनाया) और शिखर पर पहुँच गया। फिर हमने रिज का आड़ा-तिरछा रास्ता पार किया, जिसमें करीब आधा घंटा लग गया। गोंबु को शिखर पर अमरीका का ध्वज-दंड दिखाई दे गया। उसने मुझे उसकी ओर इशारा किया। देखकर मुझे अत्यंत खुशी हुई। 'अच्छा बहुत अच्छा!', खुशी से अभिभूत होकर उस क्षण में बस इतना ही कह सका। मैंने जोश में गोंबु को पकड़कर हिला दिया। खुशी और रोमांच के मारे मैं काँप रहा था। वह शिखर, धरती पर सबसे ऊँची चोटी मेरे सामने थी। हम वहाँ पहुँच गए थे। हमने शिखर से दस फीट नीचे रुककर अपने रकसैक (पीठ पर लादे थैले) उतारे और उनके अंदर से अनेक झंडे निकाले, जो हमें दिए गए थे। बाँह में बाँह डाले हम साथ-साथ शिखर की ओर चल पड़े। हम 9:30 बजे शिखर पर पहुँच गए। यह पहला अवसर था, जब कोई इतनी सुबह एवरेस्ट पर पहुँचा हो। गोंबु को विश्वास नहीं हो रहा था कि हम सुबह इतनी जल्दी शिखर पर पहुँच गए हैं। उसने अपनी घड़ी देखी और सोचा कि घड़ी शायद रुक गई है। लेकिन जब मैंने समय की पुष्टि कर दी, तो गोंबु बेहद खुश हुआ।

गोंबु एवरेस्ट की चोटी को दूसरी बार देख रहा था। विश्व में वह इकलौता व्यक्ति था, जिसने एवरेस्ट की चोटी पर दो बार पहुँचने का कीर्तिमान स्थापित किया। उसे याद आया कि जब 1963 में वह जिम व्हिटेकर के साथ शिखर पर पहुँचा था, वह थका हुआ था, मौसम की मार झेलकर आया था और बेदम महसूस कर रहा था। उसने और उस अमरीकी ने एवरेस्ट के चट्टानी और बर्फ से ढके गुंबद पर पहुँचने के लिए विकट एवं प्रचंड हवाओं का सामना किया था। उन्हें कतई उम्मीद नहीं थी कि वे चोटी पर पहुँचने में सफल होंगे, किंतु उनकी दृढता तथा अडिगता का पुरस्कार तो उन्हें मिलना ही था। धीरे-धीरे दमदार और भीषण हवाओं का मुकाबला करते हुए उन्होंने साथ-साथ कदम बढ़ाए थे और अपना लक्ष्य प्राप्त कर लिया था, लेकिन थकान के कारण गोंबु की भावनाएँ निरुत्साहित हो गई थीं। निर्जलीकरण और थकान ने उसके मन को खाली कर दिया था। जिंदा रहने के अलावा और कोई इच्छा नहीं रह गई थी। लेकिन इस बार, गोंबु ने कहा, उसे अच्छा लग रहा है। वह न तो थका हुआ था और न ही बेदम। वह पहले से कहीं अधिक आत्मविश्वास के साथ एवरेस्ट पर आया था और अपनी चिंताओं और घबराहट के बावजूद उसे पक्का भरोसा था कि वह चोटी पर पहुँचने में कामयाब होगा।

"एक हिम-कुठार पर हमने अपना राष्ट्रीय ध्वज और नेपाल तथा हिमालय पर्वतारोहण संस्थान के झंडे फहराए। हमने एक हिम-कुठार (बर्फ तोड़ने की कुल्हाड़ी)

को शिखर पर गाड़ दिया। मैंने उस हिम-कुठार के साथ झंडों के कुछ चित्र लिये। मैंने कुछ चलचित्र लेने की भी कोशिश की, लेकिन मेरा कैमरा काम नहीं कर रहा था। मैंने सोचा कि मैगजीन में कुछ गड़बड़ी होगी और मैंने उसे नई मैगजीन से बदल दिया, किंतु कैमरा फिर भी नहीं चला। गोंबु ने शिखर पर मेरी तसवीर खींची, मैंने उसकी तसवीरें खींचने का काम किया, वह सारे झंडे पकड़े हुए शिखर पर खड़ा था और मैं एक-एक झंडे के साथ उसकी तसवीर खींच रहा था। भारतीय नौसेना का झंडा, जो कोहली ने दिया था, सेंट्रल इंडिया हॉर्स (आर्मी की एक घुड़सवार रेजीमेंट) का झंडा जो बोगी ने दिया था, जोशी द्वारा दिया गया सिख रेजीमेंट का झंडा, इलेक्ट्रिकल और मेकैनिकल इंजीनियर्स कोर का अहलू द्वारा दिया गया झंडा, कुमाऊँ रेजीमेंट का झंडा, जो कुमार ने दिया था, पैराशूट रेजीमेंट की दूसरी बटालियन का बी.पी. द्वारा दिया गया झंडा और पैराशूट रेजीमेंट की सातवीं बटालियन का झंडा, जो गोंबु ने मुझे सौंपा था।

"बाद में हमने अमरीकी ध्वज-दंड पर राष्ट्रीय तिरंगा लहराया और उसे वहीं छोड़ दिया। गोंबु ने अपना एक गुलूबंद (स्कार्फ) छोड़ दिया था, जो उसकी पत्नी ने उसे दिया था। मैंने चाँदी के कुछ सिक्के छोड़ दिए थे, जो मेरी माँ ने मुझे दिए थे। गोंबु के पास उसके अंकल तेंजिंग नोर्गे द्वारा दी गई बुद्ध की छह इंच की एक छोटी सी मूर्ति थी। चूँकि शिखर पर भुरभुरी नरम बर्फ थी और वह मूर्ति उस बर्फ में धँस गई होती, इस कारण गोंबु कुछ नीचे गया और मूर्ति को उसने एक चट्टान पर रख दिया।

"हमने कुल मिलाकर एक घंटा शिखर पर बिताया और वहाँ 50 से अधिक फोटो खींचे। पर्वत के दक्षिण और पूर्व की तरफ का दृश्य बादलों द्वारा ढक जाने के कारण हम उन दिशाओं में कुछ नहीं देख सके, लेकि राँगबुक ग्लेशियर साफ दिख रहा था। आखिरकार 10:05 बजे हम एक-दूसरे से हाथ मिलाने और एवरेस्ट से विदा लेने के बाद वापस चल पड़े। लौटते हुए शिखर के करीब 30 फीट नीचे हमने चट्टानों के कुछ छोटे-छोटे टुकड़े इकट्ठा कर लिये, हम उन्हें एवरेस्ट शिखर की निशानी के रूप में अपने साथ ले आए।

"हम जल्दी-जल्दी वापस आ रहे थे। मैं आगे था और गोंबु मेरे पीछे चल रहा था। हम दोनों एक रस्सी में बँधे हुए थे और बारी-बारी से आगे-पीछे हो जाते थे। ऐसा करते-कराते करीब 10:45 बजे हम दक्षिणी शिखर पहुँचे। हवा बहुत तेज हो चुकी थी और बर्फ उड़-उड़कर हमारे धूप के चश्मों के अंदर आ रही थी। हमारी पलकों पर बर्फ जमा हो गई थी। बादलों और तेज हवा ने हमें अपना धूप-चश्मा उतारने के लिए बाध्य कर दिया और हम उनके बिना ही दक्षिणी शिखर से नीचे आए। दृश्यता इतनी खराब थी कि कभी-कभी गोंबु और मैं एक-दूसरे को देख भी नहीं पाते थे।

"दक्षिणी शिखर के नीचे उस स्थान पर पहुँचकर, जहाँ हम अपनी ऑक्सीजन की

बोतलें तथा थर्मस फ्लास्क छोड़ आए थे, हमने ऑक्सीजन की बोतलें बदलीं और कॉफी के कुछ घूँट लिये। रिज के आड़े-तिरछे रास्तों को पार करते हुए, बादलों, बर्फ के बहाव तथा बर्फीले तूफान के कारण हम विरले ही एक-दूसरे को देख सके। आँखों पर पट्टी बाँधे हुए किसी आदमी की तरह मैंने अपने हाथों से रिज का किनारा पकड़े-पकड़े पैरों को पर्वत के दक्षिणी मुख की तरफ बढ़ाते हुए रिज को पार किया। गोंबु भी अब बहुत थक चुका था और किसी नशे में धुत शराबी की तरह लड़खड़ाते, झोंका खाते हुए चल रहा था। जैसा कि उसने बताया, उसकी एक ही इच्छा हो रही थी कि वह लेट जाए और आराम करे। लेकिन वह रुका नहीं, चलता रहा। थोड़ी-थोड़ी देर के बाद अपनी प्यास बुझाने के लिए बर्फ खा लेता। इस प्रकार हम 12:45 बजे आखिरी कैंप तक पहुँचे। मैं कुछ-कुछ हिमांध हो गया था और गोंबु के पेट में कुछ दर्द था।

"कैंप के अंदर अपने कीलदार जूते उतारे और बुटेन जलाया। हमने जूस के चार डिब्बे गरम किए और सारा जूस पी गए। 13:00 बजे हमने वायरलेस के जरिए कैंप-IV और एडवांस बेस कैंप से संपर्क किया और उन्हें अपनी सफलता के बारे में सूचित किया। गोंबु ने गुरुदयाल से बात की, जो कैंप-IV में था। 'बहुत-बहुत मुबारक!' गुरुदयाल ने कहा।"

अंतिम पड़ाव के बाहर एक भीषण बर्फानी तूफान गरज रहा था लेकिन अपने लक्ष्य में सफल होकर लौटे शिखर-यात्रियों ने कैंप को नमस्कार किया और हवा के थपेड़ों का सामना करते हुए नीचे की ओर चल पड़े। ताजा पड़ी बर्फ और बर्फानी तूफान ने रास्तों को नष्ट कर दिया था और दृश्यता इतनी खराब थी कि किसी भी दिशा में 20 गज के आगे देख पाना संभव नहीं था। चीमा और गोंबु अब साउथ कोल के निकट पहुँचनेवाले थे, उनकी भेंट सोनम ग्यात्सो और सोनम वांग्याल से हुई, जो उनके लिए गरम कॉफी और जूस लेकर आए थे। खूब गले मिलना हुआ, पीठ थपथपाई गई, शाबाशी मिली, गर्मजोशी से हाथ मिलाए गए और अनेक बधाइयों का आदान-प्रदान हुआ। हवा इतनी जोरदार थी कि सोनम ग्यात्सो की टोपी न जाने कहाँ उड़ गई और उसके ऑक्सीजन मास्क की थैली फट गई। दोपहर तक, गोंबु और चीमा साउथ कोल कैंप पहुँच गए थे।

धूप के चश्मे के बिना बर्फ और बर्फानी झंझावत में से निकलकर आने के कारण चीमा की आँखों में भारी दर्द होने लगा। उसने सारी रात दर्द में गुजारी। उसने अपना गुलूबंद बर्फ में गीला करके अपनी जलती आँखों पर रखकर कुछ राहत पाने का प्रयत्न किया। बर्फ खाने की वजह से गोंबु के गले में कुछ तकलीफ होने लगी थी।

उस शाम चीमा और गोंबु दोनों को तथा पर्वत पर मौजूद अन्य सभी लोगों को आकाशवाणी से प्रसारित रात 9 बजे के समाचार बुलेटिन में उनकी सफलता का समाचार सुनकर बेहद खुशी हुई।

अगली सुबह दोनों सोनम बहुत जल्दी उठकर खड़े हुए, जबकि चीमा और गोंबु अभी आराम की मुद्रा में थे। चीमा ने कहा, "उसके मन को चैन आ गया है और कुछ कर दिखाने की संतुष्टि प्राप्त हुई है।" तथापि वह सुरक्षित वापस पहुँचने के बारे में चिंतित था।

चीमा और गोंबु साउथ कोल से चल पड़े; गोंबु आगे चल रहा था और चीमा पीछे, जो धूप का दोहरा चश्मा (चश्मे के ऊपर एक और चश्मा) पहने हुए था, क्योंकि चौंध इतनी तीव्र थी कि उसकी हिमांध आँखों के लिए सहन करना संभव नहीं था। मौसम खराब बना हुआ था, हवा बहुत तेज थी और उस तेज हवा में बर्फ चक्कर खाते हुए उड़ रही थी। पीली पट्टी के आगे जाकर वे रास्ता भूल गए, भाग्यवश कुछ ही देर के लिए। एक बार फिर जब वे कैंप-IV के निकट थे, उन्होंने अपना धैर्य खो दिया और चीखने-चिल्लाने लगे। वोहरा तथा ऐंग कामी उनकी आवाभगत के लिए बाहर गए और उन्हें कैंप-IV में ले आए, जहाँ गुरु भी मौजुद था। गुरु ने चीमा की आँखों पर लगाने के लिए कोई दवा दी और कैंप में यद्यपि जगह कम थी, फिर भी उन्होंने कैंप-IV में रात बिताई। दुर्भाग्यवश गोंबु रात भर आराम से नहीं सो सका और दवा की दो गोलियाँ लेने के बाद भी उसे कोई चैन नहीं मिला।

गोंबु और चीमा ने अगली सुबह पुनः नीचे उतरना आरंभ कर दिया। कैंप-III की तरफ जाते हुए चीमा एक खड़ी हिम ढलान पर फिसल गया और धड़ाम से करीब 60 फीट नीचे जा गिरा। किस्मत की बात थी कि गिरना अचानक रुक गया, क्योंकि ऐसा नहीं हुआ होता तो गोंबु भी खिंचकर नीचे चला गया होता। वे कैंप-III पहुँच गए, उन्होंने वहाँ जी भरकर जूस पिया और फिर नीचे उतरकर एडवांस बेस कैंप में आ गए, जहाँ मैं उनसे मिला। हमारी खुशी की कोई सीमा नहीं थी। हम खुश थे कि चीमा और गोंबु न केवल एवरेस्ट के शिखर पर पहुँचने में सफल हुए थे, बल्कि बिल्कुल सही-सलामत लौट भी आए थे। भाग्यवश चीमा की हिमांधता आंशिक थी और उपचार के बाद वह बहुत जल्द पूरी तरह ठीक हो गया।

गोंबु से जब पूछा गया कि एवरेस्ट के शिखर पर दूसरी बार पहुँचकर उसने कैसा महसूस किया, तो गोंबु ने बताया कि उसने अपना पूरा ध्यान अपने आगे के काम पर इतनी सख्ती से लगाया हुआ था कि उसे सोचने या महसूस करने का समय हीं नहीं मिला। उसने अपनी सारी शक्ति, सारी ऊर्जा शिखर पर पहुँचने और फिर सुरक्षित लौटने के प्रयास पर केंद्रित की हुई थी। सामान्य सोच-विचार या अनुभूति जैसी कोई बात ही नहीं थी, मन में कुछ भय, कुछ खटका अवश्य रहता था और छोटे-छोटे कामों, जैसे कि ऑक्सीजन की बोतलों को व्यवस्थित करना, में इतनी ऊर्जा खपानी पड़ती थी कि व्यक्ति बुरी तरह थक जाता और कुछ क्षण के आराम के लिए ललचा जाता।

एवरेस्ट ने उसे विस्मित कर दिया। "यह एक दुष्कर पर्वत था," उसने कहा,

"जिस पर विजय पाने के लिए न केवल भाग्य अच्छा होना चाहिए, बल्कि मौसम भी अनुकूल मिलना चाहिए।" भाग्य के बारे में बात करते हुए गोंबु को याद आया कि 1963 में जब वह अमरीकी अभियान के साथ था, तब वह उस जगह गया था और उसी जगह उसने लंच खाया था, जहाँ ब्रेटिनबाख की मृत्यु हुई थी, अमरीकी पर्वतारोही के दुखद अंत से सिर्फ एक दिन पहले।

उसने पर्वतों पर चढ़ना क्यों जारी रखा? इस प्रश्न के जवब में गोंबु ने कहा कि पर्वतारोहण एक आत्म-तुष्टि प्रदान करनेवाला स्पोर्ट है, एक ऐसा साहसिक कार्य है, जो इनसान के अंदर की उत्कृष्टता को बाहर लाता है और ऐसी चुनौती है, जिसका मुकाबला बढ़िया तकनीक और उत्कृष्ट कौशल से ही किया जा सकता है। पर्वतों के प्रति उसमें एक जबरदस्त आकर्षण एवं अनुराग रहा है; पर्वतों से उसका खून का रिश्ता है। वह पर्वतों की एक संतान है, उसका जन्म पर्वतों की गोद में हुआ था : वह उनसे कभी दूर नहीं जा सकता।

□

फिर शिखर विजय

सोनम ग्यात्सो और सोनम वांग्याल ने अपने भारवाहक शेरपाओं के साथ 19 मई प्रातः 8 बजे कैंप-IV के लिए प्रस्थान किया। 'गोंबु के संत्रास के आगे का मार्ग मुल्की तथा जोशी द्वारा ठीक-ठाक कर दिया गया था। उन्होंने तंग जगहों पर बर्फ काटकर सीढ़ियाँ बना दी थीं और ऊपर की ओर विभिन्न स्थानों पर रस्सी में गाँठ लगा दी थी, ताकि वे मजबूत हत्थे का काम दे सकें, अर्थात् उन्हें मजबूती से पकड़कर आगे बढ़ा जा सके। कैंप-IV से करीब 100 फीट नीचे टोली की मुलाकात चक्रवर्ती से हुई

और तब चक्रवर्ती को पहली शिखर टोली की अच्छी प्रगति के बारे में पता चला और साथ ही यह सुखद समाचार भी मिला कि अंतिम कैंप 27,930 की ऊँचाई पर स्थापित किया जा चुका है, जो एक रिकॉर्ड है, क्योंकि इससे पहले इतनी ऊँचाई पर कभी कोई कैंप स्थापित नही किया गया था। दोनों सोनम उस दिन दोपहर में कैंप-IV पहुँच गए और वहाँ गुरु एवं जोशी से उनकी भेंट हुई। जोशी की छाती में दर्द था, लेकिन मास्क का प्रयोग करते हुए भी वह बहुत खुश नहीं था। वह सारी रात जागा रहा, और ग्यात्सो उसकी सेवा-शुश्रूषा में लगा रहा।

अगले दिन 20 मई को वांग्याल ने सुबह 8:10 बजे पहले शिखर-यात्रियों को दक्षिणी शिखर पर देखा था। वह जोश में था और उसने चिल्लाकर गुरु को यह सूचना दी थी और गुरु ने यह सूचना मुझ तक पहुँचाई थी। एक घंटे बाद ग्यात्सो तथा वांग्याल कैंप-IV से निकलकर साउथ कोल की तरफ चल दिए। उन्होंने पीली पट्टी को पार किया और फिर उन शेरपाओं से उनकी भेंट हुई, जिन्होंने शिखर कैंप स्थापित किया था। पिछली रात साउथ कोल पर ऑक्सीजन के बगैर सोने के बावजूद वे खुश लग रहे थे। उन्हें एक महान् कार्य में सफल होने का एहसास था और इस सफलता से वे संतुष्ट थे; वे उल्लसित थे और उन्होंने अपना कार्य इतनी अच्छी तरह किया था कि उन्हें अपने पर गर्व महसूस हो रहा था।

वांग्याल की ऑक्सीजन जिनेवा पर्वत-स्कंध से पहले ही समाप्त हो गई और साउथ कोल तक की बाकी चढ़ाई उसे ऑक्सीजन के बिना ही पूरी करनी पड़ी। वांग्याल ने बाद में स्वीकार किया कि उस अनुभव से उसने बहुत कुछ सीखा, वह जान गया कि ऑक्सीजन का सहारा लिये बिना भारी बोझ उठाकर साउथ कोल तक ले जानेवाले शेरपाओं में कितनी मजबूती, धैर्य तथा सहनशक्ति होती है। वह उनकी दृढता और जिस्मानी ताकत की सराहना किए बिना नहीं रह सका।

कैंप-IV छोड़ने के दो घंटे बाद सोनमों की जोड़ी ने उन चट्टानों को पार किया जिन्हें हवाओं के प्रचंड वेग ने बुहारकर साफ कर दिया था; उसके आगे साउथ कोल में उन्हें बर्फ का सामना करना पड़ा। हवा बहुत तेज थी और हर पल हवा अधिक वेगवती होती जा रही थी। वांग्याल के दाएँ पैर के जूते पर चढ़ा काँटेदार कवच (क्रैंपॅन) बहुत गड़गड़ कर रहा था, हर दो या तीन कदम चलने पर उसके जूते से निकल जाता था। वांग्याल को बार-बार उसे कसना पड़ता और उसने हाथों में दस्ताने भी नहीं पहने हुए थे, जिसके कारण उसकी उँगलियाँ ठंड से सफेद पड़ गईं। उसकी उँगलियों में दर्द बहुत बढ़ गया और वह तड़पने लगा। ठंड के कारण सुन्न हुई उँगलियों में रक्त-संचार बहाल करने के लिए उसने अपनी उँगलियों को जोर-जोर से रगड़ा। दोनों साउथ कोल से 300 फीट ऊपर पहुँच गए, जहाँ उनकी भेंट गोंबु तथा चीमा से हुई, जो सफलतापूर्वक शिखर

पर पहुँचने के बाद दक्षिणी शिखर से वापस आ रहे थे। इस मेल-मिलाप में खूब खुशी का इजहार हुआ, हाथ मिले, गले मिलना हुआ और पीठ थपथपाई गई।

अपने टेंटों में वापस पहुँचकर सोनम ने पाया कि बाहर एक झक्कड़ उठ रहा है, उसकी तीव्रता प्रचंड थी और गर्जना भयावह। बर्फ के गोले और चट्टान के बर्फीले चिप्पड़ बेतादाद गिर रहे थे। अपने तीन शेरपाओं के साथ उन्होंने अगले दिन के लिए ऑक्सीजन की बोतलों, राशन तथा उपकरण की जाँच की और सोने चले गए। किंतु उस रात चीत्कार करती हवाओं, टेंट की दीवारों की फड़फड़ाहट और कान फोड़नेवाली गड़गड़ाहट के कारण वे ठीक तरह सो नहीं पाए। चीमा और गोंबु की कराहों और आहों ने भी उन्हें सोने नहीं दिया। उनके ऑक्सीजन मास्क से बहकर आते और उनकी गरदनों पर तेज धार की तरह गिरते संघनित पानी ने भी रात में अनेक बार उनको बेरहमी से जगाया।

21 मई को भी तेज और झोंकेदार हवाओं का चलना जारी था और मौसम सुधरने, शांत होने के कोई आसार नजर नहीं आ रहे थे। ग्यात्सो और वांग्याल सुबह 5 बजे उठ गए। वांग्याल ने बाद में बताया कि उसने शेरपाओं को बहुत जोर से आवाज देने की कोशिश की, लेकिन कुछ असर नहीं हुआ; बाहर तेज हवाओं की गरजना इतनी भीषण थी कि उसकी अपनी आवाज दबकर रह गई। वांग्याल को ऑक्सीजन के बिना अपने रेंडियर बूट पहनने में करीब एक घंटा लगा।

उन्होंने चाय पी और अपने-अपने फ्लास्क में जूस भरा। ग्यात्सो ने गुंडन को मक्खन और चाय के साथ भुने चने का आटा (सत्तू) खाते हुए देखा। उसने और वांग्याल दोनों ने भी मक्खन और चाय के साथ सत्तू खाया। उनका इरादा था कि वे सुबह 6:30 बजे तक साउथ कोल से चल देंगे, लेकिन निष्ठुर हवाओं ने उनके प्रस्थान में दो घंटे की देरी कर दी। मौसम लगातार खराब बने रहने के बावजूद उन्होंने आखिरी कैंप के लिए चल देने का फैसला किया, क्योंकि उनके पास पहले ही ऑक्सीजन की कमी थी और वे साउथ कोल पर एक रात बिताकर और अधिक ऑक्सीजन खर्च करना नहीं चाहते थे। तीनों शेरपा—दावा नोर्बू-I, गुंडन और ऐंग दावा-IV, एकदम चुस्त दुरुस्त थे और पर्वत तथा हवाओं का सामना करने के लिए पूरी तरह तैयार थे।

खड्ड तक जानेवाले आगे ढलान पर उन्हें जमी हुई बर्फ मिली, जो कठोर और हलके नीले हरे रंग की थी। साउथ कोल के करीब 500 फीट ऊपर उनको बर्फानी तूफान की मार सहनी पड़ी और अगस वे सँभलकर न चलते तो यह तूफान उन्हें पर्वत से उठाकर दूर फेंक देता। लेकिन उन्होंने हार नहीं मानी और चढ़ना जारी रखा, रस्सी से कसकर बँधे हुए वे दोनों दाएँ से बाएँ और बाएँ से दाएँ, टेढ़े-मेढ़े होकर आगे बढ़ते रहे। वे एक-दूसरे से बात नहीं कर सकते थे। लेकिन वे एक-दूसरे को इशारों से अपनी बात

समझाते रहे। जैसे-जैसे वे आगे बढ़ते गए, बादल घने होते गए और दृश्यता कम होती चली गई; चलते-चलते वह क्षण भी आ गया, जब कुछ भी देख पाना संभव नहीं था।

मध्याह्न के आधा घंटे बाद वे अमरीकी कैंप-स्थल पहुँच पाए। उन्हें अपना रास्ता नहीं मिल रहा था। पिछले शिखर-यात्रियों के पद-चिह्नों को ताजा बर्फ ने मिटा डाला था। मुश्किलें बढ़ती ही जा रही थीं, वांग्याल की ऑक्सीजन खत्म हो गई। ऑक्सीजन की नई बोतल खोलना उसके लिए आसान काम नहीं था। वह दस मिनट तक निष्फल कोशिश करता रहा और फिर उसने हार मान ली; उसने एक नई बोतल से ऑक्सीजन लेना शुरू कर दिया।

क्रूर, निष्ठुर, भीषण और निरंतर बहती हवाओं, उन हवाओं के प्रचंड वेग से बंदूक की गोलियों की तरह छिटक-छिटककर आती कठोर बर्फ, बल खाते हुए-भँवर की भाँति-बहती बर्फ, जिसने उनके आगे एक अभेद्य कुहासे की छतरी फेंक दी थी, और बादलों तथा अस्थि-मज्जा के अंदर गहराई तक खा जानेवाली ठंड ने उनको बहुत दुःखी कर दिया था। बर्फ ने उनके चेहरों तथा धूप के चश्मों को ढक दिया था। लगातार अपनी कमर झुकाए हुए अंधे छछूँदर की भाँति वे आगे बढ़ते रहे, यह जाने बिना कि किधर जा रहे हैं। वे वास्तव में टोह लेते हुए चल रहे थे। शेरपाओं को हिमांधता हो गई थी। भाग्यवश, उनकी यह हिमांधता आंशिक थी। लेकिन अंतिम कैंप कहीं नजर नहीं आ रहा था।

वांग्याल ने टोली का नेतृत्व सँभाल लिया और प्रयाण करते किसी सैन्यदल के एक निर्भीक कमांडर की तरह कारवाई को अवसर के लिए सर्वाधिक उपयुक्त ढंग से निर्देशित किया। उसने टोली को रस्सियों में बाँट दिया और कैंप को खोजने के लिए एक को दाईं और दूसरी को बाईं तरफ भेज दिया। शाम की उजास, जितनी भी बची थी, क्षीण हो चली थी। वे आशंकित थे और अब उन्हें समय के विरुद्ध दौड़ना था। एक तरफ हाड़-मांस के पाँच आदमी थे और दूसरी तरफ एवरेस्ट की विराट् शक्ति थी, उसकी विशाल चट्टानें और मौसम की बेरहमी थी। उन्हें यह भय हो चला था कि कहीं उन्हें इन सब क्रूरताओं के बीच खुले में रात गुजारनी न पड़े। कैंप की खोज में चलते हुए वे किसी ऐसी आरामदेह चट्टानी गुफा को भी तलाश रहे थे, जहाँ वे कैंप न मिलने की दशा में, रात भर आराम कर सकें। चलते-चलते वे बहुत थक चुके थे, ऊपर से मौसम ने उन्हें लथेड़ दिया था, फिर भी उन्होंने संघर्ष नहीं छोड़ा। उनकी शारीरिक सहनशीलता अपनी चरम सीमा तक पहुँच गई थी, उनकी टाँगें जवाब देने लगी थीं और घोर परिश्रम के कारण उनके फेफड़े लगता था, फट पड़ेंगे। तथापि वे एक-एक कदम आगे बढ़ाते रहे, यद्यपि उन्हें पता नहीं था कि वे किस तरफ जा रहे हैं। अंतिम कैंप के मिलने की आशाएँ जब मिटने लगी थीं, उसी समय उन्होंने खुशी से भरी एक पुकार सुनी। ऐंग दावा-IV

व्यग्रता से हाथ हिला-हिलाकर इशारा कर रहा था। अंततः उन्हें अपना स्वर्ग मिल ही गया। टोली जब साउथ कोल से चली थी, तब से साढ़े आठ घंटे के लगातार घोर परिश्रम के बाद ठिकाने पर पहुँच सकी।

शेरपाओं के अटल निश्चय और उनकी असीम निष्ठा ने उस टोली को न केवल घोर विपत्ति से बचा लिया, बल्कि जिस लक्ष्य को पाने के लिए वे निकले थे उसमें बुरी तरह विफल होने से भी उन्हें बचाया था। तीनों शेरपाओं के चेहरे बुरी तरह झुलस गए थे; ऐंग दावा-IV की तीन उँगलियों के सिरे शीताहत हो गए थे और दावा नोर्बू-I ऑक्सीजन के बिना लड़खड़ा रहा था। ऑक्सीजन की बोतल बदलने में वांग्याल ने उसकी सहायता की। गुंडन जिसने साउथ कोल से अंतिम कैंप तक रस्सी पर बड़ी दिलेरी से अगुवाई की थी, हिमांधता से पीड़ित था। दोनों सोनम ने अपने शेरपाओं को धन्यवाद दिया, उन्होंने शेरपाओं को विदाई दी और उन्हें वापस भेज दिया। साउथ कोल पर दावा नोर्बू-I दूसरी टोली की सहायता के लिए रुक गया, जबकि गुंडन और ऐंग दावा-IV, दोनों-के-दोनों अस्वस्थ थे, निचले कैंपों की ओर चले गए।

ग्यात्सो की पीठ पर कमर के निकट बाईं तरफ बहुत तेज जलन सी हो रही थी। वांग्याल ने एक डॉक्टर की तरह उसकी जाँच की और पाया कि जलनवाली जगह पर त्वचा बुरी तरह छिल गई है और वहाँ एक बड़ा, भद्दा, लाल घाव जैसा कुछ उभर आया है। यह एक बड़े घाव जैसा था और त्वचा काली पड़ गई थी। प्रचंड वायु, बर्फ और हिम के बीच से गुजरते समय, ग्यात्सो की फेदर जैकेट ऊपर उठ गई थी और उस तीव्र ठंड में उसकी कमर उघड़ गई थी। धार जैसी पैनी हवाओं ने उसकी कमर पर डंक मार दिया था। वह बहुत कष्ट में था और उसे ऐसा महसूस हो रहा था, जैसे उबलता हुआ तेल उसकी कमर पर डाल दिया गया हो। जलन किसी भी तरह कम नहीं हो रही थी। वांग्याल जानता था कि यह एक गंभीर मामला है, लेकिन वह ग्यात्सो को निरुत्साहित करना नहीं चाहता था, इसलिए उसने ग्यात्सो की इस तकलीफ को यह कहकर चलता करने का प्रयत्न किया कि "बहुत चिंता करने जैसी कोई बात नहीं है।" वांग्याल के पास कोई दवा नहीं थी। प्रथमोपचार किट बर्फ में गीली हो गई थी। उसे विक्स की एक छोटी शीशी के अलावा और कुछ नहीं मिल सका। उसने शीत दाहवाली जगह पर विक्स ही मल दी। हालाँकि डॉक्टर ने इसके लिए बाद में वांग्याल को बड़ी डाँट लगाई, फिर भी सच तो यह है कि ग्यात्सो को उस समय कुछ चैन अवश्य मिला था। इसके अलावा जलनवाली जगह पर वांग्याल के लगातार फूँक मारते रहने से भी उसकी तकलीफ कुछ कम हो गई थी।

ग्यात्सो का स्वास्थ्य ठीक ने होने के कारण वांग्याल को ही सारा काम सँभालना पड़ा; उसने अपने जोड़ीदार के लिए हवा भरकर एक गद्दा तैयार किया। जैसा भाग्य

को मंजूर था, दूसरे गद्दे में छेद हो गया और इस कारण वांग्याल को गद्दे के बिना ही सोना पड़ा।

रात के भोजन में उन्होंने चिकन करी के साथ चावल खाया। रात सर्द थी और हवा भी बराबर चलती रही। मौसम की परवाह न करते हुए वांग्याल ने रात के 8 बजे टेंट के बाहर आकर आसमान और पर्वत का निरीक्षण किया। उसने सोचा भी नहीं था कि हवा का एक दमदार झोंका आकर एकाएक और बहुत तीव्रता से उसके पैर उखाड़ देगा तथा एक मुँह फैलाए हिम-दरार के अंदर फेंक देगा। किस्मत से यह कोई बहुत गहरी दरार नहीं थी और वह हाथ-पाँव के बल रेंगते हुए किसी तरह बाहर निकल आया। उसका ऑक्सीजन मास्क और उसकी टोपी हवा उड़ा ले गई थी, जिसके कारण उस रात उसे न केवल गद्दे के बिना, बल्कि ऑक्सीजन के बिना भी सोना पड़ा। वास्तव में दिन भर की कड़ी मेहनत ने उसे इस कदर थका दिया था कि गद्दा और ऑक्सीजन उपलब्ध न होने के बावजूद वह अच्छी तरह सोया। इस बीच ग्यात्सो अपने दर्द के कारण बिल्कुल नहीं सो सका।

वांग्याल ने दोनों सोनम के एवरेस्ट-आरोहण का वर्णन इस प्रकार किया—

"22 मई : 5 बजे सुबह। यह 'कयामत कर दिन' था। हवा ने प्रचंड रूप धारण किया हुआ था; हवा की गति मेरे अनुमान के अनुसार, 140 किमी. प्रति घंटा थी। टेंट की दीवारें फड़फड़ा रही थीं और समूचा टेंट ठिठुर और काँप रहा था। चाहे जो हो, हमें हर हाल में आगे जाना ही था; हमने अपना प्रयास त्याग देने के बारे में कभी नहीं सोचा। ग्यात्सो और मैंने पूरे भक्तिभाव से प्रार्थना की। हमें, न जाने क्यों पक्का विश्वास था कि हम सफल होंगे। ईश्वर में हमारा अडिग विश्वास था; कोई भी स्थिति हमारे इस विश्वास को हिला नहीं सकती थी। ग्यात्सो के पास करमापा की एक लघु प्रतिमा थी और कुछ प्रार्थना-पताकाएँ थीं, जो उसे लाचुंग के रिम्पोचे द्वारा प्रदान की गई थीं। प्रार्थना-पताकाएँ विशेषकर मौसम की विपत्तियों को दूर रखने और मृदुलताओं के कोप से हमारी रक्षा करने हेतु दी गई थीं।

"धीरे-धीरे और कठिनाई से, किंतु अनिच्छा से नहीं, हमने तैयार होना शुरू किया। प्रात: 5.30 बजे तक सूरज निकल आया था। और देखते-ही-देखते हवाओं का वेग मंद पड़ने लगा। हमने एडवांस बेस कैंप से संपर्क साधने का प्रयत्न किया, लेकिन संपर्क नहीं हो सका। 6.40 बजे हमने अपने बूटों पर कीलदार कवच चढ़ा लिये और कैंप से चल दिए, उस लक्ष्य की ओर जिसे पाने का सपना हर पर्वतारोही अपने हृदय में सँजोए रखता है। क्या हम सफल होंगे? यह प्रश्न हमारे मन में घुमड़ता रहा। यह प्रश्न बार-बार सामने आकर खड़ा हो जाता, लेकिन हमने कभी उम्मीद नहीं छोड़ी।

"हम तत्काल टेंट के बारह हो गए, हम चढ़ावदार और एकदम खड़ी रिज पर थे—

जिसे 'तीक्ष्ण-धार' (Razor's Edge) की संज्ञा दी गई है। रिज भुरभुरी बर्फ से ढकी हुई थी और उसकी दाईं तरफ हम तिब्बत तथा उसके पहाड़ी टीलों को देख सकते थे, जो बाँबी जैसे प्रतीत होते थे। बाईं तरफ नेपाल था। इस तिरछी धारवाली रिज पर अपनी मरजी से इधर-उधर होने की कोई गुंजाइश नहीं थी और न हम उस रिज के साथवाली आजादी ले सकते थे कि किसी कोण से हम नेपाल अथवा तिब्बत में स्थानों को खोज सकें। एक-एक कदम बहुत सावधानी से रखना पड़ता था, अन्यथा धड़ाम से नीचे गिरना निश्चित था। फिर भी दूरी पर चमकते मकालू से नजरें चुरानी किसी के लिए मुमकिन नहीं था। यह एक तरफ अकेले में अपनी शान से खड़ा था और उसकी तेजोदीप्त दीवार विस्मित करनेवाली थी। वहाँ से कैंप-III और IV तथा साउथ कोल भी दिखाई दे रहे थे।

"ग्यात्सो अगुवाई कर रहा था, लेकिन उसे लगने लगा कि वह अब ऐसा नहीं कर पाएगा, क्योंकि उसकी कमर में जो दर्द था, अंदर गहराई तक दुःख दे रहा था और वह बहुत अधिक कष्ट में था। मैंने उससे पूछा, 'अगर तुम चाहो तो हम लौट सकते हैं?' उसने बहुत निश्चित होकर कहा, 'नहीं।' तात्पर्य यह कि शिखर पर पहुँचने के लिए वह दृढप्रतिज्ञ था। उसे एक अडिग विश्वास था कि वह विजयी होगा। कमरपा और रिम्पोचे ने उसे विश्वास दिलाया था कि उसे सफलता अवश्य मिलेगी। उनकी वाणी गलत नहीं हो सकती थी।

"ग्योत्सो के दृढनिश्चय से मेरे अंदर आशा जगी और मेरा आत्मविश्वास बढ़ गया। रस्सी पर मैं आगे हो गया। हवाओं का चीत्कार जैसे-जैसे मंद होता गया, हम शनैः शनैः आगे बढ़ते रहे। अंतिम कैंप से चलने के दो घंटे बाद हम उस जगह पहुँचे, जहाँ चीमा और गोंबु ने अपनी दूसरी ऑक्सीजन बोतल छोड़ी थी। हमने भी आधी इस्तेमाल की हुई अपनी ऑक्सीजन की बोतलें वहाँ छोड़ दीं। हम दोनों अब केवल एक-एक पूरी भरी हुई ऑक्सीजन की बोतल लेकर चल रहे थे। ईश्वर की कृपा से हमारा बोझ तेरह पौंड कम हो गया था और अब हम अपनी गति कुछ बढ़ा सकते थे।

"हमने लगातार और सावधानीपूर्वक आगे बढ़ना जारी रखा और ऐसा करते-करते हम दक्षिणी शिखर के अधिकाधिक निकट पहुँचते गए। यदा-कदा हमें बर्फ में पाँव रखना पड़ जाता था और मौका मिलते ही हम बाहर पाँव निकालकर बर्फ झटककर फिर से चट्टानी रास्ते पर आ जाते जो रिज के बाईं तरफ था। अधिकतर हमने उसी चट्टानी रास्ते को पकड़कर रखा। दो घंटे पश्चात् हम रिज की चोटी पर थे। वहाँ से हम अंतिम शिखर रिज को देख सकते थे, जो इतनी दुरूह नहीं थी, जितनी कि यह रिज, जिसे हमने अभी-अभी पार किया था। लेकिन हम मुख्य शिखर को नहीं देख पा रहे थे। वह शिखर शायद अभी भी दूर है, मैंने सोचा। अपने लक्ष्य के करीब पहुँचने तक हमें अपनी सारी शक्ति जुटाकर प्रयास को जारी रखना था। मुख्य रिज पूरी-की-पूरी पक्की बर्फ से ढकी

हुई लगती थी। हवा बिल्कुल नहीं थी। बर्फ पर धूप चमक रही थी और यह चमक कभी-कभी इतनी तेज लगती थी कि आँखें चौंधिया जाती थीं।

"हमने पाँच मिनट विश्राम किया। हमें अब करीब 30 फीट नीचे उतरना था और यह एक काफी खड़ी ढाल थी। नीचे कँगनियाँ को देखने पर ऐसा लगता था, जैसे वे कँगनियाँ नहीं, बल्कि बर्फ के फूल हों और वे इतने वास्तवित लगते थे कि नीचे जाकर उन्हें तोड़ लाने का मन करता था। ग्यात्सो ने मेरे दुफंदी लगा दी और मुझे सावधानी बरतते हुए चट्टान तथा बर्फ पर चलकर रिज से नीचे जाना पड़ा। हम मुख्य रिज पर थे। थोड़ा सा ऊपर जाकर एक चट्टान के पीछे ऑक्सीजन की बोतल मिली। यह बोतल अमरीकियों की थी। मैंने सोचा कि बोतल में कुछ तो ऑक्सीजन बची होगी, लेकिन बोतल एकदम खाली थी।

"निचले भाग में रिज अधिक कँगनीदार नहीं थी, लेकिन हमने चट्टानों पर चलना ही ठीक समझा। यहाँ से एडवांस बेस कैंप साफ दिखाई दे रहा था। इतना ही नहीं, मैं यह भी बता सकता था कि मैं अपने कुछ सहयोगियों को कैंप में इधर-उधर घूमते हुए देख रहा हूँ। वे छोटे-छोटे कंकड़ जैसे दिखते थे।

"हमारी प्रगति धीमी थी। ग्यात्सो गंभीर कष्ट में था, लेकिन वह हठ छोड़ने को तैयार नहीं था। उसके लिए एक-एक कदम चलना भारी पड़ रहा था। प्रत्येक कदम सैकड़ों कदमों के बराबर था। फिर भी उसकी इच्छा-शक्ति अदम्य थी और उसके अंग मन के नियंत्रण में थे। हम चट्टानी चिमनी तक पहुँच गए, जिसे 'हिलैरी की चिमनी' कहा जाता है। उसके एक तरफ चट्टान थी, दूसरी तरफ बर्फ और नीचे एक भयंकर हिम-दरार। चिमनी की चढ़ाई कठिन नहीं थी। कुछ देर विश्राम करने के बाद हम फिर चल पड़े। हमारे आगे बहुत हिम और बर्फ थी। फिर एक टीला हमारे रास्ते में आ गया; उसे पार किया तो एक और टीले से पाला पड़ गया। हमने उसे भी पार कर लिया, और…

"खुशियों की खुशी सबसे बड़ी खुशी! दोपहर के आस-पास हमने शिखर का कूबड़ देखा और अमरीकी ध्वज-दंड से फहराता हुआ भारतीय तिरंगा झंडा। हमारी खुशी का ठिकाना नहीं था, उस खुशी का शब्दों में वर्णन नहीं किया जा सकता। ग्यात्सो अपना दर्द भूल गया, उसकी कमर में अब जलन नहीं थी। एवरेस्ट की चोटी तक आखिरी कुछ कदम हमने अगल-बगल साथ-साथ चलते हुए आगे बढ़ाए। सुबह के 11.30 बजे का समय था, जब हम छह घंटे की कड़ी, जानलेवा मेहनत-मशक्कत के बाद शिखर पर पहुँच सके; भले ही हमें घिसट-घिसटकर चलना पड़ा हो, आखिरकार हम अपने लक्ष्य को पाने में सफल हो ही गए। अब हम शिखर पर थे, विश्व की सबसे ऊँची चोटी पर खड़े थे। एवरेस्ट अभियान के लिए मेरा चयन हुआ था, मैंने अपने परिवार को मेरे लिए प्रार्थना करने के लिए कहा था। उनकी प्रार्थना कबूल हो गई।

"हम दोनों ने घुटनों के बल झुककर भूमि का स्पर्श किया और प्रार्थना की। फिर ग्यात्सो और मैंने एक-दूसरे को गले लगाया, एक-दूसरे की पीठ थपथपाई और हाथ मिलाए। मैं स्वीकार करता हूँ, मैं कुछ भयभीत था। एवरेस्ट के लिए मैं नवागत था, पर्वत ने मुझे अभिभूत कर दिया। सही-सलामत वापस पहुँच जाने का भय अचानक मेरे मन में उठ खड़ा हुआ। यह ठीक वैसा ही भय था, जो मैंने उस समय महसूस किया था, जब मैं पहली बार हिमपात की ओर गया। धीरे-धीरे वह डर अपने आप ही मिट गया था, लेकिन वही भय अब दुबारा चला आया।

मैंने अपने रकसैक से एक ध्वज-दंड (झंडा फहराने का डंडा) निकाला। यह फोल्ड हो जाता था। मैंने उसे बर्फ में गहरे गाड़ दिया और उसपर भारत का राष्ट्रीय ध्वज फहरा दिया। फिर मैंने एक पीला प्रार्थना-ध्वज गाड़ दिया, जो मुझे मेरे पिता ने दिया था। मेरे पिता ने मुझे ऐसे सात झंडे दिए थे और उनमें से छह झंडे एवरेस्ट के दूसरे भागों में पहले ही गाड़े जा चुके थे। मेरी बहन ने एवरेस्ट की चोटी पर रखने के लिए एक अँगूठी दी थी, जिसे मैंने एवरेस्ट शिखर की बर्फ तथा पत्थरों में छिपा दिया।

"सूरज चमक रहा था और हलकी-हलकी हवा बह रही थी। मैंने प्रार्थना-ध्वज के आगे झुककर प्रणाम किया और प्रार्थना की। ग्यात्सो ने भी ऐसा ही किया।

"हम उठ खड़े हुए और पूरे दृश्य को एक बार आँखों में भर लेने का प्रयत्न किया। हमसे बहुत नीचे बादलों का समागम था। थ्यांगबोचे मठ धूप में इस तरह चमक रहा था, जैसे पन्नों के बीच कोई हीरा जड़ा हो। नीचे की ओर दूसरी चोटियाँ आटे के ढेर जैसी दिख रही थीं। दूसरी तरफ दूर क्षितिज में हम तिब्बत के ऊँचे-ऊँचे हरे-भरे मैदानों को देख सकते थे।

"हम लगभग 50 मिनट शिखर पर ठहरे और इस बीच हमने विभिन्न ध्वज फहराए, जो हमारे मित्रों ने हमें दिए थे और कई फोटो खींचे। मैंने वहाँ से कुछ पत्थर उठा लिये, थोड़ी सी बर्फ भी इकट्ठा कर ली। बर्फ को मैंने थर्मस फ्लास्क में रख लिया। इन पत्थरों और बर्फ को मैं एवरेस्ट शिखर की निशानी के रूप में रख रहा था। शिखर पर रहते हुए हमने 20 मिनट तक ऑक्सीजन का प्रयोग नहीं किया, लेकिन जब साँस लेना बहुत मुश्किल हो गया, तब हमने अपनी बोतलों से ऑक्सीजन खींचना फिर शुरू कर दिया। शिखर से चलते समय हमने अपने ऑक्सीजन मास्क पहन लिये।"

शिखर पर पहुँचने के बारे में अपनी भावनाओं तथा प्रतिक्रियाओं का बखान करते हुए ग्यात्सो ने लिखा, "मेरे पिता, श्री रिजिंग ऐंगो दुप का 20 वर्ष का सपना सच हो गया। मैंने राँगबुक मठ की ओर देखा और निचली घाटियों में बादल देखे। मैंने राँगबुक ग्लेशियर देखा और कई खूबसूरत हरित खंड भी देखे। हमारे चारों ओर बादलों से बाहर निकली हुई अनेकानेक छोटी-छोटी चोटियाँ थीं, जो मोटी सुई की नोंक जैसी दिखती थीं।

मैंने बहुत विनम्र महसूस किया और कुछ कैडबरी चॉकलेट तथा मिठाइयाँ वहाँ अर्पित कर दीं, जो कुछ भी मेरे पास था, मैंने चोमोलुंग्मा को चढ़ा दिया।

"पर्वतों के प्रति मैं धार्मिक आस्था रखता हूँ। मैं उन्हें पूज्य मानता हूँ और पवित्र चोटियों का आदर करता हूँ। मैं पर्वतों के पास विनम्रता से जाता हूँ। मुझे प्रकृति से प्रेम है। और फूल-पौधों, चट्टानों तथा बर्फ से मुझे अत्यधिक लगाव है। एवरेस्ट मेरे लिए सदैव पूज्य रहा है। 1957 में जब में नंदा देवी गया, मैंने अपनी पत्नी को भी यही बताया था। वास्तव में मैंने अपनी पत्नी से कहा था कि मैं किसी सरकारी काम से जा रहा हूँ। उसने जब अखबारों में पर्वतारोहण अभियान के बारे में पढ़ा और मेरा नाम भी उसमें शामिल पाया, तो उसके मन को ठेस लगी और वह रूठ गई। उसने शिकायत भरा एक लंबा पत्र लिखा। उसे पहाड़ों से डर लगता था और वह मुझे किसी मुसीबत में नहीं देखना चाहती थी। वापस आने पर मैंने उसका गुस्सा शांत किया और उसे विश्वास दिलाया कि पर्वतों पर देवताओं का निवास है और वे मेरे प्रति कभी क्रूर नहीं होंगे। मैंने उसे वचन दिया कि अब जब कभी भी मैं किसी अभियान पर जाऊँगा, तो हर बार पर्वतों की कुछ पवित्र बर्फ और कुछ पत्थर बटोरकर उसके लिए ले आऊँगा। इसी कारण वह मेरी एवरेस्ट विजय की कामना करते हुए प्रसाद की प्रतीक्षा कर रही थी। मैंने एवरेस्ट की चोटी से पवित्र बर्फ और कुछ पवित्र शिलाखंड अपनी पत्नी को देने के लिए उठा लिये।

"एवरेस्ट की चोटी पर मुझे ऐसा अनुभव हुआ, मानो मैं स्वर्ग में हूँ। वहाँ हमसे ऊँचा कोई भी नहीं था, कहीं भी।

"मुझे पत्नी ने जो स्कार्फ दिया था, उसे मैंने शिखर पर रख दिया। मेरे मित्रों ने मुझे भगवान् बुद्ध व कृष्ण की मूर्ति दी थी, वे दोनों मूर्तियाँ भी मैंने वहाँ गाड़ दीं। कोहली ने मुझे दो जोड़ी मालाएँ दी थीं; एक 1962 के भारतीय अभियान के एक सदस्य हरी डैंग की थी और दूसरी कोहली को उसके पिता ने दी थी। ये मालाएँ भी हमने शिखर को अर्पित कर दीं। एक बड़ा भारतीय राष्ट्र-ध्वज मजबूत ध्वज-दंड पर एवरेस्ट की चोटी पर स्थायी रूप से हमने 1963 के अमरीकी ध्वज-दंड की बगल में गाड़ दिया।

"गुरु रिम्पोचे ने मुझे एक लघु मूर्ति दी थी, उसे भी हमने शिखर पर रख दिया, लेकिन वहाँ से चलने से पहले मैंने उसे उठा लिया और अपनी सुरक्षा के लिए वापस ले आया। बाद मैं जब गुरु रिम्पोचे ने मुझसे पूछा कि मैं उस मूर्ति को वापस क्यों उठा लाया, तो मैंने कहा कि मैं भयभीत था और मुझे वापसी-यात्रा के लिए भी अपनी रक्षा हेतु इसकी आवश्यकता थी। गुरु मुसकरा दिए और बोले कि अब तुम हमेशा के लिए इसे अपने पास रख सकते हो।"

अपने ऑक्सीजन प्रवाह को दो लीटर प्रति मिनट पर स्थिर करके ग्यात्सो और वांग्याल ने नीचे उतरने की यात्रा आरंभ कर दी। चिमनी पर आकर उनकी ऑक्सीजन

खत्म हो गई और फिर वहाँ से लेकर उस जगह तक, जहाँ उन्होंने अपनी ऑक्सीजन की बोतलें छोड़ी थीं, ऑक्सीजन के बिना लड़खड़ाते और हाँफते हुए चलना पड़ा।

बादल घिरने लगे थे और दर्द से पीड़ित ग्यात्सो का दर्द लौट आया था। चूँकि वह रुक-रुककर चल रहा था, इसलिए उसका आगे चलना ही बेहतर था। बादलों और कुहासे के कारण वे अपना रास्ता भटक गए। वांग्याल को ध्यान आया कि जब वे ऊपर की ओर अग्रसर थे, तब तिब्बत कहीं दिखाई नहीं पड़ रहा था। इस बात से उसे संशय हुआ कि वे सही रास्ते पर नहीं हैं। उसका संदेह ठीक निकला। साउथ-ईस्ट रिज की ओर पीछे लौटकर उन्होंने सही मार्ग पकड़ा और चलते-चलते कैंप-IV जाकर रुके।

एक बार फिर कैंप-IV से करीब 300 गज पहले वांग्याल की ऑक्सीजन समाप्त हो गई और उसकी गति धीमी पड़ गई। वह और ग्यात्सो दोनों प्यासे थे और उनका गला सूख रहा था, उनके अधर सूख रहे थे, वे थके हुए थे, थकान से चूर और भूखे थे। वे शाम 6:30 बजे अंतिम कैंप पहुँचे। ग्यात्सो रेंगकर अपने स्लीपिंग बैग में घुस गया तथा उसने एक और रात बड़ी बेचैनी में बिताई, क्योंकि उसकी त्वचा गंधक के माफिक जल रही थी। उन्होंने अपने वॉकी-टॉकी पर साउथ कोल से संपर्क किया और उन्हें सूचना मिली कि सी.पी. वोहरा तथा ऐंग कामी शिखर की ओर जाते हुए वहाँ आए थे।

सोनम वांग्याल की डायरी से उद्धृत एक पैरा उस दिन की शाम के मिजाज का वर्णन इन शब्दों में करता है—

"अपने स्लीपिंग बैग में पड़े हुए मैंने गुजर चुके दिन के बारे में सोचने की कोशिश की। हम एवरेस्ट पर चढ़ने में सफल हुए, लक्ष्य पूरा हुआ। मैंने क्या महसूस किया ? कुछ भी तो नहीं। गर्व करने, अभिभूत होने जैसी कोई बात नहीं थी; मैं बहुत अधिक थका हुआ था और बस सोना चाहता था, लेकिन यह संभव नहीं लगता था। सोनम ग्यात्सो का हाल बुरा था। उसे देखभाल और उपचार की जरूरत थी। छेद हो जाने के कारण मेरा गद्दा और उसका तकिया, दोनों की हवा निकल गई थी और वे पिचक गए थे। इस कारण ऑक्सीजन के बावजूद नींद न तो गहरी थी और न आरामदेह। हमें ईश्वर का बहुत-बहुत शुक्र-गुजार होना चाहिए, क्योंकि हम अभी भी जीवित और सही-सलामत थे।"

23 मई, सुबह 6 बजे : दोनों सोनम अंतिम कैंप से चले गए और खड्ड पर उनकी भेंट वोहरा और ऐंग कामी से हुई, जो ऊपर जा रहे थे। वोहरा और ऐंग कामी ने उन्हें जूस, के कैन दिए, जबकि वांग्याल ने शिखर की ओर जाने का रास्ता उन्हें स्पष्ट किया। चार घंटे बाद ग्यात्सो और वांग्याल साउथ कोल पहुँचे, जहाँ उन्हें दावा नोर्बू तथा दूसरे लोग मिले। उन्होंने वहाँ कुछ देर विश्राम किया।

कैंप-IV पहुँचने पर उसकी भेंट मुल्की से हुई, जिसने गर्मजोशी से गले मिलकर उनका स्वागत किया और बधाई दी। उसने ग्यात्सो की पीठ पर हो रही जलन और

जखम की जाँच की। इसके तुरंत बाद उसने वॉकी-टॉकी के जरिए एडवांस बेस कैंप में चक्रवर्ती और लाला से संपर्क किया। डॉक्टरों की सलाह के अनुसार मुल्की ने उसके जलनवाले हिस्से पर थोड़ी सी निविया क्रीम लगा दी और उसकी बनियान फाड़कर वहाँ पट्टी बाँध दी। यह सब करने के बाद वोहरा ने ग्यात्सो की पीठ पर मालिश भी कर दी जिससे उसका दर्द काफी कम हो गया।

वे नीचे ल्होत्से मुख तक चले गए। वहाँ पड़ी हुई बर्फ नरम एवं भुरभुरी थी और वे बार-बार फिसल जाते थे। एक बार वांग्याल जब बुरी तरह फिसला, दावा नोर्बू ने उसे गिरने से रोक लिया। मौसम बहुत गरम था और ग्यात्सो को इतना ताप लग रहा था कि वह बर्फ उठाकर बार-बार अपने सिर पर मलने लगा, लेकिन उससे भी उसे कुछ राहत नहीं महसूस नहीं हुई। कैंप-III में उन्हें गरम चाय और जूस दिया गया, मगर उनकी प्यास बुझने का नाम नहीं ले रही थी।

एडवांस बेस कैंप के सौ फीट ऊपर मैंने दो शूरवीरों का स्वागत-सत्कार किया। मेरे साथ दूसरे सदस्य भी थे। सबने मिलकर बहुत खुशी मनाई और हँसी-मजाक करके दिल बहलाया। हमने एक-दूसरे को गले लगाया, दोनों सोनम को ऊपर उठा लिया, उछले-कूदे और खुशी से चीखे-चिल्लाए। एडवांस बेस कैंप में उस रात जश्न मनाया गया। चक्रवर्ती ने ग्यात्सो की झुलसी त्वचा का मुआयना किया, उसे तीन इंजेक्शन दिए और शराब से दूर रहने की सलाह दी। नुस्खे की आखिरी बात से ग्यात्सो की खुशी गायब हो गई, क्योंकि वह आनंदोत्सव में सम्मिलित नहीं हो सकता था। उसने हमें ब्रांडी पीते हुए देखा और अंदर-ही-अंदर दुःखी होता रहा। वह बेचारा और कर भी क्या सकता था।

□

लगातार तीसरी विजय

ऐन्ग कामी और सी.पी. इससे पहले कभी एक साथ पर्वतारोहण के लिए नहीं गए थे। लेकिन एक जोड़ी के रूप में उन्होंने अच्छा साथ निभाया। उनके पास सहायता के लिए कुल चार शेरपा थे—दावा नोर्बू-II, पेंबा ठर्के, तेंजिंग पैंगबोचे और नवांग हिल्ला। चारों बड़े उत्साही और मजबूत थे। वे 19 मई को बेस कैंप से चले और उस दिन दोपहर तक एडवांस बेस पहुँच गए।

अगले दिन चमकती धूप में वे कैंप-IV के लिए निकले और जल्दी ही उन्हें

ल्होत्से मुख की तरफ जाते हुए प्रचंड हवाओं तथा बलखाती हुई बहती बर्फ से संघर्ष करना पड़ गया, हवा और बर्फ के भँवर ने उनके चारों ओर एक मोटा परदा डाल दिया था। हवाओं का वेग कभी-कभी इतना प्रचंड हो जाता था कि वे अकसर संतुलन खो बैठते । ताजा पड़ी बर्फ ने रास्तों को मिटा दिया था और ठीक रास्ते का अनुमान लगाते हुए चलना आसान नहीं था। दृश्यता घटकर बीस फीट तक रह गई थी।

दोपहर 2:30 के करीब कैंप-IV के कंपायमान टेंट देखकर बड़ी खुशी हुई। कुछ ही मिनट बाद वे जैमिट टेंट के अंदर थे, जिसमें गुरु ठहरा हुआ था। नवांग दोर्जी ने चाय बनाई।

अगले दिन 21 मई को मौसम में कोई सुधार नहीं हुआ, हवाएँ चीत्कार कर रही थीं और जोरदार कोड़े चला रही थीं। गुरु को खबर मिली कि चीमा, जो गोंबु के साथ नीचे आ रहा था, हिमांधता से पीड़ित है। गोंबु और चीमा को जिनेवा पर्वत-स्कंध से नीचे आते हुए देखा गया था। वे अपने रास्ते से भटक गए थे और मदद के लिए पुकार लगा रहे थे। ऐंग कामी और सी.पी. उन्हें ले आने के लिए ऊपर गए। गोंबु तथा चीमा ने उन्हें सारी खबर दी और उनकी सलाह मानकर तथा इस बात को भी ध्यान में रखते हुए कि मौसम संबंधी हालात बिगड़ते जा रहे हैं, ऐंग कामी और सी.पी. उस दिन कैंप-IV से बाहर नहीं निकले। रात में गोंबु, ऐंग कामी तथा सी.पी. उस तरफ थे, जिधर बर्फ थी। सी.पी. के अनुसार वह रात अभियान पर उसकी सबसे अधिक मुसीबत भरी रात थी। अगली सुबह, सी.पी. जब उठा तो वह कमजोर महसूस कर रहा था और बुरी तरह खाँस रहा था। वे सुबह जल्दी साउथ कोल के लिए निकल गए और सायं 1:00 बजे तक वहाँ पहुँच गए। ऊपर तक पूरा रास्ता दम खींचनेवाला था और चूँकि सी.पी. स्वयं को पूरी तरह स्वस्थ महसूस नहीं कर रहा था, उन्हें साउथ कोल पहुँचने में ज्यादा समय लगा। लेकिन साउथ कोल पहुँचते ही सी.पी. की सेहत एकाएक सुधर गई। उसकी सुस्ती और अस्वस्थता दूर हो चुकी थी। उसमें शक्ति आ गई, उसने स्वयं को पूर्णतया भला-चंगा महसूस किया और अब वह चुनौती का सामना करने के लिए एकदम तैयार था।

यह घटना 22 मई की है। ग्यात्सो और वांग्याल आगे चले गए थे, लेकिन दोपहर से उनका कोई अता-पता नहीं था। सी.पी. ने साउथ कोल में हर तरफ देखा, रिज का पर्यावलोकन किया, पर्वत पर इधर-उधर, चट्टानों बर्फ और हिम में ताक-झाँक करके देखा, लेकिन जोड़ी कहीं नजर नहीं आई। बाद में शाम के समय अंतिम कैंप से वायरलेस सेट पर ग्यात्सो की आवाज सुनकर वह बहुत खुश हुआ।

23 मई की सुबह धूप खिली हुई थी और मौसम साफ था, जल्दी नाश्ता करने के बाद सी.पी. और ऐंग कामी अपने शेरपाओं, दावा नोर्बू-II, नीमा, तेंजिंग पैंगबोचे नवांग हिल्ला तथा पेंबा, ढर्के, के साथ अपनी यात्रा पर चल पड़े। मौसम अच्छा था

और उनकी प्रगति संतोषजनक थी। उन्होंने नीली ठोस हिम–ढाल को जल्दी पार कर लिया और खड्ड की चढ़ाई चढ़ रहे थे। चट्टानों पर चढ़ते समय सी.पी. की ऑक्सीजन सप्लाई खत्म हो गई। उसने ऑक्सीजन के बिना चढ़ाई जारी रखी और अभी उसने पाँच मीटर की दूरी ही तय की थी कि वह बुरी तरह थक गया, अतः उसने ऑक्सीजन की दूसरी बोतल खोलने में ऐंग कामी से मदद करने के लिए कहा।

अंततः वे रिज पर पहुँच गए और उन्होंने वहाँ एक टेंट के अवशेष देखे। बस तभी उनकी भेंट नीचे आते हुए दोनों सोनमों से हुई।

दिन शांत और सुहावना था, धूप चमक रही थी और हवा नहीं थी। वे 1963 के भारतीय कैंप–स्थल से आगे निकल गए और फिर उन्होंने 1963 के अमरीकी कैंप–स्थल को भी पार कर लिया। उन्होंने निशानी के रूप में वहाँ से कुछ चीजें उठाकर रख लीं। करीब 400 फीट और चलते ही अंतिम कैंप आ गया। समय सुबह के 10 बजे थे। कोई दूसरी टोली इससे पहले कभी इतनी जल्दी वहाँ नहीं पहुँच पाई थी। असल में सी.पी. ने तो यहाँ तक सोच लिया था कि थोड़ी और हिम्मत करके वे उसी दिन शिखर पर पहुँचने में सफल हो सकते हैं। लेकिन करीब आधा घंटे तक सलाह–मशविरा करने के बाद सी.पी. और ऐंग कामी ने इसके विपरीत निर्णय किया।

शेरपाओं ने लादकर लाए सामान को कैंप में जमा किया, शिखर–यात्रियों को सफल होने की शुभकामनाएँ दीं और वापस चले गए; उनकी शक्ति, दक्षता और गति का कमाल तो देखिए, उसी दिन वे एडवांस बेस कैंप भी पहुँच गए।

मौसम के पूर्वानुमान की घोषणा में संकेत था कि अगली दोपहर को एक चक्रवाती पनाला एवरेस्ट पर गिरने की संभावना है। स्वाभाविक है, सी.पी. और ऐंग कामी उससे पहले ही चढ़ाई समाप्त कर लेना चाहते थे। ऐंग कामी ने कहा कि उतनी ऊँचाई पर भोजन करने के विचार से ही उसका जी मिचलाने लगता है और अगर उसने एक निवाला निगलने की कोशिश भी की तो उसका पेट उसे कबूल नहीं करेगा और वह उलटी कर देगा। वे सिर्फ तरल पदार्थ ले जाना चाहते थे। उनके पास काफी मात्रा में पानी था और कई प्रकार के जूस थे। उन्होंने सामान्य तैयारी की और सोने चले गए।

शिखर पर जाने की उत्तेजना के मारे रात 1:30 बजे ही ऐंग कामी की आँख खुल गई। शिखर की ओर जाने के लिए यह बहुत जल्दी का समय था, अतः सी.पी. ने उसे कुछ देर और सोने के लिए कहा। तथापि ऐंग कामी जूस के डिब्बे गरम करने लगा, जबकि सी.पी. अपने स्लीपिंग बैग के अंदर ही सिमटा रहा। जब सी.पी. की तंद्रा टूटी, तब सुबह के 4:00 बज बज रहे थे और ऐंग कामी गहरी नींद ले रहा था। सी.पी. ने उसे जगाया, स्टोव जलाया, जूस के डिब्बे गरम किए और फिर वे दोनों चलने के लिए तैयार हो गए।

सुबह के पांच बजे जब उन दोनों ने प्रस्थान किया, हवा बहुत तेज थी। ऐंग कामी का बदन दुबला-पतला और काफी लचीला था; पर्वतों पर वह बड़ी फुरती से चढ़ जाता था, जैसे छिपकली चढ़ती है। अपनी इसी तीव्र गति को ध्यान में रखते हुए उसने सी.पी. को आगे चलने दिया, क्योंकि अगर वह ऐसा नहीं करता तो सी.पी. पीछे रह जाता और उसका साथ नहीं दे पाता। एवरेस्ट के पिरामिड का आधार जहाँ से शुरू होता था, वहाँ की दूरी कैंप से सिर्फ 2,0000 फीट के करीब थी और वहाँ नरम भुरभुरी बर्फ पड़ी हुई थी। शिखर यात्रियों ने बर्फीले रिज के किनारे-किनारे सावधानी से कदम आगे बढ़ाए, कुछ दूर चलने पर रास्ता कठिन और खड़ी चढ़ाई वाला होने लगा। अंतिम कैंप में , सी.पी. ने सुबह-सुबह कौवे जैसा, किंतु कौवे से छोटा, पीले पैर और पीली चोंचवाला, एक काला पक्षी देखा। यह पक्षी दक्षिणी शिखर तक आया मानो, 'विजयी भव' और 'गुड बाय' कहने आया हो। दक्षिणी शिखर के बाद वह पक्षी दिखाई नहीं दिया।

रिज पर ऊपर की ओर जाते हुए हालात बदतर होते गए, और उनकी मुश्किलें बढ़ती गईं; इतनी अधिक बर्फ थी कि सी.पी. और ऐंग कामी दोनों घुटनों तक बर्फ में धँस गए थे, कभी-कभी वे उस नरम और भुरभुरी बर्फ में ऊपर तक धँस जाते थे। ऐसी बर्फ में चलना बहुत थकाऊ और जोखिम भरा था। एक-एक कदम भारी पड़ने लगा था । अत: वे चट्टानों पर चढ़ गए, जो गरम, मजबूत और साफ थीं। सुबह 8 बजे से पहले वे चट्टानों को पार कर गए थे। उन्होंने बर्फीले रिज पर विश्राम किया, ऑक्सीजन की बोतलें बदलीं और जूस तथा कॉफी का सेवन किया। हवा कुछ मंद पड़ गई थी और अब उन्होंने दक्षिणी शिखर की ओर अपना ऊर्ध्वगामी सफर फिर शुरू कर दिया था। दक्षिणी शिखर काफी निकट था। इस रास्ते में बर्फ कठोर थी। जिस पर मजबूती से हाथ जमाकर आगे बढ़ना काफी आसान था। जब उन्होंने दक्षिणी शिखर की कँगनीदार चोटी (बर्फ के कंगूरों वाली चोटी) पर कदम रखा, उस समय हवा का वेग काफी तीव्र हो गया था और उसकी तीव्रता बढ़ती जा रही थी। वे चलते चले गए दक्षिणी शिखर के उत्तर की तरफ दूर तक, दक्षिणी शिखर के करीब 100 फीट ऊपर, सी.पी. को जीवशम का बर्फ में दबा हुआ प्रचुर भंडार पाकर बहुत खुशी हुई और एक भूवैज्ञानिक होने के नाते सी.पी.का पूरा ध्यान उसी ओर खिंच गया। सी.पी. ने अपने चाकू से प्राचीन समुद्री घोंघे का एक उत्कृष्ट नमूना खोज निकाला, जो चूना-पत्थर में सुरक्षित दबा हुआ था। कुछ समय के लिए तो वह एवरेस्ट को भूल ही गया और उस नमूने की जाँच करने में खो गया। फिर उस समय हवा का एक तेज झोंका आया और जीवाश्म के उस नमूने को उड़ा ले गया। उसके पीछे भागने का अब कोई अर्थ नहीं था। सी.पी. ने महसूस किया कि विलंब करना उचित नहीं होगा। अत: वे पुन: शिखर की ओर अपने सफर पर चल पड़े।

दक्षिणी शिखर से वे थोड़ा नीचे उतरे और विश्राम करने के लिए कोई जगह खोजने लगे। ऐंग कॉमी को एक छोटी गुफा मिल गई, जिसमें कोई बर्फ नहीं थी, सिर्फ चट्टान थी। वह और सी.पी. कुछ देर गुफा में बैठे। अंतिम रिज उनके सामने थी और वे पिछले शिखर-यात्रियों के पैरों के निशान उस रिज पर देख सकते थे। दृश्यावली हैरत में डालनेवाली थी।

प्रातः 9:15 पर वे फिर चल दिए। जब वे हिलैरी-की-चिमनी पहुँचे, जिसे चट्टानी टीला कहा जा सकता है और जो 12 से 15 फीट ऊँचा था, उन्होंने चट्टान के किनारे-किनारे जाने का फैसला किया। सी.पी. बीच की चट्टान के साथ-साथ गया, यह चट्टान कुछ धोखेबाज थी और उसे पार करने में समय लगा। फिर वह ठोस बर्फ पर चढ़ गया। ऐंग कामी उसके पीछे-पीछे गया। उन्होंने कुछ देर विश्राम किया। तत्पश्चात वे अपने सबसे महत्त्वपूर्ण लक्ष्य की दिशा में चल पड़े, जो वे जानते थे कि निकट ही है, लेकिन उन्हें दिखाई नहीं दे रहा था। उन्होंने एक कूबड़ (ऊँट की पीठ की तरह उठा हुआ पहाड़ी टीला) देखा, जिसे वे पार कर गए, फिर एक और टीला सामने आ गया और उसे भी उन्होंने पार कर लिया; अंततः शिखर का टीलेनुमा उभार उनकी आँखों के सामने आ गया। भारतीय तिरंगा शिखर पर फहरा रहा था। उनकी यात्रा अब समाप्त होने जा रही थी। उन्होंने जो सपना देखा था, सच हो गया। शिखर का कूबड़ काली चट्टानों और बर्फ से बना एक पिंड जैसा था, जो देखने में सुंदर नहीं लगता था, लेकिन जो बात सच है, वह सच है और यही सच है कि वह पृथ्वी पर सबसे ऊँचा टीला था।

सी.पी. को एकाएक राहत का बोध हुआ, उसके शरीर और मन में बसा सारा तनाव अचानक अपने आप ही दूर हो गया। लेकिन शारीरिक थकान बहुत भारी पड़ रही थी। उसके पाँव अब उसके शरीर को सँभाल पाने में असमर्थ थे, वह अपने घुटनों पर झुक गया और शिखर के कूबड़ को उसने दूर से देखा। उसने बताया, उसे इस बात से सुकून महसूस हुआ कि अब कोई सीढ़ियाँ नहीं काटनी थीं, किसी और रिज को पार नहीं करना था तथा किसी और टीले को देखने का लालच अब बाकी नहीं रहा था।

सी.पी. ने बताया कि शिखर टीम में जगह पाने के लिए उसने किस कदर संघर्ष किया था। अभियान के दौरान आरंभ में ही उसने हिमपात वाला रास्ता खोलने में मदद की थी, लेकिन उसके बाद वह बीमार हो गया और डॉक्टरों ने शक जताया कि उसे फेफड़ों का रोग (फुप्फुसीय शोथ) हो गया है। डॉक्टरों ने उसे आराम करने की सलाह दी, लेकिन उसने सलाह को नहीं माना और अपनी योग्यता साबित करने के लिए उसने पर्वत पर चढ़ने के लिए अपना सारा दम लगा दिया तथा गति को भी तेज रखा, ताकि एवरेस्ट की चोटी उसकी पहुँच से बाहर न रह सके। उसे इस बात की खुशी थी कि उसका काम संतोषजनक पाया गया और उसे तीसरी शिखर टोली में जगह मिल गई।

एवरेस्ट पर्वत बचपन से ही उसके सपनों में छाया रहा है और इसकी चोटी पर पहुँचने की चाह हमेशा उसे उकसाती रहती थी। अब वही चोटी उसके सामने थी, बस दो-चार कदम और, वह एवरेस्ट की चोटी पर होगा।

सी.पी. ने अपना मूवी कैमरा निकाला, जिसे गरम रखने के लिए उसने अपने सीने से लगाकर रखा था। दुर्भाग्य से कुछ पलों के बाद ही कैमरा जाम हो गया। फिर भी उसने बहुत सारे स्थिर-चित्र खींच लिये।

ऐंग कामी को हिमालय की चुनौती हमेशा स्वीकार थी और पर्वतों से स्पर्धा की भावना से ओत-प्रोत होकर ही उसने पर्वतारोहण को अपनाया था। उसे यह स्वीकार करने में कभी शर्म महसूस नहीं हुई थी कि यह एक अहंकार था, जिसे संतुष्ट करना आवश्यक था। पर्वतों ने जीवन की उकताहट एवं नीरसता से निकलने का मार्ग भी दिखाया। लेकिन मूलभूत इच्छा तो स्वयं को पहाड़ों और हवाओं की शक्ति के साथ टक्कर लेने योग्य बनाने की थी। यह एक संघर्ष था, एक मुकाबला, एक लड़ाई थी, जिसे जीतना आवश्यक था। 60 से 70 फीट का फासला तय करना बाकी था। ऐंग कामी ने अपना पीठ-थैला (रकसैक) और ऑक्सीजन मास्क उतार दिया। वह ऑक्सीजन के बिना शिखर तक चल कर जाना चाहता था। लेकिन वह आधे रास्ते तक ही जा सका। स्तब्ध, थककर चूर, बेदम और कमजोर ऐंग कामी धड़ाम से गिर गया। अपना ऑक्सीजन मास्क उठाने के लिए उसे घिसट-घिसटकर और लगभग रेंगते हुए वापस जाना पड़ा। प्रयास विफल रहा। उसने उम्मीद जताई कि किसी दिन कोई व्यक्ति अवश्य ही ऑक्सीजन के बिना चोटी पर पहुँचने में सफल होगा।

सी.पी. और ऐंग कामी बाँह-में-बाँह डाले एक साथ चलकर शिखर तक गए। सुबह 10:45 बजे का समय था, जब वे शिखर पर खड़े हुए थे।

थ्यांगबोचे का मठ देखकर ऐंग कामी की खुशी का ठिकाना नहीं था। हवा बहुत जोरदार थी और भारतीय झंडा नीचे गिरा पड़ा था। क्योंकि वांग्याल द्वारा गाड़ा गया ध्वज-दंड उखड़ गया था। ऐंग कामी ने उस डंडे को उठाकर बर्फ में गहरे मजबूती से गाड़ा और तिरंगा झंडा ठीक से लगाया। तिरंगा फिर से शान से फहरने लगा।

सी.पी. ने कहा कि वह शिखर को भेंट-स्वरूप अर्पित करने के लिए कुछ भी विशेष वस्तु लेकर नहीं आया था। लेकिन जब वह वहाँ था, उसे याद आया कि उसकी माँ ने उसे थोड़ी सी किशमिश दी थी, जो उसने खाई नहीं थी और उसके रकसैक में वैसे ही पड़ी हुई थी। उसने अपने रकसैक से किशमिश निकालकर पर्वत नरेश को प्रसाद-स्वरूप चढ़ा दी। बताया जाता है कि ऐंग कॉमी किसी फिल्म अभिनेत्री की एक तसवीर अपने साथ ले गया था और शिखर पर वह उस तसवीर के साथ अपनी फोटो खिंचवाना चाहता था। लेकिन सी.पी. को वह बिल्कुल पसंद नहीं थी और ऐंग कामी

को हलकी-फुलकी कहा-सुनी के बाद सी.पी. की सलाह के आगे झुकना पड़ा। बाद में ऐंग कामी ने कबूल किया कि वह प्रार्थना-ध्वज शिखर पर गाड़ने के लिए लाया था, लेकिन फिर उसके बारे में सब भूल गया और उसे अपने साथ वापस ले गया।

शिखर-यात्रियों ने लगभग एक घंटा चोटी पर बिताया। करीब 20 मिनट तक वे ऑक्सीजन के बगैर रहे। सी.पी. ने एक वैज्ञानिक की भाँति यह जानने-समझने का प्रयत्न किया कि ऑक्सीजन का सहारा लिये बिना शिखर पर रहने के दौरान उसका मन और शरीर किस तरह प्रभावित हो रहा था। पहले पाँच मिनट तक तो उसके चिंतन या अनुभूति में कोई महत्त्वपूर्ण अथवा उल्लेखनीय अंतर उसे प्रतीत नहीं हुआ। किंतु उसके बाद उसे ऐसा महसूस हुआ, मानो उसे नशीली दवा पिला दी गई हो। वह अनुभूति और अधिक गहरी हो गई। उसने स्वयं को कमजोर महसूस किया, कमजोरी बढ़ती जा रही थी और इसके साथ ही उसमें खीझ और चिड़चिड़ाहट पैदा हो रही थी, और अंत में उसे ऐसा लगा, जैसे उसके अंग अब उसके नियंत्रण में नहीं रहे। मन और शरीर के बीच का संबंध समाप्त हो गया लगता था। अगर वह अपने पैर किसी जगह रखना चाहता तो वे उसके आदेशों को न मानकर कहीं और जा पड़ते। शारीरिक और मानसिक दुर्बलता इतनी बढ़ गई थी कि उस प्रयोग को जारी रखना संभव नहीं था। उसने तुरंत ऑक्सीजन की बोतल का सहारा लिया और तब जाकर वह लगभग सामान्य स्थिति में वापस आ सका।

ऐंग कामी ने बताया कि शिखर पर पहुँचकर उसे वास्तव में कुछ ऐसा नहीं लगा कि उसकी अभिलाषा पूरी हो गई है। एक क्षण के लिए भी उसमें वह दंभ नहीं आया था कि वह विजेता बन गया है और महान् हो गया है। उसके अपने शब्दों में, 'मैं केवल अपनी शारीरिक समस्याओं के बारे में सोच रहा था और शिखर से वापस आना चाहता था। जीवित रहने की इच्छा प्रबल थी और मेरे दिल में एक भय बैठ गया था कि मेरी मानसिक शक्तियाँ सामान्य नहीं थीं और विजयोल्लास की कोई अनुभूति नहीं थी। मुझे अपनी माँ, अपने लोग और अपना घर याद आ रहा था और मैं उनके पास लौट जाना चाहता था। क्या मैं दुबारा उन्हें देख पाऊँगा ? मैंने खुद से पूछा। बुद्धि कुंद हो गई लगती थी। मैं थका-हारा और भूखा था। हर काम कठिन लग रहा था; बात करने, अपने हाथ-पाँव उठाने-चलाने, ऑक्सीजन मास्क हटाने, चलने-फिरने, सभी कामों में दम की जरूरत थी और मैं इस मेहनत से स्वयं को बचाना चाहता था।'

उन्होंने अपने-अपने ऑक्सीजन मॉस्क लगाए और थोड़ा-बहुत जूस पीने के बाद नीचे उतरना आरंभ कर दिया। चिमनी के निकट पहुँचकर एक अनर्थ हो गया। चट्टान से उतरते समय सी.पी. का हिम-कुठार फिसल गया और खड़ी ढाल से नीचे उस रास्ते पर जा गिरा, जो एडवांस बेस तक जाता था। इससे उनकी चाल धीमी हो गई। हवा ने

एक झक्कड़ का रूप ले लिया था और उनके पाँव ठंडे हो रहे थे।

सी.पी. की ऑक्सीजन की सप्लाई ठीक उसी जगह पहुँचने से पहले समाप्त हो गई, जहाँ वे अपनी ऑक्सीजन की बोतलें छोड़ गए थे। तथापि सी.पी. को उस जगह पहुँचने में बहुत अधिक कठिनाई नहीं हुई; उसने बोतल उठा ली, जो करीब-करीब खाली थी और ऑक्सीजन की सप्लाई घटाकर दो लीटर प्रति मिनट कर दी गई थी। ऑक्सीजन के बिना नीचे जाना असुविधाजनक था और उसे एक बार फिर ऐसा महसूस होने लगा कि वह अपने अंगों पर नियंत्रण खो रहा है। जब वे उस जगह पहुंचे, जहाँ पहली टोली ने अपनी ऑक्सीजन-बोतलें बदली थीं, सी.पी. ने एक बोतल उठा ली, जिसमें अभी तक कुछ ऑक्सीजन शेष थी और फिर दो लीटर प्रति मिनट की दर से ऑक्सीजन का इस्तेमाल करते हुए नीचे चला गया।

सारे रास्ते झंझा की मार पड़ती रही और उनके पाँव ठंड से बेहाल हो रहे थे, हालाँकि अभी इतने ठंडे नहीं थे कि सुन्न हो जाएँ। वे देर दोपहर तक अंतिम कैंप पहुँचे। सी.पी. को अपने पैरों की चिंता थी, उसे हिम-दाह होने का डर था। खैर, जब देखा कि काफी देर हो चुकी है और सूरज पहले ही छिपने चला गया है, सी.पी. ने ऐंग कामी को एक रात और अंतिम कैंप में बिताने का सुझाव दिया। ऐंग कामी मान गया।

उन्होंने कुछ बर्फ पिघलाकर पानी बनाया और मदिरापान के बाद वॉकी-टॉकी सेट पर उन्होंने साउथ कोल से संपर्क किया। पहले ऐंग कामी बोला और उसने मुल्की को पूरी खबर दी, और मुल्की ने एडवांस बेस को सूचित कर दिया। ऐंग कामी के बाद सी.पी. ने बात की।

उन्होंने पैरों में गरमाहट लाने की कोशिश में अपने पैरों को जोर-जोर से ठोका, लेकिन कोई खास फर्क नहीं पड़ा। उन्होंने अपना ऑक्सीजन मास्क चढ़ाया और लेट गए, ठंड और बेचैनी के कारण आराम की नींद नहीं सो सके।

सुबह भी कोई गरमाहट लेकर नहीं आई; मौसम में कोई सुधार नहीं हुआ था और उनके पाँव अभी तक वैसे ही ठंडे थे। नाश्ते के लिए उनके पास सिर्फ दो-दो कप सादा पानी था और वे हवा के थमने की प्रतीक्षा कर रहे थे। अंततः सुबह के करीब आठ बजे उन्होंने साउथ कोल के लिए प्रस्थान किया।

रिज पर हवा तेज और झकझोरनेवाली थी। सी.पी. के पाँव बुरी तरह दुख रहे थे। वे खड्ड से उतरे और उसके नीचे हिम-ढलान से भी उतर गए; उनकी नजरें साउथ कोल के टेंटों पर लगी हुई थीं और वे आशा कर रहे थे कि कोई उनकी मदद के लिए आएगा और वे आराम से नीचे उतर सकेंगे। मुल्की और लॉपसाँग गरम कॉफी और जूस लिये वहाँ मौजूद थे। वे सी.पी. और ऐंग कामी को कैंप ले आए। सुबह के 10 बज चुके थे। मुल्की ने सी.पी. के पैरों की मालिश की।

अगले दिन 25 मई को ऐंग कामी और सी.पी. जब नीचे जा रहे थे, तब उनकी भेंट चौथी शिखर टोली के सदस्यों—रावत, बहुगुणा और आहलूवालिया से हुई, जिन्हें निर्धारित समय के अनुसार 29 को शिखर पर पहुँचना था। चक्रवर्ती और मैंने सी.पी. तथा ऐंग कामी का एडवांस बेस कैंप में स्वागत-सत्कार किया।

चक्रवर्ती ने सी.पी. के पैरों की उँगलियों का निरीक्षण किया और सी.पी. उस समय बहुत खुश हो गया, जब चक्रवर्ती ने बताया कि कोई गंभीर किस्म की चोट नहीं है और वह आराम से चलकर वापस जा सकेगा।

□

नीचे चल रहा नाटक

यद्यपि मुख्य नाटक बहुत ऊपर एवरेस्ट पर हो रहा था, किंतु निचले कैंपों में भी हलचल और उत्तेजना कुछ कम नहीं थी। चीमा और गोंबु की सफलता ने पूरी टीम और सभी कैंपों में जबरदस्त जोश भर दिया था।

19 मई को एडवांस बेस कैंप में मुल्की और दो ही लोग रह गए थे। सोनम ग्यात्सो और सोनम वांग्याल अपने शेरपाओं के साथ एडवांस बेस कैंप से कैंप-IV के लिए चले गए थे, जहाँ गुरुदयाल, जोशी और चक्रवर्ती डटे हुए थे। सुबह छह

बजे के आस-पास हम साउथ कोल के साथ वारयलैस द्वारा संपर्क कर सके। चीमा ने सूचित किया कि साउथ कोल पर मध्यम दरजे की हवाएँ चल रही हैं, लेकिन ऊपर की ओर साउथ-ईस्ट रिज पर एक तूफान आया हुआ था। उसने कहा कि वह और गोंबु करीब आधा घंटा और इंतजार करेंगे तथा एडवांस बेस कैंप से दुबारा संपर्क करेंगे। तीस मिनट बाद उन्होंने हमें सूचित किया कि वह और गोंबु अगले पंद्रह मिनट के अंदर निकलने को तैयार हैं। यदि मौसम ज्यादा खराब हुआ तो वे फिर संपर्क करेंगे। हालाँकि मैंने वायरलेस सेट दो घंटे तक खुला रखा, चीमा ने हमसे संपर्क नहीं किया और हम समझ गए कि वे आगे चले गए हैं। गुरु भी लगातार ए.बी.सी. के संपर्क में बना हुआ था और उसका भी यही निष्कर्ष था। तथापि चीमा की तरफ से कोई पक्की सूचना न मिलने के कारण हमारे मन में संशय और चिंता उत्पन्न होना स्वाभाविक था।

इसी बीच में गुरु, जिसने शेरपा नवांग दोर्जी के साथ साउथ कोल चले जाने की योजना बनाई थी, जाने के लिए तैयार खड़ा था। जोशी और चक्रवर्ती जो कैंप-IV में उसके साथ थे, उसके साथ जाने को उत्सुक थे। मैं इन दोनों में से किसी को भी भेजने के पक्ष में नहीं था। जोशी ने यद्यपि कैंप-IV पहुँचने में अत्यधिक इच्छा-शक्ति दिखाई थी, किंतु वास्तव में वह अभी पूरी तरह इतना स्वस्थ नहीं था कि ऑक्सीजन के बिना साउथ कोल जा सके। बेस कैंप के ऊपर चक्रवर्ती ही इकलौता डॉक्टर उपलब्ध था। अत: चक्रवर्ती को आगे जाने देना कोई समझदारी नहीं थी। गुरु उनके उत्साह से बहुत प्रभावित था, इस कारण मैंने न चाहते हुए भी जोशी को जाने दिया, लेकिन चक्रवर्ती के बारे में मेरी सलाह थी कि उसे कैंप-IV में ही रहने दिया जाए।

जोशी और गुरु नवांग दोर्जी को साथ लेकर साउथ कोल के लिए निकल गए। लेकिन कुछ ही समय पश्चात् हमने उन्हें पीली पट्टी से वापस आते हुए देखा। जोशी बुरी तरह थका हुआ और बेदम महसूस करने लगा था और गुरु ने उसे सहारा देकर सही-सलामत वापस ले आना ही उचित समझा। इससे पहले कि गुरु और उसके साथी कैंप-IV लौट पाते, चक्रवर्ती ने पहली शिखर टोली तथा शेरपाओं को साउथ-कोल के आगे ठीक खड्ड के ऊपर देख लिया था। उन्हें दक्षिणी-पूर्वी रिज की चट्टानों पर चढ़ते हुए देखा गया था। कुछ ही मिनट बाद गुरु ने बड़े जोश के साथ ऐलान किया कि उसने शिखर टोली को 28,000 फीट ऊँचे टीले पर देखा है, जिसे हमने बहुत पहले अपना अंतिम कैंप स्थापित करने के लिए चुना था। चीमा, गोंबु और शेरपाओं के प्रति हमारे मन में बहुत श्रद्धा उत्पन्न हुई। उस दोपहर को चक्रवर्ती और तीसरी शिखर टोली, जिसमें वोहरा और ऐंग कामी शामिल थे, भिन्न-भिन्न दिशाओं से ए.बी. कैंप पहुँचे। सायंकाल का 5:00 बजे कैंप-IV पहली बार प्रसारण में आया। अंतिम कैंप से एक वॉकी-टॉकी सेट चालू करने की हमारी इच्छा हमेशा से थी और हमारी वह इच्छा आज पूरी हो गई

थी। चीमा ने गुरु को बता दिया था कि अंतिम कैंप स्थापित हो गया है। चीमा और गोंबु ने फू दोर्जी तथा उसके बहादुर शेरपाओं, तेजिंग गिंडा, सोना, ऐंन कामी, ऐंग त्शेरिंग, इला त्शेरिंग और ताशी की भूरि-भूरि प्रशंसा की। चीमा के अनुसार शेरपाओं की इच्छा तो और भी ऊपर जाने की थी, लेकिन गोंबु ने उन्हें रोक दिया, क्योंकि उसका कहना था कि ऊपर जाकर कैंप स्थापित करने के लिए कोई उपयुक्त स्थान काफी दूर तक मिलने की संभावना नहीं है।

तगड़े पहाड़ी बकरों की तरह फुरतीले, बलवान् और तेज शेरपाओं ने बर्फ, हिम और चट्टानों पर चलकर हिम-दरारों को लाँघते हुए बड़े-बड़े गोल पत्थरों पर चढ़ते-उतरते, बर्फ के बीच से मुश्किल से निकलते हुए और वहशी हवाओं का सामना करते हुए सामान को पर्वत पर हमारे ठिकानों पर पहुँचाने का काम बड़ी मुस्तैदी से किया। वे पहाड़ पर आसानी से चढ़ते-उतरते और सूचना-संप्रेषण का सिलसिला बराबर बनाए रखते, जो हमारी सफलता के लिए अत्यावश्यक एवं महत्त्वपूर्ण था। ऊँची-से-ऊँची चढ़ाई, खराब मौसम और भीतर तक चुभनेवाली सर्द हवाओं का उनके फौलादी बदन पर कोई असर नहीं होता था। उनके शरीर ग्रेनाइट के बने थे, पर्वत जैसे ही ठोस, कठोर और मजबूत। इसके बावजूद वे संवेदनशील और मानवीय थे। छोटे-से-छोटे बहाने और सफाई पर उनके चेहरे हँसी से खिल जाते थे; उनमें कोई छल-कपट नहीं था और उनका स्वभाव एवं व्यवहार स्नेहपूर्ण तथा दोस्ताना रहता था।

शेरपा लोग काम करने के लिए सदैव तत्पर रहते थे; उन्होंने अभियान को अपना पूरा-पूरा सहयोग दिया। असल में वे तब शिकायत करने लगते थे, जब अधिक ऊँचाई पर उन्हें करने के लिए ज्यादा कुछ नहीं होता था। इसका संबंध शायद अतिरिक्त मजदूरी पाने के लालच से था, लेकिन यह भी सच है कि पर्वतारोहण से अत्यधिक लगाव और पर्वतारोहण के विविध अनुभव से लाभ उठाने का अवसर उन्हें अधिक प्रोत्साहित करता है, वे जरा भी न-नुकर किए बिना कैंप में जाने के लिए उत्सुक रहते थे।

हम में से अधिकतर लोगों से वे परिचित थे; पिछले अभियानों पर वे हमारे साथ थे। वे थोड़ी-बहुत हिंदी बोल और समझ लेते हैं, और इतने से ही उनका काम चल जाता है। वे बेहिचक हमसे अपनी टूटी-फूटी हिंदी में बात कर लेते थे। हमारे और उनके बीच मालिक-नौकर जैसा संबंध नहीं था। वे हमारे भोजन, सुविधाओं और निजी बातों में हिस्सा लेते थे और उनसे हमें पूरा-पूरा सहयोग मिलता था।

19 की रात को कोई अच्छी तरह सो नहीं पाया। हमारा ध्यान बराबर कैंप-IV पर लगा हुआ था, जहाँ चीमा और गोंबु पड़े हुए थे। मुल्की और मैं सुबह होने का इंतजार बेचैनी से कर रहे थे। वोहरा और ऐंग कामी कुछ नींद ले सके। बेस कैंप में बुल और बाला हर दो-चार मिनट बाद पूछते कि क्या हो रहा है। हर बातचीत के अंत में

वे यह कहना न भूलते, "कृपया हमारी शुभकामनाएँ उन्हें दें।" उत्तेजना, चिंता, आशा, उत्सुकता, अत्यधिक खुशी और गहरे मानसिक दबाव ने हमें तनाव की एक ऐसी स्थिति में ला दिया, जिसमें नसें भड़क उठती हैं और स्वभाव चिड़चिड़ा हो जाता है। डॉक्टर हमारे तनाव को कम करने और मन एवं स्वभाव को शांत रखनेवाली दवाएँ देते रहे।

अगली सुबह पहली चढ़ाईवाले दिन मैं सुबह 2 बजे जाग गया। उत्सुकतावश मैं कुछ देर जागता रहा और फिर मैंन नींद की एक गोली ली। मेरी नींद उचटती रही; मुझे भान हो जाता था कि अब सुबह के तीन बजे हैं या फिर चार, 4.30 या फिर 5 बजे हैं। मैं 5 बजे जग गया। मैंने वॉकी-टॉकी सेट खोला। मैंने बैटरी को पहले अपने बैग के अंदर रखा था, ताकि बैटरी गरम रहे। बाद में मैंने पूरे सेट को बैग के अंदर ले लिया था; सेट की मेटल की बॉडी बर्फ जैसी ठंडी थी, जिसके कारण मेरे पूरे बदन में सिहरन दौड़ गई।

"हैलो चीमा, तुम्हारी आवाज मुझे साफ सुनाई दे रही है, ओवर।" दूसरी ओर चीमा था और वह भी बहुत अच्छी तरह सुन पा रहा था। चीमा के अनुसार कैंप-IV के आस-पास मौसम बढ़िया था, लेकिन दक्षिणी शिखर पर बादल छाए हुए थे और हवाएँ हिलोरें मार रही थीं। मैंने चीमा को अनुस्मरण कराया कि मौसम के पूर्वानुमान के अनुसार, दोपहर तक मौसम बढ़िया रहने की संभावना है और उसे तत्काल चल पड़ने की सलाह दी। चीमा ने पुष्टि की कि गोंबु और वह तैयार हैं और कुछ ही पलों में वे बाहर निकल जाएँगे।

जिस समय वोहरा, ऐंग कामी कैंप-IV से जाने की तैयारी में थे, मुल्की और मैं टेंट के बाहर अपनी दूरबीनों में आँखें गड़ाकर बैठ गए; शिखर रिज हमारी दूरबीनों के निशाने पर था। शिखर के चारों ओर बादल प्रचंड रूप से उमड़-घुमड़ रहे थे तथा नुप्त्से की दिशा से लगातार बादल आ रहे थे और दक्षिणी शिखर की ओर बढ़ रहे थे।

पहली शिखर टोली के प्रस्थान करने की सूचना बेस कैंप को दे दी गई। हमारी योजना के अनुसार बेस कैंप से 500 फीट ऊपर, पॅमोरी स्कंध पर एक प्रेक्षण चौकी स्थापित कर दी गई थी। मेरा यह पक्का विश्वास था कि वहाँ से शिखर टोलियों को अंतिम रिज पर पहुँचने पर खोज पाना निश्चय ही संभव होगा। कुमार को संदेह था; राना और एक शेरपा सुबह ही उधर चले गए थे और उन्होंने अपनी दूरबीनों को शखर रिज की ओर जमा दिया था। कैंप-IV में गुरु तथा जोशी रिज पर नजर रखे हुए थे। हमारे बीच वॉकी-टॉकी संपर्क बना हुआ था।

एडवांस बेस कैंप में मुल्की, चक्रवर्ती तथा मैंने एक पल के लिए भी शिखर रिज से नजर नहीं हटाई। दानू कई बार नाश्ता लेकर आया, लेकिन हममें से किसी को भी खाने की इच्छा नहीं हो रही थी। हम अपनी जगह से केवल एक बार उठे और वह भी सी.पी. वोहरा, ऐंग कामी तथा उनके शेरपाओं के लिए सफलता की कामना करने के लिए।

प्रात: 8 बजे कैंप-IV से गुरु ने सूचित किया कि उसने शिखर जोड़ी को दक्षिणी शिखर के निकट पहुँचते देखा है। वह जहाँ था, उस जगह से आरोहियों को अंतिम कैंप से साउथ कोल तक सारे रास्ते देखा जा सकता था, लेकिन साउथ कोल पर बादलों का भारी जमावड़ा होने के कारण कैंप-IV से शिखर-यात्रियों को अधिकांश समय देख पाना संभव नहीं हो सका। फिर भी इस खबर से दिल को बहुत तसल्ली मिली कि चीमा और गोंबु इतने साउथ कोल अर्थात् दक्षिणी शिखर पर पहुँच गए।

यह बात समझने में ज्यादा देर नहीं लगी कि प्रेक्षण चौकियाँ सामूहिक रूप से शिखर-यात्रियों का अंतिम कैंप से लेकर एवरेस्ट की चोटी तक सारे रास्ते का आँखों देखा वर्णन दे सकती हैं। कैंप-IV में साउथ कोल तक उनका पीछा किया गया। इसके बाद ए.बी.सी. चौकी ने हिलेरी-की-चिमनी तक उनको पकड़ा, जबकि पॅमोरी स्कंध पर बनी प्रेक्षण-चौकी से उनको साउथ कोल से चोटी पर पहुँचने तक साफ देखा जा सकता था।

पॅमोरी स्कंध से राना ने अभी हमें खबर नहीं दी थी। मगर सुबह 9:30 बजे के करीब वह पहली बार वायरलेस पर आया। बड़ी खबर सुबह 10 बजे आई। उसने शिखर जोड़े को चोटी पर पहुँचते देखा था। बाद में उसने उन्हें लौटते हुए देखा। राना ने कुमार को बताया और कुमार ने मुझे खबर दी। 'उन्होंने कर दिखाया', 'वे कामयाब हो गए'! कुमार ने कहा था। हम एक-दूसरे को बधाई दे रहे थे और सभी बड़े जोश में थे। कुमार ने बेस कैंप में ब्रांडी की एक बोतल खोली और खुशी मनाई जाने लगी। एडवांस बेस कैंप में, हमने भी वही किया। फू दोर्जी तथा अन्य शेरपा कैंप-IV में आ गए थे, जहाँ उन्होंने यह खबर सुनी। वे जब एडवांस बेस कैंप के लिए चले तो जोशी भी उनके साथ हो लिया। बेस कैंप में इस खुशी को लेकर खूब गुल-गपाड़ा हुआ और देर रात तक जश्न चलता रहा। कुमार और लाला मेस टेंट में जाकर सो गए। उस रात बहुत भारी बर्फबारी हुई और मेस टेंट गिर पड़ा। कुमार और लाला दब गए। उन्हें बाहर निकालने में कुछ मुश्किल जरूर हुई, पर अंतत: वे टेंट का परदा फाड़कर सही-सलामत निकल आए।

ग्यात्सो और वांग्यालवाली दूसरी शिखर टोली अपने शेरपाओं के साथ साउथ कोल पहुँच गई थी। "मैंने शिखर टोली को अभी-अभी दक्षिणी शिखर पर देखा है," उसने कहा। वांग्याल जब बात कर रहा था, कुछ ही देर के बाद उसने गोंबु और चीमा को खड्ड से उतरते हुए देखा, जो साउथ कोल के कुछ ही ऊपर है। वह उनसे मिलने के लिए बाहर दौड़ गया।

हम दिल्ली में प्रायोजक समिति को सारे घटनाक्रम से अवगत कराते रहे। हमने अपनी पहली सफलता की सूचना तुरंत उन्हें दे दी, लेकिन नामों का खुलासा नहीं किया गया। ऐसा किसी उद्देश्य से किया गया था; हम चाहते थे कि इस महान् सफलता का

श्रेय व्यक्तियों को नहीं, बल्कि पूरी टीम को मिले। पूरी टीम के संयुक्त प्रयास से ही इच्छित परिणाम प्राप्त होता है। टीम ही जीतती या हारती है। सदस्य निस्संदेह महत्व रखते हैं; किंतु वे एक टीम के सदस्य होते हैं और शेष टीम के कंधों का सहारा उन्हें मिलता है, तभी वे इतने ऊपर जा पाते हैं। हमें पता था कि एवरेस्ट पर भारत की पहली सफलता में जनमानस की गहरी रुचि होगी और यह सफलता विस्तृत चर्चा का विषय बनेगी तथा जिन लोगों में सफलता प्राप्त की है, उन्हें निश्चित रूप से मान्यता मिलनी चाहिए। जब 1963 में ब्रिटिश अभियान ने पहली बार एवरेस्ट पर पहुँचने में सफलता प्राप्त की थी, उस समय इस बात को लेकर एक निरर्थक विवाद उठ खड़ा हुआ था कि 'एवरेस्ट पर पहले कौन पहुँचा?' 'तेंजिंग या हिलेरी?' इस गोपनीयता से जल्दी परतें हटाना जरूरी था। तद्नुसार गोंबु और चीमा के नाम दिल्ली और फिर विश्व-भर के समाचार-पत्रों में प्रेषित कर दिए गए, उनकी इस महान् सफलता के एक दिन बाद।

मौसम विभाग के सही पूर्वानुमान के अनुसार 30 की दोपहर को मौसम बिगड़ गया। संयोग से गोंबु और चीमा मौसम का मिजाज बदलने से पहले शिखर की चढ़ाई सफलतापूर्वक समाप्त कर चुके थे। दक्षिणी शिखर से नीचे आने के बाद उन्हें प्रचंड हवाओं की मार सहनी पड़ी। बाद में मौसम और भी अधिक बिगड़ गया तथा बर्फ गिरने लगी। अगली सुबह एडवांस बेस कैंप पर तथा उससे ऊपर की पहाड़ियों पर बर्फ की आठ इंच मोटी परत थी। बर्फ अभी भी गिर रही थी और दूर-दूर तक उजाला नहीं था।

उस दिन कुछ भी काम होने की आशा नहीं थी; मौसम हमें टेंटों के अंदर बंदी बनाए रखने के मूड में था। सुबह के 7:30 बजे वॉकी-टॉकी पर सोनम वांग्याल के साथ बहुत थोड़ी देर के लिए संपर्क हुआ और हमें यह जानकर आश्चर्य हुआ कि वे कुछ ही मिनट के अंदर बाहर जाने के लिए तैयार हैं। हमें विश्वास नहीं हो रहा था। साउथ कोल और उसके ऊपर बहुत तेज हवाएँ थीं। मैंने वांग्याल को प्रतीक्षा करने तथा स्वयं को व्यर्थ में संकट में न डालने की सलाह दी। अगर मौसम सुधर जाता है तो वे अधिक-से-अधिक 9:30 बजे तक ऊपर जा सकते हैं।

वांग्याल ने मुझे सूचित किया कि चीमा कुछ-कुछ हिमांधता से पीड़ित है, लेकिन वह नीचे उतर सकेगा। हालाँकि मैंने वांग्याल से कहा था कि वह चीमा को उसकी दशा सुधरने तक उस दिन बाहर न निकलने दे, इसके बावजूद कैंप-IV से गुरु ने मुझे सूचित किया कि उसने दोनों सदस्यों को जिनेवा पर्वत-स्कंध से नीचे आते हुए देखा है।

वोहरा और ऐंग कामी कैंप-IV में थे। मौसम के हालात पर विचार करते हुए, हमने निर्णय लिया कि तीसरी टोली को कैंप-IV में रोक लिया जाए और अगले दिन ही आगे जाने दिया जाए।

एडवांस बेस कैंप में चौथी शिखर टोली, जिसमें रावत बहुगुणा, बी.पी. सिंह

और आहलूवालिया शामिल थे, हालात पर नजर रखे हुए थी और प्रतीक्षा कर रही थी। जाहिर है, 21 ता. को वे ऊपर नहीं जा सकते थे, क्योंकि वोहरा और ऐंग कामी अभी भी कैंप-IV में थे। इसी बीच चीमा और गोंबु दोपहर के पहले-पहले कैंप-IV पहुँच गए। गुरुदयाल ने चीमा की हिमांधता की परिचर्चा की। चीमा और गोंबु दोनों बुरी तरह थके हुए थे और उन्होंने उस रात कैंप-IV में ही आराम करने का फैसला किया।

अब 2 मई को हमें दोनों सोनमों के बारे में खबर मिलने की उत्सुकता से प्रतीक्षा थी। गोंबु का अनुमान था कि दक्षिण-पूर्वी रिज पर हवा की रफ्तार 150 किमी. प्रति घंटा से कम नहीं थी। गुरु और नवांग दोर्जी हर पंद्रह मिनट बाद कैंप-IV के अपने टेंटों से बाहर निकलते और दक्षिण-पूर्वी रिज पर शिखर-यात्रियों को खोजने के लिए अपनी निगाहें जमाए रखते। लेकिन उनका कहीं कोई सुराग नहीं था। हवा कैंप-IV तथा एडवांस बेस कैंप पर बहुत तेजी से बढ़ रही थी। हमारी चिंता और बढ़ने लगी थी।

अंततः सायंकाल 3:00 बजे वांग्याल वायरलेस पर आया। उसने कहा कि ग्यात्सो और वह शेरपाओं सहित सायं 2:35 बजे अंतिम कैंप पहुँचे थे। वे सब ठीक हैं और उन शेरपाओं के बारे में चिंतित हैं, जो लादकर लाए सामान को कैंप-IV में छोड़ने के बाद निचले कैंपों की ओर चले गए थे। वांग्याल से बात करके चिंता दूर हुई। ग्यात्सो और वांग्याल ने बड़ी हिम्मत और दृढता दिखलाई थी। वे मौसम के लगभग दुसाध्य हालात में कैंप-IV के लिए निकले थे। हम इस संशय में पड़े हुए थे कि दूसरे प्रयास के लिए अगले दिन भी मौसम सुधरेगा या नहीं। किस्मत से शाम 4:45 बजे मौसम ने सुधार की तरफ पलटी खाई और हमें चमकीली धूप के दर्शन हुए। मन की चिंता दूर हुई। निश्चय ही ग्यात्सो की प्रार्थनाएँ सुन ली गई थीं।

21 की रात भी उतनी ही बेचैनी भरी थी, जितनी कि 19 की रात। आँखों में नींद का नाम नहीं था। हमें बस आनेवाली सुबह और दूसरी शिखर टोली का ही खयाल आ रहा था। शिखर टीम के साथ निरंतर और अटूट संपर्क बनाए रखने की चिंता में हम अपनी बैटरियों और वॉकी-टॉकी सेटों की बार-बार जाँच करते रहे।

इस बीच बधाई संदेश आने शुरू हो गए थे; बेस कैंप में मौजूद कुमार, मंगु और बाला चौबीसों घंटे काम करने में लगे हुए थे; वे संदेश प्राप्त कर रहे थे और शिखर पर टोली की अन्य जरूरतों को पूरा करने पर ध्यान दे रहे थे।

लाला ऊपर जाने के लिए उत्सुक था। रोजाना जब वह वायरलेस पर होता, अपने इस इरादे की घोषणा किए बिना न रहता, लेकिन हर बार दूसरी प्रतिबद्धताएँ उसके आड़े आ जाती थीं।

मुल्की और मैं सुबह 4:30 बजे अपने-अपने स्लीपिंग बैग में उठकर बैठ गए अपने वॉकी-टॉकी सेटों को हमने सुबह 5 बजे की नियत समय कॉल के लिए तैयार कर

दिया। ठीक उसी समय पर संपर्क स्थापित हो गया। "मौसम बहुत अच्छा है। हम कुछ ही मिनट में निकलनेवाले हैं," वांग्याल उधर से प्रफुल्लित स्वर में बोला। कुमार ने भी अपना वॉकी-टॉकी सेट खोल लिया था और वह बेस कैंप से चिल्ला रहा था, "हमारी भी शुभकामनाएँ उनको दें।" बेस कैंप में मौजूद लोग भी जल्दी जाग गए थे। हम अपने टेंट से बाहर निकले। दानू ने वॉकी-टॉकी सेट के लिए टेंट के समीप एक ऊँची उठान पर कुछ बक्से रख दिए थे। यहाँ से हम अपनी दूरबीनों के जरिए भी आसानी से ताक लगाए रह सकते थे।

सुबह 7:30 बजे कैंप-IV में मौजूद गुरुदयाल ने दूसरी शिखर टोली को अंतिम कैंप और दक्षिणी शिखर के बीच आधे रास्ते में देखा। "उनकी चाल कुछ अधिक ही धीमी लगती है।" गुरु कह रहा था। हम अपने कैंप से उन्हें (अर्थात् टोली को) नहीं देख पा रहे थे; हमारा अनुमान था कि शायद एक घंटे बाद हम उन्हें देख पाएँ। हमारा सारा ध्यान शिखर पर लगा हुआ था और स्वाभाविक रूप से हम वह सब देखने के लिए उत्सुक थे, जो हम देख सकते थे। चारों तरफ बड़ा तनाव था। सुबह के 10:40 बजे मुझे दो बहुत छोटे कोल बिंदु दिखाई दिए; वे दक्षिणी शिखर पर थे, लेकिन बहुत अधिक दूर थे। वे कीड़ों की तरह रेंगते हुए दिख रहे थे। मौसम ठीक-ठाक था। वे दक्षिणी शिखर के आगे क्षितिज पर एक फैली पर्वतमाला (रिज) की ओर बढ़ गए। कुछ ही पलों के बाद वे काले बिंदु पर रुक गए। एक बिंदु गायब हो गया, जबकि दूसरा कुछ देर वहाँ टिका रहा। फिर वे उस विख्यात चिमनी के ऊपर थे, जिसके संबंध में तेंजिंग और हिलेरी ने बहुत कुछ कहा था। जब दूसरा बिंदु भी चिमनी के पीछे गायब हो गया, एडवांस बेस कैंप में हम इसके आगे कुछ नहीं देख सके। इसके बाद का दृश्य सिर्फ कुमार की दृष्टि पकड़ सकती थी, जिसने पॅमोरी पर्वत-स्कंध प्रेक्षण-चौकी की सफलता को जानने के बाद स्वयं राना की जगह ले ली थी।

पॅमोरी पर्वत-स्कंध निस्संदेह सबसे अच्छा स्थान था। कुमार किसी भी बात, किसी भी तफसील से चूकना नहीं चाहता था और बाद में उसने स्वीकार किया कि अपनी उस प्रेक्षण-चौकी से निगरानी रखना उसके लिए जीवन का सर्वाधिक लोमहर्षक अनुभव था। कौन ऐसा व्यक्ति होगा, जो अपने साथियों को एवरेस्ट की चोटी पर खड़े हुए देखना नहीं चाहेगा। वह एक-एक क्षण का आँखों-देखा हाल सुनाता रहा। शिखर-यात्री यदि कभी बैठ जाते तो वे उसे नजर नहीं आते थे, लेकिन जब तक वे खड़े रहते, चलते-फिरते रहते या चढ़ाई चढ़ रहे होते, तब उन्हें साफ-साफ देखा जा सकता था।

22 मई को दोपहर 12:30 बजे कुमार ने दोनों सोनम को शिखर के एकदम नीचे देखा। एवरेस्ट की चोटी के चारों ओर बादल घिर छाए थे तथा कुछ भी देख पाना संभव नहीं था। दोपहर 1:20 के आस-पास जब दृश्यता में सुधार हुआ, कुमार ने शिखर-

यात्रियों को उस जगह से भी कुछ फीट नीचे देखा, जहाँ उन्हें पहले देखा गया था। सच में वे नीचे आ रहे थे। निश्चित था कि वे दोनों चोटी पर चढ़ने के बाद अब वापस आ रहे थे, लेकिन दिल्ली उनकी सफलता की अंतिम पुष्टि तभी की जाएगी, जब तक वापस आ रही सोनम जोड़ी स्वयं इस बात की पुष्टि नहीं करेगी। ग्योत्सो के लिए साउथ-ईस्ट रिज पर यह तीसरी सफलता थी। उसे उसके अध्यवसाय और उसकी दृढता का फल मिला था। वांग्याल के लिए यह एक शानदार प्रथम विजय थी। एडवांस बेस कैंप में फिर ब्रांडी की एक बोतल खोली गई और दूसरी बोतल बेस कैंप में खुली।

वोहरा और ऐंग कामी अब कैंप-IV से साउथ कोल के लिए चल दिए थे। उनके साथ-साथ चार शेरपा थे। दावा नोर्बू-II, नीमा तेंजिंग पैंगबोचे, नवांग हिल्ला और पेंबा ठर्के। मौसम के पूर्वानुमान के अनुसार 24 मई की दोपहर से मौसम बिगड़ने की संभावना बताई गई थी। 'धैर्य बनाए रखें' चौथी शिखर टोली को यह सलाह दी गई थी। गुरुदयाल ने कैंप-IV में ऑक्सीजन के बिना चार रातें बिताई थीं। उसने दो रस्सियों की सफलता देखी और सूचित की थी। मैंने उसे सलाह दी थी कि वह नीचे चला जाए और मुल्की को अपनी जगह भेज दे। मुल्की एकदम स्वस्थ था और ऊपर जाने के लिए बहुत उत्सुक था। मुल्की ऊपर कैंप-III में चला गया और उसका इरादा अगले दिन दूसरे शिखर जोड़े की आवभगत के लिए कैंप-IV तक जाने का था; इसके पश्चात् वह तीसरी शिखर जोड़ी के स्वागत-सत्कार के लिए आगे साउथ कोल तक चले जाना चाहता था। मुल्की ने सफलतापूर्वक अपने कार्य का निर्वाह किया। गुरु और मुल्की द्वारा किए गए प्रयास भी शिखर-यात्रियों के प्रयासों से कम प्रशंसनीय नहीं थे।

चीमा और गोंबु 22 मई की दोपहर में एडवांस बेस कैंप पहुँचे। उनके साथ गुरु और उसका वफादार शेरपा नवांग दोर्जी था। बहुत जोश एवं उत्साह से उनका स्वागत किया गया। कैंप के बाहर हमने उनके क्रैंपॉन (जूतों पर चढ़े काँटेदार कवच) और रेंडियर बूट उतार दिए। चीमा की हिमांधता ठीक हो गई थी। एडवांस बेस केंप में मेस टेंट उस दिन खचाखच भरा हुआ था। गोंबु, चीमा, गुरु, जोशी, चक्रवर्ती और मैं वहाँ मौजूद थे। ब्रांडी की बोतल अभी तक आधी भरी हुई थी। डॉक्टर चक्रवर्ती का कहना था कि ब्रांडी के एक-दो घूँट लेने से शिखर-यात्रियों को कोई नुकसान नहीं होगा।

गोंबु और चीमा से मिलकर हमें बहुत खुशी हुई, लेकिन सोनम ग्यात्सो तथा सोनम वांग्याल के बारे में हमारी चिंता बनी हुई थी। हमने अनेक बार संपर्क साधने का निष्फल प्रयास किया। हमारी चिंता बढ़ रही थी तथा दिल्ली भी उतनी ही चिंतित थी। दोनों सोनम की खैरियत जानने के बारे में हमें बार-बार उनसे व्यग्र संदेश प्राप्त हो रहे थे। लेकिन हमारे पास उन्हें देने के लिए कोई सूचना नहीं थी। आकाशवाणी (ऑल इंडिया रेडियो) ने रात 9 बजे के अपने समाचार बुलेटिन में घोषणा की थी कि उस रात 9:30 बजे

एवरेस्ट अभियान के मुख्यालय से संपर्क करने के लिए जाएँगे। लेकिन वायुमंडलीय विघ्न-बाधाओं के कारण संपर्क करना संभव नहीं हो सका। उस रात हम अपने-अपने स्लीपिंग बैग में चुपचाप पड़े हुए ग्यात्सो तथा वांग्याल के लिए प्रार्थना करते रहे।

अगले दिन 23 मई को सुबह 5 बजे हमने ऊपरी कैंपों से दुबारा संपर्क करने की चेष्टा की। शुरू में तो कोशिश का कोई नतीजा नहीं निकला। फिर कोई लाइन पर आया, हमें ऐसा महसूस हुआ कि कोई है। क्या यह वांग्याल था? हे भगवान्, सच, वांग्याल ही था! वह प्रफुल्लित आवाज में चहकते हुए किसी से बात कर रहा था, जबकि हमारे पल्ले कुछ नहीं पड़ा। हमें संयोग से जो सुनाई दे रहा था, वह वांग्याल द्वारा साउथ कोल में मौजूद ऐंग कामी को संबोधित एक लंबा एकालाप था। हमें इतना तो पता चल रहा था कि यह आवाज वांग्याल की है और उसके स्वर में उसकी खुशी झलक रही है, लेकिन साउथ कोल की तरफ से कुछ सुनाई नहीं दे रहा था। एंग कामी और वोहरा एक क्षण भी व्यर्थ गँवाना नहीं चाहते थे। वे किसी भी तरह और जल्दी-से-जल्दी अंतिम बेस कैंप पहुँच जाना चाहते थे;' उस समय उनके लिए यही सबसे महत्त्वपूर्ण बात थी।

मुलकी 23 मई को ही कैंप-IV चला गया था और उसने वोहरा की टोली को आखिरी कैंप पहुँचते हुए देखा था। लेकिन फिर भी दोनों सोनम की ओर से कोई सूचना नहीं मिल रही थी। उसने यह अवश्य कहा था कि उसने वांग्याल और ग्यात्सो को साउथ कोल की तरफ नीचे आते हुए देखा है, लेकिन उसके बाद साउथ कोल से कोई खबर नहीं थी। अंततः दोपहर 1 बजे हमने तीनों व्यक्तियों को कैंप-IV के समीप आते देखा। वे तीन लोग थे—ग्यात्सो, वांग्याल और दावा नोर्बू-I। दावा नोर्बू-I उन तीन शेरपाओं में से एक था, जो दोनों सोनम के साथ अंतिम कैंप की ओर ऊपर चले गए थे। वह हिमांधता से पीड़ित था, लेकिन इसके बावजूद उसने साउथ कोल में ही टिके रहकर सोनम ग्यात्सो के आने का इंतजार करना बेहतर समझा। जब दोनों सोनम कैंप-IV पहुँचे, तब जाकर हमें उनकी नाटकीय उपलब्धि की पूरी सूचना प्राप्त हुई। ग्यात्सो की पीठ झुलस जाने और उसकी असहनीय पीड़ा के बारे में हमें पता चला। इसे सूरज की किरणों के कारण पड़ा छाला बताया गया।

बाद में उसे हिम-दाह का नाम दिया गया। ग्यात्सो और वांग्याल से जब एंडवास बेस कैंप में हमारा मेल-मिलाप हुआ, उस समय का दृश्य अत्यंत मर्मस्पर्शी था। ग्यात्सो बहुत कष्ट में था। चक्रवर्ती ने उसकी परिचर्या की और जब वह सो गया, तब वांग्याल ने शिखर पर पहुँचने तक का सारा किस्सा सविस्तार हमें सुनाया था। वह घंटों तक बातें करता रहा।

उस दिन तीसरी शिखर टोली के चार शेरपाओं ने एक असाधारण उपलब्धि का उदाहरण प्रस्तुत किया; वे चारों शेरपा सामान को कैंप-IV में उताने के बाद नीचे

एडवांस बेस कैंप जा पहुँचे, जिसका मतलब है कि वे साउथ कोल से 2,000 फीट ऊपर गए और 28,000 फीट की ऊँचाई से उतरकर 21,000 फीट तक आए, और यह चढ़ना-उतरना उन्होंने एक ही दिन में किया। उन सबके इस हैरतअंगेज कारनामे के बावजूद चारों शेरपा—दावा नोर्बू-II, नीमा तेंजिंग पैंगबोचे, नवांग हिल्ला और पेंबा ठर्के प्रसन्नचित्त और तरोताजा लग रहे थे। दावा नोर्बू-II ने कैंप-IV में रुकने का आग्रह किया था। वह ऑक्सीजन के बगैर शिखर पर जाने के लिए उत्सुक था, लेकिन वोहरा ने इसकी अनुमति नहीं दी।

24 मई तीसरा शिखर दिवस था। मौसम के पूर्वानुमान संबंधी घोषणा में दोपहर के समय बहुत तेज हवाएँ चलने की चेतावनी दी गई थी और उसके अनुसार ही वोहरा और ऐंग कामी को सुबह के 5 बजे से भी पहले चढ़ाई आरंभ करने की सलाह हमने दी थी। एक घंटा पहले बेस कैंप, एडवांस बेस कैंप और कैंप-IV में वॉकी-टॉकी सेट चालू कर दिए गए थे। किंतु अंतिम कैंप के साथ कोई संपर्क नहीं किया जा सका, मौसम ठीक-ठाक लग रहा था और हम निश्चिंत थे कि शिखर टोली समय से चल पड़ी होगी।

शिखर रिज को दूरबीनों के निशाने पर ले लिया गया था और सुबह करीब आठ बजे मुल्की ने ऐंग कामी तथा वोहरा को दक्षिणी शिखर के सौ फीट नीचे देखा। पचास मिनट बाद कुमार ने उन्हें दक्षिणी शिखर पर देखा। सुबह 9.40 पर हम दोनों, अर्थात् कुमार और मैंने शिखर-यात्रियों को चिमनी के निकट पहुँचते देखा। 10 बजे के दो मिनट बाद कुमार ने उन्हें चिमनी की चोटी पर देखा और उसके बाद वे कुमार को बराबर दिखाई देते रहे। सुबह 10:45 पर उन्हें एवरेस्ट की चोटी पर चढ़ते हुए देखा गया। यह दूसरी बार था कि पर्वतारोहियों को एवरेस्ट के शिखर पर खड़े हुए नीचे से देखा जा सका।

दोपहर 1:30 बजे मुल्की ने सूचित किया कि उसने शिखर-यात्रियों को दक्षिणी शिखर पर उतरते हुए देखा है। सायं 6 बजे ऐंग कामी को अंतिम कैंप से बोलते हुए सुना गया; मुल्की ने उसे साउथ कोल पर सुना और एडवांस बेस कैंप को खबर पहुँचा दी। वोहरा और ऐंग कामी ने वह रात अंतिम कैंप में ही बिताने का फैसला किया। अगले दिन मुल्की ने ऊपर साउथ कोल जाकर वोहरा तथा ऐंग कामी से खड्ड के निकट मिलने का कार्यक्रम बनाया।

इस बीच गुरु, ग्यात्सो और वांग्याल नीचे बेस कैंप पहुँच गए थे। बेस कैंप में मौजूद मंडली ने रंगीन चिह्नक पताकाओं का इस्तेमाल करके खुद कुछ झंडे बना लिये थे। स्वागत स्थल था, कैंपॅन पॉइंट। दोनों सोनम का स्वागत एवं अभिनंदन करनेवालों में गोंबु और चीमा शामिल थे; चारों एवरेस्ट विजेताओं ने एक-दूसरे को गले लगाया, खुशी से एक-दूसरे को ऊपर उठाया और पीठ थपथपाकर एक-दूसरे को शाबाशी दी।

एक अशुभ घटना ने जश्न में खलल डाल दी। वांग्याल को ऊपर उठाते समय

कुमार ने उसे अपने कीलदार बूटों पर गिरा दिया। कुमार के जूतों में लगी कीलों की नोंक वांग्याल के टखने में इतने जोर से लगीं कि वे मोजों की तीन-तीन परतों को चीरते हुए हड्डी में घुस गईं। वांग्याल ने दर्द से कराहते हुए बकसुआ कस लिया और वह दो दिन तक भयंकर पीड़ा में रहा। एक समय उसकी दशा इतनी गंभीर थी कि हमने उसे इलाज के लिए हेलिकॉप्टर से अस्पताल भिजवाने का इरादा कर लिया था। लेकिन वांग्याल नहीं माना। जो व्यक्ति एवरेस्ट की चोटी पर चढ़कर आया हो, उसे हेलिकॉप्टर से उठाया जाना कैसे मंजूर होगा। कष्ट रहते हुए भी वह अपने हिम-कुठार का सहारा लेकर लड़खड़ाते हुए हमारे साथ वापस आया।

सारी रात प्रचंड हवाएँ चीत्कार करती रहीं, लेकिन 25 मई की सुबह शांत और साफ थी। साउथ कोल से मुल्की वायरलेस पर था। "वोहरा और ऐंग कामी की कोई सूचना नहीं है। जो भी हो, लॉपसाँग और मैं चाय लेकर ऊपर जा रहे हैं।" उसने कहा, बाद में हमने ताशी तथा पेंबा सुंदर नाम के दो शेरपाओं से बराबर संपर्क बनाए रखा, जिन्हें किसी भी संकट की स्थिति में मदद के लिए साउथ कोल पर तैनात किया गया था। उन्होंने भी शिखर-यात्रियों को नहीं देखा था। मुल्की फिर वायरलेस पर आया और उसने यह शुभ समाचार दिया कि वोहरा और ऐंग कामी, दोनों सही-सलामत साउथ कोल पहुँच गए हैं। वे बहुत थके हुए थे। वोहरा के पैरों की उँगलियाँ बहुत कष्ट दे रही थीं।

मुल्की और मैंने वोहरा की स्थिति पर विचार किया और हम इस निष्कर्ष पर पहुँचे कि उसे एक दिन और साउथ कोल में रुके रहना चाहिए। तथापि ऐंग कामी नीचे जाने के लिए इच्छुक था। मुल्की ने लॉपसाँग को उसके साथ जाने के लिए कहा, जबकि वह खुद वोहरा की देखभाल के लिए वहीं रुक गया।

यह जानकर अत्यधिक राहत मिली कि वोहरा और ऐंग कामी दोनों सुरक्षित हैं। हमारा ध्यान आखिरी शिखर टोली की तरफ मुड़ गया। सबकुछ इस बात पर निर्भर करता था कि ऑक्सीजन कितनी उपलब्ध है। रावत, बोगी, बी.पी. और अहलू जब से एडवांस बेस कैंप में आए थे, वे तभी से बार-बार यह हिसाब लगाने में जुटे थे कि प्रत्येक कैंप में और रास्ते में ऑक्सीजन की कितनी बोतलें उपलब्ध हैं। सूचना मिली थी कि ऑक्सीजन की एक आधी भरी बोतल 'गोंबु के संत्रास' (Gombu's Horror) के निकट पड़ी हुई है। उसे खोजा जा सकता था। दो बोतलें पीली पट्टी के निकट पड़ी हुई थीं। क्या उन्हें उठा लिया गया था? हमें पता था कि आंशिक रूप से इस्तेमाल की गई लगभग सात बोतलें अमरीकियों के आखिरी कैंप में पड़ी हैं। हमारे इन खिजाऊ प्रश्नों के अंतिम उत्तर वोहरा और ऐंग कामी दे सकते थे। ऐंग कामी उतराई पर था और संभावना थी कि वह शाम तक हमारे पास पहुँच जाएगा। खटका यह लगा हुआ था कि चारों के लिए ऑक्सीजन पर्याप्त होगी और अगर हुई भी तो कम पड़ सकती है। कुछ ऑक्सीजन

चिकित्सा संबंधी प्रयोजनों के लिए अलग से रख दी गई थी। क्या हम उसमें कटौती कर सकते हैं? तय हुआ कि डॉक्टरों के पास जो चार बोतलें हैं, उनमें से दो बोतलें ले ली जाएँ। किसी पिछले अभियान द्वारा हमारे बेस कैंप के पास छोड़ी गई पूरी भरी बोतल को भी इस्तेमाल में लिया गया। छह स्विस बोतलें एच.एम.आई., दार्जिलिंग से लाई गई थीं, और कलकत्ता में उनमें ऑक्सीजन भर दी गई थी। अँडैप्टर लगाने से दो बोतलें काम करने लगीं और उन्हें लाकर एडवांस बेस कैंप में रख दिया गया।

ऑक्सीजन बचाने के लिहाज से शेरपाओं ने मान लिया कि वे साउथ कोल में सोते समय ऑक्सीजन का प्रयोग नहीं करेंगे। वोहरा की टोली को अंतिम कैंप तक सहायता के लिए केवल दो शेरपाओं की आवश्यकता थी। लेकिन हमने उन्हें चार शेरपा दे दिए, इस शर्त पर कि वे रात के दौरान संकटावस्था को छोड़कर ऑक्सीजन का प्रयोग नहीं करेंगे। हमने हिसाब लगा लिया था कि ऑक्सीजन के बिना रात गुजारने के बाद कम-से-कम दो शेरपा तो अवश्य ही दुरुस्त रहेंगे; लेकिन हुआ यों कि चारों-के-चारों शेरपा स्वस्थ एवं चुस्त-दुरुस्त बने रहे और वे न केवल अंतिम कैंप तक ऊपर गए, बल्कि उसी दिन वापस एडवांस बेस कैंप भी पहुँच गए, ऑक्सीजन के बिना।

लेकिन हमारा हिसाब-किताब जल्दी बिगड़ गया। 25 मई को ल्होत्से मुख का एक बड़ा उभरा हुआ हिस्सा भरभराकर गिर गया और एक विशाल हिम-स्खलन की शक्ल में लुढ़कता हुआ कैंप-III के ऊपर से निकल गया और कैंप-III को छह से आठ फीट तक गहरा दबा गया। उस कैंप में ऑक्सीजन की बारह बेशकमती बोतेलें थीं। वे बोतलें भी बर्फ में दब गईं और चौथी शिखर टोली की उम्मीदों पर पानी फिर गया लगता था। उनमें से सिर्फ दो के लिए पर्याप्त ऑक्सीजन थी, लेकिन चार के लिए नहीं। वे चारों बेस कैंप से ही एक साथ रहते आए थे और शिखर तक वे साथ ही रहना चाहते थे।

बोगी और अहलू कैंप-III की ओर दौड़े-दौड़े गए। उनके साथ वे चारों शेरपा भी थे, जो उस समय एडवांस बेस कैंप में मौजूद थे और उनके अलावा राना भी था, जो पिछली शाम ऊपर एडवांस बेस कैंप में आ गया था। दो घंटों की कठिन चढ़ाई के बाद वे तत्कालीन कैंप-III की जगह पहुँच सके। वहाँ कैंप का कोई नामोनिशान नहीं था।

अहलू ने अपनी डायरी में लिखा—जब हम कैंप-III वाली जगह पहुँचे, हमें वहाँ दिल दहलानेवाला दृश्य देखने को मिला। हिम-स्खलन की वजह से हमारे पुराने कैंप की जो दशा हुई थी, उसे देखकर हमारे दिल बैठ गए और हमारे लिए यह अनुमान लगाना भी मुश्किल था कि हमारा कैंप किस तरह रहा होगा। इतना भीषण और विशाल हिम-स्खलन मैंने अपने जीवन में पहले कभी नहीं देखा था। उस दिन मौसम संबंधी पूर्वानुमान के अनुसार दोपहर के समय मौसम बिगड़ने की संभावना थी। जरा भी समय गँवाए बिना खुदाई शुरू कर दी। इस काम के लिए चार शेरपा काफी नहीं थे। हमने और शेरपाओं को

लाने के लिए बोगी को नीचे एडवांस बेस कैंप भेज दिया।

चारों शेरपाओं के साथ-साथ राना और मैं मिलकर कड़ी मेहनत से खुदाई की। तीन घंटों के कठोर परिश्रम का भी कोई नतीजा नहीं निकला। अंत में बुरी तरह थक-हारकर जब हम मैदान छोड़नेवाले थे, तभी अचानक 'ऑक्सी-ऑक्सी' चिल्लाने की आवाज हमारे कानों में पड़ी। मैं उस शेरपा की ओर दौड़ा; जो चिल्ला रहा था, जिसने खोदी गई जगह में पाँच फीट नीचे दबी ऑक्सीजन की एक बोतल देखी थी। हम खुश हो गए। ऐसा लगता था, जैसे वह बोतल वर्षों से वहाँ दबी पड़ी हो। खुदाई का काम अब और भी जोर-शोर से शुरू हो गया और फिर हमें दूसरी, तीसरी, चौथी बोतल मिली। एक घंटे बाद हमने सभी बारह बोतलें खोज निकालीं।

इससे पहले कि बोगी दुबारा ऊपर आए, अहलू, राना और शेरपाओं को कैंप से जाते हुए देखा गया। वे खुशी-खुशी और मुसकराते हुए एडवांस बेस कैंप पहँचे। उस शाम जब ऐंग कामी ए.बी.सी. पहुँचा, उसने हमें ऊपरी कैंपों में ऑक्सीजन के बारे में सही स्थिति से अवगत कराया। अंतिम गणना से पता चला कि कुल मिलाकर 36 पूरी बोतलों हैं, इनमें से अधिकतर बोतलें साउथ कोल में थीं। इनके अलावा आंशिक रूप से इस्तेमाल की गई छह बोतलें साउथ कोल में पड़ी थीं और पाँच अमरीकी अभियान के आखिरी कैंप में। अब हमारे पास चार शिखर-यात्रियों के लिए पर्याप्त ऑक्सीजन थी और कुछ ऑक्सीजन फालतू भी हो सकती थी।

हमने हिसाब लगाया कि अगर अभियान के पास ऑक्सीजन की 300 बोतलें होतीं तो प्रत्येक सदस्य को एवरेस्ट की चोटी पर चढ़ने का अवसर दिया जा सकता था। हमारे पास आरंभ में 150 बोतलें थी और इनमें से 40 बोतलें अप्रैल के अंत तक खाली हो चुकी थीं।

चूँकि हमने चौथी शिखर टोली में एक और सदस्य जोड़ने का निर्णय लिया था, मैंने जल्दी से हिसाब लगाया, जोशी बहुत स्वस्थ नहीं था और नीचे चला गया था। गुरु साउथ कोल पर चार दिन बिता चुका था, अधिकतर ऑक्सीजन के बगैर। हालाँकि वह ठीक-ठाक लग रहा था, फिर भी मेरे विचार में यह कतई उचित नहीं था कि 48 घंटे तक साउथ कोल पर कड़ी मेहनत से काम करने के बाद किसी को दुबारा ऊपर आने दिया जाए। जहाँ तक मेरा संबंध है, मैंने आरंभ से ही स्वयं को शिखर टोलियों से अलग रखा हुआ था। हालाँकि 28,600 फीट के आगे जाने की मेरी तीव्र इच्छा थी। (वह 1962 की बात थी, जब मैं इतनी चढ़ाई चढ़ गया था), फिर भी मेरी वर्तमान स्थिति में मेरे लिए यह कर पाना संभव नहीं था। पिछले पाँच दिनों में मैं कभी ठीक से सो नहीं पाया; भोजन के बारे में भी मैं लापरवाह बना रहा। मुझे अधिकांश समय तनाव से गुजरना पड़ा। हाँ, संभवतः मुल्कराज को लिया जा सकता था। वह दुरुस्त था और साधारणतया चोटी पर

जाने के लिए वह सहज ही तैयार हो जाता। लेकिन फिलहाल, वह साउथ कोल में था, शिखर टोलियों की मदद कर रहा था और बहुत अधिक थका हुआ था।

फिर हम किसे शिखर टोली में शामिल कर सकते थे और वह भी बारह घंटे के नोटिस पर ? पहले हमने फू दोर्जी को शामिल करने के बारे में सोचा था, लेकिन वह प्रस्ताव त्याग दिया गया। अब उसी प्रस्ताव पर पुनर्विचार किया जा रहा था। गुरु इस प्रस्ताव का एक पक्का समर्थक था। शेरपाओं ने स्मरणीय कार्य किया था और उनमें से किसी एक को शिखर-आरोहण प्रयास के लिए चुनना उनके द्वारा किए गए कार्य के बदले कोई महत्त्व नहीं रखता था। फू दोर्जी निस्संदेह एक मजबूत पर्वतारोही था, उसकी शारीरिक शक्ति उसकी अटूट दृढता की कायल थी। उसने हमारे अंतिम कैंप तक शेरपाओं की मंडली का नेतृत्व किया था। पहले दो बार 1960 और 1962 में उसने सामान को अंतिम कैंप तक पहुँचाने का काम किया था। वह इस सम्मान के सर्वथा योग्य था। फू दोर्जी को शिखर टोली में शामिल करने के बारे में कुछ चर्चा हुई। अंत में मैंने कुमार से कहा कि फू दोर्जी को बता दिया जाए कि उसे अगली सुबह ऊपर आना है और चौथी शिखर टोली में शामिल होना है।

तथापि फू दोर्जी बहुत उत्सुक नहीं लगता था। किसी ने उसे बता दिया था कि 1965 उसका अशुभ वर्ष है। उसे यकीन हो गया था कि एवरेस्ट उसे नीचे फेंक देगा। रात के दौरान फू दोर्जी इस प्रस्ताव को स्वीकार करने के दोनों पहलुओं पर चर्चा करता रहा। अगर मैं मर गया तो ? उसने अपने घनिष्ठ मित्रों से पूछा। उसे आखिरी कैंप तक जाने में कोई परेशानी नहीं है, उसने सोचा, लेकिन शिखर तक ऊपर जाना मुश्किल है। उसने अपने वृद्ध माता-पिता और अपनी जवान पुत्री के बारे में सोचा। उसे कुछ समझ नहीं आ रहा था, वह उलझन में था। आधी रात को वह उठ बैठा। उसने कागज की दो बराबर की परचियाँ फाड़ीं और एक परची पर उसने 'हाँ' लिखा और दूसरी पर 'ना'। फिर उसने दो पर्चियों को मोड़कर डाल दिया और एक परची उठा ली। इस पर 'ना' लिखा था और यही उसका निर्णय था।

जब चौथी शिखर टोली एडंवास बेस कैंप से चलने की तैयारी में थी, गुरु और कुमार अभी भी फू दोर्जी को मनाने में लगे हुए थे। अंततः वे सफल हुए। फू दोर्जी को एक दिन में एडवांस बेस कैंप पहुँचना था और दूसरे दिन साउथ कोल। रावत, बोगी, बी.पी. और अहलू दस शेरपाओं को साथ लेकर 26 मई को सुबह 8:30 बजे निकल गए। फू दोर्जी ने भी लगभग उसी समय, एक और शेरपा के साथ बेस कैंप छोड़ दिया। फू दोर्जी केवल चार घंटे में एडवांस बेस कैंप पहुँच गया।

वह दुरुस्त एवं खुश लग रहा था, वह तत्काल कैंप-IV के लिए चल देना चाहता था, जहाँ दूसरे चार शिखर यात्री मौजूद थे। फू दोर्जी एक असाधारण पर्वतारोही है और

मुझे पक्का विश्वास था कि वह सफल होगा। तथापि, मैंने उसे सलाह दी थी कि वह खुद को बहुत ज्यादा न थकाए, आज आराम करे और अगले दिन आगे चल दे।

वोहरा साउथ कोल से एडवांस बेस कैंप के रास्ते पर था। मुल्की ने सुझाव दिया कि कैंप-II में एक स्ट्रैचर तैयार रहना चाहिए, क्योंकि सी.पी. शायद पैदल चलने लायक न हो। जोशी स्ट्रैचर बनाने में माहिर था और मैंने उसकी मदद से एक स्ट्रैचर बनाकर सुबह-सुबह सी.पी. के लिए भेज देने को कहा। फू दोर्जी और उसके शेरपा बेस कैंप से स्ट्रैचर लेकर आए थे। हमने स्ट्रैचर कैंप-III के लिए भेज दिया, लेकिन वोहरा को उसकी जरूरत नहीं थी।

चौथी शिखर टोली ल्होत्से मुख पर थी, जब दोपहर के आस-पास हमने एक आरोही को पीछे लौटते हुए देखा। यह सी.पी. सिंह था। हम उसे लाने के लिए कैंप-III तक गए। उसे ल्होत्से मुख की चढ़ाई के दौरान दिल की कुछ तकलीफ हो गई थी। वह हताश और दुःखी था। ऐसी अवस्था में उसका बाहर हो जाना एक बड़ा धक्का था हमारे लिए। हम समझ सकते थे कि उसे कैसा महसूस हो रहा होगा। लेकिन हमारे पास उसे सांत्वना देने के सिवा और चारा भी क्या था। शिखर टोली में सदस्यों की संख्या फिर घटकर चार रह गई थी।

□

सलामी सफलता

दानू के साथ कुछ बौद्ध प्रार्थनाएँ अर्पित करने और मेरे अरदास (सिख प्रार्थनाएँ) अर्पित किए जाने के बाद अंतिम शिखर टोली ने 26 मई को एडवांस बेस कैंप से प्रस्थान किया। प्रत्येक शिखर टोली के प्रस्थान से पहले अरदास अर्पित करना एक नियमित धार्मिक कृत्य बन गया था। यह एक सुहानी सुबह थी, आकाश एकदम साफ था और सुबह का उजाला स्फूर्ति दिलानेवाला था। बी.पी. और अहलू एक रस्सी पर थे तथा रावत और बोगी दूसरी रस्सी पर। उनकी सहायता के लिए बारह शेरपा थे, जिनका नेतृत्व

पेंबा सुंदर कर रहा था। शिखर-यात्रियों एवं शेरपाओं को खुशी-खुशी और जिंदादिली के साथ मिलकर आगे बढ़ते देखना बड़ा ही लोमहर्षक दृश्य था।

जब वे ल्होत्से की ओर एक-तिहाई रास्ता तय कर चुके थे, बी.पी. को अचानक कुछ बेचैनी महसूस होने लगी और उसकी छाती में तेज दर्द होने लगा था। वह लड़खड़ा रहा था और हालाँकि उसने बहुत हिम्मत से चढ़ने का प्रयास किया, फिर भी उसके कदम उसका साथ नहीं दे पाए। उसने अहलू से कहा कि मुझे पीछे छोड़ दो और तुम कृपया आगे बढ़ो, वरना तुम शिखर पर पहुँचने से रह जाओगे। शेरपा दौड़ते हुए गया और उसने बी.पी. को कॉफी दी, जिसे पीकर उसने थोड़ा बेहतर महसूस किया। अहलू की रस्सी से मुक्त हो जाने के बाद बी.पी. एक बालक की तरह सिसकने लगा। अहलू को बहुत दुःख हुआ, लेकिन अब बी.पी. को पीछे छोड़ने के सिवा कोई और विकल्प भी तो नहीं था। बी.पी. जो एक साहसी, दृढ-निश्चयी और शानदार पर्वतारोही था, उस बी.पी. को दिल का दौरा पड़ा था।

शिखर की ओर जानेवाली टोली की भेंट नीचे आ रहे सी.पी. वोहरा से हुई। सी.पी. यद्यपि बहुत स्वस्थ नहीं था, फिर भी उसके चेहरे पर प्रसन्नता झलक रही थी। उसने आहलूवालिया को गले लगाया। अहलू ने स्वीकार किया कि इस जोशीले आलिंगन से पता चलता था कि सी.पी. के पास प्रसन्न करने लायक कहने के लिए बहुत कुछ था, जिसे सुनकर चौथी टोली का मनोबल बढ़ गया—"साउथ कोल से शिखर तक रास्ता आसान है और चौथी टोली की सफलता निश्चित है।"

टोली जब कैंप-IV पहुँची, उस समय तक मौसम गरम था, वहाँ उन्होंने चैन की रात बिताई।

अगली सुबह उजाला और धूप लेकर आई। वे साउथ कोल के लिए प्रस्थान कर गए। आहलूवालिया को आस-पड़ोस की सुंदरता ने मंत्र-मुग्ध कर दिया—बर्फ के विशाल पिरामिड, दूर-दूर तक बर्फ से ढके विस्तृत मैदान, नीली-हरी व भूरी और काली चट्टानें विविध रंगों की छटा बिखेरती हुईं, सबकुछ अत्यंत अद्भुत। वे कुछ देर स्थिर चित्र और चलचित्र लेने के लिए रुके। हिमपात के निकट उन्होंने कुछ लोगों को ऊपर की ओर रेंगते हुए देखा। दूर से देखने में वे बर्फ की एक विशाल मलाई-चुस्की को चाटने के लिए उसपर चढ़ रहे बौनों जैसे लगते थे। बाद में उन्हें पता चला कि वे फू दोर्जी तथा उसके साथी थे, जो उन्हीं की तरफ आ रहे थे उनके साथ होने के लिए।

पीली पट्टी के रास्ते में अहलू को ऑक्सीजन की दो बोतलें मिलीं। ये फ्रेंच बोतलें थीं, जिनका इस्तेमाल 1963 में अमरीकी अभियान ने किया था। एक खाली थी और दूसरी भरी हुई थी। अहलू ने भरी बोतल उठा ली और आगे चल पड़ा।

साउथ कोल में ठंडी, निष्ठुर और तेज हवाओं ने उनका स्वागत किया। अहलू

ने साउथ कोल को बिल्कुल वैसा ही पाया, जैसा उसके बारे में सुना था—विश्व का सर्वाधिक भद्दा कबाड़-खाना। वे ऑक्सीजन की बोतलें खोजने में लग गए; कुछ बोतलें मिलीं, कुछ आधी भरी हुई थीं और कुछ बोतलों में केवल एक-चौथाई ऑक्सीजन थी। ऑक्सीजन मिलना सोना पाने जैसा था और जितना भी उपलब्ध था, उसे जतन से इकट्ठा करना तथा सुरक्षित रखना जरूरी था।

उस दिन दोपहर 3 बजे, फू दोर्जी उनमें शामिल हो गया था और फिर पूरी आखिरी कैंप के लिए कूच करने की तैयारी में जुट गई। वे सोने के लिए जल्दी चले गए तेज हवाएँ टेंट की दीवारों को झकझोर रही थीं। और घूम-घूम कर भयंकर प्रलाप कर रही थीं। अहलू ने बाद में बताया कि उसे ऐसा महसूस हो रहा था कि मानो वह किसी गुब्बारे के अंदर पड़ा हुआ हो, जिसे हवा किसी भी क्षण उड़ा ले जाएगी और कहीं दूर पटक देगी।

एक गरम चाय के प्याले के साथ चेहरे पर मुसकान लिये पेंबा सुंदर ने 28 मई की सुबह टोली को जल्दी उठा दिया। सूरज जल्दी निकल आया था और समय भी 6 बजे का ही था, फिर भी सूरज काफी ऊपर पहुँच गया था और तेज चमक रहा था। फू दोर्जी, अहलू, रावत और बोगी इसी क्रम में आगे चल रहे थे और उनके पीछे आठ शेरपाओं का एक जत्था था। वे सुबह 7:30 बजे निकले थे। कुछ ही समय पश्चात् इला त्शेरिंग नाम का एक शेरपा पेट दर्द के कारण वापस आ गया। वे उसी रास्ते से गए, जिस रास्ते से दूसरे लोग उनसे पहले गए थे। मौसम अच्छा था। एक बार फिर हिमालय पर्वतमाला की वैभव चमकती धूप में नहाते मकालू पर्वत और सुंदर तिब्बत की गगनचुंबी पर्वत-चोटियों ने अहलू को मंत्र-मुग्ध कर दिया। तिब्बत की ये दूर खड़ी पहाड़ी चोटियाँ ऊँची-ऊँची मीनारों जैसी दिखती थीं। वे 1962 के अभियान के भारतीय कैंप-स्थल से आगे निकल गए और चूँकि वे अपने अतिरिक्त टेंट को मजबूती से कसने के लिए खूँटियाँ ले जाना भूल गए थे, उन्होंने पुराने कैंप की जगह आस-पास खोजबीन की, और उन्हें अपनी जरूरत के हिसाब से काफी रस्सी मिल गई। कुछ दूरी पर उन्हें अमरीकी अभियान का अंतिम कैंप दिख रहा था, जो 1963 में 27,450 फीट की ऊँचाई पर स्थापित किया गया था। वे सुबह 10 बजे के करीब वहाँ पहुँचे और वहाँ उन्हें कुछ खाद्य सामग्री तथा ऑक्सीजन की बोतलों का एक ढेर भी पड़ा मिला। उन्होंने दो बोतलें खींचकर निकालीं, जो पूरी भरी हुई थीं। ये बोतलें छोड़ जाने के लिए उन्होंने अमरीकियों के प्रति आभार व्यक्त किया। अहलू ने अमरीकी टेंट से कुछ टुकड़े फाड़कर अपने लिए एक स्कार्फ बनाया और उसे यादगार निशानी के रूप में रख लिया।

फू दोर्जी के साथ वे पुनः अंतिम कैंप की ओर बढ़ चले; फू दोर्जी इस विचार से गर्वित महसूस कर रहा था कि वह कैंप उसने खुद स्थापित किया था। फू दोर्जी एक

असाधारण पर्वतारोही है। अब तक वह पाँच बार अंतिम कैंप तक आ चुका था, जो एक अविजित रिकार्ड है। दस दिन के अंदर अंतिम कैंप से बेस कैंप लौटने के बाद वह फिर उसी क्षेत्र में वापस आ गया था, इस बार शिखर-यात्री उसे अपनी बगल में पाकर आत्मविश्वास से भरा हुआ महसूस करते थे।

फू दोर्जी में ये सारी खूबियाँ हैं और वह कोई दिखावा नहीं करता है, वह एक सरल, निष्कपट, स्पष्टवादी, विनम्र, जोशीला और स्नेही व्यक्ति है।

प्रात: 11:30 बजे अहलू और फू दोर्जी अंतिम कैंप पहुँच गए। पंद्रह मिनट बाद रावत, बोगी तथा शेरपा भी उनसे आ मिले। एक और टेंट लगाने के लिए जगह बनाने हेतु उन्होंने कुछ छोटे से क्षेत्र को चौरस किया। इस स्थान पर आकर वे बहुत रोमांचित हो गए, क्योंकि यह सबसे ऊँची जगह थी, जहाँ कभी कोई टेंट लगा हो। एक टेंट, जो वहाँ पहले से था, वह अमरीका-निर्मित टेंट था। उसकी बगल में एक भारत-निर्मित टेंट गाड़ा गया। वायु का वेग 80 किमी. प्रति घंटा तक पहुँच गया था। शेरपा अब साउथ कोल की तरफ चले गए।

रावत आस-पास की सुंदरता देखकर मुग्ध हो गया था और इसके बारे में उसने अपनी डायरी में बड़े भावपूर्ण ढंग से लिखा—"थकान और रहन-सहन की प्रतिकूल दशाओं के बावजूद हम विस्मित करनेवाले परिवेश के ऐश्वर्य की सराहना किए बिना न रह सके। हिमालय पर्वत की चोटियों के विशाल खजाने की भव्यता वर्णनातीत थी। यहाँ ईश्वर ने वास्तव में अपनी सर्वाधिक उदारता बिखेरी है। मुझे याद आया कि रास्ता कठिन होने के बावजूद इस तीर्थयात्रा पर निकलने की प्रेरणा हमारी इस धार्मिक मान्यता से मिली कि बर्फीली चोटियों पर देवताओं का बसेरा होता है और सबसे ऊँची चोटी सबसे अधिक पवित्र है। हमारे नीचे बादलों की मोटी परतें थीं, जिन्होंने हमारी दृष्टि के आगे परदा डाल दिया था, हम सिर्फ दक्षिण में देख सकते थे। जहाँ थ्यांगबोचे मठ की चमकीले टीन की छतें साफ दिखाई दे रही थीं। तिब्बत में मकालू, ल्होत्से, नुप्त्से, पॅमोरी, चो ओयु जैसी अनेक चोटियाँ तथा बहुत सी दूसरी अनाम पर्वत चोटियाँ बादलों के विशाल सागर को चीरकर बाहर निकली हुई थीं।"

अहलू और फू दोर्जी भारतीय टेंट में थे, जबकि रावत और बोगी अमरीकी टेंट में ठहरे।

शिखर पर पहुँचने से पहले कैंप में बिताई गई अपनी पिछली रात का वर्णन करते हुए अहलू ने लिखा—

"फू दोर्जी मेरे लिए बहुत मददगार साबित हुआ, क्योंकि उसने रसोई का सारा काम किया और इस बात का भी पूरा-पूरा ध्यान रखा कि मैं जूस तथा अन्य खाद्य पदार्थ भी पर्याप्त मात्रा में ले रहा हूँ। पहली बार ऐसा हुआ कि एक घंटे के अंदर मुझे तीन प्रकार

के जूस संतरा, सेब और अनानास का जूस, पीने को मिला। हम कितनी कॉफी और कितनी चाय पी गए, इसका तो कोई हिसाब ही नहीं था। निर्जलीकरण के खिलाफ हम पहले ही सारे उपाय कर लेना चाहते थे। शाम के समय रावत हमारे टेंट में आया। उसने अपने वॉकी-टॉकी सेट पर एडवांस बेस कैंप से संपर्क किया था और उसे बताया गया कि 29 मई को दोपहर के समय मौसम बिगड़ सकता है और इसलिए हमें जल्दी चल देने की तैयारी करनी होगी। यह सुनकर हमें कुछ चिंता अवश्य हुई, लेकिन हमारा ध्यान और दृष्टि शिखर पर लगी हुई थी। कुछ भी हो जाए, हमने सुबह 5 बजे निकलना तय कर लिया था।

"मैं उस समय काफी खीझ गया, जब रावत ने थोड़ा घी माँगा। वह जो मुरगा लेकर आया था, उसे तलने के लिए उसको घी चाहिए था। मैंने उससे कहा कि फिलहाल स्वाद की बातें भूल जाए और जो कुछ उपलब्ध है, उसी से काम चला ले। फिर भी वह अपने होंठों पर चटकारें मारता रहा और थांडुप तथा दानू द्वारा पकाए गए विभिन्न प्रकार के स्वादिष्ट भोजन के बारे में रस ले-लेकर बातें करता रहा। उसने मुगलई पकवानों तथा विभिन्न तरीके से पकाए गए चिकन और मटन (मुरगे और बकरे का मांस) के विशिष्ट स्वादों के बारे में भी बतलाया।

"रात बहुत आरामदेह नहीं थी। हमारे टेंटों पर हवाओं का कहर जारी रहा। अनेक प्रकार के विचार, अनेक यादें और भावनाएँ मेरे मन में उमड़ती-घुमड़ती रहीं। मैं शिखर आरोहण के बारे में अभी भी आश्वस्त नहीं था, क्योंकि कुछ भी हो सकता था। चारों प्रयासों के सफल होने पर विश्वास करना कठिन था। मैं असमंजस में पड़ा हुआ था। मैंने अपने स्लीपिंग बैग में रेंडियर बूट रखे, बूटों के कवर रखे, अपना मूवी कैमरा रखा और ऑक्सीजन उपकरण। इसके रहते मैं आराम से सो सकूँगा और मुझे बर्फ जैसे ठंडे पानी की छींटों से होनेवाली परेशानी नहीं सहनी पड़ेगी, क्योंकि अगर ऑक्सीजन मास्क झुका हुआ रहता है या मुड़ जाता है तो उससे ठंडा पानी निकलकर गरदन पर गिरने लगता है, जो बहुत कष्ट देता है। फू दोर्जी मेरे निकट ही लेटा हुआ था। वह शिखर पर चढ़ने के लिए पूरी तरह सज-धजकर तैयार था, यहाँ तक कि उसने अपने बूटों के तसमे भी कसे हुए थे, बर्फ की चौंध से बचने के लिए अपना काला चश्मा माथे पर चढ़ाया हुआ था, युद्ध पर जाने से पहले की सारी तैयारी उसने की हुई थी। वह गहरी नींद सो रहा था और खर्राटे ले रहा था।

"मैं रात में यह सोचकर उठ बैठा कि कहीं देर तो नहीं हो गई। घड़ी देखी तो पाया कि अभी रात के सिर्फ 9 बजे हैं। टेंटों का फड़फड़ाना भी रुका नहीं। रात 11 बजे मैं फिर उठ गया और अंत में सुबह के 3 बजे तो मैं उठ ही गया, क्योंकि तनाव बहुत अधिक था और अब सो पाना संभव नहीं था।"

इस बीच रावत ने भी अपने टेंट में सारी तैयारी कर ली थी। हवाओं ने भले ही अपना चाबुक चलाना और बिसूरना बंद न किया हो, लेकिन सुबह का आकाश एकदम साफ, मेघ रहित और नीला था। सूरज सुबह 4 बजे से कुछ पहले ही निकल आया था और उसकी रोशनी में नहाकर पूरा परिदृश्य निखर उठा था तथा दूर खड़ी आकाश को छूती पर्वत-चोटियाँ गहरे नीले आकाश के विपरीत हलकी सुनहरी चमक दे रही थीं। मकालू पर्वत उनमें सबसे अलग अपनी पहचान लिये खड़ा था। संपूर्ण दृश्य विस्मयकारी था।

अहलू और दोर्जी सुबह जल्दी निकल गए और उनके पीछे-पीछे बोगी तथा रावत भी। सुबह 5 बजे जब पहली टोली जा रही थी, अहलू ने पाया कि उसका रेगुलेटर रिस रहा था, यह उसका तीसरा रेगुलेटर था, जो जवाब दे गया। अहलू ने मदद के लिए बोगी तथा रावत को पुकारा। रावत ने आकर अपना अतिरिक्त रेगुलेटर उसे दे दिया। अंततः 5:30 बजे उन्होंने प्रस्थान किया।

'तीक्ष्ण धार' (रेजर्स एज) पर चढ़ते हुए अहलू के पैर ठंडे और सुन्न हो गए और उसने पैरों को जोर-जोर से मारना, पटकना शुरू कर दिया, ताकि उनमें रक्त-संचार पुनः चालू हो सके।

दूसरी टोली में पर रावत के साथ कुछ ठीक-ठाक नहीं हो रहा था। उसके अपने ही शब्दों में—

"मैंने कुछ लोबान, देवी माँ की एक मूर्ति, कुछ शुगर क्यूब और दस्तानों का एक अतिरिक्त जोड़ा पॉलीथीन बैग में रखा था। वह बैग मैंने अपने रकसैक के पीछे की जेब में रख दिया था। 71/2 पौंड वजन का वॉकी-टॉकी सेट मैंने रकसैक के अंदर रखा था। जब बोगी और मैं अपने कीलदार जूते पहन रहे थे, अहलू और फू दोर्जी तब तक जा चुके थे। हम उनके जाने के दस मिनट बाद निकले, मैं आगे चल रहा था, किंतु बोगी का चलने में मुश्किल हो रहा था। एक कदम के काफी देर बाद वह दूसरा कदम बढ़ाता था। हम कैंप से मुश्किल से 50 या 60 फीट आगे गए होंगे कि तभी बोगी नीचे बैठ गया और कुछ समय बाद उसने कहा कि वह और आगे नहीं जा सकेगा। पिछली रात उसके बदन पर कुछ ददोरे हो गए थ, और वह सारी रात अपना बदन खुजाता रहा था। वह कमजोरी और थकान महसूस कर रहा था। उसके लिए कुछ कदम चलना भी बहुत मुश्किल काम था। बोगी ने रस्सी से निकल जाने का फैसला किया और मुझे आगे जाने तथा पहली रस्सी पर गए लोगों के साथ जुड़ जाने के लिए कहा।

"मैंने बार-बार अपने आपसे सवाल किया कि क्या मेरे लिए यह उचित होगा कि मैं अकेला चढ़ाई करूँ और बोगी को भी अकेला छोड़ दूँ। मुझे जल्दी कोई निर्णय लेना था। बोगी की दशा कोई ज्यादा गंभीर तो नहीं लग रही थी और वह अंतिम कैंप में हमारी

प्रतीक्षा कर सकता था, जबकि मैं अकेले ही आगे चढ़ने का जोखिम उठाने के लिए तैयार था। मैंने खुद को समझाया कि अगर मुझे कठिनाई महसूस होती है, तो मैं किसी भी समय अंतिम कैंप में वापस आ सकता हूँ। कुछ मिनट के सोच-विचार के बाद मैंने अकेले जाने का निर्णय कर लिया। भारी दिल से मैंने बोगी को रस्सी के बंधन से मुक्त कर दिया और उसे विदा किया।

"हवा 60 से 70 किमी. प्रति घंटे के वेग से चल रही थी। अकेला पड़ जाने के कारण मैं चढ़ाई पर पूरा ध्यान दे रहा था और उस तीक्ष्ण बर्फीले रिज पर प्रत्येक कदम बड़ी सावधानी से रख रहा था। मैं अहलू तथा फू दोर्जी तक पहुँच पाऊँगा या नहीं? यह प्रश्न उस समय मेरे लिए महत्त्व रखता था। मैं जानता था कि अगर एक भी कदम गलत पड़ा या जरा सी भी कोई चूक हुई तो रिज के उधर या इधर किसी भी तरफ मेरा गिरना और अपनी मौत से मिलना निश्चित है। लगभग एक मील या कुछ अधिक का फासला तय करना जान हथेली पर लेकर चलने के समान था। मैंने अपनी सारी हिम्मत जुटाई और खुद को शांत किया। मैंने खुद से कहा कि मुझे यथासंभव तीव्र गति से जाना चाहिए और वापस आने के बारे में तभी सोचना चाहिए, जब एक सीमा के आगे जाना मेरे लिए असंभव हो जाए। अत: मैंने पूरे दमखम से ऊपर की ओर कदम बढ़ाना शुरू कर दिया। हवा के तेज झोंकें मेरे पाँव उखाड़ने पर तुले हुए थे और मेरे लिए संतुलन बनाए रखना बहुत मुश्किल हो रहा था। हवा की गति बहुत बढ़ गई और उस तीक्ष्ण धार पर सीधे खड़े होना असंभव था। अंतत: मेरी प्रगति बिल्कुल रुक गई। तब मैंने हिम-दंश से बचने की खातिर अपने हाथों पर आइडॅडाउन के मोटे दस्ताने पहने-पहने ही, उन चारों के सहारे चलने का फैसला किया। इस मुद्रा ने मुझे हवाओं की कड़ी मार से अवश्य ही बचा लिया, लेकिन चल पाना आसान नहीं था। ऑक्सीजन की बोतलों का संतुलन बिगड़ गया और नीचे उनका पेंडुलम की तरह इधर-उधर हिलना मेरी पीठ और कंधों को कष्ट दे रहा था। तथापि इस कष्ट के बावजूद मैंने संघर्ष करना जारी रखा। पिछले कैंप से अभी मैं बामुश्किल 50 फीट ही ऊपर आया था कि तभी रुकना पड़ गया। सुबह के लगभग 6 बजे का समय था और हलकी धूप हड्डियाँ गला देनेवाली ठंड से कोई राहत नहीं दिला पा रही थीं, बल्कि तेज हवाएँ तकलीफ और बढ़ा रही थीं। मैं नेपाल की तरफ से नीचे आया, जहाँ एक छोटा चौरस क्षेत्र था। वहाँ मैंने अपना रकसैक उतारा और कुछ देर आराम किया। वॉकी-टॉकी सेट निकालकर मैंने निचले कैंपों से संपर्क करने का प्रयत्न किया, लेकिन सफलता नहीं मिली। उस भारी वजन को उठाकर शिखर तक ले जाने का कोई तुक नहीं था, अत: मैंने कुछ बर्फ खोदी और वॉकी-टॉकी सेट वहीं पर छोड़ दिया। मैंने ऑक्सीजन की बोतलों को एक रस्सी से बाँधा और उन्हें मजबूती से रकसैक के साथ कस दिया। फिर मैं तेज चाल से अपना रास्ता नापने लगा, ताकि मैं जल्दी-से-जल्दी

अहलू और फू दोर्जी को पकड़ सकूँ। मैं उन्हें काली चट्टान की दाईं तरफ किनारे-किनारे धीमी गति से चलते हुए देख पा रहा था। एक फलाँग चलने के बाद 'पैनी धार' खत्म हो गई और मैं कुछ कदम नीचे उतरकर काली चट्टानवाले क्षेत्र की नींव में पहुँच गया। वहाँ दाईं तरफ एक छोटा ढालू क्षेत्र था, जहाँ कुछ टेंट लगाए जा सकते थे। वहाँ हलकी बर्फ पड़ी हुई थी। मैं उस क्षेत्र को पार करके बाईं तरफ चला गया, जहाँ चट्टान और बर्फ का मिलन होता था। यह चट्टान छोटी-छोटी और ढीली स्लेटों की बनी थी, जिन्हें थोड़ा सा जोर लगाकर बाहर खींचा जा सकता था। मुझे सावधानी से काम लेना था, वरना मैं किसी ऐसी अस्थिर स्लेट को पकड़ सकता था, जो बाहर आ जाती और मेरा संतुलन बिगड़ जाता। मैं धीरे-धीरे चट्टान और बर्फ के बीच चलता रहा; जब आवश्यक होता, मैं चट्टान पकड़ लेता और जहाँ चट्टान पर पैर रखने की कोई ठीक जगह न होती, वहाँ मैं किनारे को ठोकर लगाकर आगे बढ़ जाता। उँगलियों को पकड़ देने के लिए मुझे प्राय: अपनी कुल्हाड़ी से ऊपर की बर्फ काटनी पड़ती। चट्टान पर करीब आधा फलाँग आगे जाने के बाद मेरी ऑक्सीजन की सप्लाई में कुछ गड़बड़ी पैदा हो गई। मुझे साँस नहीं आ रही थी। मैं समझ नहीं पा रहा था कि मुझे क्या करना चाहिए। मैं अपना सिर और हाथ हिलाता रहा, लेकिन ऐसा करने से कुछ नहीं हुआ। मैं अपना रकसैक उतारकर ऑक्सीजन गीयर की जाँच करना चाहता था, लेकिन रकसैक रखने के लिए कोई जगह नहीं थी। एकदम खड़ी ढलान थी, मेरे दोनों हाथ चट्टान के किनारे बर्फ में थे और मैं मुश्किल से अपना संतुलन बनाए रखकर खड़ा हुआ था। तभी मैंने ध्यान दिया कि करीब 25 फीट से 30 फीट नीचे, दाहिनी तरफ, पत्थर की एक बड़ी चौरस पट्टी है, जहाँ मैं अपना रकसैक उतारकर रख सकता था। कुछ ही कदम नीचे उतरने पर मैं बुरी तरह थक गया और मुझे चक्कर जैसा आने लगा। बड़ी मुश्किल से मुझे वह जगह मिली, जहाँ मैंने अपनी पीठ से रकसैक उतारकर रखा। तब तक मेरी पीड़ा वास्तव में भयंकर हो गई थी।

"मैंने देखा कि मास्क की थैली के ऊपरी हिस्से पर चारों ओर बहुत बर्फ जमा हो गई है, जो छोड़ी गई श्वास के बाहरी प्रवाह को रोक रही है। मैंने बर्फ हटाई और रेगुलेटर को तीन लीटर प्रति मिनट पर सेट कर दिया। मैं फिर काली चट्टानों पर चढ़ने लगा। वहाँ हाथ से पकड़ने और पाँव जमाने की बहुत जगहें थीं; मुझे ऊपर की ओर जाने के लिए अपना रास्ता खोजने में ज्यादा मुश्किल का सामना नहीं करना पड़ा, लेकिन मेरे कीलदार बूट मुझे तकलीफ दे रहे थे। शायद बेहतर तो यही होता कि मैं उन्हें पहनकर ही नहीं आता, फिर भी कुल मिलाकर यह अच्छा ही रहा, अन्यथा उन्हें उतारने और दुबारा चढ़ाने में बहुत समय बरबाद हो जाता। काली चट्टानोंवाला क्षेत्र अंतत: समाप्त हुआ और पीली चट्टानें आरंभ हो गईं। मैं करीब सौ गज तक पीली चट्टानों के साथ-साथ गया। मुझे अकेले संघर्ष करते हुए तब तक करीब डेढ़ घंटा हो चुका था, मैंने आधा मील से ज्यादा

फासला तय कर लिया था और यह फासला अंतिम कैंप तथा दक्षिणी शिखर के बीच आधे रास्ते से अधिक था, जो मैं तय कर चुका था।"

"अहलू और दोर्जी शिखर की ओर चढ़ाई जारी रखे हुए थे। अहलू का ऑक्सीजन पाइप, जो बोतल को थैली से जोड़े हुए था और एक पेंडुलम की भाँति इधर-उधर हिल रहा था, अचानक उसके पाँव के नीचे आ गया, जिसका नतीजा यह हुआ कि उसके क्रैंपॅन (कीलदार जूतों) की एक नोक उस पाइप में चुभ गई तथा ऑक्सीजन रिसने लगी। फू दोर्जी ने उस रिसाव को एक रूमाल को उस जगह लपेटकर रोकने की कोशिश की, लेकिन उसकी यह कोशिश बेकार गई। तब तक वे दक्षिणी शिखर के ठीक नीचे पहुँच चुके थे। अहलू ने 16 एम.एम. फिल्म के डिब्बे के चारों ओर लपेटी गई चिपकाने वाली टेप का एक टुकड़ा फाड़ा और इस टुकड़े को उस छेद के ऊपर चिपका दिया। यह युक्ति काम कर गई। टेप का काला रंग पाइप के रंग से मिल गया। अहलू ने उस पाइप को सँभालकर रखा है, यह एक यादगार निशानी है। अहलू जिस समय पाइप की मरम्मत कर रहा था, फू दोर्जी ने उसे जोर से झटका और पैनी धार जैसे किनारे के चट्टानी भाग की ओर इशारा किया। उन्होंने एक अकेले व्यक्ति को अक्खड़ ऊँचाई की ओर धीरे-धीरे जाते हुए देखा। बर्फ और चट्टानों के उस वीराने में पूरी खामोशी तथा अकेलापन ओढ़े हुए अकस्मात् किसी व्यक्ति को आते हुए देखकर उनके रोंगटे खड़े हो गए। यह एक सर्वथा अलौकिक एवं भयानक दृश्य था। वह आकृति जो भी थी, व्यग्रता के साथ हाथ हिला-हिलाकर इशारा कर रही थी। अहलू और फू दोर्जी दोनों नहीं जानते थे कि वह कौन हो सकता है। वे डरे हुए थे। फू दोर्जी ने अपनी शेरपा भाषा में प्रार्थना करना शुरू कर दिया। अहलू को एक नितांत अकेले व्यक्ति को चट्टानों के ऊपर चढ़ते हुए देखकर हर्मन बुल के नांगा पर्वत पर चढ़ने के एकल प्रयास की याद आ गई। यह आदमी अच्छी तरह देखभाल कर, पूरी सावधानी से एक-एक कदम बढ़ा रहा था। वह निस्संदेह इस सच्चाई से अवगत था कि उसकी ओर से जरा सी भी चूक होने पर वह लुढ़ककर गंगशुंग ग्लेशियर के जरिए तिब्बत पहुँच जाएगा। अहलू और फू दोर्जी ने उस एकाकी पर्वतारोही के लिए आधा घंटा इंतजार किया। अहलू और फू दोर्जी को उससे मिलकर राहत मिली और बहुत खुशी भी हुई, लेकिन चूँकि उनके पास समय कम रह गया था, वे उससे अधिक बात नहीं कर सके। रावत ने जल्दी-जल्दी उन्हें बता दिया कि बोगी को पेट की कुछ तकलीफ और खुजली हो गई थी, जिसके कारण उसे पीछे अंतिम कैंप में रह जाना पड़ा। उसे रस्सी के बीच में जगह दी गई और फिर तीनों एक साथ दक्षिणी शिखर पर खड़ी चढ़ाई का सामना करने चल पड़े। वे ठीक दक्षिणी शिखर की चोटी तक नहीं गए, बल्कि वे चोटी के लगभग 70 फीट नीचे, बाईं तरफ चलते गए, जब तब कि एक ऐसी जगह नहीं पहुँच गए, जो एक गहरी नाली जैसी लगती थी। शिखर पर पहुँचने के लिए

अब उन्हें करीब 300 फीट ऊपर चढ़ना था। वह स्थान बहुत इस्तेमाल किया गया प्रतीत होता था, क्योंकि ऑक्सीजन की बहुत सारी बेकार खाली बोतलें वहाँ पड़ी हुई थीं। उस स्थान का नाम उन्होंने 'भारत की खोह' रख दिया। वहाँ उन्होंने थोड़ा-थोड़ा जूस लिया और आंशिक रूप से इस्तेमाल की गई ऑक्सीजन की बोतलों तथा जूस की बोतलों को वहीं डाल दिया।

सुबह के 9 बजे वे 'भारत की खोह' से चल पड़े। ऑक्सीजन की खाली और आंशिक रूप से इस्तेमाल की गई बोतलों से छुटकारा पाने के बाद वे बहुत हलका महसूस कर रहे थे। इस समय चलते हुए वे दो लीटर प्रति मिनट के हिसाब से ऑक्सीजन का प्रयोग कर रहे थे। दक्षिणी शिखर से 100 फीट आगे जाकर रिज उतराई पर थी और उन्हें लंबमान मुद्रा में उतरना पड़ा। चढ़ाई फिर शुरू हो गई; उस चढ़ान की दाईं तरफ बर्फ के कंगूरे थे और बाईं तरफ चट्टानें थीं।

उन्हें इस बात की बहुत खुशी थी कि पहली बार तीन लोग एक ही रस्सी से बँधे हुए एवरेस्ट की चोटी पर चढ़ने जा रहे थे। उनके सामने पीले रंग की विशाल चट्टान आ गई, जिस पर दाईं तरफ नरम छिद्रिल बर्फ थी। यही बहु-चर्चित 'हिलैरी की चिमनी' थी। फू दोर्जी बड़ी अदा के साथ उसके ऊपर गया। रावत बाईं तरफ थोड़ी दूर तक गया। अहलू ने चट्टान के एकदम बाएँ किनारे की ओर रुख किया। बाधा को लाँघने में रावत ने अहलू की मदद की। 'हिलैरी की चिमनी' पर चढ़ने का वर्णन रावत ने इस प्रकार किया है—

"हम दो मुख्य टीलों को पार करने के बाद लगभग 30 फीट की खड़ी चट्टान के नीचे पहुँचे। इस चट्टान के किनारे-किनारे बर्फीली सतह थी, जो दाईं तरफ जाकर कंगूरेदार हो गई थी। लगभग 10 फीट नीचे हमें एक दरार नजर आई। पहलेवाली कुछ टोलियाँ चट्टान एवं बर्फ के रास्ते से दाएँ किनारे तक गई थीं, जबकि दूसरी टोलियों ने बीचवाला रास्ता पकड़ा था तथा कुछ ने बाईं तरफ का। मेरे विचार में बाईं तरफ का रास्ता बढ़िया था। 1953 में तेंजिंग और हिलैरी ने इस चट्टान को चिमनी का नाम दिया था और यह अब कोई बहुत मुश्किल बाधा नहीं थी। मुझे यह एक ऐसी चट्टान अधिक लगती थी, जो एक पत्थर के ऊपर दूसरा पत्थर रखकर बनी हो। हमने कुछ ही मिनट में इसे पार कर लिया। फू दोर्जी उस चट्टान पर सीधे 15 फीट तक ऊपर गया और फिर उसने बर्फ के बीच से दाईं तरफ का रास्ता पकड़ा, जहाँ उसे अपने हाथों से बर्फ खोदकर पक्की पकड़ बनाने में बड़ी कठिनाई हुई। मैं 15 फीट सीधे-सीधे गया और फिर बाएँ मुड़ गया तथा आसानी से बिल्कुल ऊपर पहुँच गया, क्योंकि चट्टान पर हाथ और पाँव जमाने के लिए पर्याप्त खूँटे थे। इसे पार करने के बाद हमने थोड़ा विश्राम किया और फिर अपने सफर पर आगे चल पड़े। हम फिर से बर्फ के एक टीले पर थे, जिसकी चढ़ाई क्रमिक, अर्थात् उत्तरोत्तर थी।"

चट्टान के ऊपर की ढाल सुगम हो गई और चलना सुखद हो गया, क्योंकि हवाओं का वेग भी कम हो गया था, 60 से 65 किमी. प्रति घंटा तक रह गया था। शिखर-यात्रियों को वहाँ तीसरी शिखर टोली के कुछ पद-चिह्न मिले। वह टोली उनसे पहले उधर से गुजरी थी। आखिरी मोड़ पर फू दोर्जी रोमांचित हो गया और 'साहिब, साहिब' चिल्लाने लगा। अहलू और रावत तुरंत वहाँ पहुँचे। उनके सामने बर्फ का एक गुंबद था, जिस पर भारत का राष्ट्र-ध्वज हवा में फहरा रहा था। हवा के प्रहार से ध्वज के किनारे चीर-चीर हो गए थे। वे खुशी, आश्चर्य और जोश के मारे हक्के-बक्के रह गए। उन्हें बहुत राहत महसूस हुई। रावत चुपचाप प्रार्थना कर रहा था, उसके होंठ चल रहे थे और वह 'हरि ओम्', 'हरि ओम्' का जाप कर रहा था।

शिखर से दस-पंद्रह कदम पहले अहलू, फू दोर्जी और रावत एक-दूसरे की बाँह-में-बाँह डालकर साथ-साथ चलते हुए एवरेस्ट की चोटी तक गए। सुबह के 10:15 बजे का समय था। अब तक ऐसा पहली बार हुआ था कि तीन पर्वतारोही एक साथ शिखर पर खड़े थे। अहलू की आँखों में खुशी और कृतज्ञता के आँसू थे; बाद में उसने बताया कि उसे अमरीकी अभियान के बैरी बिशॉप तथा लूथ जरस्टैद याद आ रहे थे, शिखर पर खड़े हुए उनकी आँखें भी भर आई थीं।

रावत को अपनी पत्नी, बच्चों और माता-पिता का ध्यान आया और उसकी इस सफलता को सुनकर उनकी आँखों में आनेवाली गर्व की चमक को भी उसने महसूस किया। रावत ने एवरेस्ट की चोटी के विषय में अपनी डायरी में लिखा—"यह चोटी एक बर्फीली रिज है, जो दाईं तरफ बहुत अधिक कंगूरेदार है। यह करीब 50 से 60 फीट लंबी और 20 फीट चौड़ी है। जब हम वहाँ थे, उस समय मौसम दयालु बना हुआ था। हवा औसत गति से बह रही थी। सूरज ऊपर था। तापमान दर्ज करने के लिए हमारे पास कोई थर्मामीटर नहीं था, लेकिन इमसें कोई शक नहीं कि ठंड बहुत अधिक थी। हमने अपने चारों ओर खड़ी पर्वत चोटियों का व्यापक दृश्य देखा। हमारे लिए यह समझना मुश्किल था कि हम उसी चोटी पर खड़े हैं, जिसकी झलक हमने तीन माह पहले माणेभंज्गंग से पाई थी और जो उस समय दूरस्थ एवं अगम्य प्रतीत होती थी। हमें उच्चता, उत्कर्ष पर पहुँचने की अनोखी अनुभूति हुई। हममें से कोई भी थकान महसूस नहीं कर रहा था।

"मैंने देवी दुर्गा की एक मूर्ति निकाली, लोबान जलाया और प्रार्थनाएँ अर्पित कीं। फू दोर्जी ने मुझे एक माला दी, जिसे मैंने उस मूर्ति को पहना दिया। मैंने चीनी की पाँच डली मूर्ति के सामने रख दीं और अपनी प्रार्थनाओं का जाप पूरा करने के बाद डली प्रसाद स्वरूप उठा लीं। फू दोर्जी ने चाँदी का एक लॉकेट निकाला और अमरीकी ध्वज-दंड पर बाँध दिया, इस लॉकेट में दलाई लामा की एक बहुत छोटी तसवीर थी। हमने भारतीय और नेपाली राष्ट्र-ध्वज के साथ एक-दूसरे की फोटो खींची। इसके अलावा

हमने अभियान पताका तथा सैन्यदलों से संबद्ध उन विभिन्न झंडों के साथ भी फोटो खिंचवाए, जो आहलूवालिया लेकर आया था।"

इस शिखर के संबंध में अहलू का यह कहना है—"मैंने गुरु नानक का एक चित्र और एक माला वहाँ छोड़ दी। गुरु नानक का चित्र मेरी होनेवाली पत्नी की माँ ने मुझे भेजा था और वह पताका मुझे मेरी माँ ने दी थी। मैंने अपनी ओर से व्यक्तिगत भेंट के रूप में अपनी कलाई-घड़ी अमरीकी ध्वज-दंड के साथ बाँध दी। दूसरे शिखर-यात्रियों द्वारा छोड़ी गई अनेक वस्तुएँ हमें वहाँ मिलीं। भारतीय ध्वज-दंड के नीचे चॉकलेट-पट्टियों का एक बड़ा ढेर देखकर मुझे हैरानी हुई कि किसी भी शिखर-यात्री ने शिखर पर चॉकलेट भेंट करने का जिक्र कभी नहीं किया। चॉकलेट की दो पट्टी छोड़कर मैंने चार उठाकर अपनी जेब में रख लीं। ऐसा मैंने सच में 'देवी धरती माँ' की अनुमति से किया। मैंने आस-पास की चोटियों—मकालू, ल्होत्से और नुप्त्से की फोटो खींची। दूरी पर शान से खड़ा कंचनजंगा पर्वत आकर्षक लग रहा था। शिखर पर मेरे मूवी कैमरे ने काम नहीं किया। स्थिर कैमरे में नई फिल्म-रील डालने के लिए मैं शिखर से करीब छह फीट नीचे उतरा, मैंने अपने दस्ताने उतारे और रेशमी दस्ताने पहनकर कैमरा चलाया। जब मैंने रील डालने की खाली फिरकी में रील लगाने की कोशिश की, वह चटककर टूट गई। अतः मैंने करीब एक-तिहाई फिल्म एक खाली फिरकी पर ढीली चढ़ाई और फिर कैमरा बंद करके उसे सावधानीपूर्वक धीरे-धीरे कस दिया। यह युक्ति काम कर गई। लेकिन मेरी उँगलियाँ जम गई थीं। फू दोर्जी ने एक प्याला गरम कॉफी दी, जिसकी मुझे उस समय बहुत जरूरत थी। एवरेस्ट की चोटी पर कॉफी पीना वाकई एक अनोखा अनुभव था। हमने वहाँ जो भी किया, हमें उससे अत्यंत आनंद प्राप्त हुआ।"

सुबह के 10:45 बजे का समय था, जब फू दोर्जी, रावत और आहलूवालिया ने इस क्रम में शिखर से प्रस्थान किया। वहाँ से वापस चलते हुए उन्होंने तेंजिंग और हिलैरी को याद किया, विशेषकर इसलिए भी, क्योंकि अब से ठीक 10 वर्ष पहले 'इसी दिन, 29 मई को पहली बार एवरेस्ट की चोटी पर पहुँचने का प्रयास हुआ था।

हवाएँ कुछ तेज हो गई थीं। एक जगह तो अहलू ने अपने पैरों के नीचे बर्फ को कंपित होते महसूस किया। उसने पाया कि वह बहुत अधिक कँगनीदार किनारे पर है, अतः वह थोड़ा दाईं तरफ हो गया। वे हिलैरी की चिमनी को चढ़ते समय की कठिनाई की अपेक्षा अधिक आसानी से पार कर गए। वे सावधानी बरतते हुए दक्षिणी शिखर से नीचे उतर गए। पिछले शिखर-यात्रियों ने उन्हें आगाह कर दिया था कि रिज की वास्तविक शिखा से बचकर चलें और दाहिनी तरफ रहें, जिधर टूटी हुई चट्टानें बर्फ से मिली हुई हैं। दक्षिणी शिखर के 300 फीट नीचे फू दोर्जी को ऑक्सीजन की एक बोतल मिली, जिसमें कुछ ऑक्सीजन शेष थी। उस बोतल को उसने अपने रकसैक में रख लिया। उन्होंने

धीरे-धीरे उतरना जारी रखा, उनके कदम और भी धीमे पड़ने लगे, क्योंकि दिन भर की कड़ी मेहनत अब उनपर अपना असर दिखाने लगी थी।

दक्षिणी शिखर के ठीक नीचे अहलू को कुछ भारी-भारी लगने लगा। हर एक या दो कदम चलने पर वह हाँफने लग जाता। पता चला कि उसकी ऑक्सीजन खत्म हो गई है। फू दोर्जी ने तुरंत खाली बोतल को उस बोतल से बदल दिया, जो उसने कुछ देर पहले उठाई थी।

दोपहर 1:15 का समय रहा होगा, जब वे पीली पट्टी के भूरे चूना-पत्थर को अपने कीलदार जूतों के नीचे रोंदते हुए जा रहे थे। वे फिर एक-बार 'तीक्ष्ण-धार' पर थे। थोड़ा आगे जाकर अहलू की ऑक्सीजन सप्लाई दुबारा समाप्त हो गई और वह निष्प्राण टाँगों से लिथड़ते हुए चलने लगा। दुर्भाग्य से फू दोर्जी की ऑक्सीजन सप्लाई भी खत्म हो गई। और फिर वे दोनों, फू दोर्जी तथा अहलू तकलीफ में आ गए, वे किनारे पर आड़े-तिरछे कदम रखते हुए चल रहे थे और उन्हें एक-एक कदम उठाना बहुत भारी पड़ रहा था। उनकी चाल धीमी और डाँवाँडोल थी। अंगों में सीसे जैसा भारीपन था। उन्हें आखिरी कैंप के कैंप दिखाई दे रहे थे और निराशा में उन्होंने 'बोगी, बोगी, ऑक्सीजन ऑक्सीजन' चिल्लाना शुरू कर दिया। हवाए टेंटों पर चाबुक चला रही थीं। कैंप से लगातार चीख-चिल्लाहट की आवाज आ रही थी, लेकिन बोगी का कोई अता-पता नहीं था। आहलूवालिया लड़खड़ाते हुए चलता रहा और कई जगह तो उसे रेंगना भी पड़ गया। अंततः उनकी वापसी-यात्रा का पहला भाग समाप्त हुआ, जब वे 3.30 बजे शिखर कैंप पहुँच गए। वे सीधे ऑक्सीजन बोतलों की तरफ दौड़े। बोगी ऑक्सीजन के बिना पहले ही निचले कैंपों की ओर जा चुका था। उसकी सारी बोतलें टेंटों के बाहर पड़ी हुई थीं।

ऑक्सीजन की ताजा सप्लाई ने शिखर यात्रियों में पुनः जान डाल दी और निर्जलीकरण से निजात पाने के लिए उन्होंने जी भरकर कई प्रकार के जूसों का सेवन किया। तथापि रावत को गरम जूस के पहले-पहले कुछ घूँट निगलने में कुछ कष्ट हुआ था।

अब वे पहले से बेहतर महसूस कर रहे थे। उन्होंने नीचे साउथ कोल जाने का निश्चय किया। अंतिम कैंप में चार लोगों के लिए तीन दिन का पर्याप्त भोजन है, स्लीपिंग बैग हैं और हवा से फूलनेवाले गद्दे हैं। हमारे अभियान ने एवरेस्ट शिखर से अब विदा ली।

शाम तक वे वापस साउथ कोल पहुँच गए और फू दोर्जी ने वहाँ से मुझसे संपर्क करने का प्रयत्न किया, लेकिन संपर्क कर नहीं पाया। साउथ कोल में मौजूद शेरपा पेंबा सुंदर ने शिखर-यात्रियों की देखभाल की। बदकिस्मती से उनकी ऑक्सीजन सप्लाई खत्म हो गई थी और उनकी रात बड़ी परेशानी में कटी अहलू को मतिभ्रम

हो रहा था। बेहतर होगा कि उस अनोखी रात का किस्सा अहलू के अपने शब्दों में आपको सुनाया जाए—

"मुझे सचमुच ऐसा लगने लगा था कि रावत दम घोंटकर मुझे मार डालने के लिए टेंट के दरवाजे के पल्ले बंद करने की कोशिश कर रहा है (सच यह है कि रावत अपनी जगह से एक इंच भी नहीं हिला था)। मेरा सारा क्रोध रावत पर उलट गया। मैंने दरवाजा खुला रखने के लिए दरवाजे के पल्ले फाड़ दिए। मैं टेंट की दीवारों को भी चीर-फाड़ डालना चाहता था। मैं ऑक्सीजन की उन सभी रद्दी बोतलों को इकट्ठा करने के लिए बाहर गया, जो कैंप स्थल के निकट कहीं भी पड़ी हुई पाई जा सकती थीं। मेरे लिए यह बात कोई अर्थ नहीं रखती थी कि ऑक्सीजन की बोतलें भरी हुई हैं या खाली हैं या उनमें बहुत थोड़ी ऑक्सीजन शेष है। मैं आधी रात में इन बोतलों को इकट्ठा करता रहा, मैंने इन बोतलों का ढेर लगा दिया और इसके पश्चात् मैंने बुद्ध की मुद्रा बनाए हुए अपने बिस्तर पर बैठे-बैठे बाकी रात गुजारी। सुबह पेंबा सुंदर जब एक मग गरम चाय लेकर आया, मैं बीमार और कमजोर लग रहा था। वह ऑक्सीजन की बोतलों का अंबार देखकर हैरान था। रावत ने सुबह मुझे बताया कि मैंने रात में उसके साथ बहुत कठोर बरताव किया था और मैंने उसपर अपनी पेन-टॉर्च छिपाने का आरोप लगाया था, जबकि सच तो यह है कि मैं ऑक्सीजन बोतलों के रेगुलेटर कसने या पेंच खोलकर बोतलों से रेगुलेटर हटाने के लिए पूरे समय उस पेन-टॉर्च का इस्तेमाल करता रहा था।"

अगली सुबह नाश्ते के बाद शिखर-यात्री एडवांस बेस कैंप की ओर निकल गए। वे दोपहर में एडवांस बेस कैंप पहुँचे, जहाँ एक बड़ा जोशीला एवं हार्दिक स्वागत उनकी प्रतीक्षा कर रहा था।

□

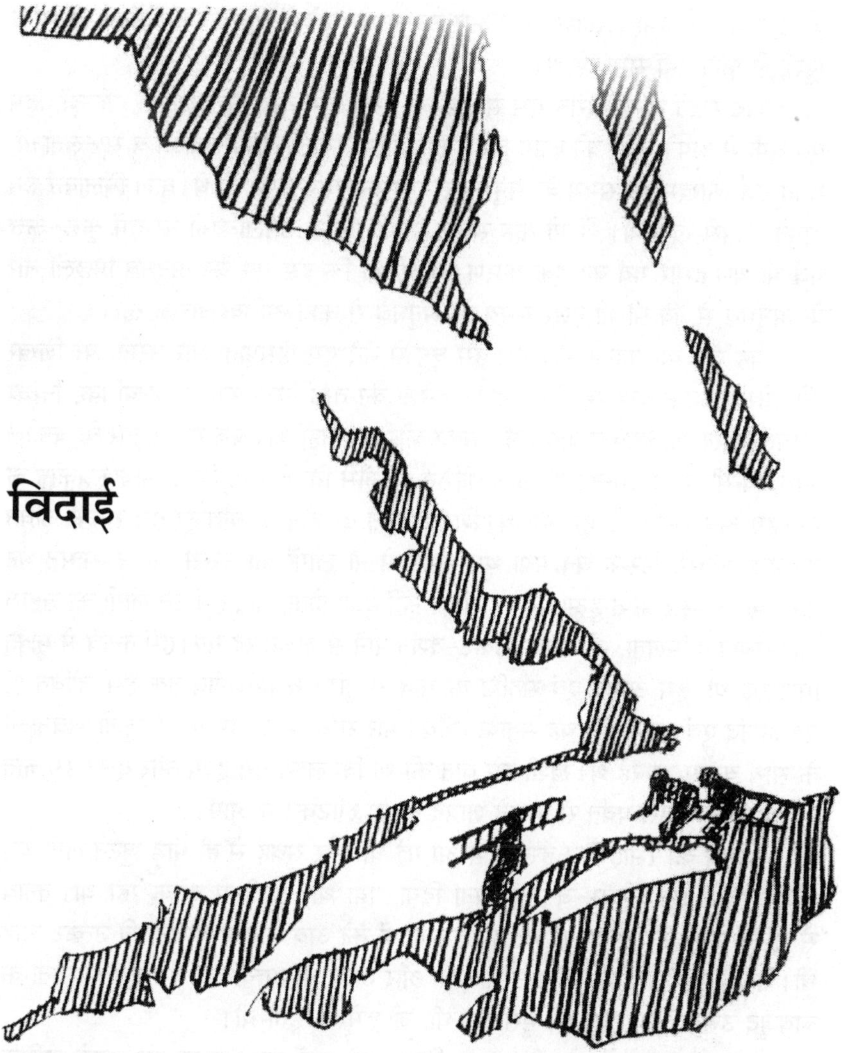

विदाई

यह समय अब पर्वतों से विदा लेने का था और शेक्सपीयर में प्रॉस्पेरो की भाँति अभियान अपना स्टाफ (अधिकार-दंड) तोड़ रहा था और उसे 'धरती में कुछ गहराई में गाड़ रहा था।' अब हिमालय पर्वतमाला को विदा कहने का समय आ गया। हमने श्रद्धापूर्वक पर्वतों को प्रणाम किया और विदा ली। अब हम भारत लौट रहे थे; हमारा मन अब अपने घर, परिवार, संबंधियों, मित्रों एवं बच्चों की ओर लगा हुआ था,

जो उत्सुकता से हमारी प्रतीक्षा में थे और उन सबके बारे में सोचकर हम अंदर-ही-अंदर खुशी से फूले नहीं समा रहे थे।

याद रखने योग्य करीब दस सप्ताह की अवधि के बाद हम चट्टानों, पहाड़ों, हिम एवं बर्फ में अपने बसेरे को त्याग कर तूफानों हिम-स्खलों, विफलताओं व सफलताओं, शांति एवं जोखिम भरे समय के अनुभव से गुजरकर वापस जा रहे थे। कुल मिलाकर हम अपने आपसे खुश थे। यों भी कह सकते हैं कि अपनी उपलब्धियों पर हमें कुछ-कुछ गर्व भी था। हमारे गर्व का एक कारण यह भी था कि इस बार का अनुभव पिछली बार के अनुभव से, किसी भी दूसरे समय के अनुभव से कहीं अधिक अच्छा रहा।

यह जून का पहला दिन था। हम धूप में बैठे हुए हिमपात और उसके परे शिखर की ओर एकटक देख रहे थे। हिमपात हमेशा की तरह विस्मयकारी, अत्यधिक, निरंतर परिवर्तनशील था, लेकिन अब हमें उसका कोई भय नहीं था। बुर्ज के आकार के बर्फीले स्तंभ, किसी छिन्न-भिन्न नदी के उत्पीड़ित ढेर जैसे बिखरे तथा किसी भीषण प्रकोप के मारे हुए अब सब पीछे छूट गए थे। शिखर बहुत दूर होने के बावजूद हम सबके जीवन का एक अंतरंग हिस्सा बन गया था। हममें से नौ लोगों को उससे आमने-सामने भेंट करने का अवसर प्राप्त हुआ पर यह संभव नहीं हुआ होता, यदि हमें उन लोगों का सहारा और संबल न मिलता, जो उसके निकट-दर्शन पाने से वंचित रह गए। हमें तनाव से मुक्ति मिल गई थी, हम आनंद एवं संतुष्टि के भाव से पूरित थे और जब तक हम जीवित हैं, यह आनंद एवं खुशी और यह संतुष्टि सदैव हमारे साथ रहेगी। हम मिली-जुली भावनाओं के साथ वापस जा रहे थे। खुशी इस बात की थी कि लक्ष्य पूरा हुआ और दुःख इस बात का था कि हम इस पर्वत से मिलने शायद दुबारा लौटकर न आएँ।

थांडुप की रसोई फिर हरकत में आ गई थी और सुबह से ही भीड़ जुटने लगी थी। थांडुप जिसे अब 'मेजर-जनरल' बना दिया गया था, खुशी से दमक रहा था। तनाव से मुक्ति पाए और संतोष से भरे हुए हम लोगों को अब बढ़िया भोजन की उत्कट चाह थी। थांडुप इस कार्य में पुराना उस्ताद था और आज भी अत्यधिक श्रम एवं व्यस्तता के बावजूद उसके चेहरे पर वही मुसकान थी, जो हमेशा रहती थी।

अंत में उन टेंटों को भी उखाड़ दिया गया, जहाँ हमने पहाड़ पर सबसे अधिक सुखद समय बिताया था। बेस कैंप का क्षेत्र पहले ही उजाड़ दिख रहा था। खाने की बहुत सी फालतू वस्तुओं एवं उपरकण को वहीं छोड़ देना पड़ा, क्योंकि उनको ढोकर वापस ले जाने का खर्च उनकी कीमत से कहीं अधिक बैठ जाता। इससे पहले कि हम ले जाने वाला सामान बाँधने का काम पूरा कर पाते, करीबन 250 कुलियों का एक पूरा जत्था वहाँ चला आया और उन्होंने हमारे द्वारा छोड़े गए सामान तथा उपकरण पर झपट्टा मारना शुरू कर दिया। आस-पास के गाँवों के निवासी, अपनी स्त्रियों, लड़कों तथा लड़

कियों को लेकर आ गए और परित्यक्त सामान के ढेर में खोज-बीन करने जुट गए, जिसकी उन्हें आदत हो चुकी थी।

बाला, जोशी, बुल और मैंने कुलियों को संगठित किया। कारवाँ चलने लगा और पीठ पर सामान-पेटियाँ इत्यादि लादे हुए कुलियों की एक लंबी कतार बेस कैंप से बाहर निकली। दोपहर से पहले-पहले आखिरी कुली बेस कैंप से बाहर हो गया था। अब हमें चलना था।

हमने धुँधले बादलों पर एक लंबी दृष्टि डालकर पर्वतों को विदा कहा। महीन और पारभासी, भूरे व सफेद, कोमल और रोएँदार बादल भूरी और कठोर चट्टानों को घेरे हुए थे। चमकीले और तेज प्रकाश में दमकते पहाड़ों की कसी हुई दीवारों पर प्रकाश की किरणें क्रीड़ा कर रही थीं, काले और स्याही जैसे दाग भी साफ दिख रहे थे।

हम एवरेस्ट पर चढ़े क्यों ? आदमी पहाड़ों पर क्यों चढ़ता है ? लालसाएँ अनेक प्रकार की होती हैं और इन सभी लालसाओं को समझ पाना संभव नहीं है। साहसिक कार्य करने का चाव और उद्वेग या कोई चुनौती स्वीकार करना एक सामान्य उत्तर हो सकता है। सौंदर्य एवं प्रकृति-प्रेम अथवा एकाकीपन और एकांत पाने की ललक या यह संगठित समाज के साज-सामान एवं फँसाव तथा रोक-टोक से पलायन है। ईश्वर और प्रकृति के साथ संसर्ग या घनिष्ठ साहचर्य की इच्छा चिरस्थायी मित्रता, जो पर्वतारोहण प्रस्तुत या पेश करता है ? आत्मानुभूति की इच्छा ? उत्तर चाहे जो हो, पर्वतारोहण से कोई सांसारिक उपयोगितावादी लाभ नहीं मिल सकता है, इसमे कोई भौतिक लाभ नहीं है। लेकिन जब सबकुछ कहा और किया जा चुका है, पर्वतारोहण जीवन का आनंद है। चट्टानों और बर्फ के साथ मनुष्य का कठोर संघर्ष व थकावट, अकेलापन, शारीरिक एवं मानसिक तनाव इस आनंद में वृद्धि करते हैं, विशेषकर उस समय जब सब समाप्त हो जाता है। ऊँचाइयाँ चढ़ने में संतुष्टि प्राप्त होती है; ऊपर-ऊपर और हमेशा ऊपर की ओर बढ़ते जाना। इससे मानवीय जीवट की अजेयता स्थापित होती है, पदार्थ पर बुद्धि का वर्चस्व; यह मानव की दिलेरी और अध्यवसाय का एक प्रतीक है। शक्ति की आखिरी बूँद तक चुक जाने के बाद जब शिखर पर विजय प्राप्त होती है, मानव हृदय कांति और अलौकिक सौंदर्य से भर जाता है, और एक ऐसे आनंद का अनुभव होता है जिसका वर्णन करना संभव नहीं है। बुडरो विनसन सेयर का कहना है, "इनसान पहाड़ों पर चढ़ते हैं, क्योंकि वे अस्तित्व बनाए रखने से संतुष्ट नहीं होते हैं, वे जीना चाहते हैं—ऊँचाइयाँ चढ़ना एक उपाय है।" किंतु पर्वतों की ऊँचाइयों को छूने, शिखर फतह कर लेने और लक्ष्य हासिल करने के बाद भी पर्वत हमसे अधिक बड़े रहते हैं। जॉर्ज मैलोरी ने कहा है, "क्या हमने शत्रु को परास्त कर दिया है ? अपने अलावा किसी को नहीं। क्या हमें सफलता प्राप्त हुई है ? यह शब्द यहाँ कोई अर्थ नहीं रखता। क्या हमें कोई बादशाहत

मिली है ? न और हाँ। हमें एक चरम संतुष्टि प्राप्त हुई है। एक नियति को पूरा किया है, संघर्ष करना और समझना, इस अंतिम के बिना दूसरा कभी नहीं; ऐसा ही नियम है।"

इन विचारों में डूबे हुए हम चलते रहे। वसंत हमारे साथ था। हवा में एक करारी सुगंध थी। बीच में कभी गोल पत्थर आ जाते, जिन पर हम कूद-फाँद करते निकल जाते, कभी हम ग्लेशियर की प्रचंड धाराओं को लाँघते, जल्दी-से-जल्दी गोराक शेप तक पहुँचने के लिए एक-दूसरे से होड़ लगाते हुए जा रहे थे। जल्दी ही हम वन और जंगल, भड़कीले फूलों और लजाती कलियों के क्षेत्र में पुनः प्रवेश करेंगे। गोराक शेप में तीखे पत्थरों तथा समुद्री चट्टानों के बिखराव से भरा इलाका नरम घास और घास-स्थली में तब्दील हो गया। वहाँ हम कुछ देर के लिए अपने स्वर्गीय राजदूत, हरिश्वर दयाल की समाधि पर रुके, जिसे उनकी विधवा श्रीमती लीला दयाल ने हमारे अभियान के सदस्यों की सहायता से बनवाया था। कुछ कदमों की दूरी पर 1963 के अमरीकी अभियान के सदस्य जॉन ई. ब्राइटेनबाख की स्मृति में एक नक्काशीदार चट्टान थी, हिमपात पर जिसकी मृत्यु हो गई थी, उस वीर की स्मृति करते हुए, हम चुप्पी साधे और आदरपूर्वक निकट से गुजरे।

लॉबुजे लबालब हरियाली से भरा हुआ था और सारे रास्ते छोटे-छोटे नदी-नाले कल-कल करते हुए बह रहे थे। हम फेरिशे पहुँच गए अर्थात् 3,000 फीट नीचे आ गए थे। यह परिवर्तन इतना सुस्पष्ट था कि हमने महसूस किया, मानो हम मैदानी क्षेत्र से बाहर गए ही नहीं। माना कि हम पर्वतारोही थे, लेकिन हमारा नाता तो मैदानों से था और हम दूर-दूर तक फैले चौरस खेतों को देखने के आदी थे। दस सप्ताह तक पहाड़ों के लहरियादार हिमोढ़ों और अस्थिर, धँसी हुई तथा ढलवाँ बर्फ एवं हिमपात से कड़ा संघर्ष करने के बाद हम वापस मैदानी क्षेत्र में जाने के विचार से बहुत खुश थे। हमारे शेरपा आस-पास के गाँवों से छांग का एक पीपा भरकर ले आए। छांग ने जल्दी अपना असर दिखाया और शेरपाओं ने नशे में मस्त होकर नाचना शुरू कर दिया। शेरपाओं के इस अलमस्त नाच में हम सभी शामिल हो गए।

हमने आराम-आराम से थ्यांगबोचे की दिशा में कदम बढ़ाए और अगले दिन 2 जून को दोपहर होने तक वहाँ पहुँच गए। वहाँ सर्वत्र रंगों की छटा बिखरी हुई थी। सदाबहार झाड़ियाँ अपने पूरे निखार पर थीं। हरित वन नई-नई मंजरी और कोपलों की मोहक चमक तथा वृक्षों का सफेद भूरा-भूरा धूसर रंग अभिभूत करनेवाला था। प्रकृति का समस्त सौंदर्य हमारा स्वागत करने के लिए प्रस्तुत था।

थ्यांगबोचे पहुँचने पर लामा अवतार तथा अन्य लामाओं ने हमारा अभिनंदन किया। औपचारिक स्वागत-समारोह का आयोजन तिब्बती-टोली के स्कूल भवन के अंदर किया गया था, जिसका निर्माण काठमांडू स्थित भारतीय दूतावास द्वारा प्रदान की गई वित्तीय

सहायता और हमारे दिवंगत राजदूत, हरीश्वर दयोल और उनकी पत्नी के अथक प्रयासों से हुआ था। हमें एक बार फिर उसी काष्ठ-कुटीर में शराब मिली, जिसमें हम ऊपर जाते समय रुके थे। मठ के प्रार्थना-ध्वज कोमल समीर में फहरा रहे थे, पृष्ठपट में एवरेस्ट था, जो हमसे बहुत दूर छूट गया था। पहाड़ों की शांति और मठ की स्वच्छता एवं शुचिता का हमारे ऊपर गहरा असर हुआ। हमें लग रहा था, जैसे हम स्वर्ग में हों। मठ के अंदर प्रार्थनाओं का सिलसिला अनवरत जारी था। मठ के अनुष्ठान निर्विघ्न चलते रहे। यह अनके वर्षों से ऐसे ही चला आ रहा था और आगे भी यों ही चलता रहेगा। प्रकृति-चक्रों का इस मठ, लामाओं, उनकी प्रार्थना-विधियों और उनकी जीवन-शैली, ईश्वर से उनके संसर्ग, उनकी असीम प्रशांति पर कोई प्रभाव नहीं पड़ा था। यहाँ से थोड़ी ही दूर उनके अपने पैतृक देश में प्राचीन पद्धति को उखाड़ दिया, मिटा दिया गया था। लेकिन यहाँ बात अलग थी। यहाँ वही व्यवस्था अपरिवर्तनशील थी और उसके साथ छेड़-छाड़ करना अनैतिक था।

एवरेस्ट, उसकी नितांत अकेले सिमटी हुई मुद्रा, चट्टानी और बर्फीला शिखर बार-बार हमें ध्यान आता रहा बंजर-ऊसर, निष्ठुर और प्रचंड हवाओं का प्रहार सहने वाले साउथ कोल की स्मृति अपशुकनी शांत घाटी और हिमपात की भयावह अंतभूमिक गड़गड़ाहट तथा गरज की याद मिटाई नहीं जा सकी।

हम एवरेस्ट पर चढ़े और दूसरे लोग फिर चढ़ेंगे यह प्रयास आगे भी चलता रहेगा। एवरेस्ट-विजय के गौरव का श्रेय अभियान के सभी सदस्यों का साझा था। हममें से जो लोग शिखर का स्पर्श कर सके और 'सागरमाथा' के पवित्र अहाते में पहुँचने का सौभाग्य पा सके, वे अपने उन साथियों को कैसे भूल सकते थे, जिनके प्रयासों के फलस्वरूप ही उन्हें यह असाधारण गौरव प्राप्त हो सका। साउथ कोल और कैंप-IV में ऑक्सीजन के बिना अपने स्लीपिंग बैग में सिमटकर अशक्त पड़े, गुरु को हम कैसे भूल सकते थे, जिसने ऑक्सीजन का स्वयं इस्तेमाल न करके इस संजीवनी को शिखर-यात्रियों के लिए बचाकर रखा? मुल्की को कैसे भूल जाते, जिसने साउथ कोल में रहते हुए आंशिक हिमांधता और मध्यम दरजे के शीत-दंश से पीड़ित वोहरा की परिचर्या की और कैंप-IV में सोनम के घाव को ढकने के लिए अपनी बनियान फाड़कर कामचलाऊ पट्टी बनाई और विषम परिस्थितियों का सामना करते हुए कैंप-IV तक पहुँचने में जोशी ने जो अनुकरणीय उदाहरण प्रस्तुत किया, उसे कैसे भुलाया जा सकता था? मुझे बी.पी. और बहुगुणा का भी ध्यान आया; किस्मत थोड़ा और साथ देती तो वे भी अपना लक्ष्य पाने में सफल हो सकते थे। कुमार ने अपनी कटी हुई पादांगुलियों के बावजूद एडवांस बेस कैंप तक चढ़कर जाने में ऊँचाई तथा ठंड से मिलनेवाले कष्ट की परवाह नहीं की और इन कुलियों की देखभाल एक अत्यंत निपुण सैन्य आयोजक की दृष्टि से की, जो भारी

सामान उठाकर ऊँची-से-ऊँची पहाड़ियों पर कैंपों में पहुँचाते हैं। हमारे डॉक्टरों, लाला तेलंग और चक्रवर्ती ने न केवल अभियान के सदस्यों की चिकित्सा संबंधी जरूरतों का पूरा ध्यान रखा, बल्कि स्वयं पर्वतारोही होने के नाते उन्होंने लॉजिस्टिक्स (संभार-तंत्र) में भी मदद की और शिखर टोलियों को मूल्यवान् प्रोत्साहन दिया। लाला ने एडवांस बेस कैंप में लगातार करीब एक मह बिताया और विभिन्न समस्याओं को हल किया। चक्रवर्ती वास्तव में चौबीस घंटे पहले ही अभियान में शामिल हुए थे, जिसके पीछे कारण यह था कि सुरेश बीमार हो गया था। वह शिखर पार्टियों के समर्थन में ऑक्सीजन के बगैर दो बार 25,000 फीट की ऊँचाई चढ़ चुके थे, जो सच में एक शानदार साहसिक कार्य है। दो वायरलेस ऑपरेटरों, जी.एस. भंगु तथा बाला कृष्ण ने अपने कार्य में पूर्णतया व्यस्त रहने के बावजूद अतिरिक्त कार्यों को हँसकर स्वीकार किया। हम नेपाली संपर्क अधिकारी, ले. भागीरथ नरसिंह राना को नहीं भुला सके, जो हमारे अभियान का एक अभिन्न हिस्सा बन गए थे। पर्वतारोहण के क्षेत्र में पूर्णतया एक अजनबी होने पर भी ले. राना ऑक्सीजन के बगैर 25,000 फीट की ऊँचाई पर चढ़ गए, उनका यह कमाल वास्तव में सभी अपेक्षाओं के परे था।

मंगु ने अपना वायरलेस सेट थ्यांगबोचे की उस काष्ठ-कुटी के एक कोने में रख दिया था। विश्व भर से बधाई संदेश आ रहे थे। हमें अपने देश के राष्ट्रपति, प्रधानमंत्री और अन्य अनेक महत्त्वपूर्ण मंत्रियों एवं नेताओं ने बधाई दी। सर जॉन हंट और रॉयल जिआँगाफिकल सोसाइटी तथा अल्पाइन क्लब, लंदन से भी एक बधाई संदेश मिला। वास्तव में हम सर जॉन हंट के 1953 के ब्रिटिश एवरेस्ट अभियान और उससे पहले भी एवरेस्ट पर चढ़ने के लिए किए गए पथ-प्रदर्शक अभियानों के बहुत ऋणी थे।

हमें स्विस फाउंडेशन फॉर अल्पाइन रिसर्च से बधाई संदेश प्राप्त हुए; इस फाउंडेशन ने हमारी उसी प्रकार सहायता की थी, जिस प्रकार पिछले दो भारतीय एवरेस्ट अभियानों की सहायता की थी। इस प्रशंसात्मक संदेश ने हमें 1956 में एवरेस्ट पर स्विस अभियान की सफलता की याद दिला दी, जब अर्नूस्ट स्कमीड और जुर्ग मर्मेट एक रस्सी पर थे और शिखर पर पहुँचने में सफल हुए थे तथा दूसरे दिन हंसरूडोल्फ वॉन गॅन्टेन तथा अडोल्फ रीस्ट ने वही सफलता दोहराई थी।

अमरीकी एवरेस्ट अभियान-1963 के लीडर नॉर्मन डाइरेन्फर्थ ने हमें बधाई संदेश भेजा, जिन्होंने वेस्ट रिज से एवरेस्ट पर चढ़ने का अद्वितीय उदाहरण पेश किया था। रूसी और जापानी अल्पाइन क्लबों से भी बधाई संदेश आए।

हमें ब्रिगेडियर ज्ञान सिंह से एक हार्दिक, स्नेहमय संदेश प्राप्त हुआ, जिन्होंने 1960 में एवरेस्ट पर हमारे प्रथम प्रयास का बड़े अच्छे ढंग से नेतृत्व किया था।

भारतीय पर्वतारोहण संस्था (इंडियन माउंटेनियरिंग फाउंडेशन) से प्राप्त हुए बधाई

संदेश हमारे लिए सर्वाधिक मूल्यवान् थे, क्योंकि उनके प्रोत्साहन और उनकी सहायता के बिना हमारे अभियान का सफल होना संभव नहीं था। हम सदैव उनके ऋणी रहेंगे। भारतीय पर्वतारोहण संस्था के अध्यक्ष और सदस्यगण भी उतने ही उत्साहित एवं खुश थे जितने कि हम। श्री सरीन जिस समय एवरेस्ट के ऊपर से तसवीरें लेने और उस पर्वत को देखने के लिए, जिसके शिखर पर चढ़ने का गौरव हमने प्राप्त कर लिया था, भारतीय वायु सेना के एक विमान की उड़ान का बंदोबस्त करने में लगे हुए थे, श्री खेड़ा हमारा स्वागत करने कि लिए थ्यांगबोचे में पधारे। उनके साथ ऑल इंडिया रेडियो के श्री एस. प्रसाद तथा श्री वी.एन. चक्रपाणी और फिल्म डिवीजन के श्री डेविड समेत, सूचना एवं प्रसारण मंत्रालय का एक यूनिट भी था। श्री खेड़ा विमान द्वारा लूकला पहुँचे, जो नमचे के नीचे है और वहाँ से चलकर हमसे भेंट करने के लिए थ्यांगबोचे आए। हम उनके इस सद्भावना प्रदर्शन से अत्यधिक प्रभावित हुए। सच माने उन्होंने आयु में अपने से काफी छोटे साथियों को बहुत पीछे छोड़ दिया था। हमारे अभियान की सफलता कई अर्थ में श्री खेड़ा और श्री सरीन की विजय थी, जिन्होंने इस अभियान की योजना का सपना देखा था और फिर उस सपने को साकार करने के लिए निरंतर और विनम्र भाव से काम किया।

श्री खेड़ा चेहरे पर खुशी की चमक लिये आए। उनकी आँखों में एक चमक थी, जिसे मैं पहले देख नहीं पाया था। थ्यांगबोचे तक उनका और उनके साथियों का सफर बहुत उत्साहवर्धक रहा।

श्री खेड़ा ने हमारी लकड़ी की कुटिया में हमारे साथ एक रात बिताई। लामा अवतार ने विशिष्ट बौद्ध शैली में एक सांध्य-कालीन चाय पार्टी में हमारा अतिथि-सत्कार किया। रात्रि भोज के बाद श्री खेड़ा ने भावुकतापूर्ण एक संक्षिप्त भाषण दिया। रात्रि-भोज में लामा अवतार भी हमारे साथ थे। अगले दिन लामा अवतार ने हमारे सम्मान में एक परंपरागत लामा नृत्य प्रस्तुत किया, जो सामान्यत: वर्ष में केवल एक बार किया जाता है। लामाओं ने अपने रंग-बिरंगे परिधानों में एक बड़ा लोमहर्षक दृश्य प्रस्तुत कर हमें मुग्ध कर दिया। उनके चेहरे विविध प्रकार की विचित्र आकृतियों के विकृत मुखौटों से ढके हुए थे, उन्होंने लंबे-लंबे भोंपू बजाए और अनोखे वाद्य-यंत्रों से विशिष्ट स्वर निकाले। विलक्षण संगीत, रंग-बिरंगे परिधानों और झूमती हुई नृत्य-क्रियाओं के अद्भुत प्रदर्शन ने जबरदस्त समाँ बाँध दिया। उनके पीछे खड़े पर्वत भी उस प्रदर्शन के साक्षी बने। दोपहर में हमने श्री खेड़ा से अनुरोध किया कि वे हमारे द्वारा लाए गए पदक यादगार निशानी के रूप में हमारे उन शेरपाओं को प्रदान करें, जिन्होंने बहुत ऊँचाई तक हमारा साथ दिया और हर तरह से हमारा ध्यान रखा। इनमें से कुछ शेरपाओं को अब हमें न चाहते हुए भी यहाँ थ्यांगबोचे में ही छोड़ जाना था।

शेरपा हमारी टीम का एक ऐसा हिस्सा बन गए थे कि यह कल्पना करना भी संभव

नहीं था कि अब वे हमारे साथ नहीं रहेंगे। हम एक लंबे समय तक साथ रहे थे। उन्होंने हमारा सुख-दुःख बाँटा था और हरदम हमारे पास रहते हुए हमारी हर आवश्यकता का पूरा ध्यान रखा था। लेकिन अब चूँकि हम पर्वतों से विदा ले रहे थे, हमें उनसे भी विदा लेनी थी, और उनकी उन्मुक्त हँसी से भी। उनमें से अनेक शेरपा एक-एक करके हमें छोड़ गए थे। मेरा शेरपा मिंगमा न जाने कब गायब हो गया; मुझे उसकी वह खुली ठहाकेदार हँसी याद आ रही थी, जो जरा सा कुछ कहते ही फूट पड़ती थी। हमने अपने साथ के लिए आठ शेरपाओं का चयन किया था, जिन्हें हमारे काम से दिल्ली जाना था। वे थे—शेरपा सरदार, ऐंग त्शेरिंग, सहायक शेरपा सरदार, फू दोर्जी, चोटी रखनेवाला नवांग हिल्ला, जो चेहरे से लड़की लगता था, ऐंग त्शेरिंग-II, ताशी, दावा नोबू-I, ऐंग दावा-IV और ऐंग नीमा। इन सबने हमारा सामान अंतिम कैंप तक पहुँचाया था। फू दोर्जी तो खुद को शिखर तक ले गया था।

श्री खेड़ा और उनके संगी-साथी 5 तारीख को थ्यांगबोचे से चले गए। उन्हें 7 तारीख की सुबह लूकला से काठमांडू के लिए फ्लाइट पकड़नी थी। जहाँ तक हमारा प्रश्न है, हमारी योजना पैदल चलकर चौदह दिन में काठमांडू वापस पहुँचने की थी।

हम 6 ता. को थ्यांगबोचे से चले। बिछुड़ने की पीड़ा बड़ी भारी थी। हमने एवरेस्ट की ओर देखा, जो अपनी पूरी शान के साथ अभी भी हमें दिख रहा था। हालाँकि यह अब हमसे बहुत दूर था, फिर भी हम उसकी ओर देखते रहे; चलते-चलते हम फिर पीछे मुड़ जाते थे उसकी एक और झलक पाने के लिए।

65 पौंड का भार पीठ पर लदे होने के बावजूद कुली हमारे साथ कदम-से-कदम मिलाते चल रहे थे। नमचे बाजार के रास्ते में हमारे कुछ साथियों ने शेरपाओं के अनुरोध पर खुमजुंग के दर्शन किए। हमारे अधिकतर शेरपा, निस्संदेह जो सबसे अच्छे शेरपा थे, खुमजुंग से थे और यह विचार एकदम सही व उचित था कि हम अपने शेरपा साथियों के घर जा-जाकर उनके प्रति अपना आभार व्यक्त करें। हर घर में राक्षी के साथ हमारा स्वागत किया गया और उनके स्नेहपूर्ण स्वागत-सत्कार एवं मेहमानदारी का खयाल करते हुए हम मना भी नहीं कर पाते थे। हमने परंपरा का मान रखते हुए हर पड़ाव पर जल्दी से तीन-तीन घूँट भरे और उस पहाड़ी पर नमचे की ओर चल दिए, जो शेरपाओं की दो महत्त्वपूर्ण बस्तियों को अलग करती है। नमचे बाजार में भी हमारे शेरपाओं के परिवारों ने राक्षी से हमारा स्वागत किया। हमने ज्यादा समय नहीं लगाया, जल्दी-जल्दी हर घर में गए और अपने शेरपा मित्रों को शुभेच्छा दीं, प्रणाम किया और उनसे हार्दिक विदा लेकर आगे चल दिए।

अभियान को उस दिन नमचे के नीचे घाट में पड़ाव डालना था। मुल्की और मैं श्री खेड़ा और उनके साथ आए लोगों को विदा करने लूकला चले गए। श्री खेड़ा पहले

ही वहाँ मौजूद थे। श्री खेड़ा उतने ही चुस्त-दुरुस्त लग रहे थे, जितने उस समय थे, जब कुछ वर्ष पहले वह कुमाऊँ हिमालय में त्रैल के दर्रे में आरोहण पर गए थे।

श्री खेड़ा के प्रस्थान के बाद मैं और मुल्की दोनों टेंट में आयोजित मुख्य प्रीतिभोज में शामिल हुए। राक्षी और छांग अब हमारे दैनिक जीवन का एक हिस्सा बन गए थे। वहाँ खाने-पीने की कोई कमी नहीं थी, और शुक्रिया सोनम ग्यात्सो का, जिसकी सूझ-बूझ का ही नतीजा था कि सबको जी-भर चिकन खाने को मिल गया। हम हर रोज पहाड़ों से उतरते हुए काफी नीचे आ जाते थे। लूकला के बाद हम उस रास्ते पर थे, जो उस रास्ते से भिन्न था, जो हमने जयनगर से पकड़ा था। यह उन लोगों के लिए नया था, जो पहली बार एवरेस्ट आए थे। बहुत दिन और कई सप्ताहों तक सफेद चमकीली बर्फ के बीच भटकते रहने के बाद मरकती पहाड़ियों तथा खेतों से मिलना अच्छा लग रहा था; रास्ते में पुरुषों, स्त्रियों और बच्चों के गोल-मटोल फूले-फूले चेहरे देखकर हम खुश थे और सप्ताहों के अकेलेपन का एहसास हमारे मन से दूर होने लगा था। हम रिंगमो, जुनबेसी, चंगमा, थोस, येरसा, किशन्तिचाप, चित्रे, चौबस, ढोलाघाट, पंचखल और बनेपा से होकर गुजरे।

मानसून के घने बादल आसमान पर घिरने लगे थे और दिन-प्रतिदिन बादल अधिक काले एवं घने हो रहे थे, लेकिन किस्मत हमारी तरफ थी। हम जब से चले थे, कुछ दिनों तक ठंड हमारा पीछा करती रही, लेकिन बरसात से सामना नहीं हुआ, और जैसे ही हमने मैदानों में कदम रखा तथा मौसम आगे-आगे गरम मिलने लगा, हलकी-हलकी फुहार अत्यधिक स्वागय योग्य थी। गरमी से तपते और पसीना-पसीना हुए हमारे चेहरों को बरसात की बौछार से बहुत चैन मिला। चीमा और अहलू एक बार फिर हाथों-में-हाथ डाले हुए चलते-चलते फिल्म बनाने लगे। ग्यात्सो ग्रामवासियों के घर-घर के दरवाजे खटाखटाकर चिकन और छांग के बारे में पूछताछ करने में लगा रहता था। बुल, जोशी और बाला कुलियों को सँभालने में व्यस्त रहते। बहुत से कुली रास्ते के बीच ही हमारे कारवाँ को छोड़-छोड़कर चले गए और प्रत्येक पड़ाव पर हमें उनकी जगह किसी दूसरे कुली को खोजना पड़ता था।

हर दिन हमें अपने घरों के और निकट ला रहा था। हमारी सबसे अच्छी यादों में वही बसे थे, जिन्हें हम पीछे छोड़ आए थे, एवरेस्ट की बर्फीली ऊँचाइयाँ और सोलू तथा गाँवों में बीता समय।

19 जून को हम बनेपा पहुँचे, जहाँ भारतीय दूतावास के अधिकारियों तथा काठमांडू के भारतीय नागरिकों ने हमारा हार्दिक स्वागत किया। वहाँ मेरी पत्नी पुष्पा और सुलू तेलंग तथा सीता गोंबु भी मौजूद थीं। सोनम ग्यात्सो की पत्नी और उसके पिता भी आए हुए थे। बनेपा के नागरिकों द्वारा किए गए हमारे हार्दिक अभिनंदन में अनेक स्थानीय

संगठनों की ओर से स्वागत भाषण दिए गए, और उसके उपरांत हमारी विजय की एक शोभा-यात्रा निकाली गई; काठमांडू में हमारे राजदूत, श्रीमान नारायण ने हमारा स्वागत किया।

नेपाल की राजधानी में हमारे वास के दौरान हमारे सम्मान में एक के बाद एक पार्टियों, स्वागत-समारोहों एवं प्रीतीभोज का आयोजन किया जाता रहा। एक स्वागत-समारोह का आयोजन भारतीय राजदूत द्वारा किया गया और इस मौके पर हमें महामहिम नेपाल नरेश से भेंट करने का सुअवसर प्राप्त हुआ। फू दोर्जी ने गर्व के साथ नेपाल नरेश को वह ध्वज भेंट किया, जो उसने एवरेस्ट की चोटी पर फहराया था। एक और स्वागत-समारोह भारत-नेपाल मैत्री संगठन द्वारा आयोजित किया गया, जिसमें पशुपति मंदिर का सोने और चाँदी का बना एक प्रतिरूप हमें भेट किया गया तथा टीम के हर सदस्य को स्मृति-चिह्न प्रदान किए गए।

नेपाल में भारतीय सहायता मिशन के प्रमुख श्री एम. रमुन्नी के निवास पर एक डिनर पार्टी के दौरान हमारे राजदूत को नई दिल्ली से एक महत्त्वपूर्ण संदेश मिला, जो तत्काल हम सबको पढ़कर सुनाया गया। भारत सरकार ने देश के कुछ उच्चतम पुरस्कार प्रदान करने के घोषणा की थी। सोनम, गोंबु और मुझे पद्म भूषण पुरस्कार से सम्मानित किया जाना था। सोनम और गोंबु दोनों को पद्मश्री पुरस्कार पहले ही मिल चुका था। शिखर पर पहुँचने में सफल हुए टीम के अन्य सदस्यों और कुमार को पद्मश्री से सम्मानित किए जाने की घोषणा की गई थी। मेरी इच्छा थी कि इस सूची में शेष सदस्यों को भी शामिल किया जा सकता है, लेकिन शायद यह पहले ही एक बड़ी संख्या थी। सरकार की ओर से हमें दिया गया एक बहुत बड़ा सम्मान था। इन पुरस्कारों की घोषणा भारत के लिए हमारे प्रस्थान की पूर्व संध्या पर की गई थी। यह घोषणा इस अर्थ में लीक से हटकर थी कि पहली बार ऐसा हुआ था कि ऐसे सम्मानों का ऐलान गणतंत्र दिवस के अलावा किसी और दिन किया गया हो।

तीन दिन के हर्षोल्लास, स्वागत-भाषणों तथा प्रशंसात्मक जय-जयकार के बाद हमने नेपाल की राजधानी से विदा ली और 23 जून को दो आई.ए.एफ. डकोटा विमानों से नई दिल्ली पहुँच गए।

पालम हवाई अड्डे पर पदाधिकारियों, मित्रों, नाते-रिश्तेदारों तथा अन्य लोगों की भारी भीड़ थी। तत्कालीन कार्यकारी प्रधानमंत्री, गुलजारी लाल नंदा (प्रधानमंत्री शास्त्री विदेश गए हुए थे), रक्षा मंत्री, वाई.बी. चव्हाण, रक्षा उत्पादन मंत्री, श्री ए. एम. थॉमस, उप शिक्षा मंत्री भक्त दर्शन और आई.एम. एम. की तरफ से श्री एच.सी. सरीन ने हवाई अड्डे पर अपनी उपस्थिति से हमारा मान बढ़ाया।

हवाई अड्डे पर स्वागत-समारोह समाप्त हो जाने पर मोटरों का काफिला

जवाहरलाल नेहरू की समाधि पर पुष्पांजलि अर्पित करने के लिए शांति वन की ओर चल पड़ा। उसके बाद हमने पृथ्वीराज रोड स्थित कब्रिस्तान जाकर जॉन डायस की कब्र पर पुष्पहार और मालाएँ चढ़ाईं; इस महान् पर्वतारोही ने भारत के दूसरे अभियान का नेतृत्व किया था और हमारे सफल अभियान को मिले सम्मान एवं यश को साझा किया था।

राष्ट्र ने हमें सम्मानित किया। हम इसका दिखावा नहीं करना चाहते थे, लेकिन हमें गर्व था कि लोगों ने अभियान की उपलब्धियों को मान्यता दी, हमारा हौसला बढ़ाया और हमें अत्यधिक स्नेह दिया। दिल्ली के नागरिकों ने हमें हाथोहाथ लिया। भारतीय पर्वतारोहण संस्था (आई.एम.एस.) ने एवरेस्ट स्मारक पदक जारी करके अभियान को सम्मानित किया। ये पदक अभियान के सभी सदस्यों और उन शेरपाओं को भी प्रदान किए जाने थे, जो सामान लादकर अंतिम कैंप तक ले गए थे।

शेरपाओं को सभी दावतों में बुलाया गया था और उन्हें भारत की राजधानी में ऐतिहासिक दृष्टि से महत्त्वपूर्ण दर्शनीय स्थलों के भ्रमण पर ले जाया गया था। नई दिल्ली सोलु-खुंबु से बहुत दूर थी, शहर के लोगों के तौर-तरीके शेरपाओं के तौर-तरीकों से बिल्कुल भिन्न थे। शहर में गरमी में तपते, धूल-भरे और सूखे-सपाट मैदान थे, जबकि शेरपालैंड में सोलु और खुंबु की हरी-भरी पहाड़ियाँ व घाटियाँ थीं। यहाँ उन्हें पहाड़ी क्षेत्रों की तरह कहीं चढ़कर नहीं जाना था, सिर्फ कुतुब मीनार की सीढ़ियाँ चढ़कर वे ऊपर तक गए थे। गुरु और दूसरे लोग उन्हें आगरा घुमाने ले गए, जहाँ वे ताज को देखकर हक्के-बक्के रह गए। दिल्ली में दस दिन हमारे साथ रहने के बाद शेरपाओं ने हमसे विदा ली और नेपाल में अपने-अपने घरों को लौट गए।

रेल मंत्रालय और विभिन्न राज्य सरकारों के सौजन्य से अभियान के सदस्यों को भारत के भिन्न-भिन्न हिस्सों को देखने का सुअवसर प्राप्त हुआ। सदस्यों और उनकी पत्नियों को भारत के किसी भी भाग में एक माह तक निःशुल्क यात्रा करने की सुविधा दी गई। टीम में शामिल आधे लोग कुँवारे अर्थात् अविवाहित थे और मुफ्त-यात्रा का प्रलोभन कुछ लोगों के लिए इतना मजेदार था कि उन्होंने फटाफट विवाह रचा लिया। अब यह पलड़ा विवाहित सदस्यों की तरफ झुक गया—कुमार, मुल्की, वांग्याल, चीमा, बोगी और चक्रवर्ती शादी रचाने के बाद अपनी वधुओं को लेकर भ्रमण पर निकल पड़े। हम जहाँ-जहाँ भी गए, लोगों ने दिल खोलकर हमारा स्वागत-सत्कार किया।

अभियान को जो सबसे बड़ा सम्मान दिया गया, वह था भारत सरकार का अर्जुन पुरस्कार। अभियान को यह पुरस्कार 8 जुलाई, 1966 को प्रदान किया गया। सामान्यतः यह पुरस्कार व्यक्तियों को दिया जाता है और यह पहली बार था कि संपूर्ण टीम को इस पुरस्कार से सम्मानित किया गया। यह पुरस्कार राष्ट्रपति ने अपने कर-कमलों से हमारी

टीम को प्रदान किया। दुर्भाग्यवश अस्वस्थ होने के कारण मैं इस स्मरणीय अवसर पर उपस्थित नहीं हो सका, लेकिन उस दिन के महान् कार्यक्रम और एवरेस्ट सदस्यों के पुनर्मिलन का वर्णन भारतीय पर्वतारोहण संस्था के नए अध्यक्ष, श्री एच.सी. सरीन द्वारा एक रेडियो प्रसारण में किया गया था, जो इस प्रकार था—

"चार सैनिकों ने एक पहिएदार कुरसी को आगे धकेला। उस कुरसी पर मेजर हरिपाल सिंह आहलूवालिया को लाया गया था। राष्ट्रपति डॉ. राधाकृष्णन ने सारी औपचारिकता एक तरफ रख दी। वह राजसी ठाठ-बाट वाले लाल गलीचे से सुज्जित मंच से नीचे उतरे, उन्होंने उस असमर्थ के हाथों को कसकर पकड़ा, प्यार से उसकी पीठ थपथपाई और अर्जुन पुरस्कार की सूची उसको सौंप दी; किसी भी असाधारण प्रतिभावान् खिलाड़ी को भारत सरकार द्वारा दिया जानेवाला यह उच्चतम सम्मान कहलाता है। पुरस्कार पानेवाला सैनिक-खिलाड़ी आहलूवालिया, जिसे एवरेस्ट की चोटी पर खड़े होने के मुश्किल से चार माह बाद ही 1965 के भारत-पाक युद्ध के परिणामस्वरूप अशक्तता अर्थात् चलने-फिरने की शक्ति खो देने के बाद शय्याग्रसत हो जाना पड़ा को देखकर ऐसा नहीं लगता था कि वह फिर से सामान्य जीवन में लौटने की लंबी लड़ाई लड़ने की हिम्मत जुटा सकेगा। लेकिन इस एक क्षण ने अचानक उसमें फिर से जीवन का नव-संचार भर दिया। प्रतीत होता था, उसे दुबारा उसी इनसान में परिवर्तित कर दिया था, जो कुछ ही समय पहले शान से एवरेस्ट शिखर पर खड़ा हुआ था...चेहरे पर मुसकान खिल उठी, विजय और कृतज्ञता का दर्द उभर आया, कभी न हार मानने का भाव अब स्पष्ट झलक रहा था, जिसमें आशाओं का समंदर था और सपने थे। और अशोक हॉल बड़ी देर तक करतल-ध्वनि से गूँजता रहा, एवरेस्ट के ढलानों पर तूफानी कोलाहल के समान।

"यह भावपूर्ण प्रतीत हो सकता है, लेकिन मानव और पर्वत के संबंध में कोई भी बात शारीरिक-साहसिक कार्यों तथा विफलताओं, खोजने और संघर्ष करने, सफलताओं एवं निराशाओं, मनुष्य की सहनशक्ति व कौशल या अदम्य जीवट का वर्णन मात्र नहीं है। यह निश्चय ही कभी संपूर्ण तर्क प्रस्तुत नहीं करती है, मानव और पर्वत अनेक अवर्णनीय और अनर्गल मनोदशा, मन की तरंग और मनोभाव का दावा करते हैं, जो प्राय: अजीब-गरीब अंधविश्वासों से भरे होते हैं, कभी-कभी ईश्वरीय न्याय के बारे में भी संदेह व्यक्त करते प्रतीत होते हैं। तथापि राष्ट्रपति भवन में उस दिन पुरस्कार पानेवालों के लिए रखी गई कुरसियाँ खाली पड़ी रहीं हालाँकि पुनर्मिलन सभा पहले ही आरंभ हो चुकी थी। अभियान के नायक, कमांडर मोहन कोहली, जिन्हें कई सप्ताह से इस 'पारिवारिक पुनर्मिलन' का बड़ी उत्सुकता से इंतजार था, दौरे पर रहते हुए अचानक बीमार पड़ गए थे। और जिस दूसरी खाली पड़ी कुर्सी पर मेजर भूपिंदर पाल सिंह, संक्षेप में बी.पी. को होना चाहिए था, एक सप्ताह पहले एक घातक सड़क दुर्घटना में उनकी मृत्यु हो गई थी।

मृत्यु से उनकी भेंट होनी थी, तो खुंबु हिमपात पर या ल्होत्से मुख पर या साउथ कोल की बंजर भूमि पर या एवरेस्ट की बर्फ जमी पहाड़ियों पर हो सकती थी, लेकिन नहीं, मृत्यु को उनसे दिल्ली के निकट आकर मिलना था।

"उसी शाम एवरेस्ट विजेताओं का पुनर्मिलन समारोह नौसेना अधिकारी मेस, आईएनएस इंडिया के खूबसूरत लॉन में हुआ। शुरू में माहौल कुछ गंभीरता लिये हुए था। हमने 'बी.पी., की स्मृति में खड़े होकर दो मिनट का मौन रखा। इन दो क्षणों में वे सभी पर्वताराही—मैलीरी, इर्विन, मर्केल, जार्ज फ्रे, हर्मन बुल और हमारे अपने नंदू जयाल रे जॉन डायस, नवांग त्शेरिंग, हरीश्वर दयाल और उन अनेक दूसरे लोगों के चित्र मानस-पटल उभर आए, जो पर्वतों पर कहीं छिप गए हैं और जिनकी देखभाल हमेशा हिम-देव या पवन-देव करते हैं, या जो पर्वतों से दूर अन्यत्र हमेशा के लिए चले गए हैं, लेकिन जिन्हें भुलाया नहीं जा सका है। हमने कृतज्ञता एवं चिरस्थायी श्रद्धा के साथ दिवंगत प्रधानमंत्री जवाहरलाल नेहरू और डॉ. बी.सी. राय को भी याद किया, जिन्होंने देश के पर्वतारोहण प्रयासों के लिए बहुत कुछ किया, लेकिन जो इस क्षेत्र में मिली असाधारण सफलताओं को देखने के लिए जीवित नहीं रहे।

"कुछ समय पश्चात हमारी भारतीय पर्वतारोहण संस्था के दूसरे सदस्य तथा अतिथिगण आने शुरू हो गए। हमारी गंभीरता दूर लगी और ऐसा महसूस हुआ, मानो हम हिमालय की किसी घाटी मे इकट्ठे हुए हों। शुरू में औपचारिकता का निर्वाह करते हुए अनेक बातों को दोहराया गया, एवरेस्ट पर्वत की ओर हमारे तीन अभियानों से संबंधित अनेक हलके-फुलके पहलुओं को याद किया गया, और ऐसी बातों को भी जिनमें हास्य का रंग कम था।

"पार्टी में हमारी संस्था के प्रथम अध्यक्ष श्री खेड़ा मौजूद थे, उन्होंने हरी डेंग की शीत-दंश त्रस्त पादांगुलियों के बारे में पूछा और यह भी जानना चाहा कि जओंली चोटी पर उनका बरताव कैसा रहा। संस्था के एक और सदस्य जनरल सा हरोल्ड विलियम्स ने युवा ऐंग कामी को एक मेहमान से इस तरह परिचित कराया—'इस छुटकू पहलवान के पास एक रहस्य है—पर्वत इस पर विश्वास करते हैं और उसे धीरे से बता देते हैं कि कैसे और किधर जाना है।' किसी ने मेजर मुल्क राज का परिचय दूसरे मेहमान को इस प्रकार दिया। 'विश्व में यह इकलौता शाकाहारी एवरेस्टर है।' उधर गुरुदयाल सिंह एक कोने में खड़ा किसी विचार में डूबा हुआ था। क्या वह 1951 में त्रिशूल चोटी पर अपने सफल आरोहण के बारे में सोच रहा था, जब भारत के नेतृत्व में पहला अभियान हिमालय की ओर गया था अथवा वह अगले वर्ष नंदादेवी की चढ़ाई पर जाने का सपना देख रहा था। उप नायक कर्नल कुमार, जो आजकल हिमालय पर्वतारोहण संस्थान के नव-नियुक्त प्राचार्य हैं, 'सितंबर में दार्जिलिंग की मनोहरता का प्रचार कर रहे थे' ताकि

उस संस्थान की अनदेखी न हो जाए''नवांग गोंबु और सोनम ग्यात्सो ने दार्शनिक रूप में अपने विचार प्रस्तुत करते हुए कहा कि अगर भारतीय लड़कियों का एक सुनियोजित अभियान एवरेस्ट पर्वत के लिए भेजे जाने के बारे में सोचा जाए तो उसके सफल होने की काफी संभावना है। अभियान के संपर्क अधिकारी ले. भागीरथी राना और शिखर-यात्री फू दोर्जी, जो पुनर्मिलन समारोह में भाग लेने के लिए नेपाल से तशरीफ लाए थे, ने गर्व के साथ सुना, जब किसी ने जॉन डायस की उन आभारोक्तियों का जिक्र किया, जिसमें नेपाल सरकार के प्रति हर एवरेस्ट की ओर से कृतज्ञता प्रकट की गई थी, क्योंकि अगर नेपाल सरकार ने उनके खूबसूरत देश में प्रवेश करने, उनके पर्वतों पर चढ़ने तथा उस देश के सौम्य नागरिकों का सहयोग प्राप्त करने की अनुमति न दी होती तो अभियान का सफल होना संभव नहीं था।"

हमें यह समझते देर न लगी कि यह पुनर्मिलन सिर्फ एक युवा पर्वतारोहियों की सभा नहीं थी, जिन्होंने अनेकानेक जोखिमों की परवाह न करते हुए ऐसी परिस्थितियों में भी अपना धैर्य बनाए रखा तथा अपने इरादे पर अटल रहे, जहाँ कम धैर्यशील एवं कम जीवट लोग शायद हार मानकर लौट गए होते। उन्होंने पूरे सम्मान के साथ ग्रेट ब्रिटेन, न्यूजीलैंड, स्विट्जरलैंड फ्रांस, जर्मनी और अमरीका के अब तक घर-घर में परिचित हो चुके लोगों के नाम लिये, और उतने ही आदर एवं सहृयता के साथ वे दूसरे लोगों, दूसरे देशों के उन लोगों के बारे में भी बोले, जिन्होंने अनेक रास्ते खोजे, अनेक रास्ते बनाकर दूसरों के लिए छोड़ दिए, कुछ पूरी तरह सफल हुए, जबकि कुछ की सफलता अधूरी रह गई। उन्होंने मैनचेस्टर गार्डियन में सातवें दशक के आरंभ में छपी इन टिप्पणियों का भी उल्लेख किया है, 'भारत के लोगों ने अब स्वयं को एक पर्वतारोही राष्ट्र के रूप में भली-भाँति स्थापित कर लिया है, और ब्रिगेडियर ज्ञान सिंह के इन शब्दों को भी दोहराया गया, 'हम जाएँगे, मगर इस वादे के साथ और यह आशा लिये कि अगली बार जब हम वापस आएँ, पवनदेवी माँ कुछ अधिक दयालु होंगी''', और एक भारतीय पत्रिका के संपादकीय में प्रकाशित यह टिप्पणी : 'शायद हम तीसरी बार सौभाग्यशाली होंगे।' और वास्तव में जॉन डायस के ये शब्द : 'हमें बुरी मार पड़ी है, लेकिन हम फिर आएँगे।' जो उन्होंने उस समय कहे थे, जब लक्ष्य 400 फीट से भी कम दूर रह जाने पर बहुत तेज हवाओं और बर्फानी तूफान ने हमें लौट जाने के लिए विवश कर दिया था। और उन्होंने प्यारे शेरपाओं तथा प्यारी शेरपानियों को भी एवरेस्ट की ऊँचाइयों तक प्रशंसा की, जब पुनर्मिलन जोर पकड़ने लगा था।

□

कालक्रम

1852 भारतीय सर्वेक्षण विभाग ने एवरेस्ट (तब चोटी XV) की खोज दुनिया के सबसे ऊँचे पर्वत के रूप में की थी। सर्वप्रथम इसकी ऊँचाई की गणना 29,000 फीट की गई, जिसे बाद में सुधारकर 29,141 और आखिर में 29,028 फीट किया गया। इसे अब सही ऊँचाई मान लिया गया है।

1921 ब्रिटिश टोही दल 23,000 फीट पर उत्तर कोल तक पहुँचा।

1922 पहला पूर्ण ब्रिटिश अभियान दल 27,300 फीट पर पहुँचा। पर्वतारोहण में पहली बार ऑक्सीजन का उपयोग प्रयोगात्मक रूप से किया गया।

1924 ब्रिटिश अभियान दल 28,000 फीट से ऊपर तक पहुँचा। चोटी पर पहुँचने के प्रयास में मलोरी और इरविन लापता हुए।

1933 ब्रिटिश अभियान दल पुन: 28,000 फीट से ऊपर तक पहुँचा।

1934 अकेले पर्वतारोहण के प्रयास में ब्रिटेनवासी, मॉरिस विल्सन की उत्तर कोल के नीचे मृत्यु।

1935 उत्तर कोल के लिए पूर्ण ब्रिटिश दल का फिर से अभियान।

1936 खराब मौसम के कारण ब्रिटिश अभियान दल को उत्तर कोल से कुछ ऊपर जाने के बाद लौटना पड़ा।

1938 ब्रिटिश अभियान दल 27,000 फीट के लगभग पहुँचा।

1947 कनाडावासी, अर्ल डेनमैन द्वारा अकेला प्रयास उत्तर कोल से पहले ही विफल रहा।

1950 दक्षिण दिशा से एच.डब्ल्यू. टिलमैन और चार्ल्स ह्यूस्टन द्वारा पहला प्रयास, जो खुंबु हिमप्रपात की तलहटी तक पहुँचे।

1951 (1) दक्षिण दिशा में निकला ब्रिटिश टोही दल खुंबु हिमप्रपात को पार कर वेस्टर्न सी.डब्ल्यू.एम. के द्वार तक पहुँचा।

(2) डेनमार्कवासी, आरबी लारसेन द्वारा अकेले प्रयास का आरंभ दक्षिण दिशा से हुआ, लेकिन वह उत्तर की ओर चला गया, जब वह उत्तर कोल पहुँचे।

1952 (1) स्विट्ज़रलैंडवासियों द्वारा प्रथम प्रमुख गैर-ब्रिटिश अभियान। दक्षिण कोल तथा दक्षिण-पूर्व शिखर पर्वतश्रेणी का मार्ग मिला, जो 28,200 फीट तक पहुँचा।

(2) शरद ऋतु में स्विट्ज़रलैंडवासियों द्वारा एक और प्रयास, जिसमें खराब मौसम बाधक बना, दक्षिण कोल तक पहुँचा।

1953 एवरेस्ट पर पहली चढ़ाई, सर जॉन हंट के नेतृत्व वाले ब्रिटिश अभियान दल के सदस्य तेनजिंग नोर्गे और एडमंड हिलेरी 29 मई को सुबह 11:30 बजे शिखर पर पहुँचे।

1956 डॉ. अल्बर्ट एगलर के नेतृत्व में स्विट्ज़रलैंड की टीम ने दूसरी बार एवरेस्ट की चढ़ाई की। एक के बाद एक दो दिनों में दो रस्सियों के सहारे चार लोग चोटी पर पहुँचे—अर्नेस्ट स्मिड और जुर्ग मरमेट 23 मई, एडॉल्फरीस्ट और हॉन्सरुडॉल्फ वॉन गुटेन 24 मई को।

1960 (1) ब्रिगेडियर ज्ञान सिंह के नेतृत्व में पहला भारतीय अभियान दल। खराब मौसम ने शिखर से 700 फीट पहले लौटने पर विवश किया। 25 मई को कैप्टन एन. कुमार, सोनम ग्यात्सो और नवांग गोंबु 28,300 फीट की ऊँचाई तक पहुँचे।

(2) पर्वत के उत्तर की दिशा में चीनी अभियान। उन्होंने तीन लोगों को चोटी तक भेजने का दावा किया।

1962 (1) मेजर जॉन डायस के नेतृत्व वाले दूसरे भारतीय अभियान को बर्फीले तूफान ने फिर से पीछे धकेल दिया। तीन सदस्य, उप नेता, ले. एम.एस. कोहली, सोनम ग्यात्सो तथा हरि डांग ने 28,600 फीट तक पहुँचने का साहस दिखाया, जब अधिकांश चढ़ाई ऑक्सीजन के बिना की गई।

(2) तीन अमरीकियों और एक स्विट्ज़रलैंडवासी का समूह उत्तर से अनधिकृत प्रयास करते हुए 25,600 फीट तक पहुँचा।

1963 नॉरमैन जी. डायरेनफर्थ के नेतृत्व में अमेरिकी अभियान दल द्वारा एवरेस्ट पर तीसरी प्रमाणित चढ़ाई। तीन रस्सियों के सहारे छह पर्वतारोही शिखर तक पहुँचे, दो पारंपरिक दक्षिण कोल के रास्ते और एक पहली बार पश्चिमी रिज से। नवांग गोंबु और जेम्स डब्लू व्हिटेकर (1 मई), लूथर

जी. जरस्टैड और बारी बिशप (22 मई), विलियम एफ. अनसोल्ड और थॉमस एफ हॉर्नबीन (22 मई) पश्चिमी रिज से।

1965 एवरेस्ट पर भारतीय अभियान दल की चौथी चढ़ाई जब 9 पर्वतारोही शिखर तक पहुँचे। गवांग गोंबु और कैप्टन ए.एस. चीमा (20 मई), सोनम ग्यात्सो और सोनम वांग्याल (22 मई), सी.पी. वोहरा और अंग कामी (24 मई) तथा एच.सी.एस. रावत, कैप्टन एच.पी.एस. आहलूवालिया और फू दोर्जी (29 मई)।

□

घटनाओं की डायरी

18 अगस्त, 1964	लेफ्टिनेंट कमांडर (अब कमांडर) एम.एस. कोहली लीडर, तथा कैप्टन (अब ले. कर्नल) एन. कुमार डिप्टी लीडर नामित किए गए।
अक्तूबर–नवंबर, 1964	हिमालय पर्वतारोहण संस्थान, दार्जिलिंग में प्री–एवरेस्ट कोर्स का आयोजन। 26 पर्वतारोहियों में से 11 हिमालय केराथोंग (21,911 फीट) शिखर तक पहुँचे, जहाँ कोई नहीं पहुँचा था।
15 नवंबर, 1964	अध्यक्ष एस.एस. खेड़ा और एच.सी. सरीन की सदस्यता वाली आई.एम.एफ. की विशेष समिति की ओर से अभियान के लीडर से चर्चा के बाद टीम की घोषणा।
नवंबर 1964– जनवरी 1965	14 हफ्ते तक योजना और संगठन की सघन गतिविधियाँ।
11 फरवरी	दिल्ली में इकट्टा हुई टीम।
21 फरवरी	दिल्ली से जयनगर के लिए स्टोर और उपकरण की रवानगी।
22 फरवरी	अभियान दल नई दिल्ली से ट्रेन द्वारा जयनगर रवाना।
24 फरवरी	जयनगर में टीम का आगमन। 800 शेरपा कुली और नेपाल के 50 अधिक ऊँचाई वाले शेरपा भी इकट्ठा हुए।
25 फरवरी	सहायक शेरपा सिरदर के नेतृत्व में 350 कुलियों का पहला दल मुख्य दल की अग्रिम टुकड़ी के रूप में जयनगर से रवाना।
26 फरवरी	चढ़ाई शुरू, 460 कुलियों के साथ टीम जयनगर से रवाना।
4 मार्च	सुन कोसी नदी से 4,000 फीट ऊपर, मनेभनज्यांग के पास की अन्य चोटियों से एवरेस्ट पर्वतमाला की पहली झलक।

14 मार्च	नामचे बाजार से होते हुए अभियान दल थ्यांगबोचे पहुँचा।
22 मार्च	खुंबु हिमप्रपात के तल पर बेस कैंप (17,800 फीट)।
27 मार्च	हिम प्रपात के ऊपर कैंप I (20,000 फीट) स्थापित।
4 अप्रैल	21,300 फीट पर स्थित वेस्टर्न सी.डब्ल्यू.एम. में कैंप II (एडवांस बेस कैंप) स्थापित।
6 अप्रैल	ल्होत्से पर्वत के तल पर कैंप III (22,900 फीट) स्थापित।
12 अप्रैल	दक्षिण कोल के लिए मार्ग खुला।
16 अप्रैल	सामान ढोनेवाले 9 शेरपाओं की पहली पार्टी दक्षिण कोल पहुँची।
18 अप्रैल	अन्य 18 शेरपा सामान लेकर दक्षिण कोल पहुँचे और अभियान अब शिखर पर चढ़ाई के लिए तैयार।
19 अप्रैल	लाला को छोड़कर, पूरी टीम बेस कैंप लौटी।
22 अप्रैल	गुरदयाल सिंह और कमांडर कोहली की मदद से चीमा, नवांग गोंबु, सोनम ग्यात्सो और सोनम वांग्याल बेस कैंप से रवाना।
27 अप्रैल	शिखर दल दक्षिण कोल के लिए रवाना।
30 अप्रैल	खराब मौसम से आगे बढ़ने में विफल शिखर दल दो दिन बिताने के बाद बेस कैंप लौटा।
16 मई	कैप्टन ए.एस. चीमा और नवांग गोंबु वाला पहला शिखर दल शेरपाओं के साथ बेस कैंप से रवाना।
19 मई	अब तक की सबसे अधिक ऊँचाई 27,930 फीट पर कैंप VI स्थापित।
20 मई	कैप्टन ए.एस. चीमा और नवांग गोंबु वाली पहली शिखर टीम सुबह 5 बजे आखिरी कैंप से निकली और सुबह 9:30 बजे शिखर (29,028) पर पहुँची। उन्हें 1963 में गोंबु और व्हीटेकर द्वारा गाड़ा गया झंडे का खंभा मिला, जिस पर उन्होंने भारतीय और नेपाली झंडा बाँधा। उन्होंने शिखर पर 30 मिनट बिताए।
22 मई	सोनम ग्यात्सो और सोनम वांग्याल वाली दूसरी शिखर टीम शिखर के लिए सुबह 6:30 बजे रवाना हुई और 6 घंटे बाद वहाँ पहुँची। वे शिखर पर 50 मिनट तक ठहरे।
24 मई	सी.पी. वोहरा और अंग कामी सुबह 5 बजे आखिरी कैंप से

	निकले, सुबह 10:45 बजे शिखर पर पहुँचे तथा वहाँ 60 मिनट बिताए।
29 मई	आखिरी तीन शिखर पर्वतारोही, कैप्टन एच.पी.एस. आहलूवालिया, एच.सी.एस. रावत और फू दोर्जी सुबह 5.30 बजे कैंप से निकले, सुबह 10:30 बजे शिखर पर पहुँचे और वहाँ 30 मिनट बिताए।
1 जून	अभियान दल बेस कैंप से वापसी के लिए रवाना।
5 जून	सूचना और प्रसारण मंत्रालय के एक दल के साथ आई.एम.एफ. के अध्यक्ष, एस.एस. खेड़ा ने अभियान दल के वौपस लौटने पर स्नेहपूर्वक स्वागत किया।
16 जून	'द हिंदुस्तान टाइम्स' के समीर पाल और किशोर पारेख बनेपा से तीन दिन की चढ़ाई के बाद अभियान दल से मिलने पहुँचे।
19 जून	दो हफ्ते तक पैदल चलने के बाद अभियान दल बनेपा पहुँचा।
20 जून	नेपाल की राजधानी, काठमांडू में आगमन।
20–23 जून	नेपाल की राजधानी में तीन दिनों का विश्राम। 23 जून, 1965 को अभियान दल विमान से दिल्ली लौटा।

□

प्रमुख हस्तियाँ

कमांडर मोहन एस. कोहली, भारतीय नौसेना, दल के लीडर—इनका जन्म पश्चिमी पाकिस्तान के हरिपुरा हाजरा में हुआ था। विभाजन के बाद ये भारत चले आए। दिल्ली विश्वविद्यालय से 1953 में गणित में स्नातकोत्तर करने के बाद ये भारतीय नौसेना में शामिल हुए।

एच.एम.आई. दार्जिलिंग बेसिक माउंटेनियरिंग कोर्स करने के बाद 1956 में उन्होंने पर्वतारोहण की शुरुआत की। 1959 में उन्होंने नंदा कोट (22,510 फीट) पर चढ़ाई करनेवाले नौसेना के दल का नेतृत्व किया, और के.पी. शर्मा के साथ शिखर तक पहुँचे। 1960 में वे ब्रिगेडियर ज्ञान सिंह के नेतृत्व वाले माउंट एवरेस्ट के पहले भारतीय अभियान दल के सदस्य थे। 1961 में उन्होंने अन्नपूर्णा (24,858 फीट) की चढ़ाई करनेवाले अभियान दल का नेतृत्व किया और उसके शिखर तक सोनम ग्यात्सो और शेरपा सिरदर सोनम गिर्मी के साथ पहुँचे। 1962 में वह दूसरे भारतीय एवरेस्ट अभियान दल के साथ गए और उस शिखर दल के सदस्य थे, जो उग्र बर्फाली तूफान के बीच 28,600 फीट पर पहुँचा। 1964 में, उन्होंने त्रिशूली-नंदा देवी पूर्वी अभियान का नेतृत्व किया। वे फिलहाल हिमालय पर्यावरण ट्रस्ट के अध्यक्ष हैं।

ले. कर्नल एन. कुमार, कुमाऊँ रेजिमेंट, डिप्टी लीडर—कुमार 1950 में संयुक्त सेवा विंग (राष्ट्रीय रक्षा अकादमी) में शामिल हुए और 1954 में कुमाऊँ राइफल्स में कमीशन किए गए। उन्होंने 1956 में विंटर वारफेयर स्कूल से एडवांस और इंस्ट्रक्टर का कोर्स तथा सेना के फिजिकल ट्रेनिंग स्कूल से बेसिक और एडवांस कोर्स पूरा किया। 1958 में उन्होंने हिमालय पर्वतारोहण संस्थान से बेसिक कोर्स किया और आगे चलकर त्रिशूल (23,360 फीट) के सेना-नौसेना दल का नेतृत्व किया।

वह पहले भारतीय एवरेस्ट अभियान दल के पहले शिखर दल में शामिल थे, जो 28,300 फीट की ऊँचाई तक पहुँचा था। 1961 में, उन्होंने नीलकंठ के अभियान

का सफल नेतृत्व किया था। 1963 में उन्हें वी.एस.एम. वर्ग II से सम्मानित किया गया। 1964 में उन्होंने नंदा देवी (25,645 फीट) के लिए निकले अभियान का सफल नेतृत्व किया। वर्तमान में वह मरकरी हिमालयन एक्सपीडिशन और आउटवार्ड बाउंड हिमालयाज के अध्यक्ष हैं।

गुरदयाल सिंह—देहरादून स्थित दून स्कूल के हाउसमास्टर गुरदयाल सिंह 1950 में बंदर पूँछ (20,720 फीट) के लिए निकले जैक गिब्सन अभियान दल के सदस्य थे। उन्होंने 1951 में त्रिशूल (23,360 फीट) के अभियान का आयोजन किया और रॉय ग्रीनवुड तथा दावा थोंडप के साथ चोटी की चढ़ाई की। 1955 में वह मेजर जयाल के कामेत के सफल अभियान में शामिल हुए और कैप्टन जॉन डायस तथा कुलियों कल्याण सिंह, दीवान सिंह और बिजय सिंह के साथ अबी गामिन की चढ़ाई की।

वर्ष 1958 में उन्होंने मृगथुनी के दूसरे अभियान का नेतृत्व किया और आमिर अली, राजेंद्र विक्रम सिंह तथा कुलियों कल्याण सिंह और दीवान सिंह के साथ उसके शिखर की चढ़ाई की। 1959 में वह कुमाऊँ-तिब्बत सीमा तक चलकर पहुँचे और 1961 में देविस्तान प्रथम और मैकटोली के लिए अभियान का आयोजन किया। 1962 में, एवरेस्ट अभियान दल के सदस्य के रूप में दक्षिण कोल (26,200 फीट) में छह रात बिताईं।

चंद्र प्रकाश वोहरा—ये 1992 में भारतीय पुरातत्त्व सर्वेक्षण विभाग के महानिदेशक पद से रिटायर हुए। 1957 से 58 के बीच उन्होंने कुमाऊँ हिमनदों पर काम किया और उसके बाद दार्जिलिंग स्थित हिमालय पर्वतारोहण संस्थान से बेसिक तथा एडवांस कोर्स किया। वह 1960 में एवरेस्ट के लिए निकले भारतीय अभियान दल के सदस्य थे और दक्षिण कोल पहुँचे थे। वह 1962 में दोबारा एवरेस्ट अभियान पर गए, और 1964 में नंदा देवी के सफल अभियान का हिस्सा थे एवं 25,000 फीट से अधिक ऊँचाई तक पहुँचे थे। उन्हें भारतीय स्वतंत्रता के 50वें वर्ष के समारोह में विशेष पुरस्कार (भूगर्भशास्त्र) दिया गया था। वर्तमान में वे चंडीगढ़ में रहते हैं।

ब्रिगेडियर (से.नि.) डॉ. मुल्क राज, पैराशूट रेजिमेंट—सेना के इस अधिकारी का 1953 में पर्वतारोहण से परिचय हुआ। वह 1962 के भारतीय एवरेस्ट दल के सदस्य थे। 'मुल्की' अनुभवी, भरोसेमंद और सतर्क पर्वतारोही थे। वे नीलकंठ तथा नंदा देवी के अभियान पर भी जा चुके थे।

शिखर के चार प्रयासों के दौरान उनकी भूमिका असाधारण थी। नई दिल्ली में ऑटिज्म के लिए संस्थान की स्थापना करना उनका सपना है।

सोनम ग्यात्सोउस पहले बेसिक कोर्स के सदस्य थे, जो 1954 में एच.एम.आई. से पास होकर निकले और मेजर जयाल के नेतृत्व में नंदा देवी (25,645 फीट) तक के एडवांस कोर्स में शामिल हुए तथा 500 फीट की दूरी से शिखर तक पहुँचने में चूक गए। 1958 में वे बुनशाह के चो-ओयू (26,750 फीट) अभियान में शामिल हुए और बिना ऑक्सीजन के पसांग दावा लामा के साथ शिखर तक पहुँचे।

ग्यात्सो 1960 में एवरेस्ट के लिए भारतीय अभियान के सदस्य थे और कैप्टन (अब कर्नल) कुमार तथा नवांग गोंबु के साथ 28,300 फीट की ऊँचाई पर पहुँचे थे। 1961 में वे अन्नपूर्णा तृतीय के अभियान में कमांडर कोहली के साथ गए तथा उनके साथ शिखर की चढ़ाई की। उसी वर्ष आगे चलकर उन्होंने कंचनजंघा (22,700 फीट) के सफल अभियान का नेतृत्व किया और जसवंत सिंह तथा शेरपा ल्हाकपा तेंजिंग के साथ शिखर तक पहुँचे। 1961 में उन्हें पद्मश्री से सम्मानित किया गया और वे 1962 के एवरेस्ट अभियान दल के पहले शिखर दल के सदस्य थे। 1963 में चामोनिक्स (फ्रांस) में अंतरराष्ट्रीय पर्वतारोहण प्रतियोगिता में हिस्सा लेते हुए उन्होंने माउंट ब्लैंक और दांत दू जियांग पर चढ़ाई की। उन्हें भारतीय पर्वतारोहण संस्थान ने पहले 'गोल्ड मेडल' से नवाजा था।

एवरेस्ट पर पहुँचने वाले सबसे उम्रदराज व्यक्ति की उपलब्धि उनके ही नाम है। वे हमारे सबसे महान् पर्वतारोहियों में से एक थे, जिनकी मृत्यु 1968 में हुई।

एच.सी.एस. रावत ने 1958 में हिमालय पर्वतारोहण संस्थान में बेसिक कोर्स में भाग लिया। 1962 में वह एक टोली लेकर लेह में कांगलाचा (20,600 फीट) पर चढ़ने गया और वह सफल हुआ। 1963 में वह हाथी पर्वत (22,070 फीट) पर चढ़ा। 1964 में वह त्रिशूली-नंदा देवी ईस्ट अभियान का एक सदस्य था और बाद में उसी वर्ष वह एवरेस्ट-पूर्व अभियान के साथ रथांग की चढ़ाई में सफल हुआ।

सोनम वांग्याल लद्दाख से था और वह एवरेस्ट पर चढ़नेवाली टीम का सबसे छोटा (उम्र में) सदस्य था। उसकी शारीरिक क्षमता कमाल की थी और सभी उसकी इस शक्ति के कायल थे। किसी भी ऊँचाई, शारीरिक कष्टों, हवाओं और जमा देनेवाले तापमान का उसके मन और शरीर पर कभी कोई असर नहीं होता था। वह सोनम ग्यात्सो पर्वतारोहण संस्थान गंगटोक के प्राचार्य के पद पर रिटायर हुआ। अब वह लेह में रहता है।

मेजर एच.पी.एस. आहलूवालिया, ई.एम.ई. ने पर्वतारोहण का कौशल एच.एम. आई. में बेसिक और एडवांस कोर्स के दौरान सीखा। 1962 में वे कोक्तांग (20,900

फीट) की अक्षता चोटी पर चढ़ने में सफल हुए। 1964 में वे रथांग पर चढ़े। वे हाइ अल्टीट्यूड वारफेयर स्कूल में एक प्रशिक्षक थे। आजकल वे इंडियन स्पाइनल इंजरीज के चेयरमैन हैं।

मेजर एच.वी. बहुगुणा, दि सेंट्रल इंडिया हॉर्स, ने 1962 में हिमालय पर्वतारोहण संस्थान में बेसिक कोर्स किया। वे लियो पर्जियाल (22,280 फीट) पर्वतारोहण अभियान के एक सदस्य थे। 1963 में वे हाई अल्टीट्यूड वारफेयर स्कूल में स्कीइंग और माउंटेनियरिंग में एक प्रशिक्षक के रूप में नियुक्त हुए। 1964 में वे सफल नंदा देवी अभियान के एक सदस्य थे। बहुगुणा ने एवरेस्ट-पूर्व अभियान में हिस्सा लिया तथा रथांग पर चढ़ने में सफल हुए।

मेजर ए.एन. चीमा, **7 पैराशूट रेजीमेंट** ने हाई अल्टीट्यूड वारफेयर स्कूल में स्कींइग में बेसिक और एडवांस कोर्स पूरा किया। 1964 में वे पंच-चूलि अभियान के एक सदस्य की हैसियत से गए और पंच-चूलि-IV तथा पंच-चूलि-V की अक्षता चोटियों पर चढ़ने में विजयी हुए। उसी वर्ष चीमा ने एवरेस्ट-पूर्व अभियान में भाग लिया और रथांग पर्वत पर चढ़ने में सफल रहे।

मेजर बी.पी. सिंह, 2 पैराशूट रेजीमेंट ने 1962 में हिमालय पर्वतारोहण संस्थान में बेसिक कोर्स किया। उसी वर्ष वह हाई अल्टीट्यूड वारफेयर स्कूल में स्कीइंग और माउंटेनियरिंग में एक प्रशिक्षक नियुक्त हुआ। 1964 में वह नंदा देवी (25,645 फीट) पर चढ़ने में सफल हुआ और इसी वर्ष एवरेस्ट पूर्व अभियान के साथ रथांग पर भी चढ़ा। 1964 में उसे पद्मश्री पुरस्कार प्रदान किया गया। वह हिमालयन पर्वतारोहण संस्थान में उप निदेशक क्षेत्रीय प्रशिक्षण के पद पर रहा। एवरेस्ट शिखर पर दो बार चढ़ने का श्रेय पानेवाला वह विश्व में एकमात्र पर्वतारोही था।

नवांग गोंबु 1963 के अमरीका एवरेस्ट अभियान दल के सदस्य थे और शिखर तक पहुँचे थे। 1964 में, उन्होंने नंदा देवी (25,645 फीट) की चढ़ाई की और उसी वर्ष राथोंगे पर एवरेस्ट से पहले के अभियान के दौरान चढ़े। उन्हें 'पद्मश्री' से सम्मानित किया गया था। 1964 में वे हिमालय पर्वतारोहण संस्थान में फील्ड ट्रेनिंग के उप निदेशक थे। वे दुनिया के एकमात्र पर्वतारोही थे, जो दो बार एवरेस्ट तक पहुँचे।

ऐंग कामी हिमालय पर्वतारोहण संस्थान, दार्जिलिंग में एक प्रशिक्षक था। उसने

एच.एम.आई. में कई बेसिक और एडवांस कोर्स चलाए। 1960 में वह भारतीय एवरेस्ट अभियान के साथ साउथ कोल (26,200 फीट) तक गया। उसने नेपाल और सिक्किम हिमालय पर्वतों में बहुत पैदल भ्रमण किया। एवरेस्ट-पूर्व अभियान के साथ उसे रथांग पर चढ़ने का अवसर मिला।

कप्तान जे.सी. जोशी, 17 सिक्ख रेजीमेंट ने 1960 में हिमालय पर्वतारोहण संस्थान में बेसिक कोर्स में भाग लिया। उसके कुछ समय के पश्चात् वह स्कीइंग और माउंटेनियरिंग में एक कोर्स करने के लिए फ्रांस चला गया। वह हाइ अल्टीट्यूड वारफेयर स्कूल में एक प्रशिक्षक था। वह त्रिशूली-नंदा देवी-ईस्ट अभियान-1964 का एक सदस्य था। उसने एवरेस्ट-पूर्व अभियान में भाग लिया और रथांग पर चढ़ने में सफल रहा।

कप्तान (डॉ.) ए.के. चक्रवर्ती ने आर्मी मेडिकल कोर 1957 में आर.जी. कार मेडिकल कॉलेज, कलकत्ता से एम.बी.बी.एस. की डिग्री प्राप्त की। और अक्षता 1959 में वह आर्मी मेडिकल कोर में भरती हुआ। उसने 1962-63 में हिमालय पर्वतारोहण संस्थान में बेसिक और एडवांस कोर्स पूरे किए। उसने 1964 में भारत के हाथी पर्वत और रथांग को भेजे गए एवरेस्ट पूर्व अभियान में हिस्सा लिया।

डॉ. डी.वी. तेलंग का जन्म 6 मार्च, 1935 को हुआ था, उसने बंबई में शिक्षा ग्रहण की और 1962 में बंबई यूनिवर्सिटी से एम.डी. की उपाधि प्राप्त की। 1960 और 1962 में उसने हिमालय पर्वतारोहण संस्थान, दार्जिलिंग में क्रमश: बेसिक तथा एडवांस कोर्स पूरे किए। 1962 में उसने रथांग अभियान और 1964 में एवरेस्ट-पूर्व कोर्स में भाग लिया।

जी.एस. भंगु, वायरलेस ऑपरेटर को 1965 में पर्वतारोहण में दीक्षित किया गया। 1963 में उसे हाथी पर्वत अभियान के साथ एक सदस्य के रूप में जाने का अवसर मिला। 1964 में उसने सोनम ग्यात्सो के नेतृत्व में नेपाल टेंटपीक के लिए एक एडवांस कोर्स एवं अभियान में भाग लिया और वह एवरेस्ट-पूर्व अभियान में भी शमिल हुआ।

हवलदार सी बालाकृष्णन, रेडियो मेकैनिक, का जन्म 3 अक्तूबर, 1926 को हुआ। हाई स्कूल पास करने के बाद वह आर्मी (कोर ऑफ सिग्नल्स) में भरती हो गया। वह 1960 और 1962 में भी एक सिग्नल मेकैनिक की हैसियत से एवरेस्ट अभियान का एक सदस्य रहा।

□

टीम के जीवित सदस्यों का प्रत्यास्मरण

कप्तान एम.एस. कोहली

पचास वर्ष एक लंबा समय है, विशेषकर एक 83 वर्षीय वृद्ध आदमी के लिए पुरानी घटनाओं को याद करना। लेकिन मेरे लिए 1965 के एवरेस्ट अभियान से संबंधित एक-एक दिन, एक-एक क्षण की घटना बहुत महत्त्व रखती है; मेरे अंदर बसी हुई है और तब तक मेरे अंदर जिंदा रहेगी, जब तक मैं जीवित हूँ। चूँकि 1965 के एवरेस्ट अभियान की कहानी का अब तक बहुत व्यापक प्रचार हो चुका है, सिर्फ अभियान के अंतिम दिन 23 जून, 1965 की घटनाओं का वर्णन करना चाहूँगा। यह दिन न केवल मेरे वर्ष-भर लंबे परिश्रम के चरमोत्कर्ष को इतिहास के पन्नों में दर्ज करने का दिन था, बल्कि यह आगे और भी बड़े एवं अत्यंत कठिन अभियान की शुरुआत का दिन भी साबित हुआ।

काठमांडू में पार्टियों और स्वागत-समारोहों से भरे अति व्यस्त तीन दिनों के बाद मैं एक लकड़हारे की भाँति बेसुध सो गया था। मेरी पत्नी पुष्पा ने मुझे उठाया, जो मेरे पास काठमांडू चली आई थी। मुझे गहरी नींद से जगाते हुए उसने कहा, "मोहन उठो, हमें आधा घंटे में एयरपोर्ट के लिए निकलना है।" ब्रेकफास्ट के लिए समय नहीं रह गया था। मैं जल्दी-जल्दी तैयार हुआ। जैसे ही हम होटल के निकास द्वार तक पहुँचे, हमने देखा कि एवरेस्ट टीम के सदस्यों और शेरपाओं से भरा कारों का काफिला दिल्ली जाने के लिए तैयार खड़ा है। हम भारी कामयाबी हासिल करने के बाद भारत वापस जा रहे थे। हर कोई खुशी के जोश से भरा हुआ था।

एयरपोर्ट से करीब आधा किलोमीटर पहले हमारे ड्राइवर ने एक झटके के साथ कार अचानक रोक दी। मैंने एक चीख सुनी और बाहर देखा। यह हमारा कुत्ता टाइगर था, हमारी टीम का शुभंकर 'टाइगर' जयनगर में हमसे मिला था और वह चार महीने तक हमारा प्रिय साथी बना रहा। हर सुबह टाइगर बेस कैंप से करीब 500 फीट चढ़कर क्रैंपॉन पॉइंट तक सदस्यों तथा शेरपाओं को छोड़ने आया करता था, जो खुंबु हिमपात

की तरफ जा रहे होते थे और दोपहर में उनकी वापसी पर दुबारा उन्हें लेने आया करता था। नेपाल की राजधानी में तीन दिन तक जश्न के माहौल में इस कदर डूबे रहे कि टाइगर को पूरी तरह भूल बैठे। शायद वह सर्वत्र हमारी कारों का पीछा करता रहा था। मैंने सभी कारों के ड्राइवरों को रुक जाने और टाइगर को ढूँढ़ निकालने के लिए कहा। लेकिन हमें टाइगर कहीं नहीं मिला। मुझे रोना आ रहा था। दिल्ली पहुँचने पर 'हिंदुस्तान टाइम्स' के मशहूर फोटोग्राफर किशोर पारेख ने, जो चलकर थ्यांगबोचे तक हमसे मिलने आए थे, अखबार के मुखपृष्ठ पर टाइगर की फोटो और उसका विवरण प्रकाशित किया।

एयरपोर्ट पर दो आई.ए.एफ. डकोटा विमान हमें दिल्ली ले जाने के लिए हमारी प्रतीक्षा कर रहे थे। दिल्ली पहुँचकर मुझे अपनी आँखों पर विश्वास नहीं हुआ। पूरी पक्की सड़क का चप्पा-चप्पा लोगों से भरा हुआ था। सीढ़ियाँ उतरते हुए वाइ.बी. चव्हाण और कुछ दूसरे कैबिनट मंत्री अपने हाथों में मालाएँ लिये खड़े हैं। मेरी आँखों में आँसू आ गए। किसी भी भारतीय स्पोर्ट्स टीम को कभी इतना सम्मान नहीं दिया गया था। उनके इस सद्भाव के आगे मैं नतमस्तक हुए बिना नहीं रह सका।

विमान की सीढ़ियाँ उतरते हुए मैंने अपने पिता को एक कोने में खड़े देखा। मैं तुरंत दौड़कर उनकी तरफ गया और चरण-स्पर्श किए। मैं सारी जिंदगी पूरे श्रद्धा-भाव से इस धर्म का पालन करता आया हूँ। मेरे जीवन में उनका विशेष महत्त्व रहा है। बहुत लोगों को पता नहीं होगा कि 1935 में जब मेरी माँ का निधन हुआ, मैं उस समय केवल 3 वर्ष का था। मेरे पिता तब 39 साल के थे। उन्होंने दूसरा विवाह इस डर से नहीं किया कि हो सकता है, सौतेली माँ मेरे भाई और मेरे साथ ठीक बरताव न करे। उन्होंने इस बात का पूरा ध्यान रखा कि मुझे मेरी माँ की कमी कभी महसूस न हो, वैसा ही प्यार दिया और उसी तरह मेरी देखभाल की, जैसे माँ करती थी। वे हमेशा एक चट्टान की तरह मेरे साथ खड़े रहे। कई अवसरों पर जब उन्हें मेरे लिए स्कूल की फीस भरना मुश्किल हो रहा था, उन्होंने स्कूल में एक अंश-कालिक अध्यापक के रूप में काम करना शुरू कर दिया। उन्होंने एक आदर्श पिता का रोल निभाया और मैं अपनी पूरी सफलता का श्रेय अपने पिता को देता हूँ। प्रधानमंत्री ने भी बुरा नहीं माना। सच तो यह है कि उन्होंने इसे अच्छा माना। अगले दिन समाचार-पत्र में प्रकाशित रिपोर्ट में कहा गया कि वर्तमान पीढ़ी को मेरे आचरण से अपने माता-पिता का आदर करने की सीख लेनी चाहिए।

गण्यमान्य व्यक्तियों से मिलने के तत्काल बाद सरदार बलबीर सिंह आई.जी. आई.टी.बी. पुलिस ने मुझे श्री काव से मिलने के लिए कहा, जो विमान के पीछे खड़े थे। श्री आर. एन. काव उन दिनों एविएशन रिसर्च सेंटर के प्रमुख थे और परम गुप्त

कार्यों की देखभाल करते थे। प्रणाम-नमस्कार की औपचारिकता में पड़े बिना ही उन्होंने कहा, "कोहली, जब तुम गए हुए थे, चीन ने अपना पहला एटम बम फोड़ा था। हम और यू.एस.ए. दोनों बहुत चिंतित हैं। सी.आई.ए. और ए.आर.सी. ने सर्वश्रेष्ठ भारतीय और अमरीकी पर्वतारोहियों, नाभिकीय विशेषज्ञों और वैज्ञानिक का एक संयुक्त भारत-अमरीकी अभियान हिमालय की एक ऊँची चोटी पर भेजने का निर्णय लिया है, जो उस चोटी पर बाँसों की दीवार के पीछे से झाँकने के लिए एक सेंसर लगाने का काम करके लौटेगा। इस अभियान की कमान आप सँभालेंगे। कृपया अपनी एवरेस्ट टीम के चार और सदस्यों को लेकर कल अलास्का जाने के लिए तैयार रहें" काव ने आगे कहा, "यह टॉप-सीक्रेट ऑपरेशन तीन महीनों में समाप्त हो जाना चाहिए।" वस्तुतः इस कार्य को पूरा करने में तीन वर्ष लग गए, खींच-तान की हद हो चली थी।

एयरपोर्ट पर स्वागत-समारोह समाप्त होने के उपरांत मेरी समझ में आया कि 1962, 1960 तथा 1965 में हमारे तीनों भारतीय ऐवरेस्ट अभियान भेजने के पीछे वस्तुतः प्रधानमंत्री श्री जवाहर लाल नेहरू का हाथ था। मेरे सुझाव पर हमारा कारों का काफिला नेहरू समाधि, शांति वन पहुँचा। मुझे नेहरू की समाधि पर श्रद्धा-सुमन चढ़ाते हुए बड़े गर्व का अनुभव हुआ। हम सभी ने कामना व्यक्त की कि काश, वे अपने सपने को सच होते देखने के लिए जीवित होते!

शांति वन से हम लोग 1962 के भारतीय एवरेस्ट अभियान के लीडर मेजर जॉन डायस की समाधि के दर्शन करने और श्रद्धा सुमन अर्पित करने के लिए पृथ्वीराज रोड स्थित कब्रिस्तान गए। मैंने भारतीय पर्वतारोहण संस्था के प्रमुख अधिकारी श्री एच.सी. सरीन से अकेले में बात की, "सर, नेपाल में भारत के राजदूत को एक संदेश मिला था, जिसमें कहा गया है कि सरकार ने एक अभूतपूर्व निर्णय के तहत, हमारी टीम को तीन पद्म भूषण और नौ पद्मश्री पुरस्कार प्रदान करने का एलान किया है। चूँकि 1965 की सफलता मिलकर काम करने की अनुकरणीय भावना का ही परिणाम है, मैं इस सम्मान को अस्वीकार करना चाहूँगा। पुरस्कार या तो सबको मिलना चाहिए या किसी को भी नहीं।" मेरे कहने का आशय समझते हुए श्री सरीन ने कहा, "चूँकि पुरस्कारों की घोषणा हो चुकी है, उनको स्वीकार करने से मना करना बहुत बड़ी उलझन खड़ी कर देगा। यह राष्ट्रपति का अपमान करने के समान होगा।" क्षण भर रुकने के बाद सरीन ने बताया, "आपकी सूचना के लिए लीडर, डिप्टी लीडर और नौ शिखर-विजेताओं को भी अर्जुन पुरस्कार दिया जाएगा, जो स्पोर्ट्स के क्षेत्र में सबसे बड़ा सम्मान है।" यह बात मुझे हरगिज मंजूर नहीं थी। "चूँकि इन पुरस्कारों की अभी घोषणा नहीं की गई है, इसलिए कोई परेशानी नहीं होनी चाहिए।" मैंने पलटकर जवाब दिया। श्री सरीन मेरा दृष्टिकोण समझ गए और उन्होंने शिक्षा मंत्रालय के सचिव तथा भारतीय पर्वतारोहण

संस्था प्रायोजक समिति के सदस्य श्री ए.के. घोष को अगली सुबह मुझसे भेंट करने और कोई हल निकालने के लिए आमंत्रित किया।

सुबह घोष और मेरी मुलाकात हुई। काफी लंबी चली बैठक के बाद घोष ने ऐलान किया, "एक टीम विशेष को 11 अर्जुन पुरस्कार मिलना एक अभूतपूर्व सम्मान है और किसी भी स्थिति में यह संख्या बढ़ाकर 19 नहीं की जा सकती है।" मैं अपनी बात पर डटा रहा और मैंने एक समाधान सामने रखा। "हमें 11 की बजाय केवल एक पुरस्कार दें, लेकिन वह पुरस्कार संपूर्ण टीम के लिए होना चाहिए।" घोष ने सरीन और खेड़ा को फोन किया। यह समाधान उन्हें पसंद आया। अतः पहली बार उच्चतम स्पोर्ट्स पुरस्कार पूरी टीम को मिला। 1965 के एवरेस्ट अभियान की अनुकरणीय टीम भावना की जीत हुई।

कर्नल एन. कुमार : डिप्टी लीडर

22 मई मेरे जीवन का सर्वाधिक स्मरणीय दिन था, जब मुझे पॅमोरी स्कंध पर तैनात किया गया। 6 वर्षों की तैयारियों की कड़ी मेहनत का फल अब हमें मिलता दिख रहा था। मैंने सभी 4 टोलियों को एवरेस्ट शिखर की ओर अंतिम 250 फीट का फासला तय करते हुए देखा। हमने इससे पहले 30 अप्रैल को एक प्रयास किया था जो विफल रहा। उस समय मैंने एक पत्र लिखा था ओर उनसे कहा था कि चिंता न करें, क्योंकि असल में हम सबकुछ ठीक रहने पर 11 लोगों को शिखर पर चढ़ाने के लिए तैयार थे। दुर्भाग्य से दो सदस्य—कप्तान बी.पी. सिंह और कप्तान बहुगुणा, अत्यधिक ऊँचाई के प्रभाव से बीमार हो गए।

मेरी नियुक्ति हिमालयन माउंटेनियरिंग इंस्टीट्यूट, दार्जिलिंग के प्रिंसिपल के पद पर हो गई थी, जहाँ तेंजिंग नोर्गे क्षेत्र प्रशिक्षण के डायरेक्टर थे। मेरी उस तैनाती के दौरान महामहिम भूटान नरेश, जिग्में दोर्जी वांग्चुक हमारा एवरेस्ट म्युजियम देखने के लिए हमारे माउंटेनियरिंग इंस्टीट्यूट में आए थे और उन्होंने मेरे साथ लंच किया था।

उन्होंने मुझे भूटान के पहाड़ पर चढ़ने का न्योता दिया और मैंने भारत-भूटान अभियान के लिए चोमोल्हरी को चुना। पहली शिखर टोली 23 अप्रैल को शिखर पर पहुँचने में सफल हुई; मैंने भूटान नरेश को सूचित किया कि भूटान का राष्ट्रीय ध्वज और भारत का तिरंगा, दोनों भूटान में सबसे ऊँची चोटी पर फहरा रहे हैं।

एच.एम.आई. के बाद मुझे गुलमर्ग में नेशनल स्की स्कूल आरंभ करने के लिए भेज दिया गया। स्की प्रशिक्षकों के पहले बैच को प्रशिक्षित करने के अलावा मैंने दो अभियान संगठित किए, एक सिंधु नदी में ऊपर से नीचे की ओर राफ्टिंग के लिए और दूसरा 23,360 फीट ऊँची त्रिशूल चोटी से स्कीइंग करते हुए उतरने के लिए, ये दोनों

विश्व में अपनी तरह के अकेले पहले अभियान थे।

1947 में जब मैं नेशनल स्कीइंग स्कूल (इंडियन इंस्टीट्यूट ऑफ स्कीइंग ऐंड माउंटेनियरिंग) में था, मुझे चीफ ऑफ आर्मी स्टाफ टी.एन. रैना, एम.पी.सी. ने साहसिक कार्य के क्षेत्र में आर्मी के लिए कुछ बड़ा करने के लिए कहा। मैंने उत्तर-पूर्व पर्वत-स्कंध से कंचनजंगा पर चढ़ने का चुनाव किया, जो भारत में सबसे ऊँचा पर्वत है। अनेक विदेशी अभियान इस मार्ग पर सफल नहीं हो सके थे। हम उसपर चढ़ने में भाग्यशाली रहे। सरकार ने हमें 1 परम विशिष्ट सेवा पदक, 2 कीर्ति चक्र और विशिष्ट सेवा पदक से ऊँचे 15 और पुरस्कारों से सम्मानित किया।

उसी वर्ष मैंने एक अमरीकी नक्शे में यह गलती देखी कि सियाचिन ग्लेशियर को पाकिस्तान में दिखाया जा रहा है। असल में अधिकतर भारतीय मानचित्र भी यही दिखला रहे थे। मैंने इस गलती की ओर सरकार का ध्यान खींचा और सरकार ने मुझे एक अभियान सियाचिन ग्लेशियर ले जाने की मंजूरी दी। उसी अभियान का परिणाम है कि सियाचिन ग्लेशियर 10,000 वर्ग किमी में फैला क्षेत्र आज भारत के पास है।

चंद्र प्रकाश वोहरा

1966 में मुझे श्रीनगर से स्थानांतरित कर दिया गया, जहाँ से मैंने 1960, 1962 और 1965 में तीनों एवरेस्ट अभियानों में हिस्सा लिया था। मैं चंडीगढ़ आ गया, जहाँ से भारतीय भू-वैज्ञानिक सर्वेक्षण (जी.एस.आई.) पंजाब और हिमाचल प्रदेश में सर्वेक्षण संबंधी कार्य करता था।

जम्मू-कश्मीर में नुन-कुन गिरि-पिंड के दक्षिणी खंडों में तब तक खोजी न गई और उजाड़ निर्जन घाटी को भू-वैज्ञानिक नक्शे में एक शून्य के रूप में दिखाया जा रहा था। उस क्षेत्र से एक विशेषज्ञ दल गठित करने और एक अभियान अगुवाई में वहाँ ले जाने का कार्य मुझे सौंपा गया। काम दुष्कर अवश्य था, लेकिन जितना भी समय हमने वहाँ इस कार्य के सिलसिले में बिताया, उस दौरान हमें बहुत कुछ जानकारी हासिल हुई, जिसके नतीजों को नई दिल्ली में विश्व-भर से जुटे भू-वैज्ञानिकों के सामने प्रद र्शित किया गया। यह अपनी तरह का पहला और उद्घाटक प्रस्तुतीकरण था। यह एक असाधारण सम्मान था। मेरे लिए और मेरे साथियों के लिए यह रिपोर्ट, जो हमने प्रस्तुत की, एक सराहनीय योगदान था।

निर्मल जल संसाधनों के विषय में मेरी रुचि मुझे आई.एच.एस. जल संसाधन संबंधी पहल की दिशा में ले गई। ग्लेशियरों के बारे में आधुनिक अध्ययनों के लिए यूनस्को द्वारा तरफ्ला ग्लेशियर, स्वीडिश लैपलैंड में आयोजित अंतरराष्ट्रीय कार्यशाला में भाग लेने के बाद मैंने, एक बहु-अनुशासनिक, बहु-संगठनात्मक राष्ट्रीय टीम का

गठन किया और उसे शानदार गंगोतरी ग्लेशियर पर प्रशिक्षत किया। इसने भारत में आधुनिक ग्लेशियर अध्ययनों के एक आंदोलन को जन्म दिया। भारतीय भू-वैज्ञानिक सर्वेक्षण (जी.एस.आई.) ने एक नया डिवीजन बनाया 'स्नो आइस ऐंड ग्लेशियर स्टडीज डिवीजन', और मुझे उसका पहला निदेशक बनने का सम्मान दिया। मुझे विज्ञान एवं प्रौद्योगिकी मंत्रालय के अंतर्गत समन्वयक बना दिया गया और अनेक राष्ट्रीय संगठनों में ग्लेशियर संबंधी अध्ययन यूनिटों का गठन करने में मेरी मदद की।

मुझे भूटान में भू-विज्ञान और खनिज अनुसंधान में भारतीय सहायता कार्यक्रम का प्रमुख बनने का गौरव प्राप्त हुआ। परिणाम बहुत अच्छा रहा। विदेश मंत्रालय ने एक विशेष सद्भावना व्यक्त करते हुए औपचारिक रूप से खनिज मंत्रालय को अपनी ओर से धन्यवाद दिया और मेरे प्रयासों को सराहा।

मैं अभी भूटान में ही था, जब सरकार द्वारा प्रधानमंत्री स्तर पर मुझे अंटार्कटिक के लिए भारत का पहला अभियान संगठित करने, उसका नेतृत्व करने तथा बर्फीले महाद्वीप के वैज्ञानिक अनुसंधान के क्षेत्र में एक दीर्घ-कालीन कार्यक्रम की बुनियाद रखने हेतु आमंत्रित किया गया। इस पूरी योजना को एकदम गोपनीय रखा गया। लैंडिग ग्रुप के लीडर के रूप में मुझे अभियान को 1982 में उसके सबसे खतरनाक तथा अत्यंत कठोर दौर से निकालकर उसकी ऐतिहासिक सफलता तक पहुँचाने का असाधारण अनुभव प्राप्त था। इस अभियान की ऐतिहासिक सफलता की घोषणा ने भारत को महान् प्रतिष्ठा और सम्मान दिलाया तथा सामान्य सागर और पृथ्वी के भू-संसाधनों संबंधी मामलों से निपटनेवाली अंतरराष्ट्रीय परिषद् में एक सीट भी दिला दी।

भारत की स्वतंत्रता की 50वीं वर्षगाँठ के अवसर पर आयोजित समारोह में मुझे विशेष पुरस्कार (भू-विज्ञान) से सम्मानित किया गया। जब मैं पुरस्कार पाने के लिए उठा, सभा भवन तालियों की आवाज से गूँज उठा, सभी लोग मेरे सम्मान में खड़े हो गए।

पंजाब की विज्ञान अकादमी ने अनुग्रहपूर्वक मुझे अपना अवैतनिक फैलो निर्वाचित किया।

मेजर एच.पी.एस. आहलूवालिया

25 मई की सुबह खिली-खिली किंतु सर्द थी। ठंड की वजह से हमारा जोश सुन्न हो गया लगता था, जब सुबह की चाय लेकर आए दोर्जी ने कहा, "साहिब, कैंप-III के ऊपर एक बड़ा हिम-स्खलन हुआ है।" चाय छोड़कर मैं और मोहन बाहर भागे। हमने जो देखा, एक भयानक दृश्य था। रंग-बिरंगे टेंटों से युक्त हमारा कैंप, जो किस्मत से उस समय खाली था, पूरी तरह ध्वस्त हो गया था और उसकी जगह बर्फ के सफेद

विशाल ढेर के सिवा कुछ और दिखाई नहीं दे रहा था। यद्यपि उसमें किसी की जान नहीं गई, क्योंकि कैंप में कोई नहीं था, लेकिन जीवन को थामे रखनेवाले ऑक्सीजन सिलेंडर जिन्हें हमने बड़े ध्यान से बचाकर कैंप में रखा हुआ था, हिम-स्खलन के नीचे दफन हो गए थे। और इसके साथ ही हमारी शिखर टोली की चोटी पर पहुँचने की उम्मीदों पर भी पानी फिर गया था। लीडर के पास अंतिम प्रयास को त्याग देने के सिवा कोई विकल्प नहीं बचा था, क्योंकि ऑक्सीजन के बिना प्रयास का विफल होना अवश्यंभावी था।

क्या हम सिलेंडरों की खोज कर सकते हैं, हमने पूछा? ऐसी खोज हर दृष्टि से निरर्थक लगती थी। लेकिन अगर हम इसके लिए इतने ही उत्सुक हैं तो कोशिश करके देखने में क्या बुराई है, उसने कहा। खोज में मदद करने के लिए उसने हमें चार शेरपा दिए, और हमारे नेपाली संपर्क अधिकारी राना भी हमारे साथ गए। वहाँ चारों तरफ सफेद बंजर के अलावा कुछ नहीं था। हिम-स्खलन हमारे कैंप पर गाज की तरह गिरा था। सब कुछ बर्फ के नीचे दब गया था। सिर्फ ल्होत्से मुख की एकदम काली चट्टानें मोटे सफेद आवरण से बाहर निकली हुई थीं। साउथ कोल की तेज सर्द हवाएँ बराबर हमारे चेहरे पर थपेड़े मार रही थीं। यह एक बड़ा भारी हिम-स्खलन था, और हम इस मायने में भाग्यशाली थे कि बर्फ के उस भीषण तूफान का कहर गिरने के समय हम कैंप में नहीं थे। समय व्यर्थ गँवाए बिना हमने स्वयं को संगठित किया और इस आशा के साथ हमने खुदाई शुरू कर दी कि शायद ऑक्सीजन के कुछ सिलेंडर हमारे हाथ लग जाएँ। मेरे निढाल मन में संदेह भी था और दृढता भी थी, जिसने हमें कोशिश में लगाए रखा।

हम खोदने में लगे रहे। बहुत कठिन काम था। ऑक्सीजन सिलेंडरों या उपकरण का कहीं कोई संकेत नहीं था। थकान और कड़ी ठंड पर विजय पाने के लिए हम तन-मन से संघर्ष में जुटे रहे। छह घंटे तक खुदाई करते रहने के बाद दोपहर के समय तक मैं बुरी तरह थक गया था। शेरपा के चेहरे भी लटके हुए थे। हमने एक शब्द भी बोले बिना एक-दूसरे की ओर देखा और खुदाई करते रहे। एक-एक मिनट एक-एक साल के बराबर लगने लगा था। अंततः हमने समय का हिसाब लगाया और सोचा कि अब और यों ही इस काम में लगे रहने का कोई लाभ नहीं है। इसी संकट की घड़ी में मैंने एक बार फिर शेरपाओं की ओर देखा। वे प्रार्थना कर रहे थे। और उस क्षण ऐसा प्रतीत हुआ, जैसे ईश्वर यहीं कहीं हमारे पास है। मैं भी प्रार्थना करने लगा, 'हे ईश्वर, यदि तू ही मदद नहीं करेगा तो और कौन हमारी मदद करेगा?' मैंने फिर खोदना शुरू कर दिया।

अचानक मेरा कुल्हाड़ा एक ऑक्सीजन सिलेंडर से टकराया।

मेरी प्रार्थना सुन ली गई थी और उस चमत्कार ने मुझे नया जीवन दिया। बर्फ में दो-चार हथौड़े और चलाए तो एक और सिलेंडर की आवाज आई, फिर और सिलेंडर।

उस क्षण मिली खुशी की कोई सीमा नहीं थी। हमने अब खुशी से एक-दूसरे को देखा और फिर पूरी ताकत बटोरकर खुदाई करने में जुट गए। एक-एक करके हमने बर्फ के नीचे दबे सभी सिलेंडर निकाल लिये। यही वह क्षण था, जब मेरा यह प्रचंड दृढ सकंल्प मेरे अंदर पुनः जाग्रत् हो उठा कि अब हमें शिखर पर पहुँचने से कोई नहीं रोक सकता। सभी सिलेंडर निकाल लेने के बाद हम पुनः आगे बढ़ चले।

29 मई को सुबह 5.30 बजे हमने तीक्ष्ण-धार (रेजर्स एज) पर अपनी अंतिम चढ़ाई आरंभ की। फू दोर्जी और मैं पहले दी निकल गए, रावत और बोगी कुछ मिनट बाद हमारे पीछे आए। हवा का वेग बहुत तेज था और रेजर्स एज पर पाँव जमाने के लिए ज्यादा जगह नहीं थी। हवा की मार के कारण मुझे अपना संतुलन कायम रखना मुश्किल पड़ रहा था। हमने अपने हिम-कुठारों को गहरे गाड़ा और रस्से कस दिए, लेकिन बेरहम हवाओं का कोड़े मारना कम नहीं हुआ, जबकि ठंड हमारी हड्डियों की मज्जा के अंदर तक घुसने लगी थी। आगे जाना बहुत कठिन हो गया और कई क्षण ऐसे भी आए, जब मैंने संघर्ष त्यागने का इरादा कर लिया था। लेकिन जल्दी ही हम पीली पट्टीवाले क्षेत्र में पहुँच गए, जहाँ चढ़ाई करना अपेक्षाकृत अधिक आसान था।

कठिनाई से मुक्ति मिली, अब हम चढ़ाई जारी रख सकते थे, लेकिन फू दोर्जी की निगाह एक अकेली आकृति पर पड़ी, जो आगे के चट्टानी भाग पर धीरे-धीरे चढ़ रही थी, जिसे हम पीछे छोड़ गए थे। मुझे भयावह हिम-मानव का विचार आया, लेकिन दोर्जी का विचार अधिक यथार्थवादी था। जब वह आकृति हमारे निकट आई, तब हमने पहचाना कि यह रावत था। हाथ से इशारा करते और हाँफते हुए वह हमारे पास पहुँचा, हम दक्षिणी शिखर के आधार के नीचे बैठे हुए थे। उनके साथ क्या हुआ था, उसका किस्सा रावत के अपने शब्दों में ही सुनें तो बेहतर होगा। उसकी डायरी से लिया गया एक उदाहरण इस प्रकार है—

"अहलू और फू दोर्जी चले गए थे। हम दस मिनट बाद निकले। मैं आगे चल रहा था। बोगी की हालत ज्यादा ठीक नहीं थी। हम कैंप से अभी पचास या साठ फीट ही आगे गए होंगे, जब बोगी नीचे बैठ गया और कहने लगा कि वह अब और आगे नहीं जा सकेगा। पिछली रात उसके बदन पर दाने उभर आए थे और उसे खुजली हो रही थी। वह बहुत कमजोर और थका हुआ महसूस कर रहा था, उसे दो-चार कदम चलते के लिए भी बहुत जोर लगाना पड़ रहा था। उसने रस्सी से अलग होने का फैसला किया और मुझे आगे चले जाने तथा पहली रस्सी के साथ जुड़ जाने के लिए कहा।

फैसला जल्दी लेना था। बोगी की तबीयत बहुत गंभीर नहीं प्रतीत होती थी और वह आखिरी कैंप में हमारी प्रतीक्षा कर सकता था। मैं चढ़ाई पर अकेले ही जाने के लिए तैयार था। मैंने खुद को समझाया कि अगर मुझे रास्ते में कोई मुश्किल होती है, तो मैं

कभी भी अंतिम कैंप आ सकता हूँ। भारी दिल से मैंने बागी को रस्सी के बंधन से मुक्त कर दिया और उससे विदा ली। मैं नितांत अकेला करीब डेढ़ घंटे से संघर्ष कर रहा था। और फिर मुझे अहलू और फू दोर्जी मिल गए, जो साउथ समिट (दक्षिणी शिखर) के आधार पर मेरी प्रतीक्षा कर रहे थे। मुझे अपनी आँखों पर भरोसा नहीं हुआ।"

रावत आ गया तो हमने उसे अपनी रस्सी पर बीच में रखा और आगे बढ़ चले। रस्सी असल में दो लोगों के लिए थी और तीन के लिए उसका प्रयोग करना माने गए सिद्धांत के विरुद्ध था। हवाओं का चीत्कार जारी था और वे हमें कोड़े लगा रही थीं। हम बर्फ काटने की कुल्हाड़ी से पाँव जमाने की जगह बनाते हुए आगे बढ़ते रहे, लेकिन मेरी रस्सी के साथी अपना सिर बहुत नीचे झुकाए हुए थे और पूरी दृढता के साथ आगे कदम बढ़ा रहे थे। मैं रुकने के लिए भी नहीं कह सकता था। अपने यात्रियों के रहते मैं यंत्रवत् चलता रहा, जबकि मेरी आंतरिक आवाज कह रही थी, 'तुम छोड़ नहीं सकते, तुम्हें चलते जाना है, तुम्हें सफल होना ही है।'

पहाड़ के लहरियादार कूबड़ों का अंत नहीं था। कभी केवल चट्टान आगे आ जाती, कभी बर्फीली चट्टान या कभी कोई बर्फीला पर्वत-स्कंध। मैं बार-बार खुद से पूछता, और कितनी दूर, कितना आगे जाना है, हो सकता है, बहुत दूर हो 'हो सकता है, हमें शिखर छुए बिना ही वापस जाना पड़े। हर चढ़ाई पर व्यक्ति के मन में ऐसे अनेक संदेह जन्म लेते हैं, और एक समय आता है, जब व्यक्ति का तन और मन फिर से नीचे उतरने का आनंद उठाने के लिए हुलसने लगता है। मैं ऐसी ही मनोदशा में था। मेरे मन का दूसरा पक्ष आगे देखने और बढ़ते जाने का आग्रह कर रहा था। अब कुछ ही कदमों का फासला रह गया है, शायद पचास या साठ कदम। लेकिन एक ढलान खत्म होता और दूसरा शुरू हो जाता। हे भगवान! क्या इसका कोई अंत नहीं? और फिर अचानक अंत आ गया, अब कोई छोटे-छोटे टीले नहीं, सिर्फ एक छोटा सा सफेद बुर्ज, हमसे थोड़ा ऊपर, हमारी थकान हरने के लिए मौजूद था। अविश्सनीय। यही एवरेस्ट की चोटी थी।

जी हाँ, हम वहीं थे। बाँहों में बाँहें डाले हुए हमने आखिरी कुछ कदम की चढ़ाई एक साथ तय की। हमारी पहली शिखर टोली द्वारा लगाया गया तिरंगा फहरा रहा था, कहीं-कहीं कट-फट अवश्य गया था, लेकिन उसकी शान बरकरार थी। कुछ दूसरे झंडे भी थे और कुछ भेंट वस्तुएँ बिखरी पड़ी थीं, जिन्हें हमसे पहले वहाँ पहुँचे शिखर-यात्री छोड़ गए थे।

इस जगह से एकदम सीधा ढलान था और मैंने अंतरिक्ष में देखा। हड्डियाँ जमा देनेवाली ठंड थी, तापमान शायद शून्य से 30 डिग्री नीचे रहा होगा, लेकिन हवा एकदम मंद पड़ गई और जो विचार कभी मेरे मन में उपजा था, वही मुझे याद आ गया, यह

देवी धरती माँ की ओर से एक विशेष उपहार है। हमने दुनिया में सबसे ऊँची चोटी से चारों ओर मुड़कर देखा। मकालू और ल्होत्से, नुप्त्से एवं कंचनजंगा क्षितिज पर मूठ की तरह सिर उठाए खड़े थे और जहाँ हम खड़े थे, उसके बहुत नीचे अनेक दूसरी चोटियाँ चट्टानों तथा बर्फीले हिमपात की धारियों के बीच ग्लेशियरों को ग्लेशियरों में गिरते और ग्लेशियरों को घाटियों में गिरते देख रही थीं। हमने उत्तर में तिब्बती पठार तथा दक्षिण में भारत के मैदानों की तरफ देखा। कुछ दूरी पर थ्यांगबोचे की छत चमक रही थी, एक उलटे दर्पण की भाँति, मानो सुबह का दृश्य अविस्मरणीय था। शिखर पर खड़े अपने नीचे मीलों दूर तक का परिदृश्य देखकर मेरे मन में जन्मा मुख्य विचार था कि मानव को विनम्र होना चाहिए, विनम्रता सबसे बड़ा गुण है। मेरे अंदर बैठा हाड़-मांस का आदमी कह रहा था, 'शुक्र है भगवान का, काम खत्म हुआ!' मैंने उन सभी शिखर-यात्रियों के बारे में सोचा, जो मुझसे पहले यहाँ आ चुके थे, और वे जो हमारे बाद आएँगे। ब्रिटेन, स्विट्जरलैंड और अमरीका से आए या आनेवाले एवं मेरे अपने देश के लोग, मेरा ध्यान उन लोगों की तरफ भी गया, जिन्होंने कोशिश की और सफल हुए और मुझे उनका ध्यान आया, जिनकी कोशिश सफल नहीं हो पाई। अनुभव आपको पूरी तरह बदल देता है, यह इस अपार, अमिट ब्रह्मांड में आपको लघुता एवं एकाकीपन का एहसास करा देता है। नीचे आने से पहले आप विश्व की उच्चतम चोटी पर पहुँचने का लक्ष्य हासिल करने के गर्व से ओत-पोत रहते हैं, लेकिन इसके साथ ही कुछ उदासी भी इस बात को लेकर बनी रहती है कि अब सभी रास्ते नीचे की ओर ले जाएँगे, अब इससे अधिक कोई जगह नहीं होगी चढ़ने के लिए। मैंने झुककर गुरु नानक की एक तसवीर और मेरी माँ द्वारा मुझे दी गई एक माला वहाँ गाड़ दी। फू दोर्जी ने दलाई लामा का चित्रयुक्त चाँदी का एक लॉकेट गाड़ा। रावत ने थोड़ा सा लोबान जलाया और माँ दुर्गा की एक प्रतिमा अर्पित की। और फिर मैंने सोचा कि मुझे कुछ अपनी तरफ से भी चढ़ाना चाहिए, मैंने अपनी कलाई घड़ी उतारी और उसे 1963 में अमरीकी एवरेस्ट अभियान द्वारा गाड़े गए ध्वज-दंड पर कसकर बाँध दिया।

यह सब हो जाने के बाद फू दोर्जी ने (ईश्वर भला करे उसका) हमें एक कप गरम कॉफी दी। वह अकेले कॉफी का फ्लास्क हमारे लिए लेकर चला था। मैंने अपने इस सरल, निस्स्वार्थ साथी को दिल से दुआ दी। हम शिखर पर आधा घंटा बिता चुके थे, सिलेंडरों में ऑक्सीजन कम होती जा रही थी। अब वहाँ से चलने और धरती माँ से विदा लेने का समय था। दूर से देखने में एक विशाल पर्वत और अब दिखने में एक सुंदर पर्वत का रूप धारण किए हुए इस धरती माँ ने अपना घूँघट हटाकर देदीप्यमान चेहरा दिखा दिया था।

उतरते समय मुझे ध्यान आया कि कितने संयोग की बात है कि हमने शिखर पर

चढ़ने के लिए 29 मई का दिन चुना। बारह वर्ष पहले इसी तारीख को हिलेरी और तेंजिंग ने सबसे पहले इस शिखर पर पाँव रखे थे।

जब मैं पीछे मुड़कर जिंदगी पर दृष्टि डालता हूँ, तो मन में यही विचार आता है कि सबसे ऊपर मन की शक्ति ही है, जो सबसे अधिक महत्त्व रखती है। प्रत्येक व्यक्ति अपने अंदर अपना ही एक पर्वत लिये चलता है, जिसकी अपनी चट्टानें, भयावह होती हैं, तूफान और बवंडर होते हैं, व्यक्ति को अपने विषय में पूरा ज्ञान प्राप्त करने के लिए अपने मन के अंदर के इस पहाड़ को लाँघना होगा। किसी पर्वत पर चढ़ने की शारीरिक क्रिया अंदर के उस आध्यात्मिक पर्वत पर चढ़ने की क्रिया से गहरा संबंध रखती है, जिस पर प्रत्येक इनसान को कभी-कभी चढ़ना ही होता है।

एवरेस्ट पर्वत की चढ़ाई और इंडियन स्पॉइनल इंजरीज सेंटर की स्थापना से मैंने एक सच जाना है : जीवन का एकमात्र उद्देश्य दूसरे शिखर को जीतना है—'मन का शिखर।'

ब्रिगेडियर (सेवानिवृत्त) डॉ. मुल्क राज

1965 का एवरेस्ट अभियान मेरे जीवन में एक परिवर्तनकारी मोड़ सिद्ध हुआ, क्योंकि मैंने दूसरे भारतीय अभियान के नायक और मेरे प्रिय साथी स्व. मेजर जॉन डायस और कप्तान मोहन कोहली की अपेक्षाओं पर खरा उतरने में सफलता पाई, जिन्हें मैंने वचन दिया था कि अगले प्रयास में चोटी पर पहुँचने में कोई कसर नहीं छोड़ी जाएगी। सहायता टोली में 45 दिनों तक 20,000 फीट से अधिक ऊँचाई पर रहकर मैंने पराबैंगनी किरणों से कुछ ज्यादा ही सीख लिया था, जिसके कारण डॉक्टरों को चिंता होने लगी थी कि यह कहीं ब्लड कैंसर तो नहीं बन जाएगा। मुझे सैनिक अस्पताल दिल्ली कैंट में भरती कर दिया गया, जहाँ चार माह तक मुझे अंधेरे कमरे में बंद रहना पड़ा और सेसर्स सुचा सिंह खेड़ा, आई.सी.एस., भूतपूर्व अध्यक्ष, आई.एम.एफ. तथा हरीश सरीन, आई.सी.एस., अध्यक्ष, आई.एम.एफ. और मेजर जनरल, आर्मी मेडिकल कोर की कृपा से मैं जीवित हूँ, हालाँकि मेरी त्वचा और आँखों को कुछ स्थायी क्षति अवश्य पहुँची है।

मैंने 1971 के भारत-पाक युद्ध में हिस्सा लिया, 5 सैनिक टुकड़ियों का नेतृत्व सँभाला और बाद में 1975-76 में मिजोरम में विद्रोहियों के खिलाफ सैनिक कार्यवाही की। ब्लू स्टार ऑपरेशन के दौरान 10 जून, 1984 को मैं फतेहगढ़ (यू.पी.) में सिक्ख लाइट इन्फैंट्री रेजीमेंट्स सेंटर की कमान सँभाल रहा था, जब रामगढ़ में सिक्ख रेजीमेंट्स सेंटर कमांडेट ब्रिगेडियर पुरी को उन्हीं के सैन्यदल ने गोली से उड़ा दिया था। इस बारे में मुझे भी खबरदार किया गया था, लेकिन मैंने सभी वर्गों के सैनिकों

के सहयोग से शांति बनाए रखी और सिक्ख रेजीमेंटल सेंटर में उत्पन्न हालात को भी पलटने में कामयाब रहा। उसके कुछ ही समय बाद मैंने 52 वर्ष की आयु में अपनी वरदी टाँग दी, ताकि मैं जन-साधारण के लिए शारीरिक स्वस्थता कार्यक्रमों में समय लगा सकूँ। वर्ष 2000 में अपनी डॉक्टर पत्नी के साथ में यू.एस.ए. चला गया और मैंने वहाँ रहकर राइट स्टेट यूनिवर्सिटी डेटन, ओहायो, यू.एस.ए. से मेंटल हैल्थ काउंसलिंग में विशेषज्ञ की उपाधि ग्रहण करने के लिए बहुत काम किया। 2005 में प्रैक्टिस करने का लाइसेंस प्राप्त करने के बाद मैंने डिजास्टर मैनेजमेंट में अमरीकन रेड क्रॉस के लिए वॉलंटियर के रूप में काम करने का निर्णय किया। इसके लिए हमें अलास्का जाकर -56° फॉरेनहाइट में काम करना था।

जब हम भारत में होते हैं, उस दौरान हम नशा-मुक्ति और परामर्श देने के लिए काम करते हैं, ताकि एक दिन 'इंस्टीट्यूट फॉर ऑटिज्म' स्थापित करने का हमारा सपना पूरा हो सके।

सोनम वांग्याल

3 अक्तूबर, 1964 को मैं जब नूब्रा वेली, लद्दाख के हुंदर गाँव में था, मुझे आई.एम.एफ. से दिनांक 3 सितंबर, 1964 को एक पत्र मिला। उस पत्र में लिखा था कि मुझे एवरेस्ट पूर्व अभियान के तहत रथांग के लिए चुना गया है। अपने उच्चा धिकारियों से मंजूरी लेने के बाद मैं एवरेस्ट-पूर्व अभियान में शामिल होने के लिए दार्जिलिंग पहुँच गया। मैं रथांग चोटी पर चढ़ने में सफल हुआ और उसके बाद मुझे 1965 की गरमियों के दौरान कप्तान एम.एस. कोहली के नेतृत्व में संचालित किए जानेवाले भारतीय एवरेस्ट अभियान के लिए चुन लिया गया।

22 फरवरी, 1965 को आई.एम.एफ. के तत्कालीन अध्यक्ष एच.सी.सरीन ने हमें विदा किया। एक माह के बाद हम बेस कैंप पहुँच गए। एक लद्दाखी बौद्ध होने के कारण मैं आसानी से सभी शेरपाओं के साथ घुल-मिल गया। मैं उच्चतर कैंपों को सामान पहुँचानेवाले शेरपाओं के साथ जाया करता था। मेरे तगड़ेपन को देखकर मुझे पहली शिखर टोली के एक सदस्य के रूप में चुन लिया गया, इस टोली को बैसाखी के शुभ दिवस पर एवरेस्ट पर चढ़ने के लिए प्रस्थान करना था। दुर्भाग्यवश तूफान और तेज हवाओं के कारण हमें बेस कैंप वापस आना पड़ा।

तीन सप्ताह तक बेस कैंप में रहने के बाद शिखर टोलियों का दुबारा चयन हुआ और मुझे तथा स्व. श्री सोनम ग्यात्सो को दूसरी शिखर टोली में जगह मिली। खराब मौसम के बावजूद हमने शिखर कैंप जाने का निश्चय किया। शेरपाओं की सहायक मंडली हमारे लिए ऑक्सीजन बोतलें वहाँ छोड़कर वापस आ गई।

21 मई की रात बहुत कठिन रात थी। सोनम ग्यात्सो की कमर पर एक बुरा शीत-दाह हो गया था। मैंने अपनी ऑक्सीजन की बोतल उसे दे दी और स्वयं ऑक्सीजन के बिना रात बिताई। 22 मई की सुबह मौसम साफ हो गया और तेज गति से चलनेवाली हवा रुक गई थी। हम 6:00 बजे शिखर के लिए निकले। मैं रस्सी पर आगे था और शिखर तक मैंने ही अगुवाई की। 22 मई, 1965 के शुभ दिन हम 13:20 बजे शिखर पर जा पहुँचे। एवरेस्ट पर्वत चढ़नेवाला मैं उम्र में सबसे छोटा था और सोनम ग्यात्सो सबसे वृद्ध आदमी। हमने चोटी पर करीब 55 मिनट व्यतीत किए और फिर शिखर कैंप लौट आए।

□□□